LES SPECTRES DE L'HONNEUR

DU MÊME AUTEUR

CHEZ POCKET

CYCLE D'OGIER D'ARGOUGES

LES LIONS DIFFAMÉS
LE GRANIT ET LE FEU
LES FLEURS D'ACIER
LA FÊTE ÉCARLATE
LES NOCES DE FER
LE JOUR DES REINES
L'ÉPERVIER DE FEU

CYCLE DE TRISTAN DE CASTELRENG

LES AMANTS DE BRIGNAIS
LE POURSUIVANT D'AMOUR
LA COURONNE ET LA TIARE
LES FONTAINES DE SANG
LES FILS DE BÉLIAL
LE PAS D'ARMES DE BORDEAUX
LES SPECTRES DE L'HONNEUR

PIERRE NAUDIN

Pierre Naudin est né en 1923 à Choisy-le-Roi. Journaliste, il a publié des essais et des romans, notamment *Les mauvaises routes* (1959).
Il se passionne pour le XIVe siècle et ses chroniqueurs, comme Jean Froissart et Jean le Bel, et poursuit d'importantes recherches sur le Moyen Âge, qui ont abouti à l'écriture du *Cycle d'Ogier d'Argouges.*
Ainsi, depuis 1978, cette fantastique épopée historique, unanimement saluée par la critique, entraîne des milliers de lecteurs dans la France médiévale, dont Pierre Naudin restitue, avec justesse et minutie, le tumulte et les élans.
Membre éminent de l'Académie royale des beaux-arts et des sciences historiques de Tolède, Pierre Naudin donne régulièrement des conférences dans les universités d'Europe.

PIERRE NAUDIN

CYCLE TRISTAN DE CASTELRENG

****

LES SPECTRES DE L'HONNEUR

AUBÉRON

ISBN : 2-266-11743-2

Dépôt légal : septembre 2003 - 19907

Imprimé en France par Brodard et Taupin - La Flèche (Sarthe)

A Jean-Claude et Bernard Crotti
et à leurs
Chevaliers de Franche-Comté

Ils étaient, dans les temps d'oppression, de deuil,
De honte, où l'infamie étalait son orgueil,
Les spectres de l'honneur, du droit, de la justice ;
Ils foudroyaient le crime, ils souffletaient le vice ;
On voyait le vol fuir, l'imposture hésiter,
Blêmir la trahison, et se déconcerter
Toute puissance injuste, inhumaine, usurpée,
Devant ces magistrats sinistres de l'épée...

Victor Hugo : *Les Chevaliers errants*
(La Légende des siècles,
in *Le Cycle héroïque chrétien)*

Capturé à Nájera, le 3 avril 1367, en même temps que Bertrand Guesclin et soixante chevaliers français ralliés à la cause de l'usurpateur Henri de Trastamare, Tristan de Castelreng est emmené à Bordeaux dans le sillage du vainqueur : Édouard, prince de Galles.

Il sait que ses jours sont comptés : le fils du roi d'Angleterre n'a pas oublié une tentative d'enlèvement commise par le Français au manoir de Cobham peu après son mariage avec la belle Jeanne de Kent. Heureusement, un « Goddon », Hugh Calveley, veille amicalement sur le prisonnier.

Pour célébrer sa victoire, le prince d'Aquitaine décide d'organiser, à Bordeaux, des joutes et un pas d'armes où les adversaires emploieront des armes de guerre. Tristan et son écuyer, Robert Paindorge, sortent blessés de ces jeux dangereux. Ils quittent en hâte la ville grâce au dévouement d'une femme belle, hardie et ardente, Tancrède, qui fut la cousine d'Ogier d'Argouges, le beau-père de Tristan, tué à Briviesca peu après la venue des Grandes Compagnies en Espagne.

Tancrède meurt en se faisant avorter sur les lieux mêmes de son enfance : la forteresse de Rechignac. Tristan et Paindorge cheminent alors vers la Normandie. Parvenus à Gratot, la demeure des Argouges, ils apprennent par Lebaudy et Lemosquet, deux hommes d'armes qui les ont précédés, que toute la population du château a été occise par des routiers. Voilà Tristan veuf de son épouse, Luciane.

Il revient à Castelreng. La seconde femme de son père, Aliénor, y règne en despote avec son fils, Olivier, lequel se distingue des jouvenceaux de son âge par une cruauté peu commune. Tristan, qui a fréquenté Aliénor avant qu'elle ne devînt son ennemie acharnée, se refuse à considérer ce garçon pervers comme son héritier. Il est d'ailleurs né deux ou trois ans avant qu'il n'ait connu celle qui fut un temps sa fiancée.

Il quitte Castelreng et c'est sur les hauteurs du Termenès, à Villerouge, qu'il trouve avec ses hommes d'armes de quoi survivre et s'occuper. Ils accompagnent le bayle *dans la collecte des impôts et portent, de loin en loin, des messages que leur fournissent les clercs du château de Villerouge au propriétaire des lieux : Pierre de la Jugie, l'archevêque de Narbonne.*

Les jours passent. Tristan se lie avec Maguelonne, une jouvencelle du hameau. La franchise et la simplicité de la donzelle ainsi que sa rustique beauté finissent par le séduire. Il ébauche des projets : chasser de Castelreng les indésirables, épouser Maguelonne et vivre loin des guerres et de leurs tumultes. Oublier ou tenter d'oublier Bertrand Guesclin dont les forfaits commis en Espagne enténèbrent sa mémoire.

* *
*

Cependant, au-delà des Pyrénées, les événements se précipitent. Victorieux avec l'aide du prince de Galles à Nájera, le roi Pèdre de Castille se venge de ceux qui l'ont volontairement ou non abandonné avant cette bataille. C'est par centaines que d'effroyables exécutions sont commises.

Le 13 août 1367[1]*, une conférence réunit à Aigues-*

1. Don Henri en confirma les termes le 8 septembre, au château de Peyrepertuse.

Mortes le duc d'Anjou, le cardinal Gui de Boulogne et Henri de Trastamare. Après avoir obtenu l'assistance de Charles V et du pape, et pourvu, par eux, d'une fortune considérable, l'usurpateur rassemble tous ses partisans parmi lesquels on dénombre maints chevaliers d'aventure, soit 1200 lances[1]*. Courant septembre, il entame sa marche sur l'Espagne. Il partage le commandement avec le Bègue de Villaines, le vicomte de l'Isle, Guillaume de Villemur, le bâtard Don Bernal de Béarn et le comte d'Osuma, fils du ministre aragonais Bernal de Cabrera. Traversant les Pyrénées par l'Andorre* « où jamais homme à cheval n'était passé », *ils débouchent en Aragon malgré l'opposition de Pierre IV qui, excipant d'un traité avec le prince de Galles, leur avait enjoint, par l'intermédiaire du gouverneur du Roussillon, de respecter ses terres.*

Aussitôt informé, le roi humilié dépêche de Saragosse un corps d'armée considérable pour refouler les envahisseurs. Or, obéissant à l'infant d'Aragon, ces guerriers laissent aller Henri et ses hommes jusqu'à son fief de Ribagorza où ils se reposent deux jours.

Le 24 septembre, après être passés par Arén, Estadilla (qui appartient à Felipe de Castro, époux de Juana, la sœur du Trastamare), Barbastro et Alzagra, ils sont en vue de Huesca.

L'usurpateur se dirige alors vers Calahorra et, s'étant rendu sur les bords de l'Èbre[2]*, il franchit cette*

1. Plus de 5 000 hommes dont le nombre ne cessera de grandir.

2. Parvenu sur la rive droite de l'Èbre, le Trastamare demanda si l'on était en Castille. On lui répondit qu'il avait atteint son royaume. Aussitôt, il mit pied à terre, s'agenouilla, fit de l'index une croix sur le sable et la baisa. « Par cette croix », proclama-t-il, « image de l'instrument de notre rédemption, je jure que, pour dangers et malheurs qui m'adviennent, je ne sortirai plus vivant de ce royaume. En Castille, j'attendrai la mort ou telle aventure que le ciel me réserve. » Puis, se relevant, il arma plusieurs chevaliers dont le bâtard de Béarn, qu'il allait faire comte de Medinaceli dans son camp devant Tolède, le

rivière et campe à Zalderando, à quatre lieues de Burgos qui est bientôt conquise[1]. *L'ex-roi voit se prononcer à nouveau pour lui un grand nombre de hauts barons et seigneurs. Peu après León tombe.*

La guerre contre Pèdre commence donc, cependant que le roi de France décide d'aider Henri coûte que coûte (à l'inverse des rois d'Aragon et de Portugal soudain faussement neutres). Quant au roi de Navarre, il accorde alternativement ou simultanément son alliance à Pèdre et à Henri.

Quelque informé qu'il fût des préparatifs militaires des Anglais en Guyenne, Charles V récidive : il enverra une nouvelle fois en Espagne une armée composée de malandrins de la pire espèce. Qui les commandera ? Guesclin, bien sûr !

Tandis que le roi de France médite et s'use les genoux en prières, les alliés du Trastamare agissent. Le Bègue de Villaines assiège Salamanque. Il prend le commandement pour faire mouvement sur Tolède. Il compte dans sa suite, outre le Bâtard de Béarn, 400 Bretons parmi lesquels on trouve Arnaud Solier, dit aussi l'Hermite de Soliers, dit encore le Limousin ; Thomas Pignel et son fils Pierre ; Geoffroy Ricon, Yvon ou Yons ou Lions de Lakonner, Sevestre et Yvon Budes, Aliot de Calay, Alain de Saint-Pol, d'autres

26 juillet 1368. Cette genouillade suivie d'une proclamation puis de l'adoubement de quelques chevaliers fait évidemment songer à l'arrivée du roi d'Angleterre à la Hogue-Saint-Wast, le 12 juillet 1346. Édouard III toucha le sol – mais à la suite d'une chute – et adouba maints jeunes seigneurs dont son fils de seize ans, Édouard de Woodstock.

1. Burgos se défendit âprement. Les Juifs firent front à coups de sagette et de bombarde. Réduits à la capitulation, ils furent frappés d'une contribution importante. Dans le château, le Trastamare délivra son beau-frère, Philippe de Castro, détenu là depuis Nájera.

encore[1] *et puisqu'il faut un mîtré, l'archevêque de Tolède. Tous se félicitent d'avoir saisi au lit, à Burgos, le troisième mari de Jeanne de Naples, Jaime III, malade, et de l'avoir su frapper... d'une amende de 80 000 doubles d'or à payer par son épouse. En attendant que cette rançon soit acquittée, on l'a conduit au château de Cariol.*

La reconquête semble bien engagée. Les renforts ne sauraient tarder.

Et justement, le dimanche 3 décembre de l'an 1368, alors qu'en compagnie de Paindorge, Lebaudy et Lemosquet, Tristan accompagne Pierre de la Jugie à Toulouse où vont être transférées les reliques de saint Thomas d'Aquin, l'armée de Guesclin, qui chemine vers les Pyrénées, croise l'escorte de l'archevêque de Narbonne.

Le Breton distingue aussitôt, proche du prélat, le chevalier qu'il déteste le plus : Castelreng.

Il triomphe. Charles V l'ayant pourvu de tous les pouvoirs, il exige dans sa compagnie la présence de Tristan, lequel se résigne à le suivre plutôt que de périr sur place. Paindorge seul l'accompagnera.

Maguelonne va devoir l'attendre. S'il survit à cette expédition, il en fera son épouse...

1. Auffroy de Guébriant, Yvon Duant, Thibaut du Pont, Alain de la Houssaye, Jean Kerlouet, Olivier de Mauny, Guillaume Boistel, etc.

PREMIÈRE PARTIE

LA NUIT DES JUDAS

I

L'armée qui s'en allait fortifier celle du Trastamare était passée à proximité de Toulouse avant de faire mouvement vers le sud-ouest. Négligeant le pas de Roncevaux, elle entra dans le Haut Aragon entre le 15 et le 20 décembre 1368 sans se soucier des menaces de Pierre IV qui, d'ailleurs, ne broncha point. Le froid sévissait. Piétant dans une neige épaisse et meuble, les hommes exhalaient sur leur passage le nuage de dix mille haleines auquel s'ajoutaient les brumes sourdies des naseaux des chevaux, des mufles des bœufs, vaches et moutons destinés à la nourriture.

Des guerriers périrent de froid, d'autres succombèrent sous quelques volées de sagettes. Quoique prévisibles, ces inconvénients affermirent chez Guesclin et ses familiers le désir de rencontrer au plus tôt le roi de Navarre. Ils voulaient, à Pampelune, faire leurs choux gras des fortunes et terres que le malicieux souverain leur avait promises à l'issue de la précédente campagne[1]. Ils firent chou blanc : dame Jeanne, reine de

1. On n'est guère informé sur cette descente en Espagne. Il est probable que les Pyrénées franchies, l'armée fit mouvement vers Pampelune, Guesclin et son cousin Olivier de Mauny ayant un compte à régler avec le roi de Navarre. En effet, pour échapper à Pèdre et aux Anglais, Charles le Mauvais avait acheté la connivence du cousin de Bertrand. Ils avaient simulé un enlèvement : mis en lieu sûr au château de Borja,

Navarre et sœur du roi de France, ne sut ou ne voulut révéler où son époux séjournait. Elle promit qu'il s'acquitterait de ses dettes d'honneur, ce qui eut pour effet d'augmenter la fureur des Bretons dont le temps exécrable et la lenteur de leur avance développaient l'enragerie.

— Ça lui va bien, à cette noble épouse, de parler d'honneur, grommela Guesclin sans souci d'être entendu tandis qu'il renfourchait Paimpol, son gros roncin pommelé. Faut pas en avoir soi-même, ma Doué, pour épouser un petit roi qui en est dépourvu.

Le temps était affreux : un ciel de suie, un vent dont les aiguillons transperçaient les armures ; la neige, la glace, le givre et des ennemis inconnus. Ils assaillaient les charroyeurs d'arrière-garde ou les accablaient de loin, de leurs traits. Nul ne se fût risqué à poursuivre ces escarmoucheurs en montagne. Parfois, des arbres récemment abattus empêchaient le passage. On se mettait à vingt ou trente pour dégager un chemin noyé de blanc et à peine était-on reparti qu'apparaissaient de larges fosses où les chevaux, déjà bien mal heureux, eussent pu se rompre un membre. Sur ces pentes enneigées, les charrettes s'enfonçaient jusqu'aux essieux et les bêtes jusqu'au ventre. Les bagages ne pouvaient suivre. On les attendait impatiemment à la vesprée autour de nombreuses flambées lamentables et fumeuses. Les viandes cuisaient mal ; le vin se pailletait de glaçons ; le pain dur comme du granit ne

le roi de Navarre avait promis à son « ravisseur » la seigneurie de Gavray, en Normandie, assortie d'une rente de 3 000 francs.

Cette hypothèse du passage à Pampelune se trouve renforcée par le fait que le 4 février 1369, Guesclin et Mauny rencontrèrent Charles de Navarre à Borja – directement au sud – et l'obligèrent à respecter ses engagements. Olivier obtint confirmation de la donation de Gavray et d'importants subsides.

s'amollissait point sur ces foyers de pauvres, mais s'imprégnait d'un goût de cendre.

— On se gèle les sangs, grommelait de loin en loin Paindorge, presque ébahi de vivre encore. On endure ce qu'ont enduré le prince de Galles et son armée lorsqu'ils sont venus, l'an passé, en Espagne.

— C'est comme une revanche que ce satrape nous impose.

— Manquerait plus que Pèdre, tout seul cette fois, parvienne à nous déconfire !

— J'en connais un qui le mérite !

— On dit que nous manquons de tout depuis cinq jours. Les pourvoyeurs et la vitaille n'ont pas pu suivre. Demain, après-demain, on verra plus de morts qu'on en a vu jusqu'ici.

— Nous n'avons plus rien derrière nous, mais devant, nous avons un conduiseur exemplaire !

Comme son écuyer, Tristan n'osait trop parler et encore moins sourire : ses lèvres gercées, fendillées, le lui interdisaient. Guesclin l'avait inclus dans son ost par la menace. Il le suivait, résigné, tout en se félicitant de le voir souffrir du froid autant que le dernier archer de ses piétailles.

On avançait dans une litanie d'injures, d'exclamations, de plaintes, de hennissements de chevaux maltraités parce qu'enlisés dans la neige et la glace qui leur entamait les jambes. C'était pour tous, hommes et bêtes, l'égalité dans la souffrance, parfois dans le désespoir. Et Tristan ne doutait pas que Malaquin, tout vaillant qu'il fût, et le Flori de Paindorge, ne trouvassent insensée la nouvelle expédition contre Pèdre.

« Si Maguelonne savait !... Si elle nous voyait ! »

De se trouver parmi ces milliers de guerriers à peine dominés par quelques seigneurs gelés des orteils aux oreilles, il éprouvait une espèce de honte. Il allait donc devoir se battre une fois de plus pour un suzerain sans mérite contre un suzerain immonde. La crainte ne le mordait pas encore aux entrailles mais son esprit, déjà, se déchiquetait : « *Qu'est-ce que je fais là ? J'étais si bien à Villerouge !* » Il en convenait maintenant. Seulement maintenant. Faisait-il beau et chaud par-delà les montagnes ? Comment vivaient les manants de Villerouge ? Les clercs ? Alazaïs, Sibille et Maguelonne se lamentaient-elles d'une absence imméritée auprès de Lebaudy et Lemosquet ?

Quand donc s'achèverait cet hiver inhumain ?

On apprit par un espion – mais était-ce vrai ? – que le roi de Navarre avait depuis longtemps donné commission au vicomte de Castelbon et au sire de Paillats d'agresser les gens de France. Guesclin ne se connaissait qu'un seul ennemi : le froid. Le visage emmouflé dans une barbe grise, le Petit-Meschin approuva la décision du Breton d'avancer, d'avancer toujours jusqu'à ce qu'on fût en plaine : il serait bien temps de châtier Castelbon et son compère au retour s'ils se montraient hostiles aux Français [1].

Ce soir-là, sous le pavillon du Breton où tremblait un feu maigre, Tristan put enfin voir réunis la plupart des capitaines. Outre le scandaleux Petit-Meschin qui

1. Cet épisode du franchissement des Pyrénées a été rapporté par quelques hagiographes de Guesclin. Selon eux, le Breton aurait envoyé des messagers auprès des vicomtes de Castelbon et Paillats. Ces capitaines, au nombre de six, auraient été faits prisonniers. Hervé de Mauny serait allé demander la libération des captifs. Ayant essuyé un refus, une bataille aurait eu lieu. Vaincu – donc en déroute – Castelbon aurait fait dépouiller les six capitaines et les aurait exposés nus, au froid, la nuit de Noël. Guesclin serait alors venu les délivrer.

Non seulement Froissart, Cuvelier et Pedro Lopez de Ayala ne rapportent pas cette histoire incohérente, mais la chronologie des événements la dément. Passant par l'Aragon entre le 15 et le 20 décembre 1368, il est vraisemblable que le Breton accomplit un détour par Pampelune afin de soutenir les revendications de son cousin.

semblait raccourci, écrasé par le fardeau de ses innombrables abominations, il y avait au coude à coude le maigre et taciturne sire de Launoy au prénom d'Innocent, Olivier Guesclin, frère du commandant suprême [1], Alain et Henri de Mauny – leur troisième frère, Olivier, étant auprès du Bègue de Villaines. Il y avait encore Eustache de la Houssaye dont le mains-né, Alain, secondait le Bègue ; Guillaume de Laval, Jacques de Pénéodic, Maurice de Trésiguidy, Henri de Beaumont, fils de Jean de Hainaut, et son hoir [2] Alain ; un autre Alain : Raoulet ; les bourcs [3] Camus, Lesparre, Caupene ; Batillier, Amanieu d'Ortige, Perrot de Savoie ; et une main posée sur l'épaule du sublime bourreau des faibles et des innocents, Elias Machin, dit le Petit-Meschin, une sorte d'hercule au regard d'archange : Bras-de-Fer. Il y avait aussi, en retrait, Emerion Estonne, le Bâtard de Penie, et quelques écuyers inconnus de Tristan.

Qu'ils fussent grands ou courts sur pattes, maigres ou gros, glabres, moustachus ou barbus, tous avaient le même air lugubre de fantômes ressuscités. Tristan pressentit que leurs faces faussement gaies ou rési-

1. Il y eut plusieurs Olivier Guesclin :

I. L'oncle du connétable, chevalier, seigneur de Sainte-Anne-en-Servan, partisan de Jean de Montfort en 1341. Il obtint des lettres de rémission de Charles IV en 1344 et, l'année suivante, une bulle de pardon du pape. Il se rallia en 1346 à Charles de Blois.

II. Le frère du connétable, comte de Longueville à la mort de celuici, seigneur de la Guerche, de la Roche-Tesson et de Broons, chevalier banneret. Il suivit Bertrand comme son ombre. Des procès l'opposèrent à Jeanne de Laval, veuve de Bertrand, à propos de l'héritage de celuici.

III. Le seigneur de Vauruzé, fils de Bertrand de Vauruzé, oncle du connétable, et de Thomasse le Blanc. Il était le cousin germain de Bertrand. Ce fidèle partisan de Charles de Blois épousa, en 1365, Jeanne de Bouillé, dame de la Moulière, où il s'établit.

2. Héritier, fils.

3. Bâtards.

gnées, attentives ou distraites, leurs regards de fauves assagis par un dompteur à leur semblance, leurs rires hoquetants, pointus ou graveleux hanteraient longtemps ses nuits et peut-être ses jours. Tous semblaient sortis des caveaux sombres et fumeux des cités mortes ou moribondes – à cause d'eux –, et ne vivre que dans l'espérance de leurs prochains forfaits. Quelque chose de farouche et d'innombrable, une sorte de suaire tissé par leurs haleines rudes et parfois rauques, les enveloppait.

« Des monstres, des incubes comme ceux de notre première venue... D'ailleurs, la plupart en étaient. »

Il y avait, serrée à l'entour de sa personne, la canaille invincible et soumise, pesante et puante, assujettie, une fois de plus, à la volonté d'un seul maître : Guesclin.

« Ah ! comme il est moult aise de se sentir respecté ! »

Depuis sa rencontre avec le Breton sur le chemin de Villerouge, c'était la première fois que Tristan pouvait voir ses singuliers compagnons au complet – ou presque. Il craignait tellement d'être dupe de ses regards qu'il touchait parfois Paindorge du coude ou de l'épaule pour sentir près de lui cette présence rassurante. Comme lui, mêlée d'inquiétude ou d'effroi, mais en tout cas fascinée, la curiosité de l'écuyer cheminait vers il ne savait quelles ténèbres. Pour eux, l'ensemble de ces « justiciers » dont certains avaient bassement obéi aux injonctions du duc d'Anjou, orfèvre en vilenies, était aussi redoutable que la truanderie de Brignais.

« Et dire que nous allons devoir les costier pendant de longues semaines et les voir se repaître de meurtres, de tourments, de sang et de flammes ! »

Pendant ce temps-là, chez Pierre Massol, à Villerouge, Maguelonne songeait peut-être qu'il s'accordait du bon temps !

— On aurait mieux fait de rester près de notre feu, chuchota Paindorge.

— C'est bien mon avis. Mais tais-toi. Oye et observe.

Tristan détestait qu'on l'eût instamment convié à ce conseil. Bien qu'il abominât ces soi-disant prud'hommes, il était tenu de se montrer courtois envers eux, excepté le Petit-Meschin qu'il eût occis avec plaisir si l'occasion lui en avait été fournie. C'était une ignominie que ce forfante qui avait été parmi les vainqueurs de Brignais où quelque vingt mille hommes de l'ost de France avaient péri, fût désormais considéré, par la grâce de Guesclin, comme un solide serviteur du royaume et soldé en conséquence avec permission, lorsqu'il serait en Castille, d'accomplir tout ce dont il aurait envie.

Ce soir-là, comme chaque fois qu'il se trouvait en présence de ces falourdeurs[1] auxquels Charles V accordait sa confiance, Tristan se demanda comment des chevaliers authentiques, s'il en existait encore, eussent pu se sentir à l'aise parmi des milliers de batail-lards sans foi ni loi qui perpétraient avec une jubilation affreuse, toutes sortes d'énormités[2].

« Quant à Guesclin... » songea-t-il.

Bien qu'il s'en défendît, le Breton ne cessait de lui en imposer tant par la puissance de son personnage que par sa façon de l'interpeller avec une hargne, une hautaineté qui confirmaient, s'il en était besoin, une aversion d'ailleurs bien partagée. Le Breton n'était point sujet à vaciller sous les assauts des intempéries

1. Prétentieux.
2. Crimes particulièrement abominables.

mentales. Il ne craignait ni les haines humaines ni l'adversité de la nature, même lorsque les éléments les plus mauvais de celle-ci s'unissaient, comme en ce mois de décembre, pour contrarier ses desseins. Il vivait dans un monde aussi clos que son armure. Comme d'autres, pour exister, avaient besoin de vin et de chère, de chaleur et de sollicitude, il lui fallait du sang et des plaintes, du feu et des supplications. Son œil distrait mais infaillible décelait tout. Tristan savait que cet ennemi, sur le chemin de Villerouge, avait surpris dans son regard sa crainte d'avoir à subir les inconvénients d'une autorité sans faille. Bertrand se pourléchait de l'avoir subjugué.

— Messires, dit le Breton en examinant brièvement les complices qui l'entouraient, messires, j'en vois certains d'entre vous qui faiblissent. Bientôt, en plaine, nous serons à l'aise.

— J'ai les pieds gelés, dit Guébriant, et des pernions[1] aux mains. Si nous devons surquérir[2] des coquins ou leur contrester[3], je ne pourrai tenir mon épée tant je suis mal et déforci.

— Nous combattrons, mon compère. Ah ! oui, nous combattrons et le plus tôt sera le mieux. Rien de tel qu'une bataille pour réchauffer un corps !

« Ou le refroidir à jamais », songea Tristan.

Guesclin levait haut son court menton comme l'eût fait sans doute un tribun de Rome. Tristan sourit. L'idée ne l'avait jamais frappé, comme maintenant, que ce huron pétri dans la glaise du pays gallo pouvait se griser de batailles imaginaires comme un gros mangeur pouvait rêver parfois de plateaux fléchissant sous

1. Engelures.
2. Attaquer.
3. Résister.

des mets délectables. Tirer sa lame du fourreau était pour cette ortie convertie en lis plus qu'une jouissance : une volupté assouvie sans coups de reins, sans spasmes, sans soupirs, mais assortie d'un rugissement de bête dévoreuse. Tout en se prévalant de servir le roi, et par conséquent l'Église, il avait innové la liturgie du mal. Ses autels hispaniques avaient noms de brasiers ; quant à ses prières, si d'aventure il advenait qu'il en fît, elles se confondaient avec les hurlements de ses victimes. Et mieux encore que ses prélats, le roi Charles bénissait de sa main enflée de sang corrompu ce grand corrupteur d'une Espagne saignée à blanc, déjà, par ses propres enfants.

— Messires, reprit le Breton, plus nous avancerons désormais, plus nous serons honnis car on nous déteste aussi bien en Aragon qu'en Navarre. Vous avez tous vu les messages [1] que le roi Enrique ne cesse de m'envoyer. Il nous attend. Il nous espère... Il assiège Toulette et Toulette ou Toledo ou Tolède résiste... Le Bègue de Villaines m'a fait tenir un bref [2]. Il y est écrit qu'il désespère de conquérir cette Jérusalem... Tolède, messires, est une forteresse juive.

Tristan songea qu'il n'y avait pas plus chrétiens que Pedro del Valle, sa famille, ses armuriers et serviteurs, et que dans cette cité que le Breton vouait à la destruction, Chrétiens, Juifs et Mahomets vivaient *toujours* ensemble et défendaient ensemble un bien-être que nul homme de France ne pouvait comprendre. Pas même lui.

— Nous devons vaincre cette ville... Nous devons vaincre cette... hérétique ! Cette fille d'Abraham...

1. Messagers.
2. Surtout lettre du pape à caractère privé.

Nous devrons démanteler son corselet de pierre et la livrer, nue, à nos volontés !

Guesclin s'avisa de celui dans lequel il voyait un juge :

— Qu'en dis-tu, Castelreng ?

« Je me dis que les Juifs sont aussi peu nombreux à Tolède que les honnêtes gens dans ton armée. »

— Ce n'est pas à moi de fournir un avis... Je suis là contre mon gré. J'obéirai à tes mandements. Ne m'en demande pas davantage.

Guesclin s'inclina. Sa fureur avait fait un bond. En avant ou en arrière ? Très prolixe pour une fois, il fournit à son auditoire quelques précisions qu'on ne lui demandait pas.

— Pèdre se montre chaque jour plus cruel en Andalousie. Il y passe son temps à tourmenter et à occire tous ceux, hommes et femmes, qui souhaitaient le retour de notre ami Henri... Les Cordouans, effrayés, demandent du secours...

— Toulette est-elle à ce point imprenable ? interrompit Emerion Estonne, la moustache emperlée, le nez et les oreilles vermillonnés d'engelures.

Guesclin se rengorgea : s'il avait été auprès des assaillants, eh bien, il eût déjà franchi les murailles. Les deux capitaines qui, pour Pèdre, commandaient la place, l'alguazil major Fernando Alvarez et Garci de Villodre, avaient constitué une armée juive. Don Henri et Pierre de Villaines qui, depuis le 30 avril, assiégeaient la nouvelle Jérusalem avec un millier de lances, craignaient d'épuiser leurs guerriers en de vaines attaques. Au moyen de bastilles construites devant les ponts de San Martin et d'Alcántara, ils avaient fermé toutes les issues dans l'intention de triompher des Tolédans par le désespoir autant que par la famine [1].

1. La plupart des hommes réunis autour de Guesclin avaient été de la première expédition en Espagne. Ils avaient séjourné à Tolède.

— Comme les Goddons à Calais, messires !... Et les Goddons sont parvenus à vaincre !

— Hélas ! fit Kerlouet comme il eût dit « *Amen* ».

Consterné d'avoir été interrompu, Guesclin reprit sa description de l'état de Tolède :

— Par des chevaucheurs qui connaissent des souterrains, Pèdre amuse les manants de chaudes paroles. Il les stimule et affirme qu'il fera le nécessaire pour leur conservation... Ils ont osé une sortie. Villaines les a vaincus. Il a fait décoller les captifs chrétiens. Les Mahomets et les Juifs ont été pendus aux murailles... Mais je l'avoue : rien ne peut décourager cette pestilence.

Pèdre conservait une supériorité maléfique dans les provinces du Midi. Murcie, l'Estrémadure et l'Andalousie demeuraient – excepté Cordoue – à sa dévotion. Assujettie à Fernand de Castro, la Galice lui restait soumise ainsi qu'une partie des Asturies. Cependant, toutes les autres provinces du Nord étaient pour Henri – hormis quelques forteresses isolées : Zamora, Soria, Vitoria, Logroño, les ports de la Biscaye et le Guipuzcoa.

— En somme, dit la Houssaye, c'est comme au jeu de l'oie : on avance, on recule. Rien n'est gagné, ni perdu.

Guesclin s'inclina devant cette expression de la vérité.

— Je résume, dit-il. Je vous dis tout cela grossement. Sachez-le si vous ne l'avez point compris la première fois que nous sommes venus sur cette terre. Les seigneurs espagnols font comme nous : celui qui a un châtelet assez petit envie celui de son voisin. Peu importe qu'ils soient pour Pèdre ou pour Henri : ils guerroient l'un contre l'autre en attendant que le vent tourne une bonne fois en faveur de Pèdre ou d'Henri afin de se rallier au meilleur des deux et de lui faire hommage.

Le Breton ne put s'empêcher de rire. Puis il croisa les bras sur son plastron de fer où pour une fois les coulures qu'on y voyait n'étaient point de sang mais de vin.

— Quelles sont les forces de Pèdre ? demanda le petit Pénéodic sur lequel Yon de Lakonnet posait un regard protecteur.

L'œil noir et le menton tiqueté de barbe, Pénéodic présentait ses paumes au feu de plus en plus maigre et fumeux qui brasillait dans un gros chaudron robé, avec maints autres ustensiles, dans une auberge de Pampelune.

— On m'a écrit quinze cents lances et six mille piétons.

— C'est peu.

— Certes, acquiesça Guesclin que Tristan vit frémir de froid sous son armure. Certes !... Mais le roi de Grenade a volé au secours de Pèdre, décidé de châtier Cordoue la rebelle... Eh oui !... J'ajoute qu'à l'approche des Maures de Mohamed, Alfonso de Guzman, que vous connaissez sans doute, est sorti de son châtelet [1] et qu'il a pu entrer dans la cité avec ses hommes pour grossir le nombre des défenseurs.

— Combien ce Mahomet a-t-il d'hommes avec lui ? demanda le Petit-Meschin.

Plutôt que de froid, il frémissait d'impatience. Il avait endossé sur son haubergeon une houppelande fourrée de renard et sur celle-ci un paletoc de cariset [2] doublé de mouton. Jaunie aux lueurs du foyer, sa chiche-face parcheminée par la froidure dénonçait une

1. Le château de Hornachuelos, à 40 km S.-O. de Cordoue.
2. Grosse serge flamande.

malefaim terrible. Nul ne se méprenait sur cette expression-là : son appétit réel, c'était celui d'occire ; il n'était à son aise que lorsqu'il versait et piétinait le sang d'autrui.

— Ces Mahoms sont moult nombreux : cinq mille géniteurs [1] et trente mille piétons.

Quelqu'un siffla, tout à la fois craintif et merveillé : Innocent de Launoy. Des murmures s'élevèrent. Tous les esprits *voyaient* cette armée redoutable.

— Ils ont assailli Cordoue [2]. Un émir, Aben-Faluz, s'est emparé de la tour Calahorra. Craignant le trépas et le viol, les femmes sont entrées en lice. Le maître de Saint-Jacques s'est joint à elles pour achever la déroute des Mahoms... Tout cela pour vous dire, messires et compères, que si nous trouvons devant nous, où que ce soit, ces infidèles, nous les vaincrons, car ce que les femmes ont fait, elles qui n'ont pas de coulles, nous pouvons et devrons le faire, nous qui en sommes pourvus. N'est-ce pas, messire de Beaumont ?

Adressée à un homme âgé qui sans doute n'en pouvait mais, la moquerie fit mouche. Embrelicoqué dans une chaucemante [3] de velours de Gênes, couleur d'azur, où ne manquaient que les lis de France, le chevalier accepta l'insolence avec moins de courroux que son fils Alain ne s'y attendait.

— Suffit pas d'en parler, faut en avoir, dit-il, désavouant du regard son père de rester coi. On peut avoir une bourse grosse comme ta hure, Bertrand, et ne point tirer un « encore » à la femme qu'on chevauche. Ton épouse, dit-on, contemple les étoiles... L'as-tu envoyée au septième ciel ?

1. Ou *genétaires* : cavaliers montés sur un genet.

2. Le 20 novembre 1368, trois semaines avant l'entrée de Guesclin en Espagne.

3. Chaud manteau à capuchon.

Cette réponse *ad rem* suscita quelques rires. Les hommes qui n'osaient s'ébaudir grimaçaient en se retenant. Guesclin brandit son poing nu, tavelé de rouge : les engelures ne l'épargnaient pas.

— Revenons aux Mahoms, messires !... Sachez que leur défaite à Cordoue a eu pour conséquence le soulèvement de quelques cités d'Andalousie qui vivaient sous leur joug : Jaén et Úbeda, entre autres... Le roi de Grenade, ce porc, les a conquises et détruites... Nous vengerons les preux qui les ont défendues.

— Nous les vengerons ! dit Henri de Beaumont qui, décidément, se montrait sans rancune.

— Ce que je sais encore, mes compères, c'est que Pèdre a pris peur quand ses alliés, les Mores, se sont massés à l'entour de Séville, sa bonne ville !

Tristan songea, morose, à Francisca. Qu'était-elle devenue ? L'avait-elle oublié ? Un cœur aimant se cachait sous sa fausse insouciance. Avait-elle pris un amant ? Plusieurs ?... Elle flottait sur l'écume de souvenirs colorés, certes, mais amers. Il n'avait point cherché le plaisir dans ses bras – tout au moins au début –, mais un remède à sa solitude. Il se sentait alors abandonné, perdu. Maintenant, il l'était encore, mais s'il advenait qu'il revînt à Séville, il ne chercherait point à revoir la danseuse. On ne débride point une plaie à peine cicatrisée. De plus, son cœur appartenait à Maguelonne.

— Pèdre est un monstre, messires, tonna Guesclin. Un *perro*, un chien ! Il a cédé moult châteaux à Mohamed. Il lui a permis d'emmener des milliers d'hommes, de femmes et d'enfants en servitude[1]. C'est Pèdre qui

1. Du seul territoire d'Utrera, à quelques lieues au sud de Séville, 11 000 personnes furent déportées chez les musulmans. Elles appartenaient aux mesnies des châteaux et cités de Turón, Hardales, El Burgo, Cañete et Las Cuevas, le premier dans les Alpujarras, entre Grenade et Almería, les autres dans les montagnes entre Ronda et Antequera.

a commis ces méfaits !... Souvenez-vous-en lorsque nous lui livrerons bataille !

Il y eut un silence lors duquel Tristan songea : « Ça te va bien de t'indigner ! » Il se sentait étranger à ce conseil. Entendre condamner les crimes et les bassesses d'autrui par un Breton qui abominait la vertu comme une offense à lui seul adressée ne manquait pas de piquant. Bientôt, dans cette guerre qui se préparait, toute dignité humaine serait exclue. Les malsaines, les méchantes, les affreuses médiocrités se tendraient comme autant d'arcs et les épées tailleraient dans les chairs vives. Sans honte ni remords et sans se dire « *que fais-je en ce pays qui ne m'est rien alors que le mien souffre la géhenne en raison des routiers qui l'infestent ?* » les chevaliers de France fériraient des Espagnols sans même savoir au préalable, de Pèdre ou de Henri, vers quel despote allaient leurs préférences.

— Or, ce n'est pas tout, messires... Tenez-vous bien : Pèdre a abjuré sa foi chrétienne pour embrasser la religion du Soudan de Grenade !

Un cri d'horreur s'éleva, poussé par Eustache de la Houssaye. Un rugissement. Bientôt, la stupéfaction, l'indignation et l'incrédulité s'exprimèrent dans un concert de « *Oh !* » et de « *Ah !* » qui arrachèrent un sourire à Guesclin.

— J'avais, messires, gardé cela pour la bonne bouche !

Tristan avait ouvert la sienne par précaution. Aucun son n'en était sorti. Il doutait de la véracité d'une pareille apostasie. Quelque terrible qu'il fût, Pèdre était un dévôt. Évêques et presbytériens remuaient, priaient et prophétisaient à l'entour de sa personne. Certes, il advenait qu'il demandât conseil à des Juifs, mais les gens d'Église n'y voyaient point ombrage.

— Or çà, messires, ce n'est point tout ! J'ai mieux

encore à vous dire, et je tiens cela du dernier chevaucheur que notre bon Henri m'a envoyé... et qui mange et se réchauffe dans le pavillon de mon frère Olivier. Pèdre, inquiet et ne sachant où donner de la tête, a demandé conseil au Maure Benahatin...

— Qui est-ce ? demanda le Petit-Meschin, la face penchée en gargouille.

— Un grand astronomien, conseiller du roi de Grenade, car vous pensez bien qu'il n'a pas trouvé chez les Chrétiens circonstans [1] un seul homme pour l'éclairer [2].

Tristan fit un pas de côté pour quitter sinon fuir le conseil. Guillaume de Laval fut sur le point de l'imiter. Guesclin hurla :

— Je n'ai point achevé !... Oyez ! Oyez !

Le Breton reprit son souffle :

— Dix mille Mahoms sont arrivés à Pèdre par Lissebonne. Le roi de Portingal leur a fourni de petites nefs afin qu'ils remontent le Tage jusqu'à Toulette.

Il y eut des murmures. Pèdre apparaissait à certains non plus comme un « vaincu d'avance », mais comme un guerrier qui pouvait, avec les Maures substitués aux Anglais, gagner de nouvelles batailles.

— Et savez-vous pourquoi je n'ai point trouvé le roi de Navarre à Pampelune ?... Eh bien, c'est parce qu'il guerroie avec don Tello, le frère hideux du Trastamare... Celui qui s'est enfui à Nájera !

— Il faudrait occire le petit Charles, ce Mauvais qui ne cesse d'encombrer la vie de notre Charles, qui lui est honnête et chrétien.

Content de son homélie, jouant des hanches et des

1. Les chrétiens de son entourage.

2. Pedro Lopez de Ayala cite, dans ses *Chroniques*, les deux lettres de Benahatin. Ce sont des modèles d'intelligence marqués par un esprit de liberté, de tolérance et de philosophie inconnu chez la plupart des chevaliers d'alors.

épaules, Henri de Mauny se rapprocha du seuil de la tente. Guesclin leva un poing menaçant :

— Logroño, Vitoria, Salvatierra, Santa-Cruz de Campezo, ces cités que nous connaissons arborent sur leurs parois les bannières navarraises[1] !... Les rois d'Aragon et de Portingal se disent neutres. C'est faux : ils souhaitent l'affaiblissement de la Castille pour la dépecer... et Charles le Mauvais leur a promis son alliance... Le Portugalois a envoyé trois mille chevaux à Pèdre... Nous sommes venus céans pour instaurer la paix... Nous ne l'établirons que par la guerre. Après, la paix régnera conjointement avec Henri !

« La *Pax Guesclina* », songea Tristan.

— Nous allons effrayer l'Aragon. Nous donnerons la cacade au roi Pierre IV. S'il veut la bataille, nous la lui accorderons volontiers. Puis nous irons à Borja où j'ai affaire... Ensuite, nous chevaucherons vers Toulette. J'ai une grosse envie d'assainir cette cité où les synagogues font la nique aux églises ! Pas vous ?

Croisant les bras, Guesclin considéra ses hommes liges. Ceux qui ne disaient point *oui* acquiesçaient de la tête. Tristan resta glacé. Le Breton sourit mais ne dit mot : entre eux, depuis longtemps, c'était la guerre. Une fois de plus, ils se regardaient bien en face avec un mépris un peu plus accru que la veille.

— Un vrai guerrier, Castelreng, n'a nul besoin de s'attarder à penser. *Un chevalier n'en doutez pas doit férir haut et parler bas...*

Il n'avait fait, lui, que confabuler. La sagette qu'il décochait n'atteignit pas son but ; Tristan sourit :

1. La campagne du roi de Navarre s'était déroulée de mars à juillet 1368, mais des bandes armées continuaient de harceler les forteresses et les cités du Nord.

— Je suis avec toi contre mon gré, mais je t'obéirai, sois sans crainte.

Aucune amertume ne transpirait dans sa voix : il rappelait le fait qui lui tenait à l'âme et durcissait son cœur d'une aversion dont il faudrait bien qu'il s'épanchât un jour.

— Assez parolé de l'Espagne, messires, dit le Breton en se frottant les mains. Il me faut aussi vous apprendre que notre bon roi Charles a cité à comparaître Édouard, prince de Galles, en la cour du Parlement de Paris pour toutes les mauvaisetés qu'il a commises en Guyenne contre des prud'hommes naguère ses alliés [1].

Il y eut quelques grondements : ces seigneurs soudain ralliés à Charles V demeuraient suspects aux Mauny, Beaumont et quelques autres, fidèles serviteurs de la Couronne de France depuis toujours.

— La meilleure façon de prouver leur féauté à Charles, dit Amanieu d'Ortige, c'était de venir avec nous châtier Pèdre, le renié !

D'un regard, Guesclin lui enjoignit le silence. Il obéit, mais un « *Merdaille* » révéla son courroux.

Dès lors on s'entretint du froid, de la chicheté de la nourriture et des prochaines batailles. En quittant le

1. La lettre d'ajournement est datée du « *seizième jour de novembre, l'an de grâce 1368* », un jeudi. Charles V le citait à comparaître « *au second jour du mois de mai prochain* ». Le sénéchal de Toulouse avait été chargé de signifier au prince les sauvegardes que le roi avait accordées aux appelants de Guyenne aux mois d'août et novembre 1368, et de faire citer le prince au tribunal des Pairs ou au Parlement. Le sénéchal avait choisi pour cette mission Bernard Palot, juge criminel de Toulouse, et Jean de Chaponval. Leur tâche accomplie, les deux hommes furent rattrapés sur le chemin du retour et emprisonnés à Agen. L'héritier d'Angleterre leur avait lancé cette fière réponse :
— *Nous irons volontiers à notre ajour à Paris, puisque mandé nous est du roi de France, mais ce sera bassinet en tête et soixante mille hommes en notre compagnie.*

pavillon aux toiles durcies par le gel, Tristan sentit sur sa nuque un regard chargé de haine. Il eût pu se retourner ; il ne l'osa.

Maussade, pataugeant dans une boue grisâtre sous la lune, il rejoignit ses compagnons assemblés autour d'un feu dont la fumée semblait hésiter à atteindre le faîte troué de la tente. Arrachées à la neige, des pierres le circonscrivaient.

— Messire, dit Paindorge, il a dû s'en dire des choses, vu le temps que vous avez passé !

— Il s'en est dit, Robert. Toujours les mêmes : Pèdre, Pèdre, toujours lui. A ouïr tous ces propos, on dirait que le Trastamare est un saint !

— Malandrin pour malandrin, dit Galiffer de Jumelle, un petit barbu qui présentait ses paumes au feu l'une après l'autre pour laisser un peu de place à celles de ses voisins, oui, malandrin pour malandrin, je préfère tout de même Henri. Lui, au moins, n'est pas fils de Juif !

Afin de conserver son séant au sec, il était assis sur son bouclier – *d'argent à trois bandes de gueules*[1]. Il n'avait pas quitté depuis l'aube son paletoc de laine noire et le chaperon qui l'embronchait jusqu'aux sourcils.

— Juif, dis-tu ? s'étonna son compère assis à cacaboson, les bras croisés, les poings au chaud sous les aisselles. C'est ce que t'a dit Alain Raoulet ce matin ?

Lui, c'était Jacquemart Cabus. Grand, glabre, le cheveu dru, il paraissait insensible au froid dans son hoqueton de cuir sous lequel, à l'encolure, moussaient les poils d'une pelisse de mouton. On ne voyait que son nez dans sa face triangulaire, un appendice rouge

1. Son cousin, du même nom, devint en 1400 écuyer, huissier d'armes du roi.

avec, à sa pointe, la perle glauque d'une incessante roupie.

— Oui, c'est Raoulet qui me l'a dit. Et Bertrand me l'a confirmé.

— Juif ! s'exclama Cabus. Quand je conterai ça à mon frère, il me dira : « *Ils font la loi* », mais je ne peux pas croire, moi, qu'un circoncis pose son potron sur le trône de Castille.

— Circoncis ? Faudrait voir, dit Paindorge.

— Faudrait voir, soupira Jacquemart Cabus.

Son aîné gouvernait le château de Selles, à Cambrai. Sacrifiant aux usages du temps, les deux frères avaient pour armes un chou cabus et pour devise *Tout n'est qu'abus*. Tristan se demanda quels excès cet homme commettrait bientôt.

— Les ennemis de Pèdre l'appellent *Petrezil*, reprit Galiffer de Jumelle. Et ça, depuis la mort de son père. Ils prétendent que sa mère a eu un fils – lui – d'un Juif qui s'appelait Zil [1] et qui était le conseiller d'Alphonse. Mais là encore, qui peut en être sûr, sauf la dame ?

— Mangeons, dit Tristan que ces parlures, après celles de Guesclin, agaçaient. Qu'y a-t-il, mes compères, au repas de ce soir ?

— Du bacon, dit Paindorge, dur comme nos semelles, mais qui s'amollit sous cette pierre-ci. Des tranchoirs [2] finement coupés par messire Cabus, quatre oignons, huit panais que nous ferons griller, et dans les *calabazas* que messire Cabus a robées à Pampelune, de quoi nous égayer sans être saouls... J'ai dû piéter

1. On lit, à propos de cette rumeur, dans la *Chronique des quatre premiers Valois* : « *C'est une dure chose à croire car la royne* (la reine), *celle qui l'appelait filz, fut très saincte et bonne et moult religieuse dame : et n'eust jamais fait ung tel fol hardement envers le bon roi Alphons son seigneur.* »

2. Tranches de pain.

un quart de lieue pour obtenir ces merveilles, et bien que gêné par ma besace, j'ai dû tirer l'épée pour éloigner les envieux.

— Mangeons, répéta Tristan. Tous ces hommes m'ont courroucé presque autant que la froidure.

— Si ça se trouve, Henri est juif aussi, dit tout à coup Paindorge.

Il rit et fut le seul.

— Pourquoi pas le pape ? dit sombrement Cabus.

— Pourquoi pas lui ? reprit Paindorge. Et tous les clercs...

— Qu'est-ce que tu dis là ? grommela Jumelle.

— Eh bien, oui, fit l'écuyer en écartant, de l'extrémité de son perce-mailles, la pierre sous laquelle s'attendrissaient les tranchoirs, eh bien, oui : les gens de notre sainte Église ne sont-ils pas circoncis... sur le crâne ?

— Certes, certes, approuva Jumelle, mais eux, au moins, ils n'enfantent pas des bâtards !

— Qu'en sais-tu ? demanda Tristan inquiet, soudain, du cours que prenaient ces propos. Le vœu de chasteté... le vœu de chaste ôté, ce sont des hommes comme nous. En Castille, les prêtres, les évêques ont autant de concubines que les Maures dans leurs harams. En Avignon, où j'ai naguère accompagné le roi Jean, les gens de Dieu faisaient des ripailles immondes.

Il dévisagea Jumelle et Cabus, ébaubis, mais qui ne doutaient point de la véracité de ses propos :

— Croyez-moi, mes bons compères, ni vous ni moi ni notre grande armée ne ferons le ménage sur les terres que nous allons exiller[1]. Et je ne cesse de me demander si Dieu lui-même y parviendrait.

1. Ravager.

Ce n'était pas un blasphème mais l'expression désenchantée d'un doute et d'un mésaise immenses. Chacun baissa la tête et regarda le feu.

* *
*

Après Tafalla, Olite, Tudela calfeutrées dans leurs murailles dès les premiers appels des campanes, l'Aragon s'entrouvrit à Guesclin et à son armée. Jusqu'au dernier chariot du bagage, le bruit courut que Pierre IV s'était porté à la rencontre du Breton pour lui demander de surveiller ses hommes et le prier d'entrer à son service afin qu'il partît guerroyer pour lui en Sardaigne où son autorité périclitait. Le Breton avait refusé tout net cette proposition : la Sardaigne était pauvre ; mieux valait qu'il servît un suzerain prodigue à son unique égard qu'un roi certes riche, mais inconstant puisqu'il ne cessait de balancer entre l'Angleterre, la Navarre et la France.

Il advenait que les substituts de Charles V fissent halte sur une éminence pour encourager la Chevalerie et l'écuyerie aux Lis, et stimuler les routiers montés assemblés bruyamment derrière elles, jusqu'à l'apparition des piétons. Tristan réprouvait ces inspections inopinées lors desquelles, sitôt qu'il l'apercevait, Guesclin aiguisait un trait à son égard. Sous le prétexte d'une occasion fortuite, le Breton ne manquait jamais de lui signifier sa détestation. Il subissait sans ennui apparent cette épreuve vexatoire dont Paindorge s'indignait à l'inverse de Jumelle et de Cabus qui n'en soupçonnaient pas la teneur. Ils se merveillaient, eux, avec envie, de cette amitié hypocrite et sordide qui s'exprimait par des tournures aussi creuses que la bouche qui les proférait. Il était « *Castelreng le bon compère* », le « *preux Tristan privé d'Yseult* », le « *vainqueur de Bordeaux* », le « *chevalier au cœur d'airain* ». D'aucuns, qui connaissaient Guesclin de longue date, savaient que cette couronne dont le ceignait le marmouset[1] du roi de France était tressée de chardons et d'épines. D'autres, tels Eustache de la Houssaye, Bras-de-Fer, les Mauny – Alain et Henri – et jusqu'au Petit-Meschin commençaient à distinguer, sous la jubilation, l'enflure et la ténacité, le venin et la griffe. Pour ne point infecter cette faveur mensongère, Tristan s'était promis d'en accepter tous les gages avec la sérénité d'un sourd-muet. Jamais il ne pourrait obvier à cette bienveillance maléficieuse comme jamais il n'échapperait à l'enragerie du tyranneau de basse Bretagne.

— Où allons-nous maintenant, compagnons ? demanda le Petit-Meschin lorsque l'armée fut prête à quitter Tudela.

Les Grands seuls s'étaient fait ouvrir les portes de la cité pour y hosteler[2] à leur aise. Il s'était vu rejeter comme la plupart des prud'hommes engagés à solde prometteuse, mais non perçue encore, dans une aventure dont après les difficultés du voyage tous commençaient à mesurer les périls. Son honneur, disait-il tout en pataugeant dans la neige, avait moult souffert d'une éviction qui l'avait privé d'un repas chaud et d'un bon lit.

Tristan se merveillait que ce malandrin eût l'outrecuidance de se référer sans vergogne à une vertu dont il était dépourvu. Hélas ! c'était dans les mœurs des chefs de compagnies de s'attribuer les mérites de leurs victimes. Après les avoir effrayées, violentées, dépouillées de tous leurs biens – voire privées de la

1. Favori.
2. Loger à l'hôtel.

vie après des tourments énormes –, il fallait encore, par une sorte d'iniquité de leur ténébreuse cervelle, qu'ils se crussent d'honnêtes gens !

Ils se connaissaient, le Meschin et lui, depuis les horreurs de Brignais. A chacune de leurs rencontres, ils affectaient de ne point se voir. Leurs regards démentaient cette feinte indifférence : ils demeuraient des ennemis. Il était évident que le routier se sentait aussi à l'aise en présence de Guesclin et des substituts du roi de France que naguère parmi les abominables malandrins que les Tard-Venus avaient élus pour chefs.

— Eh bien, où allons-nous ? insista le Meschin. Faudrait savoir !

— Borja, dit Olivier de Mauny avec une espèce d'affabilité qui révélait entre eux une accointance dont les fondements remontaient à quelques années.

— Nous avons, dit Guesclin, de vieux comptes à régler avec Charles de Navarre. Ce linfar croyait nous échapper ; or, il s'est mussé au châtelet de Borja. Il est trop couard pour s'enfuir par ce temps dont les loups même ont répugnance !... Va falloir, cette fois, qu'il brise sa tirelire !

Tout en sellant Malaquin tandis que Paindorge bouclait la ventrière de Flori, Tristan se souvint de la mésaventure dont Mauny avait pâti lors de leur première venue en Espagne, deux ans plus tôt. Le cousin de Bertrand – cousin à la mode de Bretagne [1] – y avait été abusé comme un jouvenceau :

Charles de Navarre avait pris soin de ménager Pèdre et le Trastamare. Lorsque le prince de Galles s'était avancé vers les Pyrénées, à la fin de janvier 1367, le Navarrais avait commandé qu'on défendît le passage

1. Mauny était fils d'un cousin germain de Guesclin, donc plutôt son « neveu ».

de Roncevaux. Sommé par Henri et Pèdre de combattre auprès d'eux pour respecter ses serments, il avait eu recours à un expédient pour les tromper l'un et l'autre, se réservant l'opportunité de protester de sa fidélité auprès de celui que le sort des armes désignerait pour vainqueur. Olivier de Mauny occupait alors le château de Borja [1] en Aragon. Il en était gouverneur pour Guesclin à qui, l'année précédente, Pierre IV avait donné l'investiture de ce domaine [2]. Mauny n'était point autre chose qu'un routier avide et vénal et Charles de Navarre en était informé. Rencontrant secrètement le parent de Bertrand, le Navarrais avait convenu d'un arrangement aux conséquences infaillibles. Quittant Tudela pour aller chasser sur la frontière d'Aragon le jour même où Pèdre et les Anglais, partis de Saint-Jean-Pied-de-Port, s'engageaient dans la passe de Roncevaux [3], il avait distancé ses veneurs pour se trouver cerné par les Bretons de Mauny, et conduit à Borja [4]. Les ravisseurs avaient clamé que c'était à bon droit qu'ils avaient pris le roi puisqu'il avait violé la neutralité de la Navarre en livrant le passage au prince de Galles. Charles avait fait en sorte de demeurer en captivité jusqu'à l'issue de la campagne. On avait appris dans l'armée de Guesclin qu'il avait versé à Mauny 3 000 francs de rente et lui avait fait donation de la cité de Gavray, sur ses terres de Normandie. Évidemment, Bertrand s'était réjoui de cette transaction. Et pourtant, Navarre était l'ennemi du roi Charles dont le Breton et

1. Borja, en Aragon, est bâti quasiment sur la frontière de Navarre.
2. Le Breton avait été fait comte de Borja et de Magallon par un acte solennel du 9 janvier 1366.
3. Le 20 février 1367.
4. Cette fausse capture eut lieu le 11 mars 1367. Elle avait été précédée d'une entrevue, le 5 mars, entre Mauny et Navarre, à Peralta (village proche d'Alfaro, sur le río Arga).

son cousin étaient les serviteurs. Après la défaite des Français et des Castillans de Don Henri à Nájera, le petit roi de Pampelune n'avait plus songé qu'à sortir de Borja et à rompre toutes ses promesses. Il avait eu affaire à des capitaines d'aventure. Il les pouvait donc duper avec moins de remords et plus d'aisance que le prince de Galles et Pierre IV d'Aragon. Laissant un de ses fils, l'infant don Pèdre, en otage à Borja, il avait invité Mauny à l'accompagner à Tudela pour lui remettre le prix et le document concernant Gavray. A peine arrivé au château de son ancien complice et faux otage, le Breton avait été jeté au cachot. Un de ses frères, disait-on, en essayant de le délivrer, avait été occis par les mercenaires de Navarre. Otage contre otage, *et rien de plus* : on avait échangé l'infant contre Mauny. Celui-ci, maintenant, pourpensait sa vengeance.

* *
*

Une enceinte aussi haute que celle de Carcassonne ceignait Borja. C'était, dans sa couronne dissuasive, une place importante juchée sur une éminence rocheuse appelée La Muela, au sud-est de Tarazona, sur un affluent de l'Èbre : le Huecha. Un donjon carré, trapu, dominait les églises. Elles sonnèrent à herle[1] quand l'armée de France apparut, le dimanche 4 février en fin de matinée.

— Ils nous craignent déjà ! ricana Alain de Mauny.

— Défiez-vous-en, dit Perrot de Savoie, sa lourde main tapotant son épée. Navarre a une dent contre vous : il la montre... Oui, oui, Bertrand : la *muela*, c'est

1. A la volée.

la dent autant qu'il m'en souvienne... Ce fumeux peut avoir, ce jourd'hui, une *muela cordal del juicio*, autrement dit une dent de sagesse.

— Des nôtres on le mordra, grommela Guesclin, perplexe.

En cheminant sans hâte vers la cité, le sire de Pommiers se plut à rappeler qu'il y avait eu, en ces lieux, les prémices d'une grande bataille entre Pèdre et le roi d'Aragon. Le sire d'Albret avait opté pour Pèdre et Gaston III Phœbus pour Pierre IV. L'Aragonais avait offert la bataille ; Pèdre l'avait refusée. Bien qu'on fût au printemps il avait fait si chaud que des guerriers étaient morts de soif, d'autres avaient expiré sous les brandons du soleil. On s'était séparés sans même se combattre.

— Le temps n'est pas au beau, dit Guesclin, mais si ce malandrin désire une bataille, par le sang du Christ, il l'aura !

Le spectacle de dix mille malandrins déployés autour de ses murailles effraya Charles de Navarre. Il ouvrit une porte à Guesclin et à Henri de Mauny[1] et l'on apprit bientôt que sous la menace, les demandeurs avaient obtenu réparation du préjudice dont ils se plaignaient. Les goujats qui les avaient accompagnés réapparurent chargés chacun d'une besace gonflée. On apprit aussi que les deux Bretons, outre de gros subsides, avaient obtenu un château en Normandie navarraise. Quatre hommes, désormais, surveillèrent le chariot de Guesclin. Le Breton se montra d'une humeur excellente. Pour une fois, Tristan ne fut point titillé sur son passage.

Alors, très lentement car il neigeait toujours, l'armée

1. Olivier de Mauny était auprès du Bègue de Villaines, devant Tolède.

flua vers la Castille. Plaines, montagnes, ciel : tout était neige et vent.

Bien qu'ils fussent, en chevaliers du Nord, accoutumés aux rudesses du temps, Galiffer de Jumelle et Jacquemart Cabus souffraient des excès d'un hiver qu'ils avaient cru impossible en Espagne. Paindorge leur suggéra de frotter comme lui leurs mains et leurs pieds avec de l'axonge soutirée aux essieux du chariot qui contenait leurs armures. Matin et soir.

— Et s'il vous en reste un tantet, étalez-la sur du pain : outre qu'elle l'amollira, ça vous graissera et vous emplira l'estomac... Nous le faisons, messire Tristan et moi, et nous en portons mieux que vous !

— Dire, répétait parfois Cabus, le plus acrimonieux des deux, dire que par l'entremise de mon frère, j'aurais pu entrer au service de Louis de Male !

— Comme marmouset[1] ? On dit qu'il aime à s'entourer de fous...

Paindorge souriait : ses propos n'étaient en rien désobligeants. Cabus sentit à peine le fer de la sagette. Il eut un geste qui pouvait passer pour approbatif.

— Hé ! Hé !... Sais-tu, Robert, que ce serait la belle vie ?... Le chapel de velours à sonnailles et la cliquette valent peut-être mieux qu'un bassinet et une épée... Et puis quoi ! On ne meurt pas de dire et de lancer des gabes[2]. Le comte de Flandre a trois fous. Je les ai vus : Cokinet, Coffin et Hannin Minne. Il a aussi un nain dont le nom m'échappe. Tous lui coûtent cher... Il dépense pour leur entretien quatre fois plus que pour celui de son épouse[3].

1. Fou, mais aussi favori.

2. Plaisanteries.

3. Ces étranges serviteurs coûtaient si cher à Louis de Male que, ses coffres vides, il avait été obligé d'emprunter, le 21 août 1361, 6 000 florins d'or à un bourgeois de Valenciennes : Jeun Moyse. Il lui remit en gage les joyaux de son épouse et, soldant sa dette un an plus

— La femme, dit Jumelle, ne commet qu'une espèce de folie. Quand la mienne m'a fait porter des cornes pour cimier, je n'ai pas eu d'autre choix que de l'occire...

Il s'était déganté. Il considéra ses doigts engelés et ulcérés avec une attention toute féminine. Tristan fut certain que ces mains-là, un jour, avaient serré un cou fragile jusqu'à le bleuir de leurs pouces. Il imagina une face éplorée, des yeux exorbités dont les lueurs ternissaient, un beau corps tressaillant d'une vie étouffée dans les frayeurs définitives. Peut-être, en ce moment même, Jumelle, sans émoi, revivait-il son crime... Oui, ces mains tourmentées de pernions et qui tenaient mal les rênes d'un roncin houssé comme pour une joute, ces mains une fois guéries recommenceraient à serrer, serrer encore, serrer toujours si l'occasion de nuire leur était fournie.

— Moi, messire Galiffer, dit Paindorge, quelque mal qu'elle m'ait fait, je ne pourrais jamais étrangler une femme.

L'écuyer s'était exprimé tête basse, les sourcils froncés sous le bord de son chaperon. Tristan, à le voir ainsi, se demanda s'il ne priait pas pour le repos de l'âme de la disparue, qu'elle eût été ou non pécheresse.

— Comment sais-tu, Robert, que je l'ai étouffée ?

Sautant par-dessus les oreilles de Flori, le regard de Paindorge s'immobilisa sur les mains que Jumelle,

tard, le 13 juillet 1362, il les récupéra. Moyse lui donna quittance à Gand.

D'où venait cette soudaine manne ? Sans doute de France. En effet, à la suite de longues et habiles tractations, Charles V allait faire épouser à son frère Philippe, le 19 juin 1369, l'héritière de la Flandre, Marguerite de Male, moyennant la rétrocession, pour un certain temps, à la Flandre, de Lille, Douai et Orchies.

comme pris d'un remords inattendu, venait de reganter avec une hâte singulière.

— Vos pouces, messire... Ils sont d'une longueur qu'on voit rarement... A peine moins longs que le doigt d'à-côté. Il paraît que c'est l'indication d'un être enclin à faire le mal.

Plutôt que de rire et de protester, Galiffer de Jumelle, chevalier de Bourgogne, se contenta d'un haussement d'épaules tandis que Tristan sentait s'éveiller en lui une méfiance dont à coup sûr Paindorge était atteint.

* *
*

L'armée continuait lentement son avance. Des chevaucheurs du Trastamare ne cessaient de galoper audevant d'elle. Mouillés de neige fondue, crottés de boue des semelles aux reins, ils apportaient des nouvelles de Tolède. Tous enjoignaient à Guesclin et à ses nobles compères de se hâter.

La nouvelle Jérusalem, comme la nommait le Breton, contrestait [1] toujours aux guerriers du roi Henri. Le gouverneur, Garci de Villodre, avait fait tuer tous les chevaux pour éviter la famine. On disait que par un souterrain qui débouchait à Guadamur, il envoyait chaque jour des messages à Don Pèdre pour l'adjurer de secourir les Tolédans assiégés depuis dix mois. On savait que le roi cruel avait passé l'hiver à Carmona [2] où il n'avait cessé d'ériger de nouvelles fortifications. Il y avait entassé ses trésors et d'innombrables provisions. Après avoir réuni ses réserves de guerre, il avait

1. *Contrester* : résister.
2. Carmona est située à 30 km à l'est de Séville.

fait porter dans cette forteresse jusqu'aux rames des galères sévillanes afin de les réduire en flèches [1]. Un astronomien lui avait prédit qu'il serait un jour assiégé et qu'il trépasserait s'il ne se précautionnait point, *en la torre de la Estrella*. Soupçonnant les Sévillans de lui préférer son bâtard de frère, il avait choisi Carmona, qu'il estimait imprenable, et décidé d'y attendre ses ennemis, mais les appels de détresse des Tolédans retentissaient dans son âme. Son honneur d'homme, sa dignité de chevalier et sa fierté de légitime roi de Castille lui enjoignaient de se porter au secours de ses plus fidèles sujets. Il avait donc patiemment rassemblé ses guerriers [2]. Son armée s'était grossie d'un corps de cavaliers grenadins. Une fois les commandants désignés, le roi s'était mis en marche, laissant à Carmona les enfants nés de ses différentes maîtresses [3]. Il marchait vers le nord sans doute à la rencontre de Fernand de Castro qui venait, lui, de Zamora. On supposait qu'après avoir fait halte sur les plateaux de la Mancha – sans doute au château de Calatrava, Maison de l'Ordre de ce nom [4], réputé imprenable –, Pèdre chevauchait vers Tolède. On l'y attendait.

1. C'est une erreur de nommer *flèche* l'arme tout entière. La *sagette* est composée d'un picot de fer, d'une *flèche* en bois et d'une empenne de plumes. Ne dit-on pas : « *Faire flèche de tout bois* » ?

2. Pèdre était encore à Séville le 19 janvier 1369. Il avait commandé à tous ses partisans du Nord de le rejoindre au débouché de la Sierra-Morena : précisément à Alcántara, sur le Tage. Des contingents de guerriers arrivèrent effectivement. Ils venaient de Zamora, Mayorga et d'autres régions de Castille.

3. Les trois filles qu'il avait eues de Maria de Padilla étaient, elles, à Bayonne, en sécurité mais sous la tutelle du prince de Galles et de son épouse.

4. Calatrava était situé dans une position inaccessible. Pèdre eût dû s'y confiner en attendant son rival. A défaut de le décourager, lui, il eût découragé ses hommes déjà marqués par leurs échecs devant Tolède.

Précédant désormais l'armée en compagnie de tous ses familiers, Guesclin se dirigeait, lui aussi, droit sur Tolède. La neige ne tombait plus, le vent s'était accoisé. Le ciel bleuissait. De loin en loin des fleurettes illuminaient les talus de leurs petites flammes jaunes. Il y avait de la douceur dans l'air. Tandis qu'on y mangeait du pain et du bacon plus tendres, les conseils avaient lieu le midi et le soir. On s'y interrogeait sur les intentions de Pèdre dont on conjecturait l'itinéraire qui, de l'Andalousie, l'amènerait devant Tolède.

— Il faut qu'il franchisse la Sierra Morena, disait le sire de Pommiers.

— Par la vallée de la Jandula[1], prétendaient les Mauny. Ils ne s'engageront pas dans les hautes montagnes. Ils y perdraient du temps et des hommes.

Guesclin ne disait mot. Il s'inquiétait : une nouvelle défaite devant le roi de Castille anéantirait sa renommée. Dans la Mancha, Pèdre pouvait trouver les vivres et le fourrage qui lui faisaient défaut. A la vue de son armée, les Castillans s'enfermaient, les châtelets relevaient leur pont-levis. Certains hurons avaient préféré mettre le feu à leur grange plutôt que de nourrir les chevaux de ces envahisseurs qui avaient déjà foulé leurs récoltes sous leurs sabots.

— On ne nous aime pas, se plaignait le Petit-Meschin.

« Si l'on nous a en abomination, à qui la faute ? » songeait Tristan.

Le samedi 24 février, un coureur apparut à l'heure de none. Il venait, évidemment, de Tolède où Henri s'enfelonnait et lamentait au point que pour ne plus

1. Affluent du Guadalquivir qui se jette dans le fleuve aux environs d'Andújar.

observer cette cité si désespérément vaillante, il s'était retiré à Orgaz.

— Il vous y attend, messire Guesclin, et vous tous, messeigneurs. Magnifique sera sa joie de vous voir apparaître. C'est moi, Yugenio Rodriguez Tabernero, qui vous le dis !

L'homme était grand, brun, le visage safrané par l'air. De grands yeux noirs, un nez busqué, une bouche aux lèvres minces, avares de sourires. Vêtu à la légère afin de ménager son cheval, il paraissait ne pas souffrir du froid sous sa galvardine en poil de chèvre, ses chausses grises et ses heuses montantes. La prise de son épée aux quillons droits, aux boutons en fleur de lis, arborait une tête de mort pour pommeau.

— Que savez-vous de Pèdre ? demanda Guillaume de Laval dont l'émoi d'avoir à se battre augmentait de jour en jour. Endittez-nous [1] par la mordieu !

Le messager se courba plus qu'il ne le fallait. Ce devait être un homme curial [2] ou, s'il ne l'était pas, un obséquieux, voire un mustapha [3]. Il demanda qu'on s'occupât de son genet car il avait faim et soif. Paindorge prit le cheval au frein et l'entraîna vers le charroi des Bretons. Il était sûr d'y trouver de l'eau et du fourrage.

— Pèdre ! insista Eustache de la Houssaye. Savez-vous où il est et ce qu'il nous prépare ?

Le messager se courba encore :

— Il a traversé la Sierra Morena par la voie qui passe par Constantina pour atteindre Llerana. Il a fait halte à Calatrava. Son armée compte moult compagnies de Sévilla, Ecija, Carmona et Jerez. Don Fernand

1. Informez-nous.
2. Homme de cour ; courtisan.
3. Inverti.

de Castro, qui a traversé la Castille très loin d'où vous êtes, lui amène des guerriers de Galice et de Zamora. Ils doivent être encore à Calatrava...

— Combien sont-ils ? demanda Guesclin qui s'était mis à marcher, les mains au dos, la tête basse sous un camail grisâtre où manquaient des anneaux.

— Trois mille chevaux – hommes d'armes et génieurs –, à ce qu'on pense, et deux mille Maures de Grenade. Autant de piétons, sans doute, sous quatre bannières... On dit que Pèdre attend des renforts de Jaén et de Murcie. Il va vers Montiel où, sans doute, toutes ses forces vont confluer pour, ensuite, marcher sur Tolède.

— Montiel ? dit Guesclin soudainement immobile. Jamais je n'en ai ouï parler.

— Si j'étais lui, dit Tabernero, j'y demeurerais. C'est une grosse commanderie des chevaliers de Saint-Jacques dont le gouverneur, Garci Moran, est un de ses fidèles.

— Où se trouve cette commanderie ?

— A l'est de Valdepeñas, messire Bertrand. Sur une montagne. La position de ce *castillo* commande les débouchés de la Sierra. Le roi Ferdinand, après l'avoir conquis sur les infidèles, en avait fait don, jadis, aux chevaliers de Saint-Jacques[1].

— J'aimerais bien savoir, dit le bâtard de Penie, ce qu'a décidé Henri.

Aventureux, mais circonspect, il cillait des yeux afin qu'on ne lût point ses pensées. Sans doute regrettait-il d'avoir suivi Guesclin dans le froid et la neige pour un profit dérisoire.

— Où est Orgaz ? demanda Innocent de Launoy.

Il se rongeait les sangs. Il aimait la vie. Trop pour

1. En 1219.

la perdre à des centaines de lieues de la France. Il n'y avait pas songé lorsqu'il avait décidé de suivre Guesclin. S'il devait tirer l'épée, ce serait moins pour vaincre que pour se soustraire à la mort. Décoloré, le nez pincé, il souffrait moins de la froidure encore tenace que d'une incertitude infinie.

— Orgaz est à sept lieues de Tolède, au pied de la Sierra de Yébenes. C'est le pays natal de Chimène.

— Qui c'est celui-là ? demanda Kerlouet.

— Chimène, messire, précisa Tabernero en s'inclinant, fut l'épouse du Cid.

— Ah ! fit le Breton dans l'esprit duquel le nom du *campeador* ne provoquait pas plus d'effet que celui de sa femme.

Guesclin se renfrogna. Nul doute qu'il y aurait bataille entre Tolède et Montiel ; mais où et quand ?

Tristan observait le Breton. Tabernero avait, par sa seule présence, mis un terme à sa continuelle jactance. L'affrontement qui se préparait serait sans doute plus terrible que celui de Nájera : il y engagerait sa réputation. Les impérieuses exigences de celle-ci feraient qu'il se jetterait le premier dans la presse.

— Henri attend-il des renforts ?

— Il a écrit au maître de Saint-Jacques, Gonzalo Mexia, l'homme qui a victorieusement défendu Cordoue contre les Maures... De part et d'autre, messire, on pourra voir s'entre-occire les meilleurs guerriers de France et d'Espagne.

— Ah ! c'est vrai, ça ! s'exclama le Petit-Meschin qui soudain se prenait pour un chevalier.

— Allons à Orgaz, décida Guesclin.

Le Breton se détourna :

— Reste auprès de nous, Castelreng, sans quoi je vais croire que tu crains de chevaucher en tête.

Tristan subit fermement l'affront, puis les rires des

Mauny, de Kerlouet et quelques autres. Il était prêt à tout supporter pourvu qu'il revînt entier à Villerouge, mais il n'en pouvait plus de malerage. Il tremblait. Il eût aimé pouvoir cheminer seul auprès de ce Breton qui ne vivait que de la sueur et du sang des hommes pour l'accabler d'insultes. Parfois, en sa présence, l'air lui manquait.

Il plaça Malaquin derrière Tabernero, Paindorge demeurant à sa dextre, terriblement pâle et haletant dans l'orbe de son bassinet grand ouvert.

— Faut tenir bon, messire. Ça lui ferait trop plaisir que vous vous regimbiez !

Tenir bon. Tenir à la vie. Tenir à une vengeance, à des vengeances, même s'il fallait attendre longtemps. Tenir à Maguelonne. Tenir à Castelreng.

Tristan soupira. Dans quelques jours, tout serait consommé. Pèdre ou Henri régnerait. Il ne demanderait aucun effort à Malaquin pour revenir en Langue d'Oc. Là encore, il prendrait son temps.

— Ce soir, dit Paindorge, faudra vous adouber. Votre armure est toujours dans le chariot, près de ma fardelle [1] et au-dessus de celles de Cabus et de Jumelle.

— Pas encore, Robert. Je ne crains pas qu'on nous assaille... De plus, cette armure me messied, tu le sais. J'y suis si peu à l'aise que j'ai parfois regret de mon premier haubert.

— Je n'ai qu'un haubergeon. Il me convient... *Il* a fait exprès de vous donner à choisir entre trois harnois messéants.

Tristan ferma les yeux. Avant d'entrer en Espagne, Guesclin lui avait fait essayer trois habits de fer. C'était tout ce dont il disposait dans son charroi. « *Ne te soucie pas, Castelreng, même si tu te sens gourd...*

1. Sac.

Tu t'y feras. Et puis, tu le sais tout comme moi : nous allons déposer Pèdre sans coup férir. » Il mentait. Le légitime roi de Castille l'avait vaincu avec l'aide des Anglais ; cette fois, il avait obtenu le soutien des Maures. De ces deux espèces d'alliés, Guesclin allait pouvoir juger lesquels étaient les meilleurs.

— Il y a des fèvres derrière nous, reprit Paindorge. L'un d'eux pourrait amincir vos cubitières...

— Je verrai, je verrai, dit Tristan agacé par l'insistance de l'écuyer.

La carapace de fer semblait à ses mesures, mais c'était lorsqu'il se vêtait du bourras destiné à amortir les coups pour s'intégrer dans celle-ci que ses mouvements perdaient leur promptitude et leur aisance. Trois doigts d'épais sur les épaules et le long des bras jusqu'au col, et quatre sur le dos pour se prémunir contre les coups de masse, fléau et marteau d'armes empêtraient ses gestes de défense plus encore que ceux de l'assaut. Pour survivre à la future bataille, il importait qu'il ne fût pas goin [1].

Guesclin répondit en riant à une observation de Henri de Beaumont. Ce rire rugueux et tremblé démentait son apparence tranquille.

— Nous vaincrons Pèdre, dit-il, parce que Dieu ne peut tolérer qu'il ait fait alliance avec des Juifs et des Mahoms. Ce n'est pas une armée que le Cruel commande, c'est une synagogue enflée d'une musquette [2]... Nous éparpillerons ces païens avec notre seule Chevalerie, et si je vois Pedro, je le taillerai en pièces.

L'envoyé du Trastamare acquiesça. Pour lui aussi, tout était simple. On courrait sus aux reniés [3] de Cas-

1. Engoncé, mal à l'aise.
2. Mosquée.
3. Renégats.

tille, on les vaincrait et Henri régnerait sans partage sur une Espagne pacifiée.

— Pèdre sait ostoier[1], dit Olivier de Mauny.

— A pied et à cheval, dit Tabernero avec une sorte d'admiration dégoûtée. Il chevauche un coursier qui lui vient d'outre-mer. On n'en peut trouver de plus véloce au monde. Il a nom *Percefer* et on le dit syrien... Le roi du Saint-Sépulcre – que je ne saurais nommer – posséda trois ans ce cheval qu'il avait reçu en présent. Il le fit mener au roi de Damiette, une riche cité où votre Saint-Louis fut captif. Le roi de Benemarin qui allait en Syrie chercher du secours pour Pèdre contre Enrique, mon suzerain, ramena ce coursier pour combattre les Chrétiens. En même temps qu'il l'offrait à Pèdre, le roi de Benemarin lui donna dix mille Mahomets.

— Est-il blanc, pommelé, noir ou arzel ?

Tabernero eut un geste incertain :

— Moi, je ne l'ai pas vu, mais voici ce qu'on dit : il a les quatre pieds aussi blancs qu'un chaton, la tête noire, les yeux plus rouges que n'est feu de charbon, le corps plus jaune que l'or et la queue plus rouge que le cuivre[2].

— Holà ! c'est un dragon que tu nous décris-là !

Guesclin s'ébaudissait et Tristan observa cet homme adoubé d'une armure aux reflets mouvants, tavelée d'espaces sombres et dont les bras remuaient avec des bruissements de machine mal engrenée. Une turbulente machine de guerre de taille humaine. Une machine qui était l'orgueil de son propriétaire, sa délectation et sa plus sûre amie. Ainsi, vu de dos, on le pouvait trouver beau et puissant comme la statue d'argent d'un roi des

1. Guerroyer, combattre dans l'ost.
2. C'est la description qu'en fait Cuvelier.

batailles. Il tapotait son sceptre, cette épée sans nom qu'il aimait à vermillonner à plaisir et qu'il amoulait[1] lui-même avec une délectation qui merveillait ses satellites. Ce jour d'hui, ses desservants chevauchaient à l'arrière. Ils n'officieraient bientôt à l'entour de leur dieu que lorsque le sang coulerait.

— Il faudra, Castelreng, si je ne peux obtenir le coursier de Pèdre, que tu m'offres ou me vendes ton cheval blanc.

— Il n'est ni à offrir ni à vendre.

— Alors, je te le roberai...

— Tu pourras essayer...

Tristan se tut. A quoi bon poursuivre. Il envia le Breton de n'avoir pas une once de cœur. Ainsi, rien ne l'égratignait ni ne l'émouvait. Il avait cependant conquis l'armée. La plupart des hommes semblaient en parfaite accointance avec lui. « *Qui se ressemble s'assemble ou inversement.* » Guesclin éprouvait pour ces routiers une sorte d'amitié carrée, rugueuse, mal dégrossie. S'ils l'admiraient autant, c'était parce qu'il était des leurs, parce qu'il incarnait leur puissance.

« Paindorge et moi sommes trop purs. »

Entre Bertrand et lui s'était creusée la même brèche que naguère entre l'archiprêtre et lui. Ils pouvaient être à *tu* et à *toi*, ils n'en demeuraient pas moins violemment ennemis et rien n'amoindrirait cette aversion réciproque. Elle datait de leur première rencontre. Elle avait atteint son sommet avec la mort de Teresa et de Simon, tout près de cette Tolède qui résistait si bellement au Trastamare.

1. *Amouler* : aiguiser.

* *
*

Afin de ménager les chevaux et les piétons pour la bataille, on chemina sans hâte vers Orgaz. Le mercredi 7 mars, en plein midi, le bourg apparut, ceint de murailles ocrées desquelles débordaient les tours de l'imposant château de Perez de Guzman et le beffroi d'une église. Des pavillons avaient été dressés dans la plaine. A l'entour de ceux-ci, l'animation faisait songer au rassemblement préparatoire à une joute ou à un tournoi, sauf qu'on n'y distinguait aucune femme. Comme chaque fois qu'il découvrait un grand attroupement de guerriers dans leur logement, Tristan fut envigouré par la profondeur et l'étincellement d'un spectacle où la vigueur et la gaieté se confondaient et combinaient en une vision superbe et rassurante. Avant même qu'il fût entré dans ce vaste théâtre de la guerre, avant même qu'il eût avancé sous ce chatoyant déploiement de gonfanons, pennons et bannières et devant la majesté de ces *ricos hombres* aussi arrogants que des coqs, il ne pouvait être imprégné que d'un sentiment de puissance. Il allait appartenir à cet ost tout aussi divers que celui du Cruel. Pèdre aurait ses Juifs et ses Maures ? Henri aurait quelques centaines de chevaliers chrétiens et des milliers de païens moins respectables que les Mahoms et les Juifs, lesquels avaient un Dieu qu'ils adoraient sans doute avec plus de constance que les baptisés. On chevaucherait le cœur étreint, la bouche sèche, les muscles agités d'un frémissement invincible, jusqu'à l'inévitable rencontre, l'inéluctable horreur, l'obligatoire tuerie. Les cors mugiraient à satiété, les lances se coucheraient, les lames aiguisées quitteraient des fourreaux... Mieux valait ne pas songer au reste.

Cinq hommes à cheval sortirent du campement.

— N'avançons plus, dit Guesclin sans se soucier de Tabernero. Il est bon que ce cher Henri vienne nous accueillir... On a parcouru, mes compères, suffisamment de lieues pénibles pour que ce soit à lui de galoper devers nous qui sommes ses obligés.

Sa voix tremblait. Il avait déjà le goût de la mort dans la bouche et la fureur de l'anéantissement dans ses membres. Dressé sur ses étriers pour paraître plus grand, il attendait, immobile, un hommage bienvenu. Sans doute un sourire errait-il sur sa bouche goulue picotée d'une barbe d'au moins une semaine.

Tristan ne se soucia pas des congratulations des deux complices et des protestations d'amitié qu'ils échangeaient. Il observait les accompagnateurs de Don Henri sans en reconnaître aucun. Tous ceux qu'il avait vus de près ou de loin autour du prince, lors de sa première venue en Espagne, étaient-ils morts à Nájera ?

« Il y a de la frisqueté [1] dans l'air ! »

Les quatre satellites du Bâtard de Castille n'étaient point armés en almogavares [2]. Ils portaient des armures de haut prix, rehaussées de penthères [3] émaillées, et les jointes [4] de leurs gantelets avaient été ciselées par des orfèvres. Ils étaient coiffés du bassinet à bec de passereau et leurs timbres de crête [5] avaient été taillés dans des coupons de soie dont la couleur – l'écarlate paon-

1. Élégance.
2. Les almogavares étaient armés à la légère.
3. Clous d'armure.
4. Plaques de métal appliquées sur le gantelet.
5. Lambrequins du heaume.

nage[1] – conférait à leurs personnages un aspect quelque peu ecclésiastique. Ainsi, par la grâce de leurs seuls harnois plains[2], et malgré leurs visages maussades, ils affectaient une telle assurance qu'on eût pu croire qu'ils revenaient de la bataille alors qu'il leur faudrait y aller. Tristan fut certain qu'au siège de Tolède, ils avaient brillé par l'éclat de leur habit de fer plutôt que par leur courage.

— Pour leur complaire, chuchota Paindorge, faut point les traiter en prud'hommes. Faut les amignarder.

— Tu dis juste, Robert.

Si bas qu'ils eussent échangé leurs propos, Thibaut de Pavie, qu'ils n'avaient guère vu aux conseils, les entendit et approuva d'un clin d'œil.

— Ils voudraient vaincre seuls, dit Galiffer de Jumelle.

— Nous devrions les laisser s'entre-déchirer, dit Cabus, au lieu de leur rentrer dans le chou !

Les Castillans leur lançaient des regards de chiens hargneux. Oui, ils eussent voulu être seuls à vaincre Pèdre, mais ils s'en savaient incapables. C'était leur vergogne refoulée qui donnait à chacun cet air conquérant. Tristan sentit, en cette occasion, combien les Français étaient détestés, même par leurs alliés. Ils avaient, à Nájera, failli à leur réputation ; il se pouvait qu'ils faillissent encore.

— Quand nous serons dans la presse, dit Kerlouet, ils nous laisseront accomplir tout l'ouvrage... Nous allons payer cher une amitié qui ne s'abreuve que de sang !

« Il est moins sot que je le croyais », songea Tristan.

1. Une couleur bleu-violet.
2. Armures complètes.

Innocent de Launoy toussota, moins parce qu'il était enrhumé que parce qu'il voulait dire son mot :

— Dans les temps où nous sommes, compagnons, et puisque nous n'aurons qu'un conduiseur – Bertrand –, disons-nous qu'un chef doit donner l'exemple de sa bonne volonté la plus absolue et faire abnégation de lui-même.

Tristan sourit. Guesclin n'était point pourvu, mais alors point du tout, en abnégantisme. Il ferait en sorte qu'on le vît afin d'être entouré et de frapper fort. « La journée n'est pas mienne », dirait-il s'il était pris. Le roi Charles acquitterait sa rançon. Pour lui, tout était simple.

— Venez, dit Henri. Nous vous attendions.

Tous avancèrent en silence, tandis que, derrière eux, l'armée se déployait comme pour cerner les Castillans. Le soleil parut se faire plus vif, plus lumineux. Les armures, haubergeons, les épées que certains affûtaient sur le seuil de leur tente, les armes d'hast aux hampes enfoncées dans des râteliers de bois ou de fer se mirent à miroiter comme des objets d'une richesse infinie. Les voyant ainsi, Tristan se sentit presque apaisé : ils dégageaient un charme fort ; ils ne demandaient, eût-on dit, qu'à être empoignés pour vaincre. Il fut pris du désir de dormir, dormir longtemps afin d'éliminer sa fatigue et se guérir de tout ce que son sang charriait d'amertume.

Il n'avait présentement qu'une ressource à sa mélancolie : attendre et vivre le plus simplement possible en imaginant de prochains adoucissements. Maguelonne, seule, pouvait et pourrait les lui prodiguer.

— Regardez ! s'écria Paindorge. Eux, au moins, ils ont retrouvé quelqu'un !

La plupart des *venants* avaient mis pied à terre pour avancer sur le même plan que les *allants* du Bègue de

Villaines qui accouraient pour les congratuler et les étreindre. Alain et Henri de Mauny baisèrent leur frère Olivier sur les joues ; Jacques de Pénéodic tapait ardemment sur l'épaule de Thibaut du Pont ; Yvon Duant et le bourc Camus échangeaient une poignée de main. Tristan reconnut Yvon et Sevestre Budes, Auffroy de Guébriant, hilare ; Alain de la Houssaye tenant son ains-né Eustache par le cou ; Innocent de Launoy cherchant un visage connu ; Jean Kerlouet en quête d'un Breton et Guillaume Boistel se hâtant vers Guesclin et trouvant son élan contrarié par Batillier, Amanieu d'Ortige et Perrot de Savoie désireux d'apprendre, sans doute, où en était le siège de Tolède [1].

— On se croirait à la foire du lendit, commenta Paindorge. Tous frères aimants.

— Certains qui s'étreignent jusqu'à s'étouffer s'abominaient à Paris.

Soudain la cohue et la rumeur cessèrent. Précédés par des clercs armés de hautes crosses processionnelles, des Castillans vêtus en bourgeois s'approchaient, porteurs de bannières afin, sans doute, de remémorer à Guesclin qu'il ne bataillerait point pour des lis.

— *Vexilla regis prodeunt*, dit lentement Tristan. Cela signifie, Robert : les étendards du roi s'avancent... Pas un lis... Ces lions et ces tours que tu vois ventiler seront bientôt maculés de sang.

— C'est vrai, ça, dit Jumelle, tout proche. Moi, j'ai hâte que ça commence.

1. Le Trastamare avait auprès de lui 400 Bretons. On relève les noms d'Arnaud Solier, dit Limousin*, Geoffroy Ricon, Yvon de Lacouet, Aliot de Calay, Alain de Saint-Pol, Jean de Berguettes, Gauvain de Bailleul, etc.

* Il allait obtenir de vastes possessions en Espagne et s'allier avec la puissante famille de Velasco en donnant sa fille à Juan de Velasco.

— Moi, dit Tristan, j'ai hâte que ça finisse.

Il se sentait fermé à tout sentiment. Il entendait les bruits d'armes remuées de la même oreille qu'il eût entendu des tintements de vaisselle. Rien ne le pouvait rassurer sur un devenir qui sans doute l'éclabousserait de sang. Il sentait comme une couardise dans son esprit et une lourdeur sur ses paupières. Qu'il eût été bon de s'endormir dans la chambre austère de Villerouge, d'oublier tout comme on oubliait dans la mort !

Telle une lumière dans une brume épaisse, une douleur l'avait traversé au seul souvenir de Villerouge, Maguelonne... Sa pommette un peu pointue, ses sourcils longs, peu fournis, magnifiant des yeux qui savaient si bien passer de la clarté aux ténèbres. Des yeux pour ne voir que des choses belles et bonnes. Quelles pensées, *maintenant*, vivaient sous ce front pur ? C'était si injuste que la tristesse y eût trouvé un gîte...

— Messire, dit Paindorge, va falloir les suivre.

Sur le point de demander : « *Qui ?* » Tristan s'aperçut que les effusions avaient pris fin et que les capitaines de Guesclin commençaient à piéter vers un grand pavillon érigé sans doute à leur intention.

— Moi, dit Jumelle, je trouve qu'il manque quelque chose.

Et comme ni Tristan ni Paindorge ne l'interrogeaient :

— Des femmes...

— Pense à la tienne, suggéra Paindorge, agacé.

— Tu sais bien que je n'en ai plus.

— Pense que tu vas peut-être la rejoindre bientôt. Et laisse-nous en paix !

Tristan craignait que son compère n'eût indigné ce chevalier pour le moins étrange. Il n'en fut rien. Un gros rire accompagna la repartie de l'écuyer qui, de bon cœur, y joignit le sien. On allait bientôt guerroyer : les courroux et les fureurs n'étaient point de mise entre hommes de la même armée.

— Robert ! Robert ! suggéra Tristan à voix basse, mets de l'eau dans ton vin.

— C'est vrai... Je pensais à Alazaïs, Sibille, Maguelonne... Je les trouvais encore plus belles dans ma tête que de mes yeux à Villerouge...

Tristan acquiesça puis, calmement :

— Il est un dicton de mon pays que je commence à contester.

— Ah !

— Il affirme : *Noun së podou counoûissë dë liuën lous mëlouns é las fénnos.*

— Et ça veut dire ?

— De loin, on ne peut apprécier ni les melons ni les femmes.

— C'est vrai que c'est une fausseté, dit Paindorge. Plus le temps passe, plus je m'aperçois que j'aime Alazaïs... et ses melons.

— Alors, dit Tristan, pense à lui revenir en entier. Nous sommes avec ces gens contre notre volonté. Un jour nous partirons sans même leur dire adieu.

* *
*

Lors du festin offert à Guesclin et aux chevaliers qui l'avaient hourdé[1] depuis la France, Tristan retrouva des *ricos hombres* qu'il avait côtoyés naguère. Quelque aimables qu'ils fussent envers lui et ses compagnons, il sentit flotter parmi ces Castillans la même odeur de défiance ou de détestation refoulée qu'il avait perçue

1. Escorté.

avant Nájera lors des derniers conseils de guerre. Leur suspicion à l'égard des forains[1] se composait de croyances énigmatiques, de rancœurs abstruses et incongrues sous de larges sourires et des congratulations sonores. Les Français arrivaient ainsi que des sauveurs. Henri allait couvrir de prébendes leurs conduiseurs et s'il prenait enfin sa revanche sur Pèdre, il ne retiendrait plus les cordons de sa bourse. Coiffé d'une couronne obtenue par la violence, le nouveau suzerain ferait bon marché de ceux de son pays dans la distribution des récompenses. Tristan devina tous ces hommes incapables d'oublier leurs rivalités hypocrites, non seulement à l'égard des Français mais aussi envers eux-mêmes.

Après tout, plutôt que de nuire à l'armée tout entière, cette émulation pourrait être un élément de réussite : à vouloir dominer ses compères en vaillance, l'ennemi souffrirait de cette concurrence. Cependant, chaque race voulant démontrer la supériorité dont elle était imbue, il se pouvait que Pèdre tirât profit de cette disjonction.

Tristan laissait ses yeux errer sur l'assistance. Son regard s'arrêta sur le Bègue de Villaines entre les vicomtes de Roquebertin et de Rodez, lequel, comme Jumelle précédemment, se plaignit qu'il n'y eut que des hommes attablés pour ces retrouvailles. Si le mot *femmes* n'avait pas été prononcé, moult d'entre elles occupaient l'esprit de ces guerriers qui mourraient peut-être dans quelques jours. Villaines, quant à lui, contait ses appertises[2] :

— Si vous a... a... aviez vu, Ber... bertrand !... Les Tolé... dans ont fait une sortie de nuit pour a... a... aller

1. Étrangers.
2. Prouesses.

sans doute au-de... de... vant de Pèdre. Je les ai laissés pas... passer. Quand ils sont revenus, j'a... j'avais mis mes gens en or... or ordonnance entre la cité et ceux qui y retournaient. Nous les avons assaillis... Après leur dé... dé... déconfiture, j'ai fait dresser devant les murailles un grand et l... l... long gibet et fait pendre tous ceux qui qui vivaient encore... Et nous avons recommencé nos assauts...

— Et ils ont résisté plus âprement, dit Tristan.

Le Bègue de Villaines se courrouça. Son visage déjà sanguin parut bleuir sous l'afflux du sang et d'un courroux ressuscité[1] :

— Comment le sais-tu ? Si tu tu... tu... n'étais venu avec Gues... Gues... Guesclin, je croirais que tu es des leurs.

« Qui sait ? » songea Tristan et, les yeux dans les yeux de cet homme que la colère avait en partie « débégayé » :

— Les Tolédans ont vu leurs parents et leurs amis pendus. Cette vision a endurci leur cœur et déployé leur courage.

— *Tout n'est qu'abus !* fit un voisin pour qui cette passe d'armes composait un entremets de choix.

Olivier de Mauny prit le relais du Bègue :

— Henri hurlait : « *Folle gent enragée, vous avez été autrefois à moi ; or, vous m'avez repoussé, folle gent reniée. Vous en serez détruits à deuil et à douleur. Jamais Pedro le Fou ne vous fera secours. Si je vous prends par force vous aurez vilenie. Je ferai brûler tous les Juifs et Sarrasins sur la place !* » On lui a jeté... des pierres... et il a... dit...

1. *Note de l'éditeur* : Rappelons ici qu'après Nájera, Pierre de Villaines s'était juché sur Malaquin, le cheval de Tristan, qui l'en avait fait descendre.

Don Henri secourut le parent de Guesclin dont le courroux refluait, laissant dans son langage des épaves de mots :

— « *Nous ne vous craignons pas* », m'a dit Garci de Villodre qui commande à Toledo. « *Quand il n'y aura plus bête céans qui ne soit toute mangée, nous nous mangerons l'un l'autre par droite ragerie, ou Pedro sera mort avant que vous ayez la cité en votre pouvoir.* » Des secours leur vinrent par le Tage... Des mécréants Sarrasins et Portingalois[1]... Dieu m'aida !

— Petitement, mon seigneur. Petitement, insista Guesclin en tendant son hanap à un échanson de passage. Si Dieu avait voulu vous aider comme il faut, vous régneriez sur la cité, et ce n'est pas dix ou vingt Juifs, dix ou vingt Mahoms qu'on verrait au bout des cordes, mais cent, deux cents, mille et davantage pour le plus grand bien de l'Espagne et du Très-Haut !

Ayant vidé son hanap, le Breton reprit avec une assurance profonde, toute frémissante de cette férocité dont Tristan connaissait les effets :

— Nous entrerons dans Toulette. Par saint Yves, oui, nous y entrerons !

Le visage était compact, rugueux, aussi rouge qu'à la bataille. La bouche aussi grasse que les mains, dédaigneuse, tremblait un peu :

— Nous entrerons !

— Nous entrerons et ferons justice !

Il fallait bien que le Trastamare en rajoutât. Tristan dévisagea brièvement cet intronisable auquel la barbe demi-longue ne conférait aucune majesté.

« Ils se prennent, l'un pour Arthur de Bretagne et l'autre pour le Cid ! »

Ils excitaient à la fois sa dérision et son admiration.

1. Portugais.

— On va faire un grand treu[1] de ces Juifs et de ces Mahoms, dit Galiffer de Jumelle en touchant de son coude l'avant-bras de son voisin. Pas vrai, Castelreng ?

— Cela ne sera pas si aisé que tu le crois, compère. Nous ne combattrons pas sous les murs de Toledo, ni sous ceux d'Orgaz. Mais loin, plus loin...

Un rire encore. Guesclin :

— Mais où est don Tello le magnifique ?

La défection du frère de Don Henri, à Nájera, sa fuite infâme et celle de ses trois mille almogavares formaient dans l'esprit du Breton un souvenir exécrable.

— Il doit être dans les braies du roi de Navarre, supposa Henri sans rire. Toujours bassement envieux, comment pourrais-je croire en sa féauté ? On m'a dit que Logroño, Vitoria, Salvatierra, Santa-Cruz de Campezo arboraient des bannières navarraises. Je n'ose le croire et n'ai pas eu le temps d'aller vérifier.

— Votre frère est un traître... et vous le savez bien !

Cela dit, Guesclin lança par-dessus son épaule un os à demi rongé.

Tristan acheva une côte de mouton qu'il eût bien lancée par-dessus les murailles de Tolède – à condition qu'elle chût dans la maison des del Valle. Il vida son gobelet empli d'un vin doux, chaleureux, Paindorge qui dînait avec l'écuyerie lui manquait. La présence à ses côtés de Cabus et Jumelle, qui mangeaient dru et parlaient à peine, l'obligeait à se poser quelques questions maintenant que la bataille était inéluctable et probablement imminente : que vaudraient-ils, ces deux-là ? Comment se conduiraient-ils en entrant dans les cités fidèles à Pèdre ? Auraient-ils envie d'occire ? De violer ? D'arser les maisons juives et moresques après les avoir vidées de leurs richesses, grandes et petites ?

1. Ravage, mal, désastre.

Ils en étaient capables. La bataille qui se préparait serait forte, grandissime : *la bataille des rois de Castille !* S'il conservait un mauvais souvenir du roi Pèdre devant lequel, naguère, à Séville, Guesclin l'avait envoyé dans l'espérance qu'il ne reviendrait pas, il était bien obligé de se dire que cet homme-là avait l'aspect royal. Henri, lui, n'était qu'un bâtard, un routier auquel la couronne était aussi peu seyante qu'une paire de bois de cerf à un mulet. Il n'aimait pas sa figure rougeaude, allongée, ni sa moustache et sa barbe roide, poussiéreuse. Il y avait en lui une solennité tellement fausse qu'elle semblait l'engoncer et l'appesantir comme une armure mal apprêtée. Sous des paupières grises, cillantes, ses yeux, plutôt que pétiller d'intelligence, brillaient d'un feu glacé.

— Messires ! Mes chers amis et compères...

Le bâtard royal se leva. Il allait s'exprimer dans ce français qu'il avait appris en dévastant la Langue d'Oc et en rançonnant toute sa bonne gent.

— Messires...

Il observa, tête après tête, et cela prit du temps, la tablée de ces prud'hommes et *ricos hombres* dans laquelle figuraient d'authentiques maufaiteurs voués à la hache ou au gibet. Ce faisant, il se voulait magnifique. Il n'était qu'une emphase gonflée de chair humaine. A sa dextre, Guesclin dégageait de la splendeur : un éclat noir, funèbre, une puissance qui elle aussi sécrétait de la majesté. On le sentait nanti d'une sorte de solidité empruntée au granit de sa terre, rêche, sombre, indestructible et plutôt qu'un aigle, on discernait en lui du tigre et du renard. Il incarnait, ce jour d'hui, la violence contenue, l'audace en toute chose, surtout les plus détestables, la confiance en soi et le mépris de tout ce qui ne le concernait point. Il n'empiétait pas sur la fausse magnificence de l'usurpateur ;

c'était elle qui, au lieu de préjudicier sa présence, mettait en relief sa simplicité de huron au pinacle d'une existence composée de vacarme et de fureur.

— Messires, le moment du los est venu !

Henri leva très haut un hanap d'or robé en France, en Navarre ou en Espagne.

— Buvons à la victoire, messires ! Elle sera nôtre, vous le verrez, en quelque lieu où nous affronterons Pèdre !

Tous les convives avaient levé leur coupe. Tristan les imita. Sa position à l'égard de Guesclin était déjà suffisamment précaire pour qu'il ne l'envenimât point. C'eût été de la folie de se taire et de ne point hurler à l'unisson des autres :

— *Castille au roi Henri !*

Il vit le Breton ébaubi par la violence de son cri.

— Bien, Castelreng. Je vois que tu deviens intelligent !

Et Guesclin de lever derechef son hanap :

— *¡ Castilla por el rey don Enrique !*

Il avait dû apprendre l'espagnol dans les bras de sa maîtresse. Aussi pénible que cette nécessité pût être à une détestation sans frein, Tristan hurla lui aussi : « *¡ Castilla por el rey don Enrique !* » et ce clam [1] que messire Bertrand attendait :

— *Notre-Dame, Guesclin !*

Le bâtard de Castille n'osait se rasseoir. Il lissa des deux mains ses cheveux longs et sa barbe, puis rajusta l'ébréchure de son flotternel de velours carminé d'où pendait un lourd pentacol dont, à coup sûr, il n'était point le propriétaire :

— Messires, nous allons apprêter nos dispositions pour la prochaine bataille. Pedro chevauche à fort

1. Cri de guerre.

noble compagnie. Tous ses prud'hommes ont endossé l'armure. On ne vit jamais, au sortir de Séville, plus merveilleuse armée que la sienne. Moult riches vêtements, écus, lances ferrées, pavois, faulx, grands dards affilés qu'on jette à la volée et un charroi de nourritures afin de largement vivre avant que de fournir le reste à Toledo.

— Quoi qu'il en soit, dit Guesclin, la défaite et la mort approchent du roi Pedro qui a si mauvaisement régné !... Moi, Bertrand, je vous le dis !

— Et je vous dis à vous Français : Pedro chevauche auprès du fils de Benemarine : Aletaire qui a vingt ans... Je vous conseille de l'occire !

Don Henri se rassit : il avait décidé. Maintenant, il pouvait festoyer à son aise.

* *
*

Pendant quelques jours et quelques nuits, l'armée demeura en attente inquiète. Sous le pavillon qu'il partageait toujours avec Galiffer de Jumelle, Jacquemart Cabus et Paindorge, Tristan s'efforça de dormir plus qu'il n'était nécessaire afin de recouvrer ses forces endommagées par l'hiver et le long chemin qui l'avait mené à Orgaz. Oublier les jours, oublier le temps, oublier même Maguelonne afin de n'être au bon moment qu'une machine de guerre engagée dans une inextricable mêlée. Paindorge s'occupait de tout : nourriture, chevaux, et surtout des faits et gestes d'autrui. L'œil vif et l'oreille à guet, nul ne savait tirer mieux que lui, à l'issue de ses errances fureteuses, des observations toujours pleines de sens.

— Si la liberté nous en était fournie, messire Tristan, nous nous affronterions, gens d'Espagne et gens de France, comme des veautres et des bêtes noires !

Espagnols et Français restaient distants quand ce n'était arrogants les uns envers les autres. On voyait cependant leurs chefs se rejoindre et se congratuler aux abords du pavillon que Don Henri partageait avec son épouse. Car la « reine » était présente. Dans la journée, l'archevêque de Tolède, traître à ses ouailles, venait lui tenir compagnie. Allant et venant, ne sachant comment remédier à une inaction qui corrompait leur énergie et leur cervelle, Guesclin, Olivier son frère, les Mauny, le Bègue de Villaines et le vicomte de Rodez délibéraient sans trêve sur la puissance de Pèdre, la cruauté de ses châtiments, l'avenir de la Castille et de l'Espagne sans songer à celui d'une France qui, la paix conclue par le trépas de Pèdre ou d'Henri, verrait revenir à la suite du champion de Charles V la plupart des routiers auxquels le royaume devait sa ruine.

Un matin, Cabus et Jumelle apparurent tenant et soulevant par les aisselles un homme qu'ils avaient maltraité.

— Qu'avez-vous fait ! s'étonna Guesclin furieux que les deux compères eussent réduit la tête de leur prisonnier en une espèce de citrouille blette d'où çà et là perlait du sang.

— Ben... dit Jumelle.

Soudain, du doigt, il désigna le malheureux au Trastamare qui venait d'apparaître sur le seuil de son pavillon.

— On a cru bien faire.

— Il nous a dit qu'il était un espie [1] et voulait voir le roi, dit Cabus. Ne peut voir le roi qui veut... surtout pas un manant !

1. Espion.

L'homme fléchit les genoux davantage par exténuation que par respect. Des gouttes vermillonnèrent des cailloux devant lui ; il avait quelques dents cassées, déchaussées : Jumelle, sans doute, le seul qui du matin au soir conservait ses gantelets de mailles – même pour manger.

— Bertrand, grommela Don Henri. Veillez dès à présent sur votre meute afin que de telles méprises me soient épargnées. Ces deux hommes seraient-ils miens que je les aurais fait flageller jusqu'à ce qu'ils en trépassent.

— Ah ! sire, soupira le blessé, faites châtier ces Francés immondes qui refusaient de croire que nous nous connaissons !

— Ils sont à Guesclin, Sobrino. Et une fois guéri, tu ne pourras demander réparation du préjudice qu'ils ont commis sur ta personne, car tu n'es qu'un *campesino*[1].

Tristan imagina les cris de Jumelle et Cabus, leurs coups, leurs rires. Plus encore que la méchanceté, c'était l'oisiveté qui avait incité ces chevaliers d'aventure à honnir[2] ce Sobrino. Désormais, ils craignaient qu'on ne les flagellât pour l'exemple. Ils n'ignoraient point, cependant, que Guesclin avait besoin d'hommes de leur espèce.

D'un geste, Don Henri signifia aux deux hommes de s'éloigner puis, son regard planté dans celui d'un Bertrand faussement consterné :

— Ils ne sont pas bretons mais sont aussi terribles. J'accepte tout de tes hommes à la guerre, mais céans, dans mon logement, j'exige le respect à tous les Castil-

1. Paysan.
2. Faire du mal, vexer, maltraiter.

lans... Et je ne veux plus voir ces deux-là rôdailler par ici où je les ferai pendre !

Puis à Sobrino, sans aucun souci des préséances :

— Qu'étais-tu, *amigo*, venu dire à ton roi ? Étais-tu à Séville avec l'armée de Pèdre ?

— Oui, sire.

Sobrino pouvait avoir trente ans. On l'avait dépouillé de ses habits de guerre. Jumelle et Cabus ? Il s'étonna de se voir entouré par des chevaliers de France et de Castille, et plus encore que certains d'entre eux fussent compatissants à sa malaventure. Levant le front et considérant Don Henri non point de sujet à suzerain mais d'homme à homme, il déclara, cherchant parfois son souffle :

— Sire, ne mettez pas en oubli d'ordonner vos gens pour attendre le combat, car vraiment le roi Pedro approche fort d'Orgaz. Il amène avec lui Sarrasins, Portingalois et Juifs et aussi moult hardis Chrétiens de Séville. Ils sont cinquante mille enragés à combattre. Le païen Aletaire, fils de Benemarine, n'a que vingt ans. Son corps est aguerri. Il ne redoute rien... sinon que vous fuyiez sans livrer bataille. Le roi Pedro a dit aussi que Guesclin serait près de vous...

— J'y suis, dit Bertrand.

— Le Bègue...

— J'y... j'y suis, dit Villaines.

— Le roi Pedro a dit que vous ne pouvez faillir à la bataille non plus que carême en mars. Le jeune More Aletaire ne s'est point ébahi. J'ai ouï cela car j'étais présent et j'ai vu le fils de chien, à genoux, regracier Mahomet ! Ces gens ne vous prisent tous le montant d'un épi.

Deux sergents emportèrent le déserteur avec des précautions extrêmes.

— J'irai te voir bientôt, Sobrino ! cria Don Henri avant qu'ils ne disparussent.

Puis, presque farouchement, il considéra ses hidalgos et les prud'hommes qui se pressaient, de plus en plus nombreux, autour de sa personne.

— Entre vous tous, seigneurs et mes amis, qui a un bon dessein ne me le cache pas. Il nous faut aviser brièvement et sans détours comment Pedro le félon peut être accueilli ; s'ils ne sont tous confondus, je me verrai opprimé.

A plusieurs reprises, Guesclin se hissa sur les pointes de ses heuses :

— Ne soyez point troublé, Henri ! Si Dieu le veut, les gars seront tous occis. Nous vous livrerons Pedro avant que trois jours soient passés si vous voulez vous conformer tous à mon conseil.

Le Trastamare croisa les bras et considéra ses *ricos hombres* pour leur signifier, sans doute, que si le Breton prenait le commandement, c'était avec son assentiment, parce qu'il était le meilleur d'entre eux et qu'il n'avait qu'une volonté : se revancher de son échec à Nájera.

— Seigneur, dit le Breton en portant sa dextre sur son cal [1] dont il n'avait pas noué la mentonnière. Messeigneurs, oyez bien ce que je vous dis !... Nous allons mener toute notre armée au-devant du roi Pèdre afin de ne pas perdre la cité de Toledo. Nous prendrons, s'il vous plaît, trois parts de cette armée. Nous laisserons la quatrième part à ce siège, à la garde de la reine et du bon archevêque. Nous lèverons assez de gens du plat pays que nous manderons tout incontinent en cet

1. Sorte de bonnet qui se portait en toute circonstance. Les jouées descendaient sous le menton où elles étaient rapprochées et nouées par un cordonnet. La forme de ce couvre-chef est semblable à celle des bonnets de bain des années 1930-1936.

endroit-ci. Nous laisserons ces gens en notre lieu et place. Tous nos ennemis croiront que nous sommes demeurés où nous sommes alors que nous quitterons ces lieux dans la nuit. Nous manderons des gens d'armes de toutes les cités que nous verrons sans cesser d'avancer à la rencontre de Pèdre. Nous le déconfirons brièvement, lui et toute sa gent. Et ne les redoutez en aucun jour parce qu'ils sont nombreux, car s'ils sont assaillis à ma discrétion, vous verrez fuir les païens comme des larrons et les Juifs d'autre part et aussi les Chrétiens !... Car selon mon entendement, ils n'auront pas souci que l'un doit aider l'autre à son besoin. Les Juifs n'aideront pas les Mahoms et point ceux qui croient Mahomet ne les aideront : car ils ne sont point d'une même foi, ni tous d'un nom, et nous sommes, nous, tous unis en Jésus-Christ qui souffrit la male mort. Nous sommes des Chrétiens sans mélange d'autre race et voulons soutenir le droit et la raison. Et Dieu en qui j'ai confiance nous aidera ! Or, faisons-le ainsi et soyons tous prud'hommes. Je vous jure que jamais telle journée n'advint à des champions, car le moindre compagnon sera enrichi par le butin !

« Nous y voilà », songea Tristan. « La malemort et le butin ! Son seul amour, c'est l'amour de Dieu. Mais c'est un amour tout aussi vergogneux que celui qu'il voue soi-disant à sa Tiphaine, laquelle est cornue comme un cerf au point de ne pouvoir franchir la haute voûte de Notre-Dame... Guesclin ! »

Il lui plaisait de s'égayer un tantinet. Il vit Don Henri lever très haut ses mains – comme pour juger, lui aussi, de la grandeur de la voûte – et s'écrier malement :

— Ah ! Dieu, Bertrand est si prud'homme que celui qui croira sa raison ne sera jamais détruit !

« Point ceux qu'il fit occire à Nájera ! »

— Si chacun s'accordait à son avis, il me semble que brièvement nous aurions vengeance de Pedro, qui m'a fait tant de maux !

Henri parlait comme un roi injustement destitué ! Il renversait les rôles. C'était lui l'usurpateur. Lui qui sans le secours de la France n'eût été qu'un bâtard en exil doré.

Le Bègue de Villaines s'approcha de Bertrand auquel il donna l'accolade avant de déclarer, la voix chevrotante :

— Que... que... celui qui contredira Ber... Ber-trand n'ait jamais de de pardon pour... son âme !

Tout fut accompli. Henri sépara son armée en trois batailles. Une quatrième fut constituée qui devait remonter sur Tolède. Des hérauts furent nommés et détachés vers les cités et châteaux pour crier le ban, l'arrière-ban et annoncer l'imminente victoire.

— Les premières fleurs du printemps... commença Paindorge.

— ... seront rouges, acheva Tristan.

— Oui, dit l'écuyer. Juif, More, Chrétien, le sang qui coule en nous est le même... au point que nous le pourrions échanger d'homme à homme si Dieu nous en fournissait le moyen !

— Non, ce n'est point le sang qu'il faudrait échanger pour que la paix règne en ce monde, dit Tristan, maussade. C'est le respect de l'un pour l'autre. Nous ne sommes pas mûrs pour cet échange-là !... Demain, après-demain, nous perdrons la raison et nous perdrons la vie... Pouah ! cessons d'en parler... Évitons désormais de colloquer avec Cabus et Jumelle. Si Guesclin ne les a point punis, c'est qu'il a reconnu qu'ils étaient dignes d'être ses frères.

II

L'armée se mit tant bien que mal en mouvement. La joie et le plaisir fleurissaient dans ses rangs : on vaincrait par la force et le nombre. Une liesse crépitante d'un vacarme d'armes entre-heurtées, de frappements de nacaires [1] sous lesquels bouillonnaient sans trêve les clams de ralliement (*Notre-Dame, Guesclin* et *Castilla por el rey don Enrique*), immobilisa toutes les compagnies quand on sut que Gonzalo Mexia, l'homme qui avait maintenu Cordoue chrétienne contre la fureur des Mahoms, allait accomplir sa jonction avec Henri, lequel, encerclé par ses *ricos hombres* et *fidalgos* [2], chevauchait devant les six cents lances du Breton providentiel.

Le Maître de Saint-Jacques avait franchi la Sierra Morena par le chemin qui menait de Cordoue à Ciudad-Real. Il conduisait quinze cents cavaliers. En débouchant dans la Mancha, il s'était trouvé sur le flanc droit de l'armée royale. Il avait observé sa progression d'assez loin pour ne point se laisser assaillir et l'avait toujours devancée de façon à intercepter les

1. Sortes de cymbales particulières à l'Orient.
2. Après les *riches hommes* ou *ricos omes*, les *fidulgos* ou gentilshommes tenaient un rang analogue à celui des premiers auprès des rois.

chevaucheurs que Pèdre dépêchait à ses fidèles de Castille.

La jonction se fit dans la gaieté. Le prétendant se souciait peu d'une montre ; il demanda un *empadronamiento*[1] à ses capitaines. Il sut bientôt qu'il y avait autour de lui trois mille piétons et quelques centaines de cavaliers et génétaires. C'était peu. Guesclin s'aperçut que beaucoup de ses mercenaires avaient abandonné son armée. S'il enragea, ce fut en lui-même.

Jumelle avait fui, Cabus demeurait.

— C'est lui qui a meshaigné Sobrino, dit-il tandis qu'il chevauchait entre Tristan et Paindorge. Il m'a dit cette nuit que nous étions trop peu pour vaincre Pèdre... et il est parti avec quelques autres.

— Bon vent ! grommela Paindorge.

— Vent maudit ! enragea Tristan. Il fera un routier de plus. Ce Jumelle mériterait autant de coups d'escourgée que de coups de poing donnés sur la face et le corps de ce Sobrino !

— Le fouet l'a effrayé.

— A chevalier, moi, dit Cabus, je ferais donner des étrivières. Un châtiment pour chaque homme selon son rang et son méfait... Chez nous, à Courtrai, le vendredi saint, la cité paye vingt-cinq écus à un pauvre homme pour représenter les souffrances de Notre Sauveur. On le mène en procession dans les rues, vêtu d'une robe violette, la tête couronnée d'épines, portant une lourde croix sur ses épaules. Douze religieux – six d'un côté, six de l'autre –, faisant office de bourreaux, le titillent par autant de grosses cordes qu'ils ont liées autour de son corps. Les tourments dont ils l'oppriment le feraient bientôt périr si un nouveau Simon le Cyrénéen ne survenait lorsqu'il est près de succomber sous le

1. Recensement.

fardeau de sa croix. Il arrive à demi mort à l'église. Il ne pleure ni ne gémit sous les coups et se croit assuré de son salut, ce que n'ont point honte de lui faire accroire les clercs en redoublant de forcènement.

— C'est une infamie commise contre Dieu lui-même !

— Certes, Castelreng... Je conçois votre indignation... Mais que diriez-vous si vous étiez de Bruxelles ! Le vendredi saint, on y crucifie un homme... Or, du moins choisit-on pour remplacer le Christ un malandrin promis à l'occision. C'est à l'église des Augustins qu'on se réunit. On voit, au pied des autels, un échafaud sur lequel est élevée une croix haute de quatre toises. De part et d'autre sont dressées des loges pour les dames et les gens de qualité. Le reste de l'église est insuffisant pour contenir le peuple qui se presse, haletant, sur le parvis... La procession arrive. Elle est lugubre quoique en musique. On y voit tout d'abord piéter les confréries de *la Miséricorde*, le visage embronché, les pieds nus, en coule. Ensuite les prisonniers parmi lesquels celui qui fut choisi pour Christ...

— Vous me semblez aussi cruels que les routiers qui sont ici.

Paindorge était dans le vrai, mais son propos fut sans effet sur Cabus. D'ailleurs, l'eût-il été que l'homme n'en eût pas plus souffert que d'un taillant d'épée de bois sur l'une de ses robustes épaulières. Il reprit avec une délectation tout aussi malséante que celle des truchements de Dieu dont il décrivait la passion :

— Les captifs ont de gros boulets attachés aux pieds. Un par cheville... Puis viennent les religieux des Augustins habillés en Juifs...

— Merdaille ! grogna Tristan. Toujours les Juifs !

— Ils se font Juifs le temps d'une exécution... Au milieu d'eux se tient bientôt le représentant du Sauveur, lié, couronné d'épines, couvert d'une robe pourpre. Après l'avoir promené en procession, des clercs vêtus en bourreaux le mènent au lieu du supplice. Ils ont dans un panier qu'ils montrent à la bonne gent des clous, des marteaux et tous les instruments de la passion.

— Le sacrilège est pour les gens d'Église !

Tristan sentait monter son indignation.

— Ils dépouillent l'homme, continua Cabus. Ils le font monter sur l'échafaud. Ils l'étendent sur la croix. Ils lui lient les pieds et les mains et placent, dessous, de petites vessies pleines de sang. Une fois percées par les clous, elles font croire au peuple que le crucifié subit les sévices de Notre Seigneur... A la vue du sang, l'assistance s'agenouille. Il advient que par erreur, on ait transpercé une paume, un pied... Le cri du faux Christ fait verser des larmes à tous ceux qui sont présents...

— Et l'homme ?... Qu'en fait-on ensuite ? s'inquiéta Paindorge dont le cœur affleurait les lèvres.

— On le pend... mais quand la foule est partie.

— Ce martyr, dit Tristan dégoûté, mériterait de ressusciter pour se venger de cette fausse juiverie.

— Pourquoi nous contez-vous tout cela, messire Jacquemart ? demanda Paindorge ébahi par la délectation d'un chevalier qu'il n'avait jamais pris en estime. *Tout n'est qu'abus*, comme vous dites ! Les Bruxellois mériteraient d'être *bretonnés* un bon coup !

— Si je vous ai dit ça, dit Cabus, c'est que je voudrais que Pèdre soit crucifié.

— Il ne t'a rien fait à toi, dit Tristan. Ni à moi.

— Ni à moi, dit Paindorge. Ni à ceux de notre armée. Et même, après Nájera, il eût certes pu planter son perce-mailles dans la gorge de Guesclin sans que le prince de Galles ait eu le temps de s'y opposer. Il ne l'a pas fait.

— Bon, c'est vrai, dit Cabus avec une sorte de repentir qui n'était que de surface, il ne nous a rien fait.

— Alors que faisons-nous, mes frères d'armes, dans cette armée ?

Tristan considéra, sous la cervelière de mailles, le profil pâle et contraint de son écuyer puis celui de Cabus figé dans une sorte d'insouciance. Aucun d'eux ne s'anima pour lui fournir une réponse.

Il s'apprêtait à parler, à révéler à ce médiocre chevalier du Nord qu'il suivait Guesclin contre sa volonté avec l'espoir insensé de le voir en péril de mort, mais Cabus parut renaître à la vie. Les frémissements de sa résurrection incommodèrent son cheval qui fit un écart et rua.

— Holà ! fit-il. Holà ! Artevelde !... Sois quiet... Nous devons aller jusqu'au bout de notre randon et revenir chez nous !

Et tourné vers Tristan :

— Je ne sais plus, tant tu es baratière, ce que je fais dans cette armée. Ce que je sais, c'est que la désertion est une ignominie... Chantons !... Chantons amis pour nous donner du cœur au ventre.

— L'envie ne m'en vient pas.

— Ni à moi, dit Paindorge.

Cabus se mit à rire. Il était redevenu, presque sans transition, un chevalier d'aventure sans foi ni loi ni scrupule, et sa chanson vola au-dessus des têtes dont aucune ne remua :

Regnaut de Montauban trouvant sa mère morte
Il lui souffle au potron et se la réconforte [1]...

1. Chanson à table du seigneur de Templeuve, consignée gravement dans les archives de sa famille.

« C'est peut-être la mort, songea Tristan, qui bientôt soufflera dans ton cul son haleine infernale ! »

* *
*

— Nous les vaincrons. Ils ont huit ou neuf journées de pays dans les jambes. Et leurs chevaux aussi !

Subitement, en plein après-midi, Don Henri avait décidé de ce qu'il nommait un conseil bien que ce fût surtout une halte pour soulager ses reins endoloris. Son inquiétude gagnait en pesanteur et en force. Sous son armure et sa jactance, il se sentait nu et fragile.

— Pèdre, messires, chevauche à grand-puissance sur nous. Il a quarante mille hommes. Trop nous pourrait grever s'il venait par avis jusqu'à nous et si nous allons à lui sans qu'il le sache. A partir de maintenant, nous le prendrons bien, lui et ses gens, en telle part et si dépourvu que nous aurons l'avantage. Ils seront déconfits, je n'en doute mie. Nous allons donc nous hâter.

Cela, c'était le langage de Bertrand, muet pour une fois.

— J'ai mes espies allant et venant qui savent et rapportent avec soin le convenant [1] de Pèdre et de son ost, et affirment que le tyran ne sait rien de nous. Il va droit sur Montiel, suivi de ses alliés assez esparcement... Il se peut qu'il y soit déjà. Que chacun de vous s'apprête. Nous sommes à une marche de Montiel.

1. L'ordre, la disposition des troupes.

* *
*

— Montiel, dit Tristan alors que Paindorge l'aidait à s'adouber. Ce nom me plaît. Il a quelque chose de noble.

L'écuyer avait erré parmi les hommes. Il était revenu ébaubi de ce qu'il avait entendu et que Don Henri n'avait point révélé : Pèdre *était* dans Montiel. Il avait permis à ses troupes de se répandre à l'entour du château pour obtenir des vivres et du fourrage. Certaines s'étaient éloignées de plusieurs lieues. Avant même qu'une bataille eût été engagée, la dispersion de l'ennemi était complète. C'était pourquoi Henri voulait agir vélocement : il pouvait enfoncer les défenses de Pèdre et capturer celui-ci.

Sous la double conduite du Castillan et de Guesclin, l'armée repartit en silence. La nuit vint ; celle du 13 au 14 mars [1].

Quand, à la fade clarté des étoiles, on fut en vue de la forteresse érigée sur une montagnette abrupte, Guesclin qui chevauchait en avant-garde fit enflammer les torches afin qu'en s'avançant à travers champs il indiquât la voie au reste de l'armée.

Les feux se multiplièrent. Tristan imagina les guetteurs de Montiel frappés de stupeur par ce grand mouvement de feux à une lieue, dans la sierra. Amis ? Ennemis ? Le commandeur Garci Moran qui régnait sur la forteresse devait en ce moment réveiller Pèdre et l'adjurer peut-être de s'enfuir : « *Sire, ces feux sont*

1. Les partisans de Pèdre galopèrent jusqu'aux villages de Villahermosa, Infantes, Santa-Cruz de los Cañamos (à deux lieues de Montiel). Erreur fatale.

ceux du bâtard ! Partez : il en est temps ! » Que répondait Pèdre ? Hurlait-il : « *Arma ! Arma !* » ou restait-il quiet dans le creux de son lit en se disant et répondant : « *Ce sont les nôtres qui accourent* » ? Sans doute allait-il désigner quelques genétaires pour en savoir davantage[1].

Les chevaliers mirent pied à terre, les piétons s'assirent ou s'allongèrent sur l'herbe et le rocher. Les torches jonchèrent la nuit de leur fleuraison mouvante. C'était un grand jardin de flammes qui maintenant se déployait à l'entour de Montiel. Un éphémère jardin que Pèdre, le cœur plombé d'incertitude, avait loisir d'observer.

— Le roi Henri fait housser son cheval, dit Paindorge qui, selon son habitude, s'en était allé fureter. A ce qu'on dit, c'est un cheval gascon.

— Il ne chevaucherait même pas un genet de cette Espagne qu'il prétend aimer et sur laquelle il règnera aussi mal sinon pis que son frère.

Avant l'aube on fit mouvement. On avait divisé les troupes en deux batailles : l'avant-garde, composée de Bretons et des chevaliers de France sous le commandement de Guesclin ; la réserve derrière Henri dont la couronne d'or sommant bassinet étincelait aux lueurs des flambeaux comme une escarboucle tombée du ciel au plus sombre de la nuit. Il s'était vêtu avec recherche et pour avoir plus d'aisance, il avait préféré le haubergeon à l'armure. Une cotte de ciglaton[2] vermeil dissimulait en partie les anneaux des mailles treslies assemblées en doublier au col et aux épaules.

Chevaliers de France, *ricos hombres* et piétons

1. En réalité, selon Ayala, Pèdre rassura Garci Moran en lui disant que ces feux – qui pourtant remuaient dans sa direction – étaient ceux de Gonzalo Mexia qui fuyait (!) devant lui depuis plusieurs jours.
2. Étoffe de soie.

étaient encore trop éloignés de Montiel pour exprimer leurs conjectures sur ce qui se passait au château. Tristan, comme Paindorge et tant d'autres, était certain que Pèdre avait fait lever sa bannière et dépêché des coureurs en tous sens afin qu'ils rabattissent à l'entour de la forteresse les troupes dispersées dans les campagnes. On en vit, rapetissés par l'éloignement et trahis par leurs torches, quitter les pentes à toute bride. L'armée s'arrêta comme pour leur laisser le temps de disparaître.

Henri hésitait. Une fois qu'il eut mis pied à terre, il réunit ses capitaines et en leur bon milieu, afin d'être entendu par tous, il haussa la voix :

— Amis et *compadres* !... Si j'avais suivi les conseils de Guesclin à Nájera et si Tello n'y avait fui, la bataille que nous allons livrer ce jour d'hui n'aurait pas eu lieu... Je ne puis penser sans douleur à tous ceux qui moururent à Navarette. Il fallait sans doute que ce malheur nous advienne pour que nous puissions, ce mercredi, affirmer notre valeur et notre foi chrétienne à cette tourbe juive, arabe... chrétienne aussi, hélas ! mais chrétienne dévoyée qui nous attend à Montiel.

Il y eut les habituels grondements et le cri sans faille de Villaines : « *A la mort ! A la mort !* » Le silence revint. Henri reprit d'une voix plus suave mais qui de mot en mot s'affermissait :

— Messeigneurs !... Au nom de Dieu tout-puissant, pensons d'exploiter et d'aller avec sagesse tant que nous trouverons Pedro et sa compagnie afin qu'il ne s'enfuie. S'il n'est pris ou mort, il nous grèvera encore, car il a trop de gens. Il est allié aux païens et nous les a amenés avec les Juifs et d'autres peuples[1] !

1. Ce *leitmotiv* n'est pas un parti pris d'auteur. On ne lit que cela dans Cuvelier et Ayala. C'est une obsession que même les pires nazis n'exprimèrent jamais avec autant de véhémence.

« Encore ! » songea Tristan.

— Il ne nous faut point passer la mer pour trouver les Sarrasins !... Ils nous verront à leur péril. Ce jour d'hui, nous conquerrons certainement honneur. Le plus pauvre qui soit entre nous sera riche à toujours si la mort ne le prend, et celui qui mourra obtiendra son salut. Adonques que chacun soit prud'homme et hardi sans redouter la mort, car on sait de certain qu'il faut mourir une fois si l'on ne sait comment... Agissez en suivant vos lumières, en usant de votre force et de votre sagesse ! Je cesse dès à présent d'être votre suzerain pour devenir votre compère. Enfin, je ne me regarderai jamais, et vous tous le comprendrez comme moi, pour un prince digne de porter la couronne et de régner sur la Castille si je ne sais pas vous imiter dans cette importante journée.

Guesclin s'apprêtait à parler. Un murmure l'en empêcha. Un murmure qui, d'un coup, devint tumulte et flua jusqu'au fin fond des troupes, y suscitant aussi une rumeur d'allégresse. On ignorait de quoi il s'agissait, mais puisque les voisins riaient et hurlaient, il fallait bien rire et hurler. Ces transports de joie et d'allégresse laissèrent apparaître enfin les ovations coutumières :

— Vive le roi !

— *¡ Viva el rey !*

— *¡ Castilla por el rey Enrique !*

— *¡ Viva Guesclin !*

Le Breton hurla :

— Que toutes vos bannières baloient et ventilent[1] !

Il se chargea incontinent du poids de l'entreprise :

— Oyez, mes bons compères, faites ce que je vous dis... Nous séparons l'ost en cinq corps. Je partagerai

1. Voltigent et flottent au vent.

l'avant-garde avec Olivier, mon frère, le Bègue de Villaines et son fils.

Tristan vit un prud'homme qu'il n'avait jamais remarqué auprès du Bègue. Sans doute, par prudence, était-il demeuré à l'arrière.

— Vous, Henri, disposerez à votre façon vos quatre compagnies... Allons, messires, hâtez-vous !

Bientôt, Olivier Guesclin s'élança devant ses cavaliers bretons. Son frère aîné suivit entre le Bègue et son fils. Tristan et Paindorge s'engagèrent à leur suite. A peine avaient-ils couvert trois ou quatre cents toises que l'écuyer dit sombrement :

— Les voilà.

On distinguait au loin le logement de Pèdre : des centaines de tentes autour et devant lesquelles des piétons s'étaient ordonnés pour livrer bataille. On apercevait maints gonfanons, pennons et bannières et déjà les trompettes d'argent sarrasines et les olifants de la Castille « rebelle » donnaient l'alarme. Des cavaliers apparaissaient. Certains arboraient au-dessus de leur turban couleur de neige la cervelière à nasal mobile – le *kulah-khud* – surmontée d'une longue pointe, et le fin camail de mailles que la plus petite des mouches n'eût point traversé. D'autres portaient l'armure, le haubergeon et sans doute la brigantine. Les bassinets, les écus nervés, les armes aux aciers ouvrés de cent façons luisaient et rougissaient sous les feux du soleil. Les chevaux hennissaient, les dromadaires blatéraient : davantage que les guerriers apprêtés à mourir, ces bêtes flairaient dans l'air encore fraîchi par la nuit finissante l'infernale enragerie de la guerre.

— Regardez ! s'écria Henri. Regardez l'armée et la grande noblesse que Pedro le fou nous a amenées par sa grosse cruauté !... Juifs, Sarrasins ! Juifs, Sarrasins !

Et ces *camellos*[1] moriscos que vous voyez comme moi, sont-ils dignes d'une bataille ?... Voyez la bannière au champ d'or fin ouvré à un griffon rampant de gueules peint !... C'est celle du roi de Josnedé, Aletaire, qui est fils de Benemarine ! Je me choisis celui-là !... Si Jésus par sa grâce voulait que je puisse le prendre en vie et en santé, jamais homme créé n'eût fait si noble prise. Il paierait tant d'or fin qu'on ne le saurait nombrer !

— Ah ! seigneur, dit Guesclin, qu'avez-vous en pensée ? Foi que je dois à Dieu, ils ne trouveront en moi ni clémence ni amitié à moins qu'ils ne demandent le saint baptême !... Descendons tous à pied. Nous ferons trois batailles. La plus grande au milieu. Nous enclorons les Sarrasins !... Il n'en échappera nul !... Ces males gens seront déconfits et Pedro le Cruel démembré !

« Encore un changement », releva Tristan. « De cinq batailles nous passons à trois. »

— Ah ! Dieu, sanglotait Henri, Jésus nous en veuille ce jour d'hui ouïr par sa Sainte Pitié !

La plus grosse bataille lui revint. Le Bègue de Villaines consentit à en conduire une autre : celle groupée à la senestre de Don Henri. Guesclin et la plupart de ses capitaines prirent le commandement de la troisième, à dextre.

— Nous serons donc déjà à la droite du seigneur, murmura Tristan à Paindorge cependant que descendant de son cheval, le Breton arrachait quelques brins d'herbe et les mâchait.

D'autres que lui communièrent avec l'herbe et récitèrent des oraisons. Il n'y avait aucun clerc parmi ces hommes qui se recevaient parfois l'un l'autre en confession.

1. Chameaux.

— Hors de selle, dit Tristan à l'écuyer. Vaut mieux en faire autant, sans quoi cet hypocrite païen va nous prendre pour des Juifs !

L'herbe avait un goût aigre. Paindorge crachota.

— Parole !... Des moutons ont dû pisser dessus.

Déjà, les chevaliers se remettaient en selle.

— Combien sommes-nous, Villaines ?

Du milieu de l'escadre [1] une voix monta :

— Vingt mille.

Était-ce vrai ? Sans doute si l'on comptait les goujats, les fèvres, les fourniers, les gens des cuisines et ceux du charroi.

« En face », songea Tristan, « ils sont moins du quart... Donc incomplets. Si tous leurs gens qui courent la campagne arrivent à temps pour les secourir, un nouveau Nájera se prépare. »

Pour le moment la peur ne le démangeait point. Il suivrait Guesclin. Il ne s'écarterait pas pour laisser passer le flot de ses congénères. Il se battrait pour un faux roi, de fausses vérités, de faux preux. On allait s'entre-égorger, se tailler, s'éventrer pour deux hommes qui eussent dû s'affronter en champ clos, à armes égales. Monstrueuse confusion en laquelle chacun serait persuadé de son juste droit, de sa juste cause. Honorable que la condition de chevalier ? Misérable au contraire. Si c'était ce jour d'hui la divine volonté que de répandre le sang – et le sang juif et sarrasin – alors Dieu n'était pas si miséricordieux que l'Église le prétendait.

Ce ne pouvait être que Pedro qui, maintenant, circulait dans les rangs adverses séparés, eux, en cinq batailles.

« Des Mahoms, certes. Des Juifs aussi, que l'on dit

1. Escadron.

faussement couards... Et moult Chrétiens fidèles à leur vrai roi, même s'il ne mérite pas cette constance... Et voilà l'autre, l'usurpateur, qui remet ça ! »

— Or, en avant, mes amis ! s'égosillait Henri immobile. Voici les idolâtres qui viennent !... Une gent enragée !... Juifs, Mores et Chrétiens seront à six contre deux... mais le Seigneur est avec nous !

— Il ne cesse de mentir sans vergogne, gringota Paindorge. C'est le contraire.

Tristan acquiesça. Nul ne parlait. La peur commençait à envenimer le sang, les cervelles. Elle durcissait et appesantissait les membres, nouait les articulations des armures. Henri devait la subir plus encore que le dernier de ses *balesteros*.

— Tous à pied.

Le commandement fut exécuté. Les goujats, palefreniers et autres gens de peu éloignèrent les chevaux vers l'arrière. Derechef, Henri montra ses ennemis de ses mains :

— Ne les redoutez pas car Dieu et notre droit nous feront aide !... Ces malfaisants seront tôt matés et déconfits... Nous, les baptisés, nous vaincrons. Je vais contre Pedro le bâtard de Castille !

En fait, le bâtard, c'était lui.

Le Bègue de Villaines attaqua le premier[1]. Sitôt l'épée hors du fourreau, il hurla : « *Montjoie ! Saint Denis !* » se méprenant superbement, à moins qu'il ne l'eût fait exprès pour conjurer le mauvais sort et convier Guesclin à le suivre.

— Or, avant mes compères !

1. Froissart écrit que la compagnie dont Pèdre avait le commandement fut *surprise sur un pied*, c'est-à-dire qu'elle n'était pas encore en bon *arroi* (en ordre de bataille), prête à recevoir le choc. Seconde erreur fatale, la première étant la dispersion des hommes d'armes dans la campagne, à la recherche de nourriture.

A peine sa petite armée s'était-elle ébranlée – « une armée de piétons comme oncques n'en vit en France », songea Tristan – que des rangs adverses mal jointoyés, mais profonds et solides, des sagettes et des carreaux jaillirent. Des hommes tombèrent, prouvant ainsi que les *arqueros* et *balesteros* adverses étaient tout aussi habiles que ceux dont s'enorgueillissait Don Henri.

— On commence au berceau, on finit en bersail[1], dit lugubrement Paindorge.

Suivant leur chef à pied comme eux, – ce qui devait lui coûter car ainsi, il combattait « à l'anglaise » –, les guerriers de Villaines couraient toujours pour en venir vélocement au main à main, au corps à corps. Tous étaient bien armés : l'écu assujetti au col, certains serraient une épée, une lance écourtée, une masse et surtout une hache. Les bassinets et les barbutes, les chapels et les camails formaient au-dessus de leur multitude serrée une croûte de fer scintillante. Ils hurlèrent soudain : « *Notre-Dame Guesclin !* » puis les Bretons les plus acharnés à se battre : « *Malou ! Malou !* » et les autres Français engagés dans cette malaventure :

— *Au brut ! Au brut ! Dieu nous aide !*

Tristan vit Guesclin s'approcher :

— Vas-y, Castelreng... Rejoins-les... Et toi aussi, l'écuyer... Oyez Villaines ! Quand son cul mollit et tremble, sa voix s'affermit !

Le Bègue ne bégayait plus :

— *Frappez mes gars ! La bataille est en train !*

— Allez-y, dit Bertrand. Je ne vais point tarder.

Il fallait obéir ; le Breton ricana :

— Allez ! Le Christ vous assiste... Aventurez-vous sur ces gens haïs qui ne croient ni en Dieu ni à la Vierge Sainte.

1. *Bersail* : la cible des archers et arbalétriers.

Bientôt Tristan et Paindorge pénétrèrent dans la mêlée. Un Sarrasin venait d'y être occis.

— C'est Aletaire ! hurla un homme. Le neveu du roi de Bellemarine. Le Bègue l'a féri de sa lance... Tous les Mores sont après lui... A la rescousse ! A la rescousse !

En effet, le Bègue était entouré. Ceux qui le voulaient protéger tombaient pour ne plus se relever. Épées et alfanges brillaient, toutes poisseuses de sang. Il y avait déjà une odeur de ventrailles. Cependant, bien que férocement menacé, Villaines continuait de lier sans mal les mots et verbes l'un à l'autre sans cesser de tailler et transpercer ses ennemis :

— Frappez, mes bonnes gens ! La victoire est en train !... Ce jour nous acquerrons honneurs et nouvelles seigneuries !

Il férissait toujours ainsi qu'une douzaine de Bretons et Castillans. Il hurla encore :

— Ce jour l'on connaîtra le preux où la bonté est nourrie... Apostolisez-moi ces païens à coups de lame !

La presse grossissait autour du Bègue et de ses satellites. Bientôt sans doute, ils seraient occis. Il fallait agir : assaillir leurs adversaires dans le dos. Point de répugnance !

— Viens, Robert, dit Tristan. Ce sera un déplaisir pour moi que de secourir cet homme, mais c'est notre devoir. Teresa va avoir un nouvel habit de sang !

Il riait.

Bassinet déclos, l'épée haute et suivi de Paindorge, il pénétra dans la mêlée.

Il leur fallut trancher, écarter, éluder les menaces d'acier, crier n'importe quoi à s'en rompre la gorge. Ne pas se méprendre sur les hommes de Villaines et les autres ; rendre taillant pour taillant, estocade pour estocade. Tout devenait confus, vermeil, ocqueniseux [1]. La mort choisissait ses proies. Elles tombaient en criant, leurs mains serrées sur leurs plaies, leurs crevasses.

« Qu'est-ce que je fais ici ? »

Déjouer les tranchoirs. Repousser les estocs et les picots ferrés des armes d'hast. Prendre garde aux haches. Vivre !

Tristan n'avait plus en tête l'atroce peur de trépasser mais l'espérance de vivre. Quand il *sentait* ses poignets, ses coudes, ses épaules, son ventre, c'était qu'il vivait puisque la mort anéantissait toutes les sensations, tous les bruits, tous les sentiments. L'odeur du sang qu'il respirait à plein nez à travers les trous du bassinet ne pouvait être la sienne. Les ennemis devenaient apparemment plus nombreux, plus décidés, plus hardis. Il savait qu'il perçait des chairs à travers des mailles. Sans plaisir et sans haine. C'était un prodige que tant d'hommes en voulussent à sa vie. Plutôt que de se déforcir, il s'envigourait bien qu'il sentît augmenter la pesanteur de son armure où glissaient les tranchants et ripaient les estocs. Il n'avait rien à faire dans cette presse, rien à faire à Montiel. Bien qu'il l'eût exécré lorsqu'il avait appris la mort de la reine Blanche, son épouse, il ne haïssait point Pèdre comme un ennemi mortel. Sans doute eût-il nourri des pensées différentes s'il s'était trouvé au service d'un prétendant honnête, vertueux, digne de régner sur la Castille et au-delà, ce que le complice, voire le satellite de Guesclin n'était point. Son crâne était empli d'idées contradictoires. Il tournait sa tête de fer à dextre, à senestre, sentant venir les coups qui voulaient l'éborgner ou le décerveler, se demandant si la foule à l'entour de sa

1. Accablant.

personne devenait ou non plus nombreuse. Lorsqu'il sentit enfin ses poumons prêts à s'embraser, des voix s'élevèrent :

— Ils relinquissent[1] !

Tristan devina enfin Paindorge dans son ombre. Il avait crié lui aussi. Ils continuèrent de fendre et pourfendre sans savoir s'ils occisaient et même s'ils navraient mortellement des hommes. Autour d'eux se mouvait en vacarme un gros anneau de combattants. Ceux qui sentaient venir la débandade adverse hurlaient : « *Notre-Dame, Guesclin !* » avant d'annoncer un coup. On sut que le More Aletaire vivait toujours et qu'il était devenu fou furieux en apprenant le trépas de son cousin transpercé par la lance du Bègue. Ce fut lui, sans doute, que Tristan vit paraître, rugissant et maudissant.

Le Bègue lui rompit sa targe et son haubert, mais son hoqueton de bougueran résista. Il chut sous l'ardeur du choc et fut relevé par la gent sarrasine qui se mit à assaillir le Bègue et ses hommes – dont Tristan et son écuyer. Ils étaient nombreux. Des Bretons s'affalèrent sur des corps immobiles. Les assaillants parurent se contracter autour des Francs et de leurs alliés. Alors Guesclin surgit – tardivement[2] :

— Gentil Bègue !... Venez si le pouvez !... Je vous prie et commande que vous fassiez mettre votre bannière à côté de la mienne. Nous ne faisons désormais qu'une aile en avant !

Le Bègue avait perdu sa bannière. C'était son fils sans doute qui l'avait portée.

Quelques lances écourtées ; des épées. Ni Tristan ni Paindorge ni Cabus qui se trouvait là n'éprouvèrent la

1. « Ils reculent ! »
2. Il se serait, selon certains, « égaré » dans un ravin « difficile ».

nécessité de vociférer ce « *Notre-Dame, Guesclin* » qui associait une Sainte à un soudrille. La bataille semblait se clairsemer. L'on s'y férissait avec d'autant plus de vigueur et d'acharnement que l'on pouvait manier plus amplement les armes.

— Le fils du Bègue a occis un Mahom, dit un homme.

— Plus aisé à reconnaître qu'un Juif, dit un autre.

— On va droit aux chevaux, *leurs* chevaux, dit Paindorge dont l'épaule senestre s'empouacrait de sang.

Devant, la moitié des Castillans et des Mahoms était sur pied, l'autre moitié sur l'arçon. Tristan aperçut Pèdre monté sur Percefer, un cheval superbe. Couvert d'une armure qui peut-être était d'argent, il tenait dans son poing une hache, et l'écu qu'il arborait lié à son colletin portait *d'argent au lion de gueules*, les armes du León.

Pèdre entrevit Henri parmi ses *ricos hombres*.

— *¡ Mira Pedro !*

Laissant leurs hommes derrière eux, les deux contendants s'approchèrent à dix toises l'un de l'autre et Pèdre interpella son demi-frère, suspendant ainsi une bataille incertaine :

— Bâtard renié ! Traître, larron !... Je te tiendrai en mes lacs en bien brief temps !... Je te voudrais prouver sur ce sable, ces rocs, cette herbe que tu m'as chassé à tort de mon royaume, comme fol et traître bâtard de mauvais renom !... Car jamais notre père, à qui Dieu fasse pardon, ne daigna tant priser ta mère en aucun temps qu'il la voulût épouser. C'est bien vérité et raison !

— Pedro ! hurla Henri. Nous nous accordons sur cela. Mais mon gentil père, par-devant moult barons et l'évêque de Burgos, on le sait bien, eut engagement avec ma mère. Par bonne intention, il demeura avec elle et je fus engendré, et en cette saison, ma mère le pouvait bien tenir pour son seigneur : il ne pouvait épouser femme sinon elle, et pour ce, je ne suis pas bâtard. Mais toi, tu fus né d'une Juive[1] et fus changé en noble à ta malédiction, et pour cela te peut-on nommer proprement bâtard, et partant tu ne dois pas tenir ce royaume !... Mon corps contre le tien, je te le prouverai tôt !... Traître, tu fais trop à blâmer. Tu es indigne de la couronne... Je crois que mon père...

— Notre père !

— ... ne te voulut jamais engendrer. L'on te changea, enfant, bien en paraît-il à ton maintien. Tu ne peux hanter que Juifs et Sarrasins. Tu fis à tort mourir ta femme qui était du sang de Saint Louis, sœur de la reine de France, qui n'a point d'égale. Puis tu as voulu accorder aux païens de renier Jésus et d'adorer Mahomet...

— Tu mens !

Le cheval du Trastamare fit une incartade ; celui de Pèdre rua. Il parut à tous que les deux coursiers se haïssaient aussi.

— Tu adores ces diseurs de blasphèmes ! hurla le prétendant. Tu veux livrer l'Espagne aux Juifs et Sarrasins félons pour piller et exiller[2] toute sa chrétienté... Voire !... Tu es indigne de porter la couronne !... Ni de tenir le royaume. Je te le peux prouver.

Les deux frères s'étaient exprimés en français afin que les alliés du Trastamare les jugeassent. Ils étaient tellement essoufflés de s'être ramposnés[3] qu'ils

1. La mère de Pèdre, Marie de Portugal, morte à Evora en 1357, après avoir été exilée par son fils, n'était pas juive. Paradoxe : on accusait Pèdre d'être le fils d'un Juif, Zil, d'où son surnom de Pedrezil.

2. Détruire, ravager.

3. *Ramposner* : défier par des bravades.

n'osaient accomplir un mouvement. Seuls leurs chevaux sabotaient, attendant et redoutant la morsure des éperons.

— *¡ Bastardo !* cria Pèdre, simplement.

Comme s'il n'attendait que ce nom de baptême, le sien, en vérité, Henri accola son écu, abrocha son cheval et galopa droit devant lui l'épée haute. Pèdre de son côté n'avait pas attendu : il accourait devers son demi-frère ainsi qu'il l'eût fait à l'issue d'un tournoi où ils ne fussent demeurés que seuls en lice. Les coups jaillirent. Les écus branlèrent sous de puissants taillants. Les défenses de fer étaient solides, épaisses. Ni l'un ni l'autre ne les purent entamer. Quant aux chevaux, Percefer était meilleur que le Gascon : plus solide, plus prompt et intelligent. Cependant, une estocade fit choir Pèdre hors des arçons. Henri se hâta, ovationné par ses fidèles. Il atteignit le roi, son roi, quand celui-ci se releva, soutenu par les siens, et réenfourcha Percefer.

— Le cheval ! hurla Guesclin. Il faut occire cette bête !

Sa voix se perdit, engloutie dans les cris et grondements qui suppléaient le tumulte des armes.

Henri eut à se défendre sous une charge forcenée. Son enseigne, un jeune damoiseau inconnu de Tristan, juppa et se mit à réclamer Dieu. Des Castillans accoururent. Les batailles se rassemblèrent front contre front et le combat reprit, féroce et indécis. Pèdre se jeta sur l'adversaire à corps perdu. Chaque fois qu'il férissait un homme, celui-ci, le crâne ou le cou fendu, tombait et la hache à long manche, au fer en demi-lune, ruisselait de cervelle et de sang. Il allait atteindre son frère bâtard quand celui-ci, effrayé, recula jusqu'à vouloir se perdre parmi les siens. Son Gascon refusait l'accul et multipliait les ruades.

Pèdre fut auprès d'eux, leva son arme. Le croissant vermeil trancha d'un seul coup la tête du cheval qui s'abattit sur le sol avec son cavalier.

Henri se releva et se réfugia dans la mêlée tandis que son enseigne voyait sa bannière lui échapper en même temps qu'il hurlait :

— *¡ Socorro ! ¡ Socorro !...* A l'aide !

Le conseil que Guesclin avait fourni à son allié venait de se retourner à son détriment.

Aussitôt on fournit un cheval à Henri. A peine l'eût-il enfourché qu'il se rebouta au milieu du combat en hurlant :

— Où es-tu, Pedro ? Faux traître !... Si je te puis tenir, tu mourras de douleur.

Derechef, les deux frères se rejoignirent et s'accablèrent vainement, le bassinet grand ouvert afin qu'ils se vissent mieux et qu'on entendît mieux leurs grondements de bêtes enragées.

Pèdre était quasiment seul, proche de Tristan. Henri avait une meute avec lui ; une meute qui poussait, poussait sans trêve afin que reculât l'authentique roi que des fidèles encerclèrent. Des hommes tombèrent. Tristan se demandait où se trouvait Guesclin quand il le vit réapparaître avec Villaines, Guillaume Boitel, Eustache de la Houssaye, Olivier, Alain et Henri de Mauny, puis Kerlouet. Des hommes les dispersèrent. Pèdre cria :

— Il me faut relinquir où je perds ma couronne. Dieu maudisse ces Juifs qui s'esbignent.

Fuyaient-il ou se repliaient-ils ? Tristan se sentit dégagé de la presse. Paindorge avait disparu. On pouvait maintenant distinguer les fuyards de leurs poursuivants. Il y avait une forêt à dextre ; ils y entrèrent. Villaines, les Mauny et d'autres en firent autant. Tristan demeura immobile, essoufflé, sous les premiers grands arbres. Des oiseaux pépiaient, invisibles.

— Holà ! fit-il à un Breton qui venait de le rejoindre.

Kerlouet sortait de sous les frondaisons. Il portait une tête au faîte de son épieu. Il riait. Il dit au passage, tout en clopinant vers ses compères eux aussi exténués, immobiles :

— C'est Aletaire... Je l'ai occis. Le Bègue a dit : « *Bénie soit la mère qui porta un tel fils !* »

« Sa mère à lui aussi avait bien du mérite », songea Tristan. Et Cabus qui n'était pas loin demanda :

— Où est Pèdre ?

— A Montiel, dit Guesclin. Nous l'en ferons sortir !

Tant par la décollation du cheval gascon d'Henri que par celle d'Aletaire, il avait obtenu par deux fois la curée. Sa cotte d'armes ruisselait de sang et l'aigle de ses armes en était criblée. Les aiguillettes de son bassinet avaient cédé sous les coups, de sorte que celui-ci, bien que ventaille déclose, lui bouchait à demi la vue. Il avait piétiné tant de corps meshaignés que le rouge maculait ses jambes à mi-grève.

— Ah ! le chien, dit-il, crachant salive et mépris. Il maniait sa hache avec une aisance divine... S'il était mon ami, je l'aurais admiré.

— C'est comme si nous le tenions, dit Villaines tandis que la Houssaye l'aidait à déceindre sa ceinture d'armes dont un cuir de la bélière s'était rompu.

Kerlouet cracha sur la tête qui venait de choir sur le sol :

— J'ai vu la bannière de Pedrezil galoper sur le chemin de Montiel...

— Et sur ce chemin, reprit Villaines, j'ai dit à mon gars... da... d'aller planter mon pennon... Martin

Lopez[1] a fui, l'enfant de... de... pu... putain !... Fernand de Castro a fui !... Mon gars a oc... oc... occis Juan Jimenez de Cordoue... Devons-nous pourchasser les fuyards ?... Les Mahoms ont été les premiers à s'évanouir...

Il debégayait encore : l'émoi ou la satisfaction d'avoir occis de l'homme.

— Restons ensemble, dit Guesclin autour duquel les Mauny s'empressaient.

— Il a raison, dit Don Henri, desheaumé, le visage blanc de haine et de déconvenue. Nous avons livré bataille à l'heure de prime. Nous sommes à tierce[2]. Gloire à Dieu !

— Gloire à Dieu, dit Guesclin. La male bête est au gîte et nous avons le temps. Quoi qu'elle fasse, elle est nôtre et nous l'allons occire.

Il se frottait les mains. C'était dans sa nature que d'imaginer la mort d'un homme – qu'il fût roi, prince ou manant – et de s'en réjouir lorsqu'elle advenait.

* *
*

Il ne restait plus qu'à attendre. On évaluait à quatre cents les hommes qui, à la suite de Pèdre, s'étaient réfugiés dans l'enceinte de Montiel. L'accord s'étant fait sur ce nombre, on n'était point en pénurie de conjectures sur leur état et leur croyance. Certains, à l'exemple de Guesclin, affirmaient que les Juifs étaient désormais les maîtres du château. D'autres prétendaient que les Sarrasins avaient fui. On raconta que les

1. Maître de Calatrava, *adelentado mayor* du royaume de Murcie, Martin Lopez, voyant la bataille perdue, était reparti pour Carmona avec 800 cavaliers.

2. *Prime* : 6 heures du matin ; *tierce* : avant midi.

Sévillans de l'armée de Pèdre, en les voyant abandonner le combat, les avaient assaillis en hurlant : « *Traîtres ! Vous faillez vilainement au besoin. Jamais vous ne retournerez au pays de Tervagant*[1] *! Jamais nous n'obéirons à Pedro tant qu'il aura près de lui des mécréants tels que vous !* » Il fallait prendre son temps. On l'occupa à amonceler le butin extrait du village de toile où Pèdre avait campé. Il fut gardé par cinq cents hommes, preuve qu'il était important. Nul ne pouvait, sous peine de la hart[2], s'en approcher d'une toise.

Et l'encerclement de Montiel commença.

A l'emplacement de ceux que l'on avait brûlés après qu'on les eut vidés de leur contenu, on dressa des pavillons et des trefs pour les capitaines, mais ceux-ci préférèrent hôteler dans quelques maisons du village voisin après en avoir dispersé les propriétaires. On fit fumer les cuisines afin que Pèdre en subît l'odeur, ce qui était peu probable. On fit dresser des tables qu'on garnit de nourriture : chair, pain, vin. On fit jouer les ménestrandies afin que de *là-haut*, Pèdre les entendît. On fossa le sol largement et profondément et, en prévision d'un long siège. On éleva des murs de pierres. La garde était si serrée, disait-on, qu'un grain de blé passant par là eût été vu et retenu, et que pas un oiseau n'eût pu quitter Montiel sans qu'il ne fût vu et abattu. Les capitaines furent tenus de ne point s'éloigner de ces retranchements. Tristan se vit désigné, par le Bègue de Villaines, avec Paindorge et Cabus, pour garder un muret proche du pavillon de Guesclin, cependant que leurs chevaux étaient réunis à proximité de ceux des

1. Les Chrétiens croyaient que les Arabes adoraient une idole de ce nom.
2. Le gibet.

Bretons, sous la surveillance de Kerlouet et de ses picquenaires.

L'incertitude triboulait les hommes. La parole se mit à suppléer le geste. On sut que Guesclin s'était égaré dans un ravin alors que la bataille devenait incertaine et que le Breton, en y apparaissant, avait juré de suivre le roi Pèdre à Séville, s'il le fallait, moins pour l'occire que pour lui ravir un trésor qu'il eût abutiné avec ses seuls Bretons. De quatre cents, de bouche en bouche, les hommes enfermés dans Montiel devinrent sept cents. La seule vérité qui fut équitablement partagée fut que ces réfugiés, s'ils ne tentaient aucune sortie, soit pour s'enfuir, soit pour rober de la nourriture aux assiégeants, périraient avant dix jours de la faim et de soif.

Ils tentèrent l'aventure au lendemain de leur défaite : le jeudi 15 mars, à l'aube. Ils furent repoussés sans subir la moindre perte.

— Assaillons-les ! décida Henri. Ils sont trop peu pour nous, Bertrand ; trop peu en vérité.

Les deux hommes, qui cheminaient le long d'un muret, s'arrêtèrent. Tristan tout proche, assis dans l'herbe entre Paindorge et Cabus, les pouvait entendre. Peu importait qu'il les vît : il imaginait sans mal leurs visages dévorés de fureur et d'impatience. Sans la prise de Montiel, leur victoire obtenue sur les Juifs, les païens et les Mahoms de Pèdre, serait sans gloire. Le roi cruel, là-haut, entre deux merlons, devait considérer d'un œil avide et las tantôt la sierra lointaine, tantôt la ronde bariolée des trefs et des aucubes de ses ennemis dont il imaginait la joie, même s'ils étaient simultanément livrés aux froideurs de la maussaderie et aux feux de la haine.

— Sire Henri, dit Bertrand, oyez ce que je dis. On n'aura en nul jour ce château par assaut. Envoyez-y un héraut pour parler au roi Pèdre, savoir comme il va, s'il tiendra sa bastille ou s'il la rendra ; s'il viendra à merci ou s'il guerroyera... S'il veut venir à merci, on le recevra. Vous lui donnerez un duché dont il s'aidera pour vivre. Peut-être qu'une paix se fera entre vous.

Pour Tristan, c'était là un langage inhabituel.

— Voilà le Breton qui veut manger à deux râteliers, chuchota Paindorge.

Mais déjà, sans même percevoir l'intérêt de son complice dans une suggestion pareille, le prétendant, ébahi, se courrouçait :

— Quoi ?... C'est vous, Bertrand, qui me dites cela ?... Fol est votre conseil !... Si Pèdre fait la paix avec moi, il finira par me trahir... Si je le puis tenir, il ne me nuira jamais plus !... Je le mettrai incontinent en geôle et je l'y ferai...

Henri allait livrer sa pensée lorsqu'il se ravisa :

— Je veux bien qu'on lui envoie un de vos hérauts... Venez.

Les deux hommes s'éloignèrent. Tristan et ses compagnons se levèrent. Guesclin flaira leur présence et revint sur ses pas :

— Ainsi, vous étiez là... Vous avez ouï nos propos.

— Oui, dit Tristan. Nous nous étions assis parce que nous sommes à l'aguet depuis cette nuit.

— Je t'en fais nul reproche, dit le Breton avec ce sourire de dogue annonciateur de quelque mésavenance. Nous parlions d'un héraut à envoyer à Pèdre... et te voilà !... Pourquoi pas toi ? Il te connaît depuis que je t'ai envoyé à lui à Séville.

— Et j'en suis revenu contrairement à ton espérance.

— Bah ! Bah ! fit le Breton.

— Tu as une étrange façon de nier, releva Tristan.

S'il n'avait point su combien Henri et Guesclin

étaient liés, il n'eût pas eu l'audace de leur remémorer cet événement. Il avait le sentiment de ne commettre aucune imprudence. Il savait néanmoins quelles conséquences il allait déclencher. Elles vinrent telles qu'il les avait fantasiées[1].

— Ce sera toi notre héraut !

Tristan s'inclina comme à l'issue d'un compliment. Et jouant sur les mots :

— Il ne me déplaît pas d'être héroïque.

Guesclin se renfrogna :

— Prends ta bannière.

— Je n'en ai pas. Perdue... Oui : perdue à Nájera.

— Prends la mienne.

— Sa hanste[2] ne ferait que me brûler les doigts.

Tristan savait qu'il frappait fort. Henri souriait. Sans doute, à en juger par le plaisir qu'il prenait à cet affrontement, aimait-il moins Guesclin qu'il ne le prétendait.

Tristan ne doutait de rien. Il ne commettait aucune maladresse :

— Offre ta bannière à un Breton. Pas à moi... Je l'ai vue, naguère, à Toledo, pas bien loin de deux têtes coupées. Deux têtes d'enfants que j'avais appris à aimer.

— Deux têtes de Juifs !

— Ainsi tu t'en souviens.

La vieille blessure saignait pour Tristan. Il en avait les yeux humides. Guesclin, lui, souriait. Depuis ce jour funeste, il avait assisté à quelques messes et se sentait lavé par des flots d'eau bénite.

— Holà ! dit Henri, nous ne sommes pas à Toledo, mais à Montiel. Vous viderez votre querelle un autre jour, loin de ma présence... Pour l'heure, Castelreng,

1. *Fantasier* : imaginer.
2. Hampe.

vous prendrez ma bannière et un coursier digne d'icelle et... de moi !... Ne tardez point.

Tristan s'inclina :

— Puis-je être hourdé par ces deux hommes ?

— Certes ! Certes !... Ayez la mine réjouie devant Pèdre qui l'aura, lui, funèbre... Soyez un héros dans le sens où vous l'entendez...

Tristan se sentait pâle ; moins, sans doute, que Guesclin dont il entendait le souffle ample et rageur. Pour conjurer un silence hostile et oppressant, il recula d'un pas, les mains crochetées à sa ceinture d'armes :

— Où et à qui puis-je emprunter ce cheval ?

— Je vais vous en fournir un moi-même, dit Henri. Suivez-moi tous les trois... et vous aussi, Bertrand.

C'était une offense involontaire que Guesclin eût été le dernier nommé.

— Bon Dieu ! dit-il, si c'était moi et sur mon Paimpol, je serais déjà devant leur pont-levis, s'il en existe un, et je transpercerais Pèdre de mon épée... Nul doute que je verrais en premier tous les Juifs déposer leurs armes !

Il se contredisait. N'avait-il point suggéré à Henri d'offrir un duché à Pèdre ? Maintenant, il voulait sa mort.

— Qu'en dis-tu, Castelreng ?

— Je réponds qu'un héraut ne verse pas le sang et qu'on ne verse pas le sien. Sa personne est sacrée. Cela, Pèdre le sait.

Il était froid, serein et péremptoire. Il sentait Guesclin dévoré par l'envie d'une querelle à outrance. Eh bien, non : il ne lui fournirait pas l'occasion de passer aux actes.

— Allons voir ces chevaux, *sire*, dit-il ostensiblement, tout en se riant de la fureur du Breton. Je porterai votre bannière.

— Celle du León... Votre écuyer tiendra celle de la Castille.

— Avec honneur, dit Tristan.

Il n'en pensait pas un mot : le port de ces bannières constituerait une provocation. Il devait, cependant, complaire au prétendant. Plus il moissonnerait des mérites auprès de Don Henri, plus Guesclin le vomirait – s'il pouvait encore se hausser d'un degré dans la détestation. Ce lui était un délit[1] de voir que, pour le moment, il le supplantait dans l'estime de l'Espagnol. Si cette revanche, pour mince qu'elle fût, ne le consolait pas de la perte de Simon et de Teresa, du moins versait-elle un baume sur la plaie que le Breton avait inconsciemment ravivée.

— Vous n'êtes qu'un marmouset, lui dit Paindorge... Feriez bien de prendre garde...

* *
*

Tristan reçut pour monture un genet dont la robe blanche était aussi belle que celle d'Alcazar. Un beau cheval aux fermes aplombs : campé devant, régulier derrière. La tête était légère, l'œil vif, les oreilles fines et mobiles, les lèvres minces, les naseaux bien ouverts, l'encolure longue et parfaitement découpée ; pas trop d'air sous le ventre. Il se sentit observé avec hautaineté par ce coursier dont le regard semblait dire : « Tout l'honneur est pour toi, car je suis l'aimé, sinon le préféré d'un prince. » Pouvait-il être à la fois orgueilleux et docile ?

— C'est un ambitieux comme son maître, dit-il à Paindorge et à Cabus sans crainte d'être désavoué ni

1. Délice.

par ses compères ni par le palefrenier qui lui avait amené *Favor al Rey* tout sellé, dont les harnois et lormeries étaient rehaussés d'or et d'argent.

L'écuyer obtint un roncin brun, balzan des quatre pieds, ce qui, dès qu'il l'eut monté, l'incita à réciter :

— Balzane *un*, cheval de rien ; balzane *deux*, cheval de gueux ; balzane *trois*, cheval de roi ; balzane *quatre*, cheval à battre.

Cabus eut un liard de fort belle apparence dont il se soucia peu du nom – comme Paindorge.

Henri revint. Il précédait trois porte-bannières. Tristan reconnut celle du León : *d'argent à un lion de gueules armé, lampassé et couronné d'or* ; celle de la Castille : *de gueules au château d'or de trois tours* et celle des Castelreng : *de gueules à deux tours d'argent.*

— Comment savez-vous, sire ?

— Guesclin... Il m'a confirmé ce que j'avais cru voir sur votre cotte d'armes.

Baissant la tête, le menton appuyé sur sa poitrine, Tristan vit qu'il ne restait qu'un moignon de tour et un fragment de velours rouge pas plus grand que trois doigts sur le tissu de lin éclaboussé de sang. Tout le reste s'en était allé avec les déchirures dues aux épées adverses. Il n'en avait point fait grand cas, pressentant que le dénouement de la querelle entre les deux frères le libérerait de sa sujétion à Guesclin tout en lui permettant de regagner la France.

— Il se trouve, dit Don Henri, qu'un de mes *ricos hombres*, Rodrigo Jimenez de Obregon, a les mêmes armes que les vôtres. Il vous prête volontiers sa bannière... Messires, j'ai confiance en vous.

Il leur restait à respecter la coutume des chevaliers soucieux d'être accueillis pacifiquement : tous trois se déceignirent et lièrent leur épée nuc au troussequin de leur selle, de façon que la poignée fût en bas – insaisissable –, la lame appuyée sur la hanche du cheval et l'estoc hors de la croupe.

— N'oubliez pas, leur recommanda Don Henri lorsqu'ils furent en selle, qu'il vous faut convaincre Pèdre de nous ouvrir Montiel. Rassurez-le. Dites-lui instamment qu'il aura la vie sauve ainsi que tous ses fidèles.

— Même les Juifs et les Mores ? s'enquit Tristan avec malice.

— Même eux... Je vous en fais serment. Nous n'occirons personne !

Fallait-il le croire ?

« Non », décida Tristan. « Il ne m'a pas regardé en face. Il pourpense un mauvais coup et Guesclin est son complice. »

Il n'allait tout de même pas prévenir Pèdre de se méfier !

* *
*

La pente qui menait à Montiel était rude, bosselée de pierres éparses entre des jonchées de brious dans lesquels les sabots des chevaux s'enfonçaient comme dans du sable. De loin en loin, émergeant de ces graviers, un rocher rondelet ou pointu hissait son crâne ou sa cagoule noire. Il fallait aller doucement pour ne point blesser les montures. Parfois, se retournant d'un côté ou de l'autre, Tristan voyait le camp de Don Henri et partant de part et d'autre de celui-ci, les deux bras de fer tantôt larges, tantôt étroits, qui encerclaient Montiel. Aucun arbre, aucun épinier sur cette montagnette en forme de poivrière. Rien pour se dissimuler.

— Toute fuite est impossible, dit-il. A moins que ce château ait un souterrain.

Ils franchirent des barrières, virent un pont-levis au-dessus d'une douve sèche.

— C'est horrible par ici, dit Paindorge.

— C'était ainsi à Brignais, il y a sept ans...

Tristan vida son esprit de souvenirs importuns. Il leva plusieurs fois sa bannière et vit des *almetes*, barbutes et cervelières scintiller entre des merlons.

— Holà, *hombres* ! cria-t-il. Le roi Pedro peut-il nous recevoir ?

Les créneaux s'étaient dégarnis. Seule une tête coiffée de fer demeura au-dessus de la bretèche d'entrée :

— *¿ Que pasa ?*

— *¡ Francés !* hurla Tristan.

— *Los Francés*, dit un homme invisible, sans doute en contrebas du chemin de ronde. *¡ Hijos de putas !*

— Ces fils de putes, comme il dit, n'ouvriront pas, grommela Cabus.

Paindorge seul semblait confiant. Et son cheval qui falquait. L'arestuel de la bannière des Castelreng (ou Obregon) sur le fautre de l'étrier, il remuait celle-ci sans trêve comme pour la rafraîchir tant la chaleur devenait forte.

— *Uno Francés para aqui*.

— Faut qu'ils se réfèrent au roi, dit Cabus.

— *¡ Paciencia !... ¡ Tranquilo !... Un momentito...*

Une seconde tête apparut près de la première. Un camail la coiffait dont les plis dentés couvraient l'homme jusqu'aux épaules.

— Ami, que querez-vous céans ? demanda le nouveau venu.

Tristan leva la bannière de Castille et Cabus celle de León :

— Vous connaîtrez ma quête, messire, si je puis en aviser le roi Pèdre devant vous.

Puis, réflexion faite :

— Messire Henri m'envoie par-deçà pour savoir si le roi Pèdre se rendra à lui, car s'il voulait se rendre, il aurait merci de lui. Quelque chose qu'il ait faite, il ne recevra pas la mort.

« Je mens », se reprocha Tristan. « Je mens outrément. »

Il reprit, la sueur au front :

— On lui donnera un duché dont il s'aidera et par un certain accord, l'amitié durera entre lui et son mains-né.

Le viaire de son bassinet tombait. Lâchant les rênes, il le releva tout en se reprochant d'avoir évoqué d'une voix sans persuasion cette amitié mensongère alors que les deux « frères » se vomissaient sans espérance de réconciliation. Il tapota l'encolure de *Favor al Rey* qui commençait à danser, incommodé par le soleil et quelques mouches.

— Pèdre n'est pas céans ! cria l'homme. Il est allé quérir du secours. Il sera tel, bientôt, qu'il grèvera Henri. Ce diable de Bertrand mourra... Nous conserverons ce châtelet. Nous y avons des vivres en suffisance.

— Oyez, messire !... Je ne vous cuide[1] pas. Nous savons tous : vous, moi et les autres que le roi est en ces murs !

— Cuidez ce que vous voudrez !

Les trois hommes firent demi-tour, sans hâte, sentant les embrasures des merlons se garnir peu à peu, à mesure qu'ils descendaient la pente.

— Échec ! enragea Paindorge. Or çà, messire, je m'y attendais.

— C'est peut-être *lui* qui nous a parlé, dit Tristan.

— Que ferais-tu à sa place ? interrogea Cabus, sa bannière sur l'épaule.

1. *Cuider* : croire.

— Je n'en sais rien... ou bien si : je m'apprêterais à mourir.

* *
*

— Je ne vous en veux pas. Comment vous en voudrais-je ? *Il* est à Montiel, dit Henri. Je le sens.

— Je le sens aussi. Nous pouvons les avoir par la seule famine. Mes deux compagnons, sire, en sont également assurés.

Tristan offrit sa bannière à l'un des *ricos hombres* qui, avec le prétendant et Guesclin, étaient venus à leur rencontre. Paindorge et Cabus en firent autant avant de mettre pied à terre.

— Il sait que nous le savons à Montiel. Il gagne du temps.

— C'est ce que je pense, sire, dit Tristan.

La déception de Don Henri ne l'étonnait point. En revenant vers le village et le logement des Castillans et des Français, il l'avait imaginée. Seul Guesclin souriait : on eût dit qu'il avait tout prévu et qu'il imaginait agréablement l'avenir. Bien qu'il fît très chaud désormais – midi n'était pas loin –, il était le seul qui eût conservé son bassinet en tête sans pour autant qu'il le protégeât des mouches de plus en plus nombreuses et hardies. La souveraine frisqueté [1] des *ricos hombres* autour de lui, en chaperons et pourpoints de prix, n'absorbait pas son attention : il regardait Montiel sur son téton rocheux. Nul doute qu'il l'eût voulu conquérir *pour lui*, bien qu'il s'en fût défendu si Henri avait percé son secret.

— Attendons, dit le prétendant.

1. Élégance.

Derrière ses chevaux, il repartit vers son pavillon. Ses hommes liges le suivirent. Guesclin, poings aux hanches, demeura :

— Moi, j'aurais su me faire ouvrir. J'aurais vu Pèdre.

— Il se peut, dit Tristan sans élever la voix... Dis-moi, Bertrand, ce n'est pas une aigle qui devrait figurer sur tes armes. Un Phénix te conviendrait mieux.

Le Breton ne bougea ni ne broncha. Il fallait qu'il assimilât cette gabe [1]. S'il avait différé de ce qu'il était, Tristan lui eût rabattu son viaire [2] comme il venait de lui rabattre son caquet : en même temps que le bassinet, leur algarade eût été close. Il s'aperçut – et s'en merveilla sur le coup – que Guesclin était celui de toute l'armée qui ressemblait le plus à ce qu'il faisait : la guerre. Il était laid comme elle. Il dit alors :

— Le peu que j'ai vu de ton visage, à mon retour, a confirmé mes soupçons. Tu aurais bien aimé qu'une fois là-haut, nous soyons conjouis [3] par moult carreaux d'arbalète.

— Hé ! Hé ! Castelreng, serais-tu devin ?

Et Guesclin, pour quelques jours au chômage, s'en alla courtiser Don Henri.

Paindorge fit un pas :

— Messire, il ne faut point courroucer ce forfante. Vous savez...

— Oui, Robert. Je sais de quoi il est capable.

L'écuyer devina que cette fois-ci, son influence serait vaine. Il parut se résigner à ne plus l'exercer pour un temps. Il avait contracté l'habitude de ne jamais taire ce qui l'occupait. Tout ce qu'il y avait de

1. Moquerie.
2. Visière du bassinet.
3. Accueillis.

sensible en lui se regimbait contre une attitude qu'il ne pouvait admettre. Tristan mit de l'eau dans son vin :

— Tu as bien fait de te hisser à ma hauteur – pour autant que j'en aie. Plus nous nous attardons céans, plus je deviens hargneux.

— Pourquoi ?

— Je crains que nous n'assistions une fois de plus à des choses répugnantes. Je renonce à percer les idées du Trastamare à l'égard de Bertrand. Va-t-il suivre les conseils du Breton ? Va-t-il le traiter en vassal plutôt qu'en complice ? On dirait qu'il doute de son devenir. Qu'il sent ou sait que Pèdre est plus royal que lui. Et ce sentiment développe en son crâne une forcennerie terrible : celle du bâtard méprisé par le fils légitime. Pèdre décidait seul, quoi qu'on dise. Henri a besoin de subir des influences comme certains de ces hommes qui aiment à être meshaignés [1] par leurs femmes ou des putains qui les frappent à coups d'escourgée. Le Breton aggrave ses dispositions au mal. La vie n'a inculqué que du mauvais chez cet ambitieux.

— Pèdre et lui, pour cela, sont bien du même père !

— Certes, Robert. C'est la présomption et la lubricité paternelle qui ont noirci leurs sangs.

— Et alors ? demanda Paindorge, las et maussade.

— Alors ? Plus nous nous attardons à Montiel, plus je sens sur moi et dans ma tête mes attaches avec la France. Plus j'aspire à y revenir et à revoir Maguelonne. Ai-je trop de cœur pour exercer le métier des armes ?

— Sans doute, dit pesamment Paindorge. Sans doute... Et si vous me le permettez, je pense que je vous ressemble.

1. *Meshaigner* : maltraiter.

III

Si, dans l'ignorance des desseins de leurs ennemis, les assiégés de Montiel se livraient obligatoirement à d'interminables conjectures, ceux-ci pouvaient aisément imaginer ce qu'était la vie dans la forteresse : une chiche nourriture, une eau rare qui s'épuisait, des blessures dont certaines, putréfiées par la chaleur et l'absence de soins, tuaient leur homme ; des chevaux qui prenaient de la place et souillaient les cours encombrées de guerriers exténués, confits dans leur crasse ; et l'attente, surtout : l'attente d'on ne savait quoi et dont on espérait tout dans une oisiveté puante. Des querelles sans doute et peut-être des larmes. La seule issue pour ces vaincus restait la négociation. Ils ne pouvaient ignorer qu'elle passait par le sacrifice de Pèdre.

Le samedi 17 mars dans la matinée, un chevaucheur qui s'apprêtait à partir pour Villanueva[1], près d'Alcaraz, donna l'alarme. L'on vit trois hommes à cheval, sortis presque subrepticement du château, emprunter le

1. Henri avait signé la veille un acte « du siège de Montiel » par lequel il offrait ce village à Gonzalo Mexia pour sa participation à la victoire.

sentier que Tristan et ses deux compères avaient gravi puis descendu la veille. Henri se frotta les mains :

— C'est la reddition, messires, dit-il en s'adressant particulièrement aux Français qui l'avaient accompagné dans une inspection des murets et fossés de contrevallation.

Les inconnus étaient armés de toutes pièces. Leur chevaux, apparemment, seraient bientôt fortraits par absence de nourriture. Ces ambassadeurs avaient jeûné depuis la bataille : ils branlaient un peu trop sur leur selle tout en poignant fermement, eux aussi, les bannières de Castille, León, et leur chef la sienne propre, lacérée par quelques coups d'épée.

Henri fronça les sourcils :

— *En campo de gules, tres paneles de plata bien ordenadas.*

— Trois cœurs d'argent, dit Guesclin, sur fond de gueules. Au moins, il n'en manque point !... Qui est-ce ?

— *Escudos de los Hurtados*, dit Henri. Villaraz de Hurtados... Une famille de Cuenca moult liée à la cité de Alarcón. C'est le fils d'Hurtados dont le père est mort. Lui, au moins, avait fait le bon choix... C'est pourquoi, s'il est en mon pouvoir, je pardonnerai au fils.

— Pour la sécurité de ta personne et de ton règne, dit Guesclin, il te faut tous les occire... et tu leur demanderas de quitter leurs braies afin de reconnaître les Juifs !... Je me les réserve !

— Mon règne ne s'ouvrira pas dans le sang. Pas même celui des Juifs !

— Alors, dit le Breton, pourquoi fais-tu la guerre si c'est pour ressembler à ton bâtard de frère ?

Un autre jour que celui-ci, cette familiarité soudaine, malséante, n'eût point affecté Don Henri. Mais il avait devant lui trois Espagnols qui avaient souffert de leur fidélité à Pèdre et qui, sans doute, lui étaient toujours attachés. Cette féauté ne pouvait que l'émouvoir, lui dont son propre frère, Tello, avait agi à Nájera comme un traître.

L'ambassaderie mit pied à terre. On offrit aux trois hommes un gobelet de vin qu'ils burent avec la religiosité d'un vin de messe. Dès que de son index il eut séché ses lèvres, le fils d'Hurtados se montra franc et bref :

— *Señores*, messires, dit-il, s'adressant à tous volontairement, sans crainte d'offenser Henri, le commandeur Garci Moran m'envoie pour vous offrir de rendre la place si, dans un délai d'un mois, le roi Don Pèdre ne se présente pas céans avec des forces suffisantes pour vous contraindre à renoncer à votre entreprise.

Guesclin s'ébaudit le premier, entraînant dans sa jubilation furibonde le prétendant, ses *ricos hombres* et les Français parmi lesquels Villaines, Kerlouet, Roquebertin et les Mauny.

— Pèdre est là-haut, dit Kerlouet. Nous le savons tout comme toi, Pedrezil !

Le jeune Villaraz de Hurtados reçut ce coup de caveçon sans broncher alors que ses compagnons exprimaient par un « *Oh !* » une réprobation qui se justifiait.

— Voilà bien les propos d'un Breton, releva Paindorge.

— Va te faire lanlaire, écuyer, dit Kerlouet. Henri ne me reprend pas, lui !

Encore une familiarité qui cinglait le prétendant au visage. Il se contint : il avait engagé à sa solde la sentine des armées françaises ; il en avait pour sa maine de fèves[1].

1. *Maine* : poignée. En avoir pour son compte (en Normandie). Être perdu.

— Tais-toi, malebouche ! intima Villaines. Ce que je dis, m... m... moi, c'est que... que jamais Pèdre ne pou... pourra s'ouvrir un pas... pas... sage l'épée en main et qu'il ne ne passerait même pas s'il de... de... devenait puceron ou ver de terre.

— C'est vrai, dit Henri en s'approchant du jeune Villaraz. Mon frère bâtard ne trompera jamais la vigilance de mes hommes. Jour et nuit, ils veillent et savent qu'ils mourraient en cas de défaillance... Remontez. Dites à tous que j'accepte que tous ceux qui sont auprès de vous, mon bâtard excepté, abandonnent le *castillo* à condition qu'ils promettent de se ranger à leur devoir en se plaçant sous mon obédience.

— Dix jours avant que le gouverneur rende la place ? proposa un des ambassadeurs, le plus âgé, qui souffrait, visiblement, d'une navrure à l'épaule.

— Dix jours, soit... Encore un peu de vin ?

— Non, sire, dit Villaraz. Nous boirons le calice jusqu'à la lie.

Les trois hommes se juchèrent malaisément en selle. Et s'en allèrent.

« Nous aurions pu », songea Tristan, « tenir leur bannière le temps qu'ils chaussent l'étrier... Nous aurions pu offrir à ces trois roncins de l'eau et quelques poignées d'avoine. Des gens ordinaires l'eussent fait ! »

Il ne côtoyait que des princes et des chevaliers d'aventure. Il n'avait vu aucun cœur sur leurs bannières, ce qui ne signifiait pas qu'ils en dissimulaient un dans leur poitrine.

— Je n'aime pas cela, dit Guesclin. Dix jours !... Pèdre est en train de nous truffer ! Il faut eschargueter[1] davantage.

1. *Eschargueter* ou *eschauguéter* : placer des sentinelles.

Il fit immédiatement doubler les gardes et leur enjoignit de rester silencieux dès la vesprée afin qu'on entendît mieux tout ce qui se passait là-haut. Les guetteurs obtempérèrent. Les nuits ne furent plus percées que par des jurons d'hommes et des cris de souffrance : des murailles quelqu'un tirait à l'arbalète dans les ténèbres les plus noires sans jamais manquer les audacieux qui, contrevenant aux mandements de Henri et Guesclin, montaient jusqu'au pied des murailles afin d'insulter Pèdre d'aussi près que possible[1].

Négocier avec Don Henri ? se disait-on à Montiel. C'était inutile. Négocier avec ses mercenaires ? Il fallait essayer. On apprit que Pèdre en avait chargé Men Rodriguez de Senabria, l'ancien gouverneur de Briviesca, de sinistre mémoire – tout au moins pour Tristan. Il était né dans le comté de Trastamare. Il avait donc pour seigneur naturel Guesclin a qui Don Henri avait conféré ce titre qu'il portait avant son couronnement. Pour obtenir son dévouement, le Breton avait offert 5 000 florins à Senabria dont on ignorait toujours s'il les avait acceptés. Le supplice des quelque deux cents Juifs enfermés dans l'église de la cité, puis brûlés vifs sur l'ordre du Breton, demeurait sans doute intact dans sa mémoire[2].

1. Le chroniqueur Guttierez Diez de Games, auteur d'une *Chronique de Don Pero Niño*, rapporte que Pèdre, émérite *ballestero*, ajustait son arme à la voix et au bruit et atteignait son homme. Il avait auprès de lui comme *doncel* (damoiseau) occupé à charger son arbalète le père du chevalier Pero Niño, héros de la chronique. (Compte-rendu de Prosper Mérimée dans *le Moniteur universel* du 9 septembre 1868.) La traduction de cette chronique était l'œuvre des hispanisants Circourt et Puymaigre.

2. Lors de la première expédition des Français en Espagne, dans cette cité, après que Senabria eut commandé la résistance, Guesclin avait mis lui-même le feu à l'église où s'étaient réfugiés plus de deux cents Juifs, sans que Men Rodriguez de Senabria y eût vu un inconvénient. D'ailleurs, il était prisonnier du Breton. Ce qui n'empêche point

Le lundi 19, à midi, Tristan vit l'Espagnol approcher des fossés et demander aux Mauny, réunis devant un feu où cuisait un mouton, de s'entretenir avec Guesclin. Olivier courut chercher son cousin. Il ne tarda pas à paraître.

— Que voulez-vous, *amigo* ?

La bienveillance n'était pas feinte. Même s'il le prenait pour un idiot, Bertrand se merveillait pour cet homme qui lui avait refusé 5 000 florins afin de demeurer dans un grand état de pureté de cœur et d'esprit au service de son suzerain.

— J'aimerais, messire, que vous m'accordiez une collation [1] particulière.

Tristan ne pouvait voir le visage du Breton, mais il l'imaginait. Ses yeux devaient pétiller de joie et de malice et son nez frémir comme le museau d'un chien sur les fumées d'une bête noire. Et de songer :

« Il va l'entraîner sous son pavillon. Présentement et pour longtemps, nos hommes s'occupent de manger sans souci d'autre chose... Sans doute va-t-il faire appeler Henri qui accordera sa protection à cet *hidalgo*. »

La réponse du Breton différa de celle, toute simple, qu'on eût pu en attendre :

— Ah ! bigre... Oyez, *amigo* : revenez cette nuit. Mes hommes vous accorderont le passage. Vous viendrez sous mon tref, et n'ayez crainte : vous en repartirez *tranquillo*.

Si Guesclin faisait en sorte de n'être point vu avec cet émissaire du roi Pèdre, c'était assurément pour ten-

qu'il eût dû s'indigner et s'opposer au premier Oradour que Guesclin commit en Espagne.

1. Un entretien.

ter de mettre à son seul profit les propositions plus qu'appétissantes dont Men Rodriguez était porteur.

Tristan se sentit soudain percé par le regard du Breton :

— As-tu ouï, Castelreng, ce que je viens de lui dire ?

— Oui. Mes compères et moi laisserons passer messire Senabria et je le mènerai sous ton tref... Surtout, qu'il prenne pour venir le chemin qu'il vient de prendre. Paindorge et Cabus veilleront céans lors de mon absence.

— Je prendrai ce même chemin, dit Senabria dont le genet fourbu commit une bronchade.

Comme les trois précédents ambassadeurs, il paraissait perdu dans son insignifiance. La même vergogne, la même fatigue avaient eu raison de son orgueil. Hâve, mal rasé, les yeux bouffis de sommeil, il n'osait mettre pied à terre de crainte, sans doute, de chanceler. Dans ses vêtements de bourgeois apprêté pour la messe, il donnait une impression d'essoufflement sous laquelle le découragement affleurait. Il pressentait que rien ne sauverait son roi ; cependant, quelque détestable qu'elle lui parût, il accomplissait sa tâche. Tristan le trouva grand dans son humilité, hardi dans son infortune. S'était-il bien battu ? En ce cas, il ne restait plus rien en lui des turbulences de la bataille. L'éclat de ses prunelles noires reflétait ses pensées : il se sentait victime d'une injustice à laquelle il n'était pour rien. Et Bertrand souriait plutôt que de tirer de son cœur sec une miette de commisération. L'affliction pourtant contenue de Senabria mettait à l'aise son audace et déchaînait son imagination. Assurément, en ce moment, il savait qu'il maîtriserait Pèdre [1].

1. En toute logique et dignité, car il commandait *après* Henri, Guesclin aurait dû :

Senabria s'éloigna lentement, son cheval étant aussi las que ceux des trois premiers députés de Pèdre.

— On aurait pu lui offrir à boire, dit Paindorge. Et donner de l'eau à son coursier... qui est beau.

Il s'adressait à Tristan. Guesclin lui fournit la réponse :

— Et quoi encore, écuyer ? Il est l'ami des Juifs et des Mores et le truchement de Pèdre... Mais cette nuit, crois-moi, il mangera dans ma main.

La nuit vint, éclairée d'un seul croissant de lune. Senabria se présenta. Il était descendu à pied afin que sa venue fût des plus silencieuses. Tristan le conduisit devant le pavillon de Guesclin où seul veillait Olivier de Mauny. Tout proche, l'invisible village exhalait des cris, des rires et des chants.

— Tu peux rester, dit Mauny. Va bien falloir que tu le raccompagnes... Holà ! pourquoi tu recules ? Est-ce que je pue ?

— Je ne veux pas savoir ce qui se dit là-dedans.

— Bah ! Bah !... Par saint Yves, tu l'as deviné.

Sous la toile dont l'entrée s'était occultée, brillait une seule lumière. C'était suffisant pour que Tristan devinât Senabria debout, immobile, et Guesclin, debout lui aussi, mais agité.

— Que voulez-vous, *amigo* ? Vous pouvez paroler sans crainte : nul ne peut ouïr vos propos.

Le messager n'hésita pas. Sa voix, toute feutrée qu'elle fût, restait audible.

— Refuser de se compromettre seul avec Senabria.
— Faire appeler Don Henri auprès de lui ou, sitôt après le départ de l'Espagnol, informer celui-ci de sa venue et de sa proposition de le rencontrer seul à seul – ce qui laissait supposer un marchandage évidemment lucratif pour la fuite de Pèdre.

Il n'en fit rien, ce qui prouve qu'il espéra, un temps, transiger à prix d'or avec Senabria pour accorder le passage au roi vaincu. Mais, on le verra, il allait transgresser ses promesses et se conduire ignoblement.

— C'est le roi Pèdre qui m'envoie... comme vous vous en doutez. Mais je vous supplie, en mon nom, de faire en sorte que notre mal heureux prince échappe à la vengeance de Don Henri.

— Je ne comprends pas, *amigo*, pourquoi vous tenez tant à sauver la vie de ce bâtard issu d'un Juif et d'une femme infidèle.

— C'est vous qui le dites.

La voix de Senabria avait pris de la fermeté. Celle de Guesclin se haussa d'un cran :

— Il a occis sa mère, Leonor de Guzman... ce qui me semble un nom juif. Il a occis ses frères. Il a occis épouvantablement la reine Blanche et des milliers d'hommes et de femmes. La soif du sang lui a fait sacrifier, par des supplices terribles, les plus grands seigneurs de son royaume et des femmes de première qualité...

« Il parle des femmes comme d'une marchandise », se dit Tristan, cependant que le Breton continuait :

— Il s'est converti à Mahomet...

— Non !

— ... ce qui est abominable. Il aime les Juifs, ce qui l'est aussi. Et malgré tout cela, mon compère, vous venez ici-bas pour que j'aide cet homme !

Il y eut un silence. Mauny en profita pour commenter :

— Ça va mal !

Puis admiratif :

— Le cousin Bertrand a raison, pas vrai, Castelreng ?

Et Tristan opina favorablement. Il vit bouger l'ombre de Senabria et celle de Bertrand s'immobiliser, bras croisés, tête haute.

— La reconnaissance de mon roi sera, messire Bertrand, proportionnée à ce service. Certes, il est coupable de ce dont vous l'accusez en partie, cependant, je jure Dieu qu'il est demeuré chrétien. Certes, il s'est allié au roi Mohamed. Or, c'est une très vieille alliance et voilà des centaines d'années qu'en Espagne nous ne voyons pas les Sarrasins du même œil que vous. Certes, il s'est entouré de Juifs, mais n'en avez-vous pas à la Cour de France ?

— Non.

C'était fausseté, songea Tristan. Toutefois, le roi Charles ne les aimait point. Il les faisait passer par de petites portes.

— Si vous accordez votre aide au roi Pèdre, messire Guesclin, ce sera pour vous un honneur comme oncques n'en vit. Car Henri n'instruira jamais le procès de son frère : il y serait éclaboussé par moult révélations qui le... désavantageraient.

— Je suis sujet du roi de France, à la solde de Don Henri. Ce serait forfaire à l'honneur que de sauver l'ennemi de mon maître.

Il y eut un silence lors duquel Tristan pensa que ceux qui faisaient aisément référence à l'honneur étaient ceux qui toujours en étaient dépourvus.

Senabria eût pu renoncer et partir. Il s'accrochait : il révérait son roi malgré ses turpitudes.

— Si vous consentiez à assurer le passage de notre suzerain, celui-ci s'engagerait à vous donner en héritage les cités de Soria, Atienza, Almazan, Monteagudo, Deza et Serón [1]. Vous obtiendriez en supplément deux cent mille doubles castillanes d'or. Vous deviendriez le premier seigneur de son royaume et il vous regarderait

1. Ces villes se trouvent toutes aux confins de l'Aragon et de la Castille, dans une contrée de montagnes entre Guadalajara et Calatayud.

toujours comme son sauveur et le pilier de sa couronne.

— Je ne sais que dire, *amigo*. Il me faut consulter mes amis et parents... Leur exposer vos offres, obtenir leur avis... Castelreng !

Tristan se présenta sur le seuil de la tente. Le Breton avait cet air maussade qu'il lui connaissait bien : il était à l'aguet, prêt à ne faire qu'une bouchée de Senabria et une autre de Pèdre.

— Raccompagne messire Men Rodriguez jusqu'au fossé. Ensuite, doucement, va dire à Villaines, aux Mauny, Kerlouet et mes frères de me rejoindre vélocement. Et surtout, si avec mon cousin, tu as ouï mes propos, ferme ta goule !

Quand il fut parvenu au-delà du fossé, Men Rodriguez se retourna :

— Je vous regracie, messire. Je pars confiant.

— Ne le soyez surtout pas, messire : vous êtes le gibier et Guesclin le veneur.

Tristan ne pouvait en dire davantage. Quand le messager de Pèdre se fut évanoui, il rejoignit Paindorge et Cabus :

— Toi, Robert, va réveiller Villaines... Toi, Cabus, va en faire autant des Mauny, Lakonnet, et dis-leur de filer auprès de Bertrand... Je retourne en son tref... C'est une affaire entre Bretons... et Villaines. Cette nuit, ils auront tous de l'or dans la tête [1] !

1. Plutôt que de prévenir immédiatement Don Henri, et même de l'inviter à entendre, fût-ce au-dehors, la requête de Senabria, le Breton s'empressa de réunir ses parents et partisans. Lorsqu'il les eut assemblés, il les mit au courant de la visite de l'Espagnol et déclara, paraît-il, que son intention bien arrêtée était de ne contrarier en rien son seigneur, le roi de France, et de servir de son mieux le prétendant au trône de Castille. Là où ce malebouche exagéra, ce fut lorsqu'il déclara qu'il voulait consulter ses compères sur un point d'honneur chevaleresque. Pouvait-il révéler à Don Henri toutes les propositions de Men Rodriguez ? Selon Mérimée, choqué par le procédé, tous furent

Bientôt, le pavillon du Breton fut plein. Tristan voulut se retirer.

— Reste, Castelreng. Je ne te crains pas.

Tristan demeura mais laissa les Bretons entourer leur idole. Si certains étaient en chemise et d'autres en braies, aucun d'eux n'avait oublié de se ceindre soit d'une épée, soit d'un perce-mailles. Qu'ils fussent ou non adoubés, ils se montraient toujours aussi vains et redoutables. Quand ils surent que le substitut de Pèdre venait de proposer à Bertrand d'aider le roi dans sa fuite, à l'insu de Don Henri, contre une promesse de rétribution à la mesure du service rendu, un lourd murmure envahit leurs gorges.

— Hé oui, compères, Pèdre est angoisseux !... Men Rodriguez, qui est parvenu subrepticement jusqu'à moi, m'a fort bien aconvenancé : six villes pour moi, adonques pour nous, et deux cent mille doubles d'or de Castille.

Kerlouet siffla. Villaines joignit ses mains pour une sorte de prière d'un seul tenant – « *Seigneur faites que nous touchions cet or !* » –, Olivier, Henri et Alain de Mauny se tapèrent alternativement sur l'épaule, si violemment que l'unique chandelle allumée, posée sur une escabelle, faillit choir et s'éteindre.

— Mon intention est de ne rien entreprendre contre le service du roi de France, mon seigneur et ami de Henri, qui m'emploie...

Olivier Guesclin – grosse tête couenneuse sur un

d'avis que c'était un devoir. Ils ajoutèrent, paraît-il, que Bertrand ne devait garder le moindre ménagement envers un prince (Pèdre) qui osait lui suggérer une trahison. « *Suivant les casuistes militaires* », écrit Mérimée, « *les propositions transmises à Duguesclin étant réprouvées par la Chevalerie, celui qui les adressait ne pouvait plus prétendre à être traité en chevalier. En d'autres termes, une tentative de trahison autorisait une trahison.* »

corps trapu – réfuta cette honnêteté du geste et de la parole :

— Moi, Bertrand, à ta place, j'examinerais...

— Tais-toi !... Je n'admets pas qu'on se mette à ma place... Si je vous ai réunis, c'est qu'il me faut votre conseil.

Il se contredisait : l'émotion. Il venait d'interrompre son frère prêt à lui fournir son opinion, et voilà qu'il en espérait d'autres !

— Me faut-il prévenir Henri des ouvertures de Men Rodriguez ?

Ses parents et disciples furent d'avis que c'était un devoir. Ce que Senabria lui avait proposé était une incitation à la trahison. Or, il ne pouvait trahir Henri même s'il ne s'était encore rien passé, même si Pèdre demeurait toujours à Montiel. Selon les principes en usage dans la chevalerie, les propositions du roi ne pouvaient être que rejetées. Ce rejet contrariait Guesclin.

Ils avaient bonne mine, ces routiers, se dit Tristan. Cela leur allait bien d'exciper de principes qu'ils bafouaient sans trêve, et de vertus dont ils étaient dépourvus.

— Moi, je me garderais de prévenir Henri, dit Kerlouet. Une proposition de trahison exige du chevalier qui la reçoit une trahison en retour envers l'homme qui la lui a faite. Tu n'as qu'à occire Senabria pour avoir osé vouloir te circonvenir.

— Moi, je dirais tout à Henri, fit Alain de Mauny d'une voix de feutre qu'il rendit cinglante, rugueuse, en posant la question capitale : *Sommes-nous chevaliers ?*

— Pèdre te demande quoi, Bertrand ? dit Olivier, le cousin le plus aduré aux armes. Une trahison. Ne nous dis pas que tu méprises les perfides !... Par des fallaces que j'ai parfois désapprouvées, tu as gagné de petites embûches et arrondi ton escarcelle. Or, cette fois, ce n'est pas une escarcelle qu'il te faut, mais un tonneau... Alors, je dis : au diable les préceptes de la chevalerie. Pèdre est un méchant roi : n'atermoie pas pour le trousser[1] et trahir.

Olivier de Mauny, dans ce rappel d'une ancienneté dont le roi Charles lui-même ignorait les détours, faisait preuve d'une audace sans précédent. Mais il était le « *bon cousin* », le « *gentil parent* » qui, depuis leur jeunesse prime, sans doute, avait partagé la vie aventureuse de Bertrand. Pas plus que lui, il n'avait respecté les dix simples préceptes de l'Ordène chevaleresque, ni les règles d'une élémentaire probité, ni même sa propre parole. Il se voyait, lui et les autres, une fois débarrassés de Pèdre, se merveiller devant son trésor et y plonger les mains par jointées[2] d'où déborderaient toutes sortes de pièces d'or.

— Laisse aux Espagnols leur *casuistica*[3] comme ils disent. Pense à toi et à tes mérites et, au-delà, pense à nous.

— Un homme qui se livre à de tels parçons[4] est indigne d'être traité en chevalier, dit Henri de Mauny d'une voix dont la fermeté avait décliné du premier au dernier mot.

— Men Rodriguez a obéi à son seigneur, dit Villaines, sans bégayer tant il était heureux de s'opposer à des opinions qu'il réprouvait sans doute davantage qu'il ne le laissait paraître. Pour moi, il est... un preux. Il mérite respect.

S'il n'exerçait aucune domination sur ces hommes

1. Dépouiller.
2. Mains réunies en coupe.
3. Cas de conscience.
4. Propositions, arrangements ou encore *parchons, pareçons*.

qu'au tréfonds de lui-même il jugeait en routiers, du moins avait-il cette nuit l'occasion de les contredire. Et la houppelande vermeille qui le couvrait lui donnait l'apparence d'un juge.

— Félonie pour félonie, tonna Guesclin, je peux trahir Men Rodriguez et son maître la conscience en paix... Oyez : nous arrêtons Pèdre. Nous nous saisissons de sa personne et du trésor qu'après tout il nous réserve... Ce ne sera même pas une roberie mais la réquisition d'un dû.

Tristan trouva que c'était gros. Détestable. Mais cet acte infâme ne s'inscrivait-il pas dans la continuité des abjections lors desquelles Guesclin se délectait ? Les embûches au lieu des combats face à face ; les tourments, tueries et viols qu'il pardonnait à ses Bretons ; les grands feux qu'il allumait lui-même, surpassant alors Simon de Montfort dans l'abominable et qui n'étaient que des offrandes propitiatoires à Bélial, son dieu !... N'ayant aucune conscience chevaleresque – bien qu'il eût fait appel à ses compères afin d'obtenir leur approbation, voire leur bénédiction –, il était déjà occupé à parfaire les délices d'une duplicité dont il voulait qu'elle comptât dans sa vie et ses finances.

— Qu'on aille chercher Henri, dit-il. C'est un devoir de l'enditter[1]. Vas-y, Castelreng. J'ai foi en ta ravine[2] !

Tristan s'inclina, mais c'était seulement pour sortir à reculons de la tente[3].

1. Informer.
2. Rapidité.
3. Ayala ne manque pas de commenter et de condamner cette réunion. Il insiste sur cette délibération relative au *caso de trayción* (trahison) et condamne Guesclin avec une prudence que n'eût pas désavouée Froissart : *é como quier que Mosen Beltran dubdó de facer esto, pero por acucia de algunos parientes suyos fizolo asi : é non tuvieron los que esta razón sopieron que fué bien fecho.*

Tandis qu'il s'éloignait, il regretta de perdre l'occasion de juger complètement tous ces mercenaires que le déshonneur n'atteignait pas. Qu'un Petit-Meschin eût tenu les propos de Guesclin ne l'eût point contrarié, mais que le Breton usât bientôt d'une feintise abominable pour prendre Pèdre au corps et s'approprier le reliquat de sa fortune, voilà qui l'indignait et ranimait son aversion envers le Breton – pour autant qu'elle eût besoin d'être ranimée.

Le pavillon de Don Henri était gardé par une vingtaine de guisarmiers quasiment au coude à coude en un cercle de fer.

« Il a peur », se réjouit Tristan. « Cette grande goule qui prétend avaler Pèdre est effrayée par le voisinage de son frère ! »

Deux guisarmes se croisèrent devant lui.

— Holà ! dit-il aux hommes. Je ne vais pas l'occire !... Dites-lui que Guesclin veut le voir sans tarder... *¿ Comprendo ?*

La tête du roi apparut. Si peu qu'il l'eût vu, Tristan avait aperçu les brillances d'un haubergeon de mailles fines. Oui, Don Henri avait peur.

Bientôt, sous la tente du Breton, le prétendant fut informé des propositions de son demi-frère. Il les jugea évidemment honteuses. La royauté, dit-il, ne se monnayait pas. On ne pouvait acheter ses serviteurs, même à prix d'or. Il avait oublié, soudain, les largesses qu'il avait prodiguées à tous les *ricos hombres* qui avaient fait de lui un roi éphémère et dont certains l'avaient trahi sans hésiter à Nájera.

— Eh bien, dit-il, Bertrand, vous ne perdrez rien. J'acquitterai les promesses que ce bâtard vous a faites par le truchement de Men Rodriguez. Vous aurez les six seigneuries qu'il vous a offertes et en sus les deux cent mille doubles d'or. De quoi vivre longtemps en Espagne avec qui vous savez[1] !

« Pauvres Castillans ! » songea Tristan. « Pressés par Pèdre, ils vont être pressurés par Henri[2] ! »

— Alors, voilà, dit Henri, c'est tout simple. Vous allez feindre, Bertrand, de pléger[3] et d'accepter le trespas[4] de Men Rodriguez. Cette acceptation forcera le Bâtard à quitter Montiel sans défiance. Vous le cueillerez lorsqu'il sera tout proche et me l'amènerez... Dieu vous garde !

Tristan tressaillit. Décidément ce chevalier sans chevalerie, ce futur roi, tout aussi vil que le Petit-Meschin et tant d'autres, et ce Guesclin parjure lui rappelaient tous ceux de Brignais.

« Merdaille humaine !... Et ces gens se prévalent de tous les bons sentiments du monde et se réfèrent à Dieu sans vergogne ! »

Le regard du Breton croisa le sien et pour la première fois, dans celui de son ennemi, il découvrit de l'incertitude. Or, Guesclin voulait une approbation illimitée.

— Sire, vous me demandez une infamie.

— Bah ! Bah !... Pèdre est un suppôt du diable. Vous n'allez pas me dire, Bertrand, que tout à coup des scrupules vous étouffent et contraignent vos mouvements !

1. Cette promesse fut tenue dans des conditions étudiées par M. Morel-Fatio (*La Donation du duché de Molina à Bertrand du Guesclin*, Édouard Champion, 1925). L'on comprend pourquoi, en dépit de maints appels de Charles V, Guesclin préféra demeurer en Espagne, menant une vie de sultan auprès de sa ou ses maîtresses.

2. Cette fortune ne coûta rien à Henri puisque Pèdre, lors de son arrestation, la transportait dans son bagage.

3. Cautionner.

4. Droit de passage.

Le prétendant riait, le Breton restait froid. Lui eût-on présenté un crucifix qu'il l'eût baisé, agenouillé.

— Il me faut pourpenser tout cela, dit-il. Demain, j'en suis certain, Men Rodriguez redescendra. Je veux que l'on dise aux hommes du guet d'être aveugles et sourds. Et si le capitaine ne descend pas, j'irai nuitamment au château afin de rassurer Pèdre.

— C'est folie !

— C'est sagesse, mon roi.

Charles V ne lui suffisait plus. En fait, Guesclin était davantage le féal de Don Henri le bien portant fortuné que celui de Charles, un impotent dont la fortune semblait apparemment aussi fragile que la vie.

* *
*

Le lendemain, Tristan se vit relevé de sa garde et désigné pour aller chercher à Villahermosa, au nord de Montiel, avec Paindorge et trente hommes, un charroi de viande et de farine. Dès leur retour, le mercredi 21 à l'heure de tierce [1], Cabus leur apprit que les négociations entre Pèdre et Guesclin duraient toujours, compliquées à plaisir par le Breton. Pèdre accordait toute sa confiance à Guesclin mais hésitait encore à quitter ses fidèles. Montiel encombré de guerriers et de chevaux ne pourrait supporter longtemps la famine. On eût pu occire les chevaux, mais on en aurait besoin. On manquait d'eau. Il faudrait sans tarder ou combattre ou se rendre. Les Juifs, se sentant perdus, s'apprêtaient à mourir les armes à la main ; quant aux Chrétiens « dévoyés », ils préféraient le pardon royal à une bataille inutile. Guesclin affirmait tout cela si crûment qu'il

1. Avant midi.

semblait être allé au château à plusieurs reprises – la nuit. D'autres que lui avaient emprunté ce chemin[1].

— Qui ? demanda Tristan.

Cabus fit un geste des deux bras pour mieux affirmer son ignorance.

— Je n'en sais rien. Ils partent à l'avesprir[2] et reviennent avant le jour. J'ai cru reconnaître Villaines à son rire... et Kerlouet à sa toux. En fait, comme il leur a promis monts et merveilles, nos capitaines semblent obéir plus que jamais à Henri... N'empêche qu'ils

1. On sait peu de chose sur ces visites nocturnes et on ignore quelles furent les promesses échangées, mais, écrit Prosper Mérimée dans son *Pèdre, roi de Castille*, « *il paraît certain que don Pèdre eut lieu de croire qu'il pouvait compter sur Duguesclin* ». L'historien Silges (*Las Mujeres del Rey Don Pedro*) a rassemblé et confronté tous les témoignages contemporains sur cet événement. Il conclut pareillement à Mérimée.

Pedro Lopez de Ayala affirme, lui, que Pèdre reçut des Français, intermédiaires de Guesclin, les serments les plus solennels. Écrivant sur les agissements du Breton, il précise : *E dicen algunos... que le aseguró... é que algunos de los parientes de Mosen Beltran fueran en el consejo, é aun pasaran juramentos muy grandes entre ellos*.

Le texte de Llaguno est plus formel, plus accusateur : il supprime la référence aux frères et cousins de Guesclin et attribue les serments faits à Pèdre au Breton lui-même. Certes, cette affirmation est précédée de la mention : *é dicen algunos*. Il n'est pas impossible que le Breton soit allé marchander à Montiel. Rien ne l'apeurait et faillir à l'honneur était dans ses habitudes.

Par ailleurs, et malgré sa jactance, Henri ne se sentait pas assez puissant pour juger son frère et son roi. Il craignait les défections de nombreux partisans s'il condamnait à mort leur souverain et légitime seigneur. Quant aux « démarcheurs » français, ils ne croyaient pas (sauf Guesclin qui le souhaitait) que la vie de Pèdre fût menacée s'ils livraient le roi à son bâtard. Ils avaient reçu, sans doute, des assurances du prétendant. Or, Henri voulait le trépas de Pèdre afin d'établir sa tranquillité. Ce fut pourquoi, à la faveur des négociations entre Pèdre et les Français, il échafauda son traquenard. Sans doute prépara-t-il la mort de Pèdre en soudoyant quelques-uns des fidèles qui, en fin de compte, furent présents lors de l'assassinat. Comme tant d'autres commis en Espagne, ce forfait perpétré à l'instigation du prétendant – l'on peut écrire : du *régicide* – fut l'œuvre de ses mercenaires.

2. Quand il fait nuit.

le veulent peut-être trahir puisqu'ils vont paroler avec Pèdre... Ce qu'on dit aussi, c'est que Don Henri craint d'en venir à une capitulation et que les *ricos hombres* de son parti ne manquent pas de lui signifier leurs conditions dès qu'il sera couronné.

— Henri, dit Tristan, se sent inférieur à Pèdre. Ce routier, ce bâtard n'a rien de royal. Il craint que ses amis ne le lâchent si Pèdre leur propose moult avantages... puisque, après tout, c'est lui le roi légitime.

Décidé à prendre du repos après avoir abandonné les trois chariots de vivres aux soins de Cabus, de Paindorge et des hommes d'armes qui l'avaient accompagné, Tristan traversa le cantonnement. Il trouva Villaines à proximité de son pavillon.

— Vivement... que... que ce fou... descende !

— Mettez-vous, messire, à sa place !

Le Bègue souriait. Un événement d'importance allait se commettre sous ses yeux. Une sorte d'ivresse – cette gaieté que donne la complète satisfaction de soi-même aux êtres ambitieux et sans scrupules – le soulevait et installait au-dessus des usages auxquels, comme tous, il était assujetti.

— Pèdre n'a rien à... à... craindre. Nous av... avons stipulé à Henri que que nous... n'enfrein... n'enfreindrions pas les clau... clauses de notre engagement... à... à... condition qu'il laisse la... vvvie... à son frère. Il nous a donné sa sa... parole.

Tristan sourit avec un rien de condescendance :

— Et vous croyez, messire, à cette parole... royale ?

— Point trop, mais mon devoir est d'y d'y croire... autant que je crois en... en Dieu !

Cette homme-là prenait pour des vérités positives tout ce qui semblait à sa convenance. Tout ce qui était décidé par autrui... à condition qu'il fût à son service. Devant la leçon brutale d'un crime en préparation, il refusait de croire à la méchanceté de Don Henri. Sans doute, de loin en loin, se réfugiait-il dans les guenilles d'une Chevalerie défunte pour que sa pensée se trouvât en repos et se purifiât des turpitudes qu'il avait commises de gaieté de cœur. Rien, en fait, ne le différenciait de Guesclin, sinon qu'il était noble et le Breton point.

— Henri est résolu à occire Pèdre, messire.

— Il nous l'aurait dit.

Cette crédulité puait la malice. Tristan sut qu'il perdait son temps.

— Parce que même absent, Pèdre le domine. Parce qu'il est le roi, *le vrai*. En tuant Pèdre, pas de procès, pas de jugement, pas de révélations et pas de commentaires... Je crois même... Puis-je vider mon cœur ?

— Faites-le, Cas... telreng.

— Je crois même qu'avec Guesclin, Don Henri prépare une fallace meurtrière. Le roi Pèdre mourra par hasard... Et vous, messire, et les autres, serez pris au dépourvu [1] !

— Guesclin est in... capable d'une vilenie !

Regardant le maréchal dans les yeux, Tristan abaissa de l'index sa paupière dextre inférieure.

— Mon œil, dit-il. Il en a commis des dizaines devant moi et devant vous.

« Il occirait sa mère, il occirait sa femme, sa maîtresse et leurs enfants s'il en pouvait tirer profit !... Gros Bègue, tu manques de circonspection ! »

1. C'est l'opinion du bénédictin Dom Édouard M. de Coetlosquet qui, dans une étude sur *Du Guesclin et le drame du château de Montiel*, publiée dans la *Revue historique de l'Ouest* en 1889, suppose que les capitaines français, n'ayant pas mesuré le caractère inexpiable de la haine entre les deux frères, furent pris au dépourvu par la soudaineté et l'intensité du drame.

Évidemment, cette thèse absurde ne fut rédigée que pour « blanchir » les soi-disant Français de leur forfait.

Hélas ! il lui fallait garder pour lui cette opinion. La livrer, c'était irriter Villaines. Il s'obstinerait dans l'erreur. Si Pèdre déviait, la malédiction serait sur les Français, sur tous les Français. Ah ! certes, Pèdre méritait la géhenne. Son occision purgerait l'Espagne d'un tyran. Ce n'était pas sa mort qui l'inquiétait, lui, Castelreng, mais la façon dont elle adviendrait. Il pressentait qu'elle serait injuste autant qu'odieuse, précédée de mensonges et d'infamies. La toute-puissance de Guesclin ne pourrait y surseoir au moment fatal.

Le Bègue s'en alla le dos courbe, comme s'il portait le fardeau d'un trépas qui, accompli, le laisserait dans les mêmes dispositions d'esprit que lorsqu'il espérait l'apparition de Pèdre.

* *
*

La nuit du jeudi 22 au vendredi 23 mars fut particulièrement noire. Pas de lune, pas d'étoiles dans un ciel envahi de nuages bas et ténébreux. Tristan et Paindorge reçurent mandement de garder l'issue du chemin que Senabria et les députés de Pèdre avaient emprunté lors de leur visite. Les deux compères ne se demandèrent pas pourquoi Guesclin avait fait évacuer les murets et les fossés qui avoisinaient cette brèche sous la lointaine surveillance de Don Henri.

— C'est pour cette nuittie, pressentit l'écuyer.

— Sans doute. Pèdre ne peut plus supporter l'incertitude et l'angoisse. La faim lui broie le ventre et la honte le cœur. Il a reçu de Bertrand des promesses...

— Promesses de Satan [1] !

1. La mort de Pèdre était préméditée puisque le 20 mars, coiffant fictivement la couronne, Henri avait écrit à l'alcade de Murcie d'obéir au gouverneur qu'il allait incessamment nommer.

Ils furent surpris de voir s'approcher deux servants du Bègue de Villaines. L'un s'appelait Moradas de Rouville et l'autre, son écuyer, Copin. Ils ne s'étaient jamais adressés la parole, non par détestation mais par indifférence.

— Le Bègue va venir, à ce qu'il nous a dit, crut bon de préciser Rouville. Il paraît que c'est pour bientôt.

— Quoi ?

— Le trépassement de Pèdre.

Ainsi, Villaines lui-même était dans le complot. Tristan ne fut point étonné de la participation d'un tel homme : depuis leur différend de Nájera, il le jugeait comme un esprit étroit, voire à demi corrompu. Rouville lui en fournissait la preuve.

Le Bègue apparut. Les mailles de son haubergeon brillaient à chacun de ses pas par la brèche de sa houppelande, et son épée, bien que dissimulée, formait comme un ergot à son jarret senestre. Afin qu'on ne l'entendît pas, il avait préféré à ses heuses de souples escafignons.

— Eh bien, dit-il sans saluer ni Tristan ni Paindorge.

— Très loin, il m'a semblé que des pierres roulaient.

— Ils descendent... Je vous l'avais bien dit, Rouville. Guesclin... est proche : sur le seuil du village, quelques toises derrière nous. Sitôt que j'élèverai la voix, il accourra. Il a... auprès de lui le Bâ... Bâ... Bâtard d'Asnières, le vicomte de Roquebertin, d'autres encore et ses... ses parents... Qu'en dites-vous, Castelreng ?

Tristan rejeta cette question d'un tour d'épaule. Dans une occurrence dont l'abjection se précisait, il préférait se montrer sourd et muet.

Quelques pierres encore, plus proches.

— Ce sont eux, dit Rouville. Ils ont enveloppé les sabots de leurs chevaux et vont à pied... Ils ont un mulet bâté chargé d'or.

— Combien sont-ils circonstant[1] Pèdre ?

— Une demi-douzaine, Castelreng. Peut-être davantage. Il doit y avoir Men Rodriguez, Fernand de Castro et quelques chiens fidèles.

— Que devons-nous faire ?

— Il faudrait les prévenir, dit Paindorge. Cette nuit pue le piège et la mort.

— Tu l'as dit, écuyer, fit Rouville. On vous dirait gênés face à la truanderie !

— En fait de truanderie, dit Tristan, je nous crois tous parents. Cette guerre, pour moi, est d'autant plus infecte que je n'ai pas voulu y prendre part.

— C'est ce que que... Bertrand m'a dit, intervint Villaines. Mais dès... dès... la... la mort de Pèdre, nous revenons chez ch... chez nous... Êtes-vous bien armés ?... Certes... Je vous mets tous sous mon com... commandement... Soyez prêts à la bataille.

— Aucun ne passera, murmura Rouville, si ce n'est de ma volonté.

« Des mots », se dit Tristan, cependant que le Bègue parlait à voix basse.

Contrairement à son habitude, il avait fait une ronde dans le camp des Français et visité les quelques maisons et granges du village qu'ils occupaient depuis la défaite de Pèdre. Jamais il n'avait vu des soudoyers et capitaines aussi paisibles.

— Pèdre est tout proche... Peut-être y a-t-il deux mulets au lieu d'un.

C'était l'or, l'or seulement qui affriandait Villaines.

1. Entourant.

Le voir miroiter dans sa tête guérissait son défaut d'élocution.

— Il va nous amener son destrier de Syrie... Ses étriers sont d'or et son arçon d'ivoire.

Une ombre s'avança ; une de plus : Guesclin.

— La brèche dans ce muret est-elle assez large pour qu'un cheval puisse passer ?

— Oui, dit Tristan.

— C'est bien, Castelreng. Tu mérites ma confiance. Laissez passer Pedro, ne retenez personne. Je recule... Ils sont tout proches.

Il disparut. Aussitôt, Tristan imagina Pèdre tenant Percefer par la bride, entouré de ses fidèles attentifs et résignés. Sans doute portait-il sous un paletoc sombre une cotte de mailles passée au noir de fumée.

— Les voilà ! dit Villaines.

Le roi apparut, tel que Tristan l'avait imaginé, entre Men Rodriguez de Senabria et Fernand de Castro. Derrière eux, quatre fantômes et deux mulets bâtés s'arrêtèrent, le temps que Pèdre eût franchi la brèche.

— Montez sans bruit, enjoignit Pèdre à ses compagnons. Je m'en vais enfourcher...

Il plaça ses mains sur le pommeau et l'arçon d'ivoire et posa le pied sur l'étrier. Il prenait son élan quand le Bègue bondit et le ceintura des deux bras :

— Par saint... saint Eloi !... Je ne sais qui... qui... qui... vous êtes mais vous ne vous en irez p... p... pas que vous n'ayez payé à mon vouloir !

Le Bègue retenait le roi violemment : il ne pouvait se mettre en selle.

— Vous ne partirez pas mes... messire, tant que je ne saurai pas qui vous... vous êtes et ce que vous allez quérir avec vos... vos hommes.

« Menteur ! », hurla Tristan au-dedans de lui. « Vil menteur ! »

Moradas de Rouville et Copin, son compère, se précipitèrent, l'épée haute, sur les suivants du roi qui s'étaient mis en défense. Pèdre tira sa dague, leva la main, mais le Bègue, prompt, se fâcha :

— Allons, messire, obéissez... Vous n'êtes pas en état de m'occire...

Et tandis que Pèdre plongeait sa lame dans son fourreau :

— Je ne sais, mes... messire, si vous êtes roi, che... che... chevalier, baron ou écuyer, mais mais je puis, moi, vous mettre à mort... Rendez-vous. N'y faites p... p... point de retard. Dites-moi votre état. Ne me le cachez pas.

Il bégayait à peine. Si peu qu'il l'eût vu et ouï, Pèdre le reconnut :

— Ah ! Bègue gentil... Je me rends à votre nom et votre commandement... Je suis le plus mal heureux dont nul n'ait ouï parler en fable ou en roman depuis deux cents ans passés. Je suis nommé le roi Pedro par les grands et les petits. Or, je ne serai plus roi selon mon escient, car je vois bien qu'il me faudra mourir en brief temps.

— Ah ! sire, dit le Bègue, ne le redoutez pas. Votre sage frère aura pitié de vous. Tous l'en prieront.

— Ah ! Bègue, répondit le roi, ce ne vaudra pas un denier. Ce chien mâtin de bâtard me mettra à mort... Mais si vous voulez sauver ma vie en ce moment-ci, je vous donnerai quatre cités, douze grands châteaux et vous chargerez d'or douze mulets qui vont à l'amble !

— Nenni Pedro, dit le Bègue. Je ne pense pas à ce... ce cela. J'aurai toujours suffisance d'or. Jamais je ne ferai tra... trahison ou n'y serai consentant !

Guesclin, sur l'entrefaite, approchait à pas lents. Pèdre le vit et reprit espoir :

— A cheval, messire Bertrand. Enfin, vous voilà !...

Je vous regracie de votre bienveillance. Il est temps de partir *comme convenu* !

Nulle réponse ne vint du Breton : il souriait, bras croisés. On l'eût pu comparer à un gros chat noir devant lequel se fût fourvoyée une imprudente souris.

Immédiatement inquiet, Pèdre fit un mouvement pour sauter en selle et traverser en hâte le campement. Il fut entouré. Villaines saisit cette fois Percefer au frein :

— Roi, vous ne pouvez rien car nous sommes en nombre.

— Bertrand, si vous me laissez aller...

— Nous ne le pouvons, dit Guesclin.

Il recula. L'obscurité l'absorba.

— Traître, grommela Pèdre, simplement.

Le vicomte de Roquebertin apparut, fervêtu du colletin aux jarrets. Son ébahissement était-il feint ou sincère ? Était-il oui ou non dans la conspiration ?

— Bègue, dit-il, vous aiderai-je à mener ce tapin ? Je le saurai bien tenir et mener par un bon chemin.

Voulait-il sauver Pèdre ?

— Nenni ! protesta Villaines. Il... il ne me faut... nul secours en voie ni en chemin !... Ni de vous, ni... des... des vôtres, ni d'hommes de votre lignage pour... pour... tenir un homme. Par ma foi, s'il y en avait deux, je n'en donnerais un denier !

— Bègue, dit Roquebertin qui s'échauffait devant tant de suffisance, vous savez moult fallaces. Vous n'avez pas pris le roi Pedro en combat mais vous l'avez saisi de nuit ainsi qu'un larron ! Pedro a bien été trahi par fausse amitié et ruse !

Tout en reconnaissant qu'il l'avait méjugé, Tristan admira le vicomte : il avait de l'audace et disait juste. Quelque accoutumé qu'il fût à recevoir des traits sans broncher, le Bègue se regimba :

— Mes... Messire !... Si vous me voulez... ac... ac... accuser de trahison, je m'en purgerai tôt avec un bon bran d'acier[1] !

— Nenni !... Je sais ce qu'on raconte. Celui-là n'aime pas sa vie qui se prend de querelle avec vous.

— Certes !... Alors, taisez-vous et demeurons amis !

« Roquebertin est un couard », songea Tristan. « Un couard honnête, mais un couard !... Que le Bègue dise un mot de trop à mon escient : je tire Teresa du fourreau et l'estoque ! »

Mais c'eût été trop beau. Villaines eût sans bégayer exprimé les arguties d'usage en cette occurrence afin de ne point le combattre : l'âge, la fraternité d'armes, le mauvais exemple fourni à leurs compagnons, Dieu, la Chevalerie. Sans doute un jour, la Justice de l'Éternel s'abattrait-elle sur sa personne[2].

La première maison n'était qu'à quelques toises. C'était celle qu'avaient choisie pour gîte Villaines et Yvon de Lakonnet, un chevalier d'aventure dont Tristan ignorait tout. Poussant Pèdre par l'épaule, sans ménagement, le Bègue se dirigea vers elle. Les autres prisonniers suivirent, résignés, sans échanger le moindre mot : les guisarmiers de Villaines, sans doute prévenus par Guesclin, les entouraient, l'arme prête au meurtre à tout mouvement suspect.

— Je les suis, dit Tristan. Reste-là, Robert.

— Messire !... Ce n'est pas de votre ressort !

Tristan, d'un geste, effaça ce reproche. Il était ulcéré sans être ébahi : Villaines valait bien Guesclin pour ce qui était de faillir à l'honneur.

1. Ou *branc*, épée à deux mains dont la lame mesurait jusqu'à 1,15 m.

2. Pierre de Villaines, disgracié sous le règne de Charles VI, fut enfermé au château de Crèvecœur. Lire en annexe : *Comment Pèdre est-il mort ?*

Derrière les captifs, proches de Percefer, les chevaux suivaient. Et les deux mulets plus entourés que les hommes. Et pour cause.

— Est-ce le logis de Lakonnet ? demanda Tristan à un picquenaire.

— Certes, messire, mais il l'a prêté au sire de la Houssaye qui a fourni les regards[1].

Ainsi, tout avait été minutieusement pourpensé : Pèdre ne pourrait jamais échapper au piège qui s'était refermé sur lui. Ses quatre compagnons ne disaient mot : ils se savaient perdus, eux aussi. *Tous étaient les témoins d'une turpitude commise par les Français* pour l'avènement d'un roi dépourvu de majesté.

Sans façon, le Bègue poussa Pèdre en la demeure où Eustache de la Houssaye les attendait en compagnie de son frère, Alain, qui vivait dans son ombre. Voyant le roi, le chevalier se mit à sautiller de joie comme un chien qui ne peut happer une friandise trop haut placée, mais qui sait aussi qu'elle s'abaissera. En fait, c'était lui, Eustache, qui s'abaissait.

— Ah ! Bègue, s'écria-t-il, tudieu !... Qui vous a pourvu de cette très noble étrenne ? Tel chasserait vingt ans en forêt qu'il ne prendrait pas si haute proie... Vous avez bien trouvé couteau pour votre gaine. Qui croupit en sa maison n'aura jamais que peine ; il n'aura aventure qui le mène à honneur.

— Honneur ! s'exclama un compagnon de Pèdre. Comment osez-vous parler d'honneur ?... Nous venions délibérément au village sur la promesse de Bertrand Guesclin d'obtenir le passage !

— Oui ! fit son compère tandis que Senabria et Castro restaient cois, comme assommés debout par leur malaventure.

1. Gardes, sentinelles.

Les deux protestataires étaient vêtus en bourgeois : chaperon, pourpoint, chausses et heuses noirs.

— Qui êtes-vous ? demanda le médiocre Alain de la Houssaye.

— Raoul Helmelade ou Raoul Elme, qu'on dit *le Vert Écuyer*.

— Le vert porte malheur... Qui es-tu ? Un Goddon ?

— Anglais... si cela ne vous écorche pas la langue.

— Et toi, le petit gros ?

— Je ne vous répondrai que quand vous me direz *vous*.

— Et vous, messire ? demanda Tristan avec un respect grossi par la volonté de déplaire au Bègue et à ses complices.

— Jacques Rollans, écuyer.

— Français ?

— Et si c'était ? Je me suis vendu à Pèdre. Vous l'êtes à Henri. Achetés comme moi. Nous sommes quittes.

Eustache de la Houssaye ne dansait plus : il trépignait.

— Si vous voulez m'en croire, dit-il, tout chevaliers que vous êtes, fermez vos grandes goules. Vous êtes nos prisonniers ni plus ni moins.

La maison était sombre. On alluma des torches. Tristan aperçut une table, un lit, une escabelle.

— Gilles ! cria le Bègue.

Un homme franchit le seuil : Gilles de Boisset, le porte-bannière du Bègue, aussi servile qu'il était hautain sitôt éloigné de son maître, aussi petit que le Bègue était grand.

— Cours prévenir le le... roi Henri au cas où Bertrand... ne ne l'aurait fait. Dis-lui que nous te... te tenons son ennemi. S'il le veut, on le lui mènera en sa sa riche tente, mais s'il le désire, qu'il... vienne céans d'un... d'un galop. Fais tout à sa volonté. S'il voulait prendre à merci le roi son... son frère, ce ne serait que bien qu'ils soient bons bons amis. Car celui-là est trop sage qui ne s'est jamais mépris.

Tristan imagina le gonfanonier courant dans le camp, parvenant, haletant, devant le pavillon de Don Henri, hurlant aux gens du guet qu'on le laissât passer, entrant sous la toile et s'agenouillant devant le bâtard du roi Alphonse : « *Noble roi, soyez réjoui : Pèdre a été pris par monseigneur de Villaines. Il vous mande que s'il vous plaît on l'amènera par devers vous... Si votre plaisance et votre dessein étaient de vous accorder avec Pèdre, cela sierait assez bien aux grands et petits, car celui qui ne se méprend est par trop subtil.* » Et Henri de répondre : « *Je m'habille et je viens.* » Puis de passer sur son corps un haubergeon de mailles fines et de ceindre sa dague et son épée.

Tristan comme les autres attendit. Pèdre ne disait mot. Tel un tigre ou un lion qui va sauter, il amassait, le dos rond, toutes ses forces. Un clin d'œil signifia : « *Toi, je te reconnais.* » Tristan acquiesça. Comme elles étaient lointaines, leurs rencontres de Séville et de Nájera !

Il n'éprouvait rien pour cet homme. Ni admiration pour son courage – ou sa résignation sans doute feinte – ni compassion. Les circonstances de son arrestation lui paraissaient exécrables, même à l'égard d'un roi aussi mauvais, aussi sanguinaire – autant que son frère Henri. Ce manquement aux règles de l'honneur, ce mépris de la belle et bonne justice et, pour tout dire, cette trahison ne le surprenaient pas de la part d'un homme aussi retors que Guesclin, toujours absent. Au lieu que sa réputation fût celle qu'il méritait et qui eût dû le desservir, celle qu'on lui faisait sans jamais l'avoir vu dans ses œuvres, le poussait vers une gloire usurpée[1].

« Pauvre Pèdre ! »

Il méritait la mort pour l'avoir tant et si atrocement donnée, ne fût-ce que celle de Blanche de Bourbon. Et pourtant lui, Tristan, se sentait miséricordieux à l'égard de cet homme qui, se sachant inexorablement assiégé, avait pensé par expérience : « *Tous les êtres s'achètent.* » Et Guesclin en avait délibéré avec ses compères : « *On va lui faire accroire qu'on protégera sa fuite... Et on l'arrêtera avant qu'il ne l'ait commencée.* » Le Breton toucherait le prix d'une aide fallacieuse et son trésor de guerre serait doublement grossi : par ce que lui avait apporté naïvement Pèdre, sur deux mulets, et par la récompense sans doute équivalente de son maître avéré : Henri !

1. *Bertrand Du Guesclin ou la gloire usurpée ?* est le titre d'un article consacré au Breton dans le n° 20 de la revue *l'Histoire* de février 1980. Dans ces pages, Philippe Contamine juge impartialement le preux. Il précise qu'il fut *étroitement associé à ce milieu bien défini qu'on appelait les Compagnies*. Il renvoie à l'ouvrage d'Édouard Perroy, publié chez Gallimard la même année (*la Guerre de Cent Ans*) où l'auteur s'étonnait qu'un soudard de si mince envergure eût pu bénéficier de son vivant d'une popularité *hors de toute proportion avec ses talents ou ses exploits* et fût devenu après sa mort le type achevé du paladin de légende. Philippe Contamine conclut que l'ascension de ce routier fut possible grâce à de *très hautes protections*, notamment celle de Pierre de Villiers, capitaine de Pontorson, qui le fit entrer dans la *clientèle* de Philippe, duc d'Orléans, dont il devint le familier ainsi que celle d'Arnoul d'Audrehem. Il cite les amitiés prestigieuses et efficaces de Charles de Blois, du duc d'Anjou, de Charles V et du Trastamare « *encore qu'on ne sache trop quelle idée ce dernier pouvait se faire d'un mercenaire breton auquel il devait tout simplement son trône* ». Et de poser la question : « *Ces protections furent-elles au moins méritées ?* » La réponse est évidente.

Chose tout de même étonnante : il n'est jamais question, dans les biographies longues ou concises, des crimes que Guesclin commit allègrement en Espagne ! Pourtant Cuvelier les décrit avec délectation et Pedro Lopez de Ayala les mentionne.

On entendit un galop et des cris. C'était *lui* sans nul doute.

Il se fit, dans l'attente du prétendant au trône, un silence moins respectueux qu'attentif. Tristan songea que tous ces traîtres dont le nombre augmentait étaient sans doute penauds et marris de leur félonie. Il vit Gilles de Boisset apparaître. Il était couvert d'un manteau de drap fourré d'hermine : un présent de Don Henri lorsqu'il avait appris la bonne nouvelle. Puis Henri lui-même se montra. Les capitaines s'écartèrent devant ce vainqueur sans mérite enveloppé de fer autant que de mystère.

Les deux frères ne s'étaient pas approchés depuis quinze ans. Cependant, avant même d'avoir dévisagé son rival, Henri considéra de tout son haut les mercenaires qui l'avaient si bien servi. Un sourire décolla ses lèvres sous ses moustaches incultes :

— Où est ce bâtard, ce Juif qui se prétend roi de Castille ?

Il fallait un prétexte pour susciter une querelle meurtrière et Henri employait la prétendue juiverie de Pèdre comme une suprême insulte. Cabus, qui se trouvait devant le roi, tendit l'index vers le prisonnier derrière lequel s'étaient groupés ses amis.

— Voilà votre ennemi, sire.

Henri croisa les bras, souverain avant d'avoir reçu l'onction et la couronne.

— Ah ! voilà ce traître, félon, faux larron et Juif qui m'a fait tant de maux !

La réponse vint en écho de ces invectives, tout aussi cinglante, royale :

— Tu sais bien que tu mens, bâtard ! Je ne suis point traître, mais tu l'es, je te le dis, car tu as régné contre moi comme un Antéchrist.

A peine le dernier mot sortait-il des lèvres de Pèdre

que le prétendant tirait sa dague. Villaines retint fermement son bras :

— Roi Henri, ne vous méprenez pas. Pèdre est... mon loyal prisonnier. Si vous le tuez dans... dans mes mains, vous en aurez m... moins d'amis et qui perd ses... ses amis, je dis moi, qu'il en vaut pis.

Le Bègue bégayait à peine. Il ajouta sans que sa voix s'interrompît :

— Je vous rendrai Pèdre, qui est mon prisonnier, par telle condition que vous me veuillez payer rançon tout denier à denier comme un tel prince doit donner et payer.

Ainsi, Villaines se découvrait. On repataugeait dans la fange. Le Bègue ajouta, admirable dans son ignominie même :

— Et s'il est nul qui dise et veuille témoigner que que le roi Pèdre ne soit pas mon lo... loyal prisonnier sans que j'aie pensé trahison, sans que que j'aie cherché malice, sans savoir qu'il dût sortir du sentier, mais au au contraire que Dieu me fit veiller par droite aventure, s'il en est un qui veuille signifier le contraire, je m'en voudrai purger avec l'acier.

C'était un discours d'une ignoble fausseté mais, avec Villaines, il fallait s'y attendre : il avait tous les courages sauf celui de ses actes. Nul ne s'avança pour le contredire.

« Pas même moi, Castelreng, qui pourrais dénoncer son hypocrisie et son outrage à Dieu dont il prétend se recommander ! »

On louait à haute voix ce menteur ; certains applaudissaient, en tout premier lieu Alain de la Houssaye dont les yeux de dogue enrhumé larmoyaient de plaisir.

— Gentil Bègue, dit Henri quand le silence fut revenu, je sais bien que vous portez le cœur d'un loyal chevalier. Vous me rendrez Pèdre, je vous en veux prier. Je paierai la rançon à votre gré, telle qu'il appartient à un tel prisonnier.

Villaines considéra, autour de lui, la fleur des Chevaleries française et espagnole. Et d'un trait, solennel, sans trop de faiblesse vocale et sans regarder Pèdre dont la fureur l'enveloppait, mais en voyant un tabellion écrire :

— Sire Henri, roi d'Espagne, je, Pierre de Villaines, che... chevalier de... de... de France, qui suis venu en ces parties pour... pour votre secours, vous fais savoir qu'en rem... remplissant mon devoir et faisant le guet en en votre siège devant le châtel de Montiel, j'ai ren... con... rencontré le roi Pèdre qui était sorti de nuit du châtel et l'ai pris. Il est mon... mon prisonnier loyalement.

Que ce Judas parlât de loyauté excéda Tristan. Il se mit à tousser pour l'interrompre. En fait, le Bègue était tellement accablé par la honte et tellement heureux qu'un scribe rapportât ses paroles qu'il revenait sur des faits mensongers dont Henri ne se souciait pas plus que de sa première maîtresse.

— ... Et je vous jure par ma foi et par mon mon serment que je ne savais rien de sa venue, mais que j'ai trouvé l'aventure telle qu'il a plu à à... Di... Dieu de me l'envoyer.

Encore cette référence à Dieu. Fallait-il qu'il se sentît fautif, le Bègue !

— ... et je vous dis ces ces choses parce que... que certains murmurent que je savais son départ et que je l'ai pris m... m... mauvaisement en trahison.

— C'est vrai. Par Dieu, le Bègue, vous étiez dans le complot.

— Men Rodriguez dit vrai ! hurla Fernand de Castro.

Une huée couvrit ces voix.

— Mais, poursuivit le Bègue, s'il est en ce monde au... aucun chevalier qui veuille maintenir que Pèdre ne soit pas... pas... lo... loyalement mon prisonnier, je suis prêt à prouver par mon corps le contraire devant vous[1] !

Une huée souligna cette fin : celle des quatre compagnons de Pèdre.

Tristan avait senti d'autant mieux la menace que le Bègue l'avait défié d'un regard éloquent. Il vit Kerlouet et Boisset désarmer Senabria et Castro, puis Elme et Rollans tandis que Villaines, s'adressant à Henri, disait :

— Il est à vous.

Pèdre, aussitôt, recula d'un pas.

— Juif ! Traître ! hurla Henri. Je te ferai écorcher vif tous les membres.

— Bâtard ! s'écria Pèdre, sa dagasse au poing.

Henri se précipita, son perce-mailles levé. Il frappa le prisonnier, serré entre Villaines et Kerlouet de trois coups de lame dont l'un atteignit Pèdre à la joue.

Un « Oh ! » hypocritement réprobateur sortit des lèvres de Villaines et de Boisset.

Les deux frères étaient trop proches l'un de l'autre, trop serrés par les capitaines pour tirer l'épée, mais leurs courtes lames étaient aussi redoutables.

— J'aurais dû *le* désarmer ! s'écria Villaines.

Derrière lui, Raoul Elme et Jacques Rollans tentaient de se frayer un passage pour secourir leur roi de leurs mains nues. Ils furent, chacun, happé par dix paires de bras et entraînés hors de la maison. Tristan entendit leurs cris. Aucun doute : ils mouraient frappés par dix poignards et sans doute les guisarmes des gardes.

1. Depuis quelques pages, après avoir abandonné Ayala, nous suivons mot à mot le témoignage de Cuvelier.

Guesclin apparut. Il avait dû enjamber les deux corps. Il précédait Olivier de Mauny, puis Henri et Alain ses frères. Guillaume Boitel et quelques autres les suivaient, parmi lesquels l'écuyer de Don Henri : Fernando Perez de Andrada. Tous se tinrent le dos contre le mur afin de ne point gêner les deux frères liés l'un à l'autre par un bras cependant qu'ils tentaient de se porter l'estocade.

— Franc jeu ! s'écria Olivier de Mauny.

Pour lui, peu importait qui serait le vainqueur. Guesclin protesta :

— Laisserez-vous occire Henri en telle vilenie ? Le laisserez-vous occire par un faux traître, renié, parjure ? Il ne fit jamais le bien un seul jour de sa vie !

Le Breton pouvait parler de parjure ! Il ne devait plus savoir le nombre de fois où il s'était parjuré. Il se tourna vers le bâtard d'Asnière qui était de ses familiers :

— Il faut aider Henri. Vous le pouvez bien faire... Ils tombent !... Relevez Henri !

— Faites-le vous même ! Ils se battent loyalement.

Noués l'un à l'autre, les deux rois s'étaient abattus sur le lit qu'ils venaient de renverser, entraînant dans leur chute quantité d'escabelles, armes, étoffes disposées à proximité. Pèdre, visiblement, dominait son frère. En quelques coups de reins vigoureux, il fut sur Henri, lequel venait de lâcher son poignard. Afin de l'étrangler – acte dont il avait sûrement rêvé pendant des années –, il lâcha son perce-mailles au moment où Henri recouvrait l'usage du sien.

Tristan vit Roquebertin s'approcher. Le bâtard d'Asnières, au risque d'être blessé, voulut séparer les deux hommes :

— Levez-vous de là !... Ôtez-vous ! Vous en avez fait assez !

De son bras, il écarta Roquebertin pour laisser à chacun des frères sa chance. Alors Guesclin se mit à la besogne : il renversa précipitamment Pèdre sur le côté de façon que son bâtard le dominât. Le poignard s'abattit sur les anneaux du haubergeon. Ceux-ci se démaillèrent. Pèdre lâcha prise, ce que voyant, les capitaines bondirent sur lui, chacun voulant y aller de son coup de dague, de perce-mailles et même d'épée, cependant que Guesclin reculait d'un pas pour contempler le roi défunt dans son sang et congratuler Henri pour sa victoire. Et comme Tristan crachait, écœuré, le Breton fut sur lui, écumant de joie et de male rage :

— Je ne fais ni ne défais des rois, mais je sers mon seigneur !

Quand tous les victimaires furent rassasiés de coups et d'insultes, Henri leur enjoignit de s'éloigner. Il se baissa vers le corps de Pèdre.

Soudain, il se mit à trancher le cou du trépassé avec un acharnement qui provoqua la fureur de Castro et de Senabria, qu'on dut ceinturer mais que, repu par cette occision déloyale et cette décollation farouche, nul ne voulut meurtrir.

Henri s'acharnait, les mains rouges. Un grondement sortit de ses lèvres retroussées quand les vertèbres de son soi-disant bâtard le contraignirent à émousser son poignard. Alors, prenant le funèbre objet par les cheveux, il le montra, nouveau Persée, à l'assistance qui recula, les yeux levés pour ne pas voir ni le corps à demi décapité ni le sang qui empouacrait les semelles.

— Roquebertin !... Achevez la besogne. Vous alliez saisir le pied de Pèdre quand Bertrand vous a devancé.

— Oui, monseigneur.

— Quand vous l'aurez tranchée, mettez cette tête au bout d'un épieu et courez la porter à Séville.

— Et *le reste*, monseigneur ?

— Expose-le, Andrada, entre deux planches à la porte du château.

Henri avait les mains rouges. Il en était ganté jusqu'aux poignets. Sa cotte d'armes s'était imprégnée de sang. Les trois tours de la Castille en étaient criblées. Il se pencha sur le corps de son frère.

— Tiens, dit-il, il portait une croisette... En le décapitant j'ai coupé le cordon.

Il donna quelques coups de pied dans le corps dont le sang aspergea ses heuses. Un écuyer du nom de Lucas s'approcha et cracha sur la dépouille mortelle :

— Faux Judas ! Tu fis trancher le col à mon père pour l'amour de ma mère que ton corps convoita. Et avec cela, tu me déshéritas, me bannis et me chassa de ton royaume. Je suis vengé !

On apporta un épieu. Lucas ficha la tête sur sa pointe et l'enfonça pesamment. Ensuite, il l'offrit à Roquebertin qui, pour une fois, éprouvait du mésaise. Tristan sortit, écœuré.

Paindorge le rejoignit. Dans les ténèbres, ses yeux brillaient d'un éclat sauvage. Il détestait Guesclin plus encore que Villaines-le-Menteur. Il avait découvert ces deux hommes une seconde fois. Définitivement.

— Pèdre aurait dû être jugé.

— Oui, Robert. Je le détestais, moi aussi, mais de le voir périr ainsi me donne des suées.

Derrière, il y avait des rires. Guesclin et sa famille regagnaient leurs trefs. Des torches sautillaient comme des feux de joie.

— Holà ! attendez-nous, cria Olivier de Mauny. Venez boire avec nous à la gloire d'Henri et à la santé de Pèdre.

Il riait. Les libations étaient son grand plaisir. Bientôt, ce fesse-pinte repu de sang et de vin vomirait comme une fontaine.

Guesclin fut là, le visage blanc tel celui d'un spectre :

— Eh bien, Castelreng, qu'en dis-tu ?

Les autres, Villaines en tête, passèrent, indifférents. Paindorge parut tenté de les suivre, puis renonça.

— Que dis-tu, Castelreng, de cette male mort ?

Tristan demeurait perdu dans ce réseau d'ignominies. Tous les détails du trépas du roi de Castille continuaient de l'assaillir. Ce qu'il avait tant révéré dans la Chevalerie s'était évaporé. Son cœur s'était durci ; sa gorge se serrait sur un flot d'invectives.

— Ce que j'en dis, Bertrand, c'est qu'avec Villaines et moult autres, vous avez à jamais déshonoré la Chevalerie et la France.

— J'ai servi la Justice.

— L'injustice est flagrante.

— Étais-tu donc pour Pèdre ?... Alors, il te fallait entrer dans Montiel quand l'occasion t'en fut donnée. Rejoindre les Juifs et les Mores qui sont en ces murs !... Sache-le une fois pour toutes : je déteste tes ramposnes [1] !

Tristan intercepta un clin d'œil de Paindorge. L'écuyer y exprimait son impuissance et son courroux mais l'engageait aussi à modérer ses paroles.

— Qui t'a fait chevalier, Bertrand ?

— Que t'importe !

— Ta réponse semble confirmer ce qu'on dit.

— Et que dit-on ?

— Que tu t'es adoubé toi-même.

C'était là une insulte majeure. Le Breton ne pouvait s'y attendre. Alors que tant d'autres s'enorgueillissaient d'avoir reçu la paumée d'un père glorieux, d'un parent ou d'un chevalier de grand renom, Guesclin,

1. Provocations.

jamais, n'avait révélé qui lui avait donné l'accolade et chaussé les éperons.

— Au nom du roi...

— Il n'est point là, Bertrand, interrompit Tristan. Il se serait pâmé plutôt que réjoui en assistant au meurtre de Pèdre.

Le Breton tressaillit. Fort en goule, mais faible en rhétorique, il subissait un joug plus insultant qu'un coup.

— Sais-tu, *chevalier*, que pour ce que tu dis, je pourrais te faire mourir ?

Ils se regardaient en face, profondément. Jamais entre eux le plaisir de haïr n'avait été aussi vif.

— Je sais tout ce dont tu es capable et tout ce que tu peux me faire. Mais tu ne feras rien. Tu n'ajouteras pas un déshonneur supplémentaire à l'énormité dont tu t'es rendu coupable. Car c'est toi qui commandas Villaines et en fis, comme toi, un parjure. C'est toi qui obtins de Pèdre une confiance éhontée. C'est toi qui, en renversant celui-ci, a inversé l'issue d'un tençon qui devait être favorable au roi légitime !

— Si Henri pouvait ouïr ton propos !... Mais cessons : je ne t'apprécie pas, Castelreng. Je l'aurais voulu, cependant. Du reste, si tu n'étais qu'un hobereau sans courage, je t'aurais laissé en Langue d'Oc.

— Non : tu m'as voulu nuire, simplement.

— Ton courage...

— N'en parle pas. Il fait concurrence au tien et c'est pourquoi tu me détestes. Car j'ai le courage propre, moi !

— Pourquoi ne sommes-nous pas amis ? Nos actes feraient de nous...

— Si nous étions amis, j'endosserais tes crimes... Amis ? s'étonna brutalement Tristan. Je suis à l'aise seul avec mon écuyer. Il fallait t'obéir ? Nous t'avons obéi. Nous avons vu quel était, à Nájera, ton génie... Et je ne veux parler de tes autres batailles... Tu y fus fréquemment prisonnier... adonques, où est ton mérite ?... Ton amitié me serait odieuse, puante... Non, sois plutôt ami avec le Bègue. Au moins, lui, il est de ton bord, comme on dit.

Tristan savait qu'il allait trop loin. D'ailleurs, Paindorge lui conseillait la prudence avec des « *Messire ! Messire !* » d'une simplicité plus efficace encore que des phrases.

— Je t'abomine, dit enfin le Breton la bouche béante et la poitrine gonflée de fiel.

— Moi, vois-tu, je te plaindrais presque. J'espère que Dieu nous voit, auquel tu fais si fréquemment référence.

— Tristan le magnanime !... L'ami des Juifs, partant l'ami de Pèdre.

— Et si c'était ?... Sais-tu que le dedans de toi est encore plus laid que le dehors ?

— Je te pourrais mortellement punir... dès maintenant.

Tristan sourit avec une sorte de déférence qui devait être insupportable à son détracteur :

— Oh ! dit-il, je sais que tu en as l'habitude et que ces morts-là te procurent moult plaisances... Je n'ai pas le roi dans ma manche, moi, mais j'ai le Roi des Cieux dans mon cœur.

Il fallait cesser cette querelle. Le ton en devenait si violent que les compères du Breton revenaient sur leurs pas.

— Un jour je t'occirai.

— Ce sera déloyalement... Mais je puis, moi, agir à ta manière.

Soudain, de la façon la plus inattendue, le Breton tourna les talons.

— Fais ce que tu veux !

— J'aime à te l'ouïr dire.

Tristan rejoignit Paindorge tandis que Guesclin commandait à ses proches :

— Au château. Il faut leur annoncer la mort de Pèdre. Une fois entrés, il faudra voir tous ces hommes nus, savoir quels sont les Juifs et les Chrétiens. Châtier tous ces outrecuidants !

Tristan prit Paindorge par l'épaule :

— Henri ne règne pas. Il n'est que l'écuyer du Breton... Un écuyer qu'il va couvrir d'or, de cités... de promesses... Si Bertrand l'osait, ce jour d'hui, il pourrait par ma foi devenir roi d'Espagne... Partons.

— Où ? demanda Paindorge, inquiet.

— En France... En Langue d'Oc.

— En Langue d'Oc !

— A Villerouge... Si nous demeurions dans cet ost de routiers, le gentil Bertrand nous y ferait occire. Retrouvons nos chevaux et partons orains[1].

— Maguelonne va en faire une tête !

— Il n'y a pas que Maguelonne, dit Tristan sombrement. Sitôt *là-bas*, je conquerrai *mon* château...

— La guerre encore, dit Paindorge. Mais celle-ci me plaît !

— Ne te réjouis point. Il nous faut revenir chez nous et nous ne savons rien des chemins qui peuvent nous y conduire. Il faudra nous fier au soleil levant, au soleil resconsant[2]... Nous embroier[3] quand nous flairerons un danger car nous devrons, sitôt loin de Montiel, nous ressoigner[4] des Bretons que *l'autre* pourrait lan-

1. A l'instant.
2. Au soleil couchant.
3. Nous mettre à l'ombre.
4. Nous défier, craindre. Ou *resonger* : redouter.

cer sur nos traces... Crois-moi : lors d'une pleine journée, nous serons repus [1] par nécessité.

— Nous piéterons de nuit !

Le souci de Tristan s'aggrava :

— Je m'en vais retrouver nos chevaux. Flori et Malaquin doivent être ensemble, toujours sellés puisque dans cette armée c'est devenu l'usage... Les Espagnols, tu le sais, ne respectent pas les chevaux. Sans quoi, ils ne les exposeraient pas aux cornes des taureaux.

— Les Bretons pourraient leur donner des leçons... Surtout le meilleur d'entre eux, si j'ose dire.

Tristan acquiesça :

— Bertrand n'est pas un chevalier. Sur toute la ligne. C'est pourquoi il déteste ses montures... Allons, Robert, assez parlé. Je t'attends entre Malaquin et Flori... Tu vas aller aux cuisines. Tu y trouveras bien un bissac. Tu diras aux queux que par mandement du Breton, tu pars à Cuenca porter la nouvelle de la mort de Pèdre. Une fois pourvu en vitailles, tu me rejoindras. Nous partirons lentement... Mais pour le moment hâte-toi : le temps nous presse.

Déjà l'écuyer s'enfonçait dans l'ombre.

* *
*

« Je suis en droit de fuir ! C'est un malandrin, un linfar, un fredain [2] qui m'y oblige... D'ailleurs, il y a longtemps que j'ai achevé une quarantaine à laquelle je n'étais pas tenu... On ne peut rien me reprocher. »

1. Cachés.
2. Scélérat.

Dans ce *on*, Tristan associait sereinement Guesclin et le roi de France.

Il regarda ses mains. Bien qu'il les vît à peine, elles tremblaient. Vergogne et fureur. Sans que jamais elles eussent été empoissées de sang, il ne cessait de les sentir sales. Par une singulière contagion, son corps lui-même semblait imprégné d'une odeur fade, « prenante » et comme ineffaçable. Le vermillon de la sève humaine s'y mêlait au sombre écrabouillis des cervelles et des entrailles, qu'elles fussent d'hommes ou de chevaux.

« Revenir au pays... Respirer à pleins poumons... Se laver chaque jour... Il faut que nous y parvenions ! »

S'ils devaient, Paindorge et lui, passer par Carcassonne, ils y feraient une halte le temps d'accomplir un tour de la cité avant d'aller à Castelreng.

« Carcassonne ! »

Il la trouvait belle dans sa mémoire après avoir assisté à tant d'horreurs. Avant que d'y entrer, ils s'arrêteraient au bord de l'Aude profonde, mordorée par l'ombre des maisons rares et des arbres riverains. Ils verraient glisser sur l'eau des nacelles plates et noires. Ces barques, des pêcheurs les menaient fréquemment de l'avant, une courte rame serrée le long d'un bras, l'autre étant prolongé par la ligne eschée d'une sauterelle jetée, retirée, jetée encore sous le rebord de la berge, là où l'ablette et le cabot s'emmitouflaient de fraîcheur et d'obscurité.

« Viens », dirait-il à Paindorge. Alors, ils franchiraient, sur le fleuve, ce pont que le prince de Galles n'avait osé traverser, disait-on, après qu'il eut fait arser et exiller [1] la ville basse. Il mettrait Malaquin au pas et fermerait les yeux, parfois, afin de mieux entendre le

1. Brûler et ravager (1355).

crépitement des socques et des esclops[1] des femmes et les talons des hommes. Il franchirait la Porte Narbonnaise... Pourvu que ce fût un jour de marché !

Ce jour-là, on humait de loin en loin des effluves d'épices et des senteurs exquises. Les foires – rares – et les marchés enluminaient l'uniformité des mois et des semaines. Ces jours-là, presque fériés, l'agitation citadine se trouvait augmentée par la venue des loudiers[2] des villages et hameaux circonvoisins. Quelle que fût l'ampleur de cette joie de vivre, on n'en oubliait pas pour autant les tragédies dont les ruines subsistaient encore dans les campagnes : chapelles délabrées, maisons détruites, baliveaux remplaçant les arbres vigoureux rompus par les ribauds des armées de Montfort, puis d'Édouard de Woodstock ; champs noircis lors d'écobuages infernaux, vignes abandonnées dont les ceps immobiles suggéraient les convulsions des corps livrés aux brasiers.

Carcassonne était joyeuse, grouillante, animée d'un fol appétit de vie et d'ardeur créatrice. Dans l'étroit quartier des forges, les heaulmiers, haubergiers, armuriers, ciseleurs d'éperons œuvraient de l'aurore au couchant. Dans les ruelles et les cours, les apprentis fourbisseurs faisaient rouler sur les pavés et les galets des tonneaux emplis de sable contenant le jaseran ou les plates d'armure dont les fers ternes eussent pu mécontenter les acheteurs. Ailleurs, c'étaient des barils de vin ou des sacs de farine que l'on juchait sur des haquets tirés par des bœufs paisibles. Partout la cité bourdonnait, cliquetait, tintait, chuintait, mais aussi chantait sans que l'accompagnement des violes, chalumeaux, guiternes et chifonies fût nécessaire.

1. Sabots.
2. Paysans.

« Alors, j'étais heureux... »

De loin en loin, à l'occasion des foires, Thoumelin et son épouse abandonnaient Castelreng pour se rendre à Carcassonne.

« Je les accompagnais », songea Tristan tout en piétant vers les chevaux réunis dans un enclos composé en partie de chariots vides.

Sitôt franchi la Porte Narbonnaise, son tempérament aventureux l'incitait à quitter ses parents après avoir convenu d'un lieu de retrouvailles : le porche de l'église Saint-Nazaire ou celui de Saint-Sernin. Il s'en aller *rôder*. Il fallait qu'il s'emplît la vue des scènes d'une vie différente de celle de Castelreng. Son œil se lassait parfois de tout observer, tout approfondir afin de mieux comprendre la nature humaine. Ce besoin de voir, d'admirer ou de mépriser s'exerçait moins sur les splendeurs des monuments sacrés que sur le va-et-vient des personnes, leur démarche, leurs occupations évidentes ou non, et par ce que pouvaient dissimuler les traits réjouis ou soucieux de chaque visage entraperçu. Détestait-il la gaieté ? Non, mais elle l'avait parfois agacé parce qu'elle le distrayait de ses méditations amères. Répugnant à goûter aux clartés des parvis, il préférait s'enfoncer dans les venelles sinueuses, là où les voix éclataient et parfois faisaient écho, où les odeurs se condensaient, où la lumière diffuse du soleil, à force d'étouffer entre les encorbellements des maisons, s'obscurcissait progressivement. Il marchait au hasard, frôlant des boutiques exiguës : ateliers et comptoirs où œuvraient des selliers, des tisserands, des drapiers, des gantiers et des potiers. Artisans et marchands semblaient comme lui se satisfaire de cette fausse nuit bien que quelques-uns, confondant commerce et religion, fissent brûler autour d'eux des chandelles. On les eût dit occupés à quelque complot permanent. Et tandis que les plus hardis – des Juifs sans doute –, à l'aguet sur leur seuil, sollicitaient les passants avec une insistance infatigable, la plupart attendaient patiemment leur venue.

De même que, dans la cité, le commun et la paysannerie côtoyaient la noblesse et la bourgeoisie sans façons, les fanfeluces, dans les échoppes, jouxtaient les parures précieuses. Et si les fumets qui s'exhalaient des tavernes pouvaient exciter l'appétit du jouvenceau qu'il était, ce n'était pas sans déplaisir que *lou pitiou*[1] pouvait voir les mouches assaillir les viandes en montre chez les bouchers du marché. Plutôt que de tourner la tête, il se repaissait du spectacle de ces bestioles dont les ailes pailletaient les chairs et les caillots. Il semblait déjà qu'il voulût s'endurcir contre les répulsions et les haut-le-cœur. Le petit huron[2] à l'esprit sobre et aventureux auquel Thoumelin de Castelreng s'évertuait à enseigner de bons principes se composait, au cours de ses errances, une âme sombre et une maussaderie dont, adulte, il ne s'était peut-être pas départi.

Il soupira. Soupir de satisfaction : il venait d'entrevoir Malaquin et Flori.

— Vous voilà !

Il s'insinua entre les deux chevaux, vérifia la tension de leur sangle et des étrivières.

— Je suis là, dit-il en caressant alternativement leur chanfrein. Vous aussi, vous verrez Carcassonne !

Et de revenir à son enfance prime.

Parfois, aux carrefours, des cris retentissaient, dominant le fray[3] des fers sur le sol. C'étaient des chevaliers et des écuyers, camail en tête, le haubergeon ou le plas-

1. Le petit.
2. Paysan.
3. Bruit. Ou encore : *frai, frais, froi, froie*.

tron de fer apparent sous les plis de la cotte d'armes. Il sentait son sang s'alourdir et s'échauffer. Le temps de leur apparition, il scrutait les faces de bronze sous la cervelière ou la défense de tête déclose. Il évaluait la vigueur de ces corps trapus et la force de préhension des mains de fer sur les rênes orfévrées. En connaisseur, il estimait le prix des éperons d'or ou d'argent. L'un de ces hommes se penchait-il vers lui qu'il éprouvait un plaisir extrême à le dévisager sans doute effrontément. Il ne pouvait oublier que des outrecuidants de leur espèce, numériquement supérieurs aux chevaliers d'Angleterre, avaient été humiliés à l'Écluse, Crécy et ailleurs. Il les détestait presque, comme leurs devanciers fervêtus dont Simon de Montfort et ses croisés avaient annihilé la jactance. Il abhorrait leur déraison, leur superbe et leur « parage » inutile puisqu'ils avaient préjudicié tout un peuple. En fait, il en convenait ce soir, ses méditations précoces, pour simples qu'elles eussent été, l'incitaient à trouver des qualités aux gens du Nord et de la Langue d'Oïl vainqueurs des guerriers de la Langue d'Oc – une langue que plus tard le latin l'avait aidé à contrefaire jusqu'à ce qu'il fût parvenu à s'exprimer comme un Parisien.

Cette présomption des barons que Montfort avait conduits avec une énergie sans faille, il ne la posséderait jamais. Quoiqu'il se sentît d'une espèce différente, il avait rechigné à les détester. Ironie de la vie : il avait fait partie, dès Poitiers, de leurs descendants. Et qu'était-ce que Guesclin sinon le fils ou l'émule de Simon de Montfort ? Comme l'ancien bourreau de la Langue d'Oc, le Breton aimait à se prévaloir, outre le roi de France, du roi du Ciel ! Sous la double allégation du service de Dieu et de Charles V, il procédait d'un cœur léger aux semailles de mort et hantait moins souvent les lieux du culte que les champs de bataille.

« D'ailleurs », songea Tristan « bien que les églises pullulent en Espagne, je ne l'ai jamais vu entrer dans l'une d'elles pour y prier et acomminger[1]. »

Guesclin ne se référait point à l'Éternel, sachant qu'Il intervenait rarement dans les querelles humaines. Il ne se fiait qu'à lui-même avant même le roi de France que la rumeur et l'Église considéraient comme le substitut du Très-Haut. Plutôt que d'être le satellite d'un suzerain qui, disait-on – mais était-ce vrai ? –, détenait sa majesté de Dieu lui-même, il avait fait en sorte de devenir son ombre vivante, presque son égal, à tout le moins son poing armé.

« Je le hais !... J'ignorais ce que pouvait être la haine. »

Voire... N'y avait-il pas eu Naudon de Bagerant et les routiers de Brignais ? N'y avait-il pas eu les auteurs de l'enlèvement de Teresa et de Simon pourpensé par Flourens ? Et frère Bérenger Gayssot ? Et d'autres...

Les chevaux remuaient parfois nerveusement. Ils avaient faim et soif. L'eau, le faing[2], le feurre[3] et la cévade[4] manquaient. Cependant, comparés à leurs semblables d'en-haut, ces bêtes étaient chanceuses.

— Que fait-il ?

Non, Paindorge ne tardait point. Il fallait que ses agissements fussent des plus naturels pour déjouer l'attention des queux et de leurs aides. Au loin, des chants montaient assaisonnés de rires. Ils devaient atteindre les défenseurs de Montiel, lesquels pourraient, dès la prochaine aurore, débattre de leur liberté – les Juifs exceptés. Sous le vacarme des voix victorieuses perçaient peut-être, çà et là, certains remords.

1. Communier.
2. Foin.
3. Paille.
4. Avoine.

— Qu'il se hâte tout de même !

Le danger n'avait point d'heure. Ni de lieu. Un palefrenier, un écuyer, voire un chevalier de Castille ou de France inquiet du sort de sa monture pouvait survenir et s'écrier : « *Que fais-tu céans ?* » La suspicion, dans un ost de truanderie, ne connaissait aucune mesure. Cet homme, il faudrait qu'il l'occise... Voir sa chair désarmée dans l'immobilité. Il était contaminé...

— Carcassonne... Ah ! oui, Carcassonne...

Le marché – *il y revenait* – déployé dans les rues et comme amassé sur le terre-plein de la barbacane où quelques hommes d'armes veillaient. Oublieux des cris, meuglements et vacarmes, insoucieux des odeurs des légumes et des fruits dont le soleil pesant semblait vouloir exprimer jusqu'à la dernière goutte de jus, il aimait à se replonger dans son asile de prédilection : les ruelles. Piétinant la fange des ruisseaux, il observait, dans les courettes où le soleil parvenait à décocher une flèche, les enfants de son âge occupés à jouer aux dés, aux osselets, aux jonchets. Parfois, quelques clercs marchaient à sa rencontre, piétant vers Saint-Sernin, Saint-Nazaire ou, au-dehors, Saint-Gimer de ce pas vif des indésirables puisque, depuis l'extinction des patarins et de leurs Parfaits, on admettait mal encore la présence des gens de soutane. Il ne savait que penser de ces tonsurés. Il allait, infatigable, d'une placette où s'exhibaient des jongleurs à un carrefour où jacassaient des marchands d'oiseaux et de remèdes miraculeux. Tel un couteau dans la chair, il s'enfonçait dans les bruits et la foule parce qu'il les méprisait. Jouvenceau accoutumé, sur les murailles ou dans les champs de Castelreng, au friselis des feuillages et au bruissement du Cougain, il connaissait mieux les animaux et leurs mœurs que les êtres humains, leurs us et coutumes. Et s'il observait d'un œil sec les dames et les donzelles, il éprouvait du respect pour les femmes de la campagne, vêtues de noir des sabots jusqu'à leur vaste *capel* de paille, comme si toutes souffraient d'un deuil inconsolable. Non point celui d'un parent trépassé, mais le deuil d'un Sauveur défunt, carbonisé par l'intolérance, différent de Celui dont le fils figurait sur la Croix, au tréfonds des églises comme au creux de la chapelle de Castelreng.

Tout autant que ce deuil, il comprenait l'entrain des Carcassonnais et des marchands du dehors. Après la longue éclipse de mort et de déraison perpétrée par les Chrétiens de Montfort, des sentiments nouveaux étaient entrés en Langue d'Oc. Si la scolastique catholique continuait de s'exercer parfois, pour les enfants, par la menace, l'insolence, chez les vaincus de naguère, remplaçait les armes détournées au profit du roi de France. La *palinodia*, la chanson, la continuité de l'emploi du langage ancestral permettaient de savourer cette sorte de renaissance et de fonder sur elle des raisons de vivre un peu mieux chaque jour.

Solitude... Il l'aimait. Parfois, devant un étal, il croisait ses parents occupés à quelque achat de nourriture, d'étoffe, de lormeries. Ils se souriaient. Il aimait à se débarbouiller d'ombres tièdes, à se plonger frémissant de bonheur et de crainte dans ce qui lui semblait être un coupe-gorge. Il se repaissait parfois des éclats d'une rixe ou des ricanements des filles follieuses pour émerger de cette sentine dans des lieux honnêtes. Çà et là, des hommes et parfois des femmes gargotaient, surtout le soir, quand le marché tirait à sa fin. Les vieux étaient ceux qui buvaient le plus, sans doute pour extirper de leur mémoire les calamités d'une disette qui persistait une lieue à l'entour de la cité. Ils vidaient des hanaps d'un vin aigre pour oublier, comme leurs parents, des ciboires de fiel...

— J'en ai vidé jusqu'à plus soif en Espagne... Le dernier est pour cette nuit.

En revenant à Castelreng dans le chariot de ses parents, il sentait dans ses jarrets et ses reins le poids des lieues parcourues et dans son âme la diversité du genre humain dont il commençait à connaître les malices et les faiblesses. Il respirait goulûment l'air pur et l'odeur trouble, charnelle, de la campagne. Il voyait devant lui, après quelques somnolences, la masse énorme mais rassurante du donjon de Castelreng. Vélocement, il allait se coucher. Ennemi de la médiocrité, des fausses apparences et des bonheurs mièvres, ses nuits étaient encombrées de desseins plus ou moins démesurés dont à l'aube, il ruminait les bienfaits.

— Ah ! te voilà...

Paindorge s'avançait, un bissac sur l'épaule.

— J'étais inquiet.

— Moi aussi... Je n'ai eu aucun mal aux cuisines, mais le maître queux a voulu qu'on se porte la santé en faveur de Guesclin... J'ai faillit m'étouffer en buvant.

— Ensuite ?

— En revenant, j'ai vu les Mauny débâter les mulets de Pèdre.

Tristan avait dépassé sa mauvaise humeur. La complicité des parents du Breton ne pouvait l'irriter.

— Bertrand va s'enrichir davantage. Au faîte de la renommée, une fesse, en quelque sorte, sur l'un des accoudoirs du trône, il doit en ce moment, auprès d'Enrique – lequel a dû se laver les mains –, fournir à ses compères l'image d'un procurateur honnête, vertueux, inflexible, aussi tranchant qu'une lame... Vois-tu, Robert, Pèdre était aussi venimeux qu'un aspic, un dispensateur de mal insensible aux tourments d'autrui, particulièrement ceux qu'il avait décidés. Comme lui, le Breton trouve dans l'application de la souffrance une volupté non point secrète, mais triomphante.

Le regard de Paindorge s'anima d'une lueur indéfinissable.

— J'en ai encore du mésaise... Quand j'ai vu la tête de Pèdre sur un épieu...

— Tu aurais vomi si tu avais vu Enrique séparer de son tranchelard la tête du corps de son frère. Et c'est cet homme qui va gouverner l'Espagne !

— Nul n'a bronché ?

— Non... Et si tu avais vu la face de Guesclin...

— Il devait archonner[1] !

— Sans doute autant qu'au lit auprès de sa concubine... Allons-nous-en !

Il fallait partir. Un pied sur l'étrier, Paindorge demanda :

— Et votre armure ? Et mon haubergeon ?

Tristan eut un geste d'indifférence :

— L'armure n'était pas mienne et contraignait mes membres. La mienne et la tienne nous attendent à Villerouge.

Et franchement :

— Nous n'avons pas touché notre soudée[2]. Il ne me reste que quelques poignées de maravédis... Nous allons sûrement crever de faim.

Un rire bas suscita la curiosité de Tristan.

— Vous souciez de rien... Les Mauny étaient trop occupés à empiler les tasses[3], les escarcelles et les coffrets... D'un coup de pied, j'ai envoyé une bourse grosse comme un esteuf[4] au loin. L'herbe a étouffé la

1. *Archonner* : l'arc bandé archonne.
2. Solde des gens de guerre.
3. Bourses.
4. Vessie de porc : l'ancêtre du ballon rond.

sonnaille... Ils ne peuvent rien savoir vu qu'ils ignoraient tout du contenu des sommes[1].

— Les sommes ! grommela Tristan. Tu en dis de bonnes...

Il regarda le ciel. Il ferait sombre longtemps. La brume de la nuit s'infiltrait comme une fumée dans ses narines. Il y avait un vent léger, signe, sans doute, d'une journée agréable. Du côté du village, des torches flambaient. Les hurlements devenaient plus vigoureux. Un souffle lui apporta un lambeau de chanson :

En Santa Gadea de Burgos
Do juran los hijosdalgo
Alli torna juramento
El Cid al rey castellano
Sobre un cerrojo de hierro
Y una ballesta de palo[2]*...*

— Merde ! dit Paindorge à voix basse. Ils chantent une chanson à la gloire du Cid... Ces linfars n'ont point de vergogne !

— Eh oui, Robert... Mais je m'aperçois que tu commences à savoir l'espagnol juste au moment où nous quittons ce pays pour toujours.

— Nous n'avons pas de Cid en France.

— Il a eu pour compère un chevalier de chez nous : Rotrou III le Grand[3].

1. Charge, fardeau.
2. A Sainte-Agathe de Burgos
Aux nobles serments voués,
C'est là qu'au roi de Castille
Le Cid requiert de jurer
Sur une arbalète en bois...
3. Rotrou III le Grand (1100-1144) combattit les Arabes en Espagne aux côtés de Rodrigue Diaz de Bivar. Alphonse le Batailleur lui fit don de la moitié de Saragosse en 1118.

— Qui vous a dit ça ? Pedro del Valle ?

— Oui... Pour honorer son courage, Alphonse le Batailleur lui a fait don d'une moitié de la cité de Saragosse.

— Moi, je préfère Villerouge !

— Et moi donc !

Les chevaux piétaient silencieusement. Quand ils eurent parcouru de cent à deux cents toises, ils allongèrent leurs foulées. Bientôt, d'un même accord, ils prirent le galop.

DEUXIÈME PARTIE

A LA GRÂCE DE DIEU

I

C'était la dernière montée, celle qui par Mouthoumet rejoignait Villerouge en traversant Laroque-de-Fa et Félines-Termenès. Un ultime effort pour deux vaillants roncins qu'il allait falloir ferrer dès qu'ils auraient passé la nuit sur une épaisse litière.

— Mon cœur me fait souffrir, confia Tristan à Paindorge.

— Je le comprends. Je me dis que c'est un miracle que nous nous trouvions ici sains et saufs.

— Il fallait, comme nous l'avons fait, noqueter[1] en nous fiant aux étoiles. Si, de jour, nous étions tombés dans n'importe quelle embûche, nous serions morts. Ce fut aussi pénible pour nos chevaux... qui ont mieux mangé que nous... Mais nous y voilà presque.

— Nous ne sommes que des fantômes de guerriers sauvés par la Providence.

— Tu l'as dit : un chevalier d'aventure et son écuyer, mais plutôt que de nous être enrichis, nous revenons pauvres comme Job. Pèdre était un malicieux : ta bourse providentielle ne contenait que des maravedis...

1. Errer la nuit, souffrir du froid.

— Je suis presque tenté de dire : « Le pauvre ! » Et vous avoue qu'à tant chevaucher, j'en ai plein le cul !

— Le mien ressemble au tien. Quant à nos bras, ils ont mouliné si dru, si fort l'épée à Montiel, que nous allons être à joc [1] pour quelques semaines...

Tristan soupira.

— Oui, deux fantômes aventureux, Robert, tu l'as bien dit !

Il n'entachait pas cette appellation d'une signification défavorable. Mieux valait courir l'aventure comme ils l'avaient fait par contrainte que de courir la rapine. Il existait des aventureux nobles – ou que leurs appertises [2] avaient ennoblis. C'était pourquoi il éprouvait une tendresse de cœur et une admiration solide pour le Cid dont il avait çà et là ouï les prouesses ; pour Tiercelet, ce manant qui lui avait sauvé maintes fois la vie sans qu'il l'eût payé de retour ; pour Calveley et pour Argouges... Et Jésus ? N'avait-il pas, à sa façon, cherché l'aventure et gagné toutes ses batailles – sauf, évidemment, la dernière ?

A dire vrai, Paindorge et lui avaient dilapidé leur vigueur et consacré leur esprit et leurs espérances à de grands desseins qu'ils n'avaient point conçus et qui ne les concernaient pas. Comme la plupart des hommes d'armes, des Grands jusqu'aux infortunés requis du ban et de l'arrière-ban, ils avaient été contraints d'accepter les obligations de l'ost pour y subir bon gré mal gré des épreuves nullement indispensables à l'accomplissement de leur perfection. Désormais, c'en serait fini des servitudes et de l'obéissance à des chefs indignes de respect et de confiance.

— Il fallait sans doute que nous en passions par là

1. État de repos d'un moulin dont les ailes ne tournent plus.
2. Prouesses.

pour nous sentir l'esprit solide et – comment dire ? – la conscience épurée.

— Tu dis vrai, Robert. Une existence heureuse et uniforme nous aurait peut-être amoindris et rendus mélancolieux. Cependant, j'ai de la vergogne et du regret de ce que nous avons vu et fait. Nous avons mérité le repos, la quiétude. Nous allons vivre... Vivre parmi des hommes dont certains n'auront rien connu de plus terrible qu'une brûlure, une écorchure à la main ou un saignement de nez... Quant aux femmes, elles sont accoutumées au sang.

Plutôt que de contempler le grand pays du Termenès qui pourtant resplendissait au cœur du printemps, Tristan regardait en lui-même. Il y voyait Maguelonne. Il découvrait ou redécouvrait ses rancunes, ses amitiés, ses espérances. Ah ! comme il se réjouissait d'avoir quitté une fois de plus et définitivement les insatiables chercheurs de gloire, joyeux destructeurs d'existences humaines dont l'intransigeance et la cruauté s'alimentaient de principes abjects et de professions de foi absurdes. Il exécrait leur jactance calamiteuse ; il abhorrait les turpitudes dont ils se prévalaient. Treize ans plus tôt, à Poitiers, il s'était félicité d'ostoyer[1] afin de se prouver qu'il était un chevalier véritable. Il allait désormais vivre avec des gens simples. Il purgerait son cœur et son esprit des boues et des sanies dont ils débordaient. Pour lui, la Chevalerie avait fait son temps.

— Croyez-vous, demanda Paindorge à court de propos, croyez-vous que le Breton nous ait fait chercher ?

— Je n'en sais rien. Les liesses ont dû se prolonger quelques jours, à Montiel, après qu'il eut fait occire les Juifs et les Mahoms qui s'y étaient reclus. Il doit

1. Combattre dans l'ost.

désormais compter son or et se frotter si violemment les mains qu'elles en fument. Entre-temps, il doit besogner sa maîtresse comme il n'a jamais pu le faire auparavant, trop occupé qu'il était à paroler et à occire. S'il n'était point cruel, j'aurais pu l'admirer.

Guesclin possédait la sûreté de vue d'un chef de guerre. De son esprit retors jaillissaient des décisions et mouvements prompts. Il avait l'ose[1], l'instinct et la vigueur d'une bête noire. Mais en tant qu'homme – et c'était assurément l'essentiel –, c'était le rustique le plus médiocre qui existât dans le royaume.

— De ne plus voir sa hure à mon réveil me donnera de la joie pour toute la journée.

— Tenez-vous toujours à vous venger de lui ?

Tristan leva les yeux au ciel comme pour y chercher deux âmes :

— Je ne lui pardonnerai jamais la perte de Simon et de Teresa même s'il n'a pas commis cette énormité lui-même. Et je ne saurais l'absoudre de celle de Pèdre... La mort du Cruel ne me tourmente point. C'est la façon dont il la reçut qui m'indigne.

Ils chevauchaient entre deux forêts déjà chevelues sur lesquelles le soir tombait, doux et pourpré. Ils savaient qu'ils arriveraient avant la nuit. Ameubli par des pluies récentes, le chemin semblait doux aux chevaux qui allaient à leur train.

— Encore heureux, dit Paindorge, que j'aie fait ferrer nos compères trois jours avant la mort de Pèdre et qu'ils aient piété dans des champs plus souvent que sur du briou[2]... J'ai regardé leurs sabots ce matin encore... Ils n'auraient pas piété cinq lieues de plus... Il en est un qui sera content : Alcazar.

1. Audace.
2. Débris de pierres écrasées.

— Je le serai aussi, mais vois-tu, si j'ose dire, Malaquin a gagné ses éperons. Je le mettrai au champ et lui offrirai une jument... C'est bien le moins que je puisse faire.

— Je suis fier de Flori. Il faudra par ma foi que je lui en donne une.

Plutôt que de s'ébaudir, ils retombèrent dans leur silence. L'émoi les gagnait. Ils venaient, indifférents, de passer devant la petite bastille de la Roque-de-Fa sans même porter d'intérêt à deux femmes courbées sous un fagot et qui clopinaient vers leur logis. Toujours, autour d'eux, des arbres vigoureux, ivres de vie, et des fougères, des épiniers et des chardons aux cervelières rousses. Les lumières et les ténèbres alternaient au-dessus du chemin où parfois se joignaient des branches musculeuses. Tristan, à chaque courbe de celui-ci, éprouvait d'étranges frissons à se dire : « *Plus près, plus près encore.* » Tout était paisible. Aucune voix que celle des passereaux, merles, pies, hochequeues, geais et tourterelles. Des chants parfois pointus, parfois comme arrondis avant les hôlements des oiseaux de nuit qui semblent danser sur les vagues du temps. Ce n'était pas l'aride contrée de Montiel, ni celle, glacée, des sierras. La nature de la Langue d'Oc était opulente, généreuse, particulièrement lors des premières poussées de la sève et l'apparition du ciel bleu. Bruissantes, et comme folles de joie, des eaux nées on ne savait où dévalaient les pentes herbues pour courir le long du chemin que parfois, vêtues d'écailles d'argent, les plus hardies traversaient comme de grosses couleuvres. Comment n'eût-on pas senti ses forces renaître en chevauchant au pas dans cette nature avenante ? Comment l'assurance de revoir Maguelonne n'eût-elle pas embrasé un cœur trop longtemps sec ?

Une hermine s'enfuit à petits sursauts blancs, et plus

loin un furet, prompt comme un carreau d'arbalète qu'on eût empenné de poils. Ils avaient été prévenus de loin par les tintements des lormeries plus encore que par le pas des chevaux.

— Un long randon, dit tout à coup Tristan pour échapper à ses pensées. Belmonte où nous avons mangé sans crainte. Cuenca où une venta nous a accueillis et où nous avons dormi dans l'écurie par crainte qu'on robe nos bêtes.

— Teruel et Alcaniz que nous avons contournés par prudence.

— Lerida, Urgell et Foix où soudain la vie nous a semblé douce... parce que sitôt mangé, nous disparaissions dans la nuit.

— Quillan et Couiza... J'avais songé à me... retremper dans Carcassonne. Nous irons... de Castelreng.

— Combien de lieues de Montiel à ici ?

— Deux cents peut-être. Je me suis contenté de compter les jours et je ne me suis pas mépris. Je suis tombé d'accord avec cet hôtelier de Quillan qui a bien voulu accepter les derniers écus que j'avais conservés. Nous sommes le 30 avril [1].

— Seigneur Dieu !... Plus de cinq semaines.

— Nous ne pouvions aller tout droit et traverser la Navarre. Il nous fallait aussi éviter l'Aragon... Nous avons réussi : Dieu le voulait ainsi. La bonne chance fut avec nous... Je fais des vœux pour qu'elle y reste.

— Nous voici à Félines, dit Paindorge.

Une éclaircie dans la verdure.

— Un dimanche, *elle* et moi sommes venus jusqu'ici.

Comme à l'aller, ils étaient repartis main dans la main. Ah ! certes, il eût pu culebuter Maguelonne en

1. 1369.

des nids d'herbes secrets de part et d'autre du chemin. Eh bien, non. Il se contentait parfois de s'arrêter pour la baiser au front, aux joues, aux lèvres. Une sorte de superstition lui enjoignait de respecter la jouvencelle pour que leur union, bénie par l'Église, devînt sans heurt ce qu'il en espérait. C'était une pensée nouvelle. Il se passionnait d'autant plus pour Maguelonne qu'il voulait l'élever au-dessus de toutes les autres et au-dessus de sa condition plébéienne pour qu'il fût encore plus fier de l'aimer qu'il ne l'était déjà. Il la voyait plus vraie en dame qu'elle ne l'était en manante, et son imagination lui tissait des parures, des mouvements, des rires. De toutes celles qu'il avait connues et aimées d'un amour sincère, c'était Maguelonne, assurément, qui convenait le plus à sa nature ; c'était elle qui semblait la mieux comblée des faveurs divines, celle dont le personnage adhérait le mieux à ses espérances d'homme, à ses ambitions *et à Castelreng*. Elle l'avait conquis sans vouloir le séduire. Comme la mal heureuse Oriabel... En Espagne, à l'aurore, elle était son bréviaire, dans la journée sa belle étoile et dans la bataille sa bonne fée. Ce soir, s'il manquait d'augures tangibles, les oiseaux, les ruisseaux et le ciel d'un bleu déjà tendre affirmaient qu'elle l'attendait.

— Je ne monterai pas à cheval pendant quelques jours.

— Je pense en faire autant, Robert.

Il semblait à Tristan que l'air boursouflé de vent frais devenait d'autant plus revêche que son oppression grandissait. Sa tête fourmillait de souvenirs hideux, à peine décolorés par toutes les lieues qui le séparaient de l'Espagne. Son cœur ne pouvait aussi se désemplir d'un mélange de rancunes et d'espérances blessées. Il respirait malaisément. Le soleil déclinait, gros denier d'or dont le listel incandescent allait affleurer les montagnes. C'était presque le moment où le jour repousserait mollement les ténèbres inévitables, où les moineaux pépieraient plus fort pour se taire omniement[1]. Le Termenès semblait se défendre encore contre les envoûtements nocturnes.

— J'ai hâte, Robert. J'ai comme une male faim d'arriver !

Bientôt, il verrait l'église. Il verrait l'arbre sous lequel il avait donné à Maguelonne un baiser qui n'avait plus rien d'amical. Il se souvenait de sa tête appuyée sur son épaule, pas plus pesante qu'une fleur. Le soleil tiédissait ses cheveux et certains qui picotaient son cou s'accrochaient à sa barbe – c'était le soir. Il ne savait plus ce qu'elle avait dit avant le toucher de leurs lèvres, mais ce dont il était certain, c'était que sa voix avait pris une teinte enfantine après qu'il eut recueilli sur sa bouche une sorte de sanglot. La nuit, toute la nuit, il avait rêvé d'elle... Quand il était parti pour Narbonne en ignorant que Pierre de la Jugie exigerait qu'il l'accompagnât à Toulouse, il était revenu sur ses pas pour une dernière étreinte. On eût dit qu'ils savaient qu'il partait pour longtemps... Maguelonne ne lui avait offert qu'un baiser. Si peu qu'il eût duré, elle avait mis toute son admiration dans la ferveur de ses lèvres, dans le serrement de ses mains sur les rudes gantelets, dans la poussée de sa poitrine et de son ventre contre cette poitrine et ce ventre d'homme également attirés par son corps.

— Enfin ! fit Tristan.

Il voyait le haut du clocher et les tours aux merlons robustes et carrés où des coulons semblaient s'intégrer à la pierre. Au plus intime de son être, il souffrit. C'était comme une espèce de noyade : pas de souffle,

1. Tous ensemble.

pas d'espérance ; une sorte de fatidique résignation. Brièvement, il se souvint combien cette cité avait produit, après la hautaineté de Peyrepertuse, une sorte d'étrange fascination sur lui avec ses épais murs de pierre grise, ses vieilles maisons et cette sérénité qui ne devait rien à Dieu, sans doute, bien qu'elle fût domaine d'Église.

— Messire, dit Paindorge, voyez donc qui je vois.

Elle était là !

Précisément, elle quittait l'église, le dos un peu penché, frileuse et comme résignée.

La crépitation des sabots lui fit tourner la tête. Il faisait si clair encore que Tristan perçut d'emblée sur son visage l'ampleté de son ébahissement et sa crainte brève et comme éperdue de vivre une illusion plus douloureuse encore que sa longue attente. Pour lui, c'était la guérison, le retour à la réalité de leurs vies, le passage de la mélancolie à la joie, de la souffrance au bonheur. Une béatitude inconnue d'elle figeait Maguelonne humble et belle dans la robe de tiretaine safran qu'il lui connaissait tandis que derrière la jouvencelle, ses compagnes s'enfonçaient dans le chœur du saint lieu afin qu'ils fussent seuls.

— Je passe devant, messire.

— Mettons pied à terre... Prends, Robert, Malaquin au frein... Va, je te rejoindrai.

Déjà, ils étaient seuls, immobiles, indécis à dix pas l'un de l'autre. Cet espace, Tristan le voulut parcourir.

— M'amie... murmura-t-il.

Il marchait sur du feutre. Il ne sentait rien d'autre en lui que le tocsin d'un cœur dont les ondes emplissaient ses oreilles. Les émois de l'amour lui semblaient tout à coup semblables à ceux de la honte : les délices qu'il avait parfois imaginées se diluaient dans son sang pour devenir douleur, brûlure et torrent. Il voyait peu à peu reparaître en Maguelonne, avec l'ancienne peur de lui plaire insuffisamment, le chagrin de n'être que ce qu'elle était.

— C'est vous...

Elle demeurait figée, tremblante, ne sachant que faire de ses mains, de ses bras, mais certaine, assurément, qu'elle vivait là l'ultime épreuve de sa jouvence.

— Je désespérais... Chaque matin, chaque vesprée, j'allais demander à Notre-Dame qu'elle vous fasse revenir.

— Eh bien, la Sainte Vierge a ouï tes prières.

Une douleur, quand il l'étreignit, fendit la poitrine de Tristan comme une hache une bûche. Il retint le soupir dont sa gorge était pleine. Quant à Maguelonne, elle pleurait, les yeux levés vers lui. Il voyait leur brillant dans la blêmité du crépuscule – un des plus beaux qu'il eût connus – et cette lueur, entre les perlettes des cils mouillés, semblait plonger jusqu'aux arcanes de son âme pour y savoir si son amour était resté le même et ses intentions aussi.

Il se souvenait de lui avoir crié : « *Je te ferai châtelaine.* » Il tiendrait son serment. Par le verbe et par la force, il saurait conquérir Castelreng pour devenir le maître absolu de la demeure où, s'il était encore présent, son père se consumait d'une morne lassitude.

— Tu seras châtelaine.

Maguelonne passa des pleurs aux sanglots.

— Vous ne repartirez pas ?

— Non. J'ai servi le roi. Que d'autres me remplacent.

— J'ai enduré moult peines à vous attendre. Alazaïs et Sibille me disaient d'avoir confiance. Girard et Yvain aussi... Mais on vous savait tous en danger. J'avais peur... J'ai maigri... Je ne suis pas trop laide ?

C'était bien d'une femme ce souci d'avoir langui de

lui en se fanant. Il s'éloigna, les bras tendus, les mains demi-fermées sur des épaules frêles, comme pour se mirer alternativement dans de longues tresses couleur des ors de ce jour faste puis, l'ayant contemplée, il étreignit Maguelonne encore plus étroitement tel un ravisseur aux intentions honnêtes, et qui l'eût voulu emporter sur une mer diaphane au bout de laquelle les eût attendu quelque palais enchanté.

— Tu es belle... Je ne t'abandonnerai plus. Tu me fais recouvrer mes songes de jeunesse.

Il pouvait à peine parler, affirmer à la jouvencelle que le bonheur lui seyait à merveille. Il se sentait le corps empenaillé des tueries et des errances de son passé de guerrier, les poumons et le cœur navrés, plus proche des larmes que des rires. Maguelonne serait tout à la fois sa Dame du lac et sa panacée.

— Viens, dit-il. Donne-moi ta main.

Ils marchèrent. La forteresse grandit et les toucha de son ombre dure. Tristan murmurait parfois le nom de la pucelle comme il l'avait murmuré certains soirs où il doutait de la revoir. La terrible traversée de la Navarre enneigée, la faim et la guerre, la fréquentation des capitaines d'aventure, la redoutable présence d'un Guesclin et celle non moins inquiétante d'un usurpateur assoiffé de sang et d'honneurs avaient corrompu son énergie tout en fortifiant son caractère. Il pouvait désormais, au seuil de sa liberté reconquise, concevoir le courage qu'il lui avait fallu pour entraîner Paindorge sur les fastidieux chemins du retour. Ils avaient vécu cinq semaines sur les réserves de leurs forces amenuisées dans la froidure puis la chaleur d'un mars flamboyant. Il allait manger, dormir, surmonter cette espèce de mélancolie qui l'engonçait comme une armure forgée à la taille d'un autre.

Il s'arrêta. Faiblesse de corps, étourdissement d'un amour ressuscité.

— Il m'est doux de te savoir présente... De savoir que tu m'as attendu sans désespérer de moi.

Maguelonne voulut l'examiner de si près que leurs nez se touchèrent. Ce que révélait la physionomie de la pucelle c'était, outre le soulagement, l'ardeur d'aimer, le plaisir anticipé de partager à l'avenir tous les moments de la vie de son héros – jusqu'à leurs miettes. Elle lui avait dit un jour : « Vous êtes beau. » Ce soir, elle ne voyait pas ou refusait de voir tout ce qu'il avait dispersé de cette soi-disant beauté dans une quête involontaire et répugnante. Car il avait maigri, lui aussi. L'air sec et froid, puis torride, l'avait tanné. Ce matin même, il avait prié Paindorge de le rère[1]. Ensuite, du bout des doigts, il avait effleuré ses rides. Il les savait profondes, ineffaçables.

— Il ne faut plus partir loin... J'en mourrais.

La voix de Maguelonne se brisa, mais c'était un dernier sanglot, un dernier aveu. Ils restèrent un moment joue contre joue, immobiles dans la fraîcheur des murailles : ce que la douce haleine de la nuit toute proche pouvait leur dispenser de meilleur. L'endroit sentait le soleil et l'étable, le miel et les fleurs : le bien-être.

— Je te compagne chez ton tayon[2].

— Mais...

— Obéis... J'ai suffisamment de vigueur pour piéter jusqu'à sa forge... Ensuite, j'entrerai en ces murs et nous nous reverrons demain.

1. Raser.
2. Oncle.

* *
*

Pierre Massol déposa son marteau sur ce qui semblait être le picot d'un épieu.

— Holà ! s'écria-t-il en essuyant ses mains à sa panouille. On peut dire que c'est un miracle !... Ma nièce n'y croyait plus.

— Il est venu te saluer en premier, mon oncle, dit Maguelonne incertaine.

— J'ai mes raisons, m'amie... En fait, il n'en est qu'une.

— Ah ! fit le fèvre, inquiet, en posant sur la table de son enclume la vieille serviette où se voyaient les empreintes de ses mains grasses. Que voulez-vous, messire, de si urgent ?

— Ce que je veux, dit Tristan sans ambages, c'est épouser Maguelonne. Et je ne doute point de ton consentement.

Il s'était tourné vers la jouvencelle. Le sol eût-il été propre qu'elle se fût agenouillée pour lui baiser la main.

— Mais, objecta Massol en reprenant son marteau et en tapotant l'enclume comme pour y aplatir quelques battitures, ma nièce est une manante et vous êtes chevalier !

— Manante, ta nièce ?... Que m'importe !... Sitôt que je serai restoré[1] dans Castelreng, j'épouserai Maguelonne.

L'oncle et la pucelle échangèrent un regard qui lui fit craindre une objection, à moins qu'il ne se fût agi d'une exigence malaisée à satisfaire dans l'immédiat.

1. Rétabli.

— Hé ! dit-il. Je reviens de trop loin pour subir une déception !... Vous n'allez point refuser ou stipuler je ne sais quoi !... Je souscris volontiers à toutes vos demandes.

Son exaltation saignait : ils eussent dû s'ébaudir or, ils semblaient mal heureux. Entre eux, le cuveau du foyer brasillait. Afin qu'il fît plus clair, Massol manœuvra la poignée du soufflet. Peu à peu, des flammes apparurent. Il y plongea la tête d'un flambeau qu'il conserva, une fois allumé, dans son poing.

— Votre père est mat, messire.

Tristan s'approcha du fèvre dont le visage rougi du fauve éclat des langues rouges, fumeuses, exprimait une compassion qu'il ne pouvait concevoir. Car cette annonce le laissait froid, lui, le fils. Il avait perdu son père quand celui-ci avait épousé Aliénor. Lorsqu'il l'avait revu, à son premier retour d'Espagne, il l'avait senti condamné : par la vieillesse et par sa seconde épouse.

« Aliénor ! » songea-t-il.

Son regard était le plus perfide piège à loup qui se pût voir. On s'y perdait corps et âme. Mais qu'allait-il penser à elle !

— J'ai dû aller à Limoux fin janvier, reprit Massol en accrochant le flambeau à un anneau proche de la hotte de son foyer. C'est là que j'ai appris, sur le marché...

Maguelonne fit un signe vague dont Tristan fut troublé. L'idée l'effleura qu'elle prenait part à sa peine. Cependant, par-delà cette pitié de pure forme, il décela quelque chose d'autre.

— Parle, dit-elle avec une extrême douceur à son oncle. C'est toi qui as su, pas moi. Il te croira.

— Croire *quoi* ? s'étonna Tristan à bout de souffle.

— On dit qu'il a été enherbé.

— Qui *on* ?

— Raymond Sabazan, le mazelier[1] auquel votre père vendait des bêtes. Un ami à moi... Il est au mieux avec quelques gens du village.

Tristan acquiesça : il connaissait Sabazan. Ses soupçons devaient être fondés. Quant à lui, depuis sa dernière visite, il lui était advenu d'augurer ce trépas pour son père. Oui, bien qu'il eût le cœur étreint, rapetissé, cette disparition ne l'émouvait guère. Lorsqu'il l'avait vu, Thoumelin de Castelreng lui avait semblé près de sa fin. C'était un vaincu. Déjà, sans doute, un poison malicieux, incurable, commençait à l'emmaladir.

— Mon père attendait la mort d'une façon ou d'une autre. Peut-être même l'espérait-il.

— Qu'allez-vous faire ? demanda Massol en séchant ses paumes contre son tablier de cuir. Ce qu'on sait encore, c'est que par crainte d'être dénoncés par celle qui devait offrir – sans le savoir – le gobelet mortel à votre père...

— Sais-tu le nom de cette meschine ?

— Augusta Gaulène, dit Maguelonne. Elle était de Missègne ou de Valmigère.

— Ceux qui ont enherbé votre père l'ont occise quelques jours après.

— Aucun témoin ? suggéra Tristan désolé.

Le fèvre s'approcha et presque à voix basse, comme s'il craignait que sa confidence transpirât hors des murs :

— Avant que ses meurtriers la rejoignent, elle a parlé... Elle s'est confessée – à ce que prétend Sabazan.

— Elle s'est confessée à son frère, intervint Maguelonne. C'est un clerc de Saint-Hilaire. Il n'a sûrement

1. Boucher.

pas parlé, mais il sait, lui aussi. Il faudrait que vous l'alliez voir.

— On a retrouvé Augusta quatre jours après son départ de Castelreng.

— Pas un départ, m'amie : une fuite. Où gisait-elle ?

— Tout près de l'abbaye de Rieunette. Elle allait sans doute y chercher refuge à l'instigation de son frère.

— Ce que je sais aussi, dit Massol en poussant le fer d'épieu sur son enclume afin d'y poser une fesse, c'est qu'on a percé la mal heureuse au col comme un veau, une brebis...

— Je reconnais là Olivier, son signe et sa séquelle de males gens.

— Que voulez-vous dire ? s'étonna le fèvre.

— Que je crois connaître celui qui a porté ce coup et celle qui l'a décidé. Je les châtierai.

— Qui est-ce ? demanda Maguelonne.

— Ma belle-mère et son fils. Mon soi-disant demi-frère.

— Ah ! pour ça, fit Massol en riant, on dit de cette Aliénor qu'elle a le potron en feu.

Tristan fit quelques pas jusqu'à la porte de la forge. L'air frais le revigora. Le retour si beau, si prometteur, prenait un aspect funèbre. Une invincible monotonie résultait pour lui du spectacle de Maguelonne heureuse, apaisée, et soudainement soucieuse. Elle savait qu'il devait châtier les coupables et devinait les difficultés de cette double vengeance. Car elle prenait fait et cause pour cette Augusta Gaulène qu'elle ne connaissait pourtant pas.

— Je devrai conquérir ma demeure, dit-il. J'y ai fréquemment pensé.

Maguelonne écoutait, cherchant dans ces deux

phrases que le deuil assombrissait les paillettes de son amour recouvré. Dans son âme vivifiée par l'apparition de son fiancé, tout froidissait encore et semblait vaciller.

— Que voulez-vous faire ? demanda Pierre Massol.

Il fallait donc, déjà, envisager une autre espèce de bataille.

— Exclure, simplement, la carogne et son fils puisque je n'ai pas d'autre preuve que des mots, d'autre certitude que ce que me dira ce clerc. Je l'irai trouver dès demain. Mon soi-disant demi-frère m'a toujours fait penser à un cagou[1] et sa mère à une...

Il avala le mot suspendu à ses lèvres.

— Dès demain ! s'étonna Maguelonne.

Tristan approuva de la tête.

Il irait à Saint-Hilaire en compagnie de Paindorge, Lebaudy et Lemosquet. Frère Gaulène parlerait de bon ou mauvais gré. Bien que ce religieux dût être miséricordieux par nature, il finirait par exaucer la requête d'un chevalier décidé à venger sa sœur, complice involontaire d'un péché mortel. Le service de Dieu et la rancœur n'étaient pas contradictoires.

— Savent-ils seulement où je suis ? soupira-t-il.

— Non, affirma Pierre Massol, mais si vous voulez un conseil, il serait bon que vous rejoigniez vos compagnons. Ils vont bien. Rien n'est changé à Villerouge.

Il fallut se quitter. Séparation brève mais qui parut affliger profondément Maguelonne. Tristan la baisa au front et sur ses paupières fraîches – trop fraîches. Il serra la main du fèvre et, mécontent *de tout*, se hâta vers le château.

1. Démon.

* *
*

Non, rien n'était changé. Lebaudy et Lemosquet avaient grossi, mais affirmaient n'avoir rien perdu au maniement de l'épée, de l'arc et des armes d'hast. Le bayle était absent. Pierre de la Jugie semblait se confiner à Narbonne. Pons de Missègre faisait une retraite à l'abbaye de Lagrasse. Le vieux Clinquant de Limoux et le bon gros Fortifiet d'Antugnac aimaient toujours autant le vin et la bonne chère. Blondelet, le portier, Petiton, Foulques, Guichart et Jovelin, les soudoyers, avaient continué de s'exerciser un jour sur deux en compagnie des jeunes. Lebaudy et Lemosquet se disaient fiers des Anciens.

Réunis autour de la table du tinel, tous mangeaient et buvaient oubliant pour un soir qu'à l'entour de Villerouge la disette avait remplacé la famine.

— Les routiers ne se sont pas montrés, dit frère Clinquant.

— Et pour cause ! triompha Paindorge. Ils étaient avec nous en Espagne.

Il vida son gobelet et le tendit au massif Fortifiet qui l'emplit à ras bord. Comme Tristan leur lançait un regard faussement réprobateur, le clerc ébaucha un signe de croix à mi-distance des épaules :

— *Abusus non tollit usum.*

— Hé oui, mon père, sourit Tristan. L'abus n'enlève pas l'usage. Que dirait l'archevêque en vous voyant potailler ainsi ?

— *Age quod agis* [1] ou, en connaisseur : *bonum*

1. Fais ce que tu fais.

vinum laetificat cor hominis[1] ou, prenant ce gobelet plein de vin et non de vide : *hoc erat in votis*[2].

— C'est une formule, mon père, qui me convient. On peut l'énoncer à table ou devant le corps roide et froid de son ennemi. C'est ce que je dirai certainement un jour...

Tristan n'ajouta rien. Il venait de voir Guesclin immobile à ses pieds, pesant à peine, bien que fervêtu, dans une neige molle, abondante, mouchetée d'hermines vermeilles. Et son âme tremblait de peur en découvrant, tout proches du Breton, Simon et Teresa, et plus loin, telle une haie d'êtres charbonnés, silencieux et satisfaits, les embrasés de Briviesca, les décapités de Borja et les martyrs de maints autres villages suspectés d'être sarrasinois ou juifs.

« Non ! » se dit-il. « Que ce fredain[3] n'infecte pas mes pensées. J'ai bien autre chose à faire. »

Bientôt, le visage de Maguelonne effaça celui du rustique.

Elle l'avait rejoint devant le seuil du château, le temps peut-être de lui dire qu'Alazaïs s'était languie de l'absence de Paindorge et que Sibille s'était entichée de Lebaudy. Tous ces propos l'avaient laissé indifférent : il ne songeait qu'à sa vengeance. Il la voulait immédiate.

« Demain !... Nous partirons au lever du jour pour Saint-Hilaire. Pourvu que frère Guillaume y soit présent ! »

Il ne put dormir. Pourtant « spartiate » selon Clinquant de Limoux qui répugnait aux macérations, la lite-

1. Le bon vin réjouit le cœur de l'homme.
2. Voilà ce que je désirais.
3. Scélérat.

rie lui parut trop mœlleuse. Il écouta les murmures nocturnes avec autant de contention que lorsqu'il cheminait en Espagne, tant dans l'armée que pendant sa revenue en France. A force d'avoir été exposé à des menaces de toute sorte, il ne pouvait se guérir d'une inquiétude inégale mais constante. Aggravant cet état de veille, il y avait Castelreng et sa reconquête. Son père mort, Aliénor, son fils et les gens que cette reniée [1] avait dû choisir pour se garder du moindre danger. Comment sévir ? Après quelles précautions ? Il n'éprouvait aucune tristesse envers Thoumelin, son père : il s'était laissé abuser. Tous ses bons sentiments, il les réunissait sur Maguelonne. Il eût donné volontiers sa vie pour la sauver d'un péril. Désormais, ses devoirs envers elle primaient tous les autres. Il allait vider Castelreng de ses intrus et l'épurer de ses crasses afin qu'elle y entrât de plain-pied, définitivement. Il savait que cette purgation comportait un corollaire : une fois ce nettoiement accompli, pourraient-ils enfin vivre en paix ?

1. Renégate.

II

Par Termes, Lairière, Clermont-sur-Lauquet et Greffeil, ils atteignirent Saint-Hilaire à la relevée alors qu'ils étaient partis à l'aube crevant, quand le hibou bouboulait encore [1]. Par des sentiers herbus et souvent à travers champs, ils avaient tracé leur voie en évoquant parfois la pierraille et la poudre des chemins d'Espagne.

Tristan avait retrouvé Alcazar. Après quelques moments de stupeur, le blanc coursier s'était mis à hennir avec joie et à ruer au risque de démolir quelques planches de sa parclose. Il amblait et galopait toujours avec cette souplesse, cette harmonie qui le rendaient incomparable. La tête fière, l'œil serti de longs cils toujours attentif et comme en quête d'aventures, Alcazar avait la même vivacité, sans doute, que le Percefer de feu Pedro de Castille. Henri, l'usurpateur, avait dû se l'approprier, à moins que Guesclin ne l'eût devancé.

Paindorge avait emprunté le cheval de Pierre Massol : un liard à tête fine, robe soyeuse et reins solides. Lemosquet chevauchait Nestor et Lebaudy Babiéca. Les quatre hommes s'étaient vêtus en bourgeois sinon en manants. Leur épée démentait leur allure débon-

1. La *relevée* : l'heure qui suit midi ; l'*aube crevant* : l'aurore.

naire. Chacun, parfois, se demandait s'il faudrait qu'il en fît usage. Tristan se répondait affirmativement. Plus il imaginait l'ébahissement et la crainte suscités par son irruption à Castelreng, plus il était convaincu que tous les hommes qui partageaient l'existence d'Aliénor feraient en sorte que ni lui ni ses satellites n'en ressortissent vivants.

Ses compagnons parlaient peu. Il leur en savait bon gré : il sentait dans les replis de son crâne les premières atteintes d'une migraine et savait qu'elle ne se résorberait que dans l'action. S'il s'était courroucé, la veille, en apprenant le trépas de son père, il était entré, peu avant l'aurore, dans la phase doucereuse d'un repos dont il ne ressentait plus les bienfaits. Aliénor lui semblait moins redoutable que son fils. L'aversion qu'il nourrissait envers ce jouvenceau ne cessait de se parfaire.

« Justice... Je ferai justice ! »

Le temps le précipitait dans l'aventure. Aux nues fleuries de l'avrilée succédait l'azur léger de mai. Après la dureté des terres espagnoles, l'afflux des feuilles, des herbes, des mousses, outre qu'il rafraîchissait son corps, rendait son esprit plus clairvoyant. Oui, le sang coulerait. Il avait dû occire à la guerre des gens qui ne lui avaient rien fait, avec lesquels, même, il eût pu se lier d'amitié ; il allait sans doute être obligé d'en exécuter avec rage et plaisance.

— Nous y voilà, dit-il à ses compères.

Sise dans la vallée du Lauquet, l'abbaye bénédictine de Saint-Hilaire offrit à leur vue, lors d'un cache-cache avec de petites collines, l'ensemble de ses bâtiments assez trapus que Tristan savait disposés autour d'un cloître édifié au commencement du siècle. Ses connaissances sur ce moutier consistaient en peu de chose : un premier monastère avait été édifié deux ou trois cents ans avant l'an mil et un clerc, Nampius, en avait été le premier abbé. Bertrand de Touron en avait occupé le siège abbatial entre 1320 et 1340, et c'était lui qui avait décidé de bâtir le cloître.

— Va-t-on vous laisser entrer ? s'inquiéta soudain Paindorge.

— Il le faudra par la douceur ou la menace. A moins que mon nom ne me soit une clé... L'essentiel de ma démarche n'est pas que je m'incline devant le père abbé, mais qu'il me soit possible de voir le frère d'Augusta.

Encore un long silence criblé par le sabotement des chevaux. A la terre et aux cailloux succéda un pavement de galets. Pour éviter des glissades, Tristan engagea ses hommes à cheminer sur le bas-côté d'une voie qui s'étrécissait pour entrer dans la cité.

— Voyez, messire ! s'écria Lebaudy. Ma parole, ils relèvent leurs parois.

— Et les consolident, acheva Lemosquet.

Saint-Hilaire se fortifiait. De vieilles brèches avaient été comblées. Des merlons neufs endentaient le sommet des murailles que des contreforts internes devaient renforcer. De multiples et profondes archères permettaient d'avuer les conquérants de toute nature : Aragonais et routiers. Envigourés par leurs chants et leurs rires, cent maçons entassaient les pierres de grès, transportaient les libes[1] de grosse taille sur des basternes, préparaient le mortier, tiraient sur les cordes des treuils pour élever des caisses de graviers destinés aux chaînages[2]. Aucun homme n'était inactif.

1. Ou *libages* : moellons grossièrement équarris employés dans les fondations ou dans l'intérieur d'une muraille.

2. Dispositions des pierres destinées à relier des parties de mur différentes.

— La male peur, dit Tristan, simplement. Et voyez : le moutier aussi sera consolidé.

L'aumusse rejetée en arrière, la coule soulevée par des troussoires dont aucune femme n'eût voulu, des clercs bâtissaient un mur à l'angle du cloître et de l'église abbatiale. D'autres, à coups de marteau, assemblaient des aisseliers [1] sur le cintre en bois d'une voûte en préparation.

— Demeurez sur cette placette... J'y vois un banc sous les arbres.

Tristan confia son cheval à Paindorge. Sans doute afin de provoquer un courant d'air, le grand huis du moutier était ouvert. Il le franchit.

Des moines le virent passer qui ne s'informèrent de rien. Sans se soucier de ces vivants aussi peu tangibles que des ombres, indifférent aux figures des chapiteaux qui semblaient grimacer sur son passage, il traversa le cloître et aborda un clerc occupé à gâcher du mortier dans une auge :

— J'aimerais voir frère Gaulène, mon père.

— Frère Auguste...

La dextre maigre et solide lâcha sa truelle de sable mêlé de chaux. L'extrémité de l'outil désigna un moine occupé à déplacer, serré contre son ventre, un moellon oblong et pesant. L'homme était vieux ; son fardeau malaisé à porter.

— Laissez, mon père... Laissez...

Il fallait transporter la charge à quelques toises. Quand il l'eut déposée à pied d'œuvre auprès des moines bâtisseurs, Tristan révéla tout en frottant ses paumes contre son pourpoint :

— Mon père, je vous cherchais. Je suis le fils de Thoumelin de Castelreng.

1. Pièces de bois destinées à former la charpente d'une voûte.

— Suivez-moi.

Le tonsuré piéta vers un lieu précis de la galerie, là où, gravé sur les pierres du soubassement, figurait un échiquier. La présence de ce jeu sous un cintre avait de quoi paraître incongrue. En effet, la règle de saint Benoît ne prévoyait à aucun moment de la journée une occasion de se distraire et de pratiquer les échecs[1]. Ils s'assirent de part et d'autre du tablier et Tristan s'exprima sans ambages :

— J'ai su pour votre sœur...

— Si proche de Rieunette... Ils la pourchassaient. Ils l'ont à la malheure occise comme une bête... Comme on tue les brebis...

Auguste Gaulène avait un visage glabre, maigre, fripé, des yeux asséchés par l'insomnie, cernés de peaux turgescentes. Il parlait sans tourner la tête. De loin en loin, une lippe d'amertume semblait révéler qu'il attendait la mort pour redevenir, lors du jugement dernier, beau et solide.

— Si Augusta, ma sœur mains-née, n'était pas morte d'une façon... indigne, je me serais tenu au secret de la confession. Mais ce qui a eu lieu est une énormité !

Un moment, le regard du clerc attoucha l'échiquier de pierre pour s'immobiliser sur une case en relief. Il eut un bref sourire, étrange et bénévole :

— Or, même s'il est usé, j'ai un cœur. C'est lui plutôt que mon esprit qui me dicte ma conduite.

Frère Auguste soupira. Quelque consentant qu'il fût à parler, il éprouvait des réticences. Tristan se sentit considéré attentivement. Cet examen confirmant son impression première, le moine enfin cessa ses circonlocutions.

1. Depuis le concile de Paris, en 1212, les échecs étaient condamnés. Saint Louis les trouvait « diaboliques ». Il les avait interdits dans une ordonnance de 1254.

— Je vous dirai la simple vérité, messire. Le jour où cela s'est passé, Augusta, je ne sais comment, a surpris les bruits d'une discussion entre l'épouse de votre père et leur fils... dont ma sœur attribuait d'ailleurs la paternité à un autre que Thoumelin de Castelreng.

Sous la cendre des cils, les yeux vivaient à peine et le peu qui vivait s'imprégna d'une nébuleuse méfiance.

— Ils disaient que ce serait un bienfait d'avancer la mort de cet homme puisqu'il trépasserait dans quelques semaines. La femme a révélé : « *J'ai ce qu'il faut.* » Le jouvenceau a dit : « *Je le ferai.* » Et c'est quand la dame de Castelreng a dit à Augusta : « *Porte à messire Thoumelin son gobelet de vin chaud* » et quand ma sœur a refusé que la dame s'est doutée que son forfait était éventé. « *Alors* », a dit le fils, « *je lui porterai cette boisson moi-même. Suivez-moi, ma mère.* » Augusta s'est enfuie sachant que votre père mourrait. Elle ne le pouvait prévenir... Il faisait nuit. Elle s'est mussée dans les haies quand elle percevait un galop... et à l'aube, elle était à Saint-Hilaire. Le prieur lui a accordé de me voir au parloir. Elle m'a tout dit... Je ne pouvais la retenir de parler... J'ai su que mère et fils avaient des mœurs... horribles... Je lui ai conseillé de chercher refuge à Rieunette...

Le visage débiffé se pencha. Le regard bleu à la flamme éteinte et le sourire cénobitique disparurent de la vue de Tristan, le temps que frère Auguste essuyât de son pouce une larme.

— Je me dois, dit Tristan, de venger votre sœur.

— Mon devoir est de vous le déconseiller.

— Je suis le restorier[1] de mon père et d'une fiancée que j'ai eue et que cette femme a poussé à la male mort...

1. Vengeur ; celui qui restaure.

Tristan s'interrompit tant l'irruption d'Oriabel dans sa mémoire était inattendue.

— Mon père, Thoumelin, puis mon ancienne fiancée, puis votre sœur... Cette triple vengeance est une nécessité... Acier ou poison ?

— Que voulez-vous dire ?

— Que ceux qui m'ont fait du mal devraient périr par l'un ou l'autre.

Une pincée du poison contenu dans le pommeau de son épée tolédane, et c'en serait fini du couple incestueux. Or, comment faire ? De quelque façon qu'il dût la perpétrer, il abhorrait cette façon de rendre sa justice : le poison, c'était la malignité. Celle-ci n'était point dans son caractère.

— Point de scrupules, mon père, dit-il. Ils sont le chiendent des consciences. J'en ai trop usé dans ma vie. Cette fois sans gauchir [1], je passerai aux actes.

Le bénédictin acquiesça. Pour lui aussi, la mansuétude avait des limites. Ils comprirent tacitement qu'ils devaient se séparer.

— Mon père, ne priez point pour moi. Priez plutôt pour le repos de l'âme de votre sœur...

De l'index, le clerc effleura l'échiquier de pierre. Toute son existence immobilisée dans la foi et la beauté des affections pures parut soudain frémir sous sa chair comme si elle se remettait en marche. Ce fut un moment de contention bref, pénible, ensuite duquel Tristan reçut en pleine face un regard presque cruel :

— Faites de votre deuil une force, et non une faiblesse, messire. Oh ! je sais que mes propos ont de quoi vous ébahir, mais pardonner au crime, c'est l'encourager... Dieu vous garde.

Tristan n'en demandait pas davantage.

1. Esquiver.

III

Revenir à Villerouge pour repartir le lendemain à Castelreng eût été une fatigue et une perte de temps inutiles.

— Allons-y, décida Tristan au sortir du moutier.

— Où ? demanda Paindorge.

— *Chez moi.*

Les hommes sautèrent en selle et suivirent.

Il fallait passer par Limoux avant de s'engager sur des chemins que Tristan retrouva sans déplaisance. Encore indécis sur la façon dont il mènerait son action, il restait silencieux, attentif aux bruissements des feuillages, à la couleur des champs, à la rigueur des vignes appauvries par l'hiver et quelques orages. Parler n'eût fait qu'envenimer son courroux. Ses compagnons n'étaient guère enclins à échanger des propos qui eussent pu lui déplaire : ils épiaient ce chef qui leur semblait embrelicoqué dans un sort contraire à ce qu'il méritait et qui se triboulait dans des intentions dont la disparité les laissait perplexes. Soumis à sa volonté et n'éprouvant pour lui que de la confiance, ils le laissaient ourdir sa vengeance. Quelle que fût la façon dont il l'exercerait, ils étaient disposés à y participer.

Tristan n'osait conjecturer quoi que ce fût. Toute hâte lui serait un désavantage. Les terres plates ou chenues traversées par un chemin qui montait insensiblement, le vent du soir, les horizons lointains soulignés, sous le bleu du ciel, d'un rehaut pareil à un trait de plume, lui donnaient, à mesure qu'il les retrouvait, une assurance imprégnée de griserie. Par une sorte d'orgueil plus que par discrétion, il n'avait rien révélé à ses compagnons de son entretien avec le bénédictin. S'ils savaient qu'il avait obtenu la preuve de la culpabilité d'Aliénor et de son fils dans le trépas de son père et d'Augusta Gaulène, aucun d'eux ne l'avait questionné. Or, maintenant, sa circonspection lui devenait pénible. Il redoutait que, bientôt, les émois des retrouvailles et les cinglons de la fureur pussent user de lui à leur guise et n'accepter aucun contrôle. Ils s'abattraient, denses et accablants, sur les idées qu'il ébauchait et consolidait sans trêve à mesure qu'il approchait du château. Il craignait de n'être plus qu'une machine envigourée de malerage, exposée à la cautelle [1] de deux êtres lucides et pervers entourés de fidèles au dévouement sans bornes.

— Nous sommes quatre, mes bons amis. Ils sont une vingtaine, peut-être davantage, dont cinq ou six femmes. Nous avons déjà entrevu les hommes. Tous jeunes. Ils nous laisseront entrer... Ne leur présentez jamais votre dos... Nous attacherons les chevaux à un arbre dans un boqueteau proche des murs. Nous entrerons à pied et aviserons sur place. Gardons-nous d'imaginer la façon de les forclore. Ils nous offriront l'occasion d'agir à leur détriment.

1. Ruse. D'où cauteleux.

* *
*

Le portier n'eut pas à souffler dans son cor. D'un méchant coup de poing Lebaudy l'étendit roide. Il y avait dans son logis, dont l'huis s'ouvrait sous la voûte d'entrée, des cordes et des vêtements. On le lia, musela étroitement avec la manche d'une chemise et le jeta sur son lit. Son épouse effrayée l'y rejoignit, traitée de la même manière.

Une lumière brillait aux écuries. Tristan et Paindorge y pénétrèrent cependant que Lebaudy et Lemosquet demeuraient sur le seuil.

— Qu'est-ce que... fit un des deux palefreniers occupés à panser un cheval à la robe noire, frémissante, et qui semblait craindre jusqu'à l'attouchement de l'un ou l'autre des rustiques.

— Vous n'avez pas...

L'estoc de Teresa pointé sur sa poitrine enjoignit au goujat de se taire. Son compagnon, un jeunet, leva les bras en signe de soumission.

— Des chevêtres, Robert, intima Tristan. Trouve m'en.

Liés tout d'abord ensemble dos à dos, les deux drôles furent attachés solidement à une poutre de soutènement. Tristan leur fit ouvrir la bouche. Une corde fit office de mordache[1], une autre de garrot. Bouger, c'était peu à peu s'étrangler.

— Il doit rester dix hommes, conjectura Paindorge.

— L'équilibre, Robert, est en train de se faire.

Ils rejoignirent Lemosquet et Lebaudy et s'appro-

1. Sorte de bâillon en bois que dans certains couvents on mettait aux moines qui avaient enfreint la règle du silence.

chèrent d'une fenêtre de l'ancienne échansonnerie convertie en tinel. Tristan coula un regard à l'intérieur.

— Ils sont tous là, dit-il. Il semble que le donjon n'est pas à leur goût... Oyez comme ils soupent gaiement. Nous allons nous inviter. Prenez garde : il y a dix mâles, y compris mon soi-disant frère, un bâtard de je ne sais qui... Je viens de compter six femelles et l'Aliénor.

La porte était étroite ; ils entrèrent un par un. Tristan d'abord, puis Paindorge et les deux soudoyers.

— Le bonsoir, dirent-ils.

Sous un plancher qui s'arénait en raison de l'humidité due à des brèches dans la toiture, ce fut le silence.

Tristan n'entendit même pas les cuillers se poser près des écuelles de part et d'autre desquelles les mains des hommes se serraient, certaines si proches de leur couteau qu'elles devaient en tiédir le manche. Cependant, aucun d'eux n'osait bouger davantage. Quant aux femmes, elles observaient alternativement leur concubin ou leur époux, immobile et indécis, et ces visiteurs dont elles redoutaient la forcennerie. La conviction que tous ces êtres éprouvaient d'autant plus de crainte qu'ils avaient été surpris lors d'une liesse incompatible avec un deuil récent – et quel deuil ! celui du présumé maître – ajouta au ressentiment de Tristan une fureur dont il sut contenir les effets.

— On s'en donne à cœur joie, dit-il, à ce qu'il semble.

Il sentait réunies en lui la froideur de son bon droit, la plénitude de ses moyens et la violence d'un plaisir anticipé qui ne s'achèverait que par une double punition dont il ignorait la nature.

— Assure-toi, Girard, que nul n'est derrière cette porte, là-bas. Ils ont dû convertir cette partie du cellier en cuisine... Allons, va !

Lebaudy obéit dans un cliquetis d'éperons.

— Yvain, place-toi près de ce jeune goguelu. N'en bouge pas.

— Soit, messire, dit Lemosquet, la main sur la prise de son épée.

Contrairement à ses craintes, Tristan se sentait dans un état de satisfaction profonde. Les clartés sautillantes des chandelles offraient à son examen une Aliénor indécise et pâle. L'anxiété ajoutait un charme trouble à cette figure froide, aux chairs comme serrées de mécontentement, et à ce corps où s'unissaient imparfaitement le nonchaloir et l'induration de la malerage. Comment ne l'eût-il pas sentie prête à bondir, une lame à la main, tandis qu'elle dardait sur lui des yeux de velours flamboyant ?

— Que me veux-tu céans ? Qu'es-tu venu chercher ?

Tristan se composa un visage illisible.

— Je te le dirai, sois-en sûre.

Prenant le gobelet qu'elle s'apprêtait à saisir, il se versa à boire, sachant bien que le vin du pichet ne pouvait être enherbé. Quand il se fut désaltéré, Aliénor découvrit ses belles dents de chienne :

— Tu sais pour ton père ?

— Je connais sur sa mort plus que je n'en voulais.

— Qui vous a dit ? demanda Olivier en bout de table sous l'œil attentif de Lemosquet.

Tristan l'ignora. Il observait Aliénor. Pendant quelques mois, aucune autre donzelle que cette fille n'avait pu évoquer aussi parfaitement pour lui les ferveurs de la passion et l'unisson des fêtes charnelles. Elle était bien placée, cette gaupe, pour lui faire prendre des vessies pour des lanternes[1]. Elle avait

1. Elle était la fille d'un lanternier de Mirepoix.

condensé, exalté dans son cerveau d'adolescent la suavité de la chair, la luminosité de la vertu, le bonheur d'être ensemble et de partager les mêmes envies sinon les mêmes espérances. Au plus secret des forêts où elle aimait à se dénuder davantage pour elle, sans doute, que pour lui, il avait connu de l'amour le miel et les aromates sans deviner, tant elle savait contenter ses goûts, qu'elle en usait – déjà – comme d'un poison dont peu à peu il avait cependant découvert la malfaisance et l'antidote. Cette vesprée, dans la lueur cuivrée des chandelles inégalement réparties sur la table et des cierges posés sur l'entablement d'une crédence bancale, il la retrouvait un peu. Elle avait forci. Son corsage serrait de près un corps qui se bouffissait. Sa lividité quasiment mortelle, l'éclat contrasté d'une bouche rouge comme une cire à cacheter, le frémissement des doigts proches du couteau dénonçaient plus de félonie[1] que de trouble. Cependant, la volupté se lisait dans le lent battement des longs cils et la façon de suçoter le bord du gobelet où un échanson d'occasion, soudain issu des convives, venait de lui verser du vin puis s'en revenait s'asseoir entre deux commères.

— Laisse-nous, dit-elle. Ou tu reviens vivre parmi nous, *ce dont nous serons affligés...* ou tu t'en vas.

— Tu parles en suzeraine ? Apporte-m'en la preuve.

— Nul besoin de parchemin. J'étais et suis encore l'épouse de ton père.

Ô combien, évadé de ce corps longtemps chéri, il avait su renaître à la vie ! Aliénor n'avait plus aucun pouvoir sur lui, et pourtant, il était saisi d'un scrupule : « *Oserai-je ?* » Paindorge l'observait. Lemosquet et Lebaudy surveillaient les autres. Olivier ne perdait rien

1. Colère, fureur.

des propos et mouvements des honnêtes Tard-Venus dont sa mère n'avait aucune crainte. Son œil sagace et vipérin allait de l'un à l'autre et quand Tristan le sentait revenir sur lui, c'était avec la sensation d'une brûlure. Il souhaitait régner, lui aussi, ce bec-jaune ! Il y avait à Castelreng une place pour lui et non point celle de dauphin. Sans doute s'enflammait-il à l'idée de s'installer définitivement, au donjon, dans la cathèdre du défunt Thoumelin.

Cette flamme invisible, communiquée à la sensibilité de Tristan, attisait sa soif d'action. Il la refoulait, pourtant, espérant que la nervosité d'un des convives donnerait nécessairement le signal de la mêlée. Aliénor, qui eût pu se furibonder la première, prit une voix sucrée, humectée d'un repentir dont la fausseté fit sourire son fils :

— Tout pourrait recommencer à condition que tu le veuilles.

— Ah ? fit Tristan faussement ébahi tandis que sa langue s'engluait d'un fiel qu'aucune rasade de vin ou de lait n'eût pu délayer.

Il la regardait, lui cherchant des imperfections. Il vit poindre sur son front cette moiteur minuscule qui révélait une peur maligne, mal conjurée : celle d'une tarentule dont la toile encore fragile eût frémi aux souffles d'une imminente tempête.

— Au fond, dit-elle enfin, Castelreng t'appartient aussi.

— Non ! hurla Olivier. Non, mère, il est à nous !

Tristan s'interdit de se tourner vers lui : c'eût été accorder à ce petit ruin[1] trop d'importance. Il l'imaginait, cependant, la tête avancée, blême, tremblant d'indignation et puisant dans la croyance en sa vigueur

1. Méchant, d'où ruine.

d'adolescent capable d'enconner une femme une illusion de sublimité.

— Tout doux, suggéra mollement Aliénor, les sourcils froncés en direction de son fils... Oui, mon cher, nous pourrions recommencer *comme avant*.

Tristan la gratifia d'un sourire de compassion aussi mensonger que son offre. Le ton qu'elle venait d'employer s'était empoissé d'une mélancolie dont l'efficacité n'exerçait plus aucun pouvoir sur lui. Naguère, pour affermir son pouvoir, elle usait parfois du même langage sirupeux. Il avait aimé, respiré son odeur, cueilli sa voix sur ses lèvres et ses soupirs dans l'alcôve d'arbres et de fougères où elle aimait à l'emmener. Après quelques semaines vouées aux ardeurs du corps, les songes de la chair et les méditations hardies, elle lui avait annoncé doucement : « *Je suis grosse.* » Il avait seize ans, elle vingt. « *Depuis quand ?* » « *Deux mois, je n'osais pas te le dire.* » Se pouvait-il qu'il l'eût aussi vélocement engrossée ? Il ne l'avait pas crue et il avait raison !

— *Avant ?* dit-il à voix basse, penché si près de l'oreille d'Aliénor qu'il pouvait la mordre. *Avant*, où que nous allions, lorsque tu appuyais ton menton sur mon épaule, tu regardais du côté de Castelreng. Car l'objet de ta convoitise, ce n'était pas moi, mais lui, ce châtelet où tu es entrée par malice.

Il vit la petite main veloutée comme un ventre d'hermine saisir le manche du couteau.

— Je te déconseille un mouvement de trop... Lâche-le.

La sueur froidissait l'échine de Tristan. Ses yeux volaient d'un convive à l'autre jusqu'à Olivier songeur, fort de l'ascendant qu'il exerçait sur sa mère et qui était comme elle bien trop avisé pour que, même prompt, l'examen des visages des trois autres intrus ne lui fît pas tout deviner.

— Messire... Tristan, commença le blondinet, je crois que vous n'êtes pas le très bienvenu. Pas vrai ?

Pour conclure, il s'était adressé à Paindorge. Il saisit son hanap et le leva comme pour lui porter la santé. Sa dextre tremblait tellement qu'un peu de vin s'épancha sur la table.

— Ma mère veut vous voir guerpir. Qu'attendez-vous ?

La nuit semblait s'être substituée à l'éclat des yeux que la fureur et la méfiance rendaient immenses.

— Damoiseau, dit pesamment Tristan, ta parole est vaine. Tu n'es qu'un bâtard en lequel ne coule aucune goutte du sang des Castelreng. Ce n'est pas moi qui suis de trop céans. C'est toi.

Il se sentit dardé par un regard dont la haine, plutôt que de l'incommoder, lui fournit un plaisir si bref mais si entier qu'il se mit à rire.

— Sache-le, malebouche : je ne suis pas un mouton qu'on égorge. Et tu es trop petit pour atteindre mon cou.

Il défiait les autres, à présent. Il les découvrait attentifs et comme consternés par la dépréciation qu'il venait de commettre à l'égard de leur roitelet. Ils voyaient eux aussi la pâleur s'accroître sur les joues imberbes d'Olivier et glisser sur son front comme un baiser mortel. Ils voyaient les oreilles rouges – un rouge carminé d'aspect déplaisant – devenir blanches comme sous l'effet d'une froidure intérieure. C'étaient des oreilles longues, décollées, un peu faunesques avec des lobes ronds comme deux maravedis, malformations qui n'appartenaient pas aux Castelreng. Il se tourna vers Aliénor comme pour l'interroger sur cette tare. Une brume couvait sous ses yeux et ses lèvres tremblaient. C'était le moment :

— Vous avez tous les deux enherbé mon père, puis égorgé la meschine au fait de vos intentions.

Il s'était exprimé sans hâte, bien que son aversion n'eût cessé de croître à chaque mot. Il frémissait et maintenant qu'il attendait une réponse, ses dents ne cessaient de s'entrechoquer. Le goût du meurtre, ce poison des batailles, venait de réapparaître et de lui empouacrer la bouche.

— Qui t'a dit ?

Aliénor ne se défendait même pas ; ne s'ébaudissait même pas comme à l'annonce d'une incongruité dont elle eût pu s'offenser. Sa question n'était autre qu'un aveu dont la brièveté la soulageait peut-être.

— Prouve-le !

Elle voulut se dresser dans un spasme de rage, tout comme son fils déjà debout et roidi d'incertitude, mais Paindorge était là, l'épée hors du fourreau :

— Ma lame a soif, damoiseau... si toutefois tu comprends ce langage.

Les serviteurs et leurs épouses s'étaient levés. Tous savaient. Les femmes allaient s'éloigner quand Tristan pensa au portier, à sa conjointe et aux palefreniers qu'elles pouvaient délivrer de leurs liens.

— Non, dit-il. Les dames là-bas, face au mur.

Elles obéirent. Les hommes en profitèrent pour se grouper autour de leur idole : Olivier qu'Aliénor brûlait d'envie de rejoindre.

— Tristan... Tristan, l'on t'a dit des sornes... des mensonges !

— Rejoins ton fils.

La muraille humaine autour des deux larrons ne laissait pas d'inquiéter les visiteurs. Tristan compta dix hommes de la pointe de son épée dégainée. Tous décidés à défendre le fils et la mère mais avec, simplement, un couteau.

— Que vas-tu faire ? Nous sommes trop pour vous. Nous n'avons jamais rien commis qui mérite...

Aliénor s'interrompit. Une tristesse résignée succédait soudain à sa hautaineté trop affectée pour qu'elle ne fût point chétive. Cependant, son allure restait un mystère, un chef-d'œuvre d'innocence.

— *Trop ?* s'écria Paindorge, le visage éclairé par les yeux d'orage que Tristan lui avait vus à la guerre. Trop !... A Montiel nous nous sommes battus à un contre cinq...

Dans la rumeur de mécontentement et d'aversion que Tristan avait suscitée, les paroles de l'écuyer subirent une huée d'incrédulité dont ils acceptèrent l'un et l'autre l'opprobre tandis que le fils et la mère, bras dessus bras dessous, cherchaient sur les faces de leurs meschins les indices d'une puissance qui peut-être leur échappait.

La pâleur seyait à la mère : elle magnifiait son abomination. Aliénor voulait douter de ce qui l'attendait. Olivier la regardait avec une sorte de frénésie – celle, sans doute, qui l'animait lors des coups de reins dont, sur ou sous elle, il devait être prodigue.

— Guerpissez, dit-il avec une violence qui aiguisait sa voix muée depuis peu, sans toutefois que sa menace parût redoutable.

Tristan songea qu'ailleurs, en d'autres lieux, d'autres temps, et dans l'ignorance de sa véritable nature, ce jouvenceau eût pu lui plaire. Il s'aperçut qu'Olivier reculait vers le seuil tout en y entraînant sa mère. L'impérieuse exigence d'une fuite effaçait en eux, brusquement, leur arrogance précédente.

— Écartez-vous ! enjoignit Paindorge aux hommes.

Aucun ne remua. Ils s'entre-regardaient et défiaient

ce chevalier dont la venue et les intentions déprimaient leur orgueil et leurs mœurs.

— Hé, vous autres, dit Tristan à ses compères.

Lebaudy apparut à senestre, Lemosquet à sa dextre. Devant eux, les visages tendus, maussades, n'exprimaient rien d'autre que l'imbécile satisfaction de nuire ou de compliquer. Il y avait dans le crâne de chacun une attente et dans un poing, une lame courte, certes, mais dangereuse.

— Faut leur rentrer dedans, dit Paindorge alors que la mère et le fils disparaissaient.

— Ah ! oui, dit Lebaudy, l'épée haute. On peut en meshaigner quelques-uns.

Il n'y eut ni sommation ni cri d'armes. Un homme chut, percé au ventre ; un autre fut atteint à l'épaule et tomba ; un troisième, le flanc ouvert, courut en direction des femmes et s'affaissa avant de les rejoindre. Leurs cris stridents dominèrent ceux des hommes.

Tristan n'avait fourni aucun coup. Profitant de la presse, il atteignit le seuil.

« Fermé ! » enragea-t-il.

Il bondit à la fenêtre, l'ouvrit et vit aussitôt passer, sur le même cheval blanc, les deux fuyards. Aliénor tenait les rênes. Olivier, derrière, la ceinturait à pleins bras.

— Merdaille !

Il avait commis une erreur en laissant Alcazar à vingt ou trente toises des murailles. Il courut en direction du boqueteau, remit son épée au fourreau, détacha son coursier et sauta en selle.

* *
*

La nuit versait au sol l'or d'un croissant de lune. Le chemin se lisait aisément. Le galop d'Alcazar absorbait le bruit de l'autre galop et les arbres, nombreux, protégeaient la course des fugitifs.

« Leur cheval doit peiner sous ce double poids de chair !... Ils vont à Mirepoix, j'en jurerais. C'est là qu'elle a sa famille et quelques amis. C'est parmi eux qu'Olivier a son père ! »

Ils connaissaient les voies les plus courtes. Lui aussi. Il les rattraperait avant qu'ils eussent atteint la cité.

Il retint Alcazar aussi lentement que possible. Quand le coursier fut immobile, il écouta. Aucun doute : ils étaient devant.

Après Saint-Couat et ses dix ou douze maisons, une seule voie rejoignait la longue montée de Saint-Benoît, puis descendait, par Courtauly et Peyrefitte, jusqu'à l'étroite route qui, par Caudeval et Moulin-Neuf, menait à Mirepoix.

« Leur cheval va s'époumoner dans la grimpée de Saint-Benoît. C'est là qu'il faiblira tout à notre avantage. »

Tristan relança son coursier :

— Va ! Va, l'ami !... Il nous faut les rejoindre !

La lune restait leur alliée : entre les ténébreux rebords des bas-côtés, le passage se lisait, bien qu'il fût traversé parfois d'ombres dues aux épaisses feuillées qui le dominaient de loin en loin. Sûr de lui, Tristan ne sentait pas les secouements d'un galop qui ne cessait d'être ample, régulier, véloce et qui rabattait avec force son épée contre sa cuisse et parfois son genou. Il gémissait de malerage. Il avait comme distancé les événements qui avaient précédé son pourchas. Sa confiance était si persuasive qu'il eût chanté s'il n'avait craint qu'elle ne préjudiciât ses desseins : elle infusait dans un bonheur certes anticipé mais nécessaire à sa volonté de justice.

La gorge sèche, comme serrée par l'anneau d'un carcan, l'œil larmoyant à force de scruter l'obscurité, le crâne en feu, il se laissait porter par Alcazar autant que par la satisfaction d'exercer bientôt sa loi. Il fallait qu'il occît sans remords les meurtriers, les scandaleux, les incestueux de Castelreng. Il était oppressé par la certitude d'être dans son bon droit et, par le truchement de frère Auguste Gaulène, d'obtenir la clémence divine. Entre les deux fuyards et lui, rien ne vivait. Rien ne vivrait. Si parfois son cheval trébuchait sur les excroissances du sol, celui qui galopait devant devait subir davantage qu'Alcazar les inconvénients du chemin. Parfois, dans l'enchevêtrement des branches, apparaissaient les contours d'une chaumière et parfois, bien haute, l'orbe d'une lune-hostie dont un géant eût grignoté le bord.

— Va ! Va, Alcazar.

Ce serait une nuit de course vengeresse et, sous la ramée, une nuit obstinément glauque comme une eau dormante où s'enfonçaient deux démons qui devaient maintenant ouïr le froi[1] d'un coursier infatigable. Il entendait de mieux en mieux celui du leur : un crépitement doux et acharné qui s'effaçait parfois pour renaître plus fort.

— Va, Alcazar ! J'ai foi en ta ravine[2] !

Il lui semblait qu'il était ceinturé de plomb. Quelque chose s'insinuait au tréfonds de son âme, précipitait les

1. Ou *frai, froie, frais* : le bruit du galop.
2. Rapidité.

battements de son cœur, affermissait sa fureur et son intention d'être mauvais. Son imagination lui montrait une Aliénor réduite à la peur, à la désespérance, éplorée sans que son fils s'en doutât.

Il se redressa en riant, un peu de joie dans la cervelle et de douleur dans les entrailles : il les rejoindrait. Il vengerait aussi Oriabel, qu'*elle* avait poussée à la mort. Oriabel en laquelle cette démone avait découvert une rivale.

La nuit lui parut plus claire. Non : ses yeux lui mentaient. C'était l'absence d'arbres qui l'induisait en erreur.

Un tournant et il exulta : ce fantôme dansant à moins de cent toises, c'était le cheval d'Aliénor. Le chemin qui montait alentissait sa course.

« Si je ne les rejoins pas maintenant... »

Dans la descente, il dévalerait en torrent, l'arme haute.

Il se refusait à penser. Penser amoindrirait sa force et pis encore : son dessein. Il sentait grandir au fond de lui-même la notion d'une indignité informe mais réelle : avait-il le droit d'occire ce couple homicide ? Ne valait-il pas mieux le livrer au prévôt et à ses assesseurs ? Un juste procès aboutirait-il à un châtiment juste, immédiat, exemplaire ?

« Non !... Pas de prévôt... Telle que je la connais, Aliénor pourrait séduire un juge, des juges et se rire de moi une fois acquittée ! »

La loi de l'espèce, la loi des Castelreng exigeait une vengeance prompte. Aucune hésitation, aucun commentaire.

— Va, Alcazar !

Son poignet démangeait Tristan. L'épée. Un coup d'épée. L'estocade pour l'un et le taillant pour l'autre. La justice rendue dans des chairs transies d'effroi.

Alcazar gagnait du terrain.

Cinquante toises.

Trente.

Le cheval, devant, n'en pouvait mais.

Vingt toises. Des arbres dans une montée de plus en plus pentue. Des voûtes sombres sous lesquelles la fraîcheur devenait froidure.

— *Cours, beau cheval !... Vole !*

Les lueurs des étoiles convergeaient vers les fuyards. Ce n'était pas l'aurore et pourtant on eût pu s'y croire.

Soudain, Alcazar parut éprouver la violente poussée d'une main sur sa croupe.

— On les tient !

Dans le crépitement des foulées plus amples et plus rapides, Tristan subit comme un allégement de sa chair et de ses pensées.

« *On les tient !* »

Sa joie ne consista plus qu'au seul désir de faire un geste. Il scrutait le postérieur du cheval fourbu et le dos d'Olivier rayé par la lueur d'une ceinture de cuir embellie de mordarets[1].

Le jouvenceau tourna la tête. Il cria de rage et d'effroi, comme brûlé par le regard posé sur lui et par les lueurs de Teresa qui venait de paraître au poing de son pourchasseur.

« Il est tout emmaladi de peur !... Il regrette ses amises[2]. Or, il est trop tard pour lui et pour elle. La pitié pour ces gens serait une faiblesse ! »

Ce fut à ce moment qu'un bêlement plaintif domina le clapotement de la double galopade. Une bête blanche de la taille d'un chien traversa le chemin. Une brebis égarée ? Une agnelle fuyant devant un renard

1. Clous dorés employés dans la confection des harnais et ceintures.
2. Mauvaises actions, fautes.

enragé ? A moins que c'eût été le fantôme d'un de ces antenais qu'Olivier avait tant de plaisir à occire.

Devant cette apparition fugace et inattendue, le cheval des fugitifs hennit et se cabra. Frayeur si prompte et si violente qu'Olivier chut à la renverse, sans un cri, la tête la première. Alcazar évita le corps étendu et s'immobilisa.

— Salaude ! hurla Tristan.

Bien qu'elle eût senti son fils la déceindre et tomber, Aliénor talonna sa monture et sans même se retourner, poursuivit son échappement.

« La gaupe !... L'immonde !... Je n'aurai point pitié de cette pute galeuse ! »

Tristan mit pied à terre.

Olivier gisait la tête appuyée sur les graviers du bas-côté. Ses yeux fixes regardaient sans les voir les criblures du ciel et ses mains immobiles, rassemblées sur sa poitrine, serraient soit une épée, soit des rênes imaginaires. Une blancheur givrée donnait à son visage d'où la vie avait reflué d'un coup l'apparence du grès que les imagiers de Mirepoix et de Carcassonne employaient pour y extraire leurs figures. La matoiserie et la méchanceté l'avaient déserté. Il ne subsistait plus qu'une face insignifiante dont les lèvres semblaient s'essayer à sourire, toutes sanglantes aux commissures.

Tristan souleva un poignet et le lâcha. Le bras retomba comme un morceau de plomb.

« Dévié... Enfer ou Paradis, peu me chaut. »

Ce n'était pas la joie qu'il avait pressentie. La mort avait été trop fortuite et trop brève. Il remit promptement Teresa au fourreau.

« Un mouton... Voilà pour l'équité. »

D'autres que lui se fussent montrés ébahis par un tel prodige. Il l'acceptait comme une approbation divine.

Il sauta en selle et tapota l'encolure d'Alcazar :

— Il nous faut la rejoindre !

Ils repartirent, passèrent de la montée de Saint-Benoît à la descente vers Courtauly, de la profondeur des arbres à la platitude des terres glabres, de la déception à l'espérance quand Tristan aperçut au loin l'ombre blanche du cheval d'Aliénor. Privé d'un de ses fardeaux et sur un chemin différent des coursières qu'il avait empruntées, le roncin galopait avec aisance ; toutefois, stimulé par la voix et quelques talonnades bénignes, puisque comme toujours sans éperons, Alcazar traçait sans se ménager, heureux, après tant de mois d'inaction, de retrouver les grands espaces en compagnie d'un homme qui se fiait à sa vigueur, à son zèle et à son endurance.

Tristan voyait Aliénor. Il ressentait son effroi. Avide de pouvoir et d'argent, elle avait régné sur son cœur et son corps avec une aisance dont elle s'était délectée. Elle savait quelle appétition elle avait provoquée chez le niais qu'il était alors. Il avait éventé ses manœuvres. Elle avait incarné l'amour ? Elle incarnerait la mort. Esseulée, maintenant !... Effrayée !... Quoi qu'elle fît, elle galopait au supplice.

— Va, Alcazar. Elle est à nous !

Il la voyait de mieux en mieux, éclairée, semblait-il, par sa propre pâleur et celle de sa monture. Son esprit courait, lui aussi, chargé d'images et de sensations mortifères et se complaisait malgré lui dans des espérances sans issue.

« Je suis certain que tu ne pleures pas ton fils. Tu le sais mort, pourtant. Comment vas-tu périr ? »

Ils n'étaient plus qu'à deux cents toises l'un de l'autre. Moins peut-être. Ils passèrent devant Caudeval aux quatre tours chétivement éclairées de l'intérieur.

Le chemin plus large, entre deux rangs de cyprès aux quenouilles étiques, s'en allait droit sur Mirepoix.

— Accélère, Alcazar ! Accélère !... Si elle entre en ville, nous la perdrons.

Il devait accomplir sa vengeance avant Mirepoix. Il fallait qu'elle eût lieu en plein champ sous la seule présence de la lune.

« On s'approche ! On s'approche ! »

La lueur devant eux, c'était Mirepoix.

Alcazar fut enfin dans la foulée de l'autre. Aliénor se retourna et talonna son roncin.

« Il bave ! »

Mauvais signe : Tristan secoua sa main qu'un paquet d'écume engluait.

« Elle va crever ce cheval ! S'il tombe, elle se rompra le cou, elle aussi ! »

Il ne la haïssait plus. Il la voyait, l'esprit empli de l'inflexible résolution qu'il avait éprouvée sur les champs de bataille, quand l'ennemi marchait ou galopait à sa rencontre et qu'il savait qu'il allait devoir occire pour ne point succomber sous l'assaut des lances et des épées.

— Tu ne me tiens pas encore !

— Je t'ai tenue de toutes les façons !

Devant eux, les murailles étaient closes. Aliénor les contourna dans l'espoir de trouver une porte accueillante. En vain. Tristan eût pu s'approcher d'elle, l'empoigner par sa robe et la rejeter en arrière. Mieux valait prendre son temps, prolonger l'angoisse et la désespérance.

« Tout est clos... Où va-t-elle aller ? »

Avec un cri de rage, Aliénor mena son cheval en direction de l'Hers, vers des fourrés après lesquels la rivière confluait avec le Countirou. Tristan les vit dévaler la berge, serpenter parmi de grands chênes, contourner des épiniers et des buissons arbustifs.

« Elle ne va pas... »

Le cheval hennissait, pressentant un danger. Aliénor connaissait ces lieux. Elle les avait hantés dans sa jeunesse prime. Connaissait-elle un refuge où elle disparaîtrait ?

L'eau miroitait, toute proche. Allait-elle la traverser ? Ce qui subsistait d'un sentier permettait à peine le passage d'un cheval.

Bien qu'il fût attentif, une branche fouetta Tristan au visage. Une autre atteignit Alcazar au garrot. Il y avait ensuite d'un bosquet touffu une clairière au-delà de laquelle se dessinait l'arche d'un pont.

— Va ! Va ! hurla Aliénor.

Un craquement se fit entendre, aussitôt suivi d'un hurlement lugubre et tranché net par la crépitation d'une branche cassée.

« Un coup lorgne [1] ! Et pourtant, la lune est comme une grosse lanterne ! »

Tristan déchaussa les étriers.

Aliénor gisait sur la rive, dans le rayonnement glacé qui tombait du ciel et se dédoublait à la surface de la rivière. La tête penchée, les cheveux épars, les jambes et les bras mous, elle perdait son sang par les oreilles et le nez. Ses paupières cillaient. Elle ne pouvait parler. Elle ne sentait pas la fraîcheur de l'eau toute proche de sa cuisse, de son flanc et de son épaule senestre. Elle n'était plus rien et le savait. Le sang qui avait tant échauffé ses veines glissait sur ses lèvres, son cou. Tristan s'aperçut que son nez s'était rompu dans le heurt avec la branche.

1. Coup de tête contre un obstacle imprévu.

— Je ne sais si je vous aurais frappés. Je ne voulais plus vous voir !

Était-ce bien la vérité ou un mensonge dicté par une pitié dérisoire ?

Aliénor remua sa tête défigurée. Ce fut son dernier mouvement.

Tout en se signant, Tristan s'aperçut qu'il tremblait de froid et de déception. Au terme d'une rupture définitive, différente de toutes celles qu'il avait fantasiées, il devait se contenter d'une poursuite où son fier coursier s'était montré prodigue d'une vélocité qu'il ne devait qu'à lui seul. Il n'était point déçu – au contraire – d'être privé d'un double châtiment qui l'avait tenu en haleine. Le cœur et l'esprit épurés de toute fureur, il n'osait regarder la seconde victime d'un pourchas acharné comme si toute l'angoisse qu'elle avait éprouvée pouvait maléfiquement refluer en lui.

Quelle puissance invisible et terrible avait exercé sa justice ? *Qui*, en vérité ?

La moiteur glacée de son dos lui rappela les réalités immédiates. Fallait-il remonter ce corps et l'abandonner sur le chemin haut ? Fallait-il le laisser où il gisait ?

« Cette femme était abjecte ! »

Prenant la morte par une épaule, il la fit rouler dans l'Hers. Les eaux brunes et profondes l'entraînèrent à quelques pas de la rive avant de l'absorber tout entière.

Il remonta en selle et tourna bride. Il s'aperçut que le cheval blanc le suivait.

— Viens... Tu étais, toi aussi, une victime... Nous allons cheminer lentement.

Il ne se sentait pas soulagé. Toutes ses espérances et tous ses mouvements, depuis son apparition à Castelreng jusqu'au trépas d'Aliénor, s'étaient accomplis dans une terrible gradation de malerage et d'acharnement. Jamais, à dire vrai, il n'avait été le maître absolu de sa haine. Elle avait redoublé quand Aliénor s'était révélée insoucieuse de la vie de son fils lorsqu'il avait chu sur les cailloux d'un chemin. Elle était morte. Similitude des châtiments : sans cœur, la mère et le fils avaient péri par la tête.

Les serviteurs de Castelreng se tairaient. Le moindre commentaire les eût condamnés. Complices, et si justice n'était accomplie par la volonté de Paindorge, Lebaudy et Lemosquet, tous allaient devoir s'éloigner.

* *
*

Tristan ne s'était point dépêtré d'une satisfaction maussade lorsqu'il réintégra Castelreng après avoir cheminé sur une autre voie que celle qui passait par la montagnette de Saint-Benoît. Paindorge veillait sur le seuil du château. De loin, il annonça que les murs n'abritaient plus que lui-même, Lebaudy navré à l'épaule, et Lemosquet.

— Trois morts chez eux, dit l'écuyer en saisissant les rênes d'Alcazar et du roncin blanc pour les mener à l'écurie où Babiéca, Nestor et le liard de Pierre Massol avaient été conduits.

— Rassurez-vous : dans deux ou trois jours, Girard sera guéri.

Ensuite, après avoir laissé les chevaux seuls, le temps de décrocher une lanterne dont il rehaussa la flamme en soufflant dessus :

— Tous ont guerpi avec, ceux qui en avaient, leur monture. Ils ont emporté les morts. Je ne crois pas qu'ils reviendront. Ils ont senti sur eux l'exécration divine, comme dirait frère Clinquant ou frère Fortifiet.

— Les femmes sont parties ?

— Évidemment !... Vous avez vu leurs goules ?

Plutôt ribaudes que meschines... Avez-vous observé qu'il n'y avait aucun enfant ?

— Aliénor devait les détester. Quand nous repartirons, Lebaudy et moi, pour Villerouge, tu fermeras le grand huis et baisseras la herse... Tu veilleras sur tout avec Lemosquet. Sitôt là-haut, je me démettrai de ma charge. Ensuite, à Limoux, j'épouserai Maguelonne qui peut-être saura convaincre Alazaïs et Sibille de vivre céans... Une fois marié, j'irai chercher un clerc... Sans doute celui qui nous aura unis, Maguelonne et moi. Je veux qu'il exorcise et bénisse cette demeure.

Paindorge, enfin, posa la question que Tristan attendait :

— Comment les avez-vous... Comment ils sont morts ?

— La justice immanente, comme on dit maintenant. Ou le jugement de Dieu.

En quelques mots, Tristan conta le trépas de la mère et du fils.

— Ainsi, Robert, je me sens dispensé de la moindre déprécation.

Tristan recula de quelques pas :

— Soigne ces deux chevaux si ce n'est trop te demander. Ils sont en sueur et fortraits. Commence par le cheval qu'*ils* ont monté ensemble. Il a du courage et du cœur. Nous le baptiserons un de ces jours. Et vois : l'aube crève. Nous allons être heureux car nous sommes chez nous.

* *
*

Quand le soleil se fut montré, Tristan, Paindorge et Lemosquet visitèrent le châtelet des caves aux galetas. Hormis les chambres réservées à Thoumelin de Castelreng, Aliénor et Olivier à l'intérieur du donjon, les autres logis méritaient davantage qu'un nettoiement. Les linges, vêtements et meubles furent amenés dans la cour ; les uns déchirés, les autres brisés à la hache. Tous disparurent dans un feu après lequel les trois compagnons partirent se laver et s'épouiller dans le Cougain.

— Je ne partirai pas à Villerouge ce jourd'hui décida Tristan, une fois séché. Maguelonne ne peut entrer dans des lieux si sales et si laids. Le puits est tout proche. Nous nous passerons des seaux de main en main. Nous emplirons des cuves, des barils... Nous laverons tout à grande eau. Il nous faut dépucer, dépurer... Jeter toute la vaisselle, acquérir des draps neufs...

— Avec quoi ? interrompit Paindorge.

— Il y a deux vaches et des moutons à l'étable, dit Lemosquet. Nous les pouvons vendre.

— Non. Nous conserverons ces bêtes.

— Soit, dit Lebaudy qui venait d'apparaître, soutenant son bras blessé. Il nous faut des gelines, des jantes [1], des canards...

— Nous les aurons. Nous aurons aussi deux ou trois chiens pour nous prévenir des menaces, et deux chats pour guerroyer contre les rats et les souris.

— Il ne nous manque que la fortune, conclut Paindorge.

— Nous l'aurons, Robert. Nous vivrons dans l'aisiveté [2].

— J'aimerais bien savoir comment !

— Tu vas le savoir, Yvain... et vous autres aussi. Suivez-moi.

Une fois sur le seuil de l'écurie, Tristan montra du

1. Des oies.
2. L'aisance.

doigt à ses compères, au-dessus de la clé de voûte, un écu aux armes des Castelreng.

— C'est là... Portez-moi deux échelles.

Quand il fut parvenu à la hauteur du blason taillé dans du liais, Tristan crocheta ses doigts dans les cavités sises entre la pierre brute et les deux tours sculptées. Il amena lentement sa prise vers sa poitrine.

— Monte, Robert.

Paindorge gravit les barreaux de la seconde échelle.

— Et maintenant ?

— Tiens ta tour comme je tiens la mienne et tire doucement.

Le blason de pierre quitta peu à peu son logement. Quand il fut près de basculer Tristan prévint l'écuyer :

— Nous l'allons sortir omniement [1] puis nous descendrons lentement... Quand nous toucherons le sol, nous déposerons la pierre entre nous... Et je remonterai... Le meilleur des abris est toujours celui qu'on peut voir. C'est mon aïeul, Hélie, qui l'avait aménagé dans ce mur. Nous allons apprendre si mon père a éventé ce secret et si Olivier et sa mère ont profité des précautions que j'avais prises avant de partir pour Paris.

Tristan remonta aux échelons. La cavité contenait un coffret et une bourse qu'il savait emplie d'écus d'or. Il redescendit et les posa sur le sol.

— Voilà ce qui était repost [2] en cet endroit. Ceci appartenait à ma défunte mère. Vous ai-je dit qu'on l'appelait Hombeline ?

— Non, dit Paindorge.

— C'est elle qui me voulut appeler Tristan, bien que ce ne soit pas un nom de la Langue d'Oc.

1. Ensemble.
2. Caché.

— Pourquoi ? demanda Lebaudy en grimaçant sous l'effet d'un surcroît de souffrance.

— Elle savait les amours de Tristan et d'Yseult. Elle avait dû, à travers les mots, s'éprendre de l'émule du roi Mark. Mais assez parolé. Nous disposons de quoi voir l'avenir avec sérénité.

Du bout de sa heuse, Tristan toucha le coffret de cuir clouté de cuivre.

— Il y a là des armilles [1], pentacols, doigts [2], boucles d'oreilles... Maguelonne mérite de les porter... Aide-moi, Robert, à remettre cet écu en place et consacrons-nous ensuite à l'ouvrage.

1. Bracelets.
2. Bagues, anneaux.

IV

Tristan épousa Maguelonne le samedi 5 mai 1369 en l'église Saint-Martin de Limoux. Le samedi suivant, Paindorge et Alazaïs se marièrent. Deux semaines après, Lebaudy prit pour femme Sibille, la sœur aînée de Maguelonne, et Lemosquet une jeune giponnière [1] limouxine, Antonia Cantayré, avec laquelle, contrairement à ses compères, il décida de vivre en ville.

Une existence nouvelle, paisible et active, commença pour Tristan. Bien qu'il ne voulût rien apprendre des événements extérieurs à Castelreng – tragédies, comédies et calamités dont la connaissance eût exercé une néfaste influence non seulement sur lui-même mais, par contagion, sur ses proches –, ceux-ci s'imposèrent de loin en loin à son attention par la force de leur intérêt et l'écho qu'ils trouvaient en Langue d'Oc.

Ainsi apprit-il un jour de juin que pour mettre fin à la querelle dynastique d'où était née la longue guerre contre les Goddons, Charles V avait fait examiner les chartes et les traités de paix conclus avec l'Angleterre et adressé des lettres d'ajournement au prince de

1. Couturière confectionnant des jupons, robes et pourpoints.

Galles, son « aimé et féal cousin » [1]. Sommé de comparaître en la Chambre des Pairs, le fils d'Édouard III avait répondu qu'il irait volontiers à Paris bassinet en tête, accompagné de soixante mille hommes. Après l'avoir jugé par contumace, le Parlement avait décidé la confiscation de toutes les possessions anglaises en France. Non content de l'assentiment de ses États, et pour donner à sa cause le secours de toutes les forces morales du pays, le roi avait fait consulter les écoles les plus renommées : Paris, Montpellier, Toulouse, Orléans, Bologne, et les plus doctes élèves en cour papale. Au dire de Paindorge, retour du marché de Limoux, le conflit allait devenir une espèce de guerre sainte.

— Avec un roi aussi pieux, c'est forcé ! conclut l'écuyer.

1. Les seigneurs d'Aquitaine rebelles au prince de Galles s'étaient plaints à Charles V comme à leur suzerain (fin juin – 25 octobre 1368). Les lettres d'ajournement furent données à Paris le 16 novembre 1368. Le sénéchal de Toulouse avait été chargé de signifier au prince de Galles les sauvegardes que le roi avait accordées aux appelants et de faire citer le prince au tribunal des Pairs ou au Parlement. Pour cette mission, le sénéchal avait choisi Bernard Palot, juge criminel de Toulouse, et Jean de Chaponval. Rendu furieux par la lecture de la sommation, le prince de Galles répondit qu'il se rendrait à Paris bassinet en tête en compagnie de 60 000 hommes. Après quoi, il fit capturer les deux messagers sur le chemin du retour et les fit emprisonner à Agen. La guerre allait reprendre.

Le dimanche 22 avril 1369, Abbeville en Ponthieu se rendait au représentant du roi de France : Hue de Châtillon, maître des arbalétriers. Rue et d'autres forteresses se soumirent. Le 2 mai se présentèrent au Parlement, contre le prince de Galles absent, le comte d'Armagnac, messire Jean d'Armagnac, le seigneur d'Albret et plusieurs autres nobles, consuls, consulats et communautés du duché de Guyenne. Le mercredi 9 mai, veille de l'Ascension, une séance solennelle eut lieu en ce même Parlement. Charles V et la reine, le cardinal de Beauvais, chancelier de France, les archevêques de Reims, Sens, Tours, les ducs d'Orléans et de Bourgogne, le comte d'Alençon, le comte d'Eu, etc., étaient présents. Le roi de France lança un défi solennel à l'Angleterre en même temps qu'il demandait des subsides pour continuer la guerre.

Plutôt que d'imiter son père, son grand-père et leurs aïeux, Charles, de loin en loin, allait tout déchaux, pieds nus et son épouse aussi, prier Dieu et sans doute saint Michel dans la chapelle du Louvre. On rapportait qu'Édouard III, ébahi de s'être vu défié par un roi maladif, incapable de tenir une épée, vivait dans un si grand courroux qu'il y perdait un reste de santé. Le Ponthieu était sur le point de lui échapper, la Guyenne pouvait être occupée. En Langue d'Oc, à Carcassonne même, le clergé s'employait à *faire tourner* les cités du côté de la France : l'archevêque de Toulouse, Geoffroy de Vayrolles, chevauchait de ville en ville et prêchait la guerre ; l'évêque de Cahors, Begon de Castelnau, s'employait à épurer le Quercy des bandes anglaises dont cette province avait longtemps souffert.

Maguelonne s'inquiétait :

— Repartiras-tu guerroyer ?

Tristan considérait ses grands yeux apeurés où parfois sourdaient des larmes.

— J'ai servi le roi Jean à Poitiers ; je l'ai servi à Brignais. J'ai servi son fils à Cocherel. Je suis allé une fois sur la Grande Ile et deux fois en Espagne. C'est assez.

En même temps que se parfaisait l'amour qui les unissait, la vie à Castelreng devenait plus aisée. Ils avaient engagé quatre couples. Chaque matin, après s'être concertés, ils leur distribuaient les besognes de la journée, laissant à Lebaudy, Paindorge et leurs épouses le choix de leurs vacations. Jamais seuls de l'aube à la vesprée – à moins qu'ils n'allassent à Limoux en signifiant à leurs amis et à la domesticité de demeurer sur place –, Tristan et Maguelonne attendaient le soir pour quitter leur demeure main dans la main ou bras dessus, bras dessous. Comme à Villerouge, ils erraient dans les chemins et les prés à l'entour du château. Avant de quitter le tinel où les meschines desservaient, le maître, comme on l'appelait, n'oubliait jamais de saisir l'olifant de son père par son enguichure et de le mouliner de la manière dont Angilbert le Brugeois, l'apostat de Brignais, faisait tourner son crucifix. Cependant, peu à peu, ses craintes de voir réapparaître les expulsés de Castelreng s'amenuisèrent. S'il renonça au port de la grosse corne de bœuf sertie de viroles d'or, le souvenir d'Angilbert subsista qui, parfois, en provoquait d'autres.

« Avant d'avoir un pied dans la tombe », songeait-il, « j'en conserve un dans le passé. »

Jamais il ne parviendrait à se guérir de Brignais. Jamais il ne pourrait effacer de sa mémoire les remembrances qui concernaient Briviesca, Burgos, Tolède, Séville, Bordeaux et Rechignac.

Passionnée aux moments suprêmes, Maguelonne montrait beaucoup de patience, de diligence et d'humilité dans la conduite des jours. Tristan s'étonnait qu'elle fût d'une humeur tellement égale qu'elle semblait la conséquence d'une secrète mélancolie.

— Te languis-tu de Villerouge ? s'inquiétait-il en essayant d'élucider l'énigme d'un regard qui, soudain, se dérobait au sien.

Non, elle ne regrettait rien, mais elle se fût montrée heureuse que son oncle vécût à Castelreng, ce à quoi Pierre Massol s'était refusé : il aimait les hauteurs venteuses du Termenès.

Il fallait défricher les champs abandonnés, soigner les vignes malades, bûcheronner pour affronter le prochain hiver, garder et soigner le bétail, entretenir les chevaux et s'exerciser aux armes. Rien de fortuit, à l'inverse de la guerre. Une existence dure et lisse ; des journées à l'issue desquelles le plaisir de se mettre au lit se magnifiait de la présence de Maguelonne. De même que lors de leur sortie d'après-souper, leurs mains se joignaient, leurs bras s'enroulaient autour de leurs corps, leurs lèvres jamais lasses de se joindre recommençaient des cheminements dépourvus des incertitudes et des atermoiements des premières nuits tissées de pâmoisons et de suavités ardentes. Parfois, comme ensorcelé, il advenait que Tristan fût visité par le souvenir d'une bouche offerte par une autre. Une question se posait : « *Qu'est-elle devenue ?* » Cette résurrection du passé lui faisait craindre d'aimer insuffisamment Maguelonne. Il se morigénait : il avait voulu ce butin de chair exquise. Il l'avait obtenu. Il avait rêvé d'attouchements inlassables, de répétitions, de soupirs et de réveils étincelants après lesquels il empoignerait la vie et ses difficultés à plein courage. Son épouse se montrait telle qu'il l'avait souhaitée : accommodante, voire agressive. Que voulait-il de plus ?

Au-delà de leur lit, au-delà de Castelreng et plus loins encore, au-delà de la Langue d'Oc, la guerre continuait. Par le truchement de ses capitaines, Charles V faisait son possible pour bouter les Goddons hors des pays où ils avaient voulu s'agglomérer pour toujours. Alors que juillet prenait fin, le bruit se répandit que le roi était parti pour Harfleur encourager son ost, cependant que Lancastre, sorti de Calais, avait chevauché jusqu'à Thérouanne et Aire. Il y avait eu des escarmouches acharnées dans les contrées que ses armées avaient traversées[1].

— Guesclin en était-il ? demanda Tristan à Paindorge qui, retour de Mirepoix, lui rapportait ces faits.

— Il ne le semble pas. Il doit être toujours en Espagne auprès de sa concubine et de leurs enfants.

1. Charles V partit pour Harfleur le dimanche 15 juillet 1369.

— Sans doute doit-il guerroyer pour entrer en possession des domaines et des châteaux que le Trastamare lui a donnés.

L'Espagne. Quel temps y faisait-il ? Les gens apprenaient-ils à vivre enfin heureux ? A Tolède, Cristina était-elle entrée au couvent ?

Ils étaient seuls, Paindorge et lui, proches de l'écurie d'où sortait une odeur de paille fraîche. L'Espagne, ils y pensaient de la même façon. Séville, songea Tristan, Séville où l'amour prenait un caractère de cérémonie religieuse lorsque Francisca lui offrait son corps...

Le silence de Paindorge semblait le pousser à la réminiscence de ces jours extrêmes. Pourquoi n'oubliait-il pas ? Pourquoi, parfois, des regrets inattendus et despotiques accroissaient-ils en lui une sorte d'amertume qui s'avivait au moindre désagrément de l'existence quotidienne ? Pourquoi éprouvait-il çà et là un sentiment de culpabilité lorsqu'il voyait jouer des enfants qui eussent pu être Simon et Teresa ?

— La guerre ne viendra pas jusqu'à nous, dit Paindorge.

Il avait raison. D'ailleurs, pour se laver l'esprit des horreurs qu'elle dispensait, il fallait préparer la fenaison et les prochaines vendanges, acheter des comportes et des barils, retailler une vis de pressoir – ce dont Lebaudy s'occupait à merveille. Chaque soir, toute la mesnie de Castelreng se réunissait autour de la grande table, vouée à une frugalité provisoire ; et les parlures allaient bon train.

Lors du souper du dimanche 2 septembre, Alazaïs quitta précipitamment les convives. Ils l'entendirent, peu après, vomir à gros sanglots dans la cour. Paindorge ne s'était pas déplacé.

— C'est rien, dit-il. Elle est grosse de deux mois.

Maguelonne dévisagea Tristan avec une sorte de

désespoir, puis son regard se tourna vers Alazaïs qui revenait, pâle et souriante :

— Robert vous l'a dit ?

— Oui, acquiesça Sibille tournée vers sa sœur. Allons, nous enfanterons toutes un jour. C'est la vie...

Maguelonne baissa la tête, puis le dos comme sous un gros fardeau de déception et d'envie.

— Rassure-toi, murmura Tristan. Nous aurons des enfants lorsque Dieu le voudra.

Il comprenait que son épouse eût été affectée par l'annonce de cette prochaine naissance. Elle avait espéré, sans doute, être la première à révéler une grossesse qu'elle souhaitait ardemment, bien qu'elle se fût toujours gardée de la moindre allusion à cette conséquence prévisible de leurs étreintes. Cependant, les jours qui suivirent, plutôt que de se confiner dans une mélancolie qui l'eût contristé, Maguelonne fit l'effort de se montrer gaie, confiante, prévenante.

Un héraut, Raoul de Belpech, et sa suite se présentèrent à Castelreng dans la matinée du lundi premier octobre. Il allait y avoir des joutes à Mazères, le 14 du même mois. Gaston Phœbus avait promis d'y courir des lances, et comme le sire de Castelreng était réputé pour sa bachelerie [1], on espérait sa présence.

Tristan refusa sans façon, arguant de son manque de préparation et de sa participation aux vendanges décidées pour les vendredi et samedi précédant ces joutes. C'était un mensonge : la cueillette du raisin avait été prévue pour la semaine succédant au pardon d'armes de Mazères. Une fois le héraut loin des murs, Maguelonne lui reprocha de s'être privé d'un plaisir et d'une fête où il eût certainement brillé.

1. Audace et chevalerie.

— De l'aube au soir, tu es aux champs avec les hommes. Il aurait été bon que tu coures des lances.

— J'aime mieux les courir avec toi.

C'était la vérité, mais nuancée d'un soupçon d'amertume : s'adouber, revêtir une belle cotte d'armes, porter le grand heaume sommé de deux tours d'argent eût été répandre tout à la fois dans son sang l'ardeur et le délit[1] des jours héroïques. Outre qu'il lui eût déplu que son nom fût à nouveau clamé dans les champs clos, il se refusait à jouter contre des inconnus certainement à court d'expérience.

— Parfois, dit Maguelonne, tu me parais si doulousé que je me demande si tu ne regrettes pas la guerre.

— Oh ! non... Mais il m'advient, dans la paix de nos terres, de craindre sa venue. C'est pourquoi nous nous exercisons de temps en temps, Robert, moi et les autres.

Il flairait la guerre. Le peu que lui eût dit Raoul de Belpech sur les événements extérieurs aux joutes qu'il publiait en dégageait la puanteur. Elle reprenait dans le nord de la France et, comme toujours, elle commençait honteusement pour les bannières aux lis. Le duc de Bourgogne et son ost s'en étaient allés à Hesdin pour combattre Lancastre. Ils avaient évité l'affrontement, ce dont moult gens s'étaient montrés courroucés car ils avaient l'espérance de voir leur contrée purgée des Goddons[2]. Or, ceux-ci avaient répandu la terreur et le feu dans les comtés d'Eu et de Ponthieu.

1. Plaisir, délice.

2. Le mercredi 12 septembre, de nuit, le duc de Bourgogne chevaucha vers Hesdin, renonçant ainsi à affronter Lancastre. Celui-ci (et son ost) avait traversé le pays de Caux, passé la Somme au gué de la Blanchetaque pour gagner Harfleur afin d'y « *ardoir la navie du roi de France* » qui était là. Or, Charles V s'en était allé satisfait d'avoir visité sa flotte.

Les Anglais incendièrent le comté d'Eu. Ils ne purent cependant

« Il paraît que le roi se lamente », avait commenté Belpech. « Il envoie à Guesclin chevaucheur après chevaucheur, mais le Breton reste en Espagne. »

Bertrand le hutin, providence de la royauté française. Ah ! oui : mieux valait vivre en homme de la terre qu'en chevalier honnête. Mieux valait par-soigner le blé, le foin, la vigne que les lis !

Le village de Castelreng, quasiment désert sous la suzeraineté d'Aliénor et de son fils, se repeuplait de couples souvent pourvus d'enfants chétifs et qui avaient tout perdu sous la tyrannie des Compagnies. Tristan se refusait à savoir d'où ils venaient et quelles avaient été leurs misères. Ils étaient sous sa protection et s'y plaisaient ? Tant mieux pour eux. Ce n'était pas la mort qui s'enracinait à Castelreng mais la vie et accessoirement la gaieté. Par l'entremise de Paindorge, il leur offrit des terres. A eux de faire en sorte qu'elles devinssent prospères. Il avait droit au respect des hommes, aux sourires parfois trop bienveillants des femmes et des donzelles. Que souhaiter de mieux ?

Il se sentait à l'aise ; tellement, d'ailleurs, dans ce menu royaume qui lui appartenait, que toute chevauchée au-delà de Limoux, Mirepoix, Chalabre ou Roquetaillade lui devenait fastidieuse. Quand les vendanges furent achevées, le fourrage engrangé, les premiers labours commencés, il s'accorda quelques randons, soit avec Alcazar, soit avec Malaquin afin qu'ils ne perdissent pas leur vélocité, leur vigueur et

méfaire contre les nefs de France et s'en retournèrent par le comté de Ponthieu. Quant à Charles V, fort de l'appui du clergé et de la connivence des populations, il avait recouvré le Rouergue, le Quercy, l'Agénois. De plus, à la suite d'heureuses tractations, il venait de faire épouser (19 juin 1369) à son frère Philippe l'héritière de Flandre, Marguerite de Male, moyennant la rétrocession, pour un certain temps, à la Flandre, de Lille, Douai, Orchies.

leur goût de l'effort. Il advenait que Maguelonne lui fît seller John ou Babiéca, pour l'accompagner dans des chevauchées courtes et lentes. Échanger des propos eût été inutile : ils communiaient dans le silence et la nature. Il leur était doux, ensuite, de revenir au château pour y prendre un repos qui parfois dénouait un enlacement bref où le plaisir avait supplée la volupté.

L'automne vint. Le temps parfois sortit ses griffes. Un des rares matins où le soleil s'obstinait à dominer la froidure – le dernier dimanche de novembre [1], Tristan, qui pansait Alcazar sur le seuil de l'écurie, se complut à observer son épouse, immobile sur le banc de la cour, entre deux chats roux issus des harets de la forêt toute proche et qu'elle avait apprivoisés.

— Holà ! n'as-tu pas froid ?

Elle s'enferma davantage dans sa chaucemante de lin gris doublée de mouton, et bien que la capuce du vêtement le dissimulât en partie, il s'étonna de la pâleur de son visage. Posant le kattah [2] qui avait appartenu à son père et qu'il avait retrouvé sous des détritus, à l'échansonnerie, il fut en hâte auprès de Maguelonne.

Une sueur légère embuait son front et ses joues. Ses lèvres, serrées, tremblaient. Elle n'osait parler de crainte, sans doute, d'être secouée par un vomissement.

— Cette fois... commença-t-elle avec peine.

— Un enfant ?

Elle le lui confirma d'un hochement de tête. Ensuite, sous ses mains, elle dissimula son visage.

— Eh ! là, dit-il, il n'y a aucune honte. Tu n'es coupable de rien, au contraire...

Une naissance enfin ! Ils l'avaient souhaitée. Cepen-

1. Le dimanche 25 novembre 1369.

2. Brosse dure pour le pansage des chevaux. L'usage en venait des Arabes.

dant, sur le coup, il leur sembla qu'ils étaient malheureux.

— Il faut, dit Tristan, prendre bien soin de toi.

Un enfant, c'était la preuve de la continuité de leur amour. C'était aussi, en des temps d'abusions de toutes sortes, un être dont la vie pourrait être menacée.

— Courage, m'amie, dit-il en s'asseyant auprès d'elle.

Ils se considérèrent avec une curiosité, une persévérance presque farouche, n'osant se demander s'ils devaient répandre la nouvelle ou la dissimuler comme une épreuve destinée à revigorer, voire à magnifier une union qui s'étouffait sous un fatras d'habitudes. Avec plus d'appréhension que sa compagne, sans doute, Tristan imagina le corps si beau, proche du sien, déformé par une grossesse dont il craignit les difficultés quotidiennes et l'imprévisible échéance.

— Dieu t'aidera, dit-il sans trop de conviction.

Il saisit les mains de Maguelonne. Elles étaient douces, fraîches, abandonnées. Écartant un peu la capuce fourrée, il baisa la jeune femme sur la joue. Contrairement à l'ordinaire, les chats n'avaient fait que sauter à terre. Ils se rejuchèrent sur le banc et l'un d'eux se frotta contre la hanche de Maguelonne comme s'il en estimait, lui aussi, la douceur.

— Il t'aime, dit Tristan inexprimablement inquiet. En fait, nous t'aimons tous.

* *
*

L'attente commença, pareille à un long cheminement sans autre inconvénient, pour Tristan, que des refus nocturnes chuchotés. L'existence d'époux lui parut se vider de toute douceur, toute passion, toute espérance de jours et de nuits acceptables. A l'ivresse sacrée des nuitées de naguère, à l'éblouissement des premiers mois de mariage composés d'attirances et de félicités de l'âme et du corps, succéda une bonace entrecoupée d'élans de repentance et de renoncements humiliants. La jouvencelle pusillanime s'esquiva devant la future mère avide d'une trêve, sinon d'une paix dans des corps à corps dont son enfant eût subi les sombres coups[1]. Devenant moins pudique lorsqu'elle caressait son ventre, encore plat, Maguelonne devint plus réservée. Fallait-il qu'il en fût for-mené[2] ?

— Bon sang, grommelait-il entre ses dents. Croit-elle vraiment que je vais meshaigner son petit ? Oublie-t-elle qu'il est mien aussi dès maintenant ?

A chaque déception, il ne pouvait s'interdire d'évoquer les émois d'Oriabel, les solas[3] fortement épicés de Mathilde de Montaigny, l'amour chaud-tiède de Luciane, celui, brûlant, de Francisca, celui comme désespéré de Tancrède. Après avoir aimé Maguelonne avec une ferveur qu'il n'eût osé se reprocher, il trouvait des satisfactions dans une élévation qu'elle avait méritée sans jamais avoir fomenté quoi que ce fût pour l'obtenir. L'espèce d'abstinence à laquelle elle le contraignait en arguant de son état lui semblait, son dépit épuisé, une épreuve que d'autres avaient acceptée, subie et subissaient encore – en particulier Paindorge auprès d'Alazaïs. Une fois délivrée de l'enfant, Maguelonne recouvrerait sa passion et les moyens de la lui prouver. En espérant peut-être à tort cette nouvelle transmutation, il pouvait se demander si l'aigreur

1. A cette époque : meurtrissures.
2. Vexé.
3. Jeux, divertissements.

qu'il éprouvait ne signifiait pas qu'il était sur le point de perdre sa jeunesse.

Où était le temps de Villerouge ? Le bon temps où Maguelonne courait vers lui avec la fougue malaisée d'une pucelle gênée par sa robe, chacun de ses genoux boursouflant successivement la tiretaine jaune élimée. C'était le temps où elle voulait et lui non, par respect et par principe.

Bien qu'elle sût qu'elle exaspérait fréquemment sa patience, elle mêlait toujours à son amour pour lui un sentiment d'admiration qui ne faiblissait pas. Si, au commencement de leur vie commune, le plaisir d'une étreinte avait été pour elle un miracle de leurs passions réunies, il semblait qu'elle n'y vît désormais qu'une sujétion à la nature. Était-ce, se répétait-il, en raison de son état ? Il n'y avait point, à Castelreng, un chapelain pour lui « tourner la tête ».

Un jour vint où elle se plaignit d'une lassitude continuelle dont peut-être elle exagérait l'importance. Contrairement à ce que Tristan craignait, elle accepta de rares enlacements avec une soumission qui semblait la cendre des brasiers d'autrefois. Ignorant si ces consentements signifiaient qu'elle passait du goût au devoir et de celui-ci à une espèce d'aumône – sur les conseils, peut-être, d'Alazaïs et de Sibille –, il se rassura en se disant qu'ils communiaient encore et que c'était là l'essentiel.

Ce furent des mois tant bien que mal sereins. Riche modérément, Tristan maintint au chaud le cœur de son épouse par des largesses mesurées. Elle obtint en présent une jeune haquenée, reçut des robes de prix acquises chez Antonia Lemosquet et porta le dimanche certains joyaux de dame Hombeline. Exprimait-elle un vœu aisé à satisfaire ? Elle le voyait exaucé. Quoique désintéressée, elle se merveillait d'une prodigalité dont, pourtant, elle connaissait les limites. Elle faisait acte de générosité auprès du donateur par des abandons eux aussi calculés. L'issue semblait la contenter sans que son souffle eût été changé du commencement à la fin. Proche dans la journée, Tristan la voyait s'éloigner de lui dès qu'approchait la vesprée.

— Comprends-tu, disait-elle hors des draps, je suis grosse.

Son ventre était le même et ses formes pareilles.

Les nuits se multiplièrent où elle se refusa en alléguant ce prétexte.

— Soit, disait-il parfois, tu vas enfanter. Mais ça ne se voit pas. Je saurai m'abstenir sitôt qu'il le faudra.

Après avoir considéré leur mariage comme un présent de la providence, Maguelonne s'interrogeait-elle avec une perspicuité nouvelle sur certaines de leurs dissemblances ? Il était noble, elle venait du commun. Était-elle tenue de lui céder sur tout, et même devait-elle, pour cette raison, contenter sans rechigner son humeur de mâle éprouvé par les batailles et les déconvenues familiales ? Non. Elle était son épouse, point son esclave. Il allait avoir trente ans, elle dix-sept. Bien qu'il la traitât en adulte, se sentait-elle amoindrie par une différence d'âge et des bienveillances nées de celle-ci qu'elle trouvait parfois imméritées ou fortement intéressées ? Elle semblait se repentir toujours de l'aimer moins qu'il ne le méritait et pourtant ses renoncements révélaient une satiété singulière qui n'était point due à son état.

Bien qu'il le voulût, il ne pouvait rompre la litanie des questions qu'il se posait sur l'étrangeté des sentiments de Maguelonne. Privé du vif aspect de dévotion qu'il lui avait connu au commencement de leurs amours, son comportement signifiait-il qu'elle croyait, enceinte, avoir atteint l'âge adulte, partant une sagesse ou un désenchantement inhérent à la maturité ?

Elle eut moins de langueur dans ses réveils et plus de fermeté dans ses propos quand, avant d'entamer une journée, elle s'informait de quelque tâche ou suggérait celles qu'ils devaient promptement accomplir, lui hors des murs, elle à l'intérieur. Après tant de jours ordinaires pour elle à Villerouge, aventureux pour lui, particulièrement en Espagne, il leur plaisait différemment de voir s'ouvrir devant eux des matinées souvent trop étroites et des après-midi d'ouvrages en quelque sorte innocents.

— Tu ne peux pas me comprendre, lui dit-elle un soir de grigne[1] avant qu'elle ne le rejoignît au lit.

— Pourquoi ?

— Parce que tu es un homme.

Elle s'était exprimée en se dénudant. Elle avait maintenant, dans la clarté timide de la chandelle, un ventre rond et dur dont l'ombre se confondait à une autre. Tout au long de son déshabillage, elle avait paru se complaire en des gestes lents et comme définitifs.

— Tu ne peux pas savoir...

— Quoi ?

Elle avait perdu cet air bienheureux d'antan, cette façon de se présenter à lui comme une chose fragile dont il devait prendre grand soin. Elle avait abandonné ce sourire nuancé d'un soupçon de gourmandise, cette candeur aussi, qu'elle savait si bien concilier avec son goût des réalités. A dire vrai, il suffisait qu'il l'examinât un peu trop entre ses cils mi-clos pour qu'il se sentît condamné à l'abstinence.

— Je ne sais pas *quoi* ? insista-t-il. Qu'est-ce que je ne peux pas savoir ?

1. Mécontentement.

— Ce que c'est que de porter un petit. C'est un fardeau.

— Je n'en disconviens pas.

Elle parut hésiter. Il fut sensible à l'expression désolée de son visage lorsque sa dextre longue et blanche, presque nacrée, caressa son ventre comme pour rassurer l'enfant.

— Il grandit et grossit. Je ne veux pas que tu l'étouffes.

« La belle excuse ! » songea Tristan prêt à s'ébaudir. Il ne la connaissait que trop. Elle ne méritait même pas qu'il en discutât.

* *
*

Selon son humeur et celle de Maguelonne, Tristan se résigna aux déceptions d'une adversité doucereuse ou revêche selon, parfois, l'humeur du ciel. Elle portait leur enfant avec une sorte de vaillance qui peut-être hypocritement faisait l'admiration de tous, même d'Alazaïs dont la grossesse approchait de son terme. Elle enfanta d'un garçon qui reçut le nom de Tristan, et Tristan le Vrai, selon Maguelonne, craignit d'être le père d'une fille.

Ses vœux furent exaucés. Le vendredi 21 juin [1], aidée par Sibille et Raymonde Rastinel, une meschine, la dame de Castelreng mit au monde un garçon que son géniteur tint à prénommer Hélie, du nom d'un aïeul qui avait suivi Louis IX à la septième croisade pour trouver la mort à Tunis, auprès du roi.

Dès lors, de jour comme de nuit afin de le changer ou pour, de son sein, apaiser ses pleurs, Maguelonne

1. 1370.

consacra la plupart de ses heures à l'enfant. Déjà déchu de son état d'amant, Tristan se sentit relégué à celui de père.

— Tu m'aimes moins... et même tu ne m'aimes plus, reprocha-t-il à son épouse un matin où il s'apprêtait à seller Malaquin pour aller vaguer du côté de Roquetaillade.

Il s'était exprimé sur un ton enjoué, croyant ainsi dissimuler une maussaderie qui l'avait tenu éveillé toute la nuit.

— Non, dit fermement Maguelonne. Tout est pareil... Tout le redeviendra.

Ses relevailles dataient d'un mois. Il ne l'avait pas *touchée*. La veille, il avait essayé. Vainement. C'en était bien fini des audaces et des postures, des nudités complètes et provocantes. Ce qu'une amante avait osé, ce qu'une épouse avait consenti, une mère se l'interdisait.

Ils étaient encore dans leur chambre, à mi-hauteur du donjon. Maguelonne saisit la dextre qui venait de se poser sur sa cuisse et la remonta sur son épaule.

— Laisse-moi le temps, dit-elle joue contre joue afin, peut-être, qu'il ne vît pas son regard. Je suis lasse. Je t'aime et... te le montre autrement. Je me dévoue autant que toi à ce châtelet.

De quelle espèce était cet amour-là ?

Résigné, mais la rage au corps, Tristan vit son épouse se pencher au-dessus du berceau où l'enfançon reposait d'un sommeil figé, ses petits poings roses en avant comme si, déjà, il souhaitait fournir des coups.

— Viens voir comme il est beau.

Il refusa d'aller s'incliner sur son fils. Un vieux dicton lui revint en mémoire : « *l'ômé ës ëndigné d'ôm'êstré që dë sa fënno noun ês mêstro* [1] ». Il s'inter-

1. L'homme est indigne d'être homme s'il n'est pas maître de sa femme.

dit d'y souscrire, mais comme son épouse demeurait en extase devant leur fils, ses craintes lui échappèrent :

— Tu vas l'aimer mieux que moi.

Il s'attendait à une protestation du genre : « *Mais non, bestiou, ce n'est pas pareil* » ou : « *Grand fol ! C'est notre enfant et non le mien* » ou encore : « *Rien ne sera changé* », or, Maguelonne se verrouilla dans un silence têtu après avoir haussé les épaules. Lorsque, le soir, il se risqua lentement à une glissade de la hanche au nombril, elle excipa d'une fatigue qu'elle n'éprouvait sans doute point, oubliant que lorsqu'elle était lasse, aux premiers temps de leur union, elle s'essanait [1] plus intensément que d'ordinaire.

Il s'acharna aux travaux des champs avec Paindorge et Lebaudy qui paraissaient, eux, tout bonnement heureux. Point de guerre, une bonne chère et très certainement une bonne chair. Par intermittence, ils laissaient entrevoir leur plaisir d'enfourcher des épouses aisées à prendre et grâce auxquelles ils se consolaient de longs mois d'abstinence.

« Dois-je les envier ? » s'interrogeait Tristan.

Tandis que son cœur s'étrécissait, sa mémoire développée d'échec en échec lui restituait des visions précises d'où Maguelonne était exclue. Oriabel si fière d'être nue et de s'élancer dans ses bras, Mathilde follement inépuisable, Luciane, tiède en apparence mais chaude, frémissante dans les plis ombreux des nuits ; Francisca pour qui l'amour était une espèce de religion aussi âpre, aussi « prenante » que ses danses ; Tancrède dont l'état de mère n'eût sans doute pas amoindri les ardeurs.

Il fut quelque peu rassuré le jour où Paindorge, qui chevauchait auprès de lui tandis que Lebaudy chemi-

1. *Essaner* : mettre hors de sens.

nait en arrière, commenta en désignant une douzaine de cranequiniers qui, de Limoux, ralliaient au petit trot Carcassonne :

— Voilà que je les envierais presque. Je préfère guerroyer avec mes pareils qu'escarmoucher avec ma femme.

Il avait tout pour être heureux – du moins en apparence : Alazaïs semblait d'humeur moliante, douce et maniable, et leur fils poussait droit comme un baliveau. Néanmoins il regrettait le temps de son écuyerie où, de l'aube au soir, son existence était une succession de dangers, d'accidents et d'aventures.

— Surtout, n'en dites rien à Maguelonne ! Elle le répéterait.

— L'ost, j'y pense aussi, confessa Lebaudy.

— Eh bien, moi, Tristan, je vous dis que les batailles sont des calamités.

L'annonce du traité d'alliance entre la France et la Castille[1] – qu'il avait apprise trois mois après l'apposition des sceaux – l'avait rendu moins amer qu'il eût pu l'être. Il ne cessait pourtant de haïr l'ancien Trastamare, l'usurpateur, le bâtard de Castille. Quant à Guesclin, il vivait toujours en Espagne. Hourdé de ses Bretons et de routiers, il menait sa guerre, entrecoupant ses batailles de longs séjours auprès de sa maîtresse.

— Il ne reviendra pas, affirma Paindorge approuvé par Lebaudy.

— Il reviendra, mes compères. Cet ambitieux a obtenu tout ce qu'il souhaitait en Espagne : or, respect, concubine. Vous savez autant que moi qu'il n'a jamais cessé de touiller l'esprit du roi, de lui adresser des présents, de faire le mignot et de fermer à bon escient sa grande goule. Il sait attendre le moment favorable pour

1. 8 juin 1369.

son retour. Audrehem ne s'est jamais gêné pour dire qu'il ambitionnait l'épée de connétable.

— Holà ! c'est Moreau de Fiennes, objecta Paindorge.

— A Fiennes que pourra... Moreau se fait vieux. Le roi peut le bouter hors en l'assurant de son affection... Guesclin n'est plus à ses yeux un huron sinon un wandre [1] mais une espèce de prince rustique possesseur, en Espagne, de moult châteaux et domaines... A peine était-il haut comme trois soupes au vin que son fils et celui de la dame de Soria était promptement anobli par son complice : Enrique. Beltran de Torres... Notre roi si chrétien, qui ne doit rien ignorer de ce concubinage, lui pardonne de vivre en satrape tout en regrettant sans doute qu'il n'ait pas fourni à sa Tiphaine les enfants qu'il a conçus avec son Espagnole... Attendez-vous à voir paraître notre homme quand il sera certain d'obtenir l'épée. C'est sans doute la condition qu'il a mise à son retour. Et croyez-moi, toute dorée qu'elle soit – je ne dis pas *adorée* –, sa señora ne pèsera pas lourd dans la balance !

Tristan se tut. Le seul fait de parler du Breton l'avait mis en sueur. Il fut comblé, quelques jours après cet entretien, lorsqu'il apprit, par Raoul de Belpech rencontré sur le marché de Limoux, que Guesclin, lors d'une joute à Oviedo, avait vidé les arçons sous le coup de lance d'un *fidalgo* [2], Diego Valdès dont, sitôt après sa chute, il avait contesté la victoire.

— Qu'en pensez-vous ? demanda Belpech.

— Rien, messire. Si je n'oublie point cet homme, peu me chaut comment il occupe ses jours.

1. Vandale.
2. Gentilhomme.

— Voulez-vous que nous allions vider un godet à la taverne d'en face ?

Belpech était un homme avenant, avec qui deviser devait être agréable ; cependant Tristan déclina l'invitation :

— On m'attend, messire. Une autre fois.

De quoi se fussent-ils entretenus sinon de l'état de la France et de Guesclin ?

— Il va y avoir quelques joutes... Voulez-vous savoir où et quand ?

— Non, messire.

— Si vous refusez d'y participer, on va vous prendre...

— Pour un couard, acheva Tristan. Eh bien, sachez-le, messire : à quiconque le prétendra, j'accorderai une course, une seule, à la lance de guerre. Et j'inviterai, avant que nous ne commencions, mon appelant à fosser la terre qui le recevra !

Il quitta Belpech sur un « au revoir » bref qui pouvait lui faire de cet homme un ennemi et galopa jusqu'à Castelreng.

Allongé dans son berceau, Hélie dormait.

« Il pousse, comme *elle* dit. »

Les prévenances dont Maguelonne entourait leur enfant ne laissaient pas, parfois, de l'irriter. Il les trouvait excessives et devait accomplir de gros efforts pour dissimuler son ire. Hélie était un garçon. Il importait de le traiter en conséquence afin qu'il devînt un homme.

— Il sera grand temps d'en faire un chevalier quand il aura sept ans, protestait Maguelonne.

Elle était une mère accomplie, parfaite, irréprochable. Mais elle n'était plus qu'une mère, presque une nonne, encore que certains prétendissent que les filles vouées à Dieu célébraient de voluptueuses eucharisties dans la plupart des moutiers.

Il était condamné à ses étreintes brèves, parfois interrompues : l'enfant pleurait. S'était-il découvert ? Il fallait sortir du lit pour s'en assurer et remédier à cet inconvénient, de sorte qu'au retour, l'agréable incident tournait à la querelle, faute de prolongement. Hélie avait-il soif ? Le sein passait d'une main tendre à des lèvres avides. Maguelonne avait beau s'offrir quelquefois, grande ouverte et résignée, il prenait ces bons vouloirs pour d'habiles sacrifices destinés à le guérir... mais de quoi ? Autant le lien maternel s'affermissait chez son épouse, autant le lien conjugal se relâchait sans qu'elle parût y prendre garde. S'il conservait des premiers jours de leur mariage un éblouissement qu'il entretenait par des flambées d'émouvantes souvenances, il savait qu'il n'existait aucun remède à leur résurrection.

La différence et fréquemment l'opposition de leurs états d'esprit se faisait jour. Pour ne point envenimer leur malaisance, Tristan renonçait aux reproches, quels qu'ils fussent, et ceux qu'il s'adressait à lui-même quant à son incompréhension d'une « jeunette » lui tordaient le cœur. Il craignait de plus en plus, comme sans doute Maguelonne, que leurs enlacements, rares et prompts, sans la moindre enluminure, ne fussent et ne devinssent que l'expression d'une animalité dont ils s'étaient crus dépourvus. Les références à ses émois partagés avec d'autres envigouraient son imagination. Elles ne le pacifiaient que pour le tourmenter davantage. Les scènes incidemment nées dans sa mémoire exaltaient des désirs qui ne devenaient que des nécessités.

Il se mit à épier les meschines et parfois les femmes de Paindorge et de Lebaudy, toujours réjouies dans la plénitude d'un bonheur de vivre et d'aimer qui peut-être était faux. Alazaïs et Sibille allaient et venaient du matin au soir dans une sorte d'insouciance. Lors des repas pris en commun autour de la maître table, il voyait parfois leurs mains s'unir à celles de leur homme, annonciatrices d'attouchements plus intimes dont il devinait l'issue. Sans qu'il souhaitât susciter l'amour d'une autre femme, il songeait à des parleries douces, nouvelles, semées de consolations méritées. Il avait grand besoin d'être compris, rassuré, encouragé, d'ouïr d'autres mots prononcés par d'autres voix et de lire dans d'autres regards des émois et compassions sincères.

Alors qu'il craignait de sombrer dans l'avertin[1], Maguelonne se reprit, découvrant çà et là, de façon concertée, une cheville, une jambe, ou se penchant davantage que la nécessité l'exigeait à la fenêtre de leur chambre afin qu'il imaginât la chair sous la robe tendue et le sein sous la camisole au col lâche quand soudain elle lui faisait face. A son inappétence de mâle déçu, elle opposait un charme qui s'endiablait, une envie qui ne demandait qu'à s'épanouir mais qui s'altérait par une crainte : « Ne me fais pas un autre enfant. » L'amour fou devenait un amour « familial » composé d'une certaine sagesse, de larges habitudes et de satisfactions qu'il eût pu emboîter l'une sur l'autre sans que rien n'en rompît le trop rigoureux équilibre.

— Tu regrettes l'armée, lui dit-elle un jour d'une voix neutre, calculée.

Elle se méprenait à peine, et cependant, il se cabra. Non, il ne regrettait pas l'ost ! Il y avait suffisamment engagé sa vie pour déplorer d'être ce qu'il était.

Soudain enhardie, Maguelonne continua :

— Tu n'aimes guère ton fils.

1. Maladie de l'esprit qui rend emporté, furieux. Nom, également, de celui qui en était atteint (vieux).

— Quand tu cesseras de le couver, j'essaierai d'en faire un homme – s'il n'est pas trop tard. Et s'il se plie à ma volonté, je tâcherai d'en faire un chevalier.

A ces reproches succéda une mésentente de quelques jours. Au contraire de ses prévisions, elle revigora Tristan. Les conversations de Lebaudy et de Paindorge, dont il s'était peu soucié, reprirent de l'intérêt. Ce qu'ils avaient appris soit à Limoux, soit à Mirepoix ou encore à Carcassonne, titilla sa maussaderie d'autant plus désagréablement que les noms de Guesclin et de Robert Knolles figuraient dans les propos des deux compères.

Il connaissait l'Anglais par ce que lui en avait révélé Ogier d'Argouges qui l'avait combattu à la fin de ses enfances. Celui qu'on appelait toujours Robin Canole avait fait des progrès dans l'art malfaisant de détruire et d'occire. Il décapitait avec plaisir les clochers, et d'une telle façon qu'on les appelait les *mitres de Knolles*. A la fin du mois de juillet de cette année 1370, il avait mené un grand randon dans le nord de la France et aucune armée ne s'était portée à sa rencontre. Le roi, tout occupé de son fils, oubliait quelque peu, disait-on, les affaires du royaume où pourtant la guerre ne cessait point[1].

1. Charles de France, né à Paris le 3 décembre 1368, premier dimanche de l'Avent, allait devenir Charles VI. De mauvaise santé, comme son père, il allait être pris de « chaude maladie » tellement « angoisseuse » qu'il allait en perdre les ongles et les cheveux. Sans doute était-il épileptique.

A la fin juillet 1370, Knolles, Thomas de Granson, 1 600 hommes d'armes, 2 500 archers étaient partis de Calais. Saint-Omer et Arras avaient subi leur fureur : ils brûlèrent les récoltes qui étaient aux champs, « sur le pied ». Ils gagnèrent Noyon par le Vermandois et incendièrent tous les villages. Passant par l'Oise et l'Aisne, ils allèrent devant Reims. Ils franchirent la Marne vers Dormans, marchèrent en direction de Troyes, passèrent l'Aube et la Seine, s'arrêtèrent à Saint-Florentin, passèrent l'Yonne à Joigny, atteignirent le Gâtinais et descendirent vers le sud par Château-Landon, Nemours, Corbeil,

— Et Guesclin, Robert ? Parle-moi de lui.

Ils étaient à cheval dans les terres. Le soir s'approchait à menus pas d'ombre. Ils avançaient lentement, heureux d'être ensemble, le long d'un petit bois enrugni par l'automne.

— Ah ! lui... soupira Paindorge. Son absence s'est fait sentir quand le duc de Berry assiégeait Limoges. Mais il est enfin arrivé. Il a annulé les traités entamés entre l'evêque, les échevins et Berry. Ils sont entrés à grande joie dans Limoges[1]. Le prince de Galles jura sur l'âme de son père qu'il se vengerait. On dit qu'il a réuni douze cents lances, mille archers, trois mille hommes de pied. Ils partirent de Cognac pour Limoges. Les pays traversés frémirent contre eux. En Espagne, le prince disposait d'une litière. Il la quittait parfois, il ne la quitte plus. Limoges a été assiégée, meurtrie, réduite en ramassis de pierres noires. Édouard a menacé de trancher le col de l'évêque.

Essonnes. Le dimanche 22 septembre, ils logèrent à Mons (Athis-Mons) et Ablon. Le mardi 24, ils furent en bataille entre Villejuif et Paris qui ne disposait, pour les combattre, que de 1 200 hommes.

Il y eut des escarmouches à Saint-Marcel. Les Anglais mirent le feu à Villejuif, Gentilly, Cachan, Arcueil et Bicêtre. Le soir, ils logèrent à Antony. Le mercredi 25, ils prirent la direction de la Normandie par Étampes, Milly, la Beauce, le Gâtinais. Aucune force véritable ne s'était opposée à leur avance.

1. Le duc de Berry était accompagné du duc de Bourbon, de Guy de Blois, etc. Aucun des vainqueurs de ce siège sans grande effusion de sang ne se demanda quel serait l'état d'esprit du prince de Galles lorsqu'il apprendrait que *sa* cité était redevenue française et que l'évêque, qui était son compère, avait négocié la restitution de la ville à la France.

La vicomté de Limoges avait été cédée, par le traité de Guérande, à Jeanne, comtesse de Penthièvre, veuve de Charles de Blois, mais elle n'en avait pas été mise en possession. Désespérant d'y parvenir, elle avait transporté à Charles V tous ses droits sur cette vicomté par un acte du 9 juillet 1370.

— Et Guesclin ? Et Berry ? Ils n'ont point contresté aux Goddons ?

— Non. Guesclin, à ce qu'on dit, est parti le premier.

— Où ?

— A Paris.

— Pourquoi ?

Paindorge sourit avec une sorte d'indulgence :

— Quoi ?... Je n'en ai jamais parlé parce que je ne voulais pas provoquer votre ire... Bertrand est allé à Paris pour y recevoir l'épée de connétable...

— Tudieu !

— Il paraît qu'il est traité comme un prince.

— Merdaille !... Il ne va pas falloir prendre le Breton autrement qu'avec des pincettes dorées !

Tristan caressa l'encolure de Malaquin. Le cheval se faisait vieux et c'était la raison pour laquelle il l'avait préféré à Alcazar : il fallait qu'il profitât doucement de l'arrière-saison de sa vie.

— Tu vois, Robert, dit-il, je m'efforçais d'oublier *tout* et particulièrement ce démon. Maintenant, c'est comme s'il était devant nous, poings aux hanches, avec cet air de défi et de dédain que tu lui connais tout comme moi... Connétable ! Connétable de mon cul... Pour moi, c'était toujours Raoul de Fiennes.

— Comme vous le craigniez, Charles a poussé Fiennes aux orties... Guesclin n'a pas fait de façons pour se saisir de son épée[1].

— En somme, on l'a regracié de n'avoir pas défendu Limoges contre le prince de Galles[2].

1. Guesclin reçut l'épée de connétable le 2 octobre 1370.

2. Limoges fut détruite le 19 septembre 1370 avec une férocité sans pareille. Seuls les chevaliers furent épargnés ! Cette colère homicide tient sans doute au fait que le prince de Galles se savait condamné. L'hydropisie dont il souffrait ne cessait de s'aggraver. Fut-ce un effet de la justice immanente ? A son retour à Bordeaux, cet homme qui

— On prête à Bertrand l'intention de se rendre en dévotion en Auvergne.

— Il a donc oublié les saints de sa Bretagne.

— Sans doute. En allant dans son pays, il faudrait qu'il voie Tiphaine. On prétend qu'elle se meurt de langueur en espérant son retour.

— Je me demande ce qu'elle lui a trouvé... son Espagnole aussi... et les autres !

— Les femmes qui couchent avec lui se donnent un frisson de plus en se disant qu'elles forniquent avec Belzébuth !

Ils se turent. Le vent qui soufflait, doux et chaud, semblait leur prodiguer des égards particuliers. Tristan se retourna pour voir Castelreng parmi les arbres dont les ors variaient du plus criard au plus sourd. C'était l'heure où il aimait à contempler sa chevance : pierres et terres sous son regard et comme à sa merci dans la gloire d'un coucher de soleil. Il se sentait hanté d'une joie merveilleuse en se disant qu'il accomplissait chaque jour un devoir d'homme qui valait mieux que celui de chevalier. Et Paindorge partageait cette satisfaction. Il ne se sentait plus sous la dépendance d'un seigneur qui exposerait sa vie avec la sienne, mais dans l'amitié d'un homme qui prenait fréquemment son avis. Tristan se demandait parfois qui, des deux, avait le plus d'ascendant sur l'autre. Restait Maguelonne. Il eût préféré une franche navrure à cette griffure toujours saignante par laquelle s'écoulait ce qui subsistait en lui d'ardeur et de passion. Ne plus la voir, ne plus l'entendre – fût-ce pendant quelques jours –, voilà ce qu'il eût dû souhaiter. C'était au-dessus de ses forces. Peut-

avait fait occire, à Limoges, des centaines d'enfants, vit son fils aîné, Édouard, expirer. C'était au commencement de janvier 1371. Édouard venait d'avoir six ans.

être souffrait-elle davantage que lui... Il ne fallait pas qu'ils devinssent toujours des adversaires lorsque leur fils s'imposait comme un sujet de parlerie. Il ne fallait pas que Maguelonne se revanchât au lit d'une discorde feutrée ou non, souvent achevée à son détriment. Il ne fallait pas... Mais que ne fallait-il pas ?

La vie coulait goutte à goutte. Ce fut au tour de Lebaudy et de Sibille d'avoir un fils : Espaing. Maguelonne partagea inégalement son temps entre ses occupations de gentilfame, son fils et son neveu.

« Elle se donne à tout, sauf à moi », se dit Tristan.

Cependant, il s'accoutumait à ce qui pouvait passer pour une exclusion imméritée en se disant de son épouse :

« Elle est trop bonne. »

Les nouvelles parvenaient à Castelreng dans un désordre dû à la façon et aux lieux dans lesquels elles avaient été récoltées. Chandos était mort dans une escarmouche au pont de Lussac [1] ; Arnoul d'Audrehem était mort à Saumur [2] en même temps que Geoffroy de Charny et ces deux anciens porte-oriflamme avaient eu droit à de communes funérailles. Comme il l'avait fait en Espagne, Guesclin, à la tête de ses hommes, *bretonnait* sans discontinuer. Il avait cependant dû abandonner ses basses actions pour affronter les Goddons à Pont-Valain [3]. Les Anglais étaient commandés par Thomas de Granson. Trois cents hommes avaient été occis dès la première mêlée. Apprenant cette victoire, la reine avait voulu que le connétable devînt le parrain de son second fils : Louis [4]. Paindorge s'était indigné

1. Le 31 décembre 1369.
2. Le 25 décembre 1370.
3. Le 4 décembre 1371.
4. Le combat de Pontvalain, le premier où les Français se rencontraient en plaine avec les Anglais, suivi de la prise de Vaz (nommée Vaux par la chronique), de Saint-Maur-sur-Loire, de Rulli et Néroux,

en apprenant cette nouvelle. Tristan ne l'avait point commentée. Pour lui, elle était dans l'ordre des choses, mais il songeait qu'un tel parrainage ne pourrait que nuire à l'enfant.

Il y eut soudain une sorte d'alentissement dans la venue des nouvelles. La première, qui atteignit Castelreng, fut l'annonce de la réconciliation des souverains de France et de Navarre. L'entrevue avait eu lieu à Vernon [1] et l'incorrigible hypocrite avait prêté hommage à Charles-à-la-grosse-main pour les terres qu'il tenait de lui en France. Accompagnant le roi à Paris en mai, il s'était réconcilié avec le duc d'Anjou lequel tenait Montpellier au nom de son frère. Pendant ce temps, Édouard III mariait deux de ses fils, le duc de Lancastre et le comte de Cambridge, aux deux filles de Pierre le Cruel : Costanza et Isabel. Tout ce que Tristan savait, c'était que débiteur du trésor pour d'assez fortes sommes employées à sa rançon, Charles V, parcimonieux, laissait son connétable faire la guerre à ses frais,

força Robert Knolles à se réfugier en Bretagne, où il fut rejoint par Robert de Neuville qui amenait de nouveaux renforts d'Angleterre. La destruction de ce corps, surpris par une marche rapide d'Olivier de Clisson (passé à la France le 22 janvier 1368), termina une campagne qui débarrassait la Normandie, le Maine et l'Anjou de la présence des Anglais. Guesclin dut en apprendre la nouvelle à Caen, où il se trouvait le 1er décembre.

Il revint à Paris, où il fut accueilli comme un libérateur. La reine étant accouchée pendant son séjour, le roi le choisit pour être le parrain de son second fils, Louis, futur duc de Touraine puis d'Orléans. Du Chastelet rapporte dans ses *Preuves*, p. 409, l'extrait du registre de la Chambre des Comptes sur cette cérémonie, lequel mentionne les paroles prononcées par Guesclin dans cette circonstance : « *Tenuit eum supra fontes constabularius Franciæ dominus Bertrandus de Guesclin, qui post baptismum ipsius Ludovici supra fontes ei nudo tradidît ensem nudum dicendo galice* » : « *Monseigneur, je vous donne cette épée et la mets en votre main et prie Dieu qu'il vous doint tel et si bon cœur, que vous soyez encore aussi preux et aussi bon chevalier comme fût oncques roi de France qui portât épée.* »

1. Le 25 mars 1371.

ce qui lui permettait de « rentrer dans ses avances »[1]. Guesclin avait assiégé Uzès, Mulac, et Lancastre était entré en Langue d'Oc. Les routiers, naguère si unis, s'étaient séparés en deux herpailles apparemment fratricides. Perducas d'Albret, le Petit-Meschin, le bourc de Breteuil, Aymemon d'Ortige, Pierre de Savoie, Raoul de Bray, Ernauton de Penne s'étaient placés au service du duc d'Anjou ; Naudon de Bagerant, le bourc de l'Esparre, le bourc Camus, Robert Briquet, Robert Ceny, Jean Creswey, Gaillart de la Motte, Aymery de Rochechouart – le rival d'Ogier d'Argouges en amour – avaient rallié les Anglais tandis que Calveley, retour d'Aragon, avait été promu capitaine d'Angoulême. Si l'archevêque de Toulouse, Geoffroy de Vayrolles, et l'évêque de Cahors, Begon de Castelnau, prêchaient la guerre contre les Goddons, un prélat londonien, Simon Theobald Sudbury, demandait à ses ouailles de prier pour l'anéantissement de la France. Quant au roi Édouard, il donnait libre cours à sa lubricité. Depuis le décès de la reine Philippa, l'an de grâce 1369, à la vigile de Notre-Dame[2], les belles dames et les pucelles de la Cour d'Angleterre évitaient, disait-on, de croiser son chemin.

Et de nouveau, les nouvelles cessèrent de s'instiller dans l'enceinte de Castelreng. Tristan se déclara peu marri de leur absence, tout en se disant qu'il mentait. Il avait été si étroitement mêlé aux affaires de la

1. En janvier 1372, Charles V donna quittance à Bertrand. Dans ce document entraient en ligne de compte les débours du connétable pour sa campagne de 1371. Ainsi, le roi, en ne fournissant pas au Breton les moyens de lever une grosse armée, voulait-il l'astreindre à suivre sa propre tactique de temporisation et l'empêcher de tenter la fortune des armes en bataille rangée où il n'excellait point.

2. A la mi-août.

royauté pour ne pas avoir envie, çà et là, de savoir ce qui se perpétrait et passait au-delà de la Langue d'Oc.

Hélie poussait. Maguelonne, les yeux mi-clos, un mystérieux sourire aux lèvres, semblait copier chaque jour l'épouse qu'elle avait été la veille. Il fallait vivre, œuvrer à la prospérité de la chevance, se donner aux tâches les plus exténuantes et se souhaiter, après souper, un sommeil de plomb.

On sut enfin, après des mois, que devant La Rochelle, les Français, aidés des Castillans, avaient coulé moult vaisseaux d'Angleterre [1] et que le duc de Bretagne, Jean IV de Montfort, était retourné dans l'obédience d'Édouard III [2].

1. 22 juin 1372. La nombreuse flotte castillane était commandée par l'amiral Bocanegra, les capitaines Cabeza de Vaca et Ruy Diaz de Roja. Pembrocke commandait aux Anglais. La ville fut française le 15 août.

2. Ensuite des manœuvres de Charles V contre les Goddons, Jean de Montfort avait pris leur parti. Le duc de Bretagne et Édouard III s'accordèrent le 19 juillet 1372. N'oublions pas que Jean était le gendre d'Édouard III. Il avait épousé sa fille Mary, décédée en 1362. Après la prise de Fontenay-le-Comte et de quelques autres places du Poitou, Guesclin était entré en Bretagne à la tête d'une armée formidable et s'était avancé jusqu'au-delà de Rennes. Cette soudaine irruption ne fit qu'effrayer le duc et détacha quelques seigneurs de son parti. Après ses exactions coutumières, Guesclin retourna en Poitou et se rendit maître des châteaux de Chizé (21 mars 1373), Niort et Lusignan. Prudent, le duc de Bretagne s'embarqua pour l'Angleterre, à Concarneau, le 28 avril 1373. Guesclin revint guerroyer en Bretagne. Il y montra sa force et devint impopulaire. Brest, qui devait se rendre le 6 août, renonça. Robert Knolles, qui devait rendre Derval, refusa. Le duc d'Anjou, cette petite fripouille qui s'était parjurée lors de la captivité de son père, entra dans Derval et, pour négocier soi-disant avec Knolles, demanda des otages : deux chevaliers et deux écuyers qu'il fit décapiter avec l'acquiescement de Guesclin et la réprobation de l'élite de son armée. Voyant cela, Knolles fit décoller trois chevaliers et un écuyer dont il avait refusé une proposition de rançon fixée à 10 000 francs. Le duc d'Anjou et le connétable ne bronchèrent point. Ils s'éloignèrent quand ils eurent appris que Lancastre et ses guerriers avaient débarqué à Calais. Plutôt que de se porter à leur rencontre, ils gagnèrent Paris où le roi les reçut « *à grand-jaye et fut durement réjoui de la venue du*

La guerre ; la guerre encore et toujours. Cependant la rumeur affirmait qu'elle était désormais en défaveur des Anglais. Guesclin, prétendait-on, en avait l'entier mérite.

« Grand bien lui fasse ! » songeait Tristan.

Lebaudy, Lemosquet et Paindorge se réjouissaient d'apprendre que les batailles, enfin, s'achevaient par des défaites anglaises. Il n'avait pas suffi à Charles V de confisquer et réunir à la Couronne le duché d'Aquitaine [1] et toutes les terres que les Goddons tenaient au royaume de France, il était devenu d'humeur belliqueuse. Au tout début des hostilités, le prince de Galles avait fait venir en renfort de Londres ses frères Jean de Gand, duc de Lancastre, Edmund de Langley, duc d'York, et la fleur de la chevalerie. Ils avaient accumulé les échecs.

— Nous allons vivre en paix !

— Nos enfants ne connaîtront pas la guerre.

connétable car il avait en lui très grand'fiance ». Lancastre, que Jean de Montfort accompagnait, ravagea le nord de la France, le Limousin, le Rouergue, l'Agénois. Les crues des rivières et la disette contrarièrent leur avance alors qu'ils étaient poursuivis par 3 000 lances. Ils perdirent leurs guerriers et leurs chevaux. Ils étaient dans un tel état que les chevaliers, au nombre de 300, allaient à pied après avoir jeté leur armure, les uns en rivière, les autres « dépecées » afin qu'on ne les pût porter. Cette expédition contre laquelle le mauvais temps joua un rôle essentiel eut pour conséquence le retour de Lancastre en Angleterre en mai 1374. Montfort, brouillé avec son beau-frère, guerroya pour son compte en Bretagne, pourchassé par Clisson et Guesclin, cependant que le duc d'Anjou concentrait ses forces en Languedoc.

Au mois de juin, Anjou et Guesclin marchèrent sur Saint-Sever, Mont-de-Marsan et Lourdes. Gaston Phœbus, sentant Foix menacé, revint à l'obéissance du roi de France (21 août). Cela fait, Guesclin et Anjou s'emparèrent de toutes les places qui couvraient Bordeaux au sud, jusqu'à La Réole et Auberoche. L'année suivante, Cognac et Saint-Sauveur leur ouvraient leurs portes. Édouard III ne possédait plus guère, en France, que Bordeaux, Bayonne, Calais et quelques places secondaires.

1. Le 14 mai 1370.

— La France va rebâtir et verdoyer enfin !

— Le commun mangera désormais à sa faim.

Une grande espérance allait gonfler le cœur des Français de toute appartenance. Les nobles n'auraient plus besoin d'exiger de leurs loudiers des contributions pour s'armer chèrement. Le roi se dispenserait, lui aussi, de créer de nouveaux impôts pour emplir le trésor de guerre. On avait vu des réconciliations étonnantes telle que celle de Guesclin, truchement de Charles V, avec Charles de Navarre, à Vernon [1]. Sans doute verrait-on un jour Jean IV de Montfort s'agenouiller aux pieds du roi et lui demander pardon de s'être accointé aux Anglais !

* *
*

Les semaines s'enchaînaient, formant des mois ni gais ni tristes. Souvent, Tristan baissait la tête moins pour voir pousser les récoltes que sous l'effet d'un ennui qu'il pensait dissimuler en excipant d'une lassitude mensongère. Maguelonne se gardait de trop l'interroger. Son visage conservait sa beauté juvénile et son regard cette sorte de passion de vivre des jours pleins qu'il lui connaissait depuis sa venue à Castelreng. Loin d'elle la vanité de la propriétaire ! Elle était plutôt humble en présence de ses pareilles et semblait craindre de demeurer plus qu'il ne le fallait auprès des hommes. Elle tenait à ce que son existence fût composée d'éléments invariables. Avec tous, elle savait se montrer prévenante et d'une gaieté légère. Jamais elle n'eût médit sur quelqu'un ou quelqu'une bien qu'elle

1. Le 25 mars 1371.

eût incidemment appris « des choses » qu'elle semblait comprendre ou pardonner.

Hélie retenait toute son attention. Si elle devait se rendre à Limoux – la seule cité qu'elle appréciait parce qu'elle y fréquentait Antonia –, elle le confiait alternativement à Sibille et Alazaïs. Au retour, elle talonnait Doucette, sa blanche haquenée, afin de retrouver l'enfant au plus vite.

« C'est une bonne mère », se disait Tristan désappointé par cette idolâtrie qui prévalait sur la passion dont il avait antérieurement profité. Comment, d'ailleurs, eût-il pu se courroucer puisqu'il pouvait, la nuit, disposer de son épouse. « *Es ën chânso : sa fénno fâi l'amour.* »[1] C'était une expression du pays. Était-ce une chance ? « *Tu me veux ? Tu m'as* » ou « *Tu m'as voulu ? Tu m'as obtenue, et maintenant dormons* » semblait être la nouvelle formule d'une affection qui n'était plus – mais peut-être se méprenait-il – que la retombée de leur passion première. Il se disait : « C'est Hélie qui la circonvient. » Il ne pouvait, tout de même, être jaloux d'un enfançon dont les traits commençaient à ressembler aux siens !

Il se demandait encore :

« Si Maguelonne avait été l'épouse d'un gars de son âge et de sa condition, serait-elle heureuse ? »

La réponse était négative. Sa femme méritait mieux qu'une pitéable existence assortie de difficultés sans nombre. Il acceptait donc cette vie. Il avait tant de remembrances à égrener, même en présence de Maguelonne...

— A quoi tu penses ? s'inquiétait-elle.

— A des choses...

1. Il a de la chance : sa femme fait l'amour.

Des événements où elle ne figurait point, des visages qu'elle n'avait jamais vus.

Ils savaient l'un et l'autre qu'ils étaient victimes d'une perte irréparable. Ils connaissaient désormais l'état de leur humeur selon le son de leurs voix. Le sang qui les avait brûlés s'était comme asséché. Une espérance les hantait, qu'ils ne se dissimulaient guère : celle de retourner, comme au jeu de l'oie, au commencement de leur union et même au soir de leur première rencontre. Ces possibilités leur paraissaient absurdes. Le temps ne reviendrait pas où, après une belle nuit, Maguelonne transportée de joie ou resbaudie[1] par un reste de plaisir chanterait en procédant à ses ablutions puis en peignant sa chevelure. Le temps s'était flétri du baiser matinal parfois suivi d'un effet inattendu. Regarder en arrière était se tribouler, vivre le présent, c'était souvent sombrer dans la mélancolie, imaginer l'avenir sous des couleurs agréables, c'était en vérité faire preuve d'aveuglement.

Maguelonne se posait-elle des questions sur Sibille ? Se demandait-elle si sa sœur était heureuse comme aux premiers jours auprès de Lebaudy ? Lorsqu'ils se rendaient à Limoux et qu'il la quittait pour « faire un tour de marché » avec Lemosquet, essayait-elle de savoir si Antonia était heureuse en ménage ? Que ces deux confidentes l'eussent été ou non, la vie à Castelreng n'eût pas varié d'un pouce.

Il fallait comme à l'ost se laisser emporter par le cours des événements et faire front lorsque la nécessité s'imposait : une mauvaise récolte, un cheval malade – légèrement car ils étaient attentivement soignés –, une roue de chariot à enarbrer[2] – en regrettant l'ab-

1. Réjouie.
2. Monter, assembler sur un *arbre* ou essieu.

sence de Pierre Massol –, ainsi que d'autres désagréments auxquels Paindorge et Lemosquet se chargeaient de remédier. Il convenait de se dire, pour purger son cerveau des soucis de tous ordres, que lorsque Hélie aurait quelques années de plus, il échapperait à l'emprise de Maguelonne. Les choses alors s'arrangeraient d'elles-mêmes : il ferait de son fils un homme.

Il prévoyait une opposition, des querelles. Maguelonne refuserait de lui abandonner Hélie. Deux voies s'ouvriraient devant lui, *devant eux* : celle de la tradition encore dominante et qui consistait à forger à leur hoir un corps et une âme ; celle de l'abandon qui, au lieu d'un preux, ferait de leur fils un être ordinaire. Cette issue se traduirait chez lui, son père, par un renoncement aux sentiments les plus sacrés, à commencer par le simple courage, chaque matin, d'affronter une journée qui, pareille aux précédentes, lui apporterait plus d'ennuis que de satisfactions.

Il ne savait de quelle façon apaiser ses tumultes intérieurs et craignait parfois de s'en décharger injustement sur Hélie. Il ignorait comment suppléer à ce mal de l'esprit contracté peut-être à l'ost – encore qu'il en doutât puisque, hors des batailles et de leurs préparatifs, une sorte de bonne humeur se communiquait d'homme à homme dès que l'un d'eux entamait une chanson ou se mettait à conter des sornes. Il avait besoin de réconfort plus encore que de vaillance ; une vaillance différente de celle dont il avait usé et mésusé. Une autre que Maguelonne la lui eût-elle insufflée ?

Certes, si elle avait vécu, son existence auprès d'Oriabel eût été différente. Mais en était-il si certain ?

Les jours se succédèrent. Où le mèneraient-ils ?

* *
*

Les nouvelles continuaient de circuler tant bien que mal. A peine avait-il su la mort de Tiphaine Raguenel que Tristan apprit, peu après ce décès, le mariage, à Montmuran, de Guesclin et de Jeanne de Laval. Le roi, en cette occasion, avait offert Pontorson à son connétable [1].

— S'il avait la cervelle un peu plus grosse qu'une noix, dit-il à Paindorge, il alléguerait qu'il aspire à vivre en sa chevance auprès de sa seconde épouse. Or, il lui faut du sang. Il doit prier matin et soir pour devoir galoper vers quelque nouvelle tuerie.

— Dieu l'a exaucé ! Il s'en donne à cœur joie contre les Goddons de Bretagne. Il dispose d'une grande armée. Sa première percée a effrayé Jean IV de Montfort et réuni à l'entour de sa personne moult bons chevaliers. Ensuite, tandis que Bertrand s'en allait en Poitou, le duc s'est esclipé [2] pour la Grande Ile [3]. Le Breton a pris Nantes et le duc d'Anjou l'a mandé en Langue d'Oc. Ils sont passés à Saint-Sever, Mont-de-Marsan, Lourdes pour contraindre Gaston Phœbus à l'obéissance du roi [4]. On dit qu'ils veulent soumettre toutes les places à l'entour de Bordeaux jusqu'à La Réole et Auberoche.

De la main, Tristan éloigna les propos de l'écuyer :

1. La date de la mort de Tiphaine est imprécise. On en connaît simplement l'année : 1373. Guesclin épousa Jeanne de Laval le 21 janvier 1374. Pontorson lui fut offert le 13 mars.
2. Embarqué.
3. Le 28 avril 1373.
4. Le 21 août 1374.

— Oublions-les. Il fait beau. Nous sommes à la fin août. Je crois que nous aurons un assez bel automne.

— Peut-être qu'un jour il n'y aura plus de guerre.

— Je le souhaite ardemment, Robert, mais j'en doute. Les hommes sont ainsi faits – même nous – qu'il leur en faut pour apprécier petitement la paix [1].

— En attendant, insista Paindorge, le Breton qui avait commission du roi pour prendre et saisir la Bretagne y est entré efforcément... Quatre mille armures de fer à ce qu'on dit. Tous à cheval. Paraît que depuis sa victoire à Pont-Valain, il se prend pour le dieu Mars. S'il doit régner en ce duché, ce sera...

— A la manière castillane !

— Vous voyez : nous ne pouvons nous retenir d'en parler. Je suis certain qu'il pense à nous et que s'il nous pouvait nuire, il s'en pourlecquerait !

1. Des négociations furent ouvertes à Bruges, à la Toussaint 1375, entre le duc de Lancastre et le duc Jean de Bretagne (côté anglais) et les ducs d'Alençon et de Bourgogne. Les représentants des deux pays étaient accompagnés d'une suite nombreuse. Les Anglais demandèrent toutes les terres que les Français avaient conquises et les Français, en premier lieu, la restitution de Calais. Cette rencontre fut un échec.

V

L'année 1374 ne fut ni bonne ni mauvaise. « Plate », songeait parfois Tristan que l'uniformité des jours ne contristait pourtant point. Sans que rien ne lui fît craindre qu'il pourrait, une fois de plus, endosser son armure, le souci d'une mort précoce – il n'avait que trente-quatre ans [1] – commençait à le hanter. Il se « raisonnait ». Ni le roi ni Guesclin ni aucun des chevaliers qu'il avait côtoyés ne pouvaient imaginer qu'un des leurs, plutôt que de se rapprocher du roi, eût pris ses distances. Il n'était point bâti de la même chair et arrosé du même sang que ces *ricos hombres* !

Hélie venait d'avoir quatre ans. Il fallait assurer son avenir et préalablement celui de Maguelonne. Celle-ci n'avait aucune dot. Lui donner Castelreng en douaire [2] s'imposait.

Consulté, Me Isarn Roussarié, de Limoux, fit tabellionner l'acte. Il en donna lecture dans le tinel de Castelreng, en présence de Maguelonne, de Hélie et, comme il fallait des témoins, de Pierre Massol, Paindorge et Alazaïs, Sibille et Lebaudy, Antonia et

1. Il était né le 22 février 1340.
2. Droit ancien : biens assurés à l'épouse par le mari, en cas de survie.

Lemosquet. Il y avait aussi des clercs de Villerouge auxquels Paindorge avait remis une invitation et dont il avait assuré le voyage. Pour cette cérémonie, Tristan avait jugé nécessaire de revêtir le harnois de son père. Que les mailles en fussent ternies importait peu. C'était pour lui une façon de rendre un hommage posthume à son géniteur.

Il trouva la lecture du document fastidieuse moins parce qu'elle était dite en vieil occitan que parce qu'il en savait le contenu. De plus Me Roussarié avait cru de son devoir de faire de longues digressions sur ce qui était donné ; sur ce qui serait reçu selon la coutume :

E si lung hom o lungnha femna moria ses testament o ses adordenament de sas causas, que tug sei bei fosso de sos effantz, e si effantz no avia que fosso de sos pus probdas parentz : li qual parent fosso agardat per ung an. E si parentz no i apparia, que tug li bei predig fosso del senhor, paguatz primeirament totz los deutes del mort o de la morta, e facha almoina per la anima del mort o de la morta, a conoguda dels cossols de la dicha vila[1].

« Quel seigneur ? Castelreng ne dépend de personne. Si nous mourions ensemble tous les trois, à peine serions-nous mis en terre que la bonne gent du pays viendrait despiécer le châtelet pour y rober de quoi bâtir, affermir ou agrandir ses maisonnelles. Ni Paindorge, ni Lemosquet et Lebaudy ne pourraient s'oppo-

1. Et si un homme ou une femme meurt sans tester et sans disposer de ses biens, que ses biens soient à ses enfants ; aux plus proches parents s'il n'y a pas d'enfants ; ces parents seront attendus pendant un an. S'il ne se présente pas de parents, tous les biens susdits seront dévolus au seigneur, après qu'on aura payé les dettes du mort ou de la morte, et fait des aumônes pour son âme, sous la surveillance des consuls.

ser à la démolition. Le donjon deviendrait une mitre de Knolles ! »

Nonobstant, il pouvait se montrer satisfait : il venait solennellement d'authentiquer la présence de Maguelonne à Castelreng. Elle ne lui avait jamais rien demandé. Elle n'avait jamais aventuré une allusion à quelque droit sur la chevance, non point pour elle mais pour son fils, à l'inverse, certainement, d'Aliénor. Le vieux Thoumelin que cette gaupe croyait avoir subjugué avait été suffisamment artificieux, selon Me Roussarié, pour ne lui rien céder. C'était pourquoi, dès le retour du véritable hoir [1], elle avait de rage et de déception mêlées décidé d'enherber le vieillard. On avait retrouvé le corps de cette gaupe dans l'Hers avant celui d'Olivier. Des gens de Mirepoix les avaient reconnus. Les consuls et les hommes de la Prévôté avaient mené une inutile enquête. Personne ne s'était expliqué cette double mort ; pas même, semblait-il, le père et la mère de la défunte derrière l'écran de leurs lanternes. Jamais ils ne s'étaient aventurés à Castelreng bien que sachant certainement par ceux qui en avaient été exclus comment le châtelet était revenu à son légitime propriétaire.

« Tiens !... Il en a terminé. »

Me Isarn Roussarié énumérait les témoins :

— *Hujus rei testes* [2] : *Robert Paindorge, cavaliers* [3]...

« Merdaille ! ce notaire, bientôt, voudra lui donner la colée. »

— *Girard Lebaudy, cavaliers ; Yvain Lemosquet, cavaliers...*

1. Héritier.
2. De cet acte furent témoins.
3. Le « s » figure maintes fois sur certains documents d'alors.

« Plus tard, quand je serai poussière, quelqu'un qui lira cet acte pensera que j'avais pour témoins des prud'hommes. »

— *Pons de Missègre, capelas*[1], *Clinquant de Limoux, capelas ; Peire Massol, faouré*[2]...

D'autres noms suivirent. Ceux des familiers de Villerouge : Petiton, Jovelin, les soudoyers, Blondelet, le portier, jusqu'à ce que le notaire, quelque peu essoufflé – il était pourtant jeune – conclût :

— *E Isarn Roussarié notaris public de Limoux que per precs e per requesta del dig senhor Tristan aquesta carta... partidas escrius*[3].

C'était fini. Maguelonne semblait avoir écouté sans entendre. Hélie, lui, n'avait rien compris. Cependant, il était heureux d'avoir vu son père, vêtu de fer et de mailles, entouré d'un grand respect.

On se congratula. On s'assit autour d'une longue table. On mangea gaiement et le notaire narra quelques histoires ressortissant à ce qu'il appelait son ministère. Comme il se faisait tard, on logea les invités tant bien que mal au donjon et dans différents logis.

Au creux de leur chambre silencieuse, sachant Maguelonne éveillée, Tristan chuchota :

— Te voilà désormais anoblie.

— Aurais-tu fait tabellionner cet acte si j'étais bréhaigne ?

— Sûrement.

Après tout, cette question n'était pas si étrange. Maguelonne ne manquait ni de clairvoyance ni de rectitude. Au contraire d'Aliénor, elle ne l'avait point épousé par ambition, ni même, au cas où elle ne l'eût

1. Curé.
2. Forgeron, maréchal ferrant.
3. Et moi, Isarn Roussarié, notaire public de Limoux, qui, à la prière et à la requête dudit seigneur Tristan, ait écrit cette charte (partie).

pas aimé, pour quitter Villerouge. Il la connaissait sous un double visage : l'épouse grave, tourmentée parfois par des obligations domestiques qui altéraient son sommeil et, certains jours, la rendaient inquiète, fiévreuse, mélancolière, et la jeune mère dont l'enfant, son chef-d'œuvre, méritait de particulières attentions. Elle était constamment écartelée par ces tendances contraires. Elle avait hérité de ses humbres parents l'obsession d'une sécurité continuelle et tenait peut-être de sa mère une sensibilité aiguisée par un esprit de perfection et de charité dont se félicitaient ses proches. Elle eût dû s'épanouir dans les moments privilégiés de l'amour or, il semblait qu'ils constituaient désormais pour elle une sorte d'obligation nocturne qu'elle ne pouvait récuser ; quelque chose, sans doute, dont elle eût pu se passer.

— Tu vois que je t'aime...

Elle ne répondit pas. Lorsqu'il l'avait épousée, elle était une force juvénile, droite, fraîche, pétillante qui, une fois *vaincue*, en redemandait. Elle ne se référait jamais à ce temps-là. Lui si ! Il la trouvait alors merveilleuse et indispensable comme elle le trouvait indispensable et merveilleux. S'il ne doutait pas de la constance de son amour pour lui, il eût aimé qu'elle le lui prouvât autrement que par des sourires, des regards tendres, des voix douces et des allongements sacrificiels. Si elle était restée celle qu'il avait voulue et voulait encore, ils n'eussent point senti au-dessus d'eux ce « quelque chose » qui était comme un nuage maléficieux. Elle n'eût pas enténébré par son indéchiffrable indifférence l'ardeur qui le tourmentait. Non ! Non ! Il ne se croyait pas, comme elle le pensait, dominé par un instinct déplaisant. Il surprenait dans la cohue du marché de Limoux des gestes et des mouvements purs et impurs. La démarche de certains couples le troublait. Il y percevait l'état de passion ou de désillusion des uns et des autres. Bonheur joyeux des amours assouvies, âpre maussaderie des dépossessions funestes. Il prévoyait d'un regard compatissant ou non les ruptures latentes ou les rapprochements futurs. Sitôt las d'observer la fourmilière humaine, il allait vider un gobelet de cervoise ou d'hypocras chez Limouzy, à *la Bonne Truite*. Un jour, dans l'attente d'être servi, son regard s'était posé sur ses mains. Des mains de huron, guère différentes de celles du chevalier de naguère. Il s'était dit que de ses doigts fervents et tendres, quoique rugueux, il avait joué toutes les musiques de l'amour. Désormais, les cordes de sa guiterne semblaient rompues.

Plutôt que de l'inciter au sommeil, le silence des nuits le maintenait en état de veille. Mais pourquoi, ce soir-là, atermoyait-il pour prendre Maguelonne dans ses bras ? D'ailleurs, n'était-ce pas à elle d'accomplir le premier geste ?

« Je lui ai donné Castelreng. Il est sien autant que mien. Je ne peux tout de même pas lui envoyer une ambassaderie pour savoir si ce sera oui ou non ! »

Ce fut oui, mais si spontanément qu'il prit l'acceptation de son épouse pour le témoignage de reconnaissance qu'il venait d'espérer. Avait-elle songé : « Je te dois bien ça » ? Non ! Cela ne se pouvait. Son souci de la perfection en fut comme annihilé. Maguelonne, au premier geste ébauché, l'attira contre elle avec une vigueur presque furibonde pour le guider avec un soin jaloux, une évidente volonté de bien faire. Il sentit entre eux, immédiatement, une sorte de désaccord qui s'aggrava lorsque, satisfaite, elle sombra dans une passivité qu'il ne lui connaissait que trop. Le beau corps convoité se dénoua du sien.

— Oye, dit-elle. Hélie tousse. Il me faut aller voir.

Elle alluma une chandelle au feu de cheminée. Dans

la main d'une nudité presque aussi insaisissable qu'un fantôme, il vit s'éloigner le petit picot d'or frémissant. Pour une fois, il ne se sentit point iré contre sa femme. Il se dit que la vie d'un guerrier n'était peut-être pas si stupide. En tout cas qu'elle eût pu être belle si Guesclin ne l'avait pas corrompue. Un visage soudain éblouit son cerveau. Il refusa de le reconnaître.

* *
*

Le lendemain, lorsque tous ses témoins eurent quitté Castelreng – sauf Lebaudy et Paindorge –, Tristan argua du fait de la cérémonie de la veille pour présenter à Maguelonne une décision prise entre deux sommeils :

— S'il n'est pas encore temps pour Hélie de s'exercer aux armes, il peut apprendre ce qu'elles sont, comment on s'en sert, comment on soigne les chevaux et comment on les dresse.

Contrairement à ses craintes, elle ne se récria point.

— Tu es son père, dit-elle d'une voix comme assombrie.

Allons, il allait avoir de quoi s'émouvoir et s'exalter. Hélie était bien trop jeune encore pour qu'il lui enseignât les subtilités de l'art équestre. Dans la cour, joignant le geste au commentaire, il lui apprit comment sauter par-dessus un cheval, comment le franchir ou sauter en croupe, comment s'agenouiller à l'emplacement de la selle, comment sauter à genoux sur l'arrière-main, comment, allongé, on pouvait maintenir serrée une encolure entre ses jambes, comment on pouvait se tenir debout tandis que la monture piétait ou trottait. Il se dit, ses démonstrations achevées, qu'il s'était peut-être évertué en vain. Or, son fils applaudit.

— C'est assez pour mes-huy[1], dit-il en le prenant dans ses bras et en le hissant sur Alcazar. Demain, je te montrerai autre chose.

Dès lors, chaque matin, Hélie se familiarisa soit avec les chevaux, soit avec les armes. Aux démonstrations succédaient des leçons partagées avec Tristan, le fils de Paindorge, Espaing, celui de Lebaudy, et leurs compains. Il fallait s'approcher de Malaquin ou d'Alcazar, parfois de Flori ou de Coursan. Il fallait montrer du doigt le dos, le genou, la tête. Ensuite venaient les difficultés : où était le grasset, le paturon, la couronne, le fanon, le toupet, la cuisse. Hélie répondait le premier sans guère commettre de fautes.

— A quoi reconnaît-on un bon cheval ?

— La tête, Père, doit être légère, l'œil vif, les oreilles fines et remuantes, les lèvres minces.

— Et encore ? Que t'ai-je appris ?

— Les naseaux bien ouverts, les ganaches bien nettes.

— Et encore ?... Je suis sûr que tu le sais !

L'enfant pinçait les ailes de son nez, frottait ses lèvres l'une contre l'autre, cherchait, cherchait pour conclure craintivement :

— L'encolure longue et bien découplée.

Il savait qu'il n'en avait pas terminé et consultait ses fidèles du regard. « Quel homme ! » disaient ses yeux. Et Tristan se demandait si son père l'aurait approuvé d'enseigner à Hélie des choses qu'il eût pu apprendre plus tard.

— Pourquoi, mon gars, nous as-tu vus, Robert, Girard et moi graisser les pieds des chevaux ?

— Pas pour les amollir, Père, mais pour que la corne demeure en bon état.

1. Aujourd'hui.

Des meschins et meschines les observaient auprès de leurs enfants grands et petits, hésitants ou peureux. Nul doute que certains, le cou tendu, les yeux écarquillés, enviaient Hélie, Espaing, Tristan le Jeune et leurs amis d'ouïr les leçons et les recommandations du maître – car s'ils étaient présents, Paindorge et Lebaudy intervenaient rarement. Plutôt que de susciter l'orgueil d'Hélie, cet auditoire le rendait craintif. Entre eux, les défavorisés, volontaires ou non, devaient commenter ses faits et gestes. Il se pouvait qu'ils ne lui trouvassent pas l'étoffe d'un fils de chevalier.

« Qu'ils pensent ce qu'ils veulent », se disait Tristan, « il deviendra ce que je veux qu'il soit ! »

Il ne se dissimulait point, cependant, qu'un soupçon d'anxiété contre lequel il se sentait démuni pourrait se convertir en angoisse : Hélie souffrait des poumons. Quelquefois, fortuitement, sa respiration cessait. Il suffoquait. Ses efforts pour recouvrer son souffle se lisaient sur son visage soudain pâli. Cela durait un temps bref, mais qui semblait destructif et interminable. Enfin, les couleurs revenaient ainsi que le sourire. Il avait été brièvement vaincu ? Il venait de rempoigner ses armes.

Maguelonne commençait à redouter ces défaillances. Sans doute afin qu'elles disparussent, elle allait prier matin et soir à la chapelle. Or, Dieu, qui n'éprouvait aucune clémence envers les guerriers enchevêtrés dans les batailles, pouvait-il compatir aux doléances d'une mère ? Tristan n'osait lui reprocher de perdre son temps.

— Cette dévotion est inutile, confia-t-il un matin à ses compagnons.

— Ellc croit bien faire, dit Paindorge, toujours bienveillant lorsqu'il s'agissait de Maguelonne.

— Sa déception de ne pas voir l'état de votre fils s'améliorer, dit Lebaudy, la rend, elle aussi, malade.

— Elle veut qu'un mire l'examine et le soigne.

— Il y en a de bons... parfois, dit évasivement Paindorge.

— Je n'aime pas la voir dolente. Elle a changé.

— Alazaïs aussi, confessa Paindorge.

— Sibille également, avoua Lebaudy.

— Pourtant, elles sont jeunes... Toutes...

— C'est peut-être, supposa Paindorge, la peur de nous perdre qui les rend ainsi.

D'un œil, Tristan épia les deux femmes occupées à confabuler dans la cour. De qui s'entretenaient-elles ? De Maguelonne ? D'autres choses ? Comme elles avaient l'air sérieux !

— Surtout, dit-il en considérant attentivement Paindorge puis Lebaudy, cessons de craindre la guerre. Qu'elle ne nous empoisonne plus.

Il voyait les hanches des deux femmes s'agiter, leurs mains accompagner leurs commentaires, leurs bouches se plisser sous l'effet d'un accès d'amertume ou s'entre-clore pour un sourire.

— Elles ont bien changé depuis Villerouge.

C'était Paindorge qui disait cela. Et sur quel ton !

— On peut pas toujours coucher, dit Lebaudy.

Il était parvenu à la satiété !

Plaisir amer que de voir ces deux compères soudain mélancoliques. Tristan sentit sa moelle se réchauffer. L'odeur tantôt aigre, tantôt profonde et lourde des logements [1] de l'ost lui revint aux narines, stimulée par celle de l'écurie toute proche. Une émotion naquit en lui, proliféra sous sa chair avec les sensations dissoutes : les cris, les galops, les lueurs des armes, le

1. Campements.

froussement mortel des sagettes. Il maudissait cette vie ! Au cœur des mêlées, il l'avait maudite ! Il avait aspiré à la paix de l'âme et du corps. Il avait souhaité une épouse à ses côtés. « *Pas seulement dans un lit !... A mes côtés, partout !* » Il y avait entre ses compères et lui un faux silence, un de ceux où l'on sent ensemble que rien n'est parfait, où l'on communie dans une espérance sans nom, sans bornes et presque sans passion. Il fallait se résoudre à vivre : la peine de vie comme il y avait une peine de mort... Bon sang ! le mariage devait autoriser l'homme à soumettre la femme. *Marié*. Depuis l'enfance, un tel mot avait eu pour lui un sens étrange, subtil. Outre le bonheur d'être ensemble, il signifiait aussi des ardeurs libérées, des scènes inavouables. Ses parents n'avaient jamais prononcé un mot d'amour. Par discrétion ou par orgueil. Et d'ailleurs s'aimaient-ils ? Étaient-ils fervents hors de sa présence ? Avant de connaître Hombeline d'Arzens, son père avait-il connu moult égarements ? Et ensuite ? Il ne semblait pas, à la réflexion, qu'ils eussent été heureux. Ni malheureux. Chacun avait vécu dans sa solitude. Ils n'étaient jamais aussi gais, aussi francs que dans la foule des joutes et des rares tournois. Ils fournissaient à leur entourage une vision séduisante de leur couple. Hombeline devenait, parmi la damerie, un charmant personnage de roman, une sorte d'Yseult ou de Guenièvre que la fréquentation des gentilfames et des prud'hommes exigeait. Mais en-deça et au-delà ? Son époux lui prenait la main, l'embrassait dans le cou. A table, il se montrait plein de prévenances. Leurs visages se penchaient fréquemment l'un vers l'autre. Comme Maguelonne et lui, Tristan. Seulement, ce n'était jamais le baiser qu'il avait espéré, mais un contact sobre, presque un cffleurement. Où étaient les baisers d'Oriabel !... Qu'était-ce que cette caresse molle et tiède eu égard à celle de Luciane ? Il suffisait que dans l'ombre Maguelonne consentît pour qu'il se sentit juvénilement investi d'un bienfait et qu'une joie nerveuse succédât au plaisir qu'il avait pris – bien qu'il fût terne comparé à certains autres. Leur amour n'était plus que le pâle reflet de ce qu'il avait été à Villerouge. Pourquoi ?

Regardant ses deux amis, il sentit dans leur intérêt pour lui une espèce de compassion.

— La guerre vous manque, dit crûment Paindorge. Et à moi aussi.

— Pas la guerre, l'ost, rectifia Lebaudy.

— Nous sommes les fantômes de ce que nous avons été, grommela Tristan tout en grattant le sol de la pointe de sa heuse. Les fantômes du devoir, les fantômes de l'honneur, les fantômes du bonheur, c'est nous... Et c'est peut-être pourquoi nos femmes nous en veulent. Elles savent qu'au moindre mandement, nous partirons... En grognant, certes, mais sans regimber !

— C'est comme si nous étions plus couards face à la vie que devant une compagnie de Goddons, dit Lebaudy tout en observant Sibille qui s'éloignait d'Alazaïs. Et je crois qu'elles le savent.

— Je me demande, dit Paindorge, si avant nous, elles ont connu des gars. Oh ! sans leur céder... Et si elles se disent...

Il n'acheva pas. Tristan et Lebaudy acquiescèrent : ils avaient compris.

VI

1375 commença dans le froid et la neige. Des matins glacés, des soirs trop lourds où le bois humide, mis au feu, tardait à prendre. Les doigts longs et pâles de Maguelonne affairés à quelque ouvrage, les jeux silencieux des enfants, les propos de Paindorge, Lebaudy, Alazaïs et Sibille composaient la trame des veillées toujours les mêmes, empreintes à l'infini d'une sorte de tristesse ou de nonchalance légère tandis que l'or vieilli des murs reflétait les danses des flammes, leurs enlacements vifs, leurs divorces, leurs bonaces. Les sourires qui se voulaient agréables et confiants revêtaient, pour Tristan, quelque chose d'affligeant – ou d'inachevé. Dans les visions où son esprit se désennuyait, revenaient l'Espagne, Brignais, Cocherel – gloire, désespoir et soleil. Les rubis des batailles y scintillaient. Les tumultes d'acier, parfois, le contraignaient à clore ses paupières comme s'il pouvait les entendre plus fort ou plus longtemps. Il écoutait la guerre et se demandait si ses deux compères ne l'écoutaient pas, eux aussi, dans le secret de leur crâne.

Maguelonne l'observait d'un frisson de ses yeux tendres. Elle faisait son possible, malgré le temps, pour que Castelreng conservât sa beauté, sa force, son bien-vivre. Il voyait, lui, des villes mortes, des portes fracassées, des fenêtres béantes d'où fluaient des protestations quand ce n'étaient des hurlements. L'eau vaine des souvenirs ne noyait point son sentiment de tristesse. D'où lui venait cette mélancolie ? De la certitude qu'il n'avait point une vie à sa convenance ? Il ne connaissait aucune réponse.

Quelques nouvelles vinrent parsemer les propos des hommes. A Paris, on avait construit un pont nouveau [1]. Une bastille énorme était en cours de finition. Pour vaincre les Goddons qui s'y renforçaient, Charles V avait décidé d'isoler la Bretagne. On guerroyait un peu partout contre les possessions d'Édouard III et les maréchaux et capitaines de l'ost aux Lis devaient désormais se plier à des commandements sévères [2]. Les jeux qui ne développaient pas l'esprit militaire étaient interdits.

Que l'armée fût « bridée » parut à Tristan une décision heureuse, bien qu'il doutât que certains meneurs d'hommes – le connétable en particulier – fussent animés d'un solide respect pour les volontés du roi. Quant aux déduits [3], ils continueraient : il suffisait que les joueurs eussent la possibilité de s'isoler pour donner libre cours à leur passion des dés, des cartes, des honchets, du capendu ou de la pomme branlante. A Castelreng, on pratiquait parfois, aux veillées, les échecs et les dames. On y commentait davantage les nouvelles en provenance d'Albi, Toulouse, Carcassonne et Montpellier que celles venues chichement et lentement d'ailleurs.

Il en fut de même en 1376. Apprenant, à la mi-août

1. Il devint le pont Saint-Michel.
2. Le règlement pour les troupes fut scellé le 13 janvier 1373 au château de Vincennes. Il comporte 18 articles.
3. Jeux, divertissements.

de cette année-là le décès du prince de Galles, Tristan n'exprima aucun étonnement.

— Il était si mauvaisement malade, dit-il à Paindorge, lorsque nous avons comparu devant lui, après Nájera, que j'avais pensé qu'il dévierait[1] plus tôt.

— C'est la belle Jeanne qui va être heureuse !

— Je n'en saurais douter.

— Il a commis moult forfaits, ajouta l'écuyer. Des énormités tout comme les Tard-Venus. Je suis sûr qu'il entrera en Paradis : C'est un noble... On sait, nous, que la Jeanne avait la cuisse légère. On avait peut-être honni l'épouse, à la Cour d'Angleterre. On la plaindra comme veuve.

— Vrai, ça, dit Lebaudy, présent.

Et Paindorge sentencieux :

— Quand une princesse fornique çà et là et qu'elle meurt d'une façon ou d'une autre, on dit : « *C'était une passionnée... Elle était charitable* » voire : « *C'était la princesse des humbles.* » Quand c'est une bourgeoise ou une femme du commun, on ne commente plus, on juge : « *C'était une pute.* » Pas vrai ?

Tristan acquiesça :

— La grosse fleur de la Chevalerie anglaise s'est fanée. Nous n'allons pas fondre en larmes... Souvenons-nous, Robert, du pas d'armes de Bordeaux.

— Je ne l'oublierai jamais, pas plus que je n'oublierai la mort de Tan...

L'écuyer s'interrompit de lui-même.

— La mort de qui ? s'étonna Lebaudy.

— Celle d'un gars qui était avec nous... Il s'appelait Tancrède...

1. Né le 15 juin 1330, le prince de Galles mourut à « Westmoustiers », le dimanche de la Trinité, 8 juin 1376. Son fils aîné, Édouard, né en février 1364 à Angoulême, était mort au commencement de janvier 1371, âgé d'un peu plus de 7 ans.

C'était bien trouvé. De son avant-bras, Tristan essuya son front soudainement embué. Personne, sauf Paindorge et lui, ne saurait rien de celle qui, devançant les desseins du maître de l'Aquitaine, leur avait sauvé la vie.

— Le fils d'Édouard, Richard, va régner.

— Si son aïeul y consent. Le vieux roi Édouard III vit encore. Ce deuil a dû l'emmaladir, mais point trop. Depuis que son fils avait épousé Jeanne, qu'il se réservait sans doute, leurs liens s'étaient dénoués.

— Qu'ils fassent ce qu'ils voudront !

— Et surtout, Robert, qu'ils nous laissent en paix.

C'était un souhait sans consistance. Tant que les Anglais se maintiendraient dans leurs possessions françaises, la guerre continuerait.

Tristan avait pensé : « Le roi Édouard est vieux. A quand son tour ? » Ce tour allait venir, lui annonça[1] Lemosquet, de passage à Castelreng où il venait livrer une robe à Maguelonne absente : en compagnie de Paindorge et d'un meschin, Aristide Joulet, elle était allée quérir une génisse chez un métayer de La Bésole, à une demi-lieue.

— Entre, Yvain, nous allons boire frais.

Il faisait bon dans le tinel. Ni trop chaud ni trop froid. Août régnait sur les champs, les vignes, les villages. Les prés commençaient à se revêtir d'or et comme le Cougain, certains ruisseaux s'asséchaient. Depuis le début du printemps, le soleil se montrait d'une générosité extrême. Il avait fallu ombroier[2] au-dehors comme au-dedans. Maguelonne s'était fréquemment inquiétée pour Hélie. Il advenait qu'il suffo-

1. Édouard III mourut le 21 juin 1377, veille de la Saint-Jean-Baptiste.
2. Se mettre à vivre à l'ombre.

quât mauvaisement. Il allait s'allonger de lui-même et attendait, immobile, qu'un souffle égal lui revînt.

— Quel âge ça lui fait ? demanda Lemosquet après avoir embrassé l'enfant.

— Il va sur ses sept ans...

— Il est solide.

« Plus solide que les gars de Paindorge et de Lebaudy », songea Tristan en se reprochant ce mensonge.

L'aîné de son écuyer, Tristan, savait manier fermement et vélocement une épée taillée à la haie. Yvain, le mains-né, en était encore incapable. Quant à Espaing, le fils Lebaudy, il semblait qu'il eût hérité de la langueur de Sibille. Aucun d'eux n'aratelait[1] quelle que fût sa lassitude. Allons, mieux valait parler, parler encore que de songer aux désagréments immérités d'une existence d'enfant.

— Le vieux roi est donc mal, à ce que tu m'as dit ? C'était un guerrier. Je dirais même un preux si j'étais un Anglais.

— Il s'en est fallu de peu que notre royaume lui revienne !

— Je pense qu'il le méritait au détriment de ces Valois qui n'ont cessé de nous jeter dans la merde.

— Édouard, lui, n'a cessé de les vaincre. Philippe le Sixième à l'Écluse et Crécy, Jean II à Poitiers et notre Charles çà et là.

— On dira qu'il y a eu Cocherel. Or, j'y étais. Les Goddons ne formaient qu'un tout petit troupeau...

— Nous allons donc bientôt avoir affaire à Richard II, dit Lemosquet après avoir vidé un hanap de vin tiré depuis peu de la cave. Paraît qu'il a dix ans.

— Il ne manquera pas, autour de lui, de conseillers

1. Haleter, suffoquer.

décidés à reprendre sur nous l'avantage. Ils vont vouloir merveiller l'enfant couronné [1] !

— Croyez-vous qu'une guerre... complète va renaître ?

Tristan considéra ce compagnon fidèle. Lemosquet devait être aussi las que lui des escarmouches et des batailles. Cependant, dit-il carrément, il advenait parfois qu'il en revécût certaines et que l'envie lui vînt de jeter un regard sur son harnois de guerre et ses armes. Était-il heureux auprès d'Antonia ? Heureux en tout ? Ne levait-il pas parfois la tête en soupirant très fort, un peu étourdi par le silence, l'inaction – l'inaction surtout –, lui qui vivait en ville ?

L'ancien soudoyer considérait tout, autour de lui, avec une indifférence de plomb. Les meubles que Maguelonne frottait elle-même pour en aviver les lueurs ne l'intéressaient point. Il ne semblait voir que le hanap qu'on lui emplissait et l'ombre de celui-ci sur le plateau de la table. Une vie inutile ? Comment le savoir ? Imitait-il parfois, lorsqu'il ne se sentait point observé, les coups d'épée qu'il avait distribués ? Se mémorait-il les frayeurs qu'il avait éprouvées ? Son corps se souvenait-il toujours des pressions des mailles et des plates ? Ne trouvait-il pas, à l'entour de sa personne, les gens laids, disparates ? Ne regardait-il pas

1. Richard II, 11 ans, fut couronné le 8 juillet 1377 à « Westmoustiers ». Son sacre fut particulier. L'ancienne coutume de l'élection populaire fut remise à l'honneur. Après qu'il eut fait son serment, l'archevêque et le maréchal d'Angleterre le firent aller de tous les côtés de l'église en montrant au peuple la formule du serment signée par le roi et en demandant si on voulait se soumettre à un tel prince et gouverneur et obéir à ses ordres. Le peuple répondit par des acclamations qu'il y consentait volontiers. Quant aux prud'hommes, ils proclamèrent : « *Une fois couronné, il nous faut aller contre les Français qui nous portent grand dommage.* » Ce qui fut fait.

les femmes, les belles femmes, avec une fugitive, pesante ou désespérante concupiscence ?

— Es-tu heureux ? Il me plairait que tu me répondes.

— Bah !

— Mais encore ? insista Tristan.

— Qu'est-ce que c'est que le bonheur, messire ? Bien manger sinon manger à sa faim. Galoper quand l'envie vous en prend... Avoir une femme dont on n'a point honte... Disposer d'un bon lit... Traire[1] deux ou trois coups par semaine...

— Songes-tu au passé ?

— Je ne l'appelle jamais. C'est lui qui accourt quand j'ai des enrageries.

Tristan n'osa lui demander de quelle espèce.

Le regard de Lemosquet semblait offrir un défi à sa tristesse soudaine. Leur silence suggérait à l'un comme à l'autre, au-delà des usages fastidieux, les inconvénients et les étonnements d'une existence dangereuse, ténébreuse, mais où la liberté ne cessait d'étinceler comme une lame.

— Je n'ai jamais tant souhaité la paix qu'à la guerre.

— Moi aussi, messire... Je crois que tout ce qui est atteint finit par nous navrer... Il m'advient d'avoir du regret de ces jours-là.

Après un débat bref, intime, l'ancien soudoyer venait de vider son cœur. Il en fit autant de son hanap, se sécha les lèvres d'une paume de bourgeois, sans cal ni écorchure, et dit enfin :

— Ben, je me sauve...

Et cessant de marcher vers le seuil du tinel :

— Paindorge est comme nous... Et Lebaudy... On a

1. Tirer.

le front marqué par le sceau de la guerre. Nos femmes ne peuvent pas comprendre.

— Mais nous, Yvain, pouvons-nous les comprendre ?

Lemosquet eut un mouvement d'ignorance. Parce qu'il n'y avait, sans doute, pour l'un et pour l'autre, aucune réponse définitive.

VII

La vie continua, marquée à la fin décembre par l'annonce de la mort de Pierre de la Jugie[1]. Tristan fut peiné par ce trépas : c'était grâce au prélat qu'il avait pu passer des jours sereins à Villerouge.

Et les jours, les semaines et les mois s'enchaînèrent. Il fallait exister, éviter d'approfondir des situations qui eussent justement mérité qu'on s'y intéressât. Travailler aux champs, aux vignes avec les meschins et meschines, s'occuper d'un fils dont les suffocations désespéraient Maguelonne. Manger, boire, dormir. Sourire quand il semblait que ce fût nécessaire. Soigner les chevaux et les rassurer en paroles. Les emmener paître. Galoper sur l'un ou l'autre, souvent seul, parfois avec Paindorge et Lebaudy. Revenir au donjon et, dominant l'atrabile, adopter un ton enjoué pour échanger avec Maguelonne des propos inconsistants et ternes, bien qu'elle veillât sur tout en la demeure, les comptes y compris. Se dire qu'elle était toujours belle, désirable. L'imaginer « au temps de Villerouge ». Sortir dans la cour après la méridienne. Y revoir Paindorge et Lebaudy. Observer de plus en plus souvent d'un regard oblique Alazaïs et Sibille et se demander à

1. L'archevêque de Narbonne mourut à Pise, le 19 novembre 1376.

quelles confidences elles se livraient auprès de Maguelonne qui refusait le repos de l'après-midi sous différents prétextes, et si celle-ci était encline à s'épancher. Regarder Hélie jouer avec les enfants. Ouïr Maguelonne, toujours attentive : « *Ne cours pas tant !... Viens te changer si tu as trop chaud... Ne salis pas ainsi tes mains dans la terre !* » Voir passer les femmes et filles des meschins. Brunes, blondes et une rousse. Bathilde Bressole, Jourdane Escrive, Massilia Boujols, Pétrone Moulinié, Obria Grésigne, Noëlie Galinié, Philippine Mauriès. Se dire quand l'une ou l'autre se retournait pour une œillade : « *Passa que t'aï vist*[1] » et soupirer encore. Se répéter à soi-même : « Tu ne sais pas ce que tu veux » et se juger défavorablement une fois encore.

La vie suivait son cours ailleurs qu'à Castelreng. Quelque lentes que fussent les informations en provenance de la Cour, l'une d'elles parvint assez tardivement à Tristan. Elle concernait un fait à propos duquel Charles V avait exigé le secret absolu, de sorte que des malebouches, peu après qu'il se fut produit, s'étaient empressées d'en répandre à Paris le substantiel et le superflu.

— Il paraît, dit Paindorge, que le roi a un frère mains-né dont il ignorait tout.

— D'où tiens-tu cela ?

— D'un chevaucheur qui a fait halte ce matin à Limoux. Il allait à Carcassonne et cherchait un fèvre pour reclouer un des fers de son roncin. Je l'ai emmené à la forge d'Urbain Dauzat.

— Près de *la Bonne Truite*.

— En attendant que la besogne se fasse, nous avons vidé un gobelet et c'est comme ça que j'ai su qu'un damoiseau s'était présenté au Louvre en se disant fils

1. Passe, je t'ai vue.

du roi et de la reine. Adoncques le frère de sire Charles[1] ou son frère !

C'était une information si grosse, songea Tristan, qu'elle paraissait inventée. Or, ce n'était pas la première fois qu'un damoiseau hardi prétendait être né d'un roi et d'une reine.

— Merdaille ! dit-il. Comment savoir le vrai ? Il y a plus de cinquante ans – et je tiens cela de mon père –, un certain Guccio apparut à Paris. Il se disait fils de Louis le Hutin et de Clémence de Honguerie... Et il se

1. On lit, dans la *Chronique des quatre premiers Valois*, concernant l'année 1376 :

En cel an eu mois d'aoust, avint eu royaume de France que ung jeune valeton de l'aage de dix sept ans fut introduict qu'il estoit filz, du roy de France et de la royne, et estoit bel enfant. Et de Soissons où ung chevalier le avoit fait nourrir vint à Paris. Ce chevalier l'avoit fait aprendre à estanmmer. Et comme le dit chevalier fut eu lit de la mort, il dit à l'enfant qu'il estoit filz du roy de France. Bien peult estre que ce chevalier estoit en frenoizie. Le dit chevalier manda l'enfant et lui dit devant plusieurs personnes et tabellions : « Beau filz, je t'ay nourry, et sachez que tu es filz du roy de France. Et comme tu fuz né, on mist eu lieu de toy une fille. Et dit on à la royne premier que tu estoiez ung filz. Apres on lui dist que tu estoiez une fille. Et en ces enssaingnes te recongnoistra à filz. » Apres la mort de cest chevalier, l'enfant vint à Paris et vint au Louvre et parla au moigne le gardien du Louvre, et lui dit qu'il estoit filz du roy et de la royne. Le moigne le fit savoir au prevost qui y envoya de ses gens, et fut cestui enfant mis en prison eu Chastelet. Et pour lors le roy de France estoit à Aurliens** et retourna à Paris pour ceste cause. Et fut amené ce jeune filz devant le roy et devant la royne. Et trouva l'en que les enseingnes qu'il disoit n'estoient pas vrayes. Et aussi il ne resembloit de rien au roy ne à la royne. Et avec ce il ne fut pas trouvé ferme en parler, car il avoit esté sotement introduit. Et comme il vist qu'il fut reputé pour fol et ses paroles pour foles, il dit : « Se je ne suys filz du roy, si soye filz du pape. J'ayme mieulx à faire mon mestier que mourir de fain en Chastelet. » Le roy commanda que on l'ostat hors de devant lui et qu'il fust tondu et merqué comme fol et sot et mené parmy Paris en cel estat.*

* Ou *estremir* : jouer de l'épée.

** Orléans. Il fallait que la « chose » fût grave pour que Charles V se fût déplacé en hâte.

peut qu'il l'ait été[1] – car on parla d'une substitution d'enfant et de poison.

— De poison ?

— De poison versé au fils que l'on croyait de Clémence... Or, il avait été soigneusement échangé avec l'enfant d'une servante. Devenu adulte, ce Guccio revendiqua la couronne.

— Sans preuves !

— Il se peut qu'il en ait possédé, ce que n'avait

1. Le 9 février 1350, Jean II le Bon épousa en secondes noces Jeanne, comtesse de Boulogne, « *en la chapelle de madame Saint-Jame* », près de Saint-Germain-en-Laye, aujourd'hui Sainte-Gemme. La fête fut donnée « *aux Muriaux près de Meulent* ».

Giannino Guccio, le prétendant à la Couronne, ne put naître de la première épouse du roi Jean II, Bonne de Luxembourg. Elle mit au monde neuf enfants : *Charles V* en 1337 ; *Louis, duc d'Anjou*, en 1339 ; *Jean, duc de Berry*, en 1340 ; *Philippe, duc de Bourgogne*, en 1342, et cinq filles : *Jeanne de Navarre, Isabelle de France* qui fut en quelque sorte vendue par son père à Galeas Visconti, duc de Milan, *Agnès et Marguerite*, mortes jeunes, et *Marie de France* qui épousa le duc de Bar.

Né en 1319, le roi Jean II mourut à Londres le 8 avril 1364, âgé de 45 ans. Il eût donc pu avoir un fils de 17 ans, né en 1359. Il ne peut, en effet, être question d'une apparition de Giannino Guccio à la Cour du roi Charles V puisque la femme de Louis X le Hutin, Clémence de Hongrie, accoucha de son second enfant le 15 novembre 1316, lequel enfant mourut soit-disant quatre jours après sa naissance et fut nommé Jean Ier le Posthume. De sorte que son « échangé », authentique héritier de la Couronne, n'aurait pas eu 17 ans en 1376, mais 60.

En 1357, Giannino Guccio fit une courte visite à Bude pour demander le soutien de son « cousin » Louis le Grand. Le roi de Hongrie, intéressé par l'histoire de cette substitution d'enfant, envoya des ambassadeurs en France pour tenter de connaître la vérité sur cette affaire. De retour, ceux-ci « *jugèrent sur Dieu et la Sainte Couronne* » pour donner foi à leur affirmation attestant que Guccio avait bien dit la vérité sur sa naissance royale. Ce fut d'ailleurs pourquoi il fut soutenu un instant par Louis d'Anjou qui, sans doute, espérait le manœuvrer à son profit. Cependant, abandonné par ses partisans, cet homme, qui aurait pu régner sur la France et engendrer d'autres successeurs que ceux que nous connaissons, fut seul, vulnérable, et périt en prison.

peut-être pas le damoiseau dont tu m'entretiens... encore que je m'aventure à le prétendre.

— Avec tous ces rois qui forniquent à dextre et à senestre, aux quatre vents et quatre culs, va falloir, dit en riant Paindorge, demander aux orfèvres des couronnes en supplément.

— Les ducs, frères du roi, ont dû faire en sorte d'éliminer ce garçon.

— Certes. On l'a tondu, marqué au fer et engeôlé.

— J'espère qu'il s'évadera et que la leçon lui sera profitable.

— Moi de même !

Or, ils doutaient l'un et l'autre qu'une évasion fût possible : un bâtard de roi méritait la mort, nullement les honneurs de la Cour. Paindorge, après avoir lampé un gobelet d'hydromel, ajouta :

— Lorsque le chevalier qui avait élevé, nourri et appris le métier des armes au damoiseau sentit venir sa fin, il lui révéla qu'il était prince du sang.

— Quand on va paraître devant Dieu, on n'est, bien sûr, nullement enclin à raconter des sornes. Sais-tu d'où était ce chevalier ?

— De Soissons, selon le chevaucheur. Il a fait ces révélations à ce gars qu'il considérait comme son fils devant des témoins et tabellions.

— Je doute qu'ils soient encore en vie... et je suppose que leurs maisons ont été visitées.

Tristan imagina les angoisses du jeune outrecuidant. Bâtard, il avait certainement cru qu'un avenir lumineux commencerait pour lui dès sa comparution devant le roi de France. Il connaissait, dans les ténèbres de son ergastule, une mort lente en compagnie des rats contre les assauts desquels il devait préserver son pain et son eau.

— Moi, au moins, dit-il en remplissant derechef les gobelets.

— Au moins quoi ? interrogea Paindorge.

La réponse eût été : « Moi, au moins, je n'ai pas engendré de bâtards. » Tristan n'osa la formuler. D'ailleurs, en était-il si certain ? C'était peut-être parce qu'elle avait découvert qu'Oriabel était enceinte de lui qu'Aliénor avait fait en sorte de réduire la jouvencelle au désespoir.

— Connais-tu le nom de ce chevalier ?

— Nul ne le sait à la Cour... pour le moment.

— La vie est laide, Robert, soupira Tristan. Il n'existe aucun remède. Ce damoiseau, s'il était bon et fort, aurait été capable de rédimer la faiblesse maladive des *autres*, ces princes dépourvus de la moindre valeur... Tiens : heureusement que nous sommes céans, loin de Paris et de ses faciendes [1] !

Tristan sentit venir sa maussaderie coutumière. Elle procédait d'une faculté d'observation qui se fixait volontiers sur lui-même. C'était vrai qu'il eût dû s'estimer heureux d'être ce qu'il était où il était. Or, il sentait dans son existence un vide sans nom, sans contours. Plus il se disait incompris et comme esseulé – ce que sa raison démentait –, plus il percevait au fond de son cœur une turbulence qui rongeait celui-ci comme pour s'y frayer un passage.

— Je pense à la tête que fit le roi en se découvrant un frère ou un fils jeune, peut-être beau et certainement sain !

Il eût aimé rire d'un rire à la fois triste et enjoué en imaginant le mol visage de sire Charles durcissant soudain sous l'effet de l'ébahissement et du courroux. Le père putatif du damoiseau l'avait certainement élevé

1. Intrigues.

comme un futur chevalier. Il lui avait donné la vigueur et la santé et attendu l'âge et la saison propice pour certainement le présenter en la Cour. Très naïvement, ils avaient cru l'un et l'autre à une destinée dorée jusqu'à ce que la mort anéantît leurs desseins. « Tu es jeune, beau et fort », avait dû répéter le chevalier sans nom – hélas ! – à l'adolescent docile. Désormais, cette précocité physique et cette énergie de l'esprit forgée jour après jour dans le dessein d'être admirées pourrissaient en prison.

— Voyez, dans la cour, comme ils s'en donnent !

Hélie jouait au soleil en compagnie d'Yvain.

« Heureusement que je suis là. Il faut qu'il devienne un homme. »

Comment eût-il pu le devenir, songea Tristan, autrement que grâce à lui ? Il était son père et son guide et s'il lui mesurait parfois sa tendresse, c'était dans l'intérêt de l'enfant. Il ne se sentait point un monstre de rigueur. Au contraire. Hélie était un objet précieux dont il fallait transmuter la fragilité en force. Les soins maternels lui étaient nécessaires, mais point trop n'en fallait.

— A qui pensez-vous ? se permit Paindorge.

— A mon fils.

— Il pousse bien... Oh ! certes, je connais votre souci, mais il pousse bien, je vous dis.

Chez Paindorge, des sentiments refoulés où l'inquiétude prévalait réapparaissaient avec force. Tristan se sentit auprès de son ancien écuyer en grand état de connivence.

— Je te sais bon gré, Robert, de tes dires. Vois-tu, je voudrais qu'Hélie soit comme nous... tout en ne nous ressemblant pas.

Paindorge vida son gobelet et fit la grimace. L'hydromel, c'était bon frais, or, le temps passant, la boisson s'était attiédie. Ensemble, le chevalier et l'ami de toujours observèrent Hélie. L'enfant maniait son épée de bois comme il convenait qu'on le fît. De stature élancée, il y avait dans ses mouvements de la grâce et de l'énergie. « Des traits nobles », songea Tristan, et sous son teint quelque peu blafard et le camail de ses cheveux sombres – qu'il faudrait bientôt couper à l'écuelle en dépit des protestations de Maguelonne –, une expression de virilité juvénile.

— Il sera chevalier, murmura Paindorge sans le moindre désir de complaisance.

— Qui sait, Robert, dans la mesure où tu dis vrai, si ton Yvain ne sera pas un jour son écuyer fidèle !

VIII

L'année 1376 s'acheva. La suivante roula son flot de jours semblables à ceux de la précédente. Excepté le souci provoqué par les suffocations d'Hélie, peu nombreuses mais, semblait-il, plus violentes – encore que, selon Maguelonne, cette aggravation ne fût point prouvée –, les huit premiers mois ne furent marqués, à Castelreng, par aucun événement déplaisant.

« Nous vivons », songeait Tristan.

Cette sorte d'innocence pesait bon poids. Il eût aimé pouvoir se refuser de penser. Il n'en avait pas la force. Vivait-il heureux en l'ignorant ? Avait-il été heureux ? Tout inventaire impliquait chez lui, comme peut-être chez ses compères, une part de désespérance. Entre les desseins et les réalités, combien de déceptions sinon de faillites ? Qui pouvait, lors d'une halte d'un esprit en continuel mouvement, se montrer satisfait de ce qu'il était et de ce qu'il devenait ? Il avait éprouvé des joies impérissables. Fort peu. Il avait enduré des tristesses qui suppuraient encore. Y avait-il autour de lui des gens qui échappaient à toute sorte de méditation ? Des êtres sans conscience ? Existait-il des mariages parfaits ? Des couples liés par un mortier solide ? En découvrant Maguelonne à Villerouge, il s'était dit qu'ils s'étaient élevés seuls, l'un et l'autre, dans l'idée du bonheur conjugal. Encouragée par la solitude de leurs âmes, l'attraction de leurs corps les avait exaltés, sortis de leurs ténèbres pour franchir le seuil d'un monde imaginaire où tout serait beau, bon et clair. La communion des cœurs était-elle un leurre puisque l'union des corps, son corollaire, devenait, au fil du temps, une affaire vide de... sens ?

A la fin de septembre, sur le marché de Limoux, Tristan fut abordé par Raoul de Belpech. Bien qu'il ne prisât guère ce prud'homme, il accepta d'aller vider un gobelet d'hypocras à *la Bonne Truite*. Raimond Limouzy, chez lequel il était allé de loin en loin se désaltérer, parut ébahi de le revoir.

— Six mois au moins, messire, qu'on ne vous avait vu !

— Trois mois peut-être, mais pas six. J'étais occupé, résuma Tristan tout en s'asseyant face à Belpech.

C'était bref, mais que dire d'autre ? Il advenait parfois qu'il détestât les cités et les gens qui les animaient. Alors, pourquoi les eût-il fréquentés ? Sans qu'il les prît pour des oisifs, une sorte de mépris s'insinuait dans ses veines au spectacle des allées et venues des manants et manantes, même si certaines d'entre elles pouvaient débrider son imagination. Toute cette gent vivace, bavarde, bariolée, ignorait ce qu'était la peur et plus encore le courage. Les vrais. Mais pour l'amour, certains n'eussent-ils pas été en mesure de lui offrir des leçons ? Ne fallait-il pas qu'il devînt un bourdeur [1] pour extraire de pareilles idées de sa taciturnité ?

— Occupé, répéta-t-il sous le regard pénétrant du tavernier.

« Occupé à quoi faire ? » interrogeait Limouzy. « A

1. Qui dit des bourdes : des sottises.

éduquer mon gars », eût été la réponse si la curiosité de Limouxin s'était franchement exprimée.

Bien que Maguelonne réprouvât les leçons qu'il donnait à leur fils chaque matin, il avait sur elle l'avantage de voir Hélie se consacrer volontiers à la lecture, à l'écriture et au maniement des armes. Certes, il était jeune encore pour mener un cheval, mais Alcazar et Malaquin – qui vieillissaient eux aussi – l'avaient adopté. Tout était pour le mieux. Ou plutôt tout eût été pour le mieux si l'enfant, de loin en loin, n'eût perdu mauvaisement son souffle.

Il tressaillit car Belpech lui parlait – peut-être depuis un certain temps.

— Il y aura des joutes à Mazères et, quinze jours plus tard, dans les lices de Carcassonne... Vous n'avez sûrement pas perdu la main, si j'ose dire.

— Je crois n'avoir rien perdu de mes qualités pour peu que Dieu m'en ait fourni.

— Alors, venez les mettre en évidence... On parle même d'un tournoi à Puivert !

En rencontrant Belpech, Tristan avait éprouvé un sentiment d'agacement. Ce prud'homme semblait si fier d'être heureux qu'il n'avait pu se retenir de penser : « Un chevalier qui n'a jamais ostoié... Il connaît tout de la vie, rien de la guerre. » Puis, dans sa langue natale : « *A une mina coma un trompetaire*[1]. » Il eût dû admirer ce chanceux, or, il éprouvait l'inverse.

— Les nouvelles sont bonnes, dit Belpech. Savez-vous que Richard II a été couronné ?

— Oui. Au contraire de vous, je ne trouve rien de réjouissant à ce sacre. C'est un enfant. Les Grands, à l'entour de sa personne, décideront pour lui.

1. Il a la mine d'un joueur de trompette.

— Savez-vous que nos gens ont débarqué en Angleterre ?

— Non.

— C'est tout ce que vous fait cette appertise ?

Tristan retint sa respiration. Que croyait-il, Belpech ? Qu'il allait frapper des mains ou l'embrasser pour lui avoir annoncé ce fait de guerre ? Eh bien, non. Il n'était nullement ébahi. Depuis le temps que Charles V ambitionnait une prouesse de cette espèce ! Combien de guerriers avaient pris la mer – sans lui ? Combien de chevaux – car il y en avait ? Combien d'hommes et de montures au retour ? Combien de deuils chez les Goddons ?

— Je m'attendais à vous réjouir.

— Je le suis, Belpech. Je le suis.

« Mensonge ! » se reprocha Tristan, mais, face à un tel marmouset, c'était un péché véniel. Si son vis-à-vis s'était attendu à une attitude ou un cri significatif d'une ardente admiration, il s'était mépris. Allons, il fallait feindre de prendre en haute considération la nouvelle :

— Qui en était ? Vous me semblez fort instruit sur cette appertise.

— Jean de Vienne, Jean de Raix et l'amirante de Castille.

— Et Guesclin ?

— Non.

— Ailleurs qu'à la Cour, il ne sait sûrement pas noer[1].

— Sans doute, acquiesça Belpech insensible à ce commentaire.

— Dites m'en plus... C'était la grande idée du roi Charles d'envoyer sur les côtes de la Grande Ile une armée qui sans doute employa les réchappés de l'Es-

1. Nager.

pagne... Mais le roi n'est point le grand Guillaume... L'Angleterre ne peut plus être conquise.

— Dommage.

— Que savez-vous d'autre ? insista Tristan, voyant que Belpech semblait particulièrement informé.

— Ils ont pris terre à l'île de Wick [1] et couru le pays sur les chevaux qu'ils avaient emportés sur leurs huissiers [2]... Yamoude [3], Dartemoude [4], Pleuvemoude [5], Wesincé [6] ainsi que de bons gros villages ont été détruits... Puis ils ont désancré pour aller vers Hamptone [7] où là, je crois qu'ils ont dû retraiter... Mais avant...

— Avant ?

— Ils avaient navié jusqu'à Pesk [8] où il y avait un gros port.

— J'en connais un gros... enfin, si l'on peut dire.

Belpech écarquilla les yeux. Il ne comprenait point. Tristan l'invita d'un sourire à poursuivre.

— Guillaume de Montagu, comte de Salebrin [9], et Jean, son frère, les ont escarmouchés. Alors, ils ont retraité encore pour aller je ne sais où [10]. Mais une chose est sûre : Thomas Ceni et Jean Affasselée [11] leur sont tombés dessus. C'est quand ils sont revenus aux vais-

1. Wight. Le débarquement eut lieu le 21 août 1377.
2. Huissiers ou *uxers* : bâtiments de charge utilisés pour le transport des chevaux. Certains avaient leur coque percée de deux portes latérales, d'autres la proue munie, au-dessus de la ligne de flottaison, d'un sabord qui s'abaissait (sorte de porte : *huis*) pour livrer passage aux animaux. On disait aussi : *ussieux, ussers, uxers*.
3. Yarmouth.
4. Darthmouth.
5. Plymouth.
6. Winchelsea.
7. Southampton.
8. Cité du Dorsetshire.
9. Salisbury.
10. A Lyons.
11. Fallesley.

seaux qu'ils ont appris la mort du roi Édouard. Jean de Vienne a envoyé à Paris un chevalier et deux écuyers pour que le roi le sache. On dit que depuis, le roi est moult pensieux [1]. Il a envoyé une grosse navie [2] devant Calais pour le prendre. Elle s'est desrompue à Harfleur.

Raoul de Belpech vida son gobelet et d'un revers de main sécha ses lèvres. Par la fenêtre et la porte ouverte, Tristan vit les passants. La plupart riaient. Des hommes, des femmes aux caractères apparemment égaux. Ce n'était pas le peuple grave de Paris, ni celui, très agité, de Tolède et de Séville. Ce n'était pas celui, insouciant en apparence, du Bordeaux soumis au règne du prince Édouard.

« Qu'est-ce que je fais ici ? »

Il sentit les yeux de Limouzy, puis ceux de Belpech sur sa personne, sur son visage en particulier. D'autres se fussent sentis flattés par cette double marque d'intérêt. Pas lui. Oh ! non, pas lui.

— Est-ce tout ? demanda-t-il après avoir vidé son gobelet et prié, d'un geste, le tavernier de renouveler la lichée.

— Non ! s'empressa Belpech. Après cinq ans d'étroite garde, le captal de Buch est mort [3].

— Sa fidélité à Édouard le Jeune lui a coûté la vie. C'est beau, la fidélité... Mais c'est ennuyeux !

— Vous parlez pour la captal ou pour vous ?

Volontairement ou non, Belpech fleuretait avec l'effronterie. Tristan décida de s'y montrer insensible. Cet

1. Le roi avait été informé de la mort d'Édouard III une semaine après son annonce en Angleterre. Il était alors entouré des ducs de Berry, Bourgogne et Bourbon. Jean de Vienne, trop occupé par ses opérations de guerre, n'en avait rien su.
2. Flotte.
3. En septembre 1376, âgé de 45 ans. On ignore la date exacte.

homme qu'il considérait comme un nicet[1] était-il plus subtil qu'il ne l'avait cru ?

— Vous savez des choses... Qui vous les a révélées ?

Belpech ne se fit point prier :

— J'ai des parents à Carcassonne... Dans le clergé... Rien de meilleur pour savoir des choses, comme vous dites.

Tristan sut qu'il n'obtiendrait rien de plus. Quelque évêque, sans doute, aimait à confabuler avec cet homme encore jeune dont les yeux petits, bleu pâle, inquisiteurs, commençaient à trop l'observer.

— Je crois vous avoir tout dit... Les noms anglais n'ont point de secret pour moi et je retiens bien ce qu'on m'apprend... Vous en aurez profité.

— Je vous en sais bon gré.

Courtoisie. Et ensuite ? Un silence parut fournir une espèce d'ose[2] à Belpech. L'éclat de ses yeux s'aviva cependant que le reste de son visage exprimait une inquiétude légère :

— Pensez-vous, Castelreng, que la paix va se rétablir en France ?

Un geste prompt, évasif, valut une réponse.

— Guesclin fait tout dans ce sens.

Comment le Breton, qui ne se satisfaisait que de la guerre, eût-il pu souhaiter la paix et contribuer à son institution ?

« Et voilà ! » songea Tristan. « Pourquoi me suis-je attardé ? Vais-je ouïr maintenant l'éloge du chien de garde de messire Charles Quint ? »

— Vous l'avez costié fréquemment ?

— Ne vous l'ai-je pas dit ?

1. Naïf.
2. Courage.

— Est-il affable ?

— Comme...

Tristan choisit un autre langage :

— *Esta fréch couma une cadéna de pous*[1].

— S'il était invité à Mazères pour les joutes dont je vous ai parlé gagnerait-il les prix ?... Est-il aussi bon à cheval qu'à pied, une hache en main ?

— *Sé ten miou à taoula qu'a chabal*[2]... Et je crois, messire Belpech, qu'il déteste la foule. Il n'aime que celle des hommes d'armes... La sienne, évidemment, où les Bretons excèdent... si je puis dire.

En fait, hormis son plaisir d'être « en famille » avec frères, cousins et compains de sac et de corde, le Breton ne tolérait la société de personne. Il ne recherchait ni l'amitié ni l'affection comme tout esprit âpre et solitaire. Si, conjointement à ses desseins batailleurs, quelque autre pensée naissait dans son cerveau, c'était une certaine croyance abrupte qu'il fallait au royaume de France des hommes forts et aventureux pour manier les faibles, les incertains, les ovalitudinaires[3], et que tous ceux-là se devaient de développer en eux, par des exercices appropriés, des puissances insoupçonnées d'eux-mêmes. Il exigeait de ses fidèles, parmi lesquels on trouvait des borgnes, des boiteux, des véroleux, cracheurs, tousseurs, chiasseurs et autres malades, un dévouement complet et une enragerie capable d'annihiler le peu de bonté de leur nature afin de franchir sans scrupule les obstacles du Bon et du Bien dressés devant eux lors des assauts et du sac des cités et châteaux conquis. A leurs cris victorieux faisaient écho des hurlements de détresse. Ses expériences – ou son talent de

1. *Il est froid comme une chaîne de puits.*
2. Il se tient mieux à table qu'à cheval.
3. Valétudinaires.

routier, pour autant qu'on pût ainsi nommer sa forcenerie – ne pouvaient avoir fait naître en lui des sentiments d'aménité pour quiconque n'était point à son goût. Peut-être, pour devenir cette machine à détruire, avait-il souffert, tout jeune, d'être laid. Peut-être s'était-il enragé d'avoir affaire à des enfançons forts et hardis qui l'avaient voulu courroucer, humilier afin d'en venir aux coups. Toutes les difficultés éprouvées par un jouvenceau orgueilleux avaient corrompu et plongé l'esprit de l'adulte dans la mauvaiseté, la présomption, le défi et la malivolance.

— Il est apparemment sans cœur.

— Vous dites : *apparemment*.

— Oui... Qui peut savoir, pas même le roi, ce qui se trame sous ce gros crâne et dans cette poitrine épaisse ?... Un cœur, c'est fait pour...

— ... aimer ? suggéra Belpech.

— Sans doute.

Ces observations sommaires établies, il n'était pas surprenant, songea Tristan, que personne n'eût rien su des sentiments que le Breton avait éprouvés pour sa Bretonne devineresse et pour celle qu'on appelait « la concubine » ou « la dame de Soria ». D'ailleurs, l'amour et l'insensibilité ne se pouvaient accointer. Bertrand n'avait pour passion que celle d'affirmer son règne sur quelque dix mille hommes consentants, souvent indociles, tous d'accord lorsqu'il s'agissait de meshaigner et d'occire des innocents. Détesté par le Saint-Père, béni et absous par Charles V, il « bretonnait » et ne s'en tenait qu'à cette tâche. Et miracle en quelque sorte inversé : plus il multipliait les violences, moins il se comptait d'ennemis. Il était *le* connétable. On ne pouvait dire de lui, comme de certains capitaines : « *C'est un guerrier dans l'âme* », car d'âme il n'avait point.

Tristan se leva et voulut payer. Raoul de Belpech s'y opposa :

— Permettez... J'ai eu moult plaisance à vous revoir et à échanger quelques idées avec vous. Comme chaque fois que je viens à Limoux, je vais aller prier en face. Voulez-vous m'y accompagner ?

Un pan de l'église Saint-Martin s'offrait à leur vue. Les clartés du soleil glissaient sur les pentures d'un des vantaux de la grande porte. On apercevait, près d'une colonne, une hanche et une épaule de pierre.

— Je connais cette église, messire. Je suis venu m'y marier.

— Tiens donc !... Castelreng n'a point de chapelle ?

— Si. Elle est même grande... Mais ce fut ma volonté.

C'était dans la chapelle que Thoumelin, son père, avait épousé Aliénor. Il l'avait considérée, de ce fait, comme impropre à son union avec Maguelonne. Superstition ? Sans doute, mais il avait voulu qu'il en fût ainsi.

— Vous vous ébaudiriez, messire, si je vous disais pourquoi je suis entré dans ce saint lieu mon épouse à mon bras. Lorsque je m'agenouille devant notre Seigneur, il advient que l'envie me prenne de l'admonester... Partout, hélas ! où le sang a coulé, je n'ai point senti Sa présence... Et je me demande si tous ceux qui entrent sous ces voûtes, même vous, Belpech, ont la foi chevillée au cœur.

— Vous en doutez ?

— Je m'interroge.

Tristan s'exprimait avec une débonnaireté qu'il n'éprouvait guère. La piété lui semblait une denrée aussi rare que les melons en janvier. Il eut envie de présenter ses excuses à son vis-à-vis, assorties d'un « Séparons-nous avant que de nous irer l'un l'autre ».

Or, il n'en ressentait point encore l'opportunité. Déjà, le seuil de Saint-Martin se couvrait d'une ombre pâle. Des passants se hâtaient, nullement pour entrer mais pour gagner leur logis de crainte, sans doute, d'une averse. Plusieurs regardaient la façade de la taverne sans être tentés d'aller s'y abreuver.

— Y a-t-il moult chrétiens selon vous à Limoux ?

Belpech eut un mouvement d'ignorance, une lippe d'incertitude, et sourit :

— Je ne sais... La bourgeoisie et la Chevalerie, bien qu'en voie de décadence...

— C'est vous, à juste raison, qui le dites !

— ... comptent des familles absolument chrétiennes ou qui sans doute feignent de l'être. Elles présentent une sévérité de mœurs, une austérité de vie et de principes qui s'affirment par une fidélité aux offices, une réserve dans la pratique des sacrements... Disons qu'elles sont fidèles à Dieu.

Et derechef :

— Croyez-vous que Guesclin est chrétien s'il commet çà et là tout ce qu'on raconte ?

Tristan se demanda pour quel homme il passerait s'il répondait par la négative.

— Le fait de se réjouir en cramant et meurtrissant des Juifs plaide en sa défaveur. Il advient qu'il se réfère à Jésus lorsqu'il se met à les détruire. Simon de Montfort en faisait autant. Et les gens du Nord l'ont pris pour un saint.

Belpech eut un sursaut d'horreur sans en expliquer la nature.

— Pour célébrer son terroir breton où la foi chrétienne était manifeste, Bertrand s'est esbigné... En procédant ainsi, plutôt que de se rapprocher de Dieu, il songeait déjà, certainement, à se rapprocher du trône. Pour se... sublimer, pour devenir le meilleur non point devant le Très-Haut mais devant le roi, il a commis tout ce qu'un apostat de sa trempe pouvait se permettre. Il a donné le grand frisson au roi Charles. Les gens couards et de faible constitution ont un penchant pour les malandrins solides.

Belpech se leva. Indécis, il contempla son gobelet désempli et les piécettes dont il parsemait le tour.

— Il faudra nous revoir, Castelreng. Vous avez envie de vider votre besace. Vous avez souffert, ça se voit... Ça se conçoit... Voyez-vous, j'ai toujours fait en sorte d'éviter l'ost... Il faudra que j'y entre... pour me faire une opinion.

Malgré sa belle suffisance, Belpech aurait eu moins de témérité s'il s'était soudain trouvé à Montiel, Nájera ou Cocherel. Guerroyer lui semblait soudain une fonction naturelle, du moins le privilège de tout prud'homme enchanté d'avoir fourbi ses fesses sur une selle de joute ou de tournoi.

« Il m'a invité à Mazères pour me buquer de prime face... Il mériterait que j'y aille ! »

— A nous revoir, Castelreng.

— A nous revoir, messire.

Pour l'un comme pour l'autre, c'était moins une séparation qu'une fuite.

« Qu'ai-je fait ? » se demanda Tristan. « Il était pâle de decevement[1]. Me serais-je mal conduit ? »

Il en doutait. Une sorte d'angoisse lui serrait la gorge.

Avant même qu'il ne s'y fût engagé, la voie étroite et longue qui le mènerait à Castelreng lui fit l'effet d'une épreuve nouvelle qu'il lui faudrait lentement affronter. C'était étrange comme cette paix à laquelle Belpech avait fait allusion lui semblait lointaine,

1. Déception.

confuse et pour tout dire impossible. Dehors, les gens passaient, indifférents et comme insensibles à tout ce qui n'était pas leurs membres, leurs organes, leur méditation... La paix !... Il fallait être fou pour croire à sa présence future... Un fantôme, elle aussi. Et puis, ces manants méritaient-ils cette paix ? Il savait, lui, ce qu'était une guerre. Il ignorait tout de son contraire. Ces deux formes de vie ne se pouvaient concilier après des siècles de discordes.

Il salua le tavernier ébahi par sa rupture avec Belpech et fut dehors au moment où le gêneur disparaissait dans l'église.

« Un chevalier sans guerre ! Autant dire un taureau sans cornes... Sans cornes ?... Il se peut, s'il est marié, qu'il en porte d'invisibles. »

Cette conversation maussade avait instillé dans son cœur une dose sans doute imméritée d'atrabile.

« Est-ce qu'*elle* me manque ? »

Non, la guerre ne lui faisait point défaut. Ni l'ost. Ni les chevauchées recréantes [1] ni les batailles à corps perdu. Rien de cela ne pouvait lui manquer. Mieux valait une existence paisible – et comme nulle – aux horreurs qu'il avait connues. Pour Belpech et pour d'autres, sans doute, qui s'érigeaient au-dessus des foules, il était clair que la paix était imminente. Ils avaient appris l'appertise des hommes de Jean de Vienne en Angleterre. Ils se disaient soudain que la France était grande, puissante, sans penser que la réplique à un débarquement moins nécessaire que réussi pourrait être – et serait – terrible. Des morts encore, mais cette fois sujets de Charles V. Il était également clair qu'il avait rassasié la curiosité de Belpech. Il passait désormais dans l'esprit de ce curieux pour un

1. Fatigantes. *Recreu* : affaibli.

prud'homme des plus étranges. Un peu de folie sans doute dans son personnage de vieux guerrier maussade et les propos qu'il avait tenus.

« Quelle importance !... Si ça se trouve, agenouillé maintenant, il prie pour l'abonnissement de mon âme et la sauvegarde de Guesclin ! »

Lentement, Tristan se dirigea vers la boutique où Antonia Cantayré, devenue dame Lemosquet, confectionnait, aidée par deux couseuses, des pourpoints, chausses et chaperons d'hommes ainsi que des robes pour une damerie fortunée.

« Qu'est-ce que j'ai ? Suis-je malade ? Tanné[1] Qu'est-ce qui me manque ?... Je ne vois plus passer les jours et les semaines... »

Devant l'écurie où son cheval était à l'attache, Lemosquet balayait un reste de litière. La paille n'était guère souillée : il prenait soin de Nestor et de John.

— Ah ! messire, dit-il en posant son balai à même le pavement de la cour et en frottant ses mains contre ses cuisses. J'étais au bord de l'Aude quand vous êtes venu establer Alcazar. En attendant que vous le détachiez, on pourrait vider un hanap...

— Non, Yvain... Une prochaine fois. Je viens de boire avec Belpech.

— Ah ! Belpech... C'est un bon chaland d'Antonia.

— Que sais-tu de lui ?

— Rien, excepté qu'il est riche et qu'il a un oncle à l'évêché de Carcassonne... Bon jouteur à ce qu'on dit... Il n'a jamais ostoié[2].

— Je l'ai mésédifié[3].

Lemosquet fronça les sourcils. Nul doute, pour lui,

1. Fatigué.
2. Il n'a jamais combattu dans l'ost.
3. Je l'ai scandalisé.

qu'un chevalier qui n'avait pas guerroyé méritait la calomnie. Il préférait l'indifférence.

Tristan refusa de s'engager plus avant dans des propos sur ce que Paindorge, parfois, appelait « le bon temps ». La nouvelle existence de Lemosquet lui était une énigme. Il semblait vivre aux dépens de son épouse, laquelle prenait du poids à mesure que grossissait sa pratique.

— Alcazar vieillit...

— Et nous, Yvain ?... Et nous !... Belpech souhaitait que j'aille jouter à Mazères. J'ai refusé. Non point parce que je pourrais choir au sol mais parce que ces solas me semblent vains. Je ne saurais t'expliquer...

— Je devine.

Il y avait en eux une mystérieuse nécessité qui leur enjoignait la mesure. Ils n'osaient tout se dire. Sans doute certaines images fortes s'imposaient-elles parfois, inattendues voire inadmissibles, à la mémoire de Lemosquet. Plutôt que de les éloigner – s'il en était capable –, il se pouvait qu'il les conservât complaisamment au plus secret de sa personne comme des compagnes accidentelles aussi indispensables à son existence que l'air ou la nourriture. Leur répétition, lâche ou serrée, faisait tendre son esprit vers des scènes qu'il s'était promis d'oublier et que rien ne transmuterait en enluminures. Et cependant, il en avait besoin.

— Tu grossis.

Lemosquet avait désormais une face ronde, un peu rouge, de bon vivant, et le regard un peu perdu. Qu'eût-il pensé, songea Tristan, s'il lui avait fait ses confidences ? S'il lui avait révélé l'ennui qui l'affligeait ?

— Si je grossis, il semble que vous maigrissez.

— Sans doute.

— Mangez-vous à votre faim ?

— Certes !... Quelle question !

— Et le reste ?

Un piège. Il fallait l'éviter, substituer aux images de paix en quelque sorte séparées – lui en son fief et Lemosquet en ville – des souvenirs communs. Or, ces réminiscences excluaient les commentaires.

— Antonia m'a moult bien accueilli.

Petite, brune, enjouée, ses yeux bleu sombre ne révélaient rien d'elle-même. Elle œuvrait pour un désœuvré. Lemosquet si actif, si vaillant à l'ost, se laissait aller.

— Pourquoi soupires-tu, Yvain ?

— Parfois, je pense à nos beaux jours : Paindorge, Lebaudy, mon frère Jean qui pourrit en Espagne comme Ogier d'Argouges... Petiton, Eudes, Lionel... Juan Serrano et sa guiterne... Et ces deux petits que nous n'avons pas su préserver : Simon et Teresa...

— Toi aussi !

— Hé oui, moi aussi... Il m'est arrivé de penser à eux avec douleur... Et parce que je passais devant, je suis entré pour prier à Notre-Dame de Marceille... Oui, moi !... Prier pour ces deux petits Juifs.

— Qu'en pense Antonia ?

Lemosquet balaya cette question d'un geste :

— Elle ne sait rien... Elle n'a pas besoin de savoir. Quand je suis doulousé, je vide un gobelet... Si c'est insuffisant, je sèche un hanap.

« Je n'en suis pas là », songea Tristan, « mais je sens que je vais y venir. Parfois, je ne sais plus en quelle année nous sommes ! »

Et observant avec un plaisir mêlé de pitié son ancien soudoyer :

— Sais-tu pourquoi tant d'hommes comme nous s'accommodent d'une vie de sang et de larmes ?

— Non.

— Pourquoi, en vérité, ils y trouvent leur bonheur ?

— Non.

— Parce qu'elle leur évite de penser... Il faudrait décerveler les hommes.

— Holà !

— Nous ne savons jamais complètement ce que nous voulons. Peut-être sommes-nous les esclaves de je ne sais qui ou quoi... Pas du roi ni de nos capitaines, encore moins d'un connétable... Esclaves de nous-mêmes, sans doute, nous faisons le nécessaire, pendant des années, pour empoigner bellement des armes et du même coup pour ne pas voir, sentir et ouïr ce qui est notre conscience. Nous sommes des gens haustres [1] et obéissants... Mais obéissants aux autres, pas à nous-mêmes.

— C'est possible, dit Lemosquet mollement.

Il reprit son balai comme pour se soutenir d'une fatigue imprévue.

— Nous rions de nos préjugés jusqu'à ce qu'ils nous étranglent, poursuivit Tristan. De notre religiosité jusqu'à ce qu'elle nous devienne insupportable, aussi pesante que ces armures de fer auxquelles nous tenons tant et que nous contemplons, quand nous sommes seuls, comme de transcendantes reliques.

— C'est vrai... Je fourbis toujours mon harnois et mon épée.

— Nous avons aussi peur de nous-mêmes que des autres... La guerre nous semble moins surhumaine que les escarmouches qui nous sont désormais livrées par tout ce qui compose les contours de notre vie.

Peut-être en avait-il trop dit, mais il était lancé. L'important était qu'il se vidât de ses quérimonies secrètes et de sa bile. Lemosquet ne souriait point. Il

1. Hautains.

savait qu'il entendait une vérité et que celle-ci corroborait la sienne. Il tenait son balai le chiendent en l'air comme il eût tenu un vouge ou une guisarme.

— On est malades de l'âme, dit-il. C'est vrai que je grossis et que j'en suis marri. Je sais qu'il n'y a qu'une façon pour que je perde ma graisse et recouvre la santé.

— Je sais, moi aussi, quel remède nous fait défaut... Je sais également que si nous en disposions pour l'absorber un jour – c'est façon de parler –, il deviendrait notre élixir en même temps que le poison de nos femmes.

C'était bien dit et bien pensé : Lemosquet acquiesça.

— Si nous y retournions, dit-il, je suis sûr que nous le regretterions et qu'au bout de trois jours...

Il s'interrompit. Tristan piéta lentement vers l'écurie. Lemosquet avait renoncé à l'y accompagner. Il avait raison. Ils avaient raison. Jamais ils n'avaient honni les Anglais et les Navarrais aussi fréquemment, aussi durement qu'ils détestaient leur propre existence.

* *
*

Dans l'intention de revoir, s'il le pouvait, Raoul de Belpech pour s'excuser de sa rudesse verbale et le questionner sur les joutes de Mazères, Tristan repassa, au pas lent d'Alcazar, devant l'église Saint-Martin. Des Limouxins y entraient. Il reconnut un joaillier et sa fille, un changeur, seul ; un giponnier et son épouse – des concurrents d'Antonia – et quelques autres bourgeois et bourgeoises. Bien que ce ne fût point fête et qu'on se trouvât en semaine, tous allaient, endimanchés, se décharger ou se rafraîchir l'âme. Aucun manant ne les précédait ni ne les suivait. C'était à croire que le saint lieu leur était interdit.

« Tous se signent avant même de s'engager sous le porche et de franchir le grand portail ! »

Duperie que ce geste ? Nul doute que la plupart de ces favorisés éprouvaient envers leurs semblables, selon le degré de cupidité qui les avait enrichis, des sentiments éloignés de ceux des croyants ordinaires. A trop agir par lucre, certains avaient dû adopter une fausse image de leur personne. Sans le savoir expressément, ils venaient se repentir devant la Croix, se replier sur leurs obscurs méfaits et sur eux-mêmes dans le déconfort de leurs petites misères d'individus investis d'une foi qui s'épuisait dès la première prière. Point de macérations, point de pénitences car la plupart évitaient la petite geôle du confessionnal. Pour annihiler les passions franches ou secrètes des hommes, il eût fallu que Guesclin les prît une semaine dans ses herpailles et leur fît connaître son joug. Quant aux femmes, encore que des rumeurs fussent nées depuis longtemps sur les libertés en usage dans les moutiers, il eût fallu qu'elles y séjournassent loin des ordinaires tentations de la chair et de l'or. Ainsi peut-être, pour un temps, la balance de la vie d'une société composée de privilégiés et d'indigents se fût trouvée en équilibre. Peut-être, parmi ces croyants dont Belpech faisait partie et pour lesquels la fréquentation de l'église était garante d'une honnêteté sans faille, certains songeaient-ils à leurs aïeux. Patarins comme le gros de la population de la Langue d'Oc, ils avaient eu la vie belle puisque si les Parfaits se magnifiaient de sainteté, la licence affaiblissait leurs ouailles.

« Puis Montfort est venu, le très chrétien Montfort... Lui au moins, à l'inverse du Breton, il s'offrait trois messes par jour. L'autre se satisfait de trois soupes au vin. »

Tristan dépassa le seuil de l'église.

« Et moi, que suis-je ?... Un homme de bien ? Non !... Un homme aux pensées de plus en plus lourdes et fastidieuses et cependant un fétu emporté par je ne sais quel vent de Dieu... Moi qui ne suis ni riche ni pauvre... »

Il se retourna.

« Tiens, le voilà ! »

Belpech sortait de *la Bonne Truite* en séchant ses lèvres de son avant-bras.

« Il est allé faire descendre son hostie ! »

Tristan talonna doucement Alcazar.

— Ho ! messire... Je voudrais...

Belpech l'avait sûrement entendu. Était-il si pressé de prendre son cheval ? Il entrait sans se retourner dans la cour de l'auberge.

Tristan n'osa réitérer son appel.

« Encore un qui me doit détester ! »

Eh bien, s'il en était ainsi, tant mieux !

* *
*

— Tu vas rarement à Limoux, lui dit Maguelonne alors qu'il dessellait Alcazar. Chaque fois que tu en reviens, tu es triste.

Tristan ne s'en défendit pas.

— Le petit ? demanda-t-il simplement.

— Hélie a toussé. Il faut nous décider à faire venir un mire.

Or, une année passa, pareille aux autres. Une année où Tristan s'interdit le chemin de Limoux, ce qui inquiéta non seulement son épouse, mais aussi Paindorge, Lebaudy et sans doute leurs femmes. Ni ses compères ni Maguelonne n'osèrent le questionner sur ce renoncement. A vrai dire, il n'en connaissait guère la raison. La solitude toute relative où il s'engloutissait lui était douce.

L'année 1378 s'acheva sous la neige. On apprit, à Castelreng, que le roi Charles avait accusé Jean IV de Montfort de trahison[1]. Son duché lui avait été confisqué. Le Parlement avait prononcé la réunion de la Bretagne à la Couronne[2]. Les Bretons s'étaient aussitôt rebellés. Un gouvernement séditieux allait être formé[3]. Afin d'assagir les rebelles, on leur avait envoyé Guesclin accompagné d'un médiateur « plus breton que le connétable ne l'était » : Olivier de Clisson, lui-même costié de son tranche-tête, Josselin. Deux seigneurs de haute renommée s'étaient joints aux maîtres de la répression : le sire de Laval et le vicomte de Rohan. A cœur joie, ils maniaient la lance, la hache et l'épée. Si l'affreuse guerre contre les Goddons semblait s'accalmir, la Bretagne était ensanglantée par une autre plus terrible. Guesclin y meshaignait ceux de sa race avec autant de rigueur que les Anglais et les Espagnols. Et cette guerre hideuse durait.

Aux soupers souvent pris en commun, les commentaires chuchotés par Paindorge et Lebaudy accompagnaient les songeries de Tristan.

— Je croyais que la retraite des Goddons réjouirait le pays tout entier, dit-il un soir de printemps, alors qu'autour de lui ses familiers quittaient la table. Je me suis réjoui du trépas du prince de Galles parce qu'il était un mauvais homme... Et de celui de son père qui l'était aussi... Mais je me dis que bien qu'ils les aient perdus, les Anglais batailleront toujours.

1. 4 décembre 1378.
2. 18 décembre 1378.
3. Il ne fut formé que le 25 avril 1379.

— Que crains-tu ? demanda de loin Maguelonne en déposant dans l'évier une pile d'écuelles.

Dans les lueurs du soleil couchant, les poings soudainement aux hanches, elle semblait le défier. Il sourit :

— Dans quelques années, l'Angleterre aura sans doute un roi plus méchant que ces deux hutins. Déjà, on doit former ce Richard II enfant pour qu'il soit en mesure de reconquérir les terres que les hommes d'armes de la Grande IIe ont occupées. Alors...

— Alors ? interrogea Sibille que les propos de son beau-frère épouvantaient.

— Alors, ce seront nos fils qui devront s'adouber pour la guerre... Et je t'en fais l'aveu, Sibille, et à vous, Alazaïs et Maguelonne, et à vous aussi mes amis, j'ai peur non seulement pour mon hoir mais également pour les vôtres.

Tous regardèrent les enfants attablés pour une partie de jonchets.

— Quand ils ne jouent pas à la guerre, c'est leur riole favorite.

Paindorge approuva Lebaudy.

— Je ne me plains pas, dit Tristan, qu'ils passent ainsi leur temps. Il faudra qu'un chapelain vienne vivre céans. Il apprendra l'écriture, la lecture non seulement à vos gars mais aussi à ceux qu'ils ont pour compains. Le village se peuple. Il importe que Dieu soit à proximité.

Les joueurs étaient sept, à peu près du même âge, auprès d'Hélie. Tristan et Yvain, ceux de Paindorge et d'Alazaïs ; Espaing, celui de Lebaudy et de Sibille, Ernauton, Sicard, Percevaux et Mennault, quatre fils des serviteurs. Les fillettes jouaient dans la cour : les premières vesprées de mai exhalaient une douceur, une tiédeur paisible dont les hommes eussent pu profiter si Tristan avait quitté la table.

— Nos hoirs poussent bien, dit Paindorge.

— Il le faut, dit Lebaudy. Je suis de l'avis de messire Tristan : les Goddons reviendront épris de revanche. Nos gars seront en mesure de leur faire visage [1].

Hélie poussait, lui aussi. Depuis six mois, cependant, il aratelait [2] par trop. Il advenait que le souffle lui manquât au point qu'on eût pu croire que d'invisibles mains lui pressaient le cou. Puis l'air revenait dans sa gorge. Il souriait et perdait tout ce rouge qui avait afflué sur ses joues. « Ah ! » disait-il en tapotant, du plat de la main, sa poitrine.

Maguelonne s'inquiétait sans doute exagérément de ces suffocations que l'enfant acceptait comme un inconvénient sans plus de gravité qu'un rhume. Deux fois déjà, elle avait fait venir un mire : Girauldon d'Alaigne, réputé pour ses pronostics et ses remèdes infaillibles. « L'*asmat* [3] », avait-il déclaré. « Cela passera. » En dépit d'une médecine dont la *belle-dame* [4] composait l'essentiel, la guérison se faisait attendre. Il semblait même que le mal empirait.

— La sauge, le fenouil, la bétoine, voilà peut-être ce qu'il lui faudrait, suggérait Tristan.

— Qu'en sais-tu ? ripostait Maguelonne. Tu n'as pas de science !

Il eût fallu consulter un autre praticien. Elle s'y refusait : elle avait confiance en ce mire grand et maigre dont la face morne et ronde ne s'adoucissait même pas en présence du jeune malade.

1. Faire face.
2. Arateler : suffoquer.
3. Asthme.
4. Belladone.

— Jamais Hélie ne guérira si tu demeures aussi obstinée. Cet homme ne vaut rien. Il me paraît un prêtre en disgrâce de Dieu.

Cela pensé souventefois et cela dit, Tristan laissait faire. Ce Dieu qu'il invoquait seul, à l'abri des regards, derrière quelque fourré de la forêt voisine, guérirait son enfant. Et si ce n'était Dieu, ce serait Notre-Dame !

Souvent, sans que quiconque, sans doute, s'en aperçût, il observait Hélie dans ses jeux. Il advenait rarement qu'il perdît son souffle. C'était un gars aux cheveux mi-longs, toujours rieur, dont le visage aux yeux légèrement bridés, au nez court, à la bouche large, exprimait une joie de vivre qui eût dû plaire et rassurer sa mère. Son amitié ne se multipliait point. Il frayait toujours avec les mêmes enfants et ne les traitait jamais en vassaux. Si les propos sur la guerre, auxquels il se montrait attentif, épouvantaient parfois ses compères, l'idée de la mort n'atteignait pas son esprit. Bien que dix, vingt questions l'obsédassent, il n'osait interrompre les propos des garçons ou des hommes qui, souvent aux veillées, imaginaient ou décrivaient des batailles. Prenait-il conscience que son asthme, à certains moments, le rendait faible et vulnérable ? Il ne le semblait pas. Envers les inconnus de Limoux, Chalabre, Bouriège ou ailleurs, il s'imposait une attitude froide. Comme il se confiait moins, Maguelonne devenait plus loquace mais ne le mignotait point. Quand Paindorge lui offrit une chienne noire à peine sevrée – Lérida –, il s'occupa d'elle avec un intérêt doublé d'une gravité que Tristan eût aimé trouver dans les façons de Girauldon d'Alaigne. Sa pureté était si sévère qu'il ne supportait aucune allusion à la vie amoureuse. Il feignait d'être indifférent à certains propos des enfants et des adultes et taisait toute repartie prouvant qu'il avait compris. Cette pudeur ne ressortissait pas à une sorte de peur des choses de la chair ; elle était l'expression d'une austérité dont Tristan craignait parfois qu'elle ne fût d'espèce ecclésiastique. Or, Hélie priait peu. Il lui advenait de simuler des orémus. Il sortait toujours joyeux de la chapelle toujours vide de chapelain.

— Je serai chevalier, disait-il quelquefois sans la moindre outrecuidance.

Et plus les jours passaient, plus il s'inquiétait des batailles qui, çà et là, déchiraient la France tout en la reconstituant.

— L'esprit du Bien est en toi, lui disait Paindorge. Ta malefaim de vie et de bonheur me plaît. Tu seras chevalier, mes fils Tristan et Yvain tes écuyers. Ne crains rien : tes poumons sont aussi parfaits que ton âme.

« Des mots ! » se répétait Tristan. « Mais c'est son droit de nous rassurer. »

Semblable en cela au souffle de son fils, il sentait fréquemment sa vie se restreindre et s'engourdir en même temps que ses membres. Tout autant sinon plus que son cœur incrédule, il se demandait : « Ai-je obtenu ce que je méritais ? » Il y avait entre les arbres, les maisons et les êtres d'invisibles fils tendus dans lesquels il s'empêtrait et qui, peu à peu enchevêtrés, s'embobelinaient autour de lui comme des toiles d'araignes. Il ne savait comment se guérir d'une mélancolie sans objet, sans fin et sans fond. Il semblait qu'il portait en lui le mal des autres et la gaieté de certains le courrouçait comme une offense. Il savait qu'il renverrait un jour ce mal et ce courroux avec une force accrue, à la façon d'un miroir tragique. Il redoutait ce moment-là. Ses scrupules à vouloir le bien de son épouse, de son fils et de tous ceux qui l'entouraient lui paraissaient d'autant plus inutiles qu'il se sentait irrésistiblement porté par une fatalité qui ne se pouvait combattre par des armes. Ses nuits n'étaient plus des nuits et ses jours se teintaient de sombre. Sa capacité ou sa disposition aux songes, si foncièrement naturelle, se raréfiait. L'ordre de succession des travaux et des loisirs s'était installé à Castelreng. Il y apprenait qu'il pouvait vivre sans inquiétude, sereinement, sans passion, sans bonheur. Il craignait parfois d'entrer dans une pièce vide de toute présence humaine parce qu'il pouvait lire dans la mémoire des pierres aussi bien son passé que son avenir.

Il apprit sans plaisir – et cela l'ébahit – le trépas de Henri de Castille, le meurtrier de Pèdre[1], et l'avènement de son fils Jean. Il se désintéressa des rumeurs suscitées par la guerre des papes[2], même si Jeanne de Naples semblait la première à en faire les frais.

— Je préfère les chants des merles et des rossignols aux rumeurs du marché de Limoux.

On savait, jusqu'au fond de la Langue d'Oc, que Charles V avait fait venir à Paris les grands seigneurs de Bretagne pour leur signifier de lui livrer leurs places – ce qu'ils avaient refusé. Le duc de Bourbon, le comte Louis de Sancerre, maréchal de France, Jean de Vienne, amiral de France, Bureau de La Rivière, premier chambellan, et plusieurs autres chevaliers avaient

1. Henri II de Castille mourut le 20 mai 1379, jour de la Pentecôte (Pâques tombait le 10 avril).

2. Barthélemy Prigano, archevêque de Bari, fut élu pape le 9 avril 1378 et couronné le 18 du même mois sous le nom d'Urbain VI. Robert de Genève, élu à Fondi, le 21 septembre 1378, fut couronné le 31 octobre suivant et prit le nom de Clément VII. Charles V se déclara pour Clément VII dans une assemblée à Vincennes, le mardi 16 novembre 1378. Jeanne de Naples avait reconnu tout d'abord Urbain VI, mais rebutée par les procédés durs et hautains de cet homme, elle favorisa l'élection de Clément VII. Urbain VI s'en vengea et fut cause de ses malheurs.

été désignés pour soumettre les Bretons turbulents. Sitôt les premières saignées, le vicomte de Rohan avait fait défaut, puis Jeanne de Penthièvre qui, montrant une audace peu commune, avait accueilli Jean IV de Montfort à Dinard[1]. La Flandre à son tour s'était détachée du roi : avant d'aller chercher un bref refuge en Angleterre, le duc Jean IV de Bretagne avait été accueilli par Louis de Male, comte de Flandre.

Et la guerre, soudain, s'approcha de la Langue d'Oc. Lâchant la bride au plus rapace de ses frères, le duc d'Anjou, Charles V avait exigé, dans tout le Midi, des levées d'aides excessives. Le mardi 25 octobre[2], les gens de Montpellier s'étaient révoltés[3]. On racontait que le frère du roi avait fait trancher deux cents têtes, étrangler deux cents cous, et brûler deux cents corps. La cité avait flambé presque tout entière.

— Cet Anjou est un monstre et sous son aspect cauteleux, son ains-né frère aussi, commenta Tristan le matin où Paindorge, retour du marché de Limoux, lui eut appris ces nouvelles. Qui a commis ces six cents meurtres sans oublier ceux qui sont morts rôtis dans leurs maisons ?

— Ne croyez pas que ce soit Guesclin, dit Pain-

1. L'arrêt de la confiscation de la Bretagne par Charles V date du 4 décembre 1378. Jeanne de Penthièvre accueillit Jean de Montfort à Dinard le 3 août 1379.

2. 1379.

3. Ils avaient mis à mort Guillaume Pointel, chevalier, chancelier du duc d'Anjou, frère du roi et son lieutenant pour toute la Langue d'Oc ; Guy de Lesterie, sénéchal du Rouergue ; Arnoult de Lar, gouverneur de Montpellier ; maître Jacques de la Chayne, secrétaire du duc ; maître Jean Perdriguier, gouverneur des finances, et plusieurs officiers tant du roi que du duc, soit 80 personnes qu'ils avaient jetées dans tous les puits de la ville. Le vendredi 25 janvier de cette année 1379, à l'heure de tierce, Anjou était entré dans Montpellier.

Le mardi 25 octobre et le vendredi 25 janvier appartenaient à la même année 1379 : les calendriers allaient alors de Pâques à Pâques.

dorge... Oh ! je sais qu'il s'y serait régalé, mais il guerroie en Auvergne contre les compagnies à la solde du roi d'Angleterre et de Lancastre.

— Grand bien lui fasse !

Hélie qui, assis entre les deux hommes, prenait grand plaisir à écouter leurs propos, se tourna vers son père :

— Croyez-vous que la guerre viendra jusqu'à nous ?

— Non, dit Paindorge. Nous n'avons rien commis que le roi puisse nous reprocher. Nous avons toujours ostoyé[1] sous la bannière aux lis. C'est ce que tu feras plus tard.

— Robert a raison, mon gars, dit Tristan à voix basse.

Son fils allait avoir dix ans, l'âge où l'on commence à s'exerciser soigneusement et rudement. Déjà Paindorge, Lebaudy et lui-même enseignaient aux enfants comment tenir une lame de bon acier, fournir des coups et gauchir[2] ceux de l'adversaire ; comment outrepercer un ennemi à l'épieu ou par un astucieux fendant.

— Bientôt, dit Tristan, je t'apprendrai à faire une quintaine. Tu sauras peu à peu empoigner une lance...

C'était au matin du lundi 2 avril[3]. Une quintaine ! Quel bonheur ! L'émoi du garçon le fit toussoter. Le toussotement devint une quinte et la quinte une suffocation.

Tristan prit Hélie dans ses bras et l'emporta dans sa chambre.

Une fois couché, l'enfant se contraignit à l'immobi-

1. Combattu dans l'ost. Aussi ostoier.
2. Esquiver.
3. 1380.

lité afin de recouvrer le souffle dense, régulier, qui brusquement lui avait fait défaut. Tristan n'osait dire un mot, accomplir un mouvement sachant qu'il ne pourrait abréger cette épreuve de la voix et du geste et que son fils, qui connaissait bien son mal, saurait le vaincre seul. Mais rien ne laissait prévoir un répit, sinon une amélioration de ses tourments. Il y avait quelque chose de court, de rafleux dans cette respiration tantôt restreinte, tantôt sibilante que venait altérer soit un râle soit un grignement d'impuissance.

— Guéris, mon gars ! Guéris !

Injonction vaine. Hélie, les yeux mi-clos, combattait vaillamment. Tristan, penché sur lui, se désola et se méprisa de ne savoir que faire, et d'ignorer ce que cet enfant ressentait dans la plénitude d'un corps pourtant solide et bien fait.

Ils vivaient différemment un supplice. L'un dans son être et lui, Tristan, dans son âme. L'idéal de sa vie s'était toujours limité à quelques mots : une bonne santé, un parfait caractère, une foi profonde, l'espérance d'un bonheur accompli par le mariage avec, obligatoirement, la Chevalerie en surplomb. Cette perfection de son esprit et de sa chair se composait de sang, de sueur, de courage et de dévouements divers. Or, l'attachement qu'il vouait à son fils craquait de toutes parts : il ne savait comment le soulager de ses misères, comment l'encourager à les vaincre, comment le guérir. Il ne comprenait pas pourquoi Dieu le frappait dans la plus nécessaire de ses affections et dans sa plus noble espérance. La mort qu'il avait tant déjouée revenait à l'aguet.

— Guéris, mon gars, dit-il d'une voix dont la faiblesse le mit en rage.

Hélie continuait de respirer d'une haleine alternativement folle ou restreinte cependant que des sueurs glissaient sur son front et ses joues. En deux pas, Tristan fut près d'un coffre, l'ouvrit et en tira une serviette. Il la passa sur le jeune visage où une lassitude injuste apposait quelques rides.

— Courage !... Tu vas cesser bientôt d'arateler[1] ! Veux-tu que je te lève un peu ? Crois-tu que cela te soulagerait ?

Hélie acquiesça. Tristan l'aida doucement à s'asseoir, la nuque et le haut du dos contre l'oreiller qu'il avait remonté. Saisissant son fils aux poignets, il lui fit accomplir de larges mouvements des bras pour aider ses poumons à recouvrer une respiration régulière.

Il enrageait contre le mauvais sort et ne savait comment se guérir, lui, de l'ulcère qui rongeait son cœur avec une hargne qu'il n'avait jamais encore éprouvée. Ni Hélie ni lui-même ne méritaient d'être atteints par des frayeurs pareilles. Ils devaient repousser le mal, se rebeller contre l'injustice, allier leurs volontés, leurs énergies ô combien différentes, et repousser la calamité qui s'accrochait à eux comme un châtiment terrible autant qu'immérité.

« Ni Aliénor ni Olivier ne peuvent se venger ainsi de nous !... Je ne les ai pas occis. C'est Dieu qui l'a voulu. Je n'ai eu l'intention que de les chasser de Castelreng et Il le sait !... Comment, maintenant, pourrais-je croire en Sa miséricorde ? »

Bien que pâle et crispé, le visage d'Hélie ne perdait rien de sa beauté. La force de son caractère s'y reflétait toujours. Ses cheveux se poissaient sur son front et ses lèvres exsangues s'avançaient comme pour boire cet air qui semblait se refuser à ses narines.

— Respire ! Respire !

1. Haleter.

Tristan dénoua le col de la chemise en se maudissant de n'avoir pas accompli ce geste-là plus tôt.

— Respire ! Respire !... Vas-tu mieux ?

L'enfant n'osa répondre affirmativement.

— N'aie crainte. Nous sommes deux... Nous repousserons ton mal. Sois-en sûr ! Tu subis une épreuve... Nous subissons une épreuve. Nous en sortirons vainqueurs. Il le faut !

Tristan ne savait rien de ce qui l'entourait. Il n'était hanté que d'une passion : sauver Hélie ! Vaincre cet étouffement !

— Un deux ! Un deux !

Leurs bras allaient et venaient lentement et parfois, le souffle de l'enfant redevenait régulier pour se briser et le livrer à une suffocation longue, longue, exaspérante.

— Guéris !... Il te faut guérir !

Leurs haleines désaccordées emplissaient la chambre. Leurs amertumes se pénétraient et leurs cœurs qui n'avaient jamais été si proches mêlaient leurs battements, les uns puissants, réguliers, les autres faibles, désespérément.

— Courage ! Il te faut dominer ce mal comme un ennemi qui voudrait ta mort ! Sois bachelereux [1] et il s'enfuira.

Balivernes, sans doute, mais que dire d'autre ? Tristan parlait moins pour Hélie que pour dominer l'effroi de cette mort dont ni Maguelonne ni lui-même n'eussent pu se remettre. Il trouvait indigne de son caractère d'évoquer l'éventualité d'un trépas, mais se sentait contraint de le redouter et d'en imaginer les effets dévastateurs sur son épouse. En se félicitant qu'elle fût allée aux champs avec Sibille et la chienne Lérida, il

1. Vaillant, courageux.

craignait qu'elle ne survînt tout à coup et ne les vît, Hélie et lui, aux prises avec la géhenne.

Il mouvait toujours les bras de son enfant. Lentement, lentement, cherchant sur les lèvres décloses un renouveau de respiration qui tardait à venir. Il avait peur. Davantage que lorsqu'il exposait sa vie aux traits et tranchants adverses. Eux, au moins, il les flairait, il les voyait. Il pouvait deviner leur provenance et se protéger de leur perniciosité. Ici, tout était malice. Il sentait Hélie plus près de mourir que de vivre. Parfois, une vision surgissait dans sa tête et il voyait son fils immobile entre quatre planches. Non ! Non ! L'impitoyable isolement où il se trouvait lui faisait désirer, de loin en loin, la présence de Maguelonne avant qu'il ne se dît qu'elle se serait affolée et que cette lutte contre l'étouffement était une affaire d'hommes.

— Guéris, mon gars ! Il faut que tu guérisses !

Une ardeur émouvante le subjuguait : il vaincrait ! Ils vaincraient !

— Respire ! Respire ! Guide, je t'en supplie, ton souffle sur le mien !

La fureur, le chagrin, l'épouvante se disputaient le cœur de Tristan. Il advenait aussi que le souffle lui manquât et qu'un mot, un seul mot s'étranglât dans sa gorge. Parfois, sa confiance tombait en charpie. Il n'osait trop dévisager Hélie pour ne point voir, sur son visage, de redoutables flétrissures.

« Il pâlit... Il va dévier[1]... Non ! Non !... Je ne verrai jamais un dévouloir de vivre sur sa figure ! »

Une lame de couteau, d'une seule poussée brûlante, perçait son cœur. Ses mains serraient toujours les poignets de son fils. L'air était lourd, saturé d'une oppression funeste.

1. Mourir.

« Non ! Il vivra !... *Il te faut vivre !* »

A sa fébrilité, l'inertie de son fils opposait la plus lugubre résistance et son aspect figé commençait à lui inspirer une sorte de colère :

— Je ne puis rien seul. Il faut que tu m'aides !

Une rage le secoua :

— Merdaille ! Merdaille ! Qu'avons-nous fait pour encourir cette injustice ?

Il le savait : les déprécations seraient inutiles. Dieu était à nouveau trop loin de lui. Il s'écria pourtant :

— Un signe ! Un signe, Seigneur !... Ni mon gars ni moi-même n'avons démérité !

Il souffrait aussi des coudes et des épaules. Il luttait de son mieux contre ces infirmités dont ses bras peu à peu se plombaient. Non ! la mort n'allait pas toucher son fils dans sa fleur ! Hélie allait guérir. Il perpétuerait l'espèce. Son souffle qui se consumait renaîtrait. La cendre éparse en ses poumons disparaîtrait sous une poussée d'air frais.

— Vis... Bats-toi... Bats-toi comme un prud'homme !

Il cherchait vainement dans les yeux de son enfant quelques lueurs de soulagement, et sur ses lèvres à peine roses l'imperceptible indice qui le démettrait de ses frayeurs.

— Il me semble, dit-il, que nous ramons ensemble... Guéris !... Mes bras commencent à me faire mal !

Leurs vies n'avaient jamais été si proches, si parfaitement assemblées ; cependant, le péril sans remède continuait de les séparer.

Ce fut une matinée longue, interminable et terrible. Ils la traversèrent avec le même courage, la même angoisse, la même foi furibonde. A certains moments, Hélie reprenait haleine, à d'autres son souffle s'épuisait. Les couleurs effacées revenaient sur ses joues, son front, ses oreilles, puis il aratelait encore ; ses lèvres cherchaient un air vivifiant, son cœur battait irrégulièrement et les râles que Tristan abominait emplissaient désespérément la chambre. Parfois, suspendant ses mouvements réparateurs – ou présumés tels – Tristan touchait le front d'Hélie. Il était chaud mais nullement brûlant. Il allait guérir ! Il le fallait !

Lorsque, vers midi, la crise fut achevée, Maguelonne entra dans la chambre.

— Robert m'a prévenue que...

Elle n'en dit pas davantage. A quoi bon.

— Il dort. Il était temps, dit Tristan, les épaules, les bras et les reins rompus.

Ils contemplèrent leur fils, les mains à plat sur sa poitrine, comme pour en apaiser les douleurs, les paupières fermées, la bouche déclose. Son visage était paisible. Les maudits spasmes, le désespoir, la crainte de succomber à un étouffement pire que les autres avaient quitté cette figure que la blancheur de l'oreiller rendait presque angélique. Son haleine régulière faisait presque douter qu'elle eût été si horriblement oppressée.

Lérida sauta sur le lit.

— Laissons-la, dit Tristan. Sa présence le rassure, même s'il dort... Ah ! m'amie, ces choses-là, il faut les vivre. On ne peut imaginer...

— Si, j'imagine, murmura Maguelonne.

Tristan la sentit se serrer contre lui. Il eut ses cheveux contre sa bouche, son désespoir contre le sien.

— Je veux qu'il guérisse !

— Je ne l'ai que souhaité.

Maguelonne contemplait Hélie. Il y avait dans son adoration comme un culte profond rendu à une divinité livrée aux menaces de toutes sortes ; un amour complet, patient, absolu – éternel.

— Je préférerais le perdre à la guerre que de le perdre ainsi.

— De quelque façon qu'il nous quitte, j'en mourrai.

Peu importait leur amour commun rétréci au fil des jours et désormais médiocre. Ils aimaient leur fils pareillement et cela seul comptait. Cette conviction affermissait le respect qu'ils conservaient intact l'un pour l'autre. A l'ivresse débordante de leurs primes amours, puis au mésaise qui les prenaient, maintenant, dès l'ébauche d'un geste tendre, succédait, dans et par leur commune affection pour Hélie, une sorte de bien-être.

— Tu as éprouvé, ce matin, ce que j'ai ressenti moult fois.

Tristan crut bon et réconfortant d'avouer :

— J'ai souhaité ton retour... Lorsque cette maudite chose l'a pris, j'ai été heureux de ton absence... Oui... Je crois... Non... Je suis sûr que nous nous serions querellés sur la façon de le soulager... de le guérir... Puis j'ai voulu que tu reviennes... J'ai compris qu'en dépit de... tout, tu m'es indispensable.

— Tu es ma vie.

Maguelonne dénoua leur étreinte. Elle s'approcha de la simple croix de bois suspendue au-dessus de la porte, se signa et s'agenouilla, le regard fixé sur elle.

Tristan hésita tout en se demandant si ce qu'il allait faire aurait une incidence bienfaisante sur la santé, voire la protection de leur fils.

Il s'agenouilla près de son épouse et des mots très anciens effleurèrent ses lèvres :

— *Pater noster, qui es in coelis... Sanctificetur nomen tuum... adveniat...*

Il sentit tout à coup ses paupières humides et ses voix intérieures, ses frayeurs, ses desseins s'évanouirent pour clarifier son esprit tout entier tourné vers son

Créateur. Maguelonne, qui l'observait, dit alors tout haut pour eux deux :

— *Sed libera nos a malo* [1].

Il vit des larmes rouler sur ses mains blêmes, nues, un peu rêches, s'en saisit et les baisa longtemps avec une ferveur qui était aussi un acte d'amour.

* *
*

Fut-ce la conséquence de leur commune prière ? Le mal dont Hélie souffrait connut une rémission. L'enfant grandit, forcit, recouvra ses couleurs et sa joie de vivre. L'anxiété de Tristan s'altéra ; il reprit goût à l'existence. Maguelonne également qu'il entendait parfois chantonner.

Comme il confiait ses craintes d'une récidive plus cruelle que la précédente à Lemosquet venu lui présenter son fils, Tristan, deux mois, en compagnie d'Antonia, l'ancien soudoyer l'adjura de visiter le prêtre qui baptiserait leur enfant.

— C'est un saint homme ! Il guérit, dit-on, par l'attouchement des mains.

— Les guérisseurs, Yvain, déplacent le mal ; ils ne peuvent l'expulser d'un corps dolent. Quand ton Tristan recevra-t-il le saint sel et l'eau bénite ?

— C'est à vous de décider, messire, puisque vous serez son parrain et Maguelonne sa marraine... Il est ondoyé. Nous pouvons donc attendre quelques jours, voire quelques semaines.

— Je te sais bon gré de nous avoir choisis. Maguelonne verra tout cela avec ton épouse. Je me soumettrai

1. Mais délivrez-nous du mal.

à leur décision... Mais parle-moi de ce presbytérien. Qui est-ce ?

— Un religieux de Saint-Polycarpe d'où Antonia est native. Je crois même que c'est un parent lointain.

— Son nom ?

— Hervieu de Cubières.

Une scène traversa l'esprit morose de Tristan : Hélie adossé au bois de son lit, pâle, avide d'air pur, épouvanté par l'idée de la mort, et lui, impuissant et desbareté [1], malade d'horreur à l'idée de le perdre.

— Qui t'a dit que mon fils souffrait des poumons ?

La question fit sourire Lemosquet. Son visage qui s'arrondissait mais dont les yeux bleus, droits, restaient les mêmes, se fripa de quelques rides de bonne humeur :

— Robert et Girard quand ils viennent à Limoux et parfois Alazaïs et Sibille. Ils aiment autant Hélie que leurs enfants.

Il se pouvait que ce fût vrai. Tristan, pour contraindre son émotion, s'obstina dans une gravité muette qui précéda ce témoignage :

— Je vous aime bien tous.

Il sourit de cet aveu car chez lui, parfois, la moquerie envers lui-même était l'arme que la nature lui offrait pour combattre et dominer ses émois et certains de ses mésaises.

— On est comme une famille, depuis le temps... murmura Lemosquet sans crainte d'être contredit.

Et comme ils marchaient lentement vers le donjon sur le seuil duquel Hélie, Maguelonne, Paindorge et Antonia, son enfançon dans les bras, les observaient avec, dans le regard, une sorte d'inquiétude, Tristan

1. Affligé, découragé.

s'immobilisa et retint son ancien soudoyer par l'épaule :

— Nous sommes le 31 mai. Demain vendredi, Maguelonne et moi irons voir ton saint homme. Au retour de Saint-Polycarpe, nous te dirons quel jour nous avons choisi. Sais-tu que c'est une étrangeté : je crois plus aux conseils que me dispensera ton clerc qu'à l'efficace dont ses mains sont soi-disant chargées !

* *
*

Passé l'étonnement d'une visite inopinée, Hervieu de Cubières se défendit d'exercer la médecine et d'accomplir des actes salutaires sur de rares malades venus quérir son secours.

— La prière seule, messire Castelreng, guérira votre fils auquel je trouve bonne mine. Il ne me paraît pas menacé. Il lui faut déployer sa confiance en Dieu ainsi que sa confiance en lui-même. Il vous faut prier avec lui.

— C'est ce que nous faisons, mon père, dit Maguelonne.

Sa pâleur convenait à sa robe d'avril, une robe de futaine rose jonchée d'armoises et de fleurettes. Elle souriait, refusant de passer pour une femme résignée alors qu'elle se flétrissait dans son cœur et ses espérances.

Tristan essaya de sonder les pensées du prêtre. Lorsqu'il avait appris l'objet de leur visite Hervieu de Cubières les avait entraînés hors de l'église où ils l'avaient trouvé en méditation devant un monstrance-reliquaire déposé sur l'autel entre deux gerbes de fleurs champêtres. « Venez », leur avait-il dit. Ils avaient pénétré dans un cloître. Maintenant, ils y suivaient cet homme grand, solide, dont la bure frottait le sol et s'accrochait parfois à de fragiles ronces. Hélie marchait devant, puis Maguelonne et enfin lui, Tristan. Ils allaient lentement, respectueusement, gênés de ce qu'ils assimilaient à de l'audace. A dextre, il y avait des épiniers et des herbes si hautes qu'elles penchaient leur tête dans une espèce de recueillement ; à senestre, des pierres, des arceaux, des voûtes et des arbrisseaux poussés là comme pour consolider ce qui pouvait l'être de cette abbaye dont la création remontait à Charlemagne.

— Nous reconstruirons, dit Hervieu de Cubières comme s'il lisait dans les pensées et les regards de ses solliciteurs. Non, rien ne meurt. Rien !

Les moineaux alternaient et leurs vols et leurs chants, et la certitude du clerc, dans la fête qu'ils se donnaient, était comme une promesse d'intérêt ou de compassion. Il ajouta, considérant Hélie sans cesser de marcher :

— L'enfance est un trésor qu'il nous faut conserver.

Maguelonne acquiesça.

— Oh ! oui, dit-elle avec un tremblement de tendresse apeurée.

« Mieux que moi... » se dit Tristan.

Oui, elle concevait mieux que lui combien l'imprécise vie de leur fils était soumise à Dieu autant qu'au Mal. Dans l'ombre de ce cloître endormi sous les herbes, elle attendait peut-être un éblouissement divin.

— Piétons, mes amis, dit Hervieu de Cubières. Il ne fait pas très chaud encore... et c'est ainsi que je procède.

Devant eux, des montagnettes se dessinaient dans le ciel moucheté de blanc avec peut-être, à leur sommet, des châteaux de brumes éphémères pareils à celui de l'enchanteur Merlin.

— Je vous fournirai des conseils...

Lambeaux de phrases et d'intentions.

— Il vous faut le guérir, mon père.

Il fallait qu'Hélie fût un enfant comme les autres, un jouvenceau comme les autres, un damoiseau comme les autres. Que la campagne de Castelreng devînt pour lui une promesse de Paradis, et que les labours, les fenaisons, les vendanges fussent des eucharisties lui permettant d'y accéder. Reprendre les us et coutumes des anciens comme il les avait repris, lui, Tristan – mystérieuse tradition ou initiation qui tenait moins d'une doctrine que d'une race éternelle : celle des Castelreng. Il fallait qu'Hélie sût tenir une lance, une épée, un marteau d'armes ; il fallait aussi qu'il pût empoigner les mancherons d'une charrue, ouvrir un livre et surtout qu'il sût le refermer pour lire dans la Nature. Qu'il vécût avec elle en accointance étroite, quasi charnelle, avant de jeter sa chasteté aux orties. Qu'il sentît et entretînt en lui cette aptitude à donner du bonheur autant que celle à donner la mort – s'il le fallait et s'il ne pouvait faire autrement.

Hervieu de Cubières les invita, d'un geste, à s'asseoir sur un banc de pierre écorné aux angles et dont le pourtour nu révélait qu'il y venait fréquemment se reposer hors de l'église. Tristan n'eut qu'un bref regard pour la vieille abbaye dont Maguelonne, à l'inverse de lui, admirait la majesté languissante entre des roncières dont les griffes eussent pu couronner le Christ. La quiétude des lieux invitait à la sérénité, à la prière. Le soleil exhortait de ses ors les fûts des colonnes, les murelets çà et là moussus où se posaient parfois un coulon, une tourterelle, une mésange et des moineaux sautillants.

— Je devine, dit Hervieu de Cubières, debout, que vous avez un fils peu ordinaire. Je l'ai bien observé. Il rêve de vous ressembler, messire. Sa mélancolie vient de ce qu'il doute d'y réussir. Et ce doute le rend malade.

C'était un homme droit, solide dans sa bure propre, aussi nette que son visage. Une tête glabre ; un regard d'un bleu pareil à l'azur de la bannière aux lis. Une bouche large, sans dureté ni amertume et qui avait dû parfois souffler sur le soufre et ne jamais exclure quiconque du purgatoire terrestre, antichambre d'un paradis auquel, évidemment, il croyait dur comme fer. Tristan lui trouva l'aspect d'un preux qui ne doutait jamais de soi. Il y avait chez ce tonsuré une ardeur sommeillante ; elle semblait s'éveiller lorsqu'il considérait Hélie.

— Guérissez-le, mon père, dit Maguelonne. Nous prions, prions...

— Je conçois votre ferveur. Priez, certes, mais ne tombez pas dans l'excès... Je vous déconseille, dame Maguelonne, de vous persécuter en pensant que toute espèce de renoncement ou de sacrifice... je dis bien *toute espèce*, favorisera une guérison qui peut-être se fera d'elle-même dans trois ou quatre ans.

Tristan n'osa regarder son épouse.

« Bien dit », songea-t-il. « Ce clerc a-t-il deviné qu'elle jouit de se refuser à jouir ?... Certes, elle cède à mes envies, mais où sont passées nos plaisances d'antan ?... Ses gémissements, ses *encore* ? Elle baisse la tête ; elle joint les mains... »

Il croisa le regard d'Hervieu de Cubières et pensa qu'ils s'étaient compris. Il eût dû sans doute se porter au secours de Maguelonne ; il n'y était point enclin.

« Que faisons-nous ? C'est de nous que devrait naître l'espérance et non pas de cet homme qui est certes bon, mais qui nous regarde comme des... malades ! »

Son caractère eût voulu, exigé, qu'il se passât d'aide. Arc-bouté contre l'asthme dévastateur de son fils, il en était réduit, autant que Maguelonne, à tout espérer de ce prêtre qui lisait en leurs cœurs avec une aisance tranquille.

— Notre ami de Limoux nous a dit que vous pourriez peut-être guérir Hélie.

Tristan rageait : il était dépourvu de cette éloquence dont le clerc faisait un si grand usage.

— Moi, guérir ? s'étonna Hervieu de Cubières. Ce n'est pas parce que je l'ai posée sur quelques têtes fiévreuses que ma main en a éteint le feu... On a cru pouvoir vous rapporter certaines choses comme s'il s'était agi de miracles. Or, je n'ai fait que donner à quelques gens de passage une preuve de bienveillance. Ce n'était qu'un piètre tribut aux yeux de qui aime vraiment... Je suis, comme vous, assuré que tous les témoignages d'affection ne valent pas une prière, une seule, dame Maguelonne. Mais il convient que celle-ci ait lieu un jour propice, en un lieu où peut-être elle sera exaucée soit par Notre-Dame, soit par Notre-Seigneur. Il faut également qu'elle soit dite avec la conviction qu'une fois pour toutes elle montera jusqu'au Ciel.

L'âme épurée du clerc sembla fondre dans sa voix qui devint plus vibrante et plus claire tandis qu'il regardait Hélie avec une attention à laquelle Tristan ne put fournir un nom.

— Quand votre fils, un beau jour, prendra son vol comme un gerfaut solide ; quand il entrera dans la pleine lumière de la vie, qui songera, je vous le demande, à cette éclosion vraiment miraculeuse ? Vous deux, ses parents ? Nenni ! Votre joie vous fera oublier les mauvais jours où vous avez entouré son nid de votre chaleur et de votre inquiétude. Le monde est plein des bruits d'ailes brisées au sortir de la jeunesse prime... Pour voler, il faut que votre fils s'allège par sa confiance en lui. Il faut que vous formuliez ensemble, vous, ses géniteurs, le vœu de le voir guéri. Ce vœu, il vous faut l'exprimer dans un lieu moins plat que notre pays de Langue d'Oc... Je songe à une montagne. Ainsi, la distance sera moins longue pour atteindre Celui qui règne sur le monde. Une montagne aussi haute que le Bugarach, mais une montagne sans diableries.

Tristan se surprit à trembler. Il éprouvait soudain une émotion sans mot, quelque chose qui échauffait sa poitrine et qui n'avait aucun sens. « *La vie de mon enfant se nourrira de la mienne.* » Il le savait depuis la naissance d'Hélie : au cheminement de son fils vers la maturité correspondrait une sorte d'immobilité, voire de régression, qu'il subirait comme un châtiment immérité. Car il était fait pour le mouvement, la liberté, la fureur davantage que pour l'amour. Il n'y aurait jamais plus pour lui d'aurores merveilleuses pour un esprit, un corps jamais inassouvi. Il y aurait des rêves accablants, des éveils fébriles dans des petits matins inquiets où, proche de lui, Maguelonne feindrait de dormir afin qu'il ne la touchât point. Il ne pouvait l'abandonner pour devenir le chevalier aventureux dont il avait imaginé les contours et les prouesses lors de sa jeunesse prime. D'ailleurs ni Paindorge ni Lebaudy ni Lemosquet ne le suivraient : ils s'étaient enracinés dans une terre qui n'était point la leur mais qui les avait acceptés. Ils commençaient à parler la langue d'oc dont ils avaient même attrapé l'accent.

— Hélie est malade, sans doute, dit Maguelonne, parce que mon sang n'est pas si bon que celui de mon époux. Je ne suis pas noble.

Quelle était irritante, cette croyance inutile qui appauvrissait son espérance plutôt que de l'affermir !

— Qu'allez-vous chercher là, ma fille ! s'indigna Hervieu de Cubières. Le sang d'un prud'homme et celui d'une meschine ne sauraient se contrarier. Ce m'est une satisfaction de penser que vous vous êtes complétés. Votre fils a de la noblesse, une solidité à laquelle vous, dame, avez contribué. Considérez désormais comme un honneur de l'avoir mis au monde.

Le clerc s'exprimait d'une voix si ardente, si passionnée qu'il devait être un fils de huron et de huronne. Il y avait dans ses yeux comme une insondable désolation. Peut-être, du fait de sa naissance, avait-il souffert dans son esprit plus encore que dans sa chair pour accéder à la prêtrise.

Hélie les regardait, ne sachant que faire. Il avait repris toutes ses couleurs et Tristan le sentait envahi par un plaisir encore fragile : il guérirait. Cet homme voué à Dieu lui avait enseigné la confiance sans jamais s'adresser à lui.

— Vous pourriez aller tous les trois à Compostelle, mais c'est un long et périlleux chemin. Peu de pèlerins en reviennent. Mieux vaut que vous demandiez à la Vierge du Puy-en-Velay d'intercéder pour votre fils auprès du Sien... Et vous, messire, qui êtes chevalier, pourriez honorer saint Georges.

— Il est aux Anglais !... Ils ne cessent de s'en recommander !

— Il appartient à tous. Nos rois eux-mêmes vont au Puy pour l'honorer.

Cessant de regarder alternativement Maguelonne et son fils, le prêtre parut admirer, au-dessus du clocher voisin, le vol d'une buse.

— N'attendez pas le 15 août pour vous mêler à la procession de la Vierge Noire. Partez avant.

— Nous irons, dit Tristan pour rassurer Maguelonne. Croyez-vous que...

Le prêtre prévint une question inutile :

— Tout ce que je puis affirmer, c'est que, voici deux ans, pour un pareil cas, j'ai conseillé aux parents d'aller avec leurs fils au Puy-en-Velay. Il n'y eut aucun miracle mais, dirai-je, une réussite. L'état de leur gars, du même âge que le vôtre, n'a pas empiré. J'ai vu sa mère il y a peu. Elle m'a dit que le mal semblait se retirer de lui.

Maguelonne joignit ses mains blanches et, s'adressant à Tristan :

— Si tu veux en faire un chevalier...

— Je veux le devenir ! s'écria Hélie sans suffoquer. Je veux pour me guérir aller en cette église.

La dextre de Tristan se posa, chaude, protectrice, sur les mains, réunies, de son fils :

— Nous irons, je te le promets.

— Quand ? murmura Maguelonne.

— Nous en parlerons en chemin.

Tristan planta son regard dans celui d'Hervieu de Cubières :

— Peut-être vous dites-vous, mon père, que c'est folie de vouloir faire de mon... de notre fils un être à ma semblance... Un chevalier.

Le prêtre secoua négativement la tête :

— Non... Je vous citerai Jacques : « *Ne croyez pas que je sois venu apporter la paix sur la terre ; je n'y suis pas venu apporter la paix mais le glaive.* » La France est pauvre, déchirée, livrée à des passions sanglantes... On ne peut pardonner aux hommes qui la voudraient occire... Il n'existe qu'un moyen : les exterminer. Il faut des chevaliers, des guerriers et des armes !

Tandis qu'il acquiesçait à ce langage inattendu chez

un clerc, Tristan songea aux charges auxquelles il avait pris part, à l'agitation toujours pareille issue de ces galopades à toute bride. Il fallait avoir appartenu à ce torrent de chair et de fer mêlés pour imaginer la frayeur de l'ennemi en même temps que la vigueur mortelle de la réception qu'il avait imaginée. Éclairs des plastrons de fer, étincellements des chanfreins et de leur dard terrible, éblouissements des épées nues, des heaumes clos ou déclos ; hurlements, injures, bondissements des chevaux l'encolure tendue, soufflant à pleins poumons, roulant un assourdissant, un étourdissant orage de fers entrechoqués et entraînant les rangs serrés des chevaliers courbés sur leur cou, agitant convulsivement les armes du succès ou de la défaite, l'œil écarquillé, la bouche sèche, comme affriandée de meurtre et se ruant dans les suprêmes efforts de leurs compères à quatre jambes tout aussi excités qu'eux-mêmes... Percer la ligne ennemie, la rompre comme la maîtresse vague d'une tempête, poursuivre les vaincus ou être poursuivi. Occire ! Occire ! Occire !... Pied à terre tandis que les chevaux vivants s'ébrouent à leur aise, secouant leur crinière tout en hennissant du bonheur d'avoir survécu...

Était-ce raisonnable d'encourager Hélie à ce « métier » des armes ?

— Je suis las, mon père, de la guerre. J'ai obtenu la satiété.

— Vous avez, pour votre fils, un autre combat à livrer... La foi y remplacera votre épée.

Hervieu de Cubières se pencha sur Hélie.

— Quel est ton âge ?

— Dix ans.

— Dix ans, onze ans, douze ans... Ne les abîme point.

C'était dit d'une voix assourdie, lointaine ô

combien, comme si le tonsuré se trouvait à mi-chemin de la terre et du ciel.

— Vous, dame, aimez votre fils comme il doit l'être. C'est un gars, donc pas d'extrême tendresse... L'enfant parfois sépare les couples mieux que la guerre.

Et d'une voix dépourvue d'intonation :

— Partez le cœur en paix... Je vous ai tout dit.

Ils revinrent vers l'église devant laquelle les chevaux commençaient à subir les feux du soleil :

— Je vous vois, messire, porter la main à votre escarcelle... Je ne veux rien... Lorsque vous reviendrez, faites-moi l'aumône d'une visite... Vous avez un beau cheval.

— Il se nomme Alcazar.

— Est-il espagnol ?

— Nullement, mais il a estampé [1] sur les chemins de Castille.

— Ah ! l'Espagne, soupira Hervieu de Cubières. Combien faut-il de victimes pour produire un héros ?

Il *savait*. Tristan comprit qu'il n'en dirait pas davantage. Quant à lui, il pouvait s'exprimer sur tout excepté sur l'Espagne. Il souleva Hélie qui prit place à l'avant de la selle. Il abandonna les rênes à son fils afin d'aider Maguelonne à s'asseoir sur la sambue de Doucette, sa jument, dont la blancheur était presque aussi nette que celle d'Alcazar.

— Partez le cœur en paix, dit le clerc.

Lorsque Tristan se retourna, Hervieu de Cubières était immobile, comme confondu avec le mur de l'église contre lequel il s'était adossé.

— Il me fera oublier Béranger Gayssot.

— Qui ? demanda Maguelonne.

1. Erré.

— Un démon en froc de bure.

Hervieu de Cubières ne bougeait toujours pas. Tristan eut le sentiment qu'ils étaient l'un et l'autre tentés de lever la main en signe d'adieu mais ne l'osaient.

Quand il regarda de nouveau en arrière, le prêtre entrait dans le saint lieu dont le clocher lui parut plus haut, plus blanc sous le soleil de midi que lors de sa venue. Il se pencha pour baiser Hélie dans le cou tandis que des bribes des saintes Écritures, oubliées depuis longtemps, lui revenaient à l'esprit : « *Venez à moi, vous tous qui êtes las et qui êtes chargés, et je vous soulagerai... Prenez mon joug sur vous et apprenez de moi que je suis doux et humble de cœur, et vous trouverez le repos de vos âmes, car mon joug est doux et mon fardeau léger.* » Maguelonne, qui s'était laissé distancer, se porta soudain à sa hauteur :

— Quand partons-nous ?... Car tu acceptes d'aller au Puy ?

Elle était belle ainsi, livrée aux tenailles d'un tourment qu'ils partageaient ensemble.

— Nous irons, dit-il.

— Tu en es sûr ?... Je crains... J'ai peur d'un décevement[1].

— Nous irons. Je te le promets.

Elle avait des questions craintives sur les lèvres et dans les yeux quelque chose de sombre comme un remords. Se croyait-elle coupable d'avoir tenu neuf mois Hélie dans son ventre et de lui avoir transmis un mal qu'elle avait contracté ?

— Aie confiance.

Tristan se dit qu'il avait chaud. C'était sans doute son émoi – ou plus précisément son angoisse – qui lui

1. Déception.

faisait la chaleur plus forte qu'elle n'était. Maguelonne le vit s'engager dans un sentier de traverse.

— Nous ne sommes pas venus par ce chemin !

— N'aie crainte. Ce que je fais, c'est pour Hélie.

L'étroite voie s'en allait parmi des friches où çà et là poussaient des arbrisseaux. Sous l'un d'eux, quatre moutons et leur berger profitaient d'un peu d'ombre. Rien devant sinon, à une demi-lieue, une sorte de paroi composée de chênes et d'ormes verdoyants au-dessus desquels pointait la pique brune d'un clocher.

— Où allons-nous, Père ?

— Un lieu très beau et reposant.

Hélie ne bougea plus entre les bras solides.

— Tu verras... Et toi aussi, Maguelonne.

Le silence soudain lui parut merveilleux. .

« Pourvu », songea-t-il, « qu'elle se taise ! »

Il piétait vers une église extraordinaire. A l'âge de son fils, ce sanctuaire sévère et massif, aux murailles pleines, rigoureuses, dépourvues de tout agrément, lui avait semblé immense et de la blancheur d'un œuf. Bien qu'il ne parût point fragile, de vigoureux contreforts l'étançonnaient. Des lézards glissaient contre les pierres ensoleillées pour disparaître en quelque faille protectrice. Sur les arbres voisins, des écureuils volaient de branche en branche, aussi vifs que des sagettes jaillies de grands arcs feuillus. Emporté vers le zénith par un élan de l'édifice tout entier, le clocher semblait s'évertuer à toucher les nuages.

« Vais-je trouver tout changé ?... Il y a vingt ans, non, davantage : près de trente ans que je n'y suis pas revenu. »

La main dans celle de sa mère, il s'était dit alors que ces lieux et surtout ce temple élevé à la gloire de Notre-Dame étaient sacrés et qu'ils l'allaient guérir. Il y menait à présent son fils et son épouse.

Laissant à son cheval le soin de le conduire, il informa Maguelonne :

— Nous allons à Sainte-Marie-de-Marceille. Ma mère m'y emmenait parfois... Ce saint lieu, quand j'y entrais, me faisait le même effet qu'une musique, surtout lorsqu'il était presque vide. J'en avais la chair de poule... Nous allions au-devant de la Vierge et je la regardais sans crainte... Je n'avais soudain aucune envie de prier tant j'étais sûr qu'elle connaissait mes pensées. A trop l'observer, il me semblait parfois qu'elle remuait... Elle est noire... C'est sans doute que le bois est vieux... Elle resplendit de bonté dans ses vêtements d'or[1].

— Est-ce loin, Père ?

— Nous nous approchons.

Dans quelques jours, les cigales entameraient un nouveau concert de quatre à cinq mois. Les guiternes des grillons joueraient dès le commencement des nuits.

1. Située à 1 km de Limoux, entre Saint-Hilaire et Saint-Polycarpe, sur une hauteur et dans un site particulièrement beau, apaisant, Sainte-Marie-de-Marceille est un monument important dont l'intérieur, toujours pénombreux, impressionne. Le premier acte qui mentionne ce sanctuaire date de 1011. Le lieu dépendait sans doute de l'abbaye de Saint-Hilaire. Une église romane exista dont il ne subsiste rien. L'église actuelle est en gothique languedocien du XIVe siècle. Elle mesure 24 m de long, 17 de large et 18 de haut. En 1381, le duc de Berry et Gaston Phœbus s'y réconcilièrent. Il y avait donc déjà une vénération pour ce lieu. La date de 1488 inscrite sous le porche indique la fin d'une première restauration. D'innombrables ex-voto couvrent les murs. Certains datent de 1410. Depuis son érection, Sainte-Marie-de-Marceille a suscité maints pèlerinages, en particulier le 8 septembre, fête de la Maternité de Marie. La chapelle (XIVe siècle) est une réplique des églises de la ville basse de Carcassonne. Deux chapelles forment un faux transept. La statue de la Vierge, que d'aucuns disent rapportée de Terre Sainte, est protégée par une grille forgée sous Louis XIV en remplacement d'une plus ancienne. Toute proche, à la gauche d'un chemin pentu, la fontaine miraculeuse ne coule plus, fermée pour on ne sait quelle banale raison. L'endroit est à l'abandon. C'est peut-être ce qui contribue à son charme.

Devant lui, devant eux et sur les côtés, les arbres se défleurissaient pour bientôt verdoyer à leur aise. S'il allait prier – car il prierait – à Notre-Dame-de-Marceille, c'était pour que son fils fût béni par deux fois en attendant la troisième : Le Puy.

Tout ici semblait paisible et comme très loin du monde. Dans un champ, un huron entassait des branches mortes. Un feu, sans doute, allait naître. Pouvait-il imaginer, cet homme, ce que l'on obtenait parfois des flammes ?... Briviesca. N'y pas songer... Oublier une fois de plus. Était-ce possible ? Les âmes livrées aux brasiers ne se dissolvaient-elles pas dans l'horreur des chairs tourmentées ?... Celles de deux corps purs reposaient-elles en paradis juif ? Simon avait eu l'âge d'Hélie. Il ne pouvait, d'En-Haut, avoir jeté quelque malédiction sur un enfant à sa semblance.

« Je deviens fou, parfois ! »

L'esprit le plus fort ne pouvait résister aux assauts de telles remembrances. Guesclin, la hache en main, au croissant poisseux de sang... Oublier ? Comment ? D'ailleurs, le fallait-il ?

L'amorce d'un sentier plus large. Ils approchaient. Enfin une sorte de forêt et la fin du petit vent chaud qui semblait les y avoir poussés. Dentelles d'ombre et de lumière. Sans doute, Maguelonne ne pourrait comprendre l'intérêt qu'il vouait au sanctuaire. Il ne lui révélerait ni maintenant ni plus tard qu'à l'âge de leur fils, il avait eu, lui aussi, les poumons malades. Certes moins que leur gars. Un jour, sa mère l'avait hissé sur sa jument, Blanquette, et ils étaient partis pour Notre-Dame-de-Marceille. Ils avaient prié, prié à s'user les genoux. Ensuite, ils s'étaient rendus à la source qui s'épanchait à proximité. Hombeline de Castelreng avait tiré un gobelet d'argent de son escarcelle. « *Bois, Tristan... Bois jusqu'à plus soif !* » Quinze jours plus tard, son mal s'était définitivement résorbé. Alors, pourquoi Hélie ne guérirait-il pas ?

— Nous y sommes... Allons mettre à l'ombre Alcazar et Doucette.

Ils menèrent les chevaux sous de grands arbres. Du chemin, on ne les pourrait voir.

— Venez, dit Tristan lorsqu'ils eurent mis pied à terre. Viens, Maguelonne, ne nous attardons point... Tu dois être lasse.

Elle acquiesça de la tête, pâle et peut-être tremblante.

L'enfant les prit chacun par une main.

Sévère et massive, l'église parut s'élever vers le ciel qui se couvrait de minces écharpes blanches. Hélie se merveilla :

— On dirait des ailes d'anges.

— Alors, mon fils, qu'ils veillent sur toi.

Tristan approuva son épouse en se disant que s'il avait été près d'elle, il l'eût baisée sur la tempe.

A mesure de leur avancée, la façade révélait quelques détails auxquels, contrairement à Maguelonne, il fut indifférent. Il les connaissait. Rien d'exubérant, d'ailleurs, au contraire de maintes églises de France et d'Espagne. Sainte-Marie-de-Marceille avait été conçue par des hommes nets, épris d'une géométrie rigoureuse. Point d'excès d'ornements comme à Notre-Dame de Paris, ce grand cantique de pierre où les hautes figures en montre sur le parvis semblaient un cordon de juges prêts à décréter un châtiment avant même que les pécheurs ou présumés tels fussent passés sous leurs pieds pour affronter le Procureur suprême. Ici, la robustesse provoquait la confiance et c'était la netteté des lignes qui disposait le regard et le cœur à la sérénité. Sainte-Marie se voulait simple mais solide, disponible et utile à tous dans la perfection même de sa droiture. Alors qu'avant de franchir le seuil de maintes églises on se sentait condamné à une espèce d'envoûtement parmi des piliers et pilastres et sous un toit prêt à craquer pour s'écraser au sol, Sainte-Marie semblait un grand refuge pour des gens simples, véritablement pieux. A l'inverse des cathédrales qui ne traduisaient rien d'intime et de profond par l'abus même de leurs ornements, cette église champêtre semblait repliée sur elle-même, bien décidée à secourir les malheureux.

— Je ne savais pas qu'elle existait, dit Maguelonne.

Ils s'étaient arrêtés sous le porche. Au-dessus d'eux, une Vierge à l'enfant les observait. Un moment, ils virent la lumière jouer sur son visage et Maguelonne se signa.

Ils entrèrent d'un même pas, toujours main dans la main, insensibles aux rares embellissements des pierres et se satisfaisant surtout d'une pénombre et d'une fraîcheur bienfaisantes. Un scrupule les prit : devaient-ils prier maintenant dans une des chapelles ou piéter jusqu'à la Vierge pour s'agenouiller devant cette Miraculeuse ? Il leur fallait se montrer décidés. Se révéler d'une dévotion humble et sincère.

Personne. Une sorte de monotonie dans l'air. Au creux d'une niche, une sainte souriait avec une expression de complicité légère.

— Avançons.

Maguelonne avait chuchoté. Sur l'autel déserté où brûlaient deux cierges, blanchoyait une petite lumière fiévreuse. Au-dessus, un vitrail endiamantait ce qui devait être un surplis abandonné là par un prêtre parti en hâte et formait une large guirlande sur les dalles à l'entour. L'encens semblait fané. On ressentait une grande impression d'abandon. Était-ce de bon augure ? Tristan se le demanda. La religiosité n'était plus pour lui, depuis longtemps, une notion claire, quelque chose qui pouvait se formuler succinctement ni même – il en avait trop *vu* – cette aspiration à une existence céleste que semblaient attester, d'un index de tuile ou d'ardoise pointé vers les nuées, les clochers des villes et des villages.

Maguelonne et Hélie se consultaient du regard. La quiétude des lieux, leur sérénité rigoureuse, la sombre rigidité des pierres si flexibles, si dociles ailleurs, dégageaient au tréfonds d'eux-mêmes, plutôt qu'un sentiment d'espérance, une impression de fragilité pernicieuse. Sans doute se demandaient-ils s'ils pourraient dominer leur crainte, soit d'une indifférence de leur Hôtesse, soit d'un intérêt mineur de Celle-ci à la pauvreté de leur âme. Maguelonne se disait : « La Sainte Vierge va-t-elle le guérir ? » et Hélie : « Je veux qu'Elle m'ait en pitié afin qu'Elle extirpe de mon corps ce mal qui m'étouffe. » Or, immobiles, en avant-garde du sanctuaire de Marie, le grand Christ, les saints et les saintes assemblés de part et d'autre de la travée centrale, ne semblaient point issus du ciel mais de la terre. Pour Hélie dont c'était le premier séjour dans une église immense, il s'agissait de personnes équivoques. Le Christ lui-même duquel il s'approchait timidement n'était pas, contrairement à l'usage, un quadragénaire barbu, crucifié, mais un athlète au regard rien moins que doux. Tristan tapota l'épaule de l'enfant :

— Aie confiance. Ici tu ne crains rien car tout n'est qu'affection.

En Espagne, parfois, Jésus était entouré de sylvains, de chèvre-pieds, de ribaudes hideuses et de bestioles sauvages. Ici, à Sainte-Marie-de-Marceille, on ne voyait ni ne sentait cette cohue des puissances monstrueuses. Également exclues, les dentelles minérales où les âmes s'égaraient et s'évaporaient, mais un prodige d'équilibre entre la pesanteur du dehors et la Foi montante. Point de béatitude raffinée pour les visiteurs : la démarche du croyant ou du solliciteur devait être franche. La contemplation serait brève et la prière concise. Sans doute devait-on lire en creux sur quelque pierre, dalle ou socle soutenant Sa statue : *Civites Virginis* – voué à la Vierge.

Elle fut soudain devant eux, couronnée d'or, scintillante dans l'ombre de son refuge qu'une sorte de herse protégeait. Après s'être signé, Hélie l'examina lentement avec cette attention presque effrontée qui était un de ses traits de caractère, et déjà, il semblait subir son influence. Elle n'était ni plus simple ni plus belle qu'une divinité parée pour figurer dans une liesse noble mais elle était, toute noire qu'elle fût, sincèrement humaine, malgré les joyaux qui l'enveloppaient.

« Je la retrouve », songea Tristan.

Il en avait entrevu, des Vierges resplendissantes, dans les *iglesias* d'Espagne. Debout, assises, les mains vides ou les bras soutenant l'enfant Jésus. La plupart avaient un aspect sévère. Il semblait que certaines fussent enclines à le juger sans équité. Peut-être parce qu'il n'était alors rien d'autre qu'un routier, il n'avait point perçu en elles une trace d'émoi ou de bienveillance. A Séville, en l'église où Francisca aimait à prier, leur attitude était savamment nonchalante. Contrairement à celles de Tolède, on eût dit qu'elles voulaient séduire, par des poses qui faisaient valoir la souplesse de leurs hanches, tous ceux qui les venaient honorer.

Celle devant laquelle il se trouvait, immobile et mains jointes, le mettait en confiance et en sécurité. Les yeux observaient Maguelonne. Et la figure de bois noir que la jeune femme contemplait devait s'animer à travers ses larmes pour lui délivrer, de sa bouche close, un message qu'elle seule entendait. Elle y répondit par une prière à mi-voix :

— *Te matrem pietátis, opem te clámitat orbis ; subvenias famulis, o benedicta, tuis*[1].

Puis, tournée vers son époux :

— Je... je ne sais plus quoi dire... J'ai oublié... A Villerouge, je savais...

Il la prit doucement par l'épaule :

— C'est ton cœur qui lui parle, et c'est lui qu'elle entend.

Cependant, pour faire bonne mesure, il récita :

— *Sub tuum praesidium confugimus, sancta Dei Genitrix ! Nostras deprecationes ne despicias in necessitatibus, sed a periculis cunctis libera nos semper, Virgo gloriosa et benedicta. Amen*[2].

Ensuite, agenouillés, ils prièrent en silence, chacun à sa façon, même Hélie. Tristan se demanda si leur requête aurait des suites. Il advenait qu'il en doutât. Maguelonne aussi, sans doute, quel que fût son niveau de piété. Ses larmes sur ses joues révélaient son trouble. Quel moyen de faire comprendre à cette Vierge tirée du fond des âges qu'elle l'aimait ? En elle, et en ce moment comme en d'autres, tout était amour. Parfois, elle levait les yeux vers les voûtes, se demandant sans doute si ses invocations pouvaient être entendues d'un Autre, plus haut, bien plus haut que les tuiles du toit.

D'un même mouvement, ils se levèrent. D'un même pas, ils s'éloignèrent.

— Elle est belle, dit Hélie. A la fin, je ne la voyais plus noire.

1. C'est vous, mère de bonté, c'est vous que le monde invoque comme son secours. Venez en aide, ô Vierge bénie, à vos serviteurs.

2. Nous nous mettons sous votre protection, ô Sainte Mère de Dieu ! Ne rejetez pas les prières que nous vous adressons dans nos besoins ; mais, ô Vierge bénie et glorieuse, délivrez-nous toujours des dangers qui nous environnent. Ainsi soit-il.

Ils sortirent. Soulagés ? Ils n'eussent osé le prétendre.

— Venez, dit Tristan. Nous allons à la source... Hélie, tu boiras plusieurs jointées de cette eau... Elle est, je le sais, bienfaisante... J'en ai bu lorsque j'avais ton âge. C'est un petit filet qui sort d'un rocher...

Un chemin ténébreux y conduisait, bordé de part et d'autre d'herbes folles. On descendait une pente assez roide et serpentée. Des mouches, parfois, faisaient entendre leurs bruissements. Une odeur sèche, estivale, montait des verdures et du sol où çà et là des fourmis processionnaient. Le soleil semblait faible à travers les ramures et les oiseaux, peu nombreux, pépiaient avec une espèce de retenue.

— Pourvu que... commença Maguelonne.

Dans son visage enfin serein, ses yeux semblaient moins humides.

— J'ai soif moi aussi, dit-elle. Si cette eau pouvait me guérir...

— De quoi ? murmura Tristan, soudain anxieux.

— Oh ! de rien, s'empressa-t-elle. Tu ne pourrais pas comprendre.

Il se garda d'insister. Elle était malheureuse, elle aussi. A cause de lui ou de leur fils ? Ou bien, comme lui, à cause de tout ?

Hélie lâcha leurs mains et courut vers un bassin de pierre dans lequel coulait un jet clair. Il se pencha, joignit ses mains et but avidement.

— C'est froid, dit-il.

Une autre jointée suivit la précédente. Puis une troisième. Maguelonne rejoignit son fils et l'imita.

— Tu n'en bois pas, Tristan ?

Elle ne contenait plus toutes ses craintes.

— Non, je n'ai pas soif... Je n'ai pas besoin de... de guérir.

— Oh ! si, tu en as besoin... Nous sommes tous malades... Hélie, on sait de quoi... Moi, je sais de quoi... Mais toi, tu n'en sais rien.

Elle avait sans doute raison. Elle eut un geste convulsif et supplia :

— Bois... Tu me ferais plaisir...

— Et tu serais rassurée ?

« Rassurée sur quoi ? » se demanda-t-il.

Il se pencha et but. L'eau était fraîche et sans goût, il le savait. Il la trouva pourtant amère. Il n'essuya pas ses lèvres.

— Va devant nous, dit-il à Hélie.

Et il offrit sa dextre à Maguelonne.

— Je préférerais l'autre, dit-elle.

— Pourquoi ? s'étonna-t-il.

— C'est celle du cœur.

* *
*

Ils retrouvèrent les chevaux et se mirent promptement en selle. Bientôt, la nuit tomberait.

— Maintenant, dit Maguelonne tandis qu'Hélie, s'aidant de l'étrier, prenait place devant sa mère, maintenant, nous n'irons plus au Puy.

Tristan devina, sous une poitrine encore virginale, un cœur déchiré. Il se pencha en avant, humilié qu'elle eût pu croire qu'il avait oublié leur visite à Hervieu de Cubières et le conseil de celui-ci.

— Nous irons, dit-il. Et même, si une courte nuit te suffit, nous partirons demain.

— Oh ! oui.

Cette nuit-là, ce fut elle qui se pressa généreusement contre lui, telle qu'il l'avait connue quelque dix ans plus tôt.

IX

Narbonne, Béziers, Montpellier, Alès, Langogne.

Après qu'ils eurent couché dans cette cité, ils avaient demandé le chemin de Villefort. Une femme qui sans doute était sourde les avait dirigés sur Châteauneuf-de-Randon qu'ils avaient évité de justesse en apprenant que la forteresse et la contrée étaient tenues par un Béarnais, Pierre de Galard[1], ennemi du roi de France. A moins de sept lieues, et en passant par Solignac, ils verraient la perle du Velay.

— Nous avons bien couvert quatre-vingts lieues, dit Tristan lorsque le Puy apparut devant eux après une semaine et demie de chevauchée.

— J'ai le potron en compote, avoua Paindorge en relâchant les rênes de Babiéca. Depuis l'Espagne et notre retour d'icelle, je n'ai jamais cheminé si longtemps... Je ne demande pas l'état du tien, Maguelonne, mais j'évalue à l'aune du mien la valeur de ton courage.

Maguelonne sourit ; Tristan également avant de se

1. Baron d'Espiens, chevalier banneret et capitaine de compagnie, il combattit les Anglais en Condomois pour le roi de France. Vers 1370, il se rallia aux Anglais. Dès 1375, il sema la terreur en Auvergne, ravageant le Rouergue et le Gévaudan. Il prenait du plaisir à piller et occire. Il mourut en 1384.

tourner vers le chariot attelé à Carbonelle qui, bien que vieille, avait piété convenablement.

— Toujours à l'aise, mon gars ?

— Oui, Père.

C'était Paindorge qui avait eu l'idée d'acquérir pour le voyage et les travaux des champs cette charrette courte, aux roues hautes, évidées élégamment et dont la caisse était pourvue d'une banne de noyale [1]. Hélie pouvait y prendre place, y dormir, s'y protéger des orages. L'espace inoccupé contenait les armes – deux arbalètes, cinq trousses de carreaux, deux tranche-lard et, en deçà de ce fourniment, la boisson et la nourriture.

— Veux-tu descendre de ton juchoir et partager ma selle ?

— Non, Père. Je suis bien ainsi.

Le menton soutenu par ses avant-bras croisés, appuyés sur la trésaille avant, Hélie, échevelé, souriant, les joues roses, respirait à grands traits en regardant, droit devant lui, les deux hautes et singulières montagnes qui, de loin, semblaient deux maigres tours de granit ébréchées par quelque gigantesque orage.

— Est-ce là ?... On dirait deux grands bras tendus vers le ciel.

— C'est là, dit Maguelonne sans quitter des yeux les monts extraordinaires. Dieu nous aide !

Elle se signa. Tristan mena Alcazar jusqu'à elle.

— Il nous aidera... Es-tu lasse ?

— Point trop.

Elle avait dû souffrir dans sa chair et son esprit durant ces quatre-vingts lieues d'un cheminement dangereux et pénible. Il fallait trouver les bons chemins, se protéger des pluies et des orages et si quelque cavalerie

1. Toile de chanvre épaisse, imperméable, alors fabriquée en Bretagne et dont on faisait les voiles.

suspecte apparaissait, se garantir vélocement dans des venelles de verdure pour repartir ensuite les nerfs tendus. Jamais elle n'avait proféré une plainte. Parfois, elle demandait qu'on changeât sa sambue contre une selle d'homme emportée à cet effet ; parfois encore, elle insistait pour « piéter un petit » auprès de sa monture, Doucette, aussi vaillante qu'Alcazar et Babiéca. Ils mettaient pied à terre, Hélie y compris, pour soulager leurs jambes. L'enfant allait devant eux en regrettant parfois que Lérida fût demeurée à Castelreng.

Tristan se félicitait que les récoltes de sa châtellenie eussent été, pendant des années, suffisamment réussies pour qu'il pût sans souci acquitter les comptes des hôtelleries et se pourvoir en aliments et boissons afin de déjeuner sur l'herbe à la mi-journée – si le temps le permettait –, le repas du soir étant pris chez leurs logeurs. Maguelonne savait toujours choisir une auberge modeste, à l'écurie bien fournie en fourrage et picotin. C'était elle, et elle seule, qui prenait soin de sa jument.

Laissant à Lebaudy et Lemosquet, réunis pour la circonstance, la gouverne du châtelet, Tristan n'avait emmené que Paindorge sans encourir les reproches d'Alazaïs. Depuis que le donjon avait disparu de sa vue, il n'avait guère évoqué Castelreng. Contrairement à lui, Maguelonne s'inquiétait de ce que devenaient la domesticité, les animaux, toutes les choses de la vie jusqu'aux variations du temps. Elle régnait pour moitié avec indulgence et douceur sur une gent besogneuse à laquelle il ne s'intéressait guère, moins par indifférence que par obligation d'époux : il y avait parmi les meschines des femmes et des pucelles aux regards vifs, aux seins insolents, à la croupe éloquente. Il savait Jourdane, Pétrone, Obria et Bathilde disponibles pour peu qu'il leur eût signifié, d'un clin d'œil, le désir d'en jouir. Or, quelque précaution qu'il eût prise pour les dissimuler, ces accointances-là, dans un espace aussi restreint que Castelreng, n'eussent point échappé à la finesse de sa femme ni à l'attention d'Alazaïs et de Sibille. Mieux valait feindre l'indifférence ou la hautaineté que de préjudicier Maguelonne en la dépouillant du respect dont elle était entourée.

Désormais, elle ne devait plus penser qu'au Puy dont les deux colosses en habits de roche et de verdure excitaient ses espoirs et son imagination. Elle apprit bientôt par le maître de l'hôtellerie où elle avait décidé de séjourner – *le Cygne noir* – que la cité des miracles s'appuyait au midi contre le flanc d'une colline isolée, le mont d'Anis, d'où émergeait le gigantesque rocher Corneille. Cette colline occupait le centre d'une vaste dépression environnée de montagnes. On trouvait au nord la haute Aiguilhe dont le rocher servait de piédestal à l'église Saint-Michel ; Polignac et son châtelet ; au Ponant, il y avait Espaly, l'Arbouisset et Ceyssac. C'était une contrée dont son âme extasiée souhaitait une seule et parfaite merveille.

— J'ai vu comme chez nous des femmes sur leur seuil ou assemblées en rond au milieu des rues. Elles pourfilaient de belles choses avec moult fuseaux de fil blanc [1].

— C'est l'occupation des dames. Il n'y a pas une Anicienne ou si vous préférez, une Ponote, qui ne sache manier le fil et les fuseaux.

— Nous les irons voir de près, décida Maguelonne.

— Les rues sont pénibles, la prévint dame Chaussade, l'hôtelière du *Cygne noir* en déposant sur la table

1. *Pourfiler* : broder. On nommait très souvent la dentelle *bisette*. L'art des dentellières existait au XIVe siècle et s'étendait au-delà du Puy. On y travaillait les fils de lin, laine, soie, les lamés d'or et d'argent.

où ils venaient de s'installer une miche de pain frais, doré comme un soleil.

Tristan, jusque-là silencieux, prit part à l'entretien :

— C'est pourquoi nous avons choisi votre maison. Nous y sommes, pour ainsi dire, à pied d'œuvre. Si notre mule, qui est courageuse, pourrait accéder à cette église cathédrale aussi haut perchée qu'un nid de gerfaut, nos chevaux souffriraient pour y parvenir. Il nous plaira de piéter dans ces rues étroites qui doivent être parfois interrompues par des escaliers.

— C'est vrai, approuva maître Chaussade, un petit gros qui boitillait. Les jours de grande liesse, on s'y serre comme des grappes de raisin au pressoir.

— Êtes-vous venu voir notre Pierre aux Fièvres et notre Vierge Noire ? demanda dame Chaussade.

— Le saint homme qui nous envoie ne nous a parlé que de la Vierge, révéla Maguelonne. Notre fils est parfois à court de souffle. Nous le voulons guérir.

L'hôtelier et son épouse sourirent à Hélie comme s'ils le connaissaient de longue date et l'avaient vu jouer dans la rue.

— Nous verrons la Vierge en premier, reprit Maguelonne.

Lorsqu'elle avait appris que la Vierge était noire, elle n'avait pu dissimuler un mésaise plus sérieux que celui qui l'avait tourmentée avant sa genouillade devant Sainte-Marie-de-Marceille. Ce ne serait pas de gaieté de cœur mais avec une résignation qui, sans doute, desservirait sa prière, qu'elle se prosternerait en présence de cette Figure qu'elle imaginait sans doute taillée dans du charbon. Après un bref silence, elle ajouta :

— Qu'est-ce donc que cette Pierre aux Fièvres ?

— Ah ! fit l'aubergiste, on ne sait pas trop d'où elle vient, mais on sait ce qu'elle fait !

Il était assez jeune – la trentaine –, nerveux et sanguin, la bouche mince et le regard écarquillé. Tristan se demanda s'il avait fait un enfant ou plusieurs à sa conjointe, courte sur jambes et maigre comme un vendredi saint.

— La Pierre aux Fièvres, dit-il, certains prétendent qu'elle a été mise au jour il y a mille ans. Une veuve qui souffrait de fièvre maligne entrevit la Vierge. Notre-Dame lui commanda de se faire mener sur la montagne d'Anis et de se coucher sur une dalle qu'on lui désigna. Elle se releva guérie. Saint Georges, alors évêque du Velay, prévenu de ce miracle, s'en vint voir le rocher. Bien qu'il soit arrivé en juillet, il trouva en ces lieux une épaisse couche de neige sur laquelle un cerf, en courant devant lui, dessina de ses pieds l'enceinte d'une église. Comme il ne la pouvait construire, le prélat se hâta de marquer cet endroit par une haie d'épines sèches. Le lendemain, il poussait des églantiers fleuris au lieu et place des épines...

Tristan sentit Maguelonne s'approcher. Elle saisit à deux mains son bras. On eût dit qu'elle avait peur. De quoi sinon qu'ils eussent parcouru un long chemin pour subir une déception de taille. Il ne sut comment la réconforter autrement que par un sourire. Il imagina l'église inconnue encombrée d'un petit peuple qui se déchargeait chaque jour du pesant faix de ses deuils, de ses maux et tourments dans l'espérance d'obtenir, comme son épouse et lui, une vie tout simplement rectiligne. Après les avoir observés sans rien laisser paraître de sa pensée, l'hôtelier poursuivit :

— Deux cents ans plus tard, une paralytique de Ceyssac, un village tout proche, vint s'étendre sur la pierre. Elle se releva guérie, pria devant la Vierge et demanda qu'on bâtisse une basilique à l'entour de la pierre, sur le rocher. L'évêque saint Vosy partit pour

Rome afin d'obtenir du pape l'autorisation de transférer son siège de Ruessio en Anis. Il revint avec un certain Scutaire, sénateur et architecte dont vous verrez le nom sur un linteau du porche du For. Un sanctuaire fut construit. Alors, l'église devint un but de pèlerinage que rien ne distinguait des autres. Pourtant, le Vendredi Saint 22 mars 992, il y eut au Puy une telle affluence que le Pape décida la création d'un jubilé chaque fois que le Vendredi Saint tomberait le même jour que l'Annonciation. Et la Vierge Noire apparut. C'est une figure en bois de cèdre. On dit qu'un vieux croisé l'apporta d'Orient. Moult rois de France sont venus prier à ses pieds : Charlemagne, Philippe Auguste, Saint Louis, et des papes : Urbain II et Innocent II... Vous pourrez voir, au chapitre de Notre-Dame, une épine de la Sainte Couronne que Saint Louis est venu déposer. Voilà : je vous ai tout dit... Je sais tout ça par cœur.

L'hôtelier entraîna son épouse vers leur cuisine d'où fluait une odeur de rôti.

— Te sens-tu le courage d'affronter cette Vierge ? demanda Tristan tout en dessinant un signe de croix sur la miche déposée devant lui.

Maguelonne eut une moue dubitative. Sans doute craignait-elle d'être trop angoissée en pénétrant dans l'église et d'échouer, ensuite, dans ses prières.

— Je n'ai pas faim, dit-elle après que dame Chaussade eut déposé sur le plateau des fouaces aux fritons et des boudins.

Cependant, elle fit un effort. Tristan trouva les mets savoureux et le vin meilleur que celui de la Langue d'Oc.

Hélie, lui, mangeait de grand appétit. A peine levait-il son visage de l'écuelle contre laquelle sa cuiller et son couteau tintaient gaiement.

— Fais comme Robert. Va te coucher si tu es hodée[1].

— Non, dit Maguelonne à mi-voix. Il me faut voir cette cité. Nous sommes le mercredi 13... Demain sera un meilleur jour.

La peur la grignotait. Il semblait qu'elle n'eût plus les idées très nettes et qu'elle réprouvât soudain le long reze[2] qui les avait amenés dans cette cité, au pied des deux gigantesques cierges rocheux qui, dans la nuit, avec les feux des hauteurs, devaient briller comme des phares. Sa détermination s'était effritée ; sa foi aussi, sans doute. Elle se souciait moins de son fils comme si, à trop le couver du regard, elle pouvait le préjudicier.

A la fin du repas, oublieux de leur fatigue, ils piétèrent au hasard des rues penteuses à la recherche d'une sérénité qui, sans doute, ne pouvait exister que sur les hauteurs d'une ville à la fois belle et rébarbative. La proximité des Anglais et des routiers faisait qu'on y trouvait autant d'hommes d'armes que de passants et de brodeuses, lesquelles ne levaient guère le nez de leur bloquet[3], ce qui ne les empêchait pas de paroler, surtout après le passage des inconnus qu'elles agréaient rarement, et dont elles appréciaient ou non la mise.

Tenant Hélie par la main, ils passèrent ainsi des ombres fraîches des encorbellements aux éblouissements des rues, fort rares, où ils pouvaient avancer de front. Çà et là, sur le seuil de sa demeure, un imagier exprimait à coups de ciseau sa foi dans le tuf ou le marbre. Sans doute besognait-il pour la cathédrale en cours de réfection selon les dires des Chaussade. Quant aux vieilles pierres des murs, elles offraient aux

1. Très fatiguée.
2. Voyage, expédition.
3. Bobine de fil des dentellières.

regards des beautés tantôt rudes, tantôt tourneboulées, peut-être d'inspiration byzantine quand elle n'était espagnole.

Et les rues montaient, tournaient, devenaient escalier, reprenaient, et débouchaient non point sur le ciel mais sur l'ocre gris d'une roche, le verdoiement d'un feuillage, le sautillement de deux ou trois fillettes sur les cases d'une marelle.

Tristan se pencha sur son fils :

— Pouvons-nous continuer de monter ?

— Mon souffle n'a point d'empêchement... Et si c'était le commencement de ma guérison ?

— Sois confiant, dit Maguelonne.

L'enfant regardait souventefois le ciel. Peut-être se demandait-il, ce faisant, si cette cité serait bien celle du miracle et ce qu'il éprouverait allongé sur la Pierre aux Fièvres puis agenouillé devant une Vierge qui semblait apeurer sa mère.

— Notre ville, c'est le paradis du beau, leur avait dit maître Chaussade alors qu'ils s'éloignaient du *Cygne noir*.

« Certes », songea Tristan. De Castelreng, le Puy lui était apparu comme une cité flamboyante. Son imagination sans doute plus vive que celle de son épouse en avait fait un foyer de félicité, un nid de songes clairs et d'espérances comblées. Celles-ci lui semblaient en partie satisfaites : il avait atteint le Puy sans dommage ni pour Maguelonne ni pour Hélie ni pour Paindorge ni pour lui-même. Était-ce de bon augure ? Il éprouvait à cette constatation une plaisance qui se transmuterait soit en bonheur parfait si leur fils perdait son mal, soit en désillusion s'il le conservait.

— Plus nous montons, plus il y a de gens, dit Hélie.

Bien qu'on fût en semaine, la rue était désormais pleine d'une foule que le soleil semblait nettoyer tant elle était propre, animée. On se fût cru en Espagne, tout au moins dans les cités que Guesclin et ses hommes n'avaient point bretonnées – celles qui ne puaient ni le sang ni les cendres.

Assis sur un montoir, sa boîte à musique installée sur ses genoux, un ménétrier se mit à jouer de la chifonie. Aussitôt les adultes et les enfants s'assemblèrent en demi-cercle devant lui, écoutèrent puis se consultèrent sur la valeur du chant qui accompagnait la musique. Aucune méchanceté, aucune malveillance tandis que certains pieds battaient la mesure.

— Passons, dit Tristan. Hâtons-nous.

— Pourquoi ? demanda Hélie.

— Je n'aime pas cette musique.

Réponse dilatoire. « Était-ce lui ? » se demandait Tristan.

Il venait d'entrevoir un visage. Un visage souventefois aperçu, rougi par les brasiers de Briviesca et de quelques petits hameaux qui n'offraient aucune résistance aux envahisseurs. Un Breton proche de Guesclin : Quéguiner, un des hommes qu'il avait vus dans la plaine de Guadamur quand il avait retrouvé ce qui subsistait de Simon et de Teresa : deux têtes fichées chacune à la pointe d'un vouge, parmi d'autres qui avaient certainement appartenu à des Juifs, des Juives et leurs enfants. Il pouvait certes se méprendre, mais il avait d'excellents yeux et une bonne mémoire. Et cette découverte provoquait une question :

« *Est-il au Puy, lui aussi ?* »

Dieu voulait-il les rapprocher une fois encore ? Pourquoi[1] ?

1. Effectivement et, dirons-nous *historiquement*, Guesclin venait d'arriver au Puy.

— On dirait que tu viens de voir le diable ! s'étonna Maguelonne.

— Le diable non, m'amie, mais un de ses suppôts.

Tristan n'en dit pas davantage. Il regardait les maisons et se demandait s'il s'en trouvait une qui fût suffisamment rébarbative pour accueillir Guesclin. Les visages de pierre gros comme des abcès et les marmousets taillés dans les poutres en saillie semblaient apparentés au Breton. Les édifices sévères et massifs qui les arboraient commençaient à lui déplaire.

La cathédrale se montra si soudainement qu'on eût pu croire qu'elle les attendait, décidée ou non à les conjouir.

« On dirait une grosse mahomerie », songea Tristan.

Sans doute s'égarait-il en trouvant à la façade un aspect oriental. Cette impression persista jusqu'à ce qu'il eût atteint le parvis presque désert : il devait être midi ; les gens mangeaient après avoir avalé l'hostie.

— Allons, dit-il, entrons. Atermoyer ne servirait à rien.

La faible rumeur du vent lui paraissait rassurante ; il sentait cependant son esprit victime d'un trouble voisin de la lâcheté. A moins que Maguelonne, emmaladie de crainte, ne lui eût communiqué sa couardise.

Tant de mains s'étaient posées sur le portail de chêne entre-clos qu'il paraissait usé, surtout à l'emplacement des serrures. On distinguait à peine, sur les reliefs des ais criblés par la vérole des âges, les panneaux consacrés à la Passion du Christ.

— Entrons...

Il devait se montrer solide et comme intimement averti du succès de leur pèlerinage, pour autant qu'il en était un.

Une fois franchi le seuil entre une garde de saints

dégingandés, il aperçut des murs frangés de toiles d'araignes et au-delà, une sorte d'épaisse obscurité.

— On dirait qu'il fait nuit, chuchota Maguelonne.

— C'est vrai : on se croirait au soleil esconsant [1].

Une somnolence incompatible avec ce qu'on pouvait imaginer d'un sanctuaire voué à la bénédiction des âmes et à la santé des corps semblait avoir maléficié les lieux. Tous les ornements, toutes les figures s'emmitouflaient de fraîcheur et de ténèbre. Errant dans la forêt des colonnes aux frondaisons complètement obscures, Tristan se demanda si son épouse découvrait en ces lieux une sorte de réconfort certes apaisant pour leurs cœurs, mais vide, apparemment, de la moindre promesse. C'était majestueux sans être grandiose. Le contraire du dehors épanoui au soleil. Il fallait aller comme à l'aventure, s'imposer peut-être au peuple de pierre, oublier la façade digne d'une mahomerie, tenter d'unir sa pensée à l'immatériel ; oublier la sévérité, l'espèce de vesprée, les riches décorations dont certaines clignotaient comme des œillades. Essayer d'obtenir une entente complète entre ses forces et celles qui reposaient là, dans la confusion des lueurs et des encens.

— Courage !... Donnez-moi la main...

Ils étaient entrés de plain-pied dans le lieu des miracles. Ils balançaient entre le respect et la crainte, le doute et la confiance. La clarté doucereuse des vitraux, la pesanteur de la pierre et le mystère au-devant duquel ils s'aventuraient comme des coupables en présence de leur Juge annihilaient leur volonté. Ils faisaient un pas, s'arrêtaient, recommençaient pareils à des voyageurs perdus jusqu'à ce qu'Hélie leur eût dit :

— Là-bas.

1. Couchant.

C'était un gros buisson de cierges et de chandelles que leur avait occulté un pilier. Au fond du chœur, ils embrasaient peut-être cette Vierge sombre dont Maguelonne, surtout, redoutait une impossible malfaisance.

Tristan pressa doucement la main de son épouse :

— Nous sommes entrés... C'est à nous d'accomplir...

« Accomplir quoi ? » se demanda-t-il.

Il lui semblait que son souffle s'amenuisait.

— Père a raison, Mère, dit Hélie. Pourquoi attendre ?

Il avait trouvé une sorte de maturité. Il était insensible aux murs rêches, aux figures des saints à l'aguet dans leurs niches d'ombre et qui, par un vitrail cassé, supportaient le voisinage d'un ciel soudain tout aussi tourmenté que leurs physionomies. Bien que leur présence eût dû la réconforter, Maguelonne évitait leurs regards calcaires, leurs sourires et leur expression de bénignité.

— N'aie crainte. Nous sommes entrés. Dieu l'a voulu.

Comme son fils, comme sa femme, Tristan subissait surtout la fatigue de l'abrupte montée. Comme eux, il luttait contre une anxiété de plomb. Il entrevit, au fond du chœur, seul endroit ostensiblement clair, un prêtre ou un évêque dont l'étole d'écarlate paonnage [1] brodée d'or scintillait comme un firmament nocturne. On eût dit un astronomien plus qu'un clerc ou un prélat.

— Mon père... mon père...

Un visage jeune, séraphique ; une voix dont la compassion différait de celle d'Hervieu de Cubières :

— Dites-moi, mon fils, la raison de votre émoi.

1. Bleu-mauve.

Tout, soudainement, devenait simple.

Hélie fut déposé sur la Pierre aux Fièvres. Des prières furent dites pour sa guérison. La Vierge Noire, qui avait un long nez et des yeux exorbités, fut aussi sollicitée. Agenouillé entre ses parents, Hélie, mains jointes, semblait muet. Cependant ses lèvres remuaient et des larmes glissaient sur ses joues tandis que le prêtre récitait en sa faveur :

Salve, felix Virgo puerpera
Fœcundavit te Sanctus Spiritus
Tu es facta tota divinitus, o Maria
Esto, Mater, nostrum solatium
Nostrum esto, tu Virgo, gaudium
Subvenias famulis, o Benedicta, tuis[1].

C'était une prière raccourcie à l'essentiel, mais ce n'était ni la longueur ni le poids des mots qui pouvaient guérir Hélie. C'était sans doute la sincérité de sa piété, la ferveur de sa requête, le désespoir et l'espérance dont sa voix s'était tout à coup chargée. C'était peut-être aussi, tout bonnement, le *pouvoir* mystérieux de cette Pierre aux Fièvres sur laquelle il s'était allongé. Et puis, le dicton n'affirmait-il pas : « *Courte prière monte au ciel* » ?

— Aie confiance, mon enfant, dit le prêtre, sa dextre circonvenant la tête de l'enfant comme s'il y cherchait une auréole. Je suis certain que Dieu, la Vierge et son Fils ont ouï ta requête.

Il fallut retraverser le chœur feutré d'ombres sans rien voir d'autre que le grand huis entrebâillé sur une

1. Salut, heureuse Vierge mère / Le Saint Esprit vous a rendue mère / Tout en vous est œuvre divine, ô Marie / Soyez, ô Mère, notre consolation / Soyez, ô Vierge, notre joie / Venez en aide, ô Vierge, bénie, à vos serviteurs.

épée de lumière : celle du jour. Et sitôt dans la rue, Maguelonne parla :

— Crois-tu qu'il va guérir ? Crois-tu que nous avons été suffisamment pieux ?

— Oui, nous l'avons été.

Tristan, du menton, désigna les nuées :

— Regarde... Nos voix se sont dissoutes dans le ciel... Ne pleure pas et regarde : il redevient pur... Si pur que les moineaux et les coulons craignent de le salir.

Aucun oiseau ne volait ni ne pépiait. La chaleur pesante et moite laissait présager un orage.

— J'aimerais me coucher, dit Hélie, mais dans un lit plutôt que sur cette pierre. Elle m'a semblé jonchée d'épines.

Ils redescendirent sans se parler, craignant peut-être de rompre l'espèce d'enchantement qui les avait subjugués.

— Penses-tu qu'il nous faudrait recommencer demain ?

Tristan, qui s'apprêtait à répondre, fut devancé par son fils.

— Non ! protesta Hélie. Cette église m'a fait peur. Elle n'est pas comme Sainte-Marie.

— Nous n'y reviendrons pas, décida Maguelonne.

Tristan l'approuva. Ils étaient venus au Puy. Ils y avaient accompli tout ce qui convenait à la guérison de l'enfant. Rien ne les contraignait à renouveler les rites auxquels ils s'étaient astreints.

— Allons retrouver Robert. Demain nous partirons.

— C'est ce que j'allais te proposer, dit Maguelonne. Je me languis de Castelreng.

— Oh ! oui, s'écria Hélie. Je suis sûr que Lérida s'ennuie de moi.

Ce fut alors, au détour d'une ruelle, qu'un miracle eut lieu, satanique.

— Guesclin ! grommela Tristan.

Il ne pouvait s'éclipser. D'ailleurs, le Breton l'avait vu. Quittant les trois hommes qui l'accompagnaient, il se hâtait en ricanant.

— C'est bien toi !... Je te croyais mort depuis ta fuite de Montiel.

— Ma fuite ? Je n'ai jamais fui, tu le sais. J'avais depuis longtemps fini ma quarantaine. J'ai quitté un homme décapité. Il avait eu le tort de t'accorder sa confiance... Un roi que tu venais de trahir et en quelque sorte d'occire en intervenant dans un tençon[1] qui ne te concernait point. Si Pèdre de Castille est mort, c'est par ta volonté... ta volupté, dirais-je même.

— Tu le révérais.

— Tu sais bien que non. Ce que tu sais aussi, c'est que tes procédés sont déshonnêtes. Ce n'est pas déchoir que de respecter un roi légitime qui se bat contre un usurpateur. Même si c'est un roi cruel, épris de sang, à ton image.

Tout en les proférant, Tristan regrettait ces paroles. Elles n'eussent point flagellé le Breton s'ils avaient été seuls, face à face. Or, excepté Quéguiner inquiet et comme malade d'attention, les deux autres compères du connétable semblaient de très grand estoc[2]. Derrière eux, trois arbalétriers attendaient, ébahis par cet esclandre qui laissait présentement les passants indifférents.

— Tu me parais toujours aussi falourdeur[3], Castelreng.

1. Querelle.
2. Haut rang.
3. Présomptueux.

Maguelonne n'osait trop examiner l'homme que son époux affrontait sans émoi apparent. Elle connaissait son nom et sa renommée. Quant à Hélie, une main dans celle de sa mère, il regardait le Breton et ses compagnons avec l'habituelle persévérance des enfants. Leurs faces hautaines et béates ne semblaient pas l'intimider ; cependant, lui jetant une œillade, Tristan trouva sa témérité aussi aventurée que la sienne.

— Je te présente messeigneurs les ducs de Berry et d'Anjou, dit Guesclin moins pour amoindrir le courroux de son détracteur que pour assujettir sa position et prouver que désormais chef suprême et incontesté des armées, il avait changé de monde, partant d'amitiés – s'il était possible qu'il en éprouvât envers des gens de cette espèce.

Tristan s'inclina. Quelque péremptoires qu'eussent été ses griefs, les lieux, les circonstances et le moment les rendaient malséants. Il fallait qu'il fît en sorte de considérer Guesclin comme un prud'homme accompli et non plus comme l'essentiel mercenaire du roi de France et du Trastamare. Mais tout de même, c'était un féroce inconvénient qui fondait sur lui à l'improviste. Il ne pouvait s'éloigner : son départ eût été comparé à une reculade, saluée certainement pas des rires. Quant à Maguelonne, elle découvrait un désagrément supplémentaire à ceux qu'elle avait subis. Un peu étourdie, elle entrevoyait entre son époux et le Breton l'aversion réciproque dont il l'avait parfois entretenue seul à seul ou en compagnie de Paindorge, Lebaudy et Lemosquet. Plus encore que la mauvaiseté humaine, le connétable incarnait pour cet esprit pur la forcennerie de la guerre et la haine avilissante qu'elle engendrait. Il était certes un être vivant, un bataillard envigouré, environné par les clartés de la renommée ; mais il était aussi la négation de l'espèce.

— Ta femme ? dit Guesclin avec un bref mouvement du menton.

— Oui.

Sans se soucier d'Hélie, le Breton s'inclina cérémonieusement. Tandis qu'il se penchait, Tristan lui trouva le visage rouge, débiffé, l'œil toujours vif et ardent sous des paupières épaisses, enflammées, touchées de blanc aux commissures. La perte d'une dent gélasine rendait son sourire encore plus hargneux. De cette bouche-là, on se fût plutôt attendu à ouïr un grondement que cette voix toujours la même : revêche, chargée de mépris pour tous ceux qui n'étaient ni de son avis ni de son accointance. Il avait dû laisser son armure sur son sommier ou à l'hôtel. Avec son chaperon gris à cornette, qui devait dissimuler sa calvitie, son pourpoint de soie noire, retorse, son haut-de-chausses gris, ses heuses montantes aux talons ornés d'éperons d'or, il avait l'aspect d'un bourgeois cossu plutôt que d'un connétable. Bien qu'il fût demeuré un fumeux [1], quelque chose en lui se consumait sans que peut-être il s'en aperçût.

— Naudon de Bagerant l'appelait Sang-Bouillant, dit Guesclin aux deux ducs qui acquiescèrent en silence.

Puis, sombrement :

— La vie coule, Castelreng. La Chevalerie s'amenuise. Le sais-tu ? Chandos est mort d'un coup d'épée en 69... Une escarmouche au pont de Lussac [2]. Audrehem est mort à Saumur en même temps que Geoffroy de Charny [3].

— J'ai audé [4] cela.

1. Violent.
2. Le 31 décembre 1369.
3. Le 25 décembre 1370.
4. J'ai su cela (entendu dire).

— On a fait des funérailles communes à ces preux que Dieu doit honorer après nous. Jean de Grailly, pris à Soubise[1], était enfermé dans la Tour du Temple. Il est mort...

— ... de faim...

— D'une petite maladie frénésieuse.

— On dit que tu l'as vu mourir à petit feu. Ce qui m'a étonné car tu préfères les gros embrasements.

— On dit... On dit, grommela Guesclin. Je laisse dire et mon honneur n'en souffre point.

« Son honneur !... Voilà bien de la hautaineté ! »

— Les hommes illustres sont mats. Il ne reste que moi.

C'était dans les façons du Breton de se croire indestructible. Cette confiance en son immortalité lui fournissait, lors des batailles, une hardiesse et des forces inépuisables.

— La mort aura raison de nous, dit Tristan. Tu ne pourras y échapper. Nous sommes tous ses otages. Point de rançon pour se soustraire à son tranchant.

— Vous me semblez, l'ami, fort bien enlangagé[2].

Tiens, Alençon intervenait après que son frère, Berry, lui eut donné un coup de coude[3].

1. Capturé à Soubise dans la nuit du 22 au 23 août 1372 par des hommes de Guesclin, surveillé de loin en loin par Charles V et son connétable, il se laissa mourir de faim et de mélancolie et disparut en septembre 1376, à 45 ans.

2. « Vous parlez aisément. »

3. Troisième fils de Jean II et de Bonne de Luxembourg, Jean de France, comte de Poitou, duc de Berry (1340-1416), assista à la bataille de Poitiers puis fut envoyé en Angleterre comme otage. Le traité de Brétigny le priva du Poitou, il fut créé duc de Berry et d'Auvergne. En 1379, il suivit Guesclin dans la reconquête de l'Aquitaine. Ses pouvoirs s'étendirent jusqu'à l'Angoumois, la Saintonge, le Poitou. Dès la mort de son frère Charles V, il devint impopulaire en tant que gouverneur de Paris. Il se rendit à Bourges et soutint un siège contre l'armée royale. Mort à Paris, il fut inhumé à Bourges.

Second fils de Jean II, Louis Ier, duc d'Anjou, roi de Naples (1339-

Tristan s'inclina cette fois avec une déférence qu'il ne ressentait point. Ces deux-là, si peu de temps qu'il eût fréquenté le Louvre et Vincennes, il n'avait fait que les entrevoir. Il les connaissait moins *de visu* que de réputation, surtout Anjou, pour lequel le plus haut des serments était sans nulle importance. Berry appartenait à la même espèce : sa gloutonnerie de l'or, sa déraison et son outrecuidance avaient provoqué maintes discordes entre lui et ses frères, mais l'eût-on précipité dans une oubliette que son ains-né l'en eût sorti *nolens, volens* et l'eût réconforté plutôt que de l'accabler de reproches.

— Tout de même, dit Guesclin, ce n'est sûrement pas pour rien que Dieu t'a placé sur mon chemin, ce jourd'hui, comme naguère en Langue d'Oc, quand je repartais pour l'Espagne.

1384), fut, lui aussi, un otage du roi d'Angleterre. Il devint lieutenant de Charles V en Guyenne et Languedoc. Après avoir été régent pendant la minorité de Charles VI, il fut institué héritier du trône de Naples, dont il ne prit jamais possession.

L'otagerie, à Londres, étant insupportable aux quatre princes du Sang (Berry, Anjou, Bourbon et Orléans), ils traitèrent avec Édouard III. Le roi d'Angleterre autorisa leur élargissement à certaines conditions pécuniaires et territoriales qui eurent pour effet d'aggraver le traité conclu à Calais entre Jean II et son vainqueur. Sans consulter leur père, les princes s'engagèrent à livrer à Édouard III un certain nombre de châteaux de leurs apanages respectifs pour garantir leurs paiements. Jean II, tardivement informé, approuva cet accord. Les princes furent amenés à Calais où ils jouirent d'une liberté fort large : ils pouvaient chevaucher jusqu'à trois jours de Calais et revenir le quatrième. Ils avaient juré de revenir en Angleterre s'ils ne respectaient pas leur serment. Louis d'Anjou profita de ses trois jours de « permission » pour fuir. Il avait donné rendez-vous à son épouse à Notre-Dame-de-Boulogne et galopa, en sa compagnie, jusqu'au château de Guise. Pareillement au roi d'Angleterre, le roi de France jugea que son fils avait sali son honneur de roi et son lignage. Jean II envoya le dauphin Charles semoncer son frère et l'inciter à reprendre l'otagerie rompue. Anjou, qui résidait à Saint-Quentin, refusa. Ce fut un personnage abject, cruel, vaniteux et toujours avide d'argent.

Tristan flaira un nouveau danger. Il ne pouvait reculer comme venaient de le faire Maguelonne, le feu aux joues, et Hélie qui, dans sa petite tête et son cœur, pressentait un inconvénient, une blessure à la sérénité qu'il éprouvait depuis sa sortie de la cathédrale.

— Sais-tu d'où nous venons ?

Il eût été courageux de répondre : « Peu m'importe ! » mais en pareille occurrence, le Breton et ses satellites princiers eussent eu de quoi se courroucer. En tant qu'hommes importants tout ce qu'ils accomplissaient valait d'être connu.

— Quand messire le duc d'Anjou m'a prié de le rejoindre en Auvergne et Gévaudan, j'ai quitté Pontorson, la bonne ville que le roi m'a offerte... Quitté avec mes lances, bien sûr. Nous venons de nous agenouiller en l'église Saint-Laurent où gisent les vicomtes de Polignac. J'ai revu Armand VI de Polignac qu'on dit *le Grand* et qui fut moult fidèle à Audrehem...

— ... et à la France, crut bon d'ajouter Anjou.

— Un des rares de nos prud'hommes à se faire craindre de Robert Knolles.

« Voilà qui est mentir », songea Tristan. « Knolles ne craint personne. »

— Nous allons assaillir Chaliers, qui est tenu par Pierre de Galard. Nous le vaincrons. Je suis là pour cela[1]. Viens avec nous !

— Non, Bertrand.

La réponse fit son effet : trois têtes soudain cha-

1. Après son passage à Meung-sur-Loire (28 mai 1380), Guesclin se rendit à Moulins. Il y fut reçu princièrement par le duc de Bourbon qui lui offrit un vase d'or émaillé à ses armes après lui avoir remis le collier de l'Écu d'Or, ordre qu'il venait d'instituer. Le 10 juin, le connétable entrait à Clermont. Il y retrouva les ducs d'Anjou et de Berry. Ensemble, ils se rendirent en pèlerinage propitiatoire au Puy-en-Velay.

grines, puis celle de Quéguiner, un moment indécise, se penchèrent en avant.

— Oubliez-vous – c'est moi, le duc d'Anjou qui vous parle ! –, oubliez-vous que Bertrand est connétable de France et que, par conséquent, vous devez obéir à tous ses mandements ?

— Eh oui, renchérit Berry. Seriez-vous un couard, chevalier ?

— A tout autre que vous, monseigneur, je prouverais orains [1] le contraire. J'étais à Poitiers auprès de votre père. J'ai sauvé votre ainsné frère, le roi de France, sur le chemin de Chauvigny et suis revenu dans la presse. Je ne me souviens pas que Guesclin y était. J'ai failli mourir, un carreau dans le dos... Je n'ai fait qu'obéir... Tenez : j'étais à Brignais par mandement de votre père, messeigneurs... J'ai failli y laisser ma vie... Je n'ai pas vu Bertrand dans cette grosse bataille...

Il avait éludé son incursion en Angleterre où il avait mestrié [2] un long moment le prince de Galles : ces trois bouffis d'orgueil n'y eussent pas cru. Et s'il ne citait pas Cocherel, c'était qu'il s'agissait d'une sombre et médiocre victoire d'où Guesclin seul était sorti resplendissant.

— Il me semble donc, messeigneurs, n'avoir aucune leçon à recevoir, *même de vous*, sur l'emploi de mon ose [3] et sur le dévouement qu'il sied d'avoir envers la Couronne. Pour elle, j'ai versé mon sang à profusion.

Tristan fit un effort immense pour se contenir. Guesclin approcha du sien un visage dont la malaisance soudaine aggravait, s'il en était possible, la laideur :

1. Orains : à l'instant.
2. Mestrier : se rendre maître.
3. Audace.

— Viens-t'en ! Tu serviras au moins à quelque chose.

Pressentant une querelle de conséquence, des passants alentissaient leur pas. Les deux ducs leur enjoignirent d'un geste de se hâter, ce qu'ils firent de bon gré, accoutumés qu'ils étaient aux injonctions et molestes.

« Les infâmes ! Parce que Guesclin me veut, ils me veulent aussi !... Et pourquoi ? Pour rien. Je ne suis pas leur esclave ! Ma parole, Bertrand se prend-il pour le Cid ?... C'est dans les plus petites guerres qu'on meurt bêtement. Richard Cœur-de-Lion à Châlus, Chandos au pont de Lussac, d'autres même en de simples joutes !... Si je les suis... »

Il refusa de se lancer dans la moindre conjecture ; le seul émoi qui passait dans sa chair et traversait son cœur, c'était d'abandonner Maguelonne et leur fils pour la première fois.

La tête lui tournait. Les idées ne lui venaient plus que comme des secousses blessantes, légères mais inguérissables. Ce qu'il éprouvait en présence de ces trois-là – Quéguiner s'en était allé – c'était surtout, conjointement à son évidente male chance, un sentiment de petitesse et de fragilité. Tout ce qu'il avait porté en lui de force active n'était donc qu'une illusion ?

— Messeigneurs et toi, Bertrand : si je suis au Puy, à quatre-vingts lieues de mon châtelet, ce n'est pas pour guerroyer à l'entour !... J'y suis venu soigner mon fils.

— Il me paraît haitié[1] !

Guesclin venait de lancer sur l'enfant un regard d'un

1. Sain, en bonne santé.

mépris tout aussi dédaigneux que si Hélie avait été éclopé de naissance.

— Quel nom lui as-tu donné ? Lancelot, Gauvain, Perceval ?

— Je m'appelle Hélie.

Les yeux du Breton s'écarquillèrent.

— Hélie ! C'est par Dieu le nom de mon secrétaire[1] !

Le connétable tapota la tête de l'enfant. Soudain, il se voulait aimable et rassurant.

— Bonne ou mauvaise graine d'homme, Sang-Bouillant ? L'avenir le dira. Quant à toi, guerroyer quelque peu te mettra les idées en place. Tu réapprendras à servir le roi et ses frères.

Tristan serrait les dents. La présence des deux princes le retenait de vider son cœur. Il vit sans déplaisance approcher Maguelonne cependant que leur fils s'asseyait sur un seuil et s'adossait au chambranle.

— Messeigneurs, messire, je vous supplie de me laisser mon époux ! Notre châtelet est si loin et les chemins si peu sûrs que je n'oserai jamais recommencer à l'envers ce long reze !

— Demandez donc, dame, à celui-là de vous hourder[2] !

Paindorge qui musardait les mains au dos venait d'apparaître et s'immobilisait, indécis, conscient qu'il

1. On lit, dans Cuvelier, à propos de la bataille de Pontvalain (novembre 1370) :

... Thomas ce de Granson de bataille vous prie ;
« Tenez, voici la lettre qui vous est envoïe »
Bertrand a pris la lettre, tantôt la déploie
A lire la bailla son secrétaire Hélie.
Quand Bertrand l'a ouïe, dame Dieu en mercie ;
Lors jura dame Dieu en la soie partie... etc.

Il est avéré qu'il savait tout juste signer son nom.

2. Escorter.

ne pouvait reculer et qu'il allait être témoin d'un différend où ses amis n'obtiendraient que des désavantages. Il sourit toutefois à Hélie qui s'était porté à sa rencontre.

— Le fidèle écuyer !

Paindorge s'approcha. Les bras croisés pour soustraire sa dextre à la préhension du Breton, il s'inclina devant les princes. Bien qu'il ignorât leurs noms, il était suffisamment perspicace pour deviner leur qualité à la seule vue de leurs faces benoîtes, à leurs habits de velours de Gênes et de soie de Milan, à leurs heuses cordouannes. D'ailleurs, au frontal de leur chaperon noir brillait un gros lis d'or sur lequel Anjou venait de porter ses doigts enveloppés d'un chevrotin gris qu'une gentilfame eût trouvé plus à sa convenance. Tristan imagina ses propres mains, coriacées par les travaux champêtres. Aucun danger que monseigneur Anjou et son frère eussent appris ce qu'était une écharde !

Les deux princes échangèrent un regard et un acquiescement :

— Nous vous laissons, Bertrand... Vous savez où nous trouver.

Bientôt, ils disparurent. Guesclin gronda, et Tristan se sentit tout à coup saisi aux épaules :

— Tu ne peux refuser ! Ces deux-là ont des courroux terribles... Dans quinze jours, nous aurons vidé cette contrée de tous les malfaisants qui la souillent. Alors, tu reviendras chez toi, près de ta dame !... Je veillerai à ton élévation.

— Je n'en ai nul besoin.

— Prends garde... Je n'ai qu'un mot à dire. On m'honore et m'obéit partout. Je n'ai qu'à appeler quelques hommes du guet. Leur enjoindre : « *Saisissez-vous de lui.* » Refuse à nouveau et c'est ce que je te réserve. Ensuite, tu seras jugé...

— Je connais ta justice et ses aboutissements.

— Sans doute voudrais-tu tirer ta lame contre moi... Je refuse. Car on ne se bat plus quand on est connétable.

Paindorge eut un hoquet simulé auquel le Breton fut sensible :

— Oh ! toi, tu peux t'ébaudir. C'est ainsi... D'ailleurs, je ne souillerai point l'épée que le roi m'a remise en grand bobant[1] dans votre chair et votre sang !

— Pars... Suis-le, Tristan, dit Maguelonne dont l'inquiétude s'aggravait. Je reviendrai à Castelreng avec Hélie et Robert.

— Non, dame, décida Guesclin. Cet écuyer devenu culvert comme votre époux, je le veux aussi. Il s'est montré outrecuidant ? Je lui apprendrai l'humilité. Ils me suivront tous deux comme on fait pénitence.

Guesclin se délectait de grossir son triomphe. Un à un, il les *désarmait*. Tous. Il semblait ménager Hélie. Jusques à quand ?

Paindorge se taisait, la bouche, sans doute, fourmillante d'offenses. Il avait été flagellé dans sa dignité d'écuyer pour laquelle il avait autant de respect et de fierté qu'un moine à l'égard des vœux prononcés lors de son entrée en religion.

— Tu es abominable.

— Sais-tu que tu t'adresses au truchement du roi ?

— Oui, Bertrand, je le sais. Comme toujours, je n'attends rien de bon de toi.

— Cessez de vous jeter tous ces mots à la face !

Qu'importait l'intervention craintive de Maguelonne. Les deux adversaires n'en avaient cure. Surtout Tristan :

— Tu veux, Bertrand, que je te dise ?... Tu aurais

1. En grande pompe.

dû rester près de ton Espagnole ! Tu ne nous incaguerais[1] point ce jour d'hui.

La piqûre n'atteignit pas le Breton ou, si elle y parvint, il y fut insensible :

— J'ai dû l'abandonner pour servir le roi Charles... Dolorès, je l'appelle ainsi... Dolorès m'a fait deux beaux enfants, ce qui ne semble pas le cas de ton épouse.

— Oh ! fit Paindorge courroucé.

Mais Guesclin était *lancé.*

— Ton épouse est moins belle que ta Sévillane.

Et brusquement tourné vers Hélie et sa mère :

— Il ne vous a rien dit de sa putain d'Espagne ?

— Holà ! gronda Tristan.

Il en était sûr, désormais : Guesclin cherchait la grosse querelle, celle qui, après les blessures des mots, s'assortit forcément d'un trépas. Contre cet acharnement, il convenait d'opposer une sérénité de surface. Tristan s'y obstina sans présumer jusqu'où durerait sa patience.

— Ah ! dame... Si vous saviez le bon temps qu'il s'est donné. J'ai dû souventefois modérer ses ardeurs. Il aurait empalé jusqu'à de petites Juives faussement innocentes...

— Menteries ! hurla Paindorge indigné. Menteries, Maguelonne !

Tristan n'avait trouvé qu'une issue à son indignation : tirer son épée du fourreau. Il n'avait dégagé Teresa qu'à moitié. Il sentait son pommeau sur sa paume, dur, poisseux, formidablement chaud – comme si son contenu brûlait.

— Laisse-le déployer ses sornes, dit-il à Mague-

1. « Tu ne nous emmerderais... »

lonne. Et moi, mon fils, je t'adjure d'oublier, tout connétable qu'il soit, cet homme et ses propos.

Maguelonne semblait profondément navrée. Son regard scintillait de reproche et de larmes.

« Tudieu ! je n'étais pas puceau lorsque je t'ai connue... Oui, il y a eu la Sévillane. En ce temps-là, j'étais marié à une autre que toi. Tu sais qu'elle est morte... Vas-tu te mettre à me juger ? Penseras-tu aux autres chaque fois que je te prendrai... de plus en plus rarement d'ailleurs, par ta faute ? »

Il ne pouvait évidemment révéler à son épouse les vuiseuses [1] qu'il avait vécues avec Francisca. Il ne pouvait évoquer par enragerie, lorsqu'elle se regimbait contre ses désirs, toutes celles qu'il avait connues consentantes. Elles l'avaient guéri des malfaisantes servitudes de la guerre. Sa vie se composait alors de haine et d'amour alternés. C'était tragique, à dire vrai, de voir son existence réduite à des chevauchées progressivement effrayantes entrecoupées d'apaisantes coucheries. Il était passé des unes aux autres sans trop s'interroger – du moins le pensait-il maintenant. Et si, à Castelreng même, il avait failli être infidèle à Maguelonne, ce n'était pas parce que le goût du changement était dans sa nature, c'était parce que toute la ferveur de sa femme s'était reportée sur Hélie. Après qu'elle eut, par ses abandons, consacré leurs amours, elle avait décidé que l'abstinence – ou la mesure – sanctifiait la maternité. Alors, qu'avait-elle à se supplicier pour des faits qui dataient d'avant leur rencontre ?

— Oublie-tout, lui dit-il. Nous en reparlerons.

Puis, tourné vers le Breton :

— Te demandes-tu, parfois, en raison du mal que tu fais, si tu mérites de vivre ?

1. Choses futiles et vicieuses.

Nonobstant le respect assorti à sa charge, Guesclin encourait une question moins abrupte. N'importe : elle était dite. Le Breton eut un sourire oblique :

— Demain, Castelreng, quand l'aube crèvera, je veux te voir tel quel au bout de cette rue... J'ai toujours dans mon charroi ton armure... et aussi ton haubergeon, Paindorge... Soyez présents. Sachez que je l'exige et que Dieu le veut.

Il convenait de se soumettre afin de préserver l'avenir. Vivre, tout simplement, et nourrir l'espérance d'en terminer une bonne fois avec la bête malfaisante.

Tristan s'inclina, feignant une résignation dont l'enragerie ne passa pas inaperçue.

— Nous te suivrons, connétable... Advienne que pourra.

* *
*

Auprès d'une Maguelonne immobile et qui feignait de dormir, Tristan passa une nuit détestable.

« Pourquoi ce malebouche s'est-il acharné à lui faire du mal ? Pourquoi s'en est-il pris aussi à notre fils ? Qu'a-t-il à nous envier ? Lui faut-il encore et toujours ruiner tout ce et tous ceux qu'il approche ? »

Hélie avait dix ans. L'enfant avait-il pressenti, lors des révélations du Breton à sa mère, l'inévitable et injuste prologue d'un crépuscule familial ?

« Passerait-il par Castelreng avec ses fidèles qu'il anéantirait mon châtelet tout entier ! Non seulement les pierres mais aussi ma bonne gent. »

Pourquoi, tout connétable qu'il fût désormais, cet homme de peu s'était-il acharné à l'inclure dans son ost en détruisant au préalable la fragile confiance d'une femme tout de même aimante alors que la présence de deux ducs garantissait un nouvel assujettissement de son ennemi à sa personne ?

« Besoin de dévaster. Nécessité de cracher son venin. *Dieu le veut*, a-t-il dit ! Se prend-il pour sa dextre, la senestre étant au roi ? »

La Bible n'était sûrement pas, pour ce vil dévot incapable d'écrire, péniblement, autre chose que son nom, l'alpha et l'oméga d'un cathéchisme de l'honneur. Après s'être torché des commandements de la Chevalerie, il s'était vu accéder à la consécration suprême. Connétable, il régnait sur l'armée alors qu'il n'avait jamais conduit que des hordes de malandrins ! Comme il devait jouir de la déférence d'un souverain couard, podagre et sournois qui l'avait certainement hissé sur le pavois afin de mécontenter des chevaliers qu'il détestait de longue date parce qu'ils avaient été les témoins de sa vergogneuse fuite à Poitiers.

« Il se rengorge... Il méprise la fierté sauf, évidemment, la sienne. Et si son âme obtient le repos dans le sommeil, encore qu'il soit sans doute à son image – tumultueux et taché de rouge –, elle ne le rend jamais serein. »

Bertrand n'était exclusivement qu'un guerrier. Ennemi des Anglais, Juifs, Mahoms, persécuteur des vertus et des honnêtetés comme son prédécesseur Simon de Montfort, se pourrait-il qu'il connût un jour la même fin peu glorieuse ?

« C'est peut-être en Espagne que ce malebouche a gagné son épée de connétable ! »

Là-bas, quelque effort qu'il eût parfois accompli pour paraître une espèce de César ou d'Alexandre, il avait de loin en loin éprouvé du mésaise devant certains de ses pairs de France et de Castille capables, eux aussi, des pires hardiesses. C'était d'ailleurs pourquoi, détestant Calveley autant que ses succès dans les batailles livrées sur le sol de France ou de Bretagne, il ne lui avait versé qu'une partie de ses émoluments d'Espagne, suscitant un procès que l'Anglais avait gagné. Ah ! certes, Bertrand imitait parfois, dans et hors des armées, l'aisance d'un homme curial[1]. Or, s'il aimait à parler d'égal à égal avec certains chevaliers de bon estoc[2], n'était-ce pas parce que, préalablement et sans qu'ils s'en doutassent, sa jactance les avait abaissés à son niveau ? A la hautaineté de sa personne, il joignait l'orgueil d'un esprit qui ne subjuguait que les sots. Il avait toujours observé ses grands compagnons – Villaines, Audrehem, Bourbon, Beaujeu et d'autres – avec une lucidité féroce, nourrie de la certitude de sa supériorité. Pervers et ne s'embarrassant d'aucun scrupule, il se sentait mieux armé que tout autre pour l'action. Sans que peut-être il eût été féroce de nature – ce qui restait à prouver –, son caractère, stimulé par une ambition sans mesure, avait exigé qu'il le devînt. Il était entré dans le cercle restreint de la Cour tête basse et sur la pointe des pieds comme d'autres entraient dans les ordres. Mais lui, c'était sans vocation, sans foi, après des années dont on ignorait tout, hormis que certaines avaient eu la forêt de Paimpont pour domaine et pour refuge. Comme d'aucuns s'amélioraient dans l'étude, il s'était dégrossi dans l'aguet et l'escarmouche. Ainsi, de coup d'épée en coup de hache, avait-il appris le mépris de l'humanité, le culte des forts et la haine de l'adversaire. Ce routier d'une moralité rien de moins que ténébreuse avait une vue ferme et fondée sur ce que devait être le Pouvoir et les intérêts qu'il déléguait. La France ? Il s'en sou-

1. Homme de cour.
2. Race.

ciait moins que des coffres et des bahuts dans lesquels il empilait ses butins.

— A quoi penses-tu ? demanda Maguelonne après un long bâillement.

La réponse était simple et pourtant difficile :

— A Guesclin.

— C'est un... On ne peut donner un nom à un pareil homme.

— Tu dis vrai.

Pourquoi fallait-il que le Breton s'immisçât entre eux ? Plutôt que de consolider leur couple, ce voyage au Puy ne se révélerait-il pas « ruineux » ? Lorsque Maguelonne avait tenu à l'accomplir, il s'était abandonné à son désir avec toute la sincérité dont il était encore capable et s'en était trouvé d'autant plus heureux que leur fils en récolterait peut-être les bienfaits. Or, ce bonheur ne pouvait revenir et durer qu'à la condition d'une entente complète, d'une conformité recouvrée de leurs sensibilités et de leurs esprits à nouveau confiants l'un envers l'autre. Il pressentit qu'à la première fissure, le réveil serait douloureux, porteur d'un désaccord aggravé.

Un grand élan de commisération eût dû les unir comme deux victimes du même malandrin. Maguelonne en éprouvait-elle la nécessité ?

— Ce gros rustique sans cœur nous a fait du mal à l'un et à l'autre. Essayons de l'oublier.

Tourné sur le flanc, Tristan effleura, sous la chemise épaisse, une poitrine toujours menue où pointaient deux boutons durs. Douceur de l'amour.

— Tu sais...

A quoi bon parler. Dans quelle dépendance morale ne se trouvait-il pas vis-à-vis d'elle ? Voilà que d'autres mouvements lui faisaient peur.

— On ne va pas se voir pendant longtemps...

Il voulut enlacer son épouse. Elle comprit et repoussa une main pourtant indécise.

— Non... Hélie dort tout près... Il ne faut pas... Et puis, ensuite de tout ce qui s'est passé...

Si leur fils avait dormi dans la chambre voisine, quel prétexte Maguelonne eût-elle invoqué ?

TROISIÈME PARTIE

L'ESTOC ET LE POMMEAU

I

Tristan et son écuyer quittèrent *Le Cygne noir* la rage au cœur alors que les hôteliers, tôt levés eux aussi, s'apprêtaient à célébrer la Fête-Dieu.

— Sommes-nous le mercredi 13, le jeudi 14[1] ou quelque autre matin à la suite ? interrogea Tristan, maussade, en quête d'un dialogue plutôt que d'une date précise.

— Peu m'importe à moi le calendrier, confessa Paindorge. Toute la nuit, j'ai pensé à Bertrand et à sa venue au Puy.

Était-ce pour participer aux cérémonies du Saint-Sacrement que Guesclin et ses éminents compères s'étaient rendus dans cette cité renommée pour ses bienfaits ? Pourquoi, en cette occurrence, n'avaient-ils pas prolongé leur séjour ?

— Et si le Breton était déforci ? suggéra Paindorge. S'il était venu s'esconser[2] sur la Pierre aux Fièvres ?

— Il est vrai qu'il m'a paru las. Mais, Robert, il n'est pas homme à croire aux vertus d'un bloc de granit, fût-il miraculeux.

Comme un feu qui commence à « tirer », ils enten-

1. Juin 1380.
2. Se coucher.

daient devant et derrière eux les sèches crépitations des sabots de dix roncins supportant les hommes chargés de leur surveillance. Ils devaient se résigner et imaginer la jubilation de leur retour si quelque sagette ou tranchant d'acier ne leur ôtait point la vie.

— Peu me chaut que ce rustique soit malade, grogna Tristan. Suivons... Acceptons la servitude et souhaitons moult mésavenances à ceux qui nous y contraignent.

Il éprouvait des difficultés à dominer son dépit. Mauvaise nuit. Peu avant leur départ, Maguelonne s'était repentie d'une jalousie dont elle subissait douloureusement la vergogne. « Pardonne-moi », suppliait-elle. Et d'ajouter qu'elle avait été humiliée « comme jamais » lorsque Guesclin lui avait dénoncé « ces amours avec des Juives ». Bien sûr, elle savait que c'était un mensonge. Bien sûr, elle s'était montrée froide. Mais elle ne recommencerait plus. Quant à Hélie, hautement et fermement, il souhaitait la mort du connétable. Il ne pouvait souffrir de voir sa mère en larmes.

Paindorge était fort opportunément apparu. Triste ? A peine, semblait-il. Plutôt que de moissonner des vies lors d'un nouveau conflit, il n'y voulait cueillir que quelques remembrances afin d'en faire profiter ses fils.

— Nous nous en sortirons une fois de plus, dit-il. Laissons-les aller. Laissons-nous aller... Maguelonne est malheureuse. Bertrand s'est conduit comme un porc envers elle.

— Je sais...

L'écuyer sembla sur le point d'ajouter quelques mots. Une précision sans doute sur l'état d'esprit de la jeune femme ou sur les raisons de celui-ci. S'était-elle livrée, auprès d'Alazaïs et de Sibille, à quelques confidences ? Tristan s'interdit la moindre question. Si Paindorge devait lui fournir une précision ou lui donner un conseil, il choisirait le lieu et le moment propice.

Ils avaient souscrit un arrangement avec les hôteliers du *Cygne noir*. Maguelonne avait une escarcelle suffisamment pleine pour « tenir » un mois, voire davantage en pension complète. Et de quoi dormir et manger sur le chemin du retour si l'audace la prenait de quitter la cité. Ils lui avaient promis : « Nous reviendrons te prendre. » Le choix d'un tel verbe avait surpris Tristan car Paindorge s'était contenté d'un « nous reviendrons ». Maintenant que Le Puy venait de disparaître, il ne voulait plus penser qu'à Guesclin et à ses perfidies.

Le Breton feignait de l'ignorer tout autant que les ducs de Berry et d'Anjou. Seuls le maréchal de Sancerre[1], Olivier de Mauny et quelques chevaliers et sergents qui avaient « fait » l'Espagne les avaient salués à leur apparition, puis s'en étaient allés tourner autour du connétable et des ducs comme des moucherons à l'entour des lanternes, dès la vesprée.

* *
*

Avant la fin du jour, l'armée prit logement dans de grands prés de part et d'autre du chemin conduisant à Chaliers, qu'il fallait rendre au roi. Il faisait beau : on dormit dans l'herbe et dès l'aube, sitôt qu'Armand VI de Polignac, son écuyerie et ses piétons se furent joints à l'armée, on piéta et chevaucha sur des voies pentues convenant davantage à des mulets et des mules qu'à des chevaux. On avança le long des gorges de l'Allier,

1. Louis de Sancerre avait été pourvu de la charge de maréchal de France dès le 20 juin 1368, suite à la démission d'Arnoul d'Audrechem.

étroites, profondes, creusées entre des rochers abrupts et tourmentés. On atteignit Monistrol où deux torrents coulaient qui bientôt mêlèrent leurs fumées d'eau à celles des cuisines : il fallait manger pour entretenir les forces et l'entrain des hommes. Les ducs, le connétable, les capitaines se réunirent à l'écart. Tristan et Paindorge les entendirent échanger des gailles[1] et se congratuler pour d'anciennes victoires. Au moins tous avaient commis des appertises[2] dont les Goddons avaient été confondus.

— L'on dirait, commenta Tristan, que la France qu'ils croient représenter est solide et valeureuse. Grand bien nous fasse !

On repartit et Sauges fut atteinte peu avant la vesprée. Sauges sur un haut plateau découvert qui formait le versant oriental des monts de la Margeride. Sauges, prise naguère par les routiers, libérée, réoccupée par Perrin Boias, assiégée par Armand de Polignac auquel Audrehem, alors au Puy, n'avait apporté aucune aide[3].

1. Plaisanteries.
2. Prouesses.
3. C'était en février 1362. Audrehem s'était rendu en Auvergne, nullement décidé à combattre mais à pardonner aux routiers qui se repentiraient ! Le 9 mars, il était au Puy. Il arriva devant Sauges le 12 et y resta jusqu'au 25 où il passa surtout son temps, selon son hagiographe, Auguste Molinier, à faire en sorte de s'attirer la bienveillance des nobles d'Auvergne en leur accordant des faveurs. Accédant à la prière d'Armand de Polignac, de Guillaume de Chalançon, d'Eustache de Langeac et de quelques autres, le maréchal leur permit de faire inhumer en terre sainte Robert Dauphin, seigneur de Saint-Ilpise, un brigand mort en prison, à Nîmes, sans le secours de la religion (18 mars). Le 23, plutôt que de combattre les routiers, il accorda des lettres de rémission à Polignac pour les excès que ses vassaux avaient commis lors de sa lutte contre le sire de la Roue et Robert Dauphinc, son parent. Or, comment n'eût-il pas pardonné à Polignac qui commandait à 500 hommes ?

Sauges fut évacuée par les routiers. Ils déferlèrent sur le Sud après que nombre d'entre eux eurent pesé de toute leur hargne sur la fatale issue de la bataille de Brignais (6 avril 1362).

Le défunt maréchal passait son temps à distribuer des lettres de rémission. L'énorme donjon de la cité répandait autour de lui plus de ténèbres que la nuit grise encore. Mandement fut donné à tous les hommes quels qu'ils fussent de rester hors de l'enceinte.

— Si Audrehem, qui était à Sauges, avait désarmé les routiers de Perrin Boias, Brignais aurait pu être une victoire...

— C'est du passé, messire. Oubliez !

— Oublier !... J'ai failli dévier[1] à Brignais... Et j'y ai perdu Oriabel que tu n'as pas connue.

— Elle était plus belle que Maguelonne ?

— Elle était dissemblable.

— Plus belle que Luciane ?

— Dissemblable.

— Elle se distinguait de Francisca ?

— Oui.

— De Tancrède ?

— Oui.

— J'aurais bien aimé connaître cette Oriabel !

— Tu l'aurais peut-être trouvée sans attraits. Qui sait ?... Cet amour m'a marqué car c'était le premier.

— Moi, j'ai du sentiment pour Maguelonne. Elle vous aime.

— Je le sais. Elle m'aime sagement... La sagesse est le grand sommeil des sentiments. C'est le mors ou l'empêtroir que l'on met au cheval, l'entrave et l'anneau que l'on passe au taureau, l'abot que l'on ajuste au mulet... Je me demande, parfois, si la sagesse n'est pas une maladie du corps et de l'âme... La sagesse ? Je la laisse aux clercs !

Un pareil argument laissa tout d'abord Paindorge

1. Mourir.

indifférent. Puis une lueur de moquerie passa, furtive, dans son regard :

— Il me semble que vous vous mentez... La sagesse vous commande de ne pas agresser Guesclin alors que l'envie vous en démange.

— Tu me mets à quia !

Paindorge préféra se taire. Tristan lui en sut bon gré.

Ils dormirent à même le sol. Le lendemain, ils furent parmi les premiers à se lever et à courir vers la Seuge. Après s'être dévêtus sur la berge, ils se trempèrent dans une eau folle et froide qui les revigora. Ce fut en ceignant son épée que Tristan fit une constatation qu'il avait jusque-là éludée :

— Nous n'avons encore ni haubert ni armure ni bassinet. Guesclin tarde.

— Il nous en fournira dès qu'il aura besoin de nous exposer aux sagettes et aux carreaux.

— Tu as raison, Robert. Défions-nous aussi des archers de Bretagne.

On repartit vers Paulhac-en-Margeride. On montait, montait toujours, et telle était la pente, parfois, qu'on s'arrêtait pour aider à l'ascension des engins de siège empilés, démontés, sur des haquets, chartils et tombereaux tirés par des chevaux gros et lourds que les charretiers à pied, accoutumés à les conduire, stimulaient par des injures et d'efficaces fouettades.

On obliqua au sud bien avant d'avoir vu Saint-Flour. Enfin, sur le sommet d'une montagne, Chaliers apparut, insolent sur le bleu d'un ciel sans nuage. Guesclin, qui s'était attardé parmi ses Bretons et rejoignait Polignac et les capitaines, frappa l'épaule de Tristan au passage :

— Sitôt qu'il sera pris, tu pourras repartir.

— Je ne crois pas à ta parole.

— A ton aise... Tâche de ne pas desloyaucer[1] !

Le connétable disparut.

— Pour cette phrase-là, je le devrais occire !

— Bah ! fit Paindorge, il est plus près de sa fin que de son commencement. Mais voyez ce qui nous attend !

Dominant la vallée de la Truyère, les murailles de Chaliers couronnaient un pic d'où les Béarnais et les satellites de Pierre de Galard pouvaient surveiller des dizaines de lieues de champs, de friches et de forêts.

— Bon sang !... On aura du mal !

Bien que cette apparition fût confuse encore malgré la netteté du ciel, Tristan, le regard immobile, en assimilait déjà la puissance, la hautaineté féroce, irréductible sans doute, et par conséquent meurtrière. A cet exhaussement orgueilleux de la pierre correspondrait peut-être l'élévation et le terme de son métier de Chevalier – pour autant que la Chevalerie en était un. A la considérer aussi attentivement que possible, Chaliers n'était pas une demeure seigneuriale en laquelle on pouvait imaginer un prud'homme bourru mais accueillant, une gentilfame douce et bienveillante, des jouvencelles élevant leurs bras de lis et dénouant leurs cheveux pour les offrir aux ardeurs d'un vent qui les touchait tout entières en attendant que ce fût un amant. Les bourrasques devaient y mugir, y glapir sans trêve.

« C'est comme un Quéribus », songea Tristan.

Il s'en remit à Alcazar pour le conduire, les yeux levés vers la forteresse qu'une montagne, parfois, dissimulait sous ses arbres.

— Je ne sais si nous en viendrons à bout... Mieux vaudrait que ce soit par la famine que par les armes, dit-il quand il fut proche des murailles.

1. *Desloyaucer* : cesser d'être loyal.

C'était, dans un site grandissime, l'aire prodigieuse d'un Sisyphe hautain, Pierre de Galard, certainement bien pourvu en hommes et en armes. Cependant, ce ne serait pas lui qui roulerait quantité de choses pesantes sur cette crête rocheuse : elles seraient amassées par ses ennemis avant d'être projetées, pour les anéantir, sur des murailles en apparence inexpugnables. Et pour amener là-haut les charpenteries de guerre, il ne fallait pas des chevaux mais des bœufs placides, accoutumés aux exertions les plus rudes. Faute de mieux, Guesclin décida qu'on emploierait des hommes.

Il y eut des huées, même chez les Bretons, quand, juché sur un rocher, il eut hurlé cette annonce.

— Ils nous savent prêts à les traiter fellement [1], dit Armand de Polignac au connétable et aux capitaines. Avant que de hisser nos machines en haut, mieux vaudrait, me semble-t-il, avoir recours aux sommations.

Un jeune écuyer se présenta devant Guesclin pour impétrer la grâce d'aller proposer à Pierre de Galard de se rendre. Il avait dix-huit ans, portait une armure de grand prix et son cheval miroité, dont il se montrait fier, était certes un des plus beaux de l'armée.

— Non, dit le Breton. Je connais un chevalier qui fera volontiers cette démarche... Castelreng, es-tu là ?

« Tu sais très bien, ribaud, que je suis proche !... Tiens : trois pas et je te fais visage [2] ! »

— Je veux bien y aller, mais accompagne-moi.

Ainsi formulée, les yeux dans les yeux, le sourire ajoutant son piment à sa réponse, Tristan sentit se rassembler sur lui l'intérêt des ducs et des capitaines et l'hostilité des hommes d'armes. Que prétendait donc

1. *Fel* : cruel. *Fellement* : durement. *Félonneux* : cruel. *Félonnie* : colère.

2. *Faire visage* : faire face.

ce chevalier que personne ou presque ne connaissait dans l'ost ? Pour qui se prenait-il ? Guesclin le regardait ; la hargne et la pitié se disputaient ses traits. Ébaubi et scandalisé par tant de familiarité envers un connétable, Anjou les sépara comme s'ils allaient en venir aux mains :

— Holà ! messire... Doucement... Votre... Votre outrecuidance, Castelreng...

— Mon outrecuidance, Monseigneur ? Je savais qu'il allait m'inviter à la criée des sommations... En m'exprimant ainsi, je prends mes précautions, voilà tout... Chaque fois qu'il l'a pu, avant ce jour d'hui, et lors d'un événement pareil, il m'a envoyé en avant dans l'espérance de ne plus me voir reparaître. Je pourrais vous citer où et quand j'ai souffert de ces... inconvénients... Je vais accéder au désir du connétable, bien qu'il me paraisse inutile d'aller consulter Pierre de Galard sur la nécessité d'un rendage[1]... Il y sera contraint moins par les armes que par la famine.

Les regards seuls échangeaient des colères. Paindorge souriait d'assez loin, entre Berry et Louis de Sancerre.

— En t'invitant à défier Galard avec moi, Bertrand, je ne voulais pas partager ton plaisir de te sentir déjà victorieux. C'est à toi de le crier à ce Béarnais que je ne connais pas !

Tristan s'était exprimé à voix basse, cordialement, bien qu'une violence insoupçonnée de Guesclin eût fait trembler sa voix.

— Un gonfanon ! dit-il. Un gonfanon *de France*.

Il se serait discrédité d'empoigner la bannière à

1. Reddition.

l'aigle de sable[1]. Mais sans doute le Breton ne lui eût pas permis de la présenter.

— Paindorge, mon cheval !

Alcazar apparut, provoquant parmi les prud'hommes – qui pourtant le connaissaient – le même respect que les jours précédents, composé d'admiration et d'envie.

Tristan sauta en selle sans toucher l'étrier, mouvement d'autant plus aisé que nul fer ne lestait son corps.

— Viens-tu, écuyer ?

Aussitôt, le jeune homme fut à son côté.

— Allons-y !

Ils cheminèrent lentement vers les hauteurs où les murailles mordaient le ciel à belles dents. Le chaperon rejeté en arrière, les narines dilatées par le vent sec et le plaisir d'agir ; fortifié aussi dans son goût de déplaire au Breton par le mépris du danger qui pouvait paraître çà et là, mais auquel, Dieu aidant, il se déroberait, Tristan offrait à l'écuyer inquiet l'image d'un preux placide et de froid sang.

— Qui es-tu ?

— Olivier de Chassagne. Louis de Sancerre est mon parrain.

Il était fier, ce damoiseau, d'un pareil patronage. Sous le viaire levé de son bassinet, il respirait avec délices la fraîcheur des cimes comme si celle-ci pouvait tempérer en son tréfonds la brûlure d'un cœur généreux aussi prêt à l'amour qu'à la guerre. Tristan se demanda ce qu'il devait admirer le plus en ce gar-

1. Les armes de Guesclin étaient : *d'argent à l'aigle de sable, bécquée et armée de gueules à la bande de gueules brochant sur le tout.*

Chaliers (Cantal) était une citadelle élevée sur le bord d'un ravin surplombant le ruisseau de Chamezelles qui se jette dans la Truyère. Construite au XIIe siècle, elle était tombée aux mains des routiers en 1362. Seguin de Badefol en avait pris possession en 1380 au nom de Pierre de Galard.

çon : la volonté de merveiller son prochain ou l'abnégation de soi-même ?

Les murailles se dressèrent devant eux. Par leur hauteur, leur noirceur, leurs nombreuses archères et leur crénelage serré, elles traduisaient grossièrement et lourdement une influence bien marquée de l'orgueil de leur propriétaire. D'elles-mêmes, elles révélaient que chaque assaut serait inutilement meurtrier. Les échelles n'atteindraient jamais l'embrasure des merlons. Aux chutes mortelles s'ajouteraient celles des hommes d'en bas percés de traits multiples. La négociation était préférable à une ruée sanglante.

— Il faudrait cinq ou dix mille hommes.

— Croyez-vous ?

Tristan ne répondit pas. Il se sentait pris d'admiration pour ce château surprenant de hardiesse et de massiveté, le plus génialement arrogant ou téméraire qu'un ingénieur et ses maçons eussent érigé.

— Ils viennent, dit-il à Chassagne en plein mésaise. Tu as un beau cheval bai. Ce serait dommage de le perdre.

— Je crois que vous avez raison, messire.

La vigueur et l'énergie exprimées dans la pierre fixaient à la témérité d'Olivier une limite qu'il venait d'atteindre.

— Regarde !... Ils sont nombreux en apparence. A chaque embrasure, une cervelière ou une barbute.

Les chevaux passaient d'une jambe sur l'autre. Parfois Alcazar raclait le sol de son sabot. Tristan, lâchant les rênes, joignit ses mains en cornet :

— Holà !... Voyez cette bannière !... Nous sommes venus de par la volonté du roi de France... Il demande que Chaliers soit désormais sous sa dépendance. Êtes-vous entalenté[1] à nous recevoir ?

1. Disposé.

— *Jamais !* hurla une voix sans que l'homme qui avait répondu se montrât.

— Messire Pierre de Galard, vous feriez mieux de conjouir[1] Louis de Sancerre, Bertrand Guesclin et...

— *Jamais !*

— Tout au moins d'apparaître en haut de cette paroi pour ouïr leurs parçons[2]. Une collation[3] n'est pas... blessante.

— *Jamais !*... Guerpissez ou il va vous en cuire !

— A votre aisement. Je prends acte, messire, et suis marri pour vous.

Tristan se tourna vers l'écuyer dont la peur, enfin, se donnait plein jeu. Sa pâleur démontrait combien, soudain, il tenait à sa vie.

— Apprête-toi à galoper. Les archers que j'entrevois là-haut me semblent prêts à nous souhaiter la bienvenue... Allons !

Tournant bride, ils s'éloignèrent au galop cependant que des sagettes et des carreaux sifflaient et ronflaient autour d'eux sans toutefois les atteindre.

Proche de Louis de Sancerre, inquiet, Guesclin, poings aux hanches, les attendait.

— C'est non, dit Tristan tout en quittant sa selle et en confiant Alcazar à Paindorge. Ce Galard est un capiteux[4]. Ses archers nous ont arrosés d'une bonne gerbe de sagettes !... Tu me vois, Bertrand, malcontent d'avoir échoué, mais réjoui de te décevoir. Où vas-tu m'envoyer maintenant ?

Le connétable ne répondit pas et s'en alla trouver le duc de Berry occupé à compisser un rocher.

1. D'accueillir.
2. Propositions.
3. Entretien.
4. Obstiné.

Tristan rejoignit Paindorge, et tout en tapotant la cuisse d'Alcazar :

— Chaliers est imprenable, sauf si nous affamons tous ces gens.

Le duc de Berry fit monter et assembler les éléments d'un trébuchet. La nuit vint. Quand l'aube se leva, l'engin était en place devant l'entrée de la forteresse vulnérable sur deux côtés, les autres prolongeant l'à pic de la montagne.

On forma les batailles ; on prépara les échelles. La plupart des hommes s'ébaudirent à l'idée de verser le sang d'autrui.

— Les malebêtes ! grommela Tristan. C'est surtout leur sang qui va ruisseler. On dirait que Bertrand hésite à lancer l'envaye[1].

— Il n'a pas hésité à vous envoyer à la malemort avec cet écuyer qui me paraît avoir plus de jactance que de raison !

— C'est vrai. Ce Chassagne ne manque pas de courage. Quant à moi, j'ai accepté d'obéir une fois. Je n'irai pas plus loin dans cette obédience.

Tristan se refusait à subir l'ascendant du Breton. Les sens aiguisés au sortir de dix années paisibles, il le voyait, mieux qu'au Puy, avec des yeux différents. Il était un *vieux*, désormais. La droiture du corps était factice. Il advenait que son dos penchât plus que nécessaire et qu'il portât fréquemment ses mains à ses reins comme pour en extirper la lourdeur. Certains de ses gestes s'imprégnaient d'une sorte de lenteur ou d'inexactitude. Il advenait que, voulant saisir un gobelet, il le renversât sur la table dressée pour les chefs ou que sa main fût prise de tremblements lorsqu'il voulait

1. L'assaut.

enfoncer dans son œillet le mordant[1] de sa ceinture d'armes. Il avait toujours le hurlement facile mais sa voix s'éraillait comme un fer sur la meule, et cette faiblesse-là, il la voulait compenser par des haussements du menton qui aggravaient la nonchalance involontaire de son état.

— Il suffirait peut-être d'une chiquenaude... dit Paindorge.

— J'aimerais que Teresa et Simon le voient.

La personnalité du Breton, trop achevée à la guerre, s'était en quelque sorte affaiblie, comme si l'épée qu'il avait reçue des mains du roi lui avait fait une entaille et que celle-ci saignait, invisible et inguérissable.

— Il a changé, c'est la loi de la vie. L'ost aussi a changé. Je ne saurais te dire, Robert, si c'est en mal ou en bien.

Tristan ne se sentait plus en alliance avec ces guerriers comme il s'y était senti parfois naguère. Il ne reconnaissait, chez les soudoyers, aucun visage, et n'avait retrouvé chez les Grands que quelques éclats de voix. Le fait que les ducs et Louis de Sancerre fussent peu considérés chez la piétaille et que Guesclin souffrît d'une espèce de discrédit jusque parmi ses ouailles, presque tous jeunes et friands de prouesses, lui donnait autant de mésaise qu'à Paindorge.

Jadis incontestée lorsqu'il n'était point connétable, l'influence du Breton s'était résorbée. C'était vers Sancerre qu'on se tournait ; c'étaient Anjou et Berry que l'on consultait quand ils se trouvaient en compagnie de Bertrand. Ces faits peu fréquents mais avérés paraissaient des étrangetés. La gloire du connétable semblait avoir fait son temps. A certains indices et certains regards qu'il sentait sur lui, Tristan soupçonnait Gues-

1. L'ardillon.

clin de se revancher un jour sur sa personne du malêtre dont il souffrait et dont le remède ne consistait point dans la contemplation d'une épée hautement convoitée ni dans la certitude que Chaliers tomberait dès qu'il en aurait envie. Jadis, en son personnage, s'étaient trouvés combinés l'éclat de la santé, la jactance issue de celle-ci, la sonorité du verbe, la rudesse de la vigueur. Il avait désormais un pied, un bras, une hanche et une épaule dans les ténèbres. Il n'en était que plus lugubre.

— Penses-tu, Castelreng, qu'il nous faut les assaillir ?

— J'ai vu sur les parois moult hommes d'armes. C'est à toi de décider.

Guesclin serra les dents. Son visage terrible et glacé se renfrogna davantage. Le soleil en déclin aggravait l'espèce de mélancolie qui figeait cette figure parsemée de taches de rousseur et dont les yeux cillaient un peu trop sans que les feux du crépuscule en fussent cause. Sur ces chairs à la fois tendues et bouffies, les pommettes piquetées d'une barbe de trois ou quatre jours semblaient deux châtaignes à peine mûres.

— Tu devrais ôter tes plates [1]. Elles te pèsent.

— Bah !... Tu n'as pas ce souci.

— C'est vrai : je suis vulnérable. N'essaie pas d'en profiter. D'ailleurs ma foi en Dieu est la meilleure des armures.

Tristan considéra brièvement les jambes arquées par des milliers de lieues de chevauchée, les mains de fer énormes à force d'avoir manié des armes pesantes. Le souffle impétueux du vent semblait vouloir arracher les cheveux du Breton et agrandir sa calvitie.

— Vivre nu, Castelreng. Vivre nu sous le soleil

1. Les pièces de l'armure.

d'Espagne... Nous aurions dû y demeurer. Toi avec ta Juive...

— Je n'ai jamais besogné une Juive.

— Tu en as eu la tentation.

— Jamais... Toutefois, si cette envie m'était venue, ce n'est pas toi mon confesseur et sache-le : le remords ne m'eût point rongé.

— Il valait mieux qu'elle disparaisse de ta vie.

C'était un aveu terrifiant. Comme il s'en repentait peut-être – si toutefois le repentir était un élément de sa nature –, Guesclin, tout en ébauchant un signe de croix, parut rassembler toute la force de ses poumons pour s'ébaudir :

— Pourquoi n'as-tu pas laissé cette grande huronne en Langue d'Oc pour venir au Puy avec ton seul fils ? Craignais-tu de te languir d'elle ?... As-tu vu comment je l'ai angoissée en te prenant une fois encore avec moi ?

— J'ai vu, et par ma foi, tu le regretteras.

Tristan comprit enfin ce qui les opposait : s'il était devenu chevalier par le sang et par des exemples puisés dans les récits de son père, ainsi que dans les livres, Guesclin n'était qu'un guerrier sans modèle, une valeur certes sûre, mais tirée du néant. La gloire convoitée par la plupart des prud'hommes répugnait à sa conception du service du roi : un office qui consistait seulement à occire encore et toujours pour prouver et se prouver sa force et en tirer profit. Comme nombre de chevaliers qu'il dépassait en astuce, sa singularité consistait à entretenir en lui une fureur de vaincre qui, désormais, subissait la loi de la décrépitude.

— Allons-nous surquérir[1] Chaliers ?

Tristan, qui s'attendait à une réponse prompte et

1. Attaquer.

positive, ne put que faire des conjectures sur le fond de la pensée d'un homme toujours acharné à la haine : les événements penchaient en sa défaveur. Désormais dépendant des princes, il ne pouvait agir à sa façon.

— Il y a un conseil bientôt. Viens-tu ?

— Non, dit Tristan. Je suis venu céans contre ma volonté. Ma voix ne compte point ni d'ailleurs ma présence.

Il se tourna vers le château à demi visible parmi les rochers et les arbres :

— Regarde ces embrasures de pierre. Elles nous attendent aussi sûrement que le tombeau... Ce n'est pas ainsi que nous entrerons. A quoi bon monter aux échelles, piétiner le sang et les mourants ?... N'es-tu pas las de la guerre ?

Un mot sortit de la bouche crispée, lent et comme étouffé :

— Si.

* *
*

Sancerre décida qu'on passerait aux actes.

On dormit peu. L'aube vint. Touchées par ses rougeoiements, toutes les armes fourbies, brandies, s'embrasèrent par milliers. On eût dit qu'elles avaient servi. Cette illumination foisonna comme un incendie quand les hommes s'assemblèrent par compagnies derrière les bannières dont les couleurs pourtant vives ne pouvaient dominer ce vermillon aux luisances argentées. Avant même qu'ils eussent combattu, la masse impatiente des guerriers prenait un aspect dominateur que Tristan et Paindorge réprouvèrent. Leurs vêtements de bourgeois leur interdisaient les échelades.

— Allons ! hurla Guesclin. Avant de le conquester,

il nous faut cerner ce châtelet. Préparez-vous !... Depuis cette nuit, le trébuchet est en place.

Les chemins et les petits champs dans lesquels l'armée s'était éparpillée autour de Chaliers, hors de portée des sagettes, réunirent leurs contingents d'hommes vociférants.

— *A la mort ! A la mort !*

— *Notre-Dame, Guesclin !*

— *Polignac avec nous !*

Tristan se demanda si la terreur se répandrait promptement dans les âmes des assiégés dont il voyait, au crénelage, étinceler les barbutes et les cervelières. Autour de lui et de Paindorge, les commentaires violents, les controverses sur l'ardeur des adversaires, les rires aussi lamentables que les prochains pleurs et le cliquetis des aciers pointus ou tranchants se fondaient en une rumeur presque tangible d'orage sur le point de rompre la quiétude d'un ciel sans nuages. Au sommet du donjon, une bannière jetait un flamboiement discontinu sur cette matinée çà et là encore ombreuse, et les quelques oiseaux essorés de leur nid s'en allaient à tire-d'aile.

— S'ils se rendaient seulement ! confia le duc de Berry à Guesclin.

Il miroitait dans son armure de grand prix rehaussée, sous le colletin, d'un double rang de penthères [1] bleues dont l'éclat l'emportait sur celui de ses yeux gros et glauques, tels ceux de son frère Charles. C'était un homme gras, aux traits mous sous la visière relevée du bassinet surhaussé d'une couronne d'or. Coup de chaleur ou dénonciation d'intempérance : la grosse bille de son nez rougeoyait autant que le soleil qui, peu à peu, abandonnait son aire. Son menton lourd, gros

1. Clous d'émaillerie.

comme une pomme, à demi sorti du gorgerin, révélait à lui seul une assurance et sans doute un mépris de l'ennemi qui ne se justifiait pas : il était trop ménager de son corps pour l'exposer aux traits des archers et des arbalétriers de Pierre de Galard.

Anjou survint, adoubé, scintillant et comme hésitant dans ses solerets à la poulaine. Ainsi, chancelant un peu, il semblait sur le point de s'engager nullement dans la bataille mais vers un lieu en sens inverse de Chaliers.

— Qu'attendez-vous pour les surquérir[1] ? Qu'ils procèdent à une sortie ?

Il eût pu, interpellant son frère, Guesclin et Sancerre, leur demander : « Qu'attendons-nous ? » Or, il s'excluait de la décision à prendre. L'ayant observé tout autant que le Breton, eu égard à sa funeste réputation, Tristan comprit que cet homme-là tenait à ce que sa valeur fût indiscutable. On eût dit qu'il s'apprêtait depuis longtemps à gouverner la France et souhaitait que les succès militaires qu'il voulait obtenir à tout prix, sans remords d'y sacrifier ses élites, se soldassent par d'épaisses rentrées d'or et d'argent. Il croyait en une sagesse dont il était dépourvu, en un sens de l'honneur qui lui faisait défaut depuis que, otage dorloté des Anglais, il avait rompu son serment pour fuir avec une épouse qui eût pu le rejoindre sans difficulté à Londres ou Calais. A y regarder de plus près, l'étroite connivence ou la complicité qui le liait à Guesclin était aussi singulière que celle qui accointait le Breton au frère d'Anjou, Charles V. En servant le duc conjointement au malade installé sur le trône de France, le connétable consolidait son avenir. La mystique du roi et d'Anjou envers leur essentiel serviteur eût pu révéler une amitié

1. Attaquer.

aussi serrée que celle qui avait uni leur père, Jean le Bon, au connétable Charles d'Espagne.

— Êtes-vous prêt, Sancerre ?

Le maréchal nu-tête avait des traits des plus communs et lui aussi, dans la peau d'un visage glabre, une mollesse qui révélait un homme mal portant. Ne s'indignait-il pas de l'empire d'un Breton qui personnifiait l'autorité des manants sur des prud'hommes titrés et couronnés ?

— Messires, dit Guesclin moins enclin, peut-être, à batailler qu'il ne le laissait paraître, vous êtes d'excellent estoc et fier courage. J'ai, si j'ose dire, obtenu ma noblesse lors de guerres grandes et petites...

— Hors d'icelles, chuchota Paindorge, il met au service de la France des façons de boutiquier.

— ... vous êtes la noblesse et nous l'allons prouver à ce coquin de Galard. En avant !... La France aux puissants princes !

Les enseignes retentirent :

— *Or avant, compagnons !*

— *Au brut ! Au brut !*

— *Malou ! Malou !*

— *Notre-Dame, Guesclin !*

Les coiffes de fer des chefs tressautèrent un moment au-dessus des autres comme des roches étincelantes dans le flot d'un torrent. Cessant de les observer, Anjou se tourna vers deux têtes dures :

— Qu'attendez-vous, vous et votre écuyer ?

Tristan s'inclina sans cérémonie :

— Eussions-nous passé nos armures, monseigneur, que vous nous verriez parmi les premiers. Or, mieux que quiconque, vous savez comment le connétable nous a invités à le suivre... Soyez-en acertené [1] : nous

1. Assuré.

ferons notre devoir sitôt que nous obtiendrons, pour l'accomplir, de bons fers protecteurs et des conditions acceptables.

— Soit !

Anjou s'éloigna, le dos courbé : son armure inutile et ses longues poulaines exagéraient sa démarche d'ours mal léché.

— Aucune bachelerie[1], commenta Tristan. A Poitiers, déjà, il foirait dans ses braies. Il avait une excuse : sa jeunesse. Il n'en a plus désormais... Quant à nous, Robert, je nous impute ce que m'a dit un jour Ogier d'Argouges : *aurea mediocritas*.

— Ce qui veut dire ?

— Qu'une condition moyenne, gage de quiétude, doit être préférée aux inconvénients de l'opulence ou de la célébrité.

Éparpillé ici, aggloméré là, l'ost avait atteint les murailles. A la clameur des hommes d'en bas s'ajoutait désormais celle de ceux d'en haut qui s'employaient à lâcher des pierres et des boulets et à verser de l'eau bouillante sur les assaillants. De toutes parts la peur suppléait la haine. Dans les lueurs croissantes de ce matin de forcennerie, il semblait que les parois de Chaliers, à leur embrasement, se cuirassaient de métal : c'était la réverbération des armes sur des murs imbibés de la moiteur nocturne.

— Ils sont en nombre. Les assauts seront vains.

Entre les merlons scintillaient et tressautaient les coiffes de fer et les aumusses de cuir, et l'on voyait se pencher et disparaître promptement les arbalétriers et les archers qui ne bornoyaient[2] même pas tant la presse, en bas, était désormais compacte et nombreuse.

1. Vaillance et Chevalerie.
2. Viser. Fermer un œil pour atteindre le but.

Il n'y avait pas une bouche qui ne fût ouverte sur un cri, un juron de douleur ou de rage. Une sorte de ferveur sauvage secouait cette cohue d'où surgissaient des échelles liées par deux afin d'être suffisamment hautes. Certaines, avant même d'être appuyées sur le mur, craquaient et se brisaient sous le heurt d'un boulet, répandant autour d'elles des hommes prêts pour l'ascension. Soudain, une campane se mit à sonner. Les frémissements du bronze aheurté se mêlèrent au vacarme. Entre deux horions sonores, la furibonde rumeur des assaillants monta, toujours plus accrue, dans le ciel où le soleil commençait à verser ses sagettes et sa poix.

— Agar[1] ! s'écria Tristan tout en heurtant du coude un Paindorge frémissant d'intérêt et de pitié.

Repus d'efforts infructueux et mortels, les assiégeants reculaient. Leur clameur unanime et désespérée tournoya pour progressivement s'accoiser. Les hurlements d'en-haut n'en prirent que plus de volume. Submergés par cette haute vague sonore, les commandements de Guesclin, Sancerre, Berry et des capitaines semblèrent des supplications désespérées.

— Avançons, dit Tristan, sinon ils nous prendront pour des couards.

La poussée en avant recommença. Des échelles simples furent dressées puis penchées. Les échelons ne reçurent aucun homme. Tous savaient qu'une ascension réussie serait impossible. Entre le bois et le haut des parois, il manquait une longueur de bras : on ne pouvait accéder au crénelage.

— Il faut les allonger ! hurla Sancerre.

Ç'avait déjà été fait. Vainement. D'ailleurs, qui pouvait l'entendre hormis Tristan et Paindorge qui venaient de le rejoindre ?

1. Vois ! Regarde un peu !

— Ah ! il s'y met enfin ! dit le duc de Berry.

En grinçant, le trébuchet venait de lancer son premier boulet. Il vola en grondant par-dessus la muraille et tomba dans Chaliers. Le fracas de sa chute fut suivi d'un infime silence, puis le cratère bouillonna de cris et malédictions qui mirent les assaillants de bonne humeur.

— Je ne pensais plus au trébuchet, dit Tristan.

— Parce que nous n'en voyons que le faîte.

Un nouveau boulet s'écrasa sans doute auprès du premier. Envigourés par les hurlements des assiégés, des audacieux commencèrent l'ascension des échelles. Tous tombèrent, atteints par des rochers, des carreaux et sagettes. Une averse d'eau fumante dissuada quiconque de recommencer.

— La famine, suggéra Tristan au duc de Berry. C'est, monseigneur, le seul moyen d'obtenir la reddition que vous souhaitez.

— Trop long !

Tristan vit Guesclin enjoindre à Olivier de Chassagne de se porter en avant. L'écuyer hésita. Une bourrade le décida.

— On ne peut rien, Robert, dans un pareil tribouil[1]... Vois ! Les frondeurs élinguent[2] ! Les pierres coûtent moins que les sagettes... Il faudrait renoncer...

— Oh ! non, s'écria Paindorge, le bras tendu.

L'écu protégeant sa tête, l'épée au poing, Olivier de Chassagne entreprenait une échelade.

Il parvenait au milieu de son ascension quand des pierres commencèrent à pleuvoir. Il continua. Un homme l'avait suivi. Il y en eut un autre. Leurs faces enflammées par la fureur de vaincre, la plupart des

1. Désordre.
2. *Élinguer* : lancer avec une fronde.

assaillants, ébaubis, regardaient. D'autres suivirent l'exemple de l'écuyer. Quatre échelles qui semblaient des contreforts fragiles s'appuyèrent à la muraille. Aussitôt, des hommes en entreprirent la montée. Une lourde grêle s'éboula sur ces courageux dont certains, atteints, tombèrent. Le vacarme, un moment délayé dans le silence issu de la hardiesse de Chassagne, recommença ses grondements d'immense bête fauve.

— Il n'ira pas jusqu'en haut. D'ailleurs, comment pourrait-il l'atteindre ? L'échelle...

Il y eut une reculade parmi les assaillants. Des heurtements puissants, réguliers, retentirent : un bélier frappait l'huis d'entrée. On entendait les ahans des soudoyers qui le manœuvraient et les cris de ceux qu'une sagette ou un rocher décrochait d'une échelle.

— Ils ont des pigouilles, dit Tristan. Il fallait s'en douter.

Des perches suppléaient l'eau bouillante et les rochers. Les assiégés en avaient glissé une dans une archère, juste devant l'échelle que Chassagne avait gravie et dont il ne restait que cinq ou six barreaux à enjamber.

— Voyez, messire ! s'écria Paindorge qui, dans l'excitation d'un danger qu'il pressentait, recouvrait un respect en l'occurrence incongru.

— Ils vont le supplanter [1] !

Passant entre deux échelons, l'extrémité fourchue de la pigouille toucha le plastron de l'armure. Pour résister à la pression et se cramponner aux montants, Chassagne dut lâcher l'énarme de son écu. Sa guige le maintint contre son flanc comme une sorte d'aile blessée. Il lâcha son épée. L'échelle se détacha du mur lentement, inexorablement.

1. Renverser.

— Oh ! hurla Paindorge.

Soudainement rejetée en arrière, l'échelle oscilla. Toute sa grappe humaine chut, éparpillée sur le sol, tandis qu'en haut, une sonnerie de trompe retentissait en signe de victoire.

Tristan et l'écuyer se hâtèrent vers les blessés. Ceux qui avaient entrepris l'ascension parmi les derniers s'étaient relevés, couverts, sans doute, de surgillations[1] mais vivants ; ceux du milieu remuaient à peine, animés d'un souffle inquiétant. Chassagne, lui, ne bougeait pas. Il gisait sur le dos dans ses fers bosselés lors de son heurt avec le sol. Par l'ouverture du bassinet dont le viaire avait perdu ses vervelles, Tristan vit une plaie entre les sourcils, un nez éclaté, des gouttes de sang qui sourdaient par les cavités des yeux et contournaient les pommettes pour empouacrer les oreilles. Le duc de Berry, Armand de Polignac, Sancerre et quelques autres capitaines, penchés sur le jeune corps aux bras ployés sur la poitrine, se consultaient du regard sans oser dire un mot. Une sorte de bénignité éclairait leurs visages alors que celui du défunt, ouvert sur un cri de fureur, devenait livide et attirait les mouches comme si celles-ci le voulaient animer à force de chatouilles.

— Il n'est peut-être pas mort, dit platement Sancerre.

Des murmures s'élevèrent et les hommes les plus rapprochés poussèrent leur tête en avant « comme des chevaux à leur râtelier au moment de l'affenage », se dit Tristan.

Guesclin rompit le cercle des curieux.

— Il est mat, dit-il.

— Il ne fallait pas qu'il monte, dit Sancerre.

1. Ecchymoses.

— Je l'en ai dissuadé, affirma Guesclin.

Tristan croisa son regard et le Breton, aussitôt, s'emporta :

— Oui, Castelreng, oui !... Je ne l'ai pas demandé. J'aurais pu... Je suis désormais contre les échelades... Et pourtant, à Melun, j'ai montré l'exemple[1] !

1. A la fin du printemps 1359, les Navarrais tenaient le château de Melun. Ils l'avaient conquis le 4 août de l'année précédente. Le régent lui-même, futur Charles V, vint assister, le 18 juin, au siège qui menaçait d'être long.

Trois reines attachées au destin de Charles le Mauvais avaient fait de Melun leur résidence : Jeanne d'Évreux, veuve de Charles le Bel ; Blanche de Navarre, veuve de Philippe de Valois – la première, tante, la seconde sœur du roi de Navarre – et enfin Jeanne de France, sœur du duc de Normandie et femme de Charles le Mauvais. La garnison avait pour chefs Martin Enriquez (ou Martin de Navarre) et le terrible Bascon de Mareuil auteur, le 17 février 1358, d'une attaque sur Pontorson.

Pour conquérir Melun, le dauphin avait fait tirer de l'arsenal du Louvre, dont la garde avait été confiée à Jean de Lyons, 20 000 carreaux, 10 000 viretons, 18 falots, 600 tourteaux et deux canons. L'assaut fut donné vainement. Le Bascon de Mareuil subjuguait les défenseurs par son courage et sa grande « goule ». Voyant Guesclin apparaître, il lui cria le bonheur qu'il aurait de l'occire.

— Brigand ! hurla le Breton, que ne puis-je te joindre. Je le jure par le saint nom de Dieu, ou je serai assommé au point que les médecins n'y pourront trouver guérison ou j'irai aux créneaux te parler tête à tête !

Il prit seul, peut-on lire çà et là, une longue échelle, la posa sur son épaule et l'ajusta contre les remparts, *ce qui est impossible compte tenu du poids et de la maniabilité de ces engins*. Couvrant sa tête de son écu, il commença la montée, attirant, par sa performance, l'attention du futur Charles V. Mareuil saisit une grande barrique pleine de pierres et la déchargea sur l'audacieux. L'échelle se rompit et Guesclin tomba dans le fossé boueux la tête la première. On le traîna, inanimé, sur un tas de fumier « *chaud et fumant* ». Il y recouvra ses esprits et reprit vainement l'assaut.

Afin de faire cesser le siège, les trois reines prirent une part active aux négociations destinées à rétablir la paix. Le 31 juillet, le dauphin retourna à Paris et le 21 août la paix fut signée à Pontoise. Charles de Navarre céda Melun à la Couronne en échange de Vernon, Pontoise, la vicomté de Gisors, Gournay et Neufchâtel-en-Bray. Ce fut donc lui, raisonnablement, le vainqueur de cette affaire.

Il s'exprimait d'une voix certes toujours hautaine, mais aigre, venimeuse. Il avait raison de réprouver l'emploi des échelles – après l'avoir préconisé.

— Affamons-les, dit-il pour conclure en se détournant de l'écuyer mort inutilement.

— Soit, optons pour la famine, dit le duc de Berry comme au sortir d'un plaidoyer intime dans lequel il était perdant.

— Fallait pas qu'il monte, dit Olivier de Mauny.

— Fallait pas ! Fallait pas ! grogna Guesclin.

Il avait changé et semblait de moins en moins enclin à décider. Sancerre, Berry et d'autres suppléeraient à cette indigence. Envahi d'une méchante et légitime compassion envers le Breton, Tristan songea qu'il y avait désormais deux hommes chez ce guerrier si entier jadis. Toujours étroite et violente, sa raison commandait de moins en moins à des muscles amollis par l'âge ou par un mal insidieux. Il employait et développait sa déception au détriment de ceux envers lesquels il se sentait encore capable d'exercer son influence. Avait-il dissuadé Chassagne d'écheller ? Le lui avait-il enjoint ? Seul l'écuyer eût pu répondre.

« Il est encore lui-même... et son contraire ; à tout le moins son ombre. »

Homme et bête de carnage, mais repu, semblait-il, de ses multiples excès, sa nature foncière ne se pouvait équilibrer. Le guerrier l'emporterait toujours sur l'homme, mais il se pouvait qu'assujetti à la réserve inhérente à sa fonction, le connétable « mesuré » l'emportât sur le combattant. Tristan devina dans le substitut du roi des nuances imprévisibles. Jamais avant cette matinée, le Breton n'eût été tenté de se justifier et surtout de se défendre d'une accusation qu'aucun des prud'hommes n'avait prononcée, mais qui semblait sourdre de leurs regards. Il sentit la nécessité d'une justification définitive :

— Chassagne m'a dit : « *Je veux monter. Je veux agir comme vous à Melun.* » J'ai répondu : « *Tu as l'ambition d'un marmouset. Demeure !* » Mais il a insisté : « *Craignez-vous que mon appertise*[1] *préjudicie celle que vous avez commise ?* » Je l'ai poussé en avant et lui ai dit : « *Va te faire occire si tu y tiens.* » Voilà, messires.

Sa passion des batailles devait être inchangée. S'il avait conservé son humeur félonneuse, il n'était plus acharné à prouver ses mérites : l'épée de connétable en attestait. De sa Bretagne à la Normandie, de celle-ci jusqu'en Avignon et, au-delà, en Espagne, sa raison n'avait jamais résisté aux passions de toutes sortes. Elle l'avait asservi et encouragé à se satisfaire de tout selon ses penchants, ses haines, ses convoitises. Grossier par plaisance, cruel par goût, hanté par la haine de ceux dont il récusait le bon droit de vivre et souventefois la vaillance, il avait incarné auprès du Trastamare un personnage de *capitan* astucieux et téméraire. Au faîte des honneurs militaires, il mettait désormais dans sa chère soupe au vin plus d'eau qu'il n'en fallait, crainte sans doute, s'il ne s'améliorait point, de choir en enfer plutôt que de s'élever en Paradis.

— Nous aurons Chaliers par la faim, dit-il cette fois sur un ton encore inemployé, dont l'acerbité parut ébahir quelques jeunes soudoyers de passage.

Il s'éloigna seul, grommelant certainement des reproches.

« A lui-même ou aux autres ? » se demanda Tristan.

Quéguiner, l'arbalète sur l'épaule, prit Paindorge à témoin :

1. Prouesse.

— Tu l'as ouï ?... Il a repris sa voix de naguère.

— C'est vrai, dit Tristan. Sa voix de Tolède et de Séville.

— D'où sors-tu, Breton chéri ? interrogea Paindorge. D'ordinaire tu suivais la meute : Couzic, Orriz, Le Karfec, Hénaff et j'en oublie. Depuis qu'on est ici, je ne t'ai jamais vu hourder[1] le vaillant connétable.

— On n'a plus besoin l'un de l'autre. Quand il me veut, il me siffle. Mais venez, qu'on parle un tantinet.

Une fois à l'écart auprès du trébuchet abandonné par ses serveurs, Quéguiner souffla un bon coup. Avant que de vider son cœur, il lui fallait désemplir sa poitrine.

— Nous ne savons rien... ou presque, dit Tristan, de ce qu'a fait ton maître après l'Espagne. Nous vivons en Langue d'Oc depuis notre retour de Montiel.

— Ah ! bon...

L'ombre de la machine de guerre les enveloppait. Quéguiner s'assit sur une des poutres de la base, le dos contre un montant, les pieds à plat, solides, sur le sol. Après y avoir déposé son arbalète – une arme à cranequin – il invita Tristan et l'écuyer à l'imiter. Ils refusèrent, préférant demeurer debout que de se mettre au niveau du Breton.

— Voilà, messires... Bertrand avait porté un rude coup à l'Aquitaine dont il n'a jamais cessé de honnir le prince[2]. Soubise est tombée[3] et le captal de Buch

1. Escorter.

2. A la fin de 1372, le grand duché du prince de Galles avait singulièrement rétréci. Le 1er décembre, en l'église des frères mineurs, Guesclin parapha au nom du roi de France un traité avec Louis d'Harcourt, vicomte de Châtellerault. Ce jour-là, dans cette même église, Jean, duc de Berry, Philippe, duc de Bourgogne, Olivier de Clisson et, évidemment, Guesclin conclurent avec les notables des pays de Saintonge et du Poitou un traité susceptible de mettre fin à la domination anglaise en ces régions. Les privilèges et franchises dont elles jouissaient depuis Saint Louis furent confirmés.

3. Dans la nuit du 22 au 23 août 1372.

pris... Il y eut La Rochelle, Thouars, Angoulême, Taillebourg et Pons... Selon *lui*, des petites batailles... Faut vous dire qu'il ne pouvait oublier Nájera... Une sorte d'excitation le prenait parfois. Quand il apprit que Cresway défendait Bressuire avec ses Anglais, il y a galopé[1]... Il a, évidemment, pris la ville. Et il a fait égorger et décapiter cinq cents vaincus... Il en a fait pendre soixante dans le verger où ils s'étaient mussés...

— Un beau connétable de France ! grommela Paindorge en crachant sur une traverse du trébuchet.

— Tu dis ça, écuyer, comme on dit : « *une belle merde* », remarqua Quéguiner un soupçon de sourire au coin de sa moustache. Ah ! oui, il était alors devenu terrible. Une renommée telle qu'au siège de Saint-Sévère, il menaça de trancher les têtes de tous ceux qui reculeraient dans l'assaut. Geoffroy Payen, qui défendait la cité, dut connaître cette menace. Il lui lança : « *Tu aimes mieux ta hache que ta femme.* » Et je crois que c'est vrai... Il était parfois pris d'une envie... terrible... de galoper une hache à la main. A Chisey[2], il en fit bon usage. Le roi le manda à la Cour, mais avant d'y aller[3], il partit attaquer le Châtel-Acart qui appartenait à la dame de Plainmartin, l'épouse de Guichard d'Angle, alors prisonnier en Espagne... Il est revenu de Paris. Il était présent, bien sûr, à la prise de La Rochelle[4]... Ce serait trop long de vous énarrer ses victoires et les... déceptions qui augmentaient sa tigrerie... Il avait autour de lui le duc de Bourbon, le comte d'Alençon et Robert, son frère. Il était au mieux avec le dauphin d'Auvergne, le comte de Boulogne, le sire de Sully, le sire de Craon et la fleur des gens d'armes de Bretagne,

1. 1372.
2. 21 mars 1372.
3. Sans doute en avril.
4. 15 août 1372.

Normandie, Bourgogne, Auvergne, Berry, Touraine, Blois, Anjou, Limousin, Maine...

— Toute la France, quoi ! dit Paindorge.

Quéguiner acquiesça et du pied toucha son arme.

— Il y avait dans l'ost des Thiois [1], des Flamands, des Hainnuyers... Une grande armée. Point pareille à celle que vous avez hantée en Espagne.

— Je demande à voir, dit Tristan. Celle dans laquelle nous sommes n'en diffère point.

L'arbalétrier envoya ce commentaire par-dessus son épaule.

— La fleur de la Chevalerie d'Angleterre était contre nous [2]. Guesclin ne s'en inquiétait point. C'est alors que Jean de Montfort qu'on croyait assagi en Bretagne s'est montré pour l'Angleterre [3]. Il y a eu un débarquement des Goddons à Saint-Malo, en mars. Deux mille soudoyers, deux mille archers commandés par Salisbury. Le roi Charles a mandé à Bertrand de repousser tous ces malfaisants à la mer. L'ost a été réuni à Angers... J'en étais.

— Ça, on n'en doute pas ! dit Paindorge.

— On a trouvé un traité d'alliance dans le charroi de l'épouse du duc, à Malestroit. Lui, il s'est esclipé [4]

1. Allemands.

2. A cette époque, les principaux chefs de guerre étaient, selon Froissart : Jean d'Everues (*Evrens, Evreus, Devereux* — Anglais), Richard de Ponchardon, Hugh Calveley, Robert Mitton (*Miton, Milton* – Anglais), Martin l'Escot, Baudoin de Frainville, Thomas Banastre (*Bannister* ou *Banestre* – Anglais), Jean Trivet (*Covet* – Anglais), Jean Creswey (*Cresuelle, Tresnel*), David Holegrave (*Holigrave* ou *Houlegrave*), Aymery de Rochechouart, Joffroi d'Argenson (*d'Argenton*), Maubrun de Linières, Guillaume de Montendre.

3. Par un traité d'alliance offensive et défensive, Jean de Montfort avait assuré sa sécurité. Le roi d'Angleterre signa ce traité le 19 juillet 1372.

4. Embarqué.

pour l'Angleterre. Les uns disent à Concarneau, les autres à Brest.

— Nous, dit Paindorge tourné vers Tristan, on était bien quiets !

Tristan ne put que l'approuver.

C'était vrai, alors, qu'ils étaient quiets. Heureux, Maguelonne souriait, chantonnait. Parfois, de la fenêtre de leur chambre, elle regardait leur chevance. Ses traits paisibles, immobiles, trahissaient de loin en loin une anxiété dont il eût aimé connaître la source. S'il l'interrogeait, elle lui répondait d'une voix prompte, trop prompte. Non, elle ne pensait pas à des choses affligeantes. Elle regardait Hélie qui jouait dans la cour. Il songeait qu'il la saisissait de moins en moins et qu'elle se ressaisissait, pour ainsi dire, lorsqu'il la surprenait en flagrant délit de méditation triste.

— J'imagine Montfort revenant à Londres, dit-il, rompant avec cet accès de mélancolie qu'il nommait parfois son « mal de guerre ». Il y a retrouvé son enfance... Son enfance avec Clisson qui, d'ami, est devenu son ennemi.

— Ça l'a revigoré sans doute, dit Quéguiner. Il y est demeuré non par couardise mais par astuce. Et pendant ce temps, Bertrand guerroyait[1].

1. Rennes se soumit le 20 mai 1373. Puis Fougères, Montmuran, Dinan, Jugon, Guingamp, La Roche-Derrien. Cependant Quimper et Concarneau résistèrent. Suscino, qui défendait Vannes, résista quatre jours. En juin 1373, le Breton régnait sur tout le duché de Bretagne hormis Bécherel, Auray, Brest, Derval qui appartenait à Robert Knolles. Clisson vint assiéger la demeure de son ancien compagnon d'armes tandis que celui-ci était occupé à défendre Brest contre Guesclin... qui fut soudain contraint de galoper jusqu'à Calais où Lancastre venait de débarquer avec mission de descendre vers Bordeaux pour défendre le duché d'Aquitaine sérieusement menacé. Une des colonnes anglaises était placée sous le commandement de Jean de Montfort. Ce fut alors que la trop célèbre Tiphaine mourut (toujours en 1373 : la date exacte est méconnue). On lit dans l'hagiographie du Breton par Masselin (1822) : « *Jamais l'amour et la vertu n'avaient uni plus inti-*

Quéguiner parut tâter son cœur sur les plaques de sa brigantine. Il baissa les yeux et considéra ses genouillères puis ses solerets. Ses paupières battirent avec vivacité comme pour éloigner des poussières de ses prunelles.

— Cette guerre de ci de là, ça a duré des années. J'ai suivi Bertrand. C'était tout ce que je savais faire... Connétable !... J'étais le dernier homme vivant de sa flote [1] et on aurait dit que ma présence le mécontentait. Qu'il me reprochait d'être en vie parce que, toujours routier, je préjudiciais sa renommée... Qu'il voulait oublier son passé de guette-chemin et jusqu'à sa concubine espagnole... Et c'est à ce moment-là que quelqu'un chuchota au roi que Guesclin n'était plus le même... Que sa faiblesse faisait le bonheur des Anglais [2]. C'était faux, évidemment... Mais la rumeur grossit. Bertrand était à Pontorson, voisin de Charles de Navarre qui venait de conclure une alliance avec les Anglais... Une de plus !... On disait qu'après avoir empoisonné sa femme, sœur du roi, il avait voulu empoisonner sire Charles... Et pour que le Mauvais ne puisse pas livrer ses chevances normandes aux Goddons, il a fallu que le connétable remette son harnois plain [3]. Il a repris toutes les places avec le duc de Bour-

mement deux plus grandes âmes, et jamais séparation pour toujours ne fut sentie plus vivement. Le connétable ayant satisfait à tout ce que sa tendresse et sa douleur exigeaient de lui partit pour la Cour »... pour séduire immédiatement Jeanne de Laval (grosse fortune), fille d'Isabelle de Tinténiac et de Jean de Laval, seigneur de Châtillon. Terminées les amours espagnoles ! Oubliés les deux enfants d'une « passion » dont on ignore presque tout. Après qu'il eut épousé Jeanne de Laval à Montmuran, Guesclin reçut Pontorson en cadeau de noces (13 mars 1376).

1. Petite troupe qui pouvait grouper, selon Froissart, jusqu'à 300 guerriers.

2. Le contempteur était Bureau de La Rivière, légiste de Charles V.

3. Armure complète.

gogne, sauf Chierbouc[1], et on peut dire qu'il n'arrêta pas du mois d'avril 78 à juillet de cette année-là... Et c'est justement en décembre[2] que Charles V a fourni, sans le savoir, un méchant coup à son connétable.

— De quelle sorte ? demanda Paindorge.

Tristan se dit qu'à l'inverse de son écuyer, il en avait assez. Que le Breton eût pris un « méchant coup », c'était tant mieux. La bonne chance ne pouvait durer toujours. Il fut certain que Quéguiner avait pénétré tout ce qu'il y avait de ténébreux dans l'âme et la disgrâce de celui qui avait cessé d'être son héros. Cependant, cette découverte était sans importance.

Un jouvenceau passa, vêtu de mailles, la cervelière en tête, une hache à la main. Quéguiner le salua.

— Lui, dit-il, c'est Galabert. Un gars de Clisson... Je pense qu'il suit Bertrand pour énarrer comment il se conduit à son maître. On sait pas d'où il sort... Dans les mêlées, c'est un ruin[3].

— Continue, enjoignit Tristan au Breton, mais hâte-toi. Bertrand n'est pas un homme auquel il faille, tout connétable qu'il soit, accorder autant d'importance.

L'arbalétrier acquiesça. Pour la hâte à conclure ou pour l'estime qu'il fallait accorder à son conduiseur ?

— Le roi a cité Montfort à comparaître devant le Parlement de Paris. Il n'est pas venu, se souvenant comment son père avait été traité en 41 quand Philippe VI voulait sa tête... Qu'importe : le fils a été déchu par Charles V de sa seigneurie de Bretagne et le duché confisqué[4].

— Cela, nous le savions, dit Tristan.

1. Evreux, Bernay, Pont-Audemer, Gavray, et Guesclin se rua sur Saint-Malo assiégé, qui ne revint à la couronne qu'en 1390.
2. Le 4 décembre.
3. Méchant, mauvais, d'où *ruine*.
4. Le 18 décembre. En quelque sorte une annexion.

— C'était, dit Paindorge, provoquer...

— La guerre, conclut Quéguiner. Les seigneurs s'assemblèrent. Puis les manants, loudiers... Le pays tout entier... Tous s'unirent pour rappeler le duc de Montfort... J'ai ouï, moi qui chevauchais pas très loin de Bertrand, les vieux chants de guerre... J'ai ouï le tocsin quand on apparaissait. On nous avait acceptés. Le roi nous avait fait confiance et soudain, il nous faisait donner des jouées[1] en pleine poire ! « *Qu'il revienne* ! » clamaient les gens. Et, bien sûr, on envoya des émissaires à Londres. Le duc accepta de revenir. Et Jeanne de Penthièvre, sa pire ennemie, approuva ce retour. Elle préférait que la Bretagne ait un duc né en icelle qu'un roi de Paris... Et le plus solide appui de Bertrand en Bretagne, le duc de Rohan, prit le parti de Montfort[2]. Bertrand dut avoir pour compagnons le duc de Bourbon, Louis de Sancerre, un maréchal de France qu'il n'aimait guère, l'amiral Jean de Vienne et Bureau de La Rivière qui le détestait. Ils furent chargés de prendre possession du duché. Le roi leur demanda de jurer sur l'Évangile et un morceau de la vraie croix qu'ils lui obéiraient... tandis que Montfort débarquait à Dinard[3].

1. Gifles.

2. Il y eut unanimité dans le refus, en Bretagne, de l'arrêt du Parlement de Paris. Tout comme la Normandie, la Bretagne tenait à son indépendance. C'est le 10 avril que les mécontents de Bretagne envoyèrent, à Londres, des émissaires. Jean de Montfort accepta de revenir en force. Le 25 avril, une sorte de gouvernement provisoire fut mis en place par les Bretons. Il comprenait, entre autres sommités, quatre maréchaux. « *Personne en Bretagne* », écrit Durtelle de Saint-Sauveur dans son *Histoire de la Bretagne*, « *même parmi les plus ardents adversaires de la politique anglaise du duc, ne voulait l'annexion. Ne pas tenir compte d'un tel état d'esprit était s'exposer à surexciter le sentiment national breton et à opposer la Bretagne à la France.* »

3. Parti de Southampton, il toucha terre à Dinard le 3 août, salué par Jeanne de Penthièvre et tout un peuple.

— On m'a dit, intervint Tristan, que Bertrand avait mis du mauvais vouloir à batailler.

— C'est parce que le vicomte de Rohan était acclamé avant lui. Car pour les Bretons, à force d'avoir ostoié [1] pour le roi de France, il ne pouvait être qu'un traître... Les murs se couvraient d'injures : *Pen Gwen, Guesclin, Connétable vendu*, et autres sornes. Il ne dormait plus, ça je peux vous le dire... Toutes les villes se fermaient à son approche. Il sut qu'à Paris, ses défaites étaient imputées à un mauvais vouloir... Traître des deux côtés...

— Et c'est alors que la guerre a repris en Guyenne... et les routiers en Langue d'Oc !

Tristan approuva Paindorge. Peu lui importait que le Breton eût souffert dans une dignité qu'il lui contestait. Il avait fait le mal. Qu'il souffrît d'un mal de l'âme était peu de chose, en vérité, eu égard aux crimes qu'il avait commis.

— Et en même temps que Charles V était aux portes de la mort, Richard II d'Angleterre, le fils du prince d'Aquitaine et petit-fils d'Édouard III, se préparait à venir en France... On dit que Bertrand avait promis au roi de faire son devoir quel que soit le mandement qu'il recevrait. Par le Nivernais, le Bourbonnais, l'Auvergne, il est arrivé au Puy... Le reste, vous le connaissez : vous voilà en plein dedans.

— Il paraît malade, dit Paindorge.

— Il souffre, acquiesça Quéguiner.

— Il ne souffrira jamais assez, broncha Paindorge.

— C'est sa tête, pas son âme qui prend les coups, dit Tristan. A sa place, j'aurais refusé d'aller guerroyer contre les miens. J'aurais fait mieux encore en restituant au roi l'épée de connétable. Elle aurait véloce-

1. *Ostoier* ; combattre dans l'ost.

ment trouvé preneur... Or, ce renoncement eût été un geste d'honnête homme. D'ailleurs, il faut en convenir, la guerre, sous quelque forme qu'il l'ait faite, a été sa préférée maîtresse. Elle le restera jusqu'à sa mort.

— Sa mort... murmura Paindorge avec une sorte d'impatience.

— Je crois qu'il se sent vieux, dit Quéguiner.

— Grand bien nous fasse, ajouta Tristan d'un ton pensif sans crainte d'indigner l'arbalétrier.

Pour lui qui l'avait attentivement observé, subi et défié, Guesclin adolescent avait dû assidûment étudier les comportements humains en essayant de comprendre les usages et les idées qui régissaient les rapports du commun, de la bourgeoisie, de la noblesse et du clergé avec la royauté. Adulte, plutôt que de se laisser mener par une saine circonspection, ce rustique en proie à un courroux maladif envers son entourage s'en était purgé par l'aversion de tous ceux qui offensaient sa vue ou troublaient son entendement. Les chevaux eux-mêmes avaient subi son ire. Pour se délecter d'occire un homme, il ne barguignait point à les sacrifier. Ainsi, à Dinan, pour vaincre Thomas de Canterbury [1] coupable de lui avoir ravi un frère écervelé, il avait meurtri d'un coup de dague la monture de son adversaire. Sa passion des querelles et des combats francs ou perfides lui avait fait sentir, par des exemples topiques, ce qu'avait dû être, lors des affrontements désastreux pour les Lis, la conduite des maréchaux, capitaines, mercenaires et piétons, tous jamais à court d'excuses. Peut-être les avait-il haïs en éprouvant aussi, à leur intention, un

1. Cuvelier dit que ce chevalier était le frère de l'archevêque de Canterbury. En fait, il se serait appelé Thomas de Islep (selon Siméon Luce), puisque Simon de Islep, en 1349, avait succédé à Thomas Bradwardyn dans la dignité de primat d'Angleterre. Ce duel, dont on ignore la date précise, dut avoir lieu en janvier ou février 1357.

lourd sentiment de vergogne qu'il ensevelissait sous une jactance et des ébaudissements un peu trop bruyants pour être sincères. Joie, certitude et contentement de vivre en restorier[1] ? Plutôt satisfaction d'exister par et pour la guerre.

— Je ne sais rien de lui excepté ses méfaits, dit Tristan. J'essaie parfois de le comprendre.

— Oh ! s'indigna Paindorge.

— De le comprendre sans l'absoudre. Il m'advient de quitter mon sommeil pour penser longuement à lui... La nuit, depuis Montiel, il me vient éveiller. Est-il utile ou non à la Chevalerie ? Voilà ce qu'il me demande.

— Et que lui dites-vous ? questionna Quéguiner.

— Qu'il est utile à Belzébuth.

Le Breton s'abstint du moindre commentaire : il digérait une réponse qui peut-être correspondait à son attente.

— En tout cas, dit Paindorge, il a su devenir grand... indispensable. Connétable de France, connétable de Castille... Excepté les Bretons qu'il a meshaignés, il est loué par la bonne gent de France.

— Parce que le peuple ne sait rien. Parce qu'il a lui, Bertrand, empilé des victoires auxquelles plus personne ne s'attendait... Mais il faudrait demander l'avis des morts qu'il a fait occire.

A mesure que le fragile bien-être des populations françaises s'était noyé dans les ténèbres de la peur en raison des énormités commises par les Anglais, les Jacques, les Tard-Venus, les Navarrais et une fois encore les Anglais, les pensées de Guesclin s'étaient affermies. Un jour – quand ? il était impossible de le deviner –, il avait été certain que la plèbe tout entière et son émanation, l'armée, pouvaient être subjuguées et

1. Vengeur. Celui qui restaure.

manœuvrées pour peu qu'il sût s'y prendre. De même qu'une maladie infectieuse se propageait insidieusement dans un corps jusqu'à le contaminer irrévocablement, un homme victorieux pouvait progressivement enfiévrer un peuple et lancer ses guerriers confiants sus aux ennemis. A l'aversion des Français, nourrie et développée contre les maufaiteurs de toute sorte, succéderait une admiration sans réserve pour celui qui les ferait vainqueurs. En s'interrogeant à l'infini sur un devenir héroïque alors qu'il eût pu vivre la tête pleine d'enluminures, comme la plupart des damoiseaux de son âge, Guesclin avait été adulte avant même que la barbe eût cardé ses joues et son menton.

— Je ne sais plus rien de ce qu'il pense et pourpense, avoua Quéguiner, le bout d'un soleret touchotant l'arbrier de son arbalète. Parfois, je me demande s'il me voit. Cette nuit, il est resté seul devant son feu. Peut-être qu'il pensait à son enfance prime.

— C'est quand on sent la mort qu'on pense à sa jeunesse.

Tristan approuva Paindorge. Sans doute l'hiver, il y avait longtemps, lors des veillées devant l'âtre, et l'été sur le seuil des maisons embrasées par le crépuscule après qu'on eut avalé une soupe au vin – puisque c'était sa faiblesse – Bertrand avait-il ouï ses parents et leurs serviteurs évoquer la dureté des temps et les horreurs des guerres. Il ne serait jamais du côté des vaincus. Il ne recevrait aucun coup mais en fournirait et même commanderait qu'on en fournît. Au nom de quoi ? Mais de lui-même et de l'autorité qui le prendrait en charge. Plutôt que de parfaire son image d'homme et de chevalier, il était devenu un despote du mal, un malandrin assenant ses horions avec joie et se protégeant des foudres de Dieu par-derrière son signal : « *Notre-Dame, Guesclin !* » Les vagues notions de pitié, de générosité, d'humilité assimilées tant bien que mal lors de sa jouvence s'étaient desséchées dans son crâne tandis qu'il s'apercevait, en ses successifs refuges de la forêt de Paimpont, que la vie agreste lui déplaisait presque autant que la vie citadine. Comment former son esprit et éduquer son corps pour incarner l'Autorité ? Approcher le roi, certes. Mais par quel moyen ?... Trouver un parrain. Ç'avait été, disait-on, Audrehem. Ensuite, le nombre des encenseurs n'avait cessé de croître.

— A quoi pensez-vous ? demanda Quéguiner.

— A Briviesca... En étais-tu ?

— Oui... Je me souviens de la mort de votre beau-père.

Tristan sourit. C'était Ogier d'Argouges qui eût dû, vivant, être fait connétable !

— Et les Juifs ?... T'en souviens-tu ?

— Certes.

— Ah ! tout de même. Et tu n'as point de repentance ?

— Bah ! fit le Breton en simulant de ses grands bras le vol d'un oiseau.

« Un gerfaut », songea Tristan, « dont le maître est un aigle. »

La méchante crémation des Juifs, à Briviesca, la répression de ceux qui avaient échappé aux flammes, les hurlements de Béranger Gayssot l'affligèrent une fois de plus. Les pleurs, les plaintes, les hurlements des enfants dans la fournaise d'un saint lieu n'avaient pu atteindre ni même troubler un cœur insensible. Les enseignements de la Bible laissaient Guesclin de glace. Bien qu'il hurlât immodérément son nom, il excluait la Sainte Vierge de tous ses actes, et s'il la considérait – faussement – comme une alliée, c'était sans doute aucun pour qu'elle cautionnât ses méfaits. Dieu et

Jésus lui étaient aussi indifférents que sa première messe. Toutefois, il ne lui coûtait rien de les célébrer et même, au besoin, de se constituer leur chantre avant d'empoigner son épée ou sa hache. La nuit, s'il s'éveillait l'œil trouble et la peau moite, c'était certainement pour tenter d'examiner mieux encore que dans son sommeil les détails du sceptre royal et de la main de justice, plus ferme que celle qui la tenait. De la ténébreuse forêt où il avait vécu en maître de herpaille[1] aux marches du trône, le Breton avait tracé un sinueux chemin. Quelques-uns – le Saint-Père lui-même après qu'il l'eut rançonné – avaient décelé en cet homme une odeur *sui generis* d'hérésie : un fils de Bélial qui commandait à d'autres. Farouche, retors, perfide, terrible, jamais, sauf devant la forteresse de Chaliers imprenable de front par les armes et subséquemment par l'astuce, il ne s'était senti aussi parfaitement inutile. D'un bout à l'autre d'une vie pleine de sang mais aride de larmes, nul ne lui connaissait une faiblesse. Lorsqu'il rendrait à Burgibus[2] son âme, celle-ci ne pourrait être qu'en charpie et d'une couleur hideuse.

— Je le plains, révéla Queguiner dont l'affliction tira un sourire à Paindorge.

— Moi, dit Tristan, je plains ses victimes.

A ce moment, à moins de trois ou quatre toises, il aperçut le Breton immobile. Il s'était approché sans qu'ils l'eussent entendu. Il avait l'air égaré. Tristan se sentit dévisagé avec une fixité de mauvais aloi. Seul, parfois, un battement de cils animait cette face dure dont une moue aggravait l'expression d'ennui ou de lassitude. Le menton, comme toujours, se tendait en avant, mais on n'y sentait plus d'arrogance.

1. Troupe de malandrins.
2. Le portier de l'enfer.

— Tu parolais encore de moi, Castelreng.

Soudain, avant même que Tristan lui eût fourni une réponse, les traits du connétable se relâchèrent. Il y eut comme un affaiblissement subit de tous ses muscles faciaux. Cette mollesse envahit le corps tout entier privé, pour une fois, de son écorce de fer. Quelque chose qui ressemblait à un doute annihila le courroux du Breton. Pourtant sa dextre se leva. Son tranchant s'abattit sur sa paume senestre.

« La feuille du boucher qui s'abat sur la viande », songea Tristan.

— Prends garde... Je n'ai oublié aucune de tes offenses.

— Je n'ai oublié aucun de tes homicides.

Guesclin s'éloigna. Tristan crut le voir frissonner.

Il baissa les yeux. Il avait la tête pleine de Teresa et de Simon et sa détestation engloutit l'espèce de pitié qu'il avait éprouvée, le temps d'un éclair, devant un homme perdu.

Quéguiner se leva, la mine sombre :

— Il va être de mauvaise humeur...

— Parce qu'il lui arrive, dit Paindorge, d'en avoir de bonnes ?

Le Breton ne répondit point. L'arbalète sur l'épaule, il partit rejoindre son maître. Nul doute que celui-ci, dès son approche, s'empresserait de lui demander : « *Qu'est-ce que ces deux-là te disaient ?* » La réponse appartenait à Quéguiner.

II

On attendit six jours et Chaliers se rendit[1]. Sitôt la forteresse évacuée, on chercha Pierre de Galard parmi les deux cents hommes qui l'avaient défendue. Son lieutenant, Seguin de Badefol, dont Tristan conservait un souvenir exécrable, fut traité par le connétable de France avec des égards qui courroucèrent également Paindorge.

— Ils sont compains, tu le sais bien !

— Certes, messire, je le sais. Ils n'ont jamais cessé de l'être. Cependant, mon cœur saigne d'avoir vu cet horrible routier accoler la cuisse du Breton avant que celui-ci lève les bras en signe de bienvenue[2] !

— On dit : compains comme cochons... Que ceci te console... Nous allons être délivrés d'une emprise intenable. Nous avons perdu notre temps pour rien, sinon pour donner à Bertrand le plaisir de nous incaguer[3]. Voilà une semaine que nous dormons à même l'herbe, une semaine que nous descendons difficilement cette montagne pour nous laver au ruisseau et que nous ne savons comment employer notre oisiveté...

1. Le 27 juin 1380.
2. *Accoler la cuisse* : embrasser en signe de soumission et d'infériorité.
3. Emmerder.

J'ai soudain grand-besoin de revoir Hélie et Maguelonne.

— Et moi, Alazaïs et mes gars. Parce que...

Paindorge parut hésiter à poursuivre.

— Continue, l'invita Tristan. Nous sommes seuls. On dirait, à ouïr tes paroles, que ça ne va pas trop fort entre Alazaïs et toi.

— Bah ! fit l'écuyer.

« Une voix de découragé », se dit Tristan.

Paindorge souffrait-il du même mal que lui ? Un mal indéfinissable mais dont la permanence corrompait son sang. Un mal qu'il appelait parfois, faute de mieux, *le mal d'amour*.

L'écuyer se gratta vigoureusement le menton. Sans doute cherchait-il ses mots. A moins qu'il n'atermoyât pour se livrer. Ce qu'il entreprit lentement :

— On dirait, Alazaïs et moi, que nous nous sommes usés l'un avec l'autre. L'un contre l'autre. Je crois aussi qu'elle vieillit lentement et moi vélocement. Quand je l'ai connue, à Villerouge, elle s'ennuyait. C'est comme si ma venue et l'amour qui me prit pour elle lui avaient ouvert une porte vers autre chose... Une espérance sans forme... sans couleur... Je ne sais.

Tristan acquiesça. D'une manière analogue, il avait suivi le même chemin que Paindorge. Comme son écuyer, il n'admettait pas sans difficulté qu'il pût exister des êtres aussi irréels que ceux qui se disaient heureux.

— Et ton Alazaïs a vécu d'un decevement à un autre ?

— C'est ce que je crois. Peut-être qu'au fil des jours, en me comparant bêtement à mes fils, elle m'a trouvé rude, plus rude, encore plus rude et plus exigeant sur tout... Or, je crois que c'est faux... C'est elle qui a endossé l'armure, si vous comprenez ce que je veux dire.

— Oh ! oui, Robert, je comprends.

La voix de Tristan avait pris une sorte d'âpreté bien qu'il l'eût voulue pleine de compassion : le ton même d'un homme recru à un autre déçu.

— Peut-être avons-nous tort, dit-il, de nous adresser des reproches. Nous sommes certainement moins coupables que nous l'imaginons... Tu es un peu plus âgé que moi. Alazaïs est à peine plus âgée que Maguelonne. Il y a, entre elles et nous, l'intervalle d'une génération. Elles pourraient être nos filles...

— C'est de là, je crois, qu'est né le mal.

Tristan tapota l'épaule de l'écuyer. Il n'y avait dans ce geste aucune commisération, mais une chaleur, une robustesse d'homme sans qualité particulière plutôt que de chevalier. Un homme ordinaire conciliant l'amitié et la compréhension. Et pour cause.

— Je suis comme toi, Robert. Après la flambée du mariage, les cendres de la vie commune. Une existence... immobile qui peut-être n'est pas faite pour nous.

— Je me le demande.

Il se garderait d'avouer à Paindorge ses déceptions nocturnes. Bien qu'ému par la similitude qui, en quelque sorte, l'apparentait à l'écuyer, il n'était pas de ceux qui contaient leur existence en long et en large. Mais il pouvait ajouter :

— Nous sommes apparus comme des héros à trois pucelles de Villerouge. Tu as raison : elles s'ennuyaient et leur entrecuisse les démangeait.

— Je puis vous assurer qu'il ne les démange plus !... Et pour ce qui concerne Maguelonne qui, bien sûr, s'est confiée à Sibille et Alazaïs, il ne faut pas lui en vouloir.

— Tiens donc ?

Dans l'ombre du trébuchet, le visage de Paindorge prenait une sorte de pâleur légère. Tristan craignit que leurs propos ne s'achevassent parce que l'écuyer redoutait d'en dire davantage.

— On ne sait jamais, messire, ce qu'un homme cherche auprès des femmes, mais ce que je sais, c'est que s'il cherche trop une belle vie, il ne trouve que des abusions [1], mérancolies, et déconvenues.

Paindorge avait appuyé sur le milieu du mot pour situer où se trouvait son essentielle déception. Tristan acquiesça. Autour d'eux, c'étaient les bruits, les cris, les hennissements coutumiers. C'était l'odeur des sueurs, pissats et crottins. Ils n'osaient regarder ces piétons, ces chevaliers et ces princes qui vivaient, semblait-il, la vie de toujours sans jamais s'interroger sur eux-mêmes. Tristan était incapable d'un mouvement. Il attendait la suite. Elle vint :

— Que sais-tu de Maguelonne ?

— Tout a changé, je crois, le jour où Bathilde Bressole et Pétrone Moulinié, qui sont à peine plus âgées que nos femmes, ont demandé à la vôtre si ça ne lui répugnait pas de coucher avec un vieux... Un homme qui pourrait être son père.

— Les crapaudes !

Tristan sentit que la familière angoisse le tenait plus fermement, plus férocement que jamais. Autour de lui surgissaient les ombres de Castelreng : le donjon, l'enceinte, les arbres au bord du Cougain. Et les deux filles – elles avaient certainement perdu depuis longtemps leur pucelage : Bathilde, la blonde, Pétrone, la brune. Il le savait : elles avaient envie de lui. Envie même

1. Tourments.

qu'il les couchât ensemble en quelque endroit choisi par elles.

— Les gaupes !

Ainsi, depuis le jour où elle avait ouï ces propos venimeux, Maguelonne s'était mise à le considérer *autrement*. Était-ce possible que son désir – à elle – en eût été sali, et qu'elle l'eût réprouvé comme incestueux ?

— Elle s'est montrée d'une faiblesse insigne... Bon sang, elle est ma femme et la châtelaine ! On lui doit le même respect qu'à moi.

Castelreng palpitait tout entier dans la conscience de Tristan. Il était pénétré d'une sorte de vertige. Il voyait Maguelonne. Il la comprenait mieux : le héros de Villerouge avait cessé d'exister. Sa noblesse s'était salie parce qu'il la voulait, croyait-elle, aussi obéissante au lit qu'une putain quelconque. Désormais, il aurait peur de la toucher !

— Maguelonne est trop fragile, dit-il. Elle aurait dû répondre vigoureusement à ces vipères. Et même leur donner une jouée[1] à chacune. Et puis...

— Et puis ? hasarda Paindorge.

— Elle aurait pu se confier.

Maguelonne avait gardé cette offense au fond d'elle-même. Elle s'y était corrompue. Elle l'avait dissimulée sous des silences et des gestes qui semblaient d'une froideur lasse et répulsive.

Tristan ressentit le besoin de s'isoler. Un besoin bien défini de pousser des soupirs et de maugréer à son aise. Il ne le pouvait. Il se savait observé avec une attention compassée. Cela l'irritait et pourtant il était reconnaissant à Paindorge d'avoir extirpé de son esprit la tumeur qui le pourrissait. Une envie folle, soudain, l'envahit.

1. Gifle.

Revoir Maguelonne, lui parler. Revoir Castelreng et se venger de deux carognes. Reconstruire une vie à défaut d'un amour.

— Nous sommes à plaindre, Robert.

— Je le crois.

— Nous allons faire nos adieux, seller nos chevaux et revenir au Puy.

Tristan tapota Teresa. Une fois encore, touchant le pommeau de l'épée, l'idée lui vint de faire usage de la poudre qu'il contenait. Mais comment ? De plus, il sentait Guesclin malade – irrévocablement. S'il n'était pas dans sa nature de renoncer aux échelades, à Chaliers, il n'avait cessé d'atermoyer. Devant la porte où, parmi des corps amoncelés, gisait un bélier inutile, il s'était trouvé une contenance en proférant des jurons à l'intention des assiégés. Cette enragerie hérissée de promesses de mort n'avait point désarmé les hommes qui ricanaient en haut des murailles, de sorte que sa jactance s'était trouvée plus exposée aux injures que son corps aux traits ennemis. Si Berry disait de lui : « *Il gagne à être connu* », Sancerre dont le neveu était mort pour rien, lors d'un acte plus sot qu'héroïque, pensait qu'il y perdait, au contraire.

Comme le Breton passait à proximité, Tristan l'interpella :

— Tu as eu ce que tu voulais. Que vas-tu faire ?

Il n'avait pas cru nécessaire d'ajouter : « *de nous* ». Il espérait une réponse ferme. L'adresse qu'il faisait au connétable et l'attente de sa décision ressemblaient à un combat héroïque – en tout cas poignant – avec alternance de succès et de revers. Le sentiment d'aversion qu'il devina chez son adversaire fut perceptible à son attitude plus nonchalante, à des cillements de paupières. Il devina qu'il allait subir une déception avant même que les mots la lui eussent certifiée.

— Tu viens avec nous.

— Où ?

— A Châtel-Neuf-de-Randon.

Tristan voulut s'indigner. Le Breton le saisit par le col de son surcot et, le poussant en arrière :

— Tu viens !... Je vous restituerai vos armures de fer à Paindorge et à toi. Galard est là-bas : Badefol me l'a dit. Ce n'est pas loin : trois lieues de Mende et quatre du Puy. Je conquerrai ce château. J'en ai moult envie parce que ce sera sans doute le dernier. Si le siège dure, tu partiras...

Après cet aveu qui révélait une lassitude inexpliquée, la promesse de séparation manquait de fermeté. Tristan serra les poings :

— Comment voudrais-tu que je croie tes paroles ? Tu m'as toujours menti et toujours détesté. Tu n'as jamais rien fait d'autre que me préjudicier. Tu me veux auprès de toi pour jouir de mon trépas s'il m'advient de recevoir un carreau ou une sagette dans la poitrine et – pourquoi pas ? – dans le dos.

Les traits du Breton, émaciés par la fatigue et les insomnies, blêmirent. Sa voix devint rauque et profonde :

— Sache-le : j'en ai assez de la guerre... Tu es mon reproche vivant... mon remords.

— Holà ! s'écria Tristan. Avoir du remords, *toi* ?

Il s'indignait tout en craignant d'avoir à passer sous de nouvelles fourches caudines et trouvait moins d'amertume à déplaire une fois de plus à Guesclin, par colère et ressentiment, qu'à être considéré comme une sorte de confesseur d'occasion.

— Conserve tes propos dans le froid de ton cœur. Je suis certain que ton goût des batailles est inchangé... Quant à moi, j'aurais dû partir sans rien te demander.

Les pupilles des yeux presque incolores foncèrent et

se dilatèrent. L'expression de la pensée fut lente – à dessein – et la voix se fit alerte et moqueuse :

— Si vous étiez partis, toi et Paindorge, vous seriez tombés sans jamais vous relever.

— On nous surveille ?

— Hé ! Hé !

Toute la vie de Tristan parut s'être arrêtée comme si, effectivement, une sagette ou un carreau y eût mis un terme. Décidément, il fallait qu'il exécutât cet homme pour qu'elle reprît son cours et son aspect là où il l'avait quittée : au Puy où l'espéraient Hélie et Maguelonne. Une vie où l'ardeur ternie d'aimer devenait, par l'ennui de l'éloignement, une affection pure.

— Tu te joues de moi... Il se peut qu'un jour le Ciel me vienne en aide.

Le bruissement des pas, les tintements des armes, les hennissements des chevaux, les martellements autour de la baliste qu'on démontait emplissaient ses oreilles. Bien qu'il fût d'humeur exécrable, Tristan se donna le ton de la gaieté en révélant :

— Il est dommage qu'il n'existe rien au-dessus du verbe *haïr*.

— En vérité !... Tiens-toi à carreau, Sang-Bouillant : ta vacelle [1] est trop jeune pour devenir veuve... et ton fils, qui doit être malade puisque tu es venu au Puy, serait bien marri de te perdre.

— Laisse-les où ils sont !

— Malade... Il a l'âge du fils du roi... Lui aussi, il est malade... Or, ce n'est pas le corps. C'est la tête... Il voit le diable partout.

— Quand tu es à Paris ?

Guesclin laissa passer le trait empoisonné. Puis il rit à toute gorge :

1. Servante d'auberge, fille de basse-cour.

— On dit : « *Voilà un beau diable* »... C'est pourquoi je te regracie du compliment.

Il s'éloigna. Paindorge qui n'avait pas bronché demanda :

— Vous y croyez à ce qu'il prétend du fils du roi ?

— Quand deux grands malades s'accouplent, l'enfant qui naît de ce mélange d'humeurs noires ne peut être bien portant[1]. Après avoir eu des rois terribles, la France va devoir endurer des rois égrotants. Nous connaissons le cinquième... Le sixième sera certainement plus maladieux que son père... Pourquoi ? Dieu seul le sait.

Paindorge semblait ne pouvoir faire un mouvement.

1. On lit, dans la *Chronique des quatre premiers Valois* et pour l'année 1378 : « *Comme le dit cardinal d'Amiens estoit par devers le roy de France à Paris, aucuns de la court ennorterent monseigneur le Dauphin que le dit cardinal avoit ung deable privé qui lui disoit les choses passées et avenir. Dont il advint que, comme le dit cardinal vint une foiz devers le roy de France, monseigneur le Daulphin y estoit. Et comme il vist le dit cardinal venir, il commença à seingnier par plusieurs fois et à dire : "Chassiés ce dyable, fuyés ce dyable !" De ce fut trop yrés et dolent à merveilles le dit cardinal. Et pria au roy qu'il feist tant à mon dit seigneur le Daulphin qu'il deist qui luy avoit dit que le cardinal avoit ung dyable privé. Monseigneur le Daulphin respondy : "Tout le monde le dit" et que pour Dieu le roy n'aprochast point de lui, ne onc n'en voullu dire autre chose ; ne pour beau parler ne pour menace ne voult oncques dire qui luy avoit dit[1]. Tantost apres, le dit cardinal prist congié du roy de France et s'en retourna en Avignon pour demourer avec le pape Clement.* »

Le dauphin avait alors dix ans. Froissart n'a pas mentionné cette anecdote où apparaissent indiscutablement la crédulité et la faiblesse d'esprit du fils et successeur de Charles V. Le rédacteur des *Grandes Chroniques de France*, le chancelier Pierre d'Orgement, qui vivait à la Cour, dut avoir connaissance de cet incident. Il n'osa l'insérer dans son texte. Le roi, son maître, fut certainement étonné et douloureusement affecté du comportement du futur Charles VI. Les oncles : Bourbon, Berry et Anjou durent rire sous cape et se dire que si leur frère décédait, il suffirait de mettre le gentil dauphin à l'écart pour s'approprier le royaume. Quoi qu'il en soit, cette scène est un présage à la tragique scène de la forêt de la Grande Charnie, au Mans, et l'on y voit poindre, treize ans à l'avance, la folie de Charles VI.

« Un fils débile », devait-il songer. Pour lui, la royauté devait être pure, honnête, loyale, équitable. Ce qu'il venait d'entendre la rapetissait aux dimensions d'une famille quelconque. Et encore : la plupart de ces familles-là étaient saines. Elles ne souffraient que du manque d'argent.

— Et on pourrait mourir pour ça ?

Tristan acquiesça. Son écuyer, pour la première fois sans doute, ne se posait point en victime d'un Breton, mais de la royauté tout entière : passée, présente et à venir. Pour lui, après qu'il eut compris que le grand amour de sa jeunesse, la belle Edmonde, le méprisait, l'armée – ou la guerre – avait été son refuge. Il n'en demandait pas davantage. Or, il était marié. Alazaïs le rendait mélancolieux. Il la voulait pourtant revoir. Sa bonne volonté, il la vouait à elle, pas à la guerre. Sa compagnie, c'était elle et leurs fils et pas les fils de putes qui le circonvenaient. Il demanda presque humblement :

— Qu'est-ce qu'on va faire ?

— Que veux-tu que nous fassions ?... Suivre Bertrand... Le compagner jusqu'à sa mort qui sera prompte, je crois... As-tu vu comme il a le teint jaune ?

— Le teint de l'or...

— Sans doute, mais l'or ne procure pas la santé.

Paindorge eut un soupir de résignation empreint de lassitude :

— Moi qui croyais...

— Revoir les tiens ?... Et moi donc ! soupira Tristan.

Jamais Hélie et Maguelonne ne lui avaient paru aussi lointains. Que faisaient-ils ? Songeaient-ils à repartir seuls pour Castelreng ? C'eût été de la folie.

De ses mains, il rejeta ce double souvenir comme il eût écarté des mouches nombreuses et audacieuses.

* *
*

En deux jours, après avoir péniblement piété sur des chemins de rocaille, l'armée, lente, étirée, exténuée, parvint devant Château-Neuf-de-Randon.

On était le dimanche 1er juillet. La chaleur forte et comme furibonde semblait inextinguible. En découvrant haut devant eux la forteresse à conquérir, les hommes essoufflés par une longue montée eurent un moment la respiration coupée.

— Plus pénible que Chaliers [1], dit Paindorge.

— En effet... Et il nous faut conquester cela ! lui lança Quéguiner au passage.

Bâtie sur un escarpement de la Margeride, dominant de plus de cinquante toises, à l'ouest, le lugubre vallon de la Boutaresse, la forme du château était celle d'un losange que dominait un donjon puissant au sommet duquel ventilait une bannière : *d'or à trois corneilles de sable becquées et membrées de gueules posées deux et un*. Paindorge grommela que malgré leur supériorité en nombre et en altitude, l'aigle bretonne viendrait à bout de ces oiseaux-là.

— Qui sait ? murmura Tristan.

Sans que les efforts fournis pour atteindre la citadelle en fussent cause, il se sentait les membres mous et le souffle court. Incapable de puiser dans son cerveau un stimulant quelconque, il ne put que se demander :

« Qu'est-ce que je fais là ? Et qu'est-ce que je vais y faire ?... Mourir ? Serai-je assez sot pour trépasser en ces lieux ? »

1. Châteauneuf-de-Randon s'élève à 1 200 m d'altitude.

Allons, bon !... Comme à Castelreng, il restait prisonnier de ses interrogations et de ses doutes. Il s'enfermait dans des dilemmes absurdes. Rien ne l'avertissait que ce siège serait pour lui mortel. Il devait se résigner à l'action si elle lui était imposée. Tout près de lui, Guesclin, poings aux hanches, évaluait certainement les chances qui s'offraient ou se dérobaient à lui.

— On verra bien, dit-il à Quéguiner immobile dans son ombre.

Il y avait un hameau désert, l'Habitarelle. Le Breton décida d'y coucher. Ensuite, il s'en alla devant la forteresse et hurla au capitaine qu'il la rendît au roi Charles, ajoutant qu'il ne partirait point tant qu'il ne l'aurait pas à sa discrétion.

— Messire Bertrand ! hurla un homme. Nous ne vous rendrons pas notre châtelet. Nous sommes garnis de bonnes provisions, nous sommes nombreux à la défense, et dites-vous que le roi anglais, si nous nous rendions, pourrait bien dire que nous lui avons ouvré trahison.

Guesclin hurla qu'il aurait la place à son vouloir et revint à l'Habitarelle où quelques pavillons avaient été dressés, dont le sien occupé par Olivier de Mauny. De brefs propos furent échangés, que Paindorge entendit et rapporta en hâte à Tristan :

— Il dit qu'il a soif... qu'il est las. Mauny lui a dit que c'était à cause de la chaleur. Il y a une fontaine... L'eau y est fraîche...

— Que veux-tu dire ?

— Rien, dit Paindorge. Rien. Guesclin y a pris une jointée[1].

1. Ce que les deux mains rapprochées en coupe peuvent contenir. De l'eau, en l'occurrence.

La nuit vint. On dormit peu ou prou cependant qu'en haut du donjon les flammes des flambeaux de poing s'échevelaient. Paindorge dont la chaleur empêchait le sommeil fit part de ses méditations à son voisin comme lui en état de veille :

— Il y a moult Anglais parmi les défenseurs. Donc des archers... Vous savez combien ils sont hables[1]... Et nous n'avons ni haubergeon et encore moins une belle armure de fer toute simple...

— Laisse faire Guesclin. Aie confiance en Dieu.

Le premier assaut eut lieu le lendemain. Il fut terrible aux gens de France. Tristan refusa d'y prendre part tant que lui-même et son écuyer ne seraient point garnis en défenses de corps.

— Soit, dit Louis de Sancerre. Vous en recevrez.

Ils furent pourvus en haubergeons qui ne convenaient guère à leur taille mais les acceptèrent sans émettre la moindre protestation.

Le second assaut avorta : les assaillants refluèrent avant même d'avoir ajusté les échelles sur lesquelles, ensuite, les assiégés firent tomber des boulets qui les écrasèrent.

Le bois manquait. Le connétable fut de mauvaise humeur. Tristan préféra se mettre hors de sa vue. Une rumeur circula : on n'allait plus attaquer. Guesclin allait tenir les Anglais si à l'étroit que de nulle part ils n'auraient secours de vivres.

Même sur ces hauteurs fouettées par des vents qui s'étaient froidis au-dessus des montagnes, la chaleur corrompait les esprits et les corps. Chacun cherchait son recoin d'ombre et s'y tenait. Dans cette espèce de somnolence où le moindre geste suscitait un afflux de sueur, où les chevaux eux-mêmes s'épuisaient debout

1. Habiles.

entre des ruelles ombreuses, la fontaine seule exprimait la vie par ses murmures innocents. Des files d'hommes allaient y emplir leur barbute ou leur cervelière pour boire de la fraîcheur autant que l'eau qui jaillissait d'un court goulot de bronze. Guesclin était certain que les citernes des Anglo-Gascons se vidaient, qu'ils songeaient à la fontaine et se sentaient la gorge cruellement asséchée. La soif plus que la faim les amènerait à composition.

— Ils vont avoir le gosier tanné, disait Paindorge, et lécher les murs à chaque aube pour se rafraîchir la langue !

Le jour, Tristan luttait contre des assoupissements sans doute dus au vin épais que les queux distribuaient à midi. Il attendait la nuit avec impatience : il la traversait d'un sommeil morcelé dépourvu des soucis ordinaires. C'était lorsqu'il était bien éveillé, lucide et amer, que Maguelonne et Hélie hantaient sa mémoire. Il se carrait contre un rocher afin de regarder vers le sud, loin, très loin, érigeant du bout des yeux un Castelreng imaginaire dont les murs brumeux semblaient infuser entre deux vallons accablés, eux aussi, par les brasiers du ciel.

Quand Châteauneuf-de-Randon serait conquis, il reviendrait en Langue d'Oc en compagnie de son fils et de son épouse. Si Hélie était guéri, la vie y serait aisée. S'il ne l'était pas... eh bien, tous trois feraient en sorte de résister au mal !

Un soir qu'il s'assoupissait, il fut incommodé par des chants issus du pavillon de Guesclin. Les Grands soupaient. Ils voulaient que leurs voix fussent entendues par les hommes de guet au château.

— Dormez-vous ? demanda Paindorge.

Il ne répondit pas, se tourna sur le flanc et, gêné par son épée, détacha sa ceinture d'armes. La nuit, il lui sembla qu'on touchait à Teresa. Lorsqu'il ouvrit un œil, son épée n'avait pas bougé. Paindorge n'était plus là. Une voix, celle du connétable, fendit la nuit avec force :

— Holà, Quéguiner !... Ce vin est chaud. Va m'emplir ce gobelet à la fontaine.

Le lendemain, le Breton n'apparut pas.

— Il cuve son vin, dit Paindorge.

Sancerre qui passait annonça simplement :

— Il est récréant... Il a la diarrie [1].

Il ne faisait aucun doute que la subordination à laquelle il était tenu ainsi que les princes n'avait cessé de constituer pour cet homme une humiliation. Guesclin commandait, il lui obéissait à contrecœur. Cette journée du samedi 7 juillet allait lui sembler meilleure que les précédentes. En même temps que l'indisposition du connétable était connue de tous, le bruit courut qu'un capitaine anglais était venu le voir dans la nuit pour lui confier qu'il se rendrait si les secours dont il espérait la venue n'apparaissaient pas.

— Il a bu de l'eau trop froide, dit Olivier de Mauny.

Vers midi, le Breton fit venir à son chevet le maréchal de Sancerre, son cousin Mauny, le duc de Berry soudain présent et toute la Chevalerie. Tristan le trouva très pâle. Il haletait et transpirait abondamment. Quéguiner ne cessait d'éponger d'un linge qui semblait une chemise mise en boule son front, ses joues, son cou.

— Seigneurs, dit le Breton, la mort qui est commune à tous me fera brièvement quitter votre compagnie.

Nul ne protesta ni ne s'indigna. Les quelque quinze hommes rassemblés autour du lit savaient-ils que le connétable était inexorablement atteint ou bien refu-

1. Il est fatigué. Il a la diarrhée.

saient-ils toute compassion à ce gisant qui n'avait cessé de les dominer ?

— La fortune m'a tenu en haut honneur, dit le Breton comme pour répondre à leur attente. En haut honneur par votre vaillance et non par la mienne.

— Oh ! s'exclama Sancerre.

« L'hypocrite ! » s'indigna Tristan cependant que le Breton poursuivait :

— L'honneur en est dû à vous et rien à moi qui vous recommande mon âme. J'avais intention de finir brièvement les guerres de France et de remettre tout le royaume en l'obéissance du roi Charles, par votre vaillance, mais je ne puis vous tenir compagnie d'or en avant. Je requiers Dieu qu'il vous donne toujours loyal courage envers le roi qui par vous mettra fin à ses guerres. Nequedent[1] je vous veux requérir d'une chose : si elle se pouvait faire, ma vie finirait en grand repos. Aujourd'hui est la journée où les Anglais doivent rendre leur châtel s'ils ne sont secourus : je désire fort en mon cœur que ces Anglais le rendent avant ma mort.

Il y eut encore un silence. Olivier de Mauny pleurait. Il était le seul.

— Hélas ! dit-il, perdons-nous notre bon père et bon capitaine !... Notre pasteur qui tant doucement nous nourrissait et tant sûrement nous conduisait ! Si nous avons biens et honneurs, c'est par lui !... Ô honneur et chevalerie ! Vous perdrez tant quand celui-ci finira.

« L'honneur d'occire avant celui de gagner des batailles », songea Tristan, le cœur sec. « Quant aux biens auxquels tu fais allusion, malandrin, ce sont ceux qui résultent des pillages ! »

Il sortit. Paindorge le rejoignit :

1. Néanmoins.

— Il est mal ?

— Moult... Il dit qu'il va mourir.

La journée se passa sans que les Anglais eussent vu paraître l'armée dont ils espéraient la venue.

Le lendemain matin, le maréchal de Sancerre s'en alla seul, à cheval, devant la porte du château pour solliciter un entretien avec le capitaine ou messire Pierre de Galard. Le capitaine apparut entre deux merlons de la petite courtine qui surplombait l'entrée de la forteresse.

— Capitaine, ami et frère, hurla Sancerre, de par monseigneur le connétable, je viens vous requérir vos clés et acquitter vos hommes selon vos promesses !

Le capitaine agita ses bras et se pencha davantage :

— Sire, il est vrai que nous avons avec messire Bertrand des conventions que nous tiendrons quand nous le verrons... et à nul autre !

— Ami !... Si je ne venais de par lui, je ne vous le dirais point.

— Certes, sire, je tiens bien ce que vous dites pour vrai message. Je me consulterai sur vos paroles avec mes compagnons, puis je vous ferai réponse après dîner, s'il vous plaît.

Sancerre tourna bride, inquiet. Rien n'était terminé.

— Les Goddons vont atermoyer, dit Tristan.

Le dimanche 8, il ne se passa rien. La chaleur développait ses braises. Des hommes frappés de « coups de soleil » moururent. D'autres aussi, qui avaient passé leur journée à alterner la fraîcheur du cours d'eau d'en bas et à se sécher dans la fournaise des berges.

Le lendemain, on apprit que Guesclin avait fait quérir un notaire de Mende pour recevoir son testament.

— Il n'a pas fourni cette bonne chance à tous ceux qu'il a meurtris lui-même ou fait occire, dit Tristan lorsqu'il vit paraître, au détour de la première maison de l'Habitarelle, le tabellion à pied devant un cheval fortrait.

— Hélas ! soupira Paindorge. Plus il s'endort dans la mort, plus je pense à Simon et Teresa... et aux autres. Le brasier qui le dévore n'est rien comparé à celui de l'église de Briviesca que nous l'avons vu arser[1] lui-même avec grande joie... Vous souvenez-vous comme il jouissait quand ceux qu'il y avait fait enfermer hurlaient à la pitié ?

— Je n'oublie rien, surtout maintenant qu'il est recreu[2] à mort.

Le mardi 10 de ce juillet qui roulait des torrents de feu tout en asséchant les rivières, le mourant manda auprès de lui toute la Chevalerie.

— Qu'on aille me quérir l'épée royale, dit-il d'une voix qu'il voulait forte et qui n'était qu'un murmure. Tiens, toi, Castelreng, vas-y...

L'arme gisait sur le lit que le Breton avait occupé une nuit dans la maison proche de la fontaine. Tristan la saisit sans la moindre religion et l'apporta sur ses mains à plat comme l'exigeait la coutume. Le connétable la tira d'un tiers hors du fourreau de cuir cordouan rehaussé de viroles d'or :

— Seigneurs, dit-il, seigneurs entre qui j'ai eu les honneurs des vaillances mondaines, dont je suis peu digne, il me faudra payer brièvement le tribut de la mort qui n'épargne nul... Envers Dieu, premièrement, je vous prie de me recommander... A vous, Louis de Sancerre, qui êtes maréchal de France, et qui avez bien mérité plus grand honneur, je vous recommande ma femme[3] et ma parenté...

1. *Arser* : incendier.
2. Affaibli.
3. Jeanne de Laval, qui épousa dans les mois qui suivirent – certains disent en 1384 – son cousin Gui II de Laval sans qu'on y vît un inceste et mourut en 1433 âgée de 84 ans.

Guesclin fit un effort et Tristan songea : « Il a aussi de la parenté en Espagne. La dame de Soria et ses deux fils... Y songe-t-il ? Nenni... Et il se moque autant de son épouse française – la seconde – que de la première à laquelle il fit pousser d'immenses cornes ! » La voix du malade devint plus rude :

— Recommandez-moi au roi Charles, mon souverain seigneur, et rendez-lui cette épée de par moi : je ne la puis mettre en main de plus loyal ni de meilleur. Priez tous pour moi, car mon temps est fini ; aimez-vous l'un l'autre...

Tristan sourcilla : cet homme qui n'avait jamais été qu'un tas de haine parlait d'amour !

— ... soyez bonnes gens et servez loyalement notre roi couronné...

Tristan vit le connétable commencer un signe de croix qu'il eut de la difficulté à achever.

Il se retira sans émoi mais il s'interrogeait sur la promptitude du mal qui allait enlever son ennemi.

— Nous n'avons aucun mire, dit-il à Paindorge. Peut-être aurait-il pu être sauvé.

— Il ne le mérite pas. Il a rançonné deux fois le Saint-Père, il a commis des abominations. Avec Pèdre le Cruel qui aurait sans lui justicié son frère, sa conduite a été infâme. Il a inauguré le verbe *bretonner* dont vous savez ce qu'il signifie. La Chevalerie le mettra sans doute au nombre des preux ; ce qui sera une turpitude. Attendons-nous sa mort ?

— A quoi bon : il ne peut nous courir après. Va seller nos chevaux et guerpissons... Ça va puer l'encens par ici. Je ne veux pas voir les fausses larmes de ceux que sa mort va réjouir... Pour beaucoup, elle sera un soulagement.

— Pas pour vous ?

Ils étaient à cent toises du village, devant le châtelet

au crénelage duquel scintillaient des barbutes et autres chapels de fer.

— Vois-tu, dit Tristan tout en tapotant son épée, j'avais dans le pommeau de Teresa de quoi envoyer cet homme en enfer.

— Je sais... J'ai souvent pensé à son contenu[1]. Après Pedro del Valle, vous m'en avez loué l'efficace.

— Je ne vois plus la nécessité de conserver cette poudre... Excepté ce Breton, je n'ai eu à subir la malice d'aucun autre homme.

Le cliquet séparant en deux la boule d'acier fonctionna : elle s'ouvrit et Tristan s'ébahit en constatant que la demi-coque d'orfroi qui eût dû contenir le poison était vide.

— Comment as-tu fait ? dit-il à Paindorge sans oser lever les yeux sur l'écuyer.

— J'ai attendu que vous dormiez. J'ai ouvert le pommeau et pris la poudre. Dans le creux de ma main si vous voulez savoir... J'en ai moult perdu en chemin. Je suis allé à la fontaine. Quand Quéguiner est venu puiser de l'eau dans le bassin... Vous comprenez ?

— Certes.

— Je lui ai dit, parce qu'il y en avait moult : « *Oh ! la grosse ratepennade !*[2] » Il a levé le nez... J'ai jeté la poudre dans le cruchon...

— Tu aurais pu empoisonner des innocents... pour autant qu'il y en a dans l'ost.

— Non !... C'était le cruchon du Breton. Nul autre que lui n'en faisait usage. Je sais cela depuis l'Espagne... Le pommeau de Teresa est vide... J'ai fait justice.

1. La plupart des pommeaux des épées des chevaliers contenaient quelques fragments d'objets précieux ou des reliques. Certains, même, du poison à la façon des bagues à gros chaton.

2. Chauve-souris.

— En avais-tu le droit ?... Moi, j'atermoyais.

— C'est justement pourquoi j'ai tout fait à mon gré.

— Quand il se accoucha [1], j'ai imaginé qu'un autre, parmi nous, avait de bonnes raisons de l'envoyer *ad patres*. Excepté le roi, son protecteur, il n'avait aucun ami. Il faisait de l'ombre à tous les chevaliers... As-tu vu Sancerre ? Je jurerais qu'il a le cœur léger.

Alcazar et le genet de Paindorge, à l'abri d'un mur ruiné, semblaient attendre leur venue. Nul n'eût osé toucher à leur selle, appuyées contre des pierres éboulées. Quand leur harnois fut mis, les deux chevaux exprimèrent leur satisfaction en encensant et piétinant l'herbe jaunie par le temps plus que par leurs pissats.

— Où allez-vous ? leur demanda Sancerre, seul, alors que la Chevalerie devait être assemblée sous la tente du connétable.

— Nous partons, messire le maréchal. Bertrand Guesclin va trépasser. Il n'a donc plus besoin de nous. Le châtelet va ouvrir ses portes... Notre présence vous est donc inutile... Nous étions venus parce que le connétable y tenait... Qu'il trépasse en paix, s'il le peut, dans la bienveillance divine...

— Son cœur était...

— Noir, messire. Et son âme également.

— Que dites-vous ?

— Vous acquiesceriez, j'en jure Dieu, si vous l'aviez suivi en Espagne.

Mis à quia, Louis de Sancerre considéra le bout de ses pédieux. Il se ressaisit :

— Je ne puis nier ce que vous dites, Castelreng. Une chose est sûre : notre bon roi Charles va être en grand tristour.

— D'ordinaire, la mort ne lui fait point peur.

1. Se coucha.

Tristan se souvenait des bourgeois de Mantes qui, en 1364, s'étaient réfugiés à Meulan. Le futur roi de France y avait été accueilli par des huées et des jets de Pierre. Aussitôt le *bon dauphin* avait fait saisir vingt manants pour être décapités devant lui.

— Je crois que Bertrand ne vous aimait guère.

— Il me haïssait, messire le maréchal. On peut vivre dans le même ost, combattre sous les mêmes bannières et s'abominer...

La guerre... Nájera. Le vacarme des sabots ferrés, des ruades ; les chevaux qui se communiquaient leur frayeur, et pendant que les hommes hurlaient, les galopades en tous sens qui s'achevaient par la fauchaison de ces grands corps couverts de haussements de prix.

« Mort à la guerre ! » songea Tristan.

Mais était-il sincère ?

— Par deux fois, injustement, Guesclin a fait en sorte de me séparer de mon épouse avec l'espoir qu'elle ne me reverrait plus.

— Ah ? dit Sancerre.

A quoi songeait-il ? Le trépas du Breton allait-il élargir la voie qu'il s'était tracée ? Voyait-il à son flanc l'épée de connétable ? Elle resplendissait dans son esprit plus encore que sous le soleil immense. Oui, elle flamboyait alors que les yeux du mourant ne la voyaient peut-être plus.

— Bertrand a besoin d'un confesseur, messire. Il a moult « choses » à se reprocher...

— Il est à son chevet... Soit, vous pouvez partir [1].

1. Guesclin mourut le vendredi 13 juillet 1380. Une légende s'empara de sa fin selon laquelle les assiégés de Châteauneuf-de-Randon seraient allés déposer à ses pieds les clés de la forteresse.

Une chronique anonyme du XVe siècle prétend qu'il avait prévu sa mort vingt jours avant qu'elle advînt. Voire... Quant à la reddition du château, dans une note consacrée au trépas du connétable (*Chroniques de Froissart* au *Panthéon Littéraire* – 1852) J.A.C. Buchon dit avec quelque raison que les historiens l'ont rendue plus poétique « *en* suppo-

Suivi au petit trot par Paindorge, Tristan rendit les rênes à son cheval. Alcazar hennit en s'engageant dans la descente cependant que des soudoyers, de part et d'autre du chemin, s'écriaient :

— Vous partez ?... Le châtelet s'est rendu ?

— Pierre de Galard est prisonnier ?

— Allons-nous partir, orains ?

Bientôt, les deux compagnons furent seuls. Ce fut pourtant d'une voix basse, mesurée, que Tristan dit à l'écuyer :

— Ne dis jamais un mot de ce que tu as fait : tu serais un homme mort.

— Je porte le fardeau que vous n'osiez porter... J'ai fait justice.

C'était, en vérité, un mot impropre, mais il n'en existait point d'autre.

sant *que les assiégés, apprenant la mort du connétable, vinrent déposer les clefs de la ville sur son cercueil. Le fait tel que le rapporte la chronique que je viens de citer, et tel que le rapporte aussi d'Oronville dans sa Vie de Louis III de Bourbon, ne mérite pas, il est vrai, l'éloge que donne Villaret à l'autre récit, d'être un monument digne de la générosité des temps héroïques, mais il est le seul qui soit sanctionné par des témoignages respectables.* »

Un témoignage respectable n'est pas forcément un témoignage scrupuleux. Si Cuvelier, l'hagiographe de Guesclin, ne « brode » pas sur les faits postérieurs à la mort du connétable à Châteauneuf-de-Randon, c'est certainement que les gens de la forteresse se rendirent avec la simplicité et la résignation des perdants, et que la mort de leur ennemi satisfaisait la plupart d'entre eux, si ce n'est la totalité. Ils connaissaient sa vaillance – *comparable à la leur car, en ce temps-là, les couards étaient peu nombreux*. Ils connaissaient aussi sa cruelle intransigeance.

Guesclin servit la Couronne de France avec un dévouement sans mesure... comme tant d'autres. Ce dévouement lui rapporta. Pour maintenir sa tête haute, la royauté avait besoin de héros. Elle fit d'une espèce de mercenaire (Jean-Marc Soyez, dans une émission radio, le compara à un harki, ce qui était injuste pour les harkis, mais valable quant au fond de sa pensée) la fleur de sa Chevalerie malade d'arrogance et d'échecs répétés depuis Crécy. La fleur ou le chardon de Bretagne ?

— Allons, dit Tristan, hâtons-nous. Je respire déjà mieux depuis que...

Il s'interrompit. *Respirer mieux*. Il songea tout à coup à son fils. Hélie respirait-il mieux, lui aussi ?

III

Maguelonne avait pris son angoisse en patience. Assise sur une escabelle devant le seuil du *Cygne noir*, elle semblait essayer de trouver dans le ciel un remède agréable à sa mélancolie. Quittant soudain l'ombre de l'hôtellerie et relevant haut sa robe, elle courut au-devant des deux hommes ébahis par sa joie, son sourire et ses larmes. Son visage de lis devenait une rose.

— Ah ! dit-elle, immobile, une main sur son cœur. Dieu est bon.

Ils mirent pied à terre. Tristan ne put énoncer quelques mots : des lèvres avides prirent sa bouche, des yeux brillants, mouillés, pénétrèrent les siens cependant que deux bras cerclaient sa taille et qu'il sentait contre son corps la dureté soyeuse de ce ventre dont l'innocence l'avait troublé plus encore que l'expérience.

— J'avais décidé de quitter le Puy à la fin de la semaine.

— Dimanche ?

— Oui... Vous êtes revenus !... Robert, je t'espérais aussi.

Disant cela, Maguelonne baisa Paindorge aux joues avec force et amitié. Il demanda :

— Hélie ?

Tristan lui pardonna de l'avoir devancé. La joie de Maguelonne lors de son élan vers lui avait tempéré puis anéanti son inquiétude : pour qu'elle fût si enjouée, il fallait que leur fils fût guéri ou en voie de l'être.

— Hélie se porte bien. Il dort en ce moment. Je me languissais davantage pour vous que pour lui... Vous avez mis du temps à revenir !

— Guesclin ne nous lâchait pas.

— Je m'en doutais !

— Il est mort.

Tristan se sentit dévisagé, puis Paindorge. Une sorte d'incrédulité passa dans les prunelles de Maguelonne et sa bouche frémit.

— Tu ne vas pas le pleurer, tout de même ? interrogea l'écuyer.

Il souriait mais ses sourcils restaient froncés. Que craignait-il maintenant ? Les démangeaisons de sa conscience ? Quelle que fût l'acuité de son instinct, Maguelonne ne devinerait jamais.

— Je ne vais pas pleurer, Robert, rassure-toi. Je n'ai rien oublié de ce que vous m'avez dit l'un et l'autre... et les méchancetés qu'il a jetées contre toi, mon époux, *exprès*, en ma présence.

« Elle n'a rien oublié ! » se dit Tristan tout en se défendant du regard soupçonneux de Maguelonne.

Il se pouvait qu'un jour, lors d'un tençon [1], elle exprimât soudain son ire et sa déconvenue après quelques détours et prétéritions où les femmes excellaient. Il saurait bien trouver des mots apaisants pour réduire leur désaccord à une escarmouche sans conséquence.

Cette éventualité, cependant, l'ennuya. Elle teintait

1. Querelle.

d'un soupçon de ténèbre sa liberté nouvelle et définitive. La sagesse exigeait qu'il acceptât la vie telle qu'elle se présenterait à lui désormais. Sans quelques concessions, quelques efforts d'indulgence, l'existence serait impossible : c'était un amour sincère et craintif qui rendait Maguelonne égoïste – encore que ce mot correspondît mal à un caractère enclin à la bienveillance et à la générosité.

Restait Hélie auquel, guéri ou malade, il consacrerait son temps. Il importait qu'il en fît un homme ; un homme actif, ce qui ne signifiait pas que cette vertu fût tout entière consacrée à l'apprentissage des armes, encore que les Anglais et les routiers fréquemment à leur solde, sinon à leur dévotion, ne fussent pas près d'abandonner la France.

— Nous allons faire en sorte d'être heureux, dit-il en abandonnant les rênes d'Alcazar à Paindorge et en prenant Maguelonne par l'épaule.

Ce n'était pas une affirmation. Heureux, il doutait de l'être. La bonne chance et l'infortune continueraient de déterminer les deux aspects de son destin. Il en avait toujours été ainsi depuis son départ de Castelreng, quelques semaines avant qu'Aliénor y prît place. Et quelle place !

— Je ne vais plus sentir cette ombre auprès de moi.

Il songeait à Guesclin ; Maguelonne, sans doute, à la maladie de leur fils.

Ce serait dans le domaine des événements extérieurs à Castelreng qu'il se sentirait le moins libre. D'ailleurs, l'enchaînement de tout ce qui composerait un jour et une nuit de sa vie ne dépendrait guère de sa volonté. Plus tard, Hélie sentirait que tout ce qui constituerait son destin serait mérité, qu'il n'existait pas d'effet sans cause ; qu'il appartenait à une contrée, un peuple, une royauté. Qu'en fait de décider, il obéirait de près ou de loin à des autorités inévitables.

— Allons, dit-il. J'ai hâte de voir mon fils.

— Moi aussi, dit Paindorge.

Ils éprouvaient sans doute l'intuition qu'ils seraient déçus l'un et l'autre. Or, quand après avoir mené les chevaux à l'écurie Maguelonne les emmena dans la chambre qu'elle partageait avec l'enfant, ils furent rassurés : Hélie dormait, nu sous un drap qui dessinait son corps robuste. Son souffle était paisible et régulier, – ample même, comme il ne l'avait jamais été.

— Sortons, dit Tristan à mi-voix. Qu'il dorme. Nous avons un long reze [1] à faire.

Paindorge s'en alla panser les chevaux. Tristan entraîna son épouse sur le terre-plein, devant l'hôtellerie. Ils s'assirent, main dans la main, sur la margelle d'une fenêtre et maître Chaussade leur apporta un pichet de cervoise et deux gobelets.

— Voilà, dit Tristan après la seconde gorgée. Hélie me semble en meilleure santé. Il va falloir recommencer...

« Recommencer quoi ? » devait se demander Maguelonne. Il eut l'impression qu'à choisir promptement ses mots, il les rendrait ternes, opaques.

— Si notre fils est guéri, il nous offrira moult joies et bonheurs.

Et promptement, elle aussi :

— C'est vrai ce qu'*il* disait sur toi et les femmes d'Espagne ?

Elle y revenait avec trop de hâte pour qu'il ne s'inquiétât point.

— Non... Et d'ailleurs, même s'il n'avait pas menti,

1. Voyage.

je ne te connaissais pas lorsque, la première fois, nous étions là-bas.

C'était un argument péremptoire. Il vit qu'il ne satisfaisait guère son épouse. Bon sang ! elle n'allait tout de même pas lui faire regretter l'ost et par-delà les contingences, la liberté de vivre qu'il y avait éprouvée !

Comme Maguelonne différait tout à coup de la pucelle enjouée qu'il avait épousée !

Tristan sentit sur lui une sourde menace. Il hésita entre une réponse abrupte et un silence équivoque.

— Tu vois : tu ne dis rien.

— Oublie ce que Guesclin t'a dit. C'était pour nous faire bisquer l'un et l'autre. Je suis là. Nous sommes unis par le mariage... *Les liens du mariage*. Hélie va mieux. Tu devrais être heureuse !

Bon sang ! Si elle exagérait encore ses reproches insidieux, elle s'exposerait... A quoi ?

Il songea tout à coup aux admonitions que lui avait adressées Pierre de la Jugie... A propos de qui, déjà ?... Sans qu'il eût trop cherché, le nom s'imposa dans sa mémoire comme un éblouissement : *Rogette d'Armissan*. Elle l'aimait au point de le suivre de loin et de jouir de sa vue !

Il avait choisi Maguelonne en conscience.

Il fut presque effrayé par l'immensité de sa vie future et par des nuits qui ressembleraient, peut-être en pire, à celles qui avaient précédé leur venue au Puy.

Il regarda fixement Maguelonne pendant qu'elle buvait sa cervoise. Même ainsi, sur le bord du gobelet, sa bouche semblait exprimer ses doutes et son amertume.

Il se sentit happé dans un filet d'enrageries, de rancunes et de renoncements douloureux. Il essaya de leur opposer les baisers de naguère, les premiers élans d'un corps qui ne demandait qu'à s'épanouir d'étreinte en étreinte, d'audace en audace. Quel doute entrait soudainement en lui ? Celui d'avoir commis une sottise ? Non, tout de même. D'où venait donc cette difficulté de vivre sitôt qu'ils étaient réunis ?

— Guesclin t'a empoisonné l'esprit.

Elle n'en disconvint pas.

— C'est à toi de trouver le remède. Je n'ai rien à me reprocher.

Maguelonne hocha la tête, simulant une indifférence aussi fausse que la sérénité qu'il lui montrait.

— Si tu ne te guéris pas, notre vie à deux sera menacée.

Elle eut un sourire de biais. Il s'attendit à une méchanceté, une absurdité ; quelque chose, en tout cas, qui gonflerait son acerbité.

— Il y a de belles filles à Castelreng... Je suis sûre que tu les regardes avec... appétit.

Elle regretta aussitôt son propos. Plutôt que de s'irer contre elle, Tristan préféra rester de glace. Il allait devoir vivre : recommencer chaque jour les mêmes gestes, ouïr ou prononcer presque toujours les mêmes mots, regarder passer les saisons ; grossir, sentir se relâcher et s'amollir ses chairs et ses muscles et voir la calvitie dégarnir son front et son crâne ; renoncer aux tournois, participer peut-être aux joutes pour y soulager ses ires sans plus penser qu'il y pourrait remporter le prix... Vivre, pour lui, serait-ce mourir d'ennui ?

Rogette d'Armissan avait-elle trouvé un époux ? Elle devait être belle, douce, capiteuse[1]. Rêver : si elle l'aimait, elle se dirait peut-être que tout ce qui avait précédé leur rencontre ne comptait point, même Maguelonne et le fils qu'elle lui avait donné.

1. Obstinée.

La gorge de Tristan se serra. Il détourna la tête pour échapper au regard angoissé, hardi et possessif de son épouse. Elle souffrait ? *Et lui ?* Il existait – il le savait désormais – des navrures du cœur et de l'esprit pires que celle commises par une sagette ou le tranchant d'une lame. Ce qui lui avait plu en Maguelonne, c'était la simplicité de ses propos, la fraîcheur de son allure, la grâce merveillée de ses abandons ; son admiration aussi pour sa personne : il était le seigneur qu'elle avait espéré, le preux qui la défendrait. Or, elle l'avait dépouillé de sa bachelerie [1]. Il allait devenir ou redevenir un huron à peine fortuné qui s'ennuierait auprès d'elle. Parce qu'elle semblait faire en sorte qu'il en fût ainsi.

Il sonda les yeux embués de son épouse. Il n'y trouva aucune promesse de gaieté ; seule une compassion tournée vers elle-même. Ce qu'il éprouvait maintenant pour elle, c'était de la tristesse et peut-être de la pitié. Elle se persécutait avec un certain plaisir.

Rogette d'Armissan... Même si cette noblerette différait du tout au tout de Maguelonne, il serait mal heureux rétrospectivement ; il se repentirait d'un abandon indigne... Vivre ailleurs ? Vivre ailleurs qu'à Castelreng, sa chevance [2] ? Alors pourquoi en avait-il chassé Aliénor, Olivier et les cul-verts qui s'y trouvaient ?... Vivre avec une autre femme ? Partager ses plaisirs mais aussi ses ennuis, car il n'était aucune femme qui ne sût éviter de se plaindre de *tout* !

Ce serait en premier l'émouvante chanson des gestes, les appels des désirs, l'accommodement des sens ; l'énigme des émois qui n'osent s'affirmer. Quand leur mystère serait élucidé, quand il connaîtrait

1. Chevalerie, vaillance.
2. Les biens, la propriété.

ce corps, cette âme, viendrait le temps du rassasiement. Mieux valait essayer de renouer avec Maguelonne les liens sacrés ou non du mariage. Il saurait s'esseuler par de longues chevauchées ; il saurait être sourd, aveugle quelquefois. Il y aurait Hélie. Peut-être deviendraient-ils des amis.

Paindorge apparut.

— Vous en faites une tête !

C'était un être simple. C'était lui que Maguelonne aurait dû épouser. Point de mésalliance...

Tristan se leva :

— Alcazar a-t-il eu son fourrage ? Son eau ?

— Oui.

— Je vais le voir.

— N'avez-vous plus confiance ?

— Si... J'ai besoin de le voir, c'est tout.

Tristan, lentement, contourna l'hôtellerie.

L'écurie lui parut étroite et ténébreuse. Dans sa parclose, Alcazar rongeait son foin et tapait parfois du sabot. Sa selle était là, toute proche, à calefourchies sur un tréteau.

« *Mets-la-lui ! Mets-la-lui*... Pour aller où ?... *Qu'importe où tu iras... Mets-la-lui et chausse l'étrier !*... Vivre, ce n'est point mourir d'ennui... *Ne tarde pas !*... J'avais moult moins peur avant une bataille... *Pars ! Pars sans te retourner : ton destin, c'est d'être un chevalier d'aventure*. Pourquoi ne l'ai-je pas compris depuis plus de vingt ans ?... *Pars !*... Ensuite, plus de sentiment. »

Alcazar attendait qu'il lui parlât ; or, il ne l'osait. Le cheval trouvait singulier ce silence : il hennit en secouant sa tête aux longs crins humides, en fouettant de sa longue queue ses cuisses tandis que ses flancs frissonnaient comme si sa robe eût été de vraie neige et qu'il eût eu froid.

— Tu voudrais partir toi aussi...

Avait-il deviné les intentions de son compagnon ? Alcazar parut manifester son plaisir de les approuver en sabotant sa litière et en se frottant contre un bat-flanc puis contre l'autre.

Une fois encore, Tristan éprouva le désir de partir en quête d'il ne savait quoi pour trouver la paix du corps et de l'âme. Le corps dans la satisfaction de *tout*, l'âme dans la sérénité.

Un scrupule soudain envahit son esprit :

« *Tu n'as pas le droit !* »

Il avait, à l'autel, engagé sa parole. Quel démon malicieux et pervers venait de lui réitérer le nom de Rogette d'Armissan ? Cette bachelette inconnue n'était pas pour lui. Il se pouvait qu'elle fût laide et pourvue d'un caractère étroit, possessif. Avec Oriabel, tout eût été différent. Il se l'avouait clairement, mais ne s'abusait-il pas ? Bien qu'elle fût morte, et sans même qu'il sût où elle gisait, il se sentait entraîné vers elle. Une fois de plus. Bien qu'elle eût à jamais disparu, elle existait toujours dans son cœur. Il éprouvait pour l'amour qu'elle lui avait voué la même reconnaissance que si elle était demeurée en vie. Il lui savait bon gré, toujours, d'avoir été telle qu'elle était. Ils s'étaient donnés tout entiers l'un à l'autre et cet abandon de lui-même, en dehors de toute méditation, lui avait fait entrevoir un bonheur si parfait que l'Éternel peut-être l'en avait privé parce qu'il ne le méritait pas ou qu'il lui réservait Maguelonne.

Il venait d'empoigner sa selle, tiède encore du corps d'Alcazar, quand il se retourna. Sur le seuil de l'écurie, son épouse et Paindorge l'observaient. Tout proche d'eux, en retrait, Hélie souriait, heureux de revoir son père.

Soudain, les bras en avant, l'enfant se précipita.

Maguelonne demanda, d'une voix dont l'oppression amenuisait la sonorité :

— Que faisais-tu ?

Elle avait deviné avant lui de quoi il était capable. Paindorge également. L'écuyer restait muet, n'osant interpréter le geste qu'il avait entrevu.

— Tu restais ou tu partais je ne sais où ?

La réponse devait être rassurante :

— Je reste, dit péniblement Tristan.

La selle chut. Il ouvrit ses bras à Hélie. Après une étreinte brève, il le saisit par les hanches et l'éleva très haut, si haut que Maguelonne s'écria :

— Prends garde !

Était-ce une menace froide et concise ? Non, certes, puisqu'elle ajoutait :

— Tu lui mets les cheveux dans des toiles d'araigne.

« Je reste auprès d'eux », décida Tristan tout en reposant son fils sur le sol.

Rester. Il s'en maudissait presque.

Il allait donc refranchir bientôt la grosse porte de Castelreng et s'enfermer, s'acagnarder entre les hautes parois de son châtelet en attendant il ne savait quel appel. Celui de la foi ? Celui de la guerre ? Celui de la mort ?

Dieu seul lui fournirait la réponse.

ANNEXE I

LA BATAILLE DE MONTIEL

(Froissart)

Le roi don Pèdre, qui avait fait son amas de gens d'armes à Séville et à l'environ, si comme ci-dessus est dit, et qui désirait à combattre le bâtard son frère, se partit de Séville pour venir lever le siège de devant Tolède. Entre Séville et Tolède peut avoir neuf journées de pays [1]. Si vinrent les nouvelles en l'ost du roi Henri que le roi don Pèdre approchait, en sa compagnie plus de quarante mille hommes que uns que autres, et sur ce il eut avis. A ce conseil furent appelés les chevaliers de France et d'Aragon qui là étaient, et par spécial messire Bertrand du Guesclin par lequel on voulait du tout ouvrer. Ledit messire Bertrand donna un conseil qui fut tenu, que tantôt avec la plus grande partie de ses gens le roi Henri partît et chevauchât à effort par devers le roi don Pèdre, et en quel état qu'on le trouvât on le combattît : « Car, dit-il, nous sommes informés don Pèdre qu'il vient à grande puissance sur nous. Et trop nous pourrait grever, s'il venait par avis jusqu'à nous ; et si nous allons à lui sans qu'il le sache, nous le prendrons bien lui et ses gens en tel part et si dépourvu que nous en aurons l'avantage, et

1. Il y a près de 80 lieues de Séville à Tolède.

seront déconfits, je n'en doute mie. » Le conseil de messire Bertrand fut tenu et ouï. Et se partit ledit roi, sur un soir, de l'ost, en sa compagnie tous les meilleurs combattants par élection qu'il eut ; et laissa le demeurant de son ost en la garde du comte don Tello son frère [1] et puis chevaucha outre. Et avait ses espies allants et venants qui savaient et rapportaient soigneusement le convine du roi don Pèdre et son ost ; et le roi don Pèdre, ne savait rien du roi Henri, ni qu'ainsi il chevauchât contre lui ; de quoi il et ses gens en chevauchaient plus épars et en plus petite ordonnance. Et advint que sur un ajourner le roi Henri et ses gens durent encontrer le roi don Pèdre et ses gens qui cette nuit avaient couché en château assez près de là, appelé Montiel, et l'avait le sire de Montiel recueilli et honoré ce qu'il pouvait. Si en était au matin parti et mis au chemin, et chevauchait assez éparsement ; car il ne croyait mie être combattu en ce jour. Et vinrent soudainement à bannières déployées, et tous pourvus de leurs faits, le roi Henri, le comte Sanche, son frère, qui avait relenqui le don Pèdre, messire Bertrand du Guesclin par lequel conseil tous ils ouvrèrent, messire Le Bègue de Vilaine, le vicomte de Rocaberti, le vicomte de Rodez et leurs troupes, et étaient bien six mille combattants, et chevauchaient tous serrés de grand randon et s'en viennent férir de plein élan, de grande volonté et sans faire nul parlement ès premiers qu'ils encontrèrent en criant :

« Castille au roi Henri et Notre-Dame-Guesclin ! »

Si reculèrent et abattirent ces premiers roidement et merveilleusement qui furent tantôt déconfits et reboutés bien avant. Là y eut plusieurs d'occis et de rués par terre, car nul n'était pris à rançon ; et ainsi était ordonné du conseil messire Bertrand du Guesclin dès le jour devant, pour la grande quantité des mécréants, juifs et autres qui là étaient. Quand le roi don Pèdre entendit ces nouvelles, que ses gens étaient assaillis, envahis et reboutés vilainement de son frère le bâtard Henri et des Français, si fut durement émerveillé et

1. Ayala dit que don Tello était resté dans ses terres de Biscaye, ne voulant pas secourir son frère don Henri, qu'il aimait peu.

vit bien qu'il était trahi et déçu et en aventure de tout perdre ; car ses gens étaient moult épars. Néanmoins, comme bon chevalier et hardi qu'il était et de grand confort et entreprise, il s'arrêta tout coi sur les champs et fit sa bannière développer et mettre avant pour recueillir ses gens et envoya dire à ceux de derrière qu'ils se hâtassent de marcher avant, car il se combattait aux ennemis. Donc s'avancèrent toutes manières de bonnes gens et se rendirent pour leur honneur devers la bannière du roi don Pèdre, qui ventilait sur les champs. Là eut grande bataille, dure et merveilleuse, et maint homme renversé par terre et occis du côté du roi don Pèdre ; car le roi Henri, messire Bertrand et leurs troupes les requéraient de si grande volonté que nul ne durait contre eux. Mais ce ne fut mie sitôt achevé ; car ceux du roi don Pèdre étaient si grande foison que bien six contre un ; mais tant y avait de mal pourvus qu'ils furent pris sur un pied que ce les déconfisait et ébahissait plus qu'autre chose.

Cette bataille des Espagnols l'un contre l'autre et des deux rois et leurs alliés, assez près du château de Montiel, fut en ce jour moult grande et moult horrible. Et y firent du côté des Français maintes grandes apertises d'armes, et bien leur était besoin ; car ils trouvèrent contre eux gens assez étrangers, tels que Sarrazins et Portugais. Car les juifs qui là étaient tournèrent tantôt le dos, ni point se combattirent ; mais ce firent ceux de Grenade et de Ben-Marin, et portaient arcs et archigaies[1] dont ils savaient bien jouer et dont ils firent plusieurs grandes apertises d'armes de tirer ou de lancer. Et là était le roi don Pèdre, hardi homme durement, qui se combattait moult vaillamment et tenait une hache dont il donnait les coups si grands que nul ne l'osait approcher. Là s'adressa la bannière du roi Henri, son frère, devers la sienne, bien épaisse et bien pourvue de bons combattants, en écriant leurs cris et en boutant fièrement de leurs lances. Lors se commencèrent à ouvrir ceux qui delez le roi don Pèdre étaient et à ébahir malement. Don Ferrand de Castro, qui avait à garder et à conseiller le roi don Pèdre, son sei-

1. Espèce de lance ou de pique.

gneur, vit bien, tant eut-il de sentiment, que leurs gens se dispersaient et se déconfisaient, car tous s'ébahissaient. Si dit au roi don Pèdre : « Sire, sauvez-vous et vous recueillez en ce château de Montiel dont vous êtes à ce matin parti ; si vous êtes là retiré, vous serez en sauvegarde ; et si vous êtes pris de vos ennemis, vous êtes mort sans merci. » Le roi don Pèdre crut ce conseil et se partit au plus tôt qu'il put et se retira devers Montiel. Si y vint si à point qu'il trouva les portes ouvertes et le seigneur qui le reçut lui douzième tant seulement. Ainsi ledit royaume de Castille fut gagné par Henri, et recouvré par Pierre et regagné par Henri, tout en un an et demi ou environ.

ANNEXE II

COMMENT PÈDRE EST-IL MORT ?

Méprisé sinon haï des bâtards conçus par son père, Alphonse XI, et sa maîtresse, Éléonore de Guzman [1], ainsi que des autres, nés d'une liaison du même avec Beatrix Fernandez, dame de Villa-Franca [2], Pèdre devint un être odieux, un revanchard sitôt qu'il fut en mesure de régner. Son existence ne fut plus marquée que par des vengeances terribles, des dépenses voluptuaires, des guerres incessantes, génératrices d'interminables conflits intérieurs parsemés de meurtres d'une cruauté inracontable mais qui, hélas ! étaient dans les mœurs du temps. N'avons-nous pas eu en France Philippe IV le Bel ? D'autres encore sans compter les « héros » de 1789 dont on a honoré à grands frais l'abjection ?

S'il vécut comme un satrape, Pèdre mourut comme un preux. Sans l'intervention d'un tiers dans la rixe qui l'opposait à son demi-frère, il eût triomphé. Henri trépassé, on imagine aisément les courbettes et les hommages qui eussent immédiatement entouré le vainqueur dans la maisonnette de Montiel où le Bègue de Villaines l'avait entraîné à moins

1. Ces bâtards étaient Enrique (Henri) de Trastamare et Fadrique (Frédéric) son jumeau, nés vers 1333 à Séville. Fadrique fut exécuté dans cette ville en 1358, à l'instigation de Pèdre.

2. Ces bâtards étaient Tello (mort le 15 octobre 1370), Sanche, Diègue et Juan, ces deux derniers assassinés selon la volonté de Pèdre.

– c'est une autre version possible – que Guesclin ne l'eût convié à le suivre sous sa tente.

De toute manière, ces deux trigauds, experts en coups fourrés, le tenaient à merci. Les « tirades » du Bègue qui sont rapportées dans cet ouvrage prouvent, s'il en était besoin, combien cet imposteur se sentait gêné aux entournures. Qui parle trop d'honneur n'en possède fréquemment point, et qui se flatte de probité s'en trouve souvent dépourvu. La Chevalerie dont se prévalaient tous ces hommes n'était qu'une espèce de sauf-conduit grâce auquel tous les excès leur étaient permis.

Pèdre était grand, beau, solide et d'une complexion royale. D'après sa statue polychrome déposée au *Museo Arqueológico* de Madrid après avoir longtemps figuré au couvent des religieuses de Saint-Dominique, il avait les yeux et les cheveux noirs. Il aimait les tournois et les joutes. Il était sobre, frugal et dormait peu. Il s'exprimait avec une grâce, une douceur typiquement andalouse. Il aima les femmes autant que son père et moins que le soi-disant vertueux Trastamare. Il accumula les trésors. Il les avait entassés au château de Carmona juste pour jouir de leur vue. Il ne cessa d'augmenter ses domaines, partant ceux de son royaume. Sa tolérance était extrême, qu'elle s'exerçât à l'égard des Juifs ou des Musulmans. Il appréciait leurs services, leurs conseils, leurs bienfaits. Il savait que les persécutions n'engendrent que la haine. Malheureusement, il tyrannisa les siens, multipliant ainsi le nombre de ses ennemis tant dans le peuple que dans la noblesse. Ce fut un homme du Moyen Age, un roi contre lequel la France lutta pour soi-disant venger la mort de Blanche de Bourbon dont on ne sait encore comment elle mourut, mais dont on peut dire qu'elle fut vendue à Pèdre par ses parents, sa famille et la royauté française. Elle n'avait que quinze ans quand on la condamna au mariage.

Guesclin abominait Pèdre. C'était dans sa nature de détester les Grands. Il est probable que le chétif Charles V lui donnait du mésaise, mais il ne répugnait nullement à faire risette au bon, au « très sage » roi pour tirer profit d'une obséquiosité dont il n'avait pas vergogne. Monseigneur Charles versait l'or des rançons. Pour témoignage de reconnaissance, il n'allait jamais au palais royal les mains vides. Son suzerain l'avait tiré de sa cage ? Il lui apportait dans les siennes quelques menus présents, notamment des tahorotes[1] dont Charles, qui ne chassait pas, n'avait que faire ; mais l'intention suppléait la valeur du présent, et la morale de l'audience se résumait à :

— Je vous passe la casse, passez-moi le séné.

Le casseur connaissait son homme. Il ne fut qu'un condottiere commandant à des malandrins, et pour qui l'honneur – sauf l'idée spécieuse, outrancière et fétide qu'il se faisait du sien – était peu de chose. Il avait misé sur le Trastamare que les vertus n'étouffaient point ; il fallait que celui-ci triomphât. Ce fut lui qui intervint en sa faveur dans le combat qu'Henri était en train de perdre et qu'il eût perdu s'il avait eu lieu « à la loyale ».

Les faits

Que dit Cuvelier de cette rixe ? Lisons-le et disséquons ensuite ce texte bourré d'invraisemblances.

Voici les mouvements de don Henri *après que le Bègue eut vitement désarmé Pèdre de son poignard* :

De Pèdre le félon se va tôt approcher.
D'une dague qu'il tint lui va trois coups payer.
Au viaire l'alla férir et estiquier.
Quand Pèdre se sentit ainsi appareillé,
Roi Henri embrassa et le prit à lutter
Tellement que tous deux allèrent trébucher,
Et Henri l'estiquait de sa dague d'acier ;
Mais armé le trouva d'un beau haubert d'acier.
Le roi Pèdre s'alla tellement efforcer
Que Henri fut dessous ; en lui n'eut qu'airer,

1. Faucons de Barbarie. La Curne de Sainte-Palaye, qui rapporte cette anecdote dans ses *Mémoires sur l'Ancienne Chevalerie* (Paris, 1826), ne se livre à aucun commentaire.

Si Pèdre eût eu une dague à ermier,
Jamais au roi Henri mire n'eut métier.
De sa dague tollir s'efforçait le meurtrier
Et le prit des genoux moult fort à pestilier,
Bertrand du Guesclin en est au tref entré.
Olivier de Mauny qui tant fut aduré,
Et Henri de Mauny et Alain le mainsné,
Et Guillaume Boistel, le chevalier loué ;
Si fut Karenlouet et des autres assez,
Bertrand parla en haut et dit : « Or, entendez ;
Laissez-nous roi Henri occire à tel vilté
Par un faux renié, traître, parjuré »,
Dit au bâtard d'Arnières qui était son privé ;
« Allez aider Henri, bien faire le pouvez ;
Prenez-le par la jambe, au-dessus le mettez ».
Et le bâtard le fit, qu'il n'y est arrêté :
Par la jambe saisit Henri dont vous oez
Et le tira amont et dit : « En sus levez ;
Déportez-vous à tant, fait en avez assez ».
Sur Pèdre fut Henri, ainsi comme vous oez ;
Lors se leva Henri, plus n'y est demeuré,
Et voir Pèdre gésir qui a mort fut navré,
Lors s'écria Henri qui fut bien écouté :
« Avant seigneurs barons ! faites n'y demeurez.
Or tôt, descobilas ce traître mortel. »
etc.

Cette scène, on le voit, empeste le complot. Elle n'est pas à l'honneur des Français qui s'en mêlèrent.

Cuvelier atteste que le meurtre de Pèdre eut lieu dans le tref (la tente) de Guesclin où Villaines avait conduit le roi légitime en prenant la précaution de le désarmer. Sans doute ne se soucia-t-il que de son épée, puisque Pèdre avait conservé un poignard.

Le haubert ? Ce fut plutôt un haubergeon, sans guère d'intérêt défensif et passé pour se rassurer.

Froissart qui décrit la scène avec une brièveté qui n'est pas dans sa nature (fut-il gêné de raconter un meurtre prémédité ?) prétend que Henri souleva le haubert du roi afin de lui porter un coup dans la chair. *C'est impossible.*

Le haubert descendait aux jarrets. On ne le pouvait retrousser, pas plus que le haubergeon (entre 12 et 15 kg de mailles serrées pratiquement indémaillables). Une fois endossés, ces habits de fer *adhèrent au corps tout entier souplement mais si étroitement du col aux jambes et pèsent tellement sur toutes ces surfaces que tout retroussis est impossible.*

C'est donc parce qu'il fut frappé par tous les témoins de la rixe après que don Henri lui eut porté le premier coup que Pèdre succomba.

Qui furent ces témoins ? Cuvelier les cite en partie après avoir consigné l'initiative de Guesclin :

— *Allez aider Henri, bien faire le pouvez ;*
Prenez-le par la jambe, au-dessus le mettez.

Il dut y avoir une hésitation collective à l'annonce de cette déloyauté. Guesclin passa de la parole aux actes.

Les preux chevaliers

Selon Froissart, c'est le vicomte de Roquebertin (Rocaberti) qui saisit le pied de Pèdre et renversa le roi. Ce geste eut pour conséquence d'indigner deux fidèles hommes liges du roi de Castille : Raoul Elme (ou Helmehade), un Anglais dit aussi le *Vert Écuyer*, et Jacques Rollans. Ils tentèrent de s'interposer. Ils furent immédiatement taillés en pièces.

Beau travail de la part des Bretons et des « Français ».

Il faut préciser ici que Froissart, éludant les négociations qui, avant le drame, réunirent Guesclin et Pèdre – quand Men Rodriguez de Senabria s'effaçait –, laisse à penser que cette rixe fut fortuite. C'est malheureusement faux, et les récompenses extraordinaires que Guesclin obtint *dès la mort de Pèdre* confirment, s'il en est besoin, la version du complot décrite par Pedro Lopez de Ayala qui, étant en quelque sorte sur place, obtint des témoignages irréfutables. Son récit, très défavorable au Breton, a été adopté par les historiens espagnols.

Guesclin aurait-il dit lors de son intervention – ou après – :

— Je ne fais ni ne défais des rois, mais je sers mon seigneur ?

Sans doute pas : cette excuse trop bien léchée ne peut être de lui. Il se serait plutôt exclamé :

— Merdaille ! on l'a eu, ce sale Juif.

Selon certains récits, quelqu'un (mais qui ?) cria : « *Franc jeu !* » avant le commencement de l'empoignade. Or, il est avéré que le combat était prévu depuis quelques jours et son issue certaine.

Un Catalan anonyme cité par Llaguno, d'après Ayala, attribue la même intervention néfaste et les mêmes paroles : « *Yo no pongo ni quito reyes, mas ayudo a mi señor* » à un écuyer de don Henri : Fernando Perez de Andrada. Mais son nom n'apparaît pas parmi les témoins du meurtre*.

Les charges contre Guesclin apparaissent tellement évidentes qu'un seul partisan intransigeant du breton se chargea de sa défense. C'est un bénédictin, Dom Édouard M. de Coetlosquet. Dans une étude sur *Du Guesclin et le drame du château de Montiel* (*Revue historique de l'Ouest*, 1889, pages 250-265) il écrit que les capitaines français, n'ayant pas mesuré le degré de haine des adversaires, « *furent pris au dépourvu* » par la brusquerie du drame. C'est un comble ! Les Français savaient à quoi s'en tenir et, comme Henri, voulaient la mort de Pèdre : il y aurait des récompenses grandioses à la clé !... Mais ce bénédictin était breton. Il fallait qu'il volât au secours de son dieu, même posthumement !

Où le meurtre fut-il commis ?

Si Froissart ne parle pas de tente, mais de la chambre de Yons de Lakonnet, située dans le logis du Bègue de Villaines, Ayala précise : *la posada* (demeure) *de Mosen Beltran*, et un autre chroniqueur insiste : *la tienda* (tente) de *Beltran Claquin*. Comme ce texte précise que Pèdre y fut mené *pasadas las barreras* (les barrières franchies) on peut

* Azgote de Molina (*Descripción del regno de Galicia*) attribue lui aussi le renversement du roi à Fernando Perrez de Andrada.

conjecturer que le drame eut pour lieu une des maisons du village.

Un fait paraît certain : Henri entama la décollation de son frère.

Avant de quitter Montiel, Pèdre avait fait présent à l'un de ses écuyers d'une bourse qu'il portait à son cou. Elle contenait, dans une petite boîte, un clou de la Passion.

L'écuyer fut fait prisonnier dès sa sortie du château. Un Breton s'appropria la relique et la vendit 4 000 doblas à Guesclin.

Le Breton eût pu donner le clou au roi Charles V dont il connaissait la piété. Il préféra l'offrir à Jean, duc de Berry, afin d'en tirer quelque avantage. Lequel Jean offrit ce clou à son frère, Philippe le Hardi, duc de Bourgogne, après avoir fait établir, le 23 avril 1376, un procès-verbal résumant cet ensemble de faits.

Alors qu'il pataugeait dans le sang de son frère et des deux autres victimes, Henri décida, prenant Guesclin à témoin :

— Je ferai bâtir ici une abbaye pour le repos de l'âme du roi Pedro qui fut mon frère.

Il existe des gens qui ne valent pas un clou.

Dans son roman, *le Bâtard de Mauléon*, sans doute l'un de ses plus mauvais parce que, peut-être, il l'écrivit seul, Alexandre Dumas conte à sa façon la mort du roi Pèdre, qu'il fait précéder d'une « bataille de Montiel » où l'on voit apparaître, ce qui est un comble, Hugh Calveley*. Ensuite,

* Selon Dumas, Hugh Calveley mourut à Montiel les reins brisés lors d'une charge de cavalerie. Cependant, comme il en fallait davantage, on peut lire :

Calveley voulut se relever. Il avait les reins brisés ; son cheval, en se dégageant, lui envoya une ruade dans la poitrine et le cloua de nouveau sur la terre inondée d'un flot de sang noir.

— Par le diable, murmura-t-il, c'est fini, je n'arrêterai plus personne. Me voilà mort.

Or, Calveley, marié à Constance, une des donzelles de l'hôtel de la reine d'Aragon, fille d'un baron de Sicile, Boniface d'Aragon, vécut jusqu'au 23 avril 1394 inclus.

lors de la nuit qui fut fatale à Pèdre, on peut voir un Henri tout gentil opposé à un roi arrogant, abreuvant son demi-frère de « sanglants outrages ». Or, c'est le connétable anticipé, Guesclin qui, de son poignet (!) nerveux, saisit le pied de don Pedro et lui fait perdre l'équilibre. On lit :

« *Ce fut un éclair. L'acier plongea tout entier dans la gorge* (!) *de don Pedro, un flot de sang jaillit aux yeux* (!) *du vainqueur, étouffant le cri terrible* (!) *qui s'échappait des lèvres de don Pedro... et un ruisseau de sang coulait et fumait* (!) *comme s'il eût conservé le feu de la colère et de la haine.* »

L'auteur de la *Chronique des quatre premiers Valois*, un membre du clergé de Rouen, certainement Jean de Venette d'après Edmond Meyer (auteur d'un *Charles II de Navarre* – Paris, 1898), ne portait pas certains personnages de son temps dans son cœur. Guesclin fut certainement pour lui un guerrier sans plus d'intérêt qu'un autre. Si le récit de la mort du roi de Castille tient peu de place dans son texte, on y découvre une précision intéressante :

Cy parle de la guerre renouvellée en Espaingne entre le roy Henry et le roy Petre. Et dit que, apres ce que le prince de Galles eust remis le roy Petre en son royaume après sa victoire, et que apres ce feust retourné en Guienne et mené ses prisonniers, et le roy Henri feust venu devers le pape et eust trouvé monseigneur le duc d'Angou, comme devant est dit, il fut ainsi que le prince eust mis à raençon le mareschal d'Andrehen et le Begue et leurs raençons paiées. Ledit Begue, comme devant dit est, vint à la cour du pape en Avignon où le dit roy Henry estoit avec monseigneur le duc d'Angou qui moult grandement l'avoit festoié et sollennelment reçeu. Et s'en ala en Espaingne o le roy Henry et conquistrent moult de villes et forteresses. Et comme ilz avoient assiegé la cité de Toullette et que le roy Petre estoit alé quérir secours au roy de Bellemarine, Sarrasin, lequel lui fit grant aide de Turcs et de Sarrasins ; cependant monseigneur Bertran de Clacquin o grant secours pour le roy Henry vint en Espaingne et tout droit vint au siege de Toullette. Et tantost apres ce qu'il fut venu, vint le dit roy Petre o les diz Turcs et Sarrasins. Et comme le roy Henry le sceut, lui, monseigneur Bertran de Claquin, le dit Besgue et leurs gens vindrent en l'encontre et les combatirent et desconfirent. Comme le roy Petre aperçust la deconfiture de ses gens, il s'en fuy et se bouta en ung tres fort chastel assuis en tres haulte place nommé Le Moncel, et là fut parsuivy du dit roy Henry, monseigneur Bertran et Besgue o leurs gens, lesquelz mistrent le siege devant le dit chastel. Et comme le roy Petre se vit ainsi avironné de toutes pars de gens d'armes, il fit par ung syen chevalier privé en qui moult se fioit traictier au dit Bertran et au dit Besgue de Villaines que, se ils le povoient getter hors des mains Henry le Bastart son frere, qu'il leur donneroit et livreroit cent mille doubles de fin or. Ceulx convoiterent l'or et distrent aux messages que si feroient ilz. Le roy Petre leur fit mettre terme en une certaine nuyt que le dit Bertran et le dit Besgue vindrent au pié du chastel. Et fut mené le roy Petre en une plate maison soubz le chastel. Et comme les diz monseigneur Bertran et Besgue en furent partis et qu'ilz ourent reçeu les flourins [1], *ainsi comme le roy Petre s'appliquoit pour monter et s'en aler, le roy Henry vint et dit : « Où est Petre, qui se dit roy d'Espaingne et de Castelle ? » Le roy Petre dist lors : « Traïtour, je suy le roy d'Espaingne et de Castelle. » Et tantost couru sus au roy Henry, maiz la force n'en fut pas au roy Petre. Car il fut prins et lui fit le roy Henry coupper la teste. Ainsi mourut le roy Petre et le dit roy Henry demoura paisible roy de Espaingne et de Castelle. Lequel roy Henry donna au dit monseigneur Bertran de Claquin et au dit monseigneur le Besgue de Villaines grans terres, possessions en Espaingne, c'est assavoir au dit monseigneur Bertran la duchié de Moulinez et les appartenances et au dit Besgue la conté de Ribedieu et toutes les appartenances.*

1. Note de l'éditeur : c'est Pierre Naudin qui souligne.

ANNEXE III

BERTRAND DU GUESCLIN, CONNÉTABLE DE FRANCE
(20 octobre 1370)

(Froissart)

Or fut avisé et regardé en France, par l'avis et conseil des nobles et des prélats, et la commune voix de tout le royaume qui bien y aida, que il était de nécessité que les Français eussent un chef et gouverneur, nommé connétable ; car messire Moreau de Fiennes se voulait ôter et déporter de l'office. Si que, tout considéré et imaginé, d'un commun accord on y élit monseigneur Bertrand du Guesclin, mais qu'il voulsît entreprendre l'office, pour le plus vaillant, mieux taillé et idoine de ce faire, et plus vertueux et fortuné en ses besognes qui en ce temps s'armât pour la couronne de France.

Adonc écrivit le roi devers lui et envoya certains messagers qu'il vînt parler à lui à Paris. Ceux qui y furent envoyés le trouvèrent en la vicomté de Limoges, où il prenait châteaux et forts, et les faisait rendre à madame de Bretagne, femme à monseigneur Charles de Blois ; et avait nouvellement pris une ville qui s'appelait Brantôme et étaient les gens rendus à lui. Si chevauchait devant une autre. Quand les messagers du roi de France furent venus jusques à lui, il les recueillit joyeusement et sagement, ainsi que bien le savait faire. Si lui baillèrent les lettres du roi de France et firent leur message bien à point. Quand messire Bertrand se vit espécialement mandé, si ne se voult mie excuser de venir vers le roi de France, pour savoir quelle chose il voulait ; si se partit au plus tôt qu'il put, et envoya la plus grand'partie de ses gens ès garnisons qu'il avait conquises, et en fit souverain et gardien messire Olivier de Mauny, son neveu ; puis chevaucha tant par ses journées qu'il vint en la cité de Paris, où il trouva le roi et grand'foison des seigneurs de son hôtel et de son conseil, qui le recueillirent liément et lui firent tous grand'révérence. Là lui dit et remontra le roi comment on l'avait élu et avisé à être connétable de France. Adonc s'excusa messire Bertrand grandement et sagement, et dit qu'il n'en était mie digne, et qu'il était un pauvre chevalier et un petit bachelier, au regard des grands seigneurs et vaillants hommes de France, combien que fortune l'eût un peu avancé. Là lui dit le roi qu'il s'excusait pour néant et qu'il convenait qu'il le fût ; car il était ainsi ordonné et déterminé de tout le conseil de France, lequel il ne voulait pas briser. Lors s'excusa encore ledit messire Bertrand, par une autre voie, et dit : « Cher sire et noble roi, je ne vous veux, ni puis, ni ose dire déduire de votre bon plaisir ; mais il est bien vérité que je suis un pauvre homme et de basse venue. Et l'office de la connétablie est si grand et si noble qu'il convient, qui bien le veut acquitter, exercer et exploiter et commander moult avant, et plus sur les grands que sur les petits. Et veci messeigneurs vos frères, vos neveux et vos cousins qui auront charge de gens d'armes en osts et en chevauchées. Comment oserais-je commander sur eux ? Certes, sire, les envies sont si grandes que je les dois bien ressoingner. Si vous prie chèrement que vous me déportez de cet office, et que vous le baillez à un autre, qui plus volontiers le prendra que moi, et qui mieux le sache faire. » Lors répondit le roi et dit : « Messire Bertrand, messire Bertrand, ne vous excusez point par cette voie ; car je n'ai frère, cousin, ni neveu, ni comte, ni baron en mon royaume qui n'obéisse à vous ; et si nul en était au contraire, il me courroucerait tellement qu'il s'en apercevrait ; si prenez l'office liément ; et je vous en prie. » Messire Bertrand connut bien que excusances qu'il sût faire ni pût montrer ne valaient rien ; si s'accorda finablement à l'opinion du roi ; mais ce fut à dur et moult envis. Là fut pourvu à grand'joie messire Bertrand du Guesclin de l'office de connétable de France ; et, pour le plus avancer, le roi l'assit delez lui à sa table ; et lui montra tous les signes d'amour qu'il put ; et lui donna avec l'office plusieurs beaux dons et grands terres et revenus, en héritage, pour lui et pour ses hoirs. Et en cette promotion mit grand'peine et grand conseil le duc d'Anjou.

* *
*

Les conditions de Bertrand du Guesclin
(Jean Cuvelier)

Ah ! sire, dit Bertrand, vous m'offrez courtoisie.
L'office est bel et bon, ne l'refuserai mie :
Puisque Jésus-Christ m'a cet honneur envoyé,
Si je le refusais, je ferais folie.
Mais un don vous requiers pour votre courtoisie,
Qui n'est mie trop grand, je vous acertifie,
Que jà là votre honneur n'en sera amoindri ;
Si ce don refusez, dame Dieu me maudie,
Si cet office-ci n'est par moi renonci. »
Et dit le noble roi : « Bertrand, je vous en prie,
Dites quel don voulez ; ne l'refuserai mie ;
Mais ne me demandez ma couronne jolie
Et ma noble moullier que je tiens à m'amie.
– Nemi, ce dit Bertrand ; par Dieu le fruit de vie
J'ai d'une femme assez et trop de la moitié.
Sire, ce dit Bertrand, je vous en dirai tant ;
De la connestablie vous l'office prenant
Par telle condition que dirai maintenant,
Que si on vous a de moi nul rien rapportant,
Ainsi qu'aucuns traîtres vont à la fois lobant,
Que de chose qu'on dise homme n'irez créant,
Ni pis ne m'en sera un jour de mon vivant
Jusqu'à tant que celui qui va murmurant

En aura raconté par devant moi autant
Comme dit en aura ainsi qu'en dénonçant. »
Et dit le noble roi : « Je le vais accordant[1] ».

1. Acte du serment et mise de possession de Bertrand du Guesclin en sa charge de connétable par la tradition d'une épée nue que le roi Charles V lui donna de sa main le 20 octobre 1370, en présence du Grand Conseil. – (Extrait du Mémorial de la Chambre des comptes.) « *Constabularius Franciœ dominus Bertrandus du Guesclin, miles strenuissimus, nobilissimus, probus inter omnes, vivat in perpetuum, requiescat in pace et cum Domino ob merita laude digna.* » (Ceci est en marge). – *Instituts fuit in dicto officio per dominum regem per ejus litteras datas XI die octobris anno 1370, et illa die de sero in domo sua Sancti Pauli fuit, solitum furamentum et per traditionem unius ensis nudœ et evaginatœ per ipsum dominum regem tradita, dicto domino Bertrando posuit ipsum in possessionem dicti officii, presente maximo consilio regis, etc. Litterœ sic :* Par le roi, *Ive, visœ et ostensœ fuerunt in Camera redditœ gentibus suis.*

ANNEXE IV

DROITS ET DEVOIRS D'UN CONNÉTABLE

Guesclin fut le 81ᵉ connétable. Il y en eut 102 en France jusqu'à Lesdiguières, qui fut le dernier. Clisson, qui lui aussi était breton, fut promu par lettres du 26 novembre 1380.

Les droits du connétable, d'après les anciens titres, étaient très étendus :

Il avait entrée aux conseils du roi, même les plus secrets, et le souverain ne pouvait rien ordonner pour ce qui concernait la guerre, sans l'entendre. Son logement était marqué dans le palais ou hôtel du roi, en quelque lieu que S.M. se trouvât. Lorsque le monarque allait à *l'ost* (armée), il était obligé de lui fournir des équipages. Lorsqu'on prenait une forteresse ou même qu'elle se rendait, les chevaux, harnais, vivres et autres valeurs appartenaient au connétable, sauf l'argent et les prisonniers, qui demeuraient au roi et l'artillerie au maître des arbalétriers. En course ou chevauchée, avec ou sans le roi, le connétable pouvait prendre dix hommes d'armes dans chaque bannière ou compagnie, sauf la bataille du roi, pour s'en former un corps particulier. Les chevaux qu'il perdait en campagne lui étaient payés. Les gens du connétable n'étaient justiciables que de sa personne. Ce généralissime avait pour solde, en temps de guerre, une journée de la solde de tous les officiers et soldats, et une autre journée quand un militaire passait d'un corps dans un autre. En marche, tout le butin qu'on pouvait faire, excepté l'or ou l'argent et les prisonniers, était pour lui. Les jours de bataille ou d'assaut, la solde du connétable était double de celle de marche. Il avait toujours le second cheval quand on en amenait au roi. Il présidait aux combats particuliers ou duels. Si personne ne succombait, il prenait les armes des combattants ; si l'un des champions était tué, il avait ses armes ; en campagne, toute la dépense de ce chef militaire était au compte du souverain. Tous les militaires devaient lui obéir, et, en cas de désertion ou absence de l'armée, il s'emparait des bagages, chevaux et armes de l'absent, et le roi décidait de la peine corporelle. Le maréchal ou le maître des arbalétriers ne pouvait rien entreprendre dans l'armée sans le consentement du connétable. Les bannières du connétable marchaient toujours après celles du roi, dans les lieux conquis ; en cas d'absence du souverain, la bannière de son chef militaire était placée la première. Le roi présent, les cris du roi et du connétable étaient seuls employés. La propre garde du roi, en son absence, recevait les ordres du connétable. S'il suspendait un sergent d'armes, le roi ne pouvait lui rendre sa massue sans lui en parler. Au sacre du roi, à Reims, le logement du chef de l'armée était indiqué, et il envoyait chercher la sainte ampoule et la faisait reconduire.

En 1288, sous Philippe le Hardi, le connétable n'avait, en sus de ses droits sur la solde des militaires, que vingt-cinq sous parisis de gages par an, et vingt-cinq livres pour son manteau. Mais bientôt le traitement fut beaucoup élevé ; en effet, on voit, par une quittance de du Guesclin du 30 avril 1371, que ses états comme connétable de France s'élevaient alors à deux mille francs par mois, somme très considérable pour le temps, puisque la pension du prince Louis, second fils du roi, ne s'élevait qu'à douze mille francs par an.

Un autre titre attribue encore divers autres droits au connétable ; celui d'assigner au roi et aux officiers le poste que chacun devait tenir ; lui-même était à la tête de l'avant-garde, après les fourriers destinés à faire les logements pour le grand maître des arbalétriers ou général de l'infanterie, avant le corps de bataille où était le roi. L'arrière-garde venait ensuite. Le roi et les corps d'armée ne pouvaient marcher que par le conseil ou l'ordre du connétable. Celui-ci avait à sa disposition les messages et espions. Enfin, on voit encore qu'il avait le droit de se faire payer cent hommes d'armes, *sans en faire monstre ni revue*, ce qui veut dire sans les fournir.

Le connétable, d'après un arrêt de l'an 1224, siégeait aussi avec les pairs du royaume, lorsqu'il s'agissait de juger un pair. Il commandait même aux princes du sang, car Bertrand du Guesclin s'excusant sur ce qu'il était venu de pauvre noblesse et disant qu'il n'oserait les commander pour le fait et exercice de l'office, Charles lui répondit : « qu'il n'avait frère, neveu, ni cousin, ni autre qui ne lui obéît ».

Le serment du connétable était dans les termes suivants, au dire de Fontenelle de la Roquette :

« Vous jurez Dieu, le créateur, par la foi et la loi que vous tenez de lui, et sur votre honneur que, en l'office de connétable de France, duquel le roi vous a présentement pourveu, et dont vous lui faites hommage pour céder, vous servirez icelui sieur envers et contre tous qui peuvent vivre et mourir, sans personne quelconque en excepter ; en toutes choses lui obéirez comme à votre roi et souverain seigneur, sans avoir intelligence ni particularité à quelque personne que ce soit, au préjudice de lui et de son royaume ; et que s'il y avait pour le temps présent ou à venir, sur communalité ou personne quelconque, soit dedans, soit dehors le royaume de France, qui s'élevast ou voulust faire et entreprendre quelque chose contre et au préjudice d'icelui, son dit royaume, et des droits de la couronne de France, vous l'en avertirez et résisterez de tout votre pouvoir, et vous y employerez comme connestable de France, sans rien épargner, jusque à la mort inclusivement, et jurez et promettez de garder et observer le contenu ès chapitres et forme de fidélité vieux et nouveaux. »

(Extrait de l'ouvrage de E.L. Cordier et Édouard Gœpp : *Les Grands Hommes de la France*, Paris, P. Ducrocq éditeur, 1874.)

De l'épée du connétable à l'épée du sacre

Il ne faut pas confondre l'épée de connétable conservée au musée de l'Armée, datée de la seconde moitié du XVe siècle et qui fit l'objet d'une étude de M. Philippe Lamarque dans le n° 2 de la revue *Moyen Age*, avec l'épée dite *du sacre* décrite dans le n° 3 de la même revue par Mlle Isabelle Drouin. Est-ce la « Joyeuse » de Charlemagne ? On ne saurait l'affirmer. On lit dans la légende figurant sous la photographie de l'arme : *le pommeau est décoré de deux oiseaux affrontés repliés sur eux-mêmes et réunis au milieu de leur long cou par un anneau. Leurs pattes et queues se terminent par des feuillages et tiges emmêlées. La tige est surmontée d'une aigrette.*

Il eût fallu, pour étudier ce pommeau, se référer à ce qu'en écrivit Louis Hourticq, grand spécialiste d'art et d'Histoire, dans un des volumes de la collection *Arts-Una* (Hachette, 1949 – il s'agissait de la réimpression d'un ouvrage publié antérieurement) : *l'épée dite de Charlemagne a son pommeau orné du* férouer *et du* mâhrou *sassanides* : kosti et férouer* *entrelacés*. On peut également noter que les dragons ailés des quillons sont de facture orientale... et penser, sans risque d'erreur, que cette arme fut forgée dans un pays d'au-delà de la Méditerrannée. En Perse, c'est l'évidence, mais en quel lieu précis et à quelle époque ? Quel prince la ramena en France ? Ces questions demeureront certainement sans réponse.

P.N.

* Le *férouer*, mot persan, est un génie dans la religion avestique.

ANNEXE V

UN DERNIER REGARD SUR HENRI II DE TRASTAMARE

Fils naturel d'Alphonse XI et d'Éléonore de Guzman. Adopté par Rodrigue Alvarez des Asturies, il en hérite les seigneuries de Noreña et Girón et le comté de Trastamare.

Dit *le Magnifique* ou *le Roi des Concessions*. Roi en 1369. Couronné le 10 mai 1369. Né à Séville en 1333 ; mort à Burgos le 30 mai 1379, empoisonné par les Navarrais. Tombeau dans la cathédrale de Tolède.

Après avoir conquis son trône grâce à l'alliance française, il demeure fidèle au roi de France, lui envoyant une armée pour combattre les Anglais devant La Rochelle (1371).

FEMME :

Jeanne Manuel de Castille-Villena (1339-1381), fille de Jean de Castille-Villena et de Marie de Castille-Oropeza, dame de Biscaye. Épousée en 1350. Elle meurt à Salamanque.

ENFANTS :

1) Jean Ier.

2) Pedro, mort en 1366 (tombé d'une tour de l'Alcazar).

ENFANTS NATURELS : 1° issus de Doña Iñiguez de Vega :

1) Éléonore, morte en 1415, mariée en 1375 avec Charles III de Navarre (1361-1425), fils de Charles le Mauvais et de Jeanne de France.

2) Alphonse Henriquez comte de Gijon : tige de la famille de Noreña.

2° Issus de Béatrix Ponce de León :

3) Frédéric, duc de Bénévent, mort en 1414 à Almodavar del Río (Cordoue).

4) Sancia, mariée avec Pierre d'Aragon tué à Aljubarotta. Fils d'Alphonse, duc de Candie.

Et trois autres filles mortes jeunes.

ANNEXE VI

ALLIANCE ENTRE BERTRAND DU GUESCLIN ET OLIVIER DE CLISSON (23 octobre 1370)

A tous ceulx qui ces lettres verront, Bertran du Guesclin, duc de Moline, connestable de France, et Ollivier de Cliçon, salut : Scavoir faisons, que pour nourrir bonne paix et amour perpétuellement entre nous et nos hoirs, nous avons promises, jurées et accordées entre nous les choses qui s'ensuivent : C'est à scavoir que nous, Bertran du Guesclin, voulons estre aliez et nous alions à toujours à vous, messire Ollivier, seigneur de Cliçon, contre tous ceulx qui peuvent vivre et mourir, excepté le roy de France, le vicomte de Rohan, et nos autres seigneurs de qui nous tenons terre, et vous promettons aidier et confortier de tous notre pooir, toutes fois que métiez en aurez et vous nous en requerrez. *Item*, que au cas que nul autre seigneur de quelque estat ou condition qu'il soit, à qui vous serez tenu de foi et hommage, excepté le roy de France, vous vouldrait deshériter par puissance, et vous faire guerre en corps, en honnour ou en biens, nous vous promettons aidier, deffendre et secourir de tout notre pooir si vous nous en requerrez. *Item*, voulons et consentons que de tous et quelconques profitz et droictz qui nous pourront venir et escheoir dore en avant, tant de prisonniers pris de guerre par nous ou nos gens, dont le prouffit nous pourrait appartenir, comme de pays raenconné, vous aiez la moitié entièrement. *Item*, en cas que nous scaurions aucune chose qui vous peust porter aucun dommage ou blasme, nous le vous ferons scavoir, et vous en accointerons le plus tost que nous pourrons. *Item*, garderons vostre corps à nostre pooir, comme notre frère ; et nous, Ollivier, seigneur de Cliçon, voulons estre aliez, et nous alions à toujours à vous, messire Bertran du Guesclin, dessus nommé, contre tous ceulx qui peuvent vivre et mourir, excepté le roy de France, ses frères, le vicomte de Rohan, et nos autres seigneurs de qui nous tenons terre, et vous promettons aidier et confortier de tout notre pooir, toutesfois que métiez en aurez, et vous nous en requerrez. *Item*, que au cas que nul autre seigneur de quelque estat et condition qu'il soit, à qui vous seriez tenu de foi et hommage, excepté le roy de France, vous vouldroit déshériter par puissance, et vous faire guerre en corps, en honnour ou en biens, nous vous promettons aidier, deffendre et secourir de tout notre pooir, si vous nous en requerrez. *Item*, voulons et consentons que de tous et quelconques proufitz et droictz qui nous pourront venir et escheoir, dore en avant, tant de prisonniers pris de guerre par nous ou nos gens, dont le prouffit nous pourrait appartenir, comme de pays raenconné, vous aiez la moitié entièrement. *Item*, au cas que nous scaurions aucune chose qui vous peust porter dommage aucun ou blasme, nous le vous ferons scavoir, et vous en accointerons le plus tost que nous pourrons. *Item*, garderons votre corps en notre pooir comme nostre frère : toutes lesquelles choses dessus dites, et chacune d'icelles, nous Bertran et Ollivier, dessus nommez, avons promises, accordées et jurées, promettons, accordons et jurons sur les seintz évangiles de Dieu, corporellement touchiez par nous et chacun de nous, et par les foys et sermens de nos corps bailliez l'un à l'autre, tenir, garder, enteriner et accomplir, sans faire ne venir encontre par nous ne les nostres, ou de l'un de nous et les tenir fermes et agréables à toujours. En tesmoin des quelles choses nous avons fait mettre nos sceaux à ces présentes lestres, lesquelles nous avons fait doubler. Donné à Pontorson, le vingt troisième jour d'octobre, l'an de grâce mil trois cens soixante et dix. Par monsieur le duc de Mouline.

(Signé) VOISINS.

ANNEXE VII

LETTRE DU DUC DE BRETAGNE, JEAN IV, AU CONNÉTABLE DU GUESCLIN ET AU SIRE DE CLISSON

(2 septembre 1375)

Nous Jehan, duc de Bretagne, comte de Montfort et de Rychemont. Vous Bertrain du Guesclin et Olivier de Cliczon. Sachez que nous avons receu vos lettres cest premier jour de septembre, à eure de vespres, d'autres points contenus ez trèves et traitez faits entre les douze roys et lours alliez et adhérans, que vous dites par nous estre enfraintes, pour tenir plus de nombre de gens d'armes, comme vous dites, que nous ne devons tenir par les dites trèves, et que nous deussions faire vuider tous les Anglais et Bretons qui estoient en nostre compaignie, excepté doux centz hommes d'armes qui pourroient demourer pour la garde des forteresces par nous tenues en présent en nostre dit duché, et nousmesme vuider hors de nostre dit duché en Angleterre... audit traité ; et que est de vos semonces ne mandementz de nous retraire hors de nostre duché, ne autrement, nous ne pensons à faire, si ce n'est que nous semblera qui sera de raison. Et depuis ledit traité publiez en nostre dit duché, assavoir est devant nostre ville de Kamperlé, que vos ditz gents eussent pour force à raençonner le pays et autres novelitez faire, tant d'arsion de maison, que de tuer gentz, et plusieurs autres estorcions et euxtes que l'en puisse faire par guerre, et que vous dites que nous deussions entreduire plusieurs chevaliers et excuiers de nostre duché, et de vous rendre ville et forte-reces, et de tourner devers vous, contre la tenour et fourme des dites trèves et traité que vous dites que nous devrions avoir juré, et autres plusieurs points contenus en vos dites lettres ; sachez que nous ne pansons avoir fait, ne ferons, ne souffrerons affaire par aucun de vos gentz, chose qui puisse tourner contre ledit traité et trèves, en manière que promis l'avons. Et si autres choses aient été faites ou attemptez contre les dites trèves, comme dit est, mal qu'il soit venu en nostre notice, nous le ferons reparlé comme en appartiendra de raison. Donné en nostre chastel de Brest, soulz nostre privé scel, le segond jour de septembre l'an MCCCLXXV, Ch. de Vaules.

ANNEXE VIII

LETTRE DE BERTRAND DU GUESCLIN, CONNÉTABLE DE FRANCE, AU DUC D'ANJOU, NON DATÉE, AOÛT 1379

Mon très redouté et puissant seigneur, plaise vous scavoir que ce mardy à vespres, y receu vos très gracieuses et aimables lettres, qu'il vous a pleu m'escrire par mon héraut, faisantes mention de votre arrivée devers le Roy, et de la relation que vous luy avez faite à part sur le fait de Bretagne par luy et vous, et puis fait faire par vostre chancelier, en grand conseil, et que tout avoit esté dit à la louange et honneur de moy, et tellement que le Roy en avoit esté et est très content, et si a pris grand plaisir, et que ce présent estoit bien en sagesse et sera encore plus, desquelles choses mon très redouté et puissant seigneur, je vous mercy et regracy, tant humblement et de cœur, comme je puis et feray et le doy bien faire ; car oncques ne desservy en aucune manière le bien que autrefois et à ceste heure vous a pleu dire en mon absence... Quant aux nouvelles de pardeça, puisque j'envoye par devers le Roy et vous mon cousin Alain de Mauny, pou est survenu de nouvel, tout le navire des Anglois est encore à Quidallot à l'ancre, là où ils arrivent premièrement, et ne portent nul des gens d'armes dudit navire, excepté le duc qui fut qui est à Dinan, et aucuns en sa compagnie qui là sont recullez, et ce mardy a tenu grand conseil où ont esté grand partie des barons et autres nobles de Bretaigne, et ce jour y doit estre le vicomte de Rohan, car il a escrit à luy et à tous les autres barons du païs comme l'on m'a dit, excepté à mon frère de Cliçon, comme je pense et à moy, et tiennent aucuns qu'il envoira bientost les Anglois, en disant qu'il se veut commencer à l'ordonnance des dits barons, et autres, et faire au Roy ce que faire le devra, si ne le puis croire tant que je le voye, toutefois ils n'ont point commis ne fait guerre...

Votre petit [1] serviteur,
(*Signé*) : BERTRAND DU GUESCLIN.

1. On observera, du commencement à la fin de cette lettre, l'obséquiosité du personnage, différente du respect dû à un prince du sang.

ANNEXE IX

GRANDE CHARTE DE HENRI DE TRASTAMARE CONFÉRANT LE DUCHÉ DE MOLINA À BERTRAND GUESCLIN

L'original de la grande charte par laquelle Henri de Trastamare conféra au chef breton le duché de Molina se trouvait au XVIe *siècle dans les archives de la maison de la Roberie, issue d'un oncle de Bertrand Guesclin. Rédigée dans la langue de la Castille, elle fut traduite en français au* XVIe *siècle, par un conseiller au parlement de Bretagne, nommé Martinès. Cette traduction, remise au P. Dupaz par un autre conseiller, le sieur du Boissy, fut insérée par cet auteur dans son histoire généalogique, publiée en 1620, puis reproduite ensuite par D. Morice, dans son* Histoire de Bretagne, *mais le texte resta inédit.*

On ne savait ce que ce précieux document pouvait être devenu, lorsque M. Régnier de Courpéan, propriétaire, demeurant à La Guerche, entre les mains de qui le hasard l'avait mis, le donna à la bibliothèque publique de la ville de Rennes, par sa lettre du 3 décembre 1817. M. André en a donné le texte (avec traduction) dans une brochure in-8e, Rennes, 1870. Le voici :

« Au nom de Dieu, père, fils et saint-esprit, qui sont trois personnes et un vrai Dieu qui vit et règne à toujours, et de la vierge glorieuse sainte Marie, sa mère, que nous avons pour dame et pour patronne dans toutes nos actions et à l'honneur et service de tous les saints de la cour céleste, lequel par sa pitié nous voulut exalter à la destruction de ses ennemis et nous établit pour juge de son peuple, pour que nous puissions exalter et honorer et agrandir ses royaumes et les défendre et maintenir en paix et en justice. Et parce que c'est une chose naturelle que toutes les choses que Dieu a fait naître en ce monde finissent quand il le tient pour bien. Et quant à la vie de ce monde chaque chose a son temps et cours arrêté. Et n'y a aucune chose qui n'ait fin sauf Dieu qui jamais n'eut commencement, ni n'aura fin. Et créa à sa ressemblance l'ordre des anges et la cour céleste. Et comme encore qu'il voulut qu'ils eussent commencement, non pour qu'ils eussent fin, mais pour qu'ils durassent toujours. Et de même qu'il est pour durer toujours, ainsi voulut-il que son royaume durât à toujours. Et pour vrai tous les rois doivent se souvenir de ce royaume auquel il faut devoir aller rendre raison de ce dont Dieu en ce monde les a chargés et par qui ils règnent et dont ils tiennent la place, par lequel ils sont tenus de faire l'aumône pour son amour. Et pour ce qu'il appartient à l'état des rois et à leur royauté d'anoblir et honorer et privilégier tous ceux qui bien et loyalement les servent en leur donnant des héritages en leurs royaumes. Pour ces causes nous voulons que sachent par notre présent privilégié ceux qui à présent sont ou seront d'ici en avant, comme nous Don ENRIQUE, par la grâce de Dieu, roi de Castille, de Tolède, de León, de Galice, de Séville, de Cordoue, de Murcie, de Jaén, d'Algarve, d'Algésiras et seigneur de Molina, régnant ensemble avec la reine Doña JUANA, mon épouse et avec l'infant Don JUAN, mon fils, premier héritier de nos royaumes de Castille et de León, pour reconnaître que vous notre très-cher ami messire Bertrand Du Guesclin, comte de Longueville, au temps que nous entrâmes en nos royaumes de Castille et de León autrefois en l'an de l'ère mille quatre cents et quatre années, vous, le dit messire Bertrand vîntes avec nous pour nous accompagner et aider à recouvrer nos royaumes et amenâtes tout le plus de gens d'armes que vous pûtes à notre service et aussi parce que depuis lors, vous le dit messire Bertrand, vous vous trouvâtes avec nous en la bataille que nous eûmes avec le prince de Galles et fûtes fait prisonnier pour notre service en la dite bataille, ce qui vous coûta une grande quantité de maravédis de votre bien pour votre rançon et aussi parce que depuis une autre fois encore que nous vînmes pour recouvrer nos dits royaumes, vous le dit messire Bertrand vîntes du royaume de France pour nous servir avec une grande compagnie que vous amenâtes à notre service et vous vous trouvâtes avec nous à la bataille que nous eûmes avec le traître tyran qui se nommait notre ennemi et avec les Mores qui étaient venus avec lui pour détruire nos royaumes et tout le pays, en laquelle nous vainquîmes et déconfîmes lui et tous ceux qui étaient venus avec lui et aussi pour vous faire payer et dédommager de toutes les sommes de maravédis que nous vous devions et avions à vous donner, en quelque manière et pour quelque raison que ce fût, tant de solde comme de dédommagement de guerre, de toute autre et de quelque manière que nous vous dussions ou fussions tenus de vous donner, à vous et à tous les autres chevaliers et écuyers qui vinrent avec vous à notre service la première fois que nous entrâmes en nos royaumes jusqu'au jour de la bataille de Nazara.

Pour cela et pour les très-hauts et très-grands et très signalés services que depuis jusqu'à présent vous nous avez rendus et rendez chaque jour et pour vous honorer et vous faire hériter en nos royaumes, pour que vous soyez plus honoré et plus fort, vous et ceux qui descendront de votre lignage.

Nous vous donnons en donation avec droit d'hérédité, afin d'en jouir à cette heure et pour toujours, notre ville de Molina avec le château de la dite ville, voulant que vous vous nommiez duc de Molina, vous et ceux qui descendront de votre lignage et vous donnons de plus la ville de Soria avec le château de la dite ville et la ville d'Aciença avec le château de la dite ville, et la ville d'Almazan avec le château de la dite ville et Moron et Montaigu et la ville de Deça avec son alcazar et Achela et Seron et Cervora et Arvedo et nous vous donnons ces dites villes et lieux avec tous leurs confins et appartenances, telles qu'elles appartiennent et doivent appartenir et avec toute la juridiction et seigneurie que nous avons en elles et en chacune d'elles et avec toutes les rentes et profits et droits des dites villes et lieux et de chacune d'elles, ainsi et de quelle manière les fruits, péages, douanes et dîmes de ponts et sommes que nous y avons et nous appartiennent et doivent appartenir de quelque manière que ce soit dans les dites villes et lieux et en chacune d'elles et avec tous les autres profits et droits, quels qu'ils soient, dehors ou non dehors et toutes autres choses que ce soit qui appartiennent ou doivent appartenir en quelque manière à la seigneurie des dites villes et lieux et de chacune d'elles, avec la justice civile et criminelle et plein et moyen pouvoir et avec la juridiction haute et basse et avec la seigneurie des dites villes et lieux et de leurs confins et ensemble les montagnes et vallées et prés et pâturages et leurs rivières, eaux courantes et non courantes et fours et bains et moulins et...... et jardins et vignes... et... et possessions et avec toutes leurs justices et franchises et libertés, selon que plus complètement les dites villes et lieux et leurs confins les ont obtenus des rois dont nous sommes descendus et des autres seigneurs à qui ils ont appartenu jusqu'à présent. Et nous faisons cette grâce et donation à titre d'héritage, à partir d'aujourd'hui et pour toujours, qu'on pourra donner et vendre et engager et traquer et changer et pour que vous puissiez faire d'elle et en elle comme de votre propre chose, sauf que vous ne puissiez disposer de ces choses avec un homme d'ordre, ni de religion, ni de foi de notre seigneurie ni avec qui que ce soit qui soit ou sera de notre seigneurie et de notre service. Et retenons pour nous et les rois qui après nous règneront en Castille et León les mines d'or, d'argent et d'azur, s'il y en a, ou s'il en trouve d'ici en avant. Et les gabelles et tierçages et services et monnayages et autres droits quels qu'ils soient que nous imposerions dans nos royaumes et le droit de monnaie de sept en sept ans en reconnaissance de notre seigneurie royale et afin que vous le dit messire Bertrand vous nous fassiez plaid et hommages et soyez tenu de tenir les dites villes et châteaux et lieux en la manière et conditions et hommages que les tiennent tous les natifs de Castille à qui les rois de Castille dont nous descendons en ont fait la grâce et comme les tiennent encore de nous à cette heure les natifs à qui nous en donnons. Et aussi que vous nous obéissiez et joigniez à nous et quand nous aurons fini nos jours à l'infant Don Juan mon fils premier héritier ou tel que nous instituerons en notre testament, en les dites villes et lieux et châteaux et en chacun d'eux en haut et en bas, que nous y arrivions avec peu ou beaucoup, de nuit comme de jour et que vous fassiez de la guerre et paix par notre mandement chaque fois que nous le manderons ou enverrons mander et que vous veniez à nos assignations et à nos convocations chaque fois que nous vous enverrons assigner ou convoquer et que vous accomplissiez nos charges et notre mandat selon que c'est accoutumé. Et que si manque la justice et que vous ne la vouliez faire ni remplir, nous puissions vous mander de la faire et remplir et aussi que au moyen des dites grâces que nous vous faisons vous dit messire Bertrand, soyez notre naturel et notre vassal, vous et ceux qui de vous viendront et qui hériteront de cette terre. Et que vous soyez tenu de nous faire telle reconnaissance et telle révérence que nous sont tenus de faire tous nos naturels, comme à son roi et à son seigneur naturel. Et de plus que tous les plaids et droits que vous nous rendrez, vous soyez tenus les donner à vos châtelains que vous laisserez dans les dites villes, lieux et châteaux. Et au moyen de notre présent privilégié ou de son expédition signée d'un écrivain public, mandons aux conseillers, alcades et alguazils et officiaux et bons hommes des dites villes et lieux dessus dites et de chacune d'elles qu'ils ayent et reçoivent d'ici en avant pour leur seigneur vous, le dit messire Bertrand, et vous accueillent en les dites villes et châteaux et lieux et en chacune d'elles, et qu'ils vous obéissent et accomplissent ce dont vous les chargerez et ce que vous leur manderez et fassent pour vous comme pour leur seigneur, et vous rendent et fassent rendre toutes les rentes et profits et droits susdits et chacune d'elle à vous, ledit messire Bertrand ou à qui aurait à recevoir pour vous en les dits lieux et en chacun d'eux bien et complètement, en sorte qu'il ne vous manque en aucune chose, selon que le plus complètement ils les ont rendues aux autres rois dont nous sommes descendus et à nous et aux autres seigneurs qui tinrent les dits lieux jusqu'à présent et parce que notre volonté est de tenir et mander, garder et accomplir envers vous, le dit messire Bertrand et ceux qui de vous descendront.

Cette grâce et donation que nous vous faisons selon le droit, nous vous promettons comme roi et seigneur et fils du roi don Alphonse, à qui Dieu pardonne, de garder envers vous et maintenir cette grâce et donation que nous vous faisons. Et que ni nous, ni autres pour nous, ni par notre ordre, ne vous la retirerons, ni romprons, ni manderons rompre, en aucun temps, par aucune manière. Et après notre décès nous mandons au dit Infant don Juan, notre fils, qu'il vous le garde et tienne et accomplisse en telle manière que dit est. Et nous le susdit roi don Henri de notre certaine science, suppléons de notre plein et complet pouvoir royal en cette présente récompense, et grâce et donation que nous vous faisons à vous le dit messire Bertrand et à vos descendants des dites villes et lieux susdits en la manière que dit est toute solennité ou insinuation ou toute autre chose que ce soit de droit ou de fait qui selon les coutumes ou privilèges de nos dits royaumes ou quelques ordonnances que ce soit écrites ou non écrites, afin de faire valoir complètement cette grâce que nous vous faisons, sont nécessaires et opportunes pour quelque manière et raison que ce soit et de telle manière que le plus complètement se puisse être dit ou écrit ou noté ou entendu au profit de vous le dit messire Bertrand en la manière que dit est. Et sur ce mandons et défendons que personne, ni qui que ce soit soit assez osé pour aller, ni passer contre notre présent privilège pour nous le rompre ou amoindrir en aucune chose, ni en aucun temps, de quelque manière que ce soit, quiconque ou quelsconques qui le fasse encourra notre colère et de plus aura à nous payer à titre de peine mille doubles d'or de Castille chacun pour chaque fois que contre lui se sera fait ou passé, et à vous le dit messire

Bertrand ou à qui sera de vous tenu toutes les pertes et dommages-intérêts que pour cela vous recevrez double. Et de ceci vous mandons délivrer ce présent privilège rendu et scellé avec notre sceau de plomb attaché auquel est inscrit notre nom. Donné ce privilège en la très-noble cité de Séville, le quatrième jour de mai, ère de mil quatre cens et sept ans (1369 de J.-C.).

Signé : Nous le roi ; – moi la reine.

Le noble Infant don Juan, fils de très-haut et très-noble et très-puissant et bien excellent roi don Henri, premier héritier de Castille et de León.

Suivent les signatures de :

Don Tello, comte de Biscaye, frère du roi et son grand porte-étendard ;

Don Sanche, comte d'Albuquerque, frère du roi, seigneur de Hao et de Ladesima ;

Don Alphonse, frère de l'Infant don Pedro d'Aragon, marquis de Villena, comte de R... et de Denia, vassal du roi ;

Don Alphonse, fils du roi, seigneur de Norena.

Viennent ensuite les signatures des évêques, des maîtres de différents ordres.

Sur le repli :

Signature du notaire avec paraphe illisible.

Le grand sceau de plomb* de Castille et León pend attaché au repli par des lacs de soie blanche, verte et rouge ; d'un côté, le roi d'Espagne à cheval, armé de toutes pièces, l'épée nue à la main. Légende effacée. Au revers, écusson rond, écartelé aux 1er et 4e des tours de Castille ; aux 2e et 3e du lion de León. Légende effacée.

* Dans les pays surchauffés par le soleil, en certaines saisons (Espagne et Terre Sainte), les sceaux n'étaient pas en cire mais en plomb.

ANNEXE X

MOLINA

MOLINA. – Il y a en Espagne deux villes de Molina qu'il ne faut pas confondre : l'une, dans la province de Murcie, à trois lieues de cette ville ; l'autre, qui est Molina d'Aragon (Nouv. Castille), et dont les fueros donnés en 1140 sont un document curieux de l'ancienne jurisprudence de Castille. Dans son contrat de mariage du 7 juillet 1352 avec Blanche de Bourbon, don Pedro se dit seigneur du *Comitalus Molinœ* (Hay, p. 309). Lorsqu'en 1366 don Henrique se fit couronner roi à Burgos, il fit Bertrand du Guesclin connétable de Castille et duc de Molina, bien que ce duché fût encore entre les mains de don Pedro.

Après la mort tragique de don Pedro, Bertrand en devint, en fait et en droit, définitivement investi, ainsi que de plusieurs autres villes, et la charte du 4 mai 1369 ne peut être considérée que comme une confirmation de la donation faite précédemment à Burgos. Il eut en outre 120 000 doubles d'or. Tous les Français furent non moins magnifiquement récompensés. Du Guesclin, désormais paisible possesseur de son titre, fit son entrée dans Molina. Comme il était sur le point de sortir de la ville pour aller presser le siège de Soria, une de ses nouvelles possessions qui refusait de le reconnaître et de se rendre à lui, un envoyé de Charles V lui arriva chargé de l'ordre de retourner en France se battre contre les Anglais ; Bertrand hésitait, il balançait sur ce qu'il avait à faire. Il fallut que le roi de France lui dépêchât le maréchal d'Andreghen pour vaincre ses irrésolutions, celui-ci l'emmena après la prise de Soria (Hay, p. 179, 180). Une fois rentré en France, du Guesclin n'avait plus guère de souci de ses titres d'Espagne, et ne songeait qu'à en tirer un parti avantageux. L'occasion se présenta. La flotte espagnole de don Henrique ayant coopéré avec le roi de France au siège et à la prise de La Rochelle, occupée par les Anglais, l'amiral castillan Ruy Diaz de Roxas traita avec du Guesclin du rachat de ses places pour le roi don Henrique, et le paya largement en argent et en prisonniers à rançon.

(Extrait des *Grands Hommes de la France*, Paris, 1874.)

ANNEXE XI

LA MORT DU CONNÉTABLE SELON LES GRANDES CHRONIQUES

Assez tôt après Pâques qui furent l'an mil trois cent quatre-vingt, et furent Pâques cette année le quinzième jour de mars, vinrent messagers de par les communes de Languedoc à Paris par devers le roi et lui exposèrent et supplièrent qu'il voulût envoyer un capitaine de par lui audit pays pour le garder et défendre tant contre les ennemis comme contre les compagnies qui sur ce pays étaient. Et pour ce que tous aides avaient été abattus sur ledit pays, ils octroyèrent aide de trois francs pour chacun feu pour un an, imposition de douze deniers pour livre de toutes denrées excepté le sel, sur lequel ils octroyèrent la double gabelle qui autrefois avait cour au pays. Et parmi ce, leur octroya le roi capitaine au pays messire Bertrand du Guesclin, qui lors était connétable de France. Lequel partit pour y aller au mois de juin ensuivant. Et en allant, s'arrêta sur un château en la sénéchaussée de Beaucaire, appelé le Chastel-Neuf-de-Randon, lequel était occupé par les ennemis du roi et du royaume. Et tant destreignit ledit connétable ceux qui étaient dedans, tant par engins comme par assauts qu'ils étaient sur le point de rendre ledit château. Mais, par la volonté de Notre-Seigneur, ledit connétable fut malade environ huit jours au siège devant ledit château et trépassa de ce siècle le vendredi treizième jour de juillet, qui fut grand dommage au roi et au royaume de France. Car c'était un bon chevalier et qui moult de bien avait fait au royaume de France, et plus que chevalier qui lors vécut. Et lendemain, ceux qui étaient audit château le rendirent aux gens dudit connétable [1].

1. Par ordre de Charles V, le corps du connétable fut inhumé à Saint-Denis, au pied du sépulcre que le roi s'était fait préparer. Guesclin avait recommandé, par ses dispositions testamentaires, d'inhumer son cœur dans l'église des Dominicains de Dinan, à côté du tombeau de Tiphaine Raguenel. Cette dernière volonté fut accomplie. Pendant la Révolution, le cœur du connétable et la pierre en granit noir qui le recouvrait furent transportés à l'église Saint-Sauveur de Dinan où il repose toujours dans un cenotaphe élevé contre une des parois du croisillon nord. On distingue sur la pierre noire le blason gravé en creux et en traits dorés du connétable et on lit difficilement l'inscription suivante : *Cy gist le cueur de Messire Bertrand du Gué-Aquin, en son vivant connestable de France, qui trespassa le XIIIe jour de juillet l'an Mil trois cent quatre-vingt ; dont son corps repose avec ceux des roys à Saint-Denis en France.* Le tableau qui surplombe le tout mériterait d'être nettoyé et éclairé.

ANNEXE XII

LA MORT DU CONNÉTABLE SELON JEAN DE VENETTE

... En l'an de grace mil trois cens quatre vingt, le parlement du traictié et accort d'entre le roy de France et le roy d'Angleterre estant et seant, les Anglois ardirent en la coste de Picardie Estaples[1] et autres villes.

En cel an, le conte de Fondres et N. de La Salle et les souldoiers Normans, Bretons et autres pour le pape Clement se combatirent aux Romains et en mistrent à desconfiture plus de quatorze cens que mors que prins.

En cel an, trespassa de cest siecle monseigneur Bertran de Clacquin, connestable de France, devant ung chastel appellé Chasteau-Neuf-de-Landon où il avoit mis le siege. Et duquel chastel les Anglois qui le tenoient lui apporterent les clefs du dit chastel grant piece apres qu'il l'oult assiz pour la tres grande renommée et double qu'ilz avoient de lui en son paveillon où il estoit couchié malade au lit de la mort. Et les reçut eu nom de son souverain seigneur le roy de France. Auquel après Dieu et la Vierge Marie sa mere et leur tres saincte compaignie il se recommanda et aux dux et freres du dit roy et à tout le noble sang de France et generalement à

1. Charles V allait mourir peu après, à Beauté-sur-Marne (Joinville), le 15 septembre 1380, selon la *Chronique des quatre premiers Valois*, le 16, selon les *Grandes Chroniques*, et aussi d'après l'inscription qui se lisait sur son tombeau en l'église de Saint-Denis.

tous nobles, prelas et peuple de tout le dit royaume de France. Et bientost apres, les sains sacremens eux et receus moult devotement, fina ses jours et rendi son esprit à Dieu. Il trespassa en ce dit an mil trois cens quatre vingt, eu mois de juillet. De sa mort fut moult grand domaige au royaume de France. Et en fut le roy moult dolent (1) et couroucé. Car pour lors et eu temps les Angloi estoient descendus à Callais les plus fors que pieça descendissent et estoient esméz à plus de quinze mille combattants. Et y estoient grant partie des barons d'Angleterre. Ilz chevaucerent sur le royaume et se logerent de coste Therouenne. Là pristrent deux petites forteresses qu'ilz abatirent. Puis se deslogerent et coururent sur le royaume de France, sourmontant les rivières jusques en Soissonnois, puis de là jusque à Troye en Champaigne, comme avoit fait au devant le duc de Lencastre o tout son host. Car là cuidoient du duc de Berry, du duc de Bourgoingne, du sire de Coussy, du mareschal de Sancerre, du mareschal de Blainville et des barons de France avoir la bataille. Maiz ils n'estoient pas encoires assemblés, et si ne eust pas le roy de France conseil qu'ilz fussent combatus. Les diz Anglois passerent Scyne et chevaucerent vers la rivière de Loire et jusquez en Bretaigne et en Guienne.

* *
*

Au moment de la disparition du connétable, les Anglais recommencèrent donc une invasion. Ils essayèrent, dans une expédition dirigée par Thomas de Buckingham, de tirer profit des mécontentements d'une nation saignée par les guerres. Bien que semblable aux précédentes, cette aventure présente pourtant cette singularité qu'elle n'était composée que de 7 000 à 8 000 guerriers, ce qui semble indiquer un affaiblissement de la puissance conquérante. Sans avoir été attaquée en bataille rangée, cette armée se dispersa en Bretagne. Elle avait été suivie à pied par les coureurs du duc de Bourgogne. Peut-être aurait-on pu l'exterminer au passage de la Sarthe. Or, sans pourtant avoir été commandée par

Arnoul d'Audrehem, l'armée française arriva trop tard ! D'aucuns virent dans la dispersion des Goddons le triomphe de Charles V et la fin de la guerre *sous son règne.*

Las ! après l'Écluse, Crécy, Poitiers et d'autres défaites de moindre importance, il allait y avoir Azincourt.

ANNEXE XIII

LE CAS D'ARNOUL D'AUDREHEM

Parmi les capitaines français de la seconde expédition de Bertrand Guesclin en Espagne, certains auteurs (Cuvelier le premier, d'autres et, pour achever la liste, Fernand Divoire dont la biographie du Breton, publiée en 1937, est un monceau d'inexactitudes), certains auteurs ont fait figurer Arnoul d'Audrehem. C'est rigoureusement faux.

Le 1er mai 1368, après que Guesclin, à l'instigation d'Urbain V, eut levé le siège devant Arles, Arnoul d'Audrehem était parti pour Paris. Le roi lui confia un nouvel emploi, celui de porte-oriflamme, assorti d'une pension de 2 000 livres (acte du 20 juin 1368), pension qu'il toucha seulement à partir du 2 septembre suivant.

Il fallait des hommes jeunes au commandement des armées. Arnoul avait été contraint de se démettre de sa charge de maréchal, et s'il n'était mort le 15 mars précédant, Boucicaut eût été, lui aussi, « disqualifié ».

Arnoul était vieux : « *estoit si vieulz et si froissiés d'armes et de travail don temps passé, que bonnement il ne se pooit mès ensonnier de l'office* ».

Kerwyn de Lettenhove prétend que le roi nomma également Arnoul gardien des Portes de Paris. Il n'y resta pas et servit d'intermédiaire entre Charles V et le duc d'Anjou.

Le 2 mars 1369, il fut contraint de revenir à Bordeaux en tant que prisonnier du prince de Galles et Charles V lui fit compter 6 000 francs pour lui permettre de quitter cette ville. Cependant, l'animadversion du fils d'Édouard III à l'égard d'Audrehem fut cause d'un long retard dans sa libération. Sa rançon acquittée, il quitta Bordeaux *à la fin de l'année 1369*.

Il ne pouvait être en Espagne, d'où Guesclin ne voulait point s'en aller. Le Breton vivait dans le faste auprès de sa maîtresse, une dame d'honneur de l'épouse du roi Henri qui lui avait donné deux fils. Et Charles V, au fait de cette « fredaine », avait beau lui envoyer des chevaucheurs, il voulait demeurer sur les terres et dans les châteaux que lui avait offerts le successeur de Pèdre. Enfin, parfois, il guerroyait pour son propre compte : il ne fallait pas qu'il perdît la main !

Arnoul l'alla trouver au siège de Soria. Il refusa de le suivre, arguant qu'il partirait quand la cité se rendrait. Il resta devant Soria jusqu'au 26 avril 1370, puis s'en alla, le 26 juin 1370, à Borja. Audrehem l'y accompagna et parvint à le convaincre d'aller affronter les Anglais.

Ils revinrent à Toulouse à la mi-juillet. Guesclin réintégra l'armée du duc d'Anjou. Il n'y avait qu'une seule façon de le retenir en France : Charles V l'investit de l'office de connétable (20 octobre 1370). Bertrand prêta serment et reçut l'épée en l'Hôtel Saint-Pol. Ensuite, d'un pied ou d'un sabot léger, il repartit en guerre.

ANNEXE XIV

QUELQUES LIGNES SUR LES BIOGRAPHIES

La référence essentielle sur la vie de Bertrand Guesclin, c'est Jean Cuvelier, un trouvère dont on ne sait rien sinon qu'il consacra un long poème épique de 22 790 vers à son « preux » pour complaire à Louis d'Orléans. Mérite-t-il une entière confiance quant aux faits qu'il rapporte ? Non, mais il fournit des détails intéressants et curieux sur la vie, les coutumes de son époque et surtout sur le caractère toujours emporté du connétable. Il s'est ainsi copieusement étendu sur les persécutions dont furent victimes les Juifs d'Espagne. Il faut dire que les gens de son temps n'y voyaient point malice, ni barbarie, mais une sorte de nécessité qui fut affreuse. Adolf Hitler eut des précurseurs. On l'oublie, ce qui est historiquement inadmissible.

M. Charrière fut semble-t-il le premier à publier le poème de Cuvelier dans la collection des documents inédits sur l'Histoire de France (2 in-4°).

Cuvelier, dont le nom fut orthographié Truellier, Cimelier, etc., mourut en 1384. Il fut donc le contemporain attentif des événements auxquels participa son idole. Peut-être vécut-il auprès de lui... sous un autre patronyme. Trois ans après sa mort, en 1387 donc, et sur l'ordre de Jean d'Estouteville, capitaine de Vernon, d'Argentier mit l'œuvre en prose et la copia textuellement. Claude Ménard fit imprimer cette « traduction » vers 1618. Il en conserva le style et les faits tels qu'on les trouvait chez d'Argentier, mais cet interpolateur intercala çà et là des additions superflues.

En 1666, Paul Hay, seigneur du Chastelet, remania le travail de Ménard en y joignant des pièces justificatives dont on ignore où il les trouva. En 1692, Lefebvre, prévôt et théologal d'Arras, publia une vie de Guesclin dans une collection qui parut sous le titre général de : *Anciens mémoires du* XIVe *siècle*. Il fut aussitôt suivi de Guyard de Berville dont l'ouvrage fut publié à Paris en 1767 et maintes fois réimprimé. Le livre intitulé : *Bertrand Du Guesclin*, par l'Anglais Jamiesen, fut traduit en français par M. Bessac (Paris, Rothschild, 1860). Bientôt, Émile de Bonnechose publia chez Hachette (1872) un *Bertrand Du Guesclin connétable de France*. Une littérature était née. Faute de documents inédits, elle suscite un ennui qui ne s'éteint point lorsque des ajouts, qui se veulent « épiques », y figurent. Le seul regret que l'on puisse avoir, c'est que Siméon Luce qui, en 1876, se lança dans un monumental ouvrage sur le Breton, n'ait pu terminer son œuvre.

Pour conclure

Du Dr Lingard, dans son *History of England*, aux chapitres consacrés à Édouard III et à la suite du massacre des habitants de Limoges par le Prince Noir :

L'institution de la Chevalerie a eu moins d'influence qu'on ne le croit sur la civilisation. Elle donna, il est vrai, un éclat extérieur à la vaillance, elle régla les lois de la courtoisie, elle inculqua les principes d'honneur, principes souvent faux ; mais les passions les plus sombres et les plus vindicatives restèrent en dehors de son contrôle, et les plus accomplis de cet âge ont, dans certaines occasions, montré une férocité de caractère et de mœurs qui n'aurait pas été déplacée chez leurs ancêtres du sixième siècle. De plus, la Chevalerie engendrait et entretenait un profond mépris pour tous ceux qui n'appartenaient pas à cet Ordre. Le Prince Noir fit grâce de la vie aux chevaliers qui avaient défendu Limoges contre lui, mais il se délecta du sang des bourgeois et du menu peuple : 3 000 hommes, femmes et enfants furent massacrés impitoyablement.

Et à propos des chevaliers :

Tous ces hommes étaient d'intrépides guerriers. Ils se signaient dévotement devant la Croix et l'image de la Vierge, mais ces pieuses allures ne les empêchaient pas, dans les rencontres, de profaner les églises, de piller les monastères, de faire violence aux nonnains, de dépouiller la veuve et l'orphelin qu'ils avaient juré de protéger.

Guesclin, qui les surpassa, nous offre ce paradoxe tout de même extraordinaire : le connétable n'était point un chevalier dans le sens éloquent du mot. On vante ses victoires, on oublie ses défaites. Vouloir, comme certains, le déifier, c'est se tromper impardonnablement sur son compte [1].

1. Trépas naturel ou poison ? Il advient encore que la question soit posée.

Cycle de Tristan de Castelreng

C'est dans les guerres et les ruines que naissent les amours immortelles.

Les Amants de Brignais

Le jeune chevalier de la Langue d'Oc, Tristan de Castelreng, figure dans la suite du roi Jean le Bon lorsque celui-ci, avec l'agrément des Anglais qui l'ont capturé à Poitiers, va prendre possession du duché de Bourgogne (décembre 1361). Capturé par une noble dame dont il a repoussé les avances, Tristan s'évade grâce à l'aide d'un ancien truand : Tiercelet de Chambly. Leur fuite les entraîne vers Lyon. Dans une auberge, Tristan sauve d'un viol collectif une jouvencelle, Oriabel, dont il s'éprend. Un malandrin, Naudon de Bagerant, les tient désormais sous sa coupe. Il les emmène à Brignais où se sont assemblés la plupart des routiers du royaume. Les prisonniers et prisonnières y subissent d'effroyables sévices.
Alors que Tiercelet cherche vainement une astuce pour quitter cet enfer, l'armée française se présente devant Brignais (6 avril 1362). Elle y sera taillée en pièces. Tristan qui, l'épée à la main, défendait sa vie parmi les routiers, sera considéré comme traître à la Couronne. Emmené à Lyon, il se verra condamné au bûcher. Dans la charrette qui le conduit au supplice, il désespère de tout. Mais la Providence veille...

Le Poursuivant d'amour

Contraint d'épouser Mathilde de Montaigny qui l'a sauvé d'une mort ignominieuse à Lyon, le 7 avril 1362, Tristan de Castelreng ne peut oublier la blonde Oriabel dont il était éperdument épris. Il s'évade du château où il était le jouet d'une femme hystérique et revient à Paris. Le maladif dauphin Charles, régent du royaume, le charge d'une mission périlleuse : partir pour l'Angleterre avec quelques guerriers, gagner le manoir de Cobham où résident le prince de Galles et son épouse, la belle Jeanne de Kent, et procéder au rapt du fils d'Édouard III.
L'irruption d'une compagnie d'archers venant relever la garde princière compromet la réussite de l'aventure. Une jeune captive, Luciane, sauve le jeune chevalier et son écuyer, Robert Paindorge. Ils la ramènent en France avant de l'accompagner en Normandie dont elle est originaire.

En effet, cette jouvencelle est la fille d'un seigneur cotentinais, Ogier d'Argouges, l'ancien champion du roi Philippe VI. Aidé par Thierry, l'oncle de Luciane, Tristan permet à la jeune fille de retrouver son père. Alors qu'une idylle pourrait se nouer, Tristan retourne à Paris en se demandant, une fois de plus, où sont Oriabel et son ami Tiercelet qui devait veiller sur elle. Vivent-ils à Castelreng, ce village de la Langue d'Oc dont le jeune chevalier a souvent la nostalgie ? Les terribles routiers qui écument le royaume les ont-ils capturés puis occis ? Ces malandrins sont partout et, paradoxe de ces temps de sang et de larmes, l'un des plus terribles, Bertrand Guesclin, a gagné la faveur du dauphin de France !

La Couronne et la Tiare

Tristan de Castelreng fait partie de la nombreuse escorte que Jean II le Bon a décidé d'emmener avec lui en Avignon où il espère obtenir du nouveau Saint-Père, Urbain V, des subsides qui lui permettront d'acquitter une partie de l'immense rançon dont il a été frappé, par Édouard III et son fils, après sa défaite à Poitiers-Maupertuis.
A peine arrivé dans la cité papale, Tristan retrouve incidemment son ami Tiercelet. Celui-ci lui fait part de la mort d'Oriabel, son premier amour. Le jeune chevalier, à la suite d'une incartade nocturne, doit affronter Bridoul de Gozon, le champion de la reine Jeanne de Naples. Ce combat inégal laisse Tristan sur le champ, percé de nombreuses blessures. Celles-ci à peine cicatrisées, il chevauche vers Gratot, en Normandie, où l'attend une jouvencelle, Luciane, qu'il avait ramenée d'Angleterre où elle était captive de la belle Jeanne de Kent. L'intransigeance d'Ogier d'Argouges, le père de la pucelle, porte un coup fatal à un sentiment contre lequel le jeune homme ne se défendait plus. Peu après cette rupture, le devoir dû à la Couronne l'entraîne jusqu'à Cocherel, un hameau de Normandie où les forces royales, conduites par Bertrand Guesclin, affrontent victorieusement une coalition anglo-navarraise emmenée par un prestigieux chef militaire : Jean de Grailly, captal de Buch.

Les Fontaines de sang

Le 16 mai 1364, après la bataille de Cocherel remportée par Bertrand Guesclin et ses troupes, Tristan de Castelreng, qui a pris part à l'engagement, doit galoper vers Reims pour annoncer cette victoire à Charles V dont le couronnement est imminent. Le jeune chevalier se hâte d'autant plus que Luciane d'Argouges, sa fiancée, a été enlevée par des Navar-

rais qui l'ont enfermée au château Ganne, en Normandie. Aidé par Ogier, père de la jouvencelle, par l'oncle de celle-ci, Thierry, et quelques compères, Tristan sauve la prisonnière et l'épouse. Ses jours de bonheur sont comptés. En effet, Charles V, pour purger la France des routiers qui l'infestent, a décidé de les envoyer en Espagne, sous la conduite de Guesclin, afin d'aider Henri de Trastamare à détrôner le roi légitime, Pèdre Ier de Castille. Le Breton, qui déteste pareillement Tristan et Ogier, obtient du roi de les entraîner à sa suite.
Les Pyrénées franchies, c'est une effroyable avalanche qui déferle sur l'Aragon, en direction de la Castille. De multiples atrocités sont commises, particulièrement contre les Juifs. A Burgos, Tristan et ses compagnons décident de préserver Simon et Teresa, deux enfants d'Israël, des violences auxquelles ils ont récemment assisté...

Les Fils de Bélial

Une chevauchée périlleuse et sanglante commence dans une Espagne tout d'abord ensoleillée avant d'être livrée aux extrêmes froidures de l'hiver de 1366. À l'issue de la bataille Nájera (3 avril 1367), Tristan sera confronté au vainqueur, le prince de Galles. Or, le fils aîné d'Édouard III a d'excellentes raisons de le haïr et de le destiner au bourreau.

Le Pas d'armes de Bordeaux

Comme tous les prisonniers de la bataille de Nájera, Tristan est emmené à Bordeaux. Pour célébrer sa victoire, le prince de Galles décide d'organiser un des pas d'armes dont il est friand. Tristan et son écuyer, Paindorge, s'y distinguent au grand dépit de leur vainqueur. Ils devront leur liberté à la cousine d'Ogier d'Argouges, Tancrède, qui les entraînera en Périgord.

Les Spectres de l'honneur

Après un long et funèbre détour par le Cotentin, Tristan retrouve le Languedoc. Cependant, une seconde expédition est entreprise en Espagne. Elle s'achève par le meurtre de Pierre le Cruel sur la pente du château de Montiel. Tristan, repu de sang, fuit les Grandes Compagnies. Il rencontre Maguelonne et l'épouse. Pour le meilleur et pour le pire.

DU MÊME AUTEUR
AUX ÉDITIONS AUBÉRON

CYCLE D'OGIER D'ARGOUGES

LES LIONS DIFFAMÉS
LE GRANIT ET LE FEU
LES FLEURS D'ACIER
LA FÊTE ÉCARLATE
LES NOCES DE FER
LE JOUR DES REINES
L'ÉPERVIER DE FEU

CYCLE DE TRISTAN DE CASTELRENG

LES AMANTS DE BRIGNAIS
LE POURSUIVANT D'AMOUR
LA COURONNE ET LA TIARE
LES FONTAINES DE SANG
LES FILS DE BÉLIAL
LE PAS D'ARMES DE BORDEAUX
LES SPECTRES DE L'HONNEUR

CYCLE DE GUI DE CLAIRBOIS

LES FUREURS DE L'ÉTÉ
L'ÉTRANGE CHEVAUCHÉE
LES CHEMINS DE LA HONTE (2 volumes)
LE BÂTARD DE CLAIRBOIS

À paraître :

LE CHAMP CLOS DE MONTENDRE
LE SECRET SOUS LES ARMES
LE BOURBIER D'AZINCOURT

DANS LA COLLECTION
HISTOIRE À L'ENCRE NOIRE

LES ÉPÉES DE LA NUIT
YOLANDE DE MAILLEBOIS